W0214535

Edition Knurrhahn

Tino Filippi

Sinngrundripper

Ein Spessartkrimi

Edition Knurrhahn
im Thomas Rüger Verlag
Nürnberg

Bibliographische Information der Deutschen Nationalbibliothek

Die Deutsche Nationalbibliothek verzeichnet diese Publikation in der Deutschen Nationalbiografie; detaillierte bibliographische Daten sind im Internet über http://dnb.d-nb.de abrufbar.

Impressum:

Sinngrundripper
Ein Spessartkrimi
von
Tino Filippi

© für diese Ausgabe
bei der Edition Knurrhahn
im Thomas Rüger Verlag, Am Graben 38, 90475 Nürnberg
www.thomasruegerverlag.de
und beim Autor

Printed in Germany.
Druck: optimum.druckdienstleistungen 90562 Heroldsberg
Umschlaggestaltung: Julia Notkina

2. Auflage Oktober 2021
Alle Rechte vorbehalten.
ISBN 978-3-932717-62-8

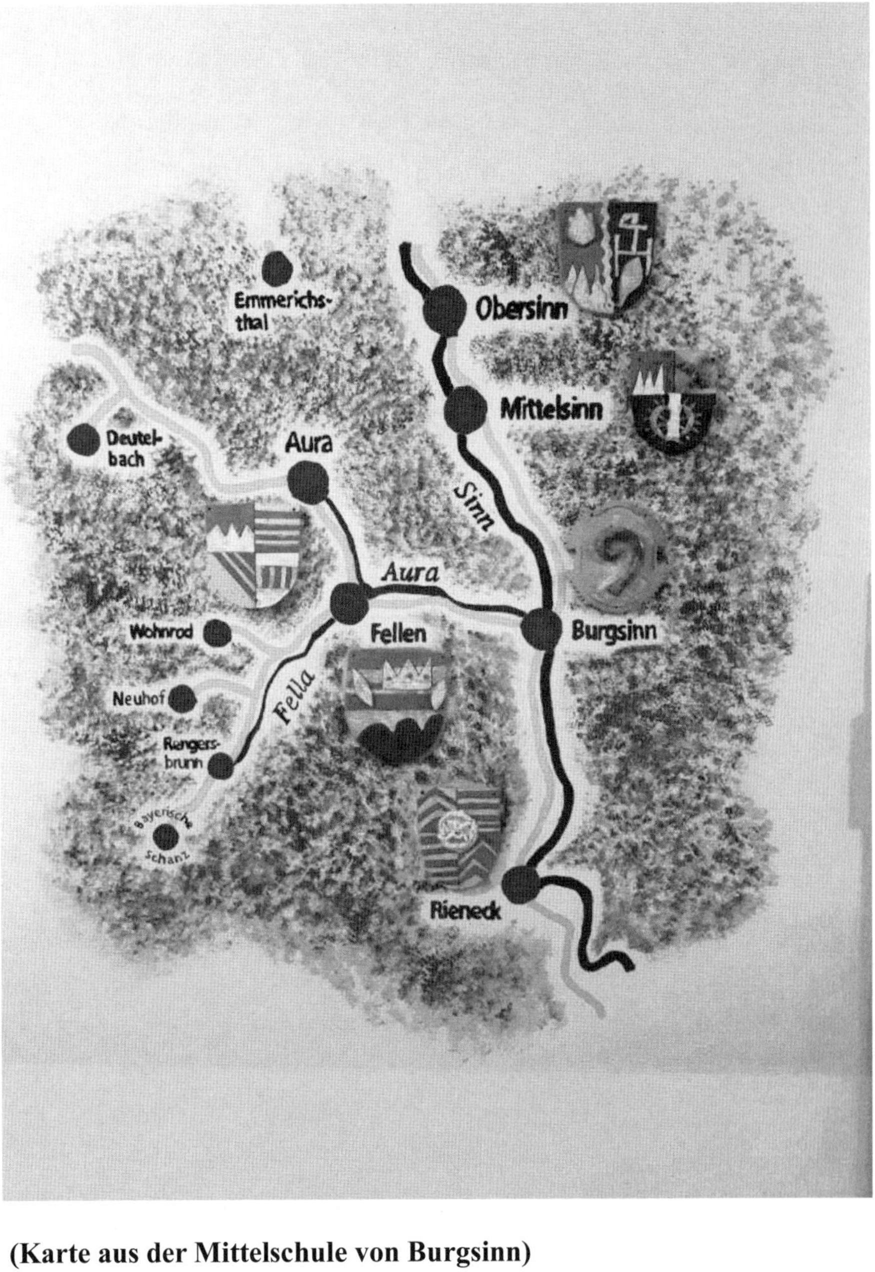

(Karte aus der Mittelschule von Burgsinn)

Der Burggeist von Rieneck

Durch das freundliche Tal der Sinn schritt ein junger Wandersmann vor vielen Jahrzehnten dem Dorfe zu, das an den Ufern des kleinen Flusses hingebettet liegt. Die Strahlen der scheidenden Julisonne vergoldeten die Landschaft und den dunklen Wald, der die Hügel zur Rechten und Linken wie mit einer stolzen Krone bedeckte.
Der Wanderer, froh am Ziel zu sein und rechtschaffen müde, suchte in verschiedenen Wirtshäusern vergeblich Unterkunft; alle Quartiere für die Nacht waren bereits vergeben. Nur der Wirt einer großen Herberge sprach zu ihm: „Wenn Ihr Mut besitzt, junger Herr, ein Abenteuer zu bestehen, könnt Ihr für diese Nacht unterkommen."
„Mut habe ich für ein ganzes Regiment", gab der Jüngling lachend zurück, „was ist es, weil Ihr so sorgenvoll Euren Graukopf schüttelt?"
„Ihr müsst euch auf einen bösen Spuk gefasst machen, der auf der alten Burg dort drüben", er wies durch das Tor in die Richtung eines westlich liegenden nahen Hügels, „sein Unwesen treibt. Viele vor Euch haben vor dem unheimlichen Begebnis schon die Flucht ergriffen."
„Sorget Euch nicht", gab der Wanderer zurück, „ich habe manchen bösen Feind im Kampf besiegt und bin mit heiler Haut zurückgekommen."
Während der Wirt dem jungen Herrn ein reichliches Mahl auftischte, erzählte er ihm die Geschichte des Burggeistes von Rieneck
Vor etwa 400 Jahren hat im Schloss des Grafen Hubert von Rieneck gehaust, der die junge schöne Kunigunde von Schönrein ehelichte. Graf Hubert zeigte nach anfangs glücklicher Ehe, dass er ein rauer, herzloser Mann war, der seine Gemahlin oft misshandelte. Dadurch erkaltete die Liebe im Herzen Kunigundes, und sie schenkte ihre Gunst einem jungen Leibknappen, der zu ihr in heißer Liebe entbrannte. Um des ungeliebten Mannes ledig zu werden, setzten ihm die beiden vergiftete Knödel vor, nach deren Genuss dem Grafen Hubert der kalte Schweiß auf die Stirn trat. Als er erkannte, dass er vergiftet war, fluchte er seinem Weibe mit fürchterlicher Verwünschung: „Keine Ruhe sollst du finden im Leben und im Tode! Nur ein junger, mutiger

Mann kann dich von meinem Fluch erlösen!" Sprach´s und verstarb unter heftigen Schmerzen. Seit jenem Tag spukt Kunigundes Geist in den Mauern des Schlosses.
Der junge Mann ließ sich vom Wirt in die Burg führen, wo ein gut eingerichtetes Zimmer mit einem reinen Bett zu finden war. Ein heftiger Sturm hatte sich draußen entfacht, und der Jüngling legte sich erwartungsvoll nieder. Die Bäume rauschten schauerlich, die alte Wetterfahne quietschte und ächzte, und die Fensterläden klirrten ans Gemäuer. Endlich schlug es im Dorf zwölf Uhr, Mitternacht: Stunde, des Geheimnisvollen aus einer anderen Welt. In den Gängen regte sich plötzlich gespenstisches Leben. Lauschend lag der Jüngling wach, als sich schlürfende Schritte seiner Tür näherten. Lautlos ward sie geöffnet und eine weiße Gestalt, deren Augen glühend in einem totenblassen Antlitz standen, schwebte herein. Die stumme Frau trat zum Herd und begann lautlos zu hantieren; sie bereitete einen Teig, schüttete aus einem Kristallgefäß ein weißliches Pulver und formte Knödel daraus. Dann trat sie zu dem Ruhenden und bedeutete ihn stumm, zu essen.
Der Jüngling, eingedenk der Erzählung des Wirtes, sprang vom Bett hoch, packte die weiße Gestalt und rief mit heller Stimme: „Im Namen der Dreifaltigkeit befehle ich Dir, die vergifteten Knödel selbst zu essen!" Damit zwang er ihr einen Knödel in den Mund. Da lief ein Lächeln der Erlösung über das bleiche Gesicht und der blasse Mund sprach: „Fremdling, Du hast mich auf ewig erlöst! Nun wird meine Seele Ruhe haben! Habe Dank!"
In diesem Augenblick sank das Gespenst zu einem kleinen Häuflein Asche und morschem Gebein zusammen. Der Jüngling aber schlief den guten Schlaf des Gerechten und wanderte am nächsten Morgen frohgemut weiter. In der Zukunft aber war deutlich das Glück mit ihm, das ihm der erlöste Burggeist gewünscht hatte.

(Quelle: Sagen und Geschichten aus dem Landkreis Gemünden a. M. von Heinrich Lutz)

Kapitel 1

„Torben, muss das sein, dass wir in aller Herrgottsfrüh bei dem Siffwetter durch den Wald latschen?“, beschwerte sich Johannes Steinhauser, während er, bewaffnet mit schlechter Kleidung, Schirm und einer alten Regenjacke von der Polizei, seinem hochmotivierten Patenkind bei ungemütlichem Nieselregen hinterher stapfte. Seine Stiefel schmatzten im tiefen, feuchten Waldboden und er musste aufpassen, dass er mit seinen abgelaufenen Sohlen nicht auf dem nassen Laub und den rutschigen Ästen den Halt verlor. Gelegentlich krächzte ein Vogel in der Ferne und Äste knackten unter seinen Füßen. Die meisten Tiere verschanzten sich im Unterholz. Manchmal raschelte es verdächtig, als sie sich durch das Dickicht kämpften. Aus Steinhausers Sicht gab es eindeutig sinnvollere Beschäftigungen, die man an einem kalten, verregneten Sonntagmorgen machen konnte. Am liebsten würde er jetzt mit Stefanie im Bett liegen. Aber ausgerechnet sie war es ja gewesen, die darauf bestanden hatte, dass er sein Versprechen hielt.

„Du hast es mir versprochen!“, sagte Torben entschieden und gab mit dem Geocaching-Koordinaten-Suchgerät in der Hand unbeirrt die Richtung vor. Jacky, die Beagle-Dame, war ihm dicht auf den Fersen. „Nimm dir mal ein Beispiel am Fred und der Sonja, die motzen auch nicht rum. Außerdem hab ich die neue Outdoor-Jacke an, die du mir geschenkt hast“, schob sein Patenkind noch hinterher.

Steinhauser warf einen langen Blick zu Fred Strubinski, der nur mit den Schultern zuckte und lachte. „Dein Patenkind hat da nicht ganz unrecht. Seit wir losgelaufen sind, hör ich von dir immer nur: *Mimimimi.* Du bist nur am rumjammern, du Pussy. Die Sonja find´s jedenfalls super … das Geocaching-Zeug ist halt im Moment total in. Mein Mädchen ist ja auch kein so ein Lappen wie du. Eine echte Strubinski eben. Außerdem find ich´s echt gut, wenn die zwei was zusammen unternehmen.“

Sonja, die mit Torben in dieselbe Klasse ging, grinste und hüpfte mit ihrer kunterbunten Regenjacke und ihren rosa Mädchengummistiefeln mit Blumenmotiven hinter ihrem Klassenkameraden her.

„Es freut mich ja auch, wenn die zwei was zusammen machen“, stimmte Steinhauser zu. „Aber doch nicht bei so einem beschissenen Wetter!“

„Mensch Hannes, stell dich nicht so an.“

„Es ist nass und kalt!“, stellte Steinhauser frustriert klar, während Torben und Sonja munter durch den Wald rannten.
„Dann hättest du dir halt mal was Gescheites angezogen. Wenn ich dich so betrachte, dann meint man ja grad bei der Polizei gibt’s keine vernünftigen Klamotten.“
Steinhauser winkte genervt ab. „Nerv mich nicht!“
„Deinem Hund gefällt´s anscheinend auch“, sagte Strubinski und beobachtete, wie sich Jacky im wahrsten Sinne des Wortes durch das Unterholz wühlte. „Der pflügt mit seiner Nase den ganzen Wald um. Aber ich muss schon sagen, dein Hund ist ganz schön fett geworden. Dem sein Ranzen schleift ja fast auf dem Boden.“
„Ja, das hab ich mir neulich auch schon mal gedacht“, gestand Steinhauser. „Ich glaub, ich muss den Ernährungsplan umstellen, sonst rollt die bald durch die Gegend. Weniger Joghurt und weniger Salzstängchen.“
„Joghurt? Salzstängchen?“, Strubinski glaubte sich verhört zu haben.
„Ja, die steht voll auf Kirsch-Joghurt und Salzstängchen.“
„Du kannst deinem Hund doch keinen Joghurt oder Salzstängchen geben!“
„Ja, ich weiß. Da muss ich zuerst den Hebel ansetzen, dann nimmt die auch wieder ab“, meinte Steinhauser.
„Hast du eigentlich keine Angst, dass die abhaut, wenn du die ohne Leine im Wald rumlaufen lässt? Beagle sind doch Jagdhunde, oder?“
„Wieso sollte die abhauen? Die ist doch viel zu faul zum rennen“, wehrte Steinhauser ab. Plötzlich blieb Jacky stehen und starrte konzentriert in eine Richtung. Im Unterholz war ein lautes Rascheln zu hören. Im nächsten Moment knackten Äste und Jacky fing an, wie wild zu bellen. Dann rannte sie wie von der Tarantel gestochen los.
„Hey! Jacky!“, brüllte Steinhauser und pfiff seinem Hund lautstark hinterher. Aber für die Beagle-Dame gab es kein Halten mehr. Sie hatte eine Witterung aufgenommen und der hetzte sie jetzt mit Vollgas hinterher. Da half alles Pfeifen und Rufen nichts. Jacky war verschwunden.
„Hoffentlich kriegt die jetzt kein Herzinfarkt.“ Steinhauser schien wirklich besorgt. „Die ist doch so was gar nicht gewohnt.“
„Stimmt“, bestätigte Strubinski. „So fett wie die ist, kann das schnell passieren, dass die tot umfällt. Aber deshalb kommt die auch bestimmt nicht weit.“
„Du Blödmann!“, beschwerte sich Steinhauser. „So fett ist die jetzt auch wieder nicht. Beagle sind halt nun mal etwas … kräftiger von ihrer Statur her.“

„Kräftiger ja, aber nicht fett“, hielt Strubinski dagegen.
„Fett oder kräftig, das ist jetzt wurscht. Sie ist weg.“ Steinhauser war sichtlich angefressen.
„Mach dich nicht bockig, die kommt wieder. Spätestens, wenn sie Hunger bekommt.“ Strubinski musste lachen.
„Fred, manchmal wär´s echt besser, wenn du die Klappe halten würdest. Die kennt sich hier doch gar nicht aus.“
„Hunde haben einen hervorragenden Orientierungssinn, im Gegensatz zu dir. Aber mal was anderes.“ Strubinski wechselte das Thema, ohne weiter auf Steinhausers Bemerkung einzugehen. „Sag mal, wie findest du es eigentlich, dass unsere Frauen am Dienstag für vier Wochen in die USA fliegen und über Fasching nicht da sind?“
„Hmh … scho irgendwie blöd. Ausgerechnet über Fasching“, gab Steinhauser zurück.
„Find ich auch“, stimmte Strubinski zu. „Aber für den Sepp und die Katja ist es nunmal jetzt am günstigsten. Im Frühjahr und im Sommer geht’s gar nicht, weil der Sepp da alle Hände voll zu tun hat. Wegen säen, Futter machen für die Kühe und so Zeug.“
„Ja, das ist mir auch klar. Trotzdem blöd.“
Die drei Frauen planten diese Reise schon seit Jahren und nach langer, akribischer Vorbereitung hatten sie jetzt endlich fest gebucht. Anfangs war es nur so eine fixe Idee gewesen, die sie aber jetzt in die Tat umsetzten. Die Begeisterung ihrer Männer hielt sich dabei in Grenzen.
„Hast ja recht. Ich find´s auch blöd“, pflichtete ihm Strubinski erneut bei. „Der Sepp, die arme Sau, der hat auch noch den kleinen Jan, den Windelscheißer, an der Backe. Und der Peter ist auch erst sechs oder so. Kommt der nicht dieses Jahr in die Schule?“
„Kann sein.“ Steinhauser zuckte mit den Schultern. „Die Gerda und der Reinhold werden sich schon um die Kinder kümmern. Außerdem gibt´s ja noch seine Schwester, die Klara. Die wird bestimmt auch mal aushelfen. Aber wie machst du das mit deinem Elektrogeschäft und mit der Sonja, wenn die Lavinia weg ist? Ohne deine Frau bist du doch total aufgeschmissen. Die schmeißt doch deinen Laden ganz allein.“
„Ach was, die Sonja ist doch fast erwachsen und auch schon im Geschäft eingearbeitet. Die hat diese Geocaching-Dinger ja auch ohne mich bei meinem Lieferanten bestellt und dreißig Prozent rausgehandelt. Außerdem bin ich ja auch noch da.“
„Hä? Die ist doch erst neun … oder zehn, wie der Torben“, wunderte sich

Steinhauser.
„Sag ich doch: fast erwachsen“, lachte Strubinski. „Die Sonja ist so erzogen, dass sie ganz gut alleine klarkommt, wenn ich arbeite oder sonstwie unterwegs bin. Alles reine Erziehungssache. Die ist halt nicht so verhätschelt wie andere Kinder.“
„Wie bist denn du drauf?“ Steinhauser schüttelte verständnislos den Kopf.
„Für den Notfall hab ich mir noch deine Schwester Monika organisiert.“
„Hä? Was? Wie kommst du zu meiner Schwester?“
„Weil sich die zwei Geocaching-Fans doch im Augenblick so gut verstehen, hab ich die Monika einfach gefragt, ob die Sonja nicht ab und zu beim Torben übernachten könnte. Und sie meinte, das sei kein Problem. Die Sonja kann in Torbens Zimmer schlafen und Torben dann bei dir.“
„Was hat die?“, stieß Steinhauser aus und starrte Strubinski erschrocken an.
„Ach, das hat sie dir noch gar nicht erzählt?“ Strubinski schaute verwundert. Musste aber gleich wieder lachen. „Sie sagte, du wolltest eh mehr Zeit mit deinem Patenkind verbringen und es wäre kein Problem für dich, wenn er ab und zu mal bei dir schläft. Dein Bett ist ja groß genug. Und die Steffi ist ja eh nicht da.“
„Aha, das hat sie gesagt, die liebe Monika?“
„Ja, das hat sie“, bestätigte Strubinski. „Aber seh das Ganze doch mal von der positiven Seite. Wir können vier Wochen lang Party machen und jede Faschingsfete mitnehmen, die im Sinngrund stattfindet. Und das sind einige.“
„Dir ist aber schon klar, wenn wir Party machen und die Sonja bei meiner Schwester übernachtet, dass dann der Torben bei mir schläft, oder? Da kann ich nicht besoffen nach Hause kommen. Was soll der denn von mir denken? Ich bin sein Onkel, sein Vorbild und Polizist.“
„Dann musst du dich halt zusammenreißen. Du Vorbild“, sagte Strubinski und klopfte ihm aufmunternd auf die Schulter. „Oder du pennst bei mir.“
„Na super!“ Steinhauser war etwas frustriert, um es mal vorsichtig auszudrücken. „Erst ist die Stefanie vier Wochen weg und jetzt schläft auch noch Torben bei mir, wenn wir mal Party machen könnten. Danke Fred, das hast du echt prima hingekriegt.“
„Du musst dich ja nicht jedes Mal ins Koma saufen und die vier Wochen ohne deine Perle wirst du auch überleben“, lachte Strubinski. „Aber ich muss schon sagen, seit wir letztes Jahr den erotischen Yoga-Kurs besucht haben, ist die Stefanie viel öfter bei dir in deiner Liebeshöhle. Die wird

wohl bald von Würzburg nach Burgsinn ziehen. Hat sich wohl doch gelohnt, oder?“
„Laber mich nicht voll! Lass uns lieber schauen, wo die Kinder rumrennen.“ Steinhauser wollte auf keinen Fall an dieses peinliche Kapitel in seinem Leben erinnert werden. Auch wenn der seltsame Yoga-Kurs durchaus auch seine Vorteile mit sich gebracht hatte. Denn Stefanie dachte seit dieser Zeit tatsächlich laut darüber nach, mehr Zeit bei ihm in Burgsinn zu verbringen.
Torben und Sonja waren bereits ein weites Stück voraus und sprangen, die Augen auf das Geocaching-Koordinaten-Suchgerät gerichtet, durch den Wald. Sie blieben kurz stehen, orientierten sich und liefen zielstrebig weiter.
„Torben! Sonja!“, schrie ihnen Steinhauser lautstark hinterher. „Wo wollt ihr überhaupt hin?“
Steinhausers Patenkind drehte sich um: „Zum Hexentanzplatz“, schrie er zurück.
„Und warum laufen wir dann nicht auf der Straße?“, brüllte Steinhauser verärgert.
„Weil das langweilig ist“, schrie jetzt wieder Torben und ging unbeirrt weiter.
„Könnt ihr vielleicht mal aufhören, hier rumzukreischen!“, beschwerte sich Strubinski.
„Ja, was soll ich denn mach, wenn die so weit weg sind und nicht stehen bleiben?“, hielt Steinhauser dagegen. „Und überhaupt, ich hab exakt null Bock bei dem Siffwetter hier durch den Wald zu latschen.“
„Motz nicht rum, lauf lieber schneller. Weit kann´s nicht mehr sein. Früher sind wir auch immer hier im Wald rumgestromert. Weißt du noch? Mit unseren Null-Gang BMX-Rädern haben wir uns von Mittelsinn aus hoch zum Hexentanzplatz gequält und sind dann wieder volle Karacho zurück ins Dorf gerast. Da gab´s noch keine E-Bikes.“
„Ich weiß, aber eine Gangschaltung wäre schon cool gewesen. Wir haben mehr geschoben, als dass wir geradelt sind. Aber das haben wir nicht bei so einem scheiß Wetter gemacht.“
„Ja, ja, du wieder“, sagte Strubinski und zeigte nach vorne. „Guck, jetzt sind sie stehn geblieben.“
Steinhauser und Strubinski schlossen zu den Kindern auf, die wie angewurzelt vor einer Schotterstraße standen. Sie hatten die Abzweigung am Hexentanzplatz erreicht. Ein Weg führte nach Emmerichsthal, einem

kleinen Weiler mit drei Häusern und einer Kneipe. Wegen ihrer hervorragenden, regionalen Küche und ihrer ganz speziellen Gastfreundlichkeit war die Kneipe weit über die Grenzen des Sinngrundes hinaus bei Wanderern, Radfahrern und Urlaubern bekannt und geschätzt. Wenn dann doch einmal jemand verrückt genug war, sich über das Essen zu beschweren, bewegte er sich auf sehr dünnem Eis. Zum Glück gab es hierzu eigentlich nie einen Anlass. Ein zweiter Weg führte zurück nach Mittelsinn und der dritte tiefer in den Wald.

„Na, habt ihr die Orientierung verloren?“, fragte Steinhauser.

Torben hob langsam den Arm und deutete über die Straße. „Da ... am Hexentanzplatz … da sitzt jemand am Baum. Sieht irgendwie komisch aus.“

Ungläubig schauten Steinhauser und Strubinski in die Richtung, in die Torben zeigte. Auf der anderen Straßenseite lag der Hexentanzplatz. Gut zu erkennen, durch eine brusthohe Buchsbaumhecke, die eine freie Fläche mit mehreren Sitzgelegenheiten umringte. In der Mitte stand eine schlanke, hohe Buche, an der tatsächlich ein Mann saß. Es sah aus, als ob er schlafen würde.

„Ihr bleibt hier stehen!“, befahl Steinhauser ernst. „Ich schau mal nach, was da los ist.“

Vorsichtig näherte er sich dem sitzenden Mann und beugte sich zu ihm hinunter.

In den Haaren, im Gesicht, überall auf der Kleidung und rund um den Mann herum im Gras waren merkwürdige, weiße Spritzer und Klumpen einer undefinierbaren Masse weit verstreut.

„Der sieht irgendwie tot aus“, flüsterte ihm plötzlich Strubinski ins Ohr.

Steinhauser zuckte erschrocken zusammen. „Du sollst doch bei den Kindern bleiben!“, schimpfte er.

„Ich kann dich doch nicht allein lassen“, meinte Strubinski.

„Ich komm ganz gut ohne dich klar.“

„Naja, wie gut du ohne mich, deinen Partner, klarkommst, das wissen wir ja“, sagte Strubinski und betrachtete sich den Mann näher. „Tot, oder?“

„Sieht so aus“, bestätigte Steinhauser und berührte vorsichtig dessen Handgelenk. „Null Farbe im Gesicht. Die Hand ist stocksteif, eiskalt und null Puls. Eindeutig tot!“

„Was ist denn das für ein Zeug?“, fragte Strubinski und betastete vorsichtig einen der weißen Klumpen. Die weiße Masse war hart, trocken und zerbrach in seinen Händen. „Das sieht ja fast so aus wie ...“

„Ist doch jetzt erst mal egal, was das ist“, unterbrach ihn Steinhauser. „Kennst du den?“
„Ne, den Typen hab ich noch nie gesehen. Was hat denn der da um seinen Hals hängen?“
„Sieht aus wie ein … Halseisen?“, wunderte sich Steinhauser.
„Ja, stimmt. Sieht irgendwie so aus.“ Strubinski betrachtete es genauer. „Am Eisen hängt eine Kette und die ist mit so einem … komischen Nagel am Baum festgenagelt. So einem uralten eckigen mit einer langen Nase, wie sie ganz früher benutzt wurden.“
Die dünnen, grauen Haare des fülligen Mannes klebten nass an seinem Kopf. Er trug abgetragene, vom Regen durchweichte Wanderkleidung und etwas abseits lag ein kleiner Rucksack. Während Steinhauser die Szenerie genauer betrachtete, holte Strubinski sein Handy hervor und fing an zu fotografieren.
„Was machst´n du da?“, fragte Steinhauser.
„Wonach sieht´s denn aus? Ich mach natürlich Bilder.“
„Ja, das seh ich auch, aber warum?“
„Warum? Du kannst vielleicht Fragen stellen.“ Strubinski schüttelte verständnislos den Kopf. „Beweisfotos! Spuren sichern! Das Programm solltest du als Polizist doch kennen. Hast ja lang genug bei der Kripo gearbeitet. Jedenfalls sieht es fast so aus, als ob wir einen neuen Fall hätten.“
Steinhauser würde sich wohl niemals daran gewöhnen können, wenn Strubinski in der *Wir-Form* oder von ihnen als Partnern sprach. Er schüttelte sich kurz.
„Fred“, sagte Steinhauser ruhig. „*Wir* … haben ganz bestimmt keinen neuen Fall. Das ist Sache der Kripo … also die von meinen Kollegen. Ist das klar? Und die sollten wir jetzt rufen.“
„Ja, ja“, sagte Strubinski beiläufig und machte munter weitere Fotos. Plötzlich hielt er inne und betrachtete sich den Mund des Mannes näher. „Dem seine Backen schauen aber komisch aus.“ Er suchte ein Holzstöckchen und drückte damit gegen die Wangen des Mannes.
„Was wird´n das, wenn´s fertig ist?“, fragte Steinhauser.“
„Ich will nur mal gucken, was der da hat.“
„Jetzt tatsch dem doch nicht im Gesicht rum. Kannst du das vielleicht mal lassen!“
Strubinski ließ sich nicht beirren. „Steinhart! Man könnte meinen, dem steckt was im Mund“, stellte er fest.

„Totenstarre halt“, meinte Steinhauser.
„So hart?“, wunderte sich Strubinski und versuchte mit dem Stöckchen den Mund zu öffnen – erfolglos.
„Jetzt hör doch auf, an dem seinem Mund rumzufummeln!“, beschwerte sich Steinhauser und nahm ihm das Stöckchen weg.“
„He, was soll´n das?“, regte sich Strubinski auf. „Ich will doch nur guck, was dem da im Mund steckt.“
„Da sollen sich die Kollegen von der Kripo drum kümmern“, sagte Steinhauser.
Strubinski ging derweilen zu dem Rucksack. „Wollen wir mal reinschauen?“
„Nix da! Finger weg, sonst versaust du noch irgendwelche Spuren, falls welche dran sind“, schimpfte Steinhauser. Er hatte nämlich gar keine Lust, hier auch nur irgendetwas anzufassen oder zu untersuchen. Alleine, dass sie den Mann gefunden hatten, regte ihn schon auf. Er holte sein Handy hervor. „Ich ruf jetzt den Tagweih von der Kripo an.“
„Rufst du auch die Stefanie an?“
„Ne, ab morgen beginnt ihr Urlaub und die ist bei mir zu Hause. Da ist die im Moment am besten aufgehoben“, erklärte Steinhauser.
„Vergiss deinen Chef nicht, sonst ist der wieder beleidigt“, meinte Strubinski etwas angefressen. Er hätte zu gerne einen Blick in den Rucksack geworfen, hielt sich aber schweren Herzens an die Anweisung.
„Ja, besser ist das. Dem Rappert seine Launen kann ich nicht gebrauchen“, stimmte Steinhauser zu und suchte dessen Nummer heraus.
„Ist der tot?“, fragte plötzlich Torben. Er und Sonja standen wie aus dem Nichts hinter ihnen und fingen ebenfalls an, Bilder mit ihren Handys zu machen.
„Ihr sollt doch auf der anderen Straßenseite bleiben!“, schimpfte Steinhauser. „Und nehmt die Dinger weg. Hier werden keine Bilder gemacht. Und wieso habt ihr überhaupt schon Handys? Ihr seid doch erst … zehn?“
„Onkel Hannes! Ich bin fast elf!“, beschwerte sich Torben und steckte beleidigt sein Handy weg. „Und außerdem sind wir keine Babys mehr!“
„Ja, genau, wir sind keine Babys mehr!“, pflichtete ihm Sonja bei. Strubinski musste lachen, Steinhauser verdrehte die Augen.
„Ist der jetzt tot oder nicht?“, wiederholte Torben seine Frage.“
„Äh, … äh, … also … besonders gut geht es ihm jedenfalls nicht“, stammelte Steinhauser, da er nicht wusste, was er seinem Patenkind sagen sollte.

„Also tot“, sagte Torben voller Überzeugung.
„Ich will auch mal gucken“, meldete sich Sonja zu Wort und versuchte an ihrem Vater vorbeizuschauen.
„Du gehst jetzt sofort wieder auf die andere Straßenseite“, befahl ihr Vater streng und stellte sich schnell vor seine Tochter. „Das könnte ein Tatort sein und ihr trampelt hier in den Spuren rum.“
„Du doch auch“, beschwerte sich Sonja.
„Ich trampele nicht rum, ich untersuche“, stellte Strubinski klar. Steinhauser verdrehte erneut die Augen, als er das hörte. Gerade als er ansetzen wollte, etwas zu sagen, richtete Strubinski wieder das Wort an seine Tochter. „Ruf lieber mal deine Mutter an, dass die dich hier abholt.“
„Soll ich auch die Mama anrufen?“, fragte Torben Richtung Steinhauser.
„Äh … nein, lieber nicht“, antwortete er nach kurzem Überlegen. Er hielt es für besser, wenn Monika nicht hier auftauchen würde. „Du kannst mit Lavinia und Sonja zurück nach Mittelsinn fahren. Ich hol dich dann später dort ab und nehm dich mit nach Burgsinn.“
„Hast recht, die Mama stresst sonst eh nur wieder rum“, stimmte Torben zu.
Während Sonja ihre Mutter anrief, wandte sich Steinhauser an Strubinski. „Geb mir mal dein Handy“, sagte er.
„Wieso, du hast doch dein eigenes?“
„Ja schon, aber mir ist gerade eingefallen, dass ich aus Sicherheitsgründen die Nummern vom Rappert und dem Tagweih nicht in meinem Telefon gespeichert habe. Nicht, dass ich noch aus Versehen einen von den zwei Vögeln anrufe. Dann hätten die ja meine Nummer, und das kann ich gar nicht gebrauchen. Und mein Diensthandy, das alte Museumsteil, das mir der Rappert besorgt hat, hab ich jetzt nicht dabei“, erklärte Steinhauser.
„Kennst du die Nummer von denen auswendig?“, wunderte sich Strubinski.
„Ne, aber wir rufen einfach die 110 an, dann leiten die uns schon weiter“, meinte Steinhauser.
„Ne, mein Handy geb ich dir nicht!“ Strubinski schüttelte den Kopf. „Ich will auch nicht, dass die meine Nummer haben.“
„Aber wir müssen doch anrufen“, sagte Steinhauser.
„Dann nimm halt das von Torben“, schlug Strubinski vor.
Steinhauser überlegte kurz. „Ja, das kann ich machen.“
Bereitwillig und auch ein wenig stolz gab Torben seinem Patenonkel sein Handy. Der wählte die 110 und landete nach mehreren Gesprächen

schließlich bei seinem Chef Rolf Rappert. Der ihn, wie üblich, erst einmal anschnauzte, bevor er ihm zuhörte. Als er Steinhauser dann doch irgendwann Gehör schenkte, sagte er erst einmal nichts mehr. Er nahm die Sachlage zur Kenntnis und fragte noch einmal nach, wo sich der Hexentanzplatz befand. Rappert ließ es sich natürlich nicht nehmen und setzte Hauptkommissar Marek Tagweih von der Kripo in Würzburg persönlich in Kenntnis.

Schon nach kurzer Zeit näherte sich ihnen ein großer, dunkelgrüner SUV. Der Nieselregen hatte zum Glück mittlerweile aufgehört. Steinhauser erkannte das Auto sofort und wandte sich an sein Patenkind. „Ich hab doch gesagt, du sollst deine Mutter nicht anrufen!“

„Hab ich auch nicht! Oder glaubst du, ich bin blöd!“, versicherte Torben.

Der Wagen parkte direkt neben ihnen, Torbens Mutter riss die Tür auf und kam aufgelöst zu ihnen gerannt. „Mein armer Junge“, stieß Monika besorgt aus und drückte Torben fest an sich. Erfolglos versuchte dieser sich zu wehren. Gegen seine Mutter war er aber chancenlos. Genervt verdrehte er die Augen und schaute hilfesuchend zu seinem Patenonkel. Der zuckte nur entschuldigend mit den Schultern. Gleich dahinter kamen sein Vater Klaus, der Hausarzt, und Strubinskis Frau Lavinia, deren rote Lockenpracht schon von weitem ins Auge fiel. Beide waren nicht weniger aufgeregt. Lavinias Outfit war allerdings alles andere als geländetauglich. Mit einem Schirm, langem Mantel und eleganten Lederstiefeln mit hohen Absätzen stakste sie durch den Wald wie ein Storch durch den Salat. Ein Anblick, bei dem man sich nur schwer das Lachen verkneifen konnte.

„Was habt ihr denn wieder angestellt?“, fragte Klaus vorwurfsvoll.

„Euch kann man nicht mal mit den Kindern in den Wald lassen!“, schob Lavinia direkt hinterher.

„Ja, genau“, pflichtete ihr Monika bei. „Könnt ihr nicht besser aufpassen! Die Kinder könnten bei so was ein Trauma davontragen.“ Monika ließ Strubinski und ihrem Bruder keine Chance sich zu äußern und wandte sich direkt an ihren Mann. „Klaus, du kennst doch bestimmt einen guten Trauma-Psychologen, oder? Du musst dich sofort um einen Termin kümmern!“

„Äh, … ja Schatz ...“, gab er zurück, kam aber nicht dazu, weiter etwas zu sagen. Seine Frau redete jetzt auf ihren Sohn ein. Dabei strich sie ihm durch die nassen Haare. „Geht es dir gut? Du bist ja ganz nass. Soll ich dir

eine Decke holen? Am besten du kommst gleich mit ins Auto. Wenn ich das geahnt hätte, dann hätte ich noch schnell einen heißen Tee gemacht. Willst du darüber reden? Reden hilft. Jetzt sag doch was!“
Als Monika einmal Luft holte, ergriff ihr Sohn schnell das Wort. „Mama!“, beschwerte er sich. „Lass mich jetzt los! Du bist peinlich und mir geht es gut! Ich brauch auch keinen Trauma-Dingsologen oder was das sein soll!“
„Aber Torben?“, wunderte sie sich und schaute hilfesuchend zu ihrem Mann.
Torben löste sich mit aller Kraft aus ihrer Umklammerung. „Der Mann ist einfach nur tot. Mit so was muss ich klarkommen, wenn ich später mal, wie Onkel Hannes, bei der Kripo arbeiten will. Also, bleib mal locker.“
„Torben ...? Seit wann willst du denn … Polizist werden?“ Monika war sichtlich verwirrt.
„Schon immer, aber du hörst mir ja nie zu.“
„Klaus … sag doch auch mal was!“
Ihr Mann blies die Backen auf, zuckte hilflos mit den Schultern und wusste nicht, was er sagen sollte.
„Jetzt mach mal keinen Terz“, nutzte Steinhauser die kurze Schweigeminute seiner Schwester und die Hilflosigkeit seines Schwagers. „Da können wir doch nix dazu. Die Kinder haben den Toten gefunden.“
„Auch das noch!“, kreischte Monika erschüttert. Sie schüttelte den Kopf, während sie ihren Sohn regelrecht ins Auto zerrte. Klaus schaute etwas ratlos zu. Er wusste nicht so recht, wie er sich verhalten sollte, also machte er einfach nichts. Was in solchen Situationen nie verkehrt war.
„Hast du die Monika angerufen?“, wandte sich Strubinski leise an seine Frau, die zusammen mit Sonja interessiert beobachtete, wie Torben verzweifelt versuchte, sich gegen seine Mutter zu erwehren.
„Du bist so peinlich!“, schimpfte der und schaute verlegen zu seiner Klassenkameradin.
„Ich dachte, es wäre besser, wenn ich der Monika auch gleich Bescheid gebe“, antwortete Lavinia leise. „War wohl keine so gute Idee, ihr von dem Toten zu erzählen, den ihr gefunden habt.“
„Naja, Schatz, du hattest schon bessere. Deshalb haben wir die Sonja auch beauftragt, dich anzurufen und nicht die Monika. Aber mach dich nicht verrückt. Jetzt ist es eh zu spät.“
Steinhauser, der die ganze Szene aufmerksam verfolgt hatte, wandte sich nun an seine Schwester. „Monika, ihr könnt hier jetzt sowieso nicht weg. Ich hab die Kollegen informiert und der Torben ist ein wichtiger Zeuge.

Also reg dich bitte wieder ab. Schließlich kann keiner was dazu, dass hier im Wald ein Toter rumsitzt."

„Ja, Monika", meldete sich Klaus auch einmal zu Wort. „Beruhige dich bitte! Du machst den Jungen ganz durcheinander", warf er halbherzig ein und wandte sich dann an seinen Sohn. „Und du ... setzt dich bitte mit der Mama ins Auto, sonst dreht die hier noch total ab."

„Aber Klaus …?", setzte Monika an, etwas zu sagen.

„Nix, aber Klaus!", schnitt ihr Mann ihr nun resolut das Wort ab. „Du hältst jetzt mal die Luft an und hockst dich ins Auto!"

Der ungewohnt resolute Auftritt ihres Mannes versetzte Monika in eine Art Schockstarre, die dieser dazu nutzte, seine Frau und Torben ins Auto zu verfrachten. Anschließend kam er zurück zu den anderen.

„Also, was ist passiert?", wandte er sich an seinen Schwager und Strubinski.

Nachdem ihm Steinhauser kurz die Sachlage geschildert hatte, inspizierte Klaus den Mann. „Eindeutig tot", stellte er nach kurzer Untersuchung fest. „Und das schon länger. Soll ich ihn mir mal genauer anschauen?"

„Besser nicht", wehrte Steinhauser ab. „Ich hab die Kollegen von der Kripo informiert. Die werden bald hier auftauchen. Und der Tagweih kann das gar nicht leiden, wenn jemand an seinen Leichen rumfummelt. Wegen Spuren und so."

„Wenn du das sagst, dann eben nicht", meinte Klaus und wirkte etwas enttäuscht.

„Können wir nach Hause?", fragte Lavinia.

„Schatz", meinte Strubinski liebevoll und strich seiner Frau über den Arm. „Das geht leider nicht. Die Kollegen vom Hannes müssen erst unsere Aussagen aufnehmen."

„Na toll", seufzte sie und gab Sonja einen Schubser. „Dann setzen wir uns solange zur Monika und dem Torben ins Auto, bis die kommen."

„Ja, mein Schatz, das ist eine gute Idee", pflichtete ihr Strubinski bei.

„Was bist du denn so schleimig?", fragte Steinhauser, nachdem Lavinia und Sonja im Auto verschwunden waren.

„Du bist vielleicht lustig. In zwei Tagen fliegt die Lavinia in die USA, da will ich vorher noch mal Sex haben. Das kann ich grad gar nicht gebrauchen, dass die wegen einer blöden Leiche rumzickt", erklärte Strubinski.

„Deine Probleme möchte ich haben." Steinhauser schüttelte nur den Kopf.

„Tu doch nicht so scheinheilig", beschwerte sich Strubinski. „Genau aus dem Grund hast du die Stefanie doch auch nicht angerufen. Du willst doch

nur, dass die mehr Zeit für dich hat und nicht noch dem Tagweih hilft, bevor sie abdüst."
„Blödsinn", hielt Steinhauser dagegen.
„Könnt ihr vielleicht mal die Klappe halten!", befahl Klaus scharf und beide verstummten. „Sagt mir lieber, was wir jetzt machen."
„Nix!", sagte Steinhauser entschlossen. „Wir warten, bis der Tagweih und seine Truppe hier auftauchen."

Während alle auf die Ankunft von Kriminalhauptkommissar Marek Tagweih aus Würzburg warteten, hatten Steinhauser und Strubinski, mit der Unterstützung von Klaus, noch mehrmals versucht, Jacky zu rufen, waren aber erfolglos. Die Beagle-Dame blieb verschwunden, da half auch lautes Pfeifen nichts. Dafür leuchteten wenig später jede Menge Blaulichter durch den Wald und ein ganzer Fahrzeug-Konvoi parkte rund um den Hexentanzplatz. Mittlerweile begann es wieder zu regnen.
Zuerst erblickte Steinhauser seinen Dienststellenleiter Rolf Rappert, der bereits im Stechschritt auf ihn zueilte. Im Schlepp hatte er seine zwei Lieblingskollegen, die Steinhauser nicht sonderlich leiden konnte, was allerdings auf Gegenseitigkeit beruhte. Der große, hagere mit dem schmalen Gesicht hieß lustigerweise Andreas Klein und der kleine, untersetzte mit dem runden Gesicht, dessen Name er sich nie merken konnte, watschelte hechelnd hinterher. Schon nach wenigen Schritten war dessen Kopf rot wie das Licht einer Verkehrsampel. Ein Anblick, bei dem sich Steinhauser trotz der ernsten Lage ein kurzes Lächeln nicht verkneifen konnte. Weiter hinten entdeckte er noch Frank Hack, mit dem er schon einmal Dienst geschoben hatte. Ihn fand er ganz in Ordnung und das nicht nur, weil ihm dieser zuwinkte, als sich ihre Blicke trafen.
Gerade als sich Rolf Rappert vor Steinhauser aufbaute und etwas sagen wollte, wurde lautstark nach ihm gerufen.
„Herr Rappert! Ich brauche Sie und Ihre Männer hier! Sie müssen sich um die Absperrung kümmern!" Die strengen Befehle kamen von Marek Tagweih, dem Kriminalhauptkommissar aus Würzburg. Der stand, mit Schirm, Regenjacke und Gummistiefeln, an der kleinen Buchsbaumhecke, die den Hexentanzplatz umgab, und stemmte die Hände in die Hüften. Er machte Rappert unmissverständlich klar, dass hier nichts ohne seine Anweisungen geschah und auch nicht gesprochen wurde, ohne dass er es genehmigte.

Rappert presste die Lippen aufeinander und wedelte mit dem ausgestreckten Zeigefinger Richtung Steinhauser. Er sagte aber nichts, wandte sich ab, ging gehorsam zu Tagweih und nahm dessen Befehle entgegen.
„Voll angespannt, dein Chef“, meinte Strubinski. Steinhauser zuckte nur mit den Schultern und winkte ab. Beide beobachteten, wie eine kleine Armee von Spezialisten in weißen Einweganzügen mit lustigen, blauen Schuhüberziehern ihre Ausrüstung aus den Fahrzeugen holte und sich orientierte. Die Leiche hatten sie gleich entdeckt. Rapperts Leute spannten etwas planlos kreuz und quer blau-weißes Absperrband zwischen den Bäumen und rund um den Hexentanzplatz.
Tobias Stickl, der intellektuelle Klugscheißer aus der Rechtsmedizin, wie ihn Steinhauser bezeichnete, machte sich mit seinen Leuten gleich an die Arbeit und inspizierte den Toten. Seine Abneigung dem Leichenfledderer gegenüber, wie er ihn noch nannte, kam daher, dass dieser ständig seine Stefanie anbaggerte. Und das konnte er gar nicht leiden. Unterstützt wurde Stickl von Natascha Holm, der Chefin der Kriminaltechnik. Das als Einzelgängerin bekannte Wunderkind wirkte mit ihren kurz geschorenen Haaren und ihren zahlreichen Tattoos immer noch etwas befremdlich auf Steinhauser. Was nicht zuletzt auch daran lag, dass sie ihn immer so durchdringend anschaute, wenn sie sich einmal begegneten. Was aus Steinhausers Sicht zum Glück nur noch selten der Fall war, da er wegen dem Projekt „Mehr Sicherheit auf dem Land“ in den Sinngrund versetzt worden war. Diesmal grüßte sie ihn nur kurz.
Zusätzlich wurde das hiesige Bestattungsinstitut Gries für den Abtransport der Leiche engagiert. Gundula und Detlev Gries schauten etwas verwirrt, da sie mit hoher Wahrscheinlichkeit das erste Mal Instruktionen von der Kripo entgegennahmen. Beide wirkten leicht überfordert, was Tagweih aber nicht interessierte. Nachdem der Kriminalhauptkommissar mit beiden fertig war, kam er zu Steinhauser, Strubinski und Klaus Vorndran.
„Guten Morgen, mein Name ist Klaus Vorndran. Ich bin Hausarzt“, stürmte ihm Klaus mit ausgestreckter Hand entgegen. „Wenn ich irgendwie behilflich sein kann, ich stehen Ihnen selbstverständlich zur Verfügung.“
Tagweih betrachtete die Hand, nahm Sie jedoch nicht, sondern musterte Klaus nur kurz von oben bis unten. „Danke, aber ich wüsste jetzt nicht, wie uns ein ... Hausarzt helfen könnte“, gab er abfällig zurück, ließ Klaus einfach stehen und kam zu Steinhauser und Strubinski.
„So sieht man sich wieder, Herr Tagweih“, begrüßte ihn Strubinski betont

freundlich. „Und wie geht es Ihnen? Alles fit im Schritt?“
„Fred!“, schimpfte Steinhauser und gab ihm einen Stoß.
„Sorry, ich wollte nur höflich sein.“
„Einen wunderschönen guten Morgen, Herr Tagweih“, sagte Steinhauser in sachlichem Tonfall. „Die Leiche haben Sie ja schon entdeckt.“
Tagweih schaute kurz zu seinen Leuten, die sich mit eingespielter Routine an die Arbeit machten, dann wieder zu Steinhauser. Klaus gesellte sich zu ihnen und hörte aufmerksam zu.
„Von einem wunderschönen Morgen sind wir meilenweit entfernt. Das ist jetzt schon die dritte Leiche, die Sie finden, seit Sie in diesen … Sinngrund ... versetzt wurden, Herr Steinhauser. Sollte ich mir Gedanken machen?“, fragte Tagweih direkt, ohne zu grüßen. Tagweih gab sich keine Mühe zu verbergen, dass er jetzt lieber woanders gewesen wäre. Da hatte er sogar, auch wenn er es nicht wusste, eine Gemeinsamkeit mit Steinhauser.
Steinhauser wusste im ersten Augenblick gar nicht, was er antworten sollte. „Da kann doch ich nix dafür“, gab er etwas verärgert zurück. „Genaugenommen hab ich den Toten gar nicht gefunden, sondern der Torben, mein Patenkind.“
„So, so, Ihr Patenkind“, meinte Tagweih. „Dann liegt das Auffinden von Toten wohl in Ihrer Familie, was?“
Noch bevor Steinhauser etwas erwidern konnte, meldete sich Strubinski zu Wort. „Das kann man eigentlich so genau gar nicht sagen, wer den Toten gefunden hat. Den könnte ebenso gut meine Tochter, die Sonja, entdeckt haben. Und die ist ja wohl gar nicht mit dem Hannes verwandt.“
Tagweih sagte zunächst nichts, schaute Strubinski nur so lange an, bis dieser verlegen zur Seite schaute. Dann wanderte sein Blick zu Klaus und wieder zurück zu Steinhauser. „Jedenfalls sind Sie beide, wenn es hier in der Gegend Tote gibt, nicht weit“, ergänzte der Kriminalhauptkommissar noch.
„Was wollen Sie denn damit sagen?“, fragte Steinhauser leicht aufgebracht.
Tagweih winkte ab. „Nichts, vergessen Sie, was ich gesagt habe. Kennt einer von Ihnen den Toten?“
„Nein, den haben wir noch nie gesehen“, versicherte Steinhauser und Strubinski nickte.
„Dann erzählen Sie mir doch erst mal, was passiert ist und was Ihr Patenkind und ...“, er schaute zu Strubinski, „... und Ihre Tochter damit zu tun haben.“

Abwechselnd berichteten Steinhauser und Strubinski, warum sie hier im Wald umherirrten und wie sie auf die Leiche gestoßen waren.
„Und wo sind Ihr Patenkind und Ihre Tochter jetzt?“, fragte Tagweih.
„Im Auto von meinem Schwager, bei ihren Müttern“, antwortete Steinhauser und deutete auf den SUV. „Da würde ich aber jetzt nicht hingehen.“
„So, und warum denn nicht?“, wunderte sich Tagweih.
„Glauben Sie mir, Sie wollen jetzt nicht mit meiner Schwester und dem Fred seiner Frau reden“, sagte Steinhauser.
Tagweih musterte ihn skeptisch, als sich Klaus zu Wort meldete. „Da kann ich meinem Schwager nur zustimmen.“
„Wer waren Sie noch mal?“, fragte ihn Tagweih.
„Ich bin Klaus Vorndran, Hausarzt, Schwager von Herrn Steinhauser und der Vater von Torben. Der Junge, der die Leiche gefunden hat“, stellte er sich erneut, in fast militärischem Tonfall, vor. Fehlte nur noch, dass er stramm stand und salutierte.
„Aha“, meinte Tagweih und musterte ihn erneut abfällig von oben bis unten, ohne näher auf ihn einzugehen. Schließlich wandte er sich wieder an Steinhauser. „Naja, mehr wie Sie können mir die Kinder wahrscheinlich auch nicht sagen. Und wenn ich noch Fragen haben sollte, dann kann ich das ja immer noch nachholen.“ Der Hauptkommissar schaute zu dem Wagen hinüber, als einer seiner Kollegen auf ihn zukam und etwas fragte.
Während Tagweih abgelenkt war, wandte sich Strubinski an Steinhauser. „Willst du die Stefanie nicht doch lieber mal anrufen?“, fragte er leise.
„Nein, auf keinen Fall. Die liegt wahrscheinlich noch im Bett. Ist ja erst ...“, Steinhauser warf einen schnellen Blick auf seine Uhr, „... halb elf.“
Tagweih hatte die Ohren gespitzt und schaute kurz zu ihnen. „Was die an dem findet, kann auch keiner verstehen“, murmelte er etwas zu laut, denn Steinhauser hatte es gehört.
„Hey“, rief er und ging auf Tagweih zu. „Ham Sie ein Problem damit, wenn die Stefanie in meinem Bett liegt?“
Tagweih zuckte erschrocken zusammen. „Äh, … nein, … natürlich nicht“, stammelte er verlegen.
„Dos hat sich ebe öber gaaaanz annerst o´gehört“, sagte Steinhauser mit scharfem mittelsinner Zungenschlag.
„Es tut mir leid, ... ich ... äh … ich wollte Ihnen nicht zu nahe treten“, entschuldigte er sich erneut.
„Aufgepasst, Freundchen! Ich wär ganz vorsichtig mit so Äußerungen. Die

Stefanie steht halt auf echte Männer und nicht auf Luftpumpen." Steinhausers Tonfall blieb angriffslustig.
„Ist ja gut, jetzt beruhigen Sie sich doch bitte wieder." Tagweih versuchte erneut einzulenken.
Bevor die Situation eskalierte, ergriff Strubinski das Wort. „Ja, Hannes, bleib doch locker. Wir wissen doch alle: Wer einmal mit ´nem Sinngründer liiert war, gibt sich mit weniger nicht mehr zufrieden."
„Genau, Hannes. Mach jetzt bloß kein Stress", mischte sich auch Klaus ein.
Tagweih schüttelte nur den Kopf und ging. Er hatte keine Lust auf derartige Diskussionen. Nach ein paar Metern blieb er noch einmal stehen und drehte sich um. „Und noch was!", rief er in Richtung Steinhauser und Strubinski. „Sie beide, Sie halten sich gefälligst aus den Ermittlungen raus! Ist das klar!?"
„Selbstverständlich ... Herr Tagweih", gab Steinhauser gehorsam, aber mit einem nicht zu überhörenden Unterton zurück. „Wenn Sie Hilfe brauchen und nicht weiterkommen … Sie wissen ja, wo Sie uns finden." Jetzt hatte er doch tatsächlich *„uns"* gesagt.
Strubinski grinste und klopfte ihm anerkennend auf die Schulter. „Halten wir uns echt raus?", fragte er leise.
„Aber zu hundert Prozent!", bestätigte Steinhauser. „Ich kenn den toten Typ nicht. Soll sich doch der Tagweih darum kümmern. Das ist schließlich sein Job. Der soll mal was tun für sein Geld. Wir konzentrieren uns auf Fasching."
„Wenn du das sagst. Damit kann ich leben. Du bist der Boss", stimmte Strubinski zu.
„Ist dieser Kommissar eigentlich immer so ein Arschloch?", fragte Klaus.
Steinhauser und Strubinski schauten ihn überrascht an. So derartig direkt war der ansonsten korrekte Hausarzt sonst nie. Sie sagten aber nichts, nickten nur.

In sicherer Entfernung lehnten sich Steinhauser, Strubinski und Klaus an dessen SUV und beobachteten, wie Rappert und seine Leute den Fundort der Leiche sicherten, während die Spezialisten der Kripo Spuren suchten.
„Fehlt nur noch Popcorn", meinte Strubinski.
„Im Auto hätten wir Chips", gab Klaus zurück.
„Ne, lass mal", sagte Steinhauser.

Torben und Sonja schauten ebenfalls interessiert aus dem Auto und betrachteten das Treiben. Ihren Müttern war das zwar gar nicht recht, verhindern konnten sie es aber nicht. Dafür war deren Neugierde viel zu groß. Schließlich kam es nicht alle Tage vor, dass man die Polizei live bei der Arbeit beobachten konnte.
„Wo ist eigentlich die Jacky?“, fragte Torben.
Steinhauser zuckte mit den Schultern. Vor lauter Leiche hatte er die Beagle-Dame ganz vergessen. „Wenn die nicht bald wieder auftaucht, dann dürfen wir die auch noch suchen. Hoffentlich liegt die nicht irgendwo rum. So eine Hetzjagd verträgt die doch gar nicht.“
„Ich glaub, die ist da drüben“, rief Sonja und zeigte Richtung Hexentanzplatz.
In der Tat, da war tatsächlich die Beagle-Dame. Ein schwarz-weiß-braunes Bündel kroch mehr, als es lief über den Hexentanzplatz. Dies blieb auch den Leuten von der Kripo nicht verborgen.
„Hey, hier ist ein Hund!“, rief Stickl. „Der muss auf der Stelle weg!“
Schnell rannte Steinhauser hinüber. „Entschuldigung, das ist meiner … der … der war jagen.“
„Jagen? Hat der etwa gewildert?“ Sofort stand Rappert auf der Matte.
„Nein, natürlich nicht, die Jacky hat nur etwas … etwas gespielt“, erklärte er und betrachtete die Beagle-Dame, die sich total erschöpft über den Hexentanzplatz schleppte.
„Johannes, ich hab gar nicht gewusst, dass du einen Hund hast.“ Plötzlich stand Natascha Holm direkt hinter ihm. Er konnte ihren Atem spüren.
Steinhauser zuckte erschrocken zusammen. „Ja, … äh, … hab ich“, stammelte er verlegen. Ihre bloße Anwesenheit machte ihn schon nervös. Mit ihrem durchdringenden Blick schaute sie ihm direkt in die Augen. „Der Hund heißt … äh ... Jacky und ist eine Sie“, erklärte er völlig verunsichert, stolperte zu der Beagle-Dame und versuchte sie zu animieren, ihm zu folgen, aber Jacky lag am Boden und machte keinerlei Anstalten, sich zu bewegen. Ihre Zunge hing ihr aus dem Hals und sie hechelte abgekämpft. „Na komm schon“, sagte Steinhauser und strich ihr über den Kopf. „Bis zum Auto ist es nicht mehr weit.“ Jacky legte den Kopf auf den Boden und schaute ihn hilfesuchend an. Unter den wachsamen Augen von Natascha Holm kniete er sich neben die Beagle-Dame und nahm sie unbeholfen in die Arme. Beim Aufstehen wäre sie ihm beinahe heruntergefallen, wenn ihm Natascha Holm nicht geholfen hätte. Steinhauser bedankte und verabschiedete sich von ihr. Anschließend

verfrachtete er Jacky in den Kofferraum des SUV's seines Schwagers.
Nachdem Gundula und Detlev Gries die Leiche verladen und die Polizisten den Fundort abgesperrt hatten, kam Tagweih noch einmal zum SUV. „Können Sie mir sagen, was für ein Ort dieser … sogenannte Hexentanzplatz ist?“, fragte er und war diesmal um Höflichkeit bemüht.
„Das ist ein alter heidnischer Ort“, sagte Strubinski und zeigte auf den Baum, an dem die Leiche angebunden war. „Hier wurden früher, bei nächtlichen Ritualen, Menschen geopfert, um die Hexengeister des Waldes zu besänftigen. Vielleicht hat sich jemand daran erinnert und will die alten Bräuche wieder aufleben lassen. Back to the roots, sozusagen.“
Tagweihs Gesichtszüge verfinsterten sich. Er konnte es gar nicht leiden, wenn ihn jemand verarschen wollte, und genau das Gefühl hatte er gerade. Aber bevor er etwas sagen konnte, kam ihm Steinhauser zuvor.
„Red kein Blödsinn, Fred!“ Er gab Strubinski einen Stoß. „Warum dieser Ort Hexentanzplatz heißt, weiß keiner so genau. Angeblich haben hier früher die Waldarbeiter und die sogenannten Pflanzweiber während Aufforstungsarbeiten getanzt und gefeiert. Ich weiß nur, dass wir während unserer Schulzeit, als es noch den Tag des Baumes gab, mit der Schule hierher gewandert sind. Hier gab es dann immer eine Brotzeit und eine Waldführung mit dem Förster. Anschließend fanden Ratespiele statt, bei denen man kleine Preise gewinnen konnte. Mehr kann ich Ihnen leider auch nicht sagen.“
Tagweih schwieg zunächst und warf ihnen nur einen langen Blick zu. Sie konnten sehen, wie es in seinem Hirn ratterte. „Sie können jetzt nach Hause fahren“, mehr sagte er nicht und ging.
Ziemlich beste Freunde würden der Tagweih und die Sinngründer wohl so schnell nicht werden.
„Also, ich fand meine Version besser“, meinte Strubinski mit einem breiten Grinsen, nachdem Tagweih verschwunden war.
Steinhauser und Klaus ließen Strubinskis Satz unkommentiert. Anschließend quetschten sich alle in den SUV. Torben und Sonja leisteten Jacky im Kofferraum Gesellschaft.

Kapitel 2

Nach einer langen und intensiven Nacht mit Stefanie, in der sie noch einmal die ein oder andere Übung aus ihrem erotischen Yoga-Kurs auffrischten, den sie vor einiger Zeit mit ihren Freunden besucht hatten, machte sich Steinhauser mit dem E-Bike seines Schwagers auf den Weg zur Arbeit. Stefanie nahm die traurigen Neuigkeiten von dem Leichenfund überraschend gelassen auf. Sie war halt ein Profi. Natürlich war sie erschüttert, aber da die USA-Reise kurz bevorstand, konnte sie sich damit jetzt nicht beschäftigen. Die Zusammenstellung ihrer Reiseliste hatte jetzt oberste Priorität und forderte ihre volle Aufmerksamkeit. Schließlich durfte nichts vergessen werden.

„Ei, gude Morsche, Herr Steinhauser", begrüßte ihn Frau Schäflein, die gute Seele des Rathauses, freundlich und schenkte ihm gleich eine Tasse Kaffee mit Milch und zwei Stück Zucker ein. So wie es Steinhauser mochte. „Wisse Sie scho, wer die Leich ist?", fragte sie direkt und rückte sich ihre neue Brille mit dickem, weißen Rand zurecht. Frau Schäflein war sehr modebewusst und hatte für jedes Outfit eine farblich passende Brille.

„Sie sind ja schon bestens informiert ...", meinte Steinhauser, nahm die Tasse Kaffee dankend entgegen und warf einen Blick auf die Uhr. „... um exakt 08:21 Uhr in der Früh."

„Ich war gestern Abend mal in Mittelsinn beim Lukas in der Kneipe zum Esse, da habbe die Leut des scho erzählt. Schlimme Sache, mit dem Halseisen und so", sagte Frau Schäflein betroffen und hatte gleich einmal ein paar Details parat.

„Woher wissen Sie denn von dem Halseisen?", wunderte er sich, aber nur kurz. Er konnte sich schon denken, wer diese Informationen verbreitet hatte.

„Des habbe die Leut halt so erzählt", gab sie zurück.

„So, so, die Leute haben das erzählt. Was haben die Leute denn sonst noch so erzählt?", fragte er, hängte seine Mütze und Jacke an den Kleiderständer und setzte sich an seinen immer noch PC-losen Schreibtisch. Mittlerweile hatte er es aufgegeben, einen PC zu beantragen. Der alte Laptop, den ihm Frau Schäflein besorgt hatte, reichte vollkommen aus, um die Berichte für seinen Chef zu schreiben. Mehr brauchte und wollte er auch gar nicht haben.

„So genau weiß ich des jetzt auch net“, sagte Frau Schäflein nachdenklich. „Aber was Neues kann ich Ihne ja eh net erzähle, Sie war´n ja schließlich selber dabei.“
Steinhauser winkte ab und deutete auf sein Telefon auf dem Schreibtisch. Ein rotes Lämpchen blinkte. „Hat er angerufen?“
Frau Schäflein wusste sofort, wen er meinte. „Scho fünf Mal“, gab sie zurück. „Des erste Mal um Punkt 08:00 Uhr, dann alle fünf Minute. Gleich wird’s wieder klingele. Sogar der Bürgermeister war heut scho mal da gewese und hat nach Ihne gefragt. Sie sind ja auch wieder mal viel zu spät.“
Telefonterror vom Rolf Rappert, seinem Dienststellenleiter, und ein morgendlicher Besuch vom Bürgermeister Horst Mehrhold, das konnte nichts Gutes bedeuten. „Was heißt hier zu spät? Als moderner Beamter gestalte ich meine Arbeitszeit halt flexibel“, grinste Steinhauser mit einem Augenzwinkern.
Frau Schäflein verdrehte die Augen. „Ja, ja, des hab ich scho gemerkt. Aber da ruft der Rappert net ständig an. Auf meiner Leitung hat er´s auch scho probiert, aber ich bin net drangegange, weil ich net gewusst hab, was ich dem sage soll. Ich kann ja schlecht sage: *Der Herr Steinhauser kommt meistens etwas später, weil er´s mit der Pünktlichkeit net so hat.* Vielleicht sollte Sie Ihrem Chef auch mal sage, dass Sie Ihre Arbeitszeit flexibel gestalte.“
Gerade als Steinhauser etwas antworten wollte, klingelte das Telefon auf seinem Tisch.
„Des ist bestimmt wieder der Rappert“, sagte Frau Schäflein und warf einen verstohlenen Blick auf das Display.
„Stimmt“, bestätigte Steinhauser, machte aber keinerlei Anstalten, das Gespräch entgegenzunehmen. Als er aufstehen wollte, stellte sich Frau Schäflein mit verschränkten Armen vor ihn. Mit einer kurzen, aber eindeutigen Kopfbewegung forderte sie ihn auf, dem Klingeln ein Ende zu setzen. „Wenn der Rappert noch mal bei mir anruft, werd ich dem mal erzähle, wie es aktuell um Ihre Motivation so steht“, meinte sie streng.
„Ich glaube zwar nicht, dass Sie das machen, liebe Frau Schäflein, aber ich geh ja schon ran“, sagte Steinhauser mit einem gequälten Lächeln und tat, wie ihm geheißen wurde.
„Steinhauser, wo treiben Sie sich denn schon wieder rum?“, hämmerte es gewohnt barsch aus dem Hörer. Rapperts Tonfall war zwar immer etwas ruppig, aber diesmal war er deutlich aufgebrachter als sonst, fast etwas

wütend, wie Steinhauser fand. Er wird doch nicht sauer sein?
„Ich wünsche Ihnen einen guten Morgen“, entgegnete Steinhauser freundlich und lehnte sich entspannt in seinem Schreibtischstuhl zurück. „Es tut mir wahnsinnig leid, Herr Rappert, dass ich Ihren Anruf nicht gleich entgegennehmen konnte. Ich wollte Sie auch schon längst zurückrufen, aber wegen dem Leichenfund war hier heute schon vor meinem Dienstantritt die Hölle los. Doch zum Glück bin ich ja meistens schon lange vor 08:00 Uhr auf dem Rathaus und konnte mich deshalb auch gleich psychologisch um die besorgten Bürger kümmern.“
„So, so, sind Sie jetzt auch noch Psychologe, oder was?“, fragte Rappert skeptisch.
„Hier, in der Abgeschiedenheit des Sinngrundes, ist man als Polizist nicht einfach nur Polizist. Da muss man auf alles vorbereitet sein. Die Menschen vertrauen mir und meine Aufgabe als Polizist ist es, diesem Vertrauen gerecht zu werden.“
Für kurze Zeit wurde es still im Hörer. Rappert sagte nichts.
„Sind Sie noch dran, Herr Rappert?“, fragte Steinhauser vorsichtig. Vielleicht hatte er doch etwas zu dick aufgetragen.
„Ja, ja, bin ich“, gab Rappert zurück, ohne näher auf seine Ausführungen einzugehen. „Sehen Sie zu, Sie Psychologe, dass Sie sofort nach Gemünden kommen. Ich habe Ihnen etwas Wichtiges mitzuteilen.“ Danach war das Gespräch beendet.
„Ich muss nach Gemünden“, wandte sich Steinhauser an Frau Schäflein.
Die schaute ihn nur kopfschüttelnd an. „Dem habbe Sie aber jetzt ne schöne Geschichte aufgetischt. Von weche, Sie sind schon lange vor 08:00 Uhr auf dem Rathaus. Des war´n Sie scho lange net mehr. Und Sie als Psychologe, des möcht ich mal erlebe.“
„Ach was“, wehrte Steinhauser ab. „Bei dem Rappert muss man flexibel sein. So lange ich mich auf Sie verlassen kann, geht da auch nix schief. Frau Schäflein, ich kann mich doch auf Sie verlassen, oder?“
„Natürlich könne Sie sich auf mich verlasse“, gab sie etwas verlegen zurück. „Kann´s passiere, dass Sie wieder verdeckt ermittele müsse, wie bei der traurigen Sache mit der Frau Sternberg?“
„Nein, das glaube ich nicht. Es ist eher unwahrscheinlich, dass ich mit diesen Ermittlungen überhaupt etwas zu tun haben werde. Und außerdem kann ich da auch sehr gut darauf verzichten. Mit meinen sonstigen Aufgaben bin ich eigentlich ganz gut ausgelastet. Langeweile hab ich also keine. Höchstens ein wenig.“ Seit seinen letzten chaotischen und

peinlichen Ermittlungen hatte Steinhauser die Schnauze gestrichen voll. Er wollte nur noch seine Ruhe haben. Auch würde er sich nie wieder von Fred Strubinski in irgendwelche illegalen Aktionen hineinquatschen lassen. Auf keinen Fall. Das hatte er sich geschworen. Schon alleine, weil er die frisch aufflammende Beziehung zu Stefanie auf keinen Fall in irgendeiner Art und Weise gefährden wollte.

„Ich hab ja nur gemeint“, gab Frau Schäflein etwas traurig zurück. „Weil so sehr ausgelastet habbe Sie die letzte Zeit eigentlich net ausgesehe.“

„Das hab ich jetzt ja mal überhört'“, meinte Steinhauser mit einem Grinsen. „Aber wenn, dann weiß ich ja, an wen ich mich wenden kann, wenn ich Hilfe brauche“, schob er noch hinterher und konnte ihr ansehen, wie sie sich freute.

Plötzlich stand der Burgsinner Bürgermeister, Horst Mehrhold, in der Tür und kam direkt auf Steinhauser zu. „Da sind Sie ja endlich. Über die Leiche reden wir später noch. Ihr Chef hat mich schon über alles informiert. Sie müssen nach Gemünden und ich hab jetzt auch nicht viel Zeit. Trotzdem möchte ich Ihnen beiden schnell jemanden vorstellen.“ Mehrhold winkte einen Mann in Steinhausers Büro. Der quetschte sich an Frau Schäflein vorbei und stellte sich neben den Bürgermeister. „Darf ich vorstellen: Frank Baum, unser Praktikant. Herr Baum nimmt über die Arbeitsagentur an einer Umschulungsmaßnahme teil und ist für die nächsten Wochen bei uns auf dem Rathaus. Er wird hauptsächlich Ihnen, Frau Schäflein, zur Hand gehen und bei Bedarf auch mal Ihnen, Herr Steinhauser. Und kommen Sie mir jetzt nicht wieder mit irgendwelchen fadenscheinigen Ausreden. Das ist alles mit Ihrem Chef, dem Herrn Rappert, geklärt.“

Sichtlich überrumpelt musterten Frau Schäflein und Steinhauser den verschüchtert dastehenden Mann. Frank Baum war klein und schmächtig. Seine schwarzen Haare waren kurz und glatt. Er hatte eine leichte Knollnase und trug einen dichten, nicht sonderlich gepflegten Vollbart, wodurch man sein Alter nur schlecht einschätzen konnte.

Frau Schäflein zuckte kurz mit den Schultern, um Steinhauser zu signalisieren, dass sie bis eben auch noch nichts von Frank Baum gewusst hatte.

„Ich konnte Sie leider nicht eher informieren“, entschuldigte sich Mehrhold, als ob er ihre Gedanken gelesen hätte. „Das mit dem Herrn Baum ging alles sehr schnell und ich musste mich kurzfristig entscheiden. Aber das sollte ja kein Problem sein. Herr Baum ist … äh ...“, Mehrhold holte einen zerknitterten Zettel hervor und schaute kurz darauf. „Herr Baum ist 37 Jahre alt, hat früher auf dem Bau gearbeitet und hat jetzt Rücken. Deshalb nimmt er an einem Berufsfindungsprogramm der Arbeitsagentur teil und soll bei uns mal sehen, wie Verwaltungs-fachangestellte so arbeiten und was die alles zu tun haben."

Frank Baum stand stumm daneben und nickte regelmäßig zu den Ausführungen des Bürgermeisters.

Steinhauser und Frau Schäflein stellten sich kurz dem Praktikanten vor, als Horst Mehrhold auch schon wieder das Wort ergriff. „Frau Schäflein, ich muss dann auch gleich wieder los. Herr Baum wird diese Woche erst einmal bei Ihnen bleiben. Sie können ihm dann alles zeigen. Aber zuerst noch das Wichtigste." Mehrhold holte eine Kamera aus seiner Jackentasche hervor und drückte sie Frau Schäflein in die Hand. „Sie wissen, was zu tun ist. So eine soziale Tat unserer Gemeinde muss natürlich in die Presse."

Frau Schäflein nickte und nahm die Kamera an sich. Sie kannte das Prozedere. Mehrhold drückte den völlig überraschten Frank Baum an sich und grinste geübt, während Frau Schäflein gehorsam einige Bilder von den beiden machte.

„Danke, Frau Schäflein", sagte der Bürgermeister und nahm ihr die Kamera wieder weg. „Ich werde Ihnen eines der Bilder zuschicken, das können Sie dann als Plakat im Empfang des Rathauses aufhängen und bitte folgenden Satz darunter schreiben: *Die Gemeinde Burgsinn, ein starker Partner bei der Berufswahl.* Äh, ... nein. Schreiben Sie lieber: *Horst Mehrhold, ein Bürgermeister für die Bürger. Ein starker Partner für die Berufswahl.*"

Frau Schäflein nickte gehorsam und Mehrhold drängelte sich wieder hektisch aus Steinhausers kleinem Büro. Dabei stieß er gegen Frank Baum, der immer noch verdattert dreinschaute und dabei einen ungeschickten Ausfallschritt machte, sich am Kleiderständer festhielt und mit diesem zu Boden stürzte.

„Jetzt stehen Sie doch nicht so rum, Steinhauser! Helfen Sie dem Herrn Baum gefälligst wieder auf die Beine!", befahl Mehrhold und verschwand.

„Tut mir schrecklich leid", meinte Baum verlegen, während er mit Hilfe von Steinhauser den Kleiderständer wieder aufstellte.

„Machen Sie sich nichts draus", beruhigte ihn Steinhauser. „Haben Sie sich weh getan?"

„Nein, mir ist nichts passiert", versicherte Baum.

„Dann mach ich Ihne erst mal nen Kaffee“, sagte Frau Schäflein.
„Oh ja, das wäre sehr nett von Ihnen.“
„Und ich seh zu, dass ich zum Rappert komm. Der Mehrhold scheint ja wieder mal mehr zu wissen als ich. Ich bin mal gespannt, was mich da wieder erwartet“, meinte Steinhauser und warf Frau Schäflein einen auffordernden Blick zu. Die verstand sofort und gab ihm ihren Schlüsselbund, denn ein Dienstfahrzeug besaß Steinhauser immer noch nicht. Mittlerweile war es für sie schon zur Gewohnheit geworden, dass sich Steinhauser ihre Autos lieh, wenn er nicht gerade mit dem Polo seiner Schwester unterwegs war. Aktuell fuhr Frau Schäflein ihren feuerroten Fiat 500. Im Sommer wechselte sie dann meist auf den Fiat Spider, ihren Cabriolet-Oldtimer. Merkwürdigerweise kam Steinhauser bei warmem, sonnigem Wetter nie mit dem Auto seiner Schwester zum Rathaus.
„Wo ist denn jetzt meine Mütze?“, wunderte sich Steinhauser.
„Ich glaub, die ist unter Ihren Schreibtisch gerutscht“, sagte Frau Schäflein.
„Stimmt“, bestätigte Frank Baum und bückte sich sofort. „Warten Sie, ich hole sie Ihnen.“ Der Praktikant kroch umständlich unter den Schreibtisch. Nach einer Weile kam er wieder hervor und reichte Steinhauser dessen Mütze. Der bedankte sich und machte sich auf den Weg zu seinem Chef.

Steinhauser staunte nicht schlecht, als er in Gemünden nicht nur von Rolf Rappert, sondern auch noch von Marek Tagweih und einer ihm unbekannten Frau begrüßt wurde. Die hochgewachsene Frau trug einen dunklen Hosenanzug und ihre langen, blonden Haare hatte sie zu einem strengen Dutt geknotet. Die große Oberweite und ihre ausladenden Hüften fielen ihm sofort ins Auge. Ein echtes Vollweib, dachte sich Steinhauser.
„Wurd ja auch langsam mal Zeit, dass Sie hier erscheinen“, blaffte ihm sein Dienststellenleiter entgegen. Tagweih schwieg und schüttelte nur den Kopf, während ihn die fremde Frau mit starrem Gesichtsausdruck von oben bis unten musterte. „Darf ich vorstellen, Hauptkommissarin Frau Franziska Fink, von der Kripo Gelnhausen aus Hessen. Den Herrn Tagweih kennen Sie ja bereits“, stellte Rappert die Frau kurz und knapp vor. Diese zeigte keine Regung.
Steinhauser schaute sie noch einmal genau an und irgendwie war sie ihm jetzt unsympathisch. „Gelnhausen?“, wunderte er sich.
„Ja, Gelnhausen“, bestätigte Rappert. Doch bevor Steinhauser etwas sagen

konnte, ergriff Hauptkommissar Marek Tagweih das Wort. Dieser wirkte irgendwie unzufrieden und unruhig auf Steinhauser.
„Mittlerweile konnten wir den Toten identifizieren“, sagte Tagweih knapp, verschränkte die Arme hinter dem Rücken und lief langsam in Rapperts Büro auf und ab, während er redete. „Der Tote hieß Gottfried Schubberle und kam aus Altengronau.“
„Aha, also kein bayerischer Staatsbürger, sondern ein hessischer“, warf Steinhauser dazwischen und erntete sofort strenge Blicke der Anwesenden. Jetzt ahnte er auch, warum die Kripo aus Hessen anwesend war. Aber weshalb man ihn hierher bestellt hatte, wusste er immer noch nicht.
„Da Frau Fink in Altengronau aufgewachsen ist und sich in der Gegend hervorragend auskennt, wird sie auch die Ermittlungen leiten. Selbstverständlich in enger Absprache mit mir und Ihrem Vorgesetzten Herrn Rappert“, erklärte Tagweih weiter. „Normalerweise liegt dieser Fall in unserem Zuständigkeitsbereich, aber gewisse Umstände zwingen uns dazu, die Kollegen aus Gelnhausen um Hilfe zu bitten.“
„Ach, welche Umstände denn?“ Das wollte Steinhauser jetzt genauer wissen. Denn so ohne weiteres konnte eigentlich keine Kommissarin aus Hessen in Bayern eingesetzt werden. So viel wusste er auch.
Hauptkommissar Tagweih überlegte, ob er Steinhauser in Kenntnis setzen sollte, aber es blieb ihm anscheinend nichts anderes übrig. „Aus verschiedenen Gründen haben wir in Würzburg aktuell einen ungeplanten Personalengpass, der auch von anderen Dienststellen kurzfristig nicht aufgefangen werden kann. Deshalb habe ich mich mit der Bitte um Unterstützung direkt nach München gewandt. Und was mir da unterbreitet wurde, hat mich, da können Sie sich sicher sein, nicht mit Freude erfüllt.“
„So, was hat man Ihnen denn unterbreitet?“ Steinhauser hatte absolut keine Ahnung, was Tagweih von ihm wollte.
Marek Tagweih schaute zu Rappert und anschließend zur Kommissarin Fink, bevor er mit seiner Erklärung fortfuhr. „Da Sie, Herr Steinhauser, der Auserkorene sind, der an dem Projekt *„Mehr Sicherheit auf dem Land“* teilnehmen darf ...“, sagte der Hauptkommissar in erstem Tonfall und hielt kurz inne. Er schaute Steinhauser lange an und es war ihm anzusehen, dass ihm die Worte nur schwer über seine Lippen kamen. „... hat man in München, auf Grund der bereits erwähnten Umstände, beschlossen ..., dass Sie ... stellvertretend für einen Kriminalbeamten aus Würzburg, die Ermittlungen leiten sollen. Da Ihnen aber jegliche fachliche Kompetenz fehlt, sollen Sie ausnahmsweise von der Kollegin Fink aus Hessen

unterstützt werden.“
Steinhauser schaute den Kommissar schweigend an. Mit allem hatte er gerechnet, aber nicht damit, dass er die Ermittlungen leiten sollte. Oder hatte er das etwa missverstanden? Deshalb wusste er im ersten Augenblick überhaupt nicht, was er dazu sagen sollte. Dafür sprach Tagweih direkt weiter.
„Zum Glück konnte ich meinen Vorgesetzten und den Befürwortern dieses Projektes klarmachen, dass Sie keinesfalls in der Lage sind, eine solch komplexe Mordermittlung zu leiten. Deshalb habe ich mich mit den Behörden in Hessen in Verbindung gesetzt und unser Lage geschildert. Daraufhin wurde mir freundlicherweise Frau Fink zur Unterstützung zugeteilt, um die Leitung der Ermittlungen zu übernehmen. Außergewöhnliche Situationen erfordern nun mal außergewöhnliche Maßnahmen.“
„Aha“, war alles, was Steinhauser dazu sagte. Er warf ihr einen kurzen Blick zu. Auf gut Deutsch bedeutete das nichts anderes, als dass er für diese Fink den Deppen machen sollte.
„Eines können Sie mir glauben, Herr Steinhauser“, fuhr Tagweih fort. „Ich bin kein großer Freund von derartigen Projekten und halte es auch für absolut unverantwortlich einen … einen … Polizisten wie Sie, überhaupt mit solch einer wichtigen Aufgabe zu betrauen. Aber diese Entscheidung liegt leider nicht in meiner Hand und dieses Projekt wird in München politisch groß aufgehängt. Zudem soll die länderübergreifende Zusammenarbeit generell gestärkt werden. Hinzu kommt noch, dass Sie, wie Frau Fink, ortskundig sind. Was von großer Bedeutung sein kann, um diesen mysteriösen Fall möglichst schnell aufzuklären.“
Wortlos und völlig verwirrt wanderte Steinhausers Blick langsam von Tagweih zu Rappert, bevor er an Franziska Fink hängen blieb. Früher wollte er immer bei der Kripo arbeiten und jetzt wurde er sogar dazu abkommandiert. Er war mit dieser unerwarteten Situation total überfordert und wusste noch nicht so recht, ob er sich freuen oder weinen sollte. Sein ansonsten eher gemütlicher Tagesablauf würde sich dadurch in jedem Fall ändern, soviel war ihm gleich klar. Er wollte etwas sagen, wusste aber nicht was. Als ihm endlich etwas einfiel, kam ihm die Kommissarin zuvor.
„Ich werde Sie morgen um Punkt 08:00 Uhr auf dem Rathaus in Burgsinn abholen und über die weitere Vorgehensweise informieren. Ihr Bürgermeister wurde bereits in Kenntnis gesetzt. Ich gehe davon aus, dass Sie diesmal pünktlich sein werden!“, sagte sie … nein, befahl sie ... in

einem Tonfall, der Steinhauser einerseits gar nicht gefiel, ihn andererseits dahingehend bestätigte, dass ihm die Kommissarin unsympathisch war und sein gewohnter Tagesablauf bis auf weiteres im Arsch war. Denn Steinhauser hatte morgen eigentlich schon etwas anderes vor.
„Aber Herr Rappert“, beschwerte er sich gleich. „Ich habe doch für morgen Urlaub eingetragen. Sie wissen schon, da muss ich ...“
„Herr Steinhauser, ich bitte Sie!“, fiel ihm sein Chef resolut ins Wort. „Wir haben hier einen Mordfall zu klären und Sie … ausgerechnet Sie ... sollen da mithelfen. Was könnte da wichtiger sein? Ihr Urlaub ist gestrichen, basta! Und ich kann dem Kollegen Tagweih nur zustimmen. Jemanden wie Sie mit solch einer wichtigen Aufgabe zu betrauen, halte ich für äußerst fragwürdig. Also, reißen Sie sich zusammen und blamieren uns nicht.“

„Na, was gibt’s Neues?“ Frau Schäflein wollte natürlich sofort wissen, warum er nach Gemünden zitiert worden war. Ihre offene und direkte Art, wenn sie etwas wissen wollte, war einer der Gründe, warum Steinhauser sie so mochte.
„Ich bin drinnen ... in den Ermittlungen“, sagte Steinhauser frustriert, gab ihr ihren Schlüsselbund zurück und setzte sich an seinen Schreibtisch. „Kann ich einen Kaffee haben, einen doppelten bitte.“
„Ach, Sie wieder“, winkte Frau Schäflein ab und stellte ihm gleich einen Kaffee hin.
„Und morgen geht’s schon los“, schob Steinhauser noch hinterher.
„Oh, des is aber jetzt blöd. Da habbe Sie doch Urlaub geplant, oder?“
„Ja, genau! Da hatte ich eigentlich Urlaub geplant. Ist gestrichen!“
„Aber des war doch klar, dass die so´n erfahrene Ermittler wie Sie net auße vor lasse, wenn hier, quasi direkt vor Ihrer Haustür, ein Verbreche passiert.“
Steinhauser wunderte es immer noch, dass seine Kripo-Lügengeschichten noch nicht aufgeflogen waren. Denn seine Mutter Hildegard ließ keine Gelegenheit aus, jedem, dem sie begegnete, zu erzählen, dass ihr Sohn vor seiner Versetzung in den Sinngrund für die Kripo in Würzburg gearbeitet hatte. Stefanie konnte er glaubhaft versichern, dass Hildegard ihn falsch verstanden hatte, als er seiner Mutter einmal von Stefanies Arbeit bei der Kripo erzählt hatte. Er sagte ihr, dass er seine Mutter seitdem von dem Gedanken, dass ihr Sohn ein Kommissar war, nicht mehr abbringen konnte. Also ließ er seine Mutter in dem Glauben. Zu seiner Überraschung

glaubte ihm Stefanie diese Geschichte, ohne weiter nachzufragen. Die offensichtlichsten Lügen sind meist die besten. Und er hütete sich davor, an diesem Zustand etwas zu ändern.
„Soll ich vielleicht wieder die Berichte für Sie schreibe?“ Frau Schäflein riss ihn aus seinen Gedanken.
Steinhauser überlegte kurz. „Klar, das haben Sie beim letzten Mal ja auch ganz hervorragend gemacht.“
Damit Frau Schäflein besser Bescheid wusste, berichtete Steinhauser noch in kurzen Worten von Kommissarin Franziska Fink aus Gelnhausen.
„Ach, aus Gelnhausen ist die. Des is des bestimmt ne ganz Nette“, meinte Frau Schäflein.
„Eigentlich kommt die aus Altengronau, wie das Opfer.“
„Ach, des Opfer ist aus Altengronau?“, hakte sie sofort nach.
Steinhauser schlug sich gegen die Stirn. „Scheiße, Sie dürfen doch eigentlich gar nicht wissen, dass das Opfer aus Altengronau kommt.“
„Da müsse Sie sich keine Sorgen mache. Ich kann schweigen wie ein Grab“, versicherte ihm Frau Schäflein.
„Das will ich doch hoffen.“
„Sie könne sich voll und ganz auf mich verlasse. Wir sind doch ein super Team.“
„Wenn nicht wir, wer dann?“, meinte Steinhauser und Frau Schäflein grinste zufrieden. „Und ob die nett ist, das werde ich morgen früh erfahren. Die holt mich um Punkt 08:00 Uhr hier ab.“
„Oha, da habbe Sie ja scho Ihr nächstes Problem“, lachte Frau Schäflein. „Morgen kein Urlaub und stattdessen um 08:00 Uhr auf dem Rathaus sein, das wird hart.“
Steinhauser verzog das Gesicht, sagte aber nichts.
Als der Praktikant Frank Baum das Büro betrat, wandte sich Steinhauser irgendwelchen unwichtigen Unterlagen zu und Frau Schäflein kümmerte sich um ihn. Im Gegenzug dafür, dass man ihm morgen seinen Urlaub gestrichen hatte, würde er seine Arbeitsleistung heute auf ein Minimum herunterfahren … sofern weniger als sonst überhaupt noch möglich war.

Kapitel 3

Stefanie verbrachte die letzten Tage vor ihrer Abreise bei Steinhauser, schleppte gefühlt ihren kompletten Kleiderschrank aus Würzburg an und packte akribisch ihre Urlaubssachen. Da die Beziehung zwischen ihnen aktuell sehr gut lief, hatte Stefanie es sogar tatsächlich in Erwägung gezogen, demnächst probeweise zu ihm nach Burgsinn zu ziehen. Allerdings wollte sie nicht in der Einliegerwohnung von Steinhausers Schwester wohnen. „Zu viel Überwachung", hatte sie gesagt und ihn dezent darauf hingewiesen, sich so langsam einmal nach etwas größerem umzusehen. Ihre Wohnung in Würzburg wollte sie deshalb auch noch eine Weile behalten. Steinhauser versicherte ihr, sich umgehend darum zu kümmern, musste sie aber bisher enttäuschen. Im Sinngrund eine vernünftige Wohnung für eine gemeinsame Zukunft zu finden, war gar nicht so einfach, behauptete er zumindest und versicherte Stefanie, dass die Objekte, die er sich bisher angesehen hatte, im Gesamten nicht angemessen waren. Deshalb hatte er Stefanie auch erst gar nicht zu einer Besichtigung nach Burgsinn bestellt. Eigentlich hatte er sich exakt null Objekte angesehen. Denn er wollte eigentlich gar nicht bei seiner Schwester auszuziehen. Die Wohnung war für sie beide groß genug und es gab sogar ein Gästezimmer. Zudem war sie günstig und Jacky immer beaufsichtigt. Er musste nur den Garten immer von den Hundehaufen befreien, aber damit konnte er leben. Dass er die Mordermittlungen unterstützen sollte, verriet er ihr auch nicht. Stefanie sollte unbelastet in den Urlaub fahren, sich maximal erholen und dann zu ihm nach Burgsinn in die Wohnung seiner Schwester ziehen. So stellte er es sich jedenfalls vor.

Nach Feierabend lieh sich Steinhauser noch einmal schnell den gelben Beetle von Stefanie, um den Strubinskis einen kurzen Besuch abzustatten. Ursprünglich wollte er ihnen einen ordentlichen Einlauf verpassen, denn die Informationen, die Frau Schäflein hatte, konnten nur Fred und Lavinia beim Lukas verbreitet haben. Doch auf dem Weg nach Mittelsinn überlegte er es sich anders. Die Strubinskis waren, wie sie waren, und Verschwiegenheit gehörte nicht unbedingt zu ihren Tugenden. Es kam halt ganz auf die Situation an.

Im Laden war aber nur Lavinia, die, wie immer, wie aus dem Ei gepellt und tipptopp geschminkt daherkam. In eine Würzburger Nobelboutique

hätte sie sicherlich besser gepasst, als in ein Mittelsinner Elektrogeschäft, wo am Tag maximal eine Handvoll Kunden erschien. Sie war gerade dabei, einen CD-Player in eine Kiste zu packen.
„Hallo Hannes, schön dich zu sehen“, hauchte sie ihm entgegen, drückte ihn an sich und gab ihm einen Kuss auf die Wange. „Hat die Stefanie schon gepackt?“
„Sie ist voll dabei“, gab er knapp zurück. „Wo is´n der Fred?“
„Der ist in seiner Werkstatt. Geh schon mal vor, ich muss nur noch schnell das Päckchen fertig machen. Im Laden ist ja nicht viel los, aber das Internetgeschäft läuft ganz hervorragend.“
„So, so, das Internetgeschäft“, gab er desinteressiert zurück.
„Ja, der Fred hat da ganz günstige CD-Player organisiert, die wir jetzt mit ordentlich Gewinn über unsere Homepage verticken. Die Dinger geh´n weg wie nix.“
Steinhauser wollte erst gar nicht wissen, wie und wo Strubinski die organisiert hatte und verabschiedete sich von Lavinia Richtung Werkstatt.
Strubinski war gerade dabei, einige riesige Flachbildfernseher in die total überfüllten Regale zu stopfen. Was gar nicht so einfach war, denn hier regierte das Chaos. Überall standen irgendwelche Elektrogeräte herum. Teils total veraltete, teils das Neueste vom Neuen. Fred Strubinski war zweifellos ein sehr umtriebiger Geschäftsmann.
Mit den Worten: „Von welchem LKW sind denn die Dinger wieder runtergefallen?“, machte Steinhauser auf sich aufmerksam und klopfte auf eine der TV-Verpackungen.
„Servus Hannes“, grüßte Strubinski überrascht zurück. „Von wegen LKW. Alles voll legal. Ich kenn da jemanden, der jemanden kennt, der über super Kontakte verfügt, um supergünstig an die neusten Geräte zu kommen. Außerdem hab ich sogar einen hochoffiziellen Lieferschein … ich weiß nur grad nicht, wo der ist. Siehst ja selber, was hier los ist. Seit ich meine Homepage überarbeitet hab, läuft der Laden wie geschnitten Brot. Ich konnte den Umsatz übers Internet fast verdoppeln. Dadurch hab ich die Öffnungszeiten fürs Geschäft etwas geändert, was wiederum mehr Freizeit für meine Perle bedeutet. Aber deswegen bist du doch nicht hier. Also, was liegt an?“
„Ich muss morgen arbeiten“, sagte Steinhauser gefrustet.
„Du kannst morgen nicht arbeiten!“, beschwerte sich Strubinski.
„Hast du mal ein Bier?“, fragte Steinhauser.
Strubinski wischte sich seine dreckigen Hände an seinem grünen Overall

ab. Anschließend holte er zwei Bier aus einem der zahlreichen Kühlschränke, die überall herumstanden, öffnete sie und reichte eines davon Steinhauser. „Wir wollten doch morgen die Frauen zum Flughafen fahren. Ich hab extra den Sprinter ausgeräumt und die Sitze eingebaut. Hast du vielleicht eine Ahnung, was das für eine Arbeit war?“
„Oh ja, das kann ich mir sehr gut vorstellen“, gab Steinhauser zurück und schaute sich demonstrativ in der Lagerhalle um. „Wenn man bedenkt, wie es hier aussieht.“
„Was soll das denn schon wieder heißen? Das hat hier alles System.“ Strubinski musste über sich selber lachen.
Plötzlich stand Lavinia neben ihnen. „Weiß die Stefanie schon, dass du morgen arbeiten musst?“ Sie war unbemerkt in die Werkstatt gekommen und hatte alles mitangehört.
„Äh … nein“, antwortete Steinhauser.
„Hast du etwa Schiss?“, hakte sie nach.
„Blödsinn, vor wem denn?“
„Ja, ja, ist schon klar“, winkte Strubinski ab. „Aber warum sollst du denn morgen arbeiten?“
Gefrustet berichtete Steinhauser von Franziska Fink, wer der Tote war und dass er nominiert worden war, die Kommissarin bei den Ermittlungen zu unterstützen, die er eigentlich hätte übernehmen sollen. Was wiederum der Tagweih, dieses arrogante Arschloch, erfolgreich verhindert hatte.
„Das ist doch trotzdem eine super Sache“, freute sich Strubinski. „Und wie soll diese Unterstützung aussehen?“
Steinhauser zuckte mit den Schultern und nahm einen kräftigen Zug aus der Bierflasche. „Keine Ahnung, das hat mir jetzt keiner näher erklärt“, gab er zurück und leerte das Bier mit einem zweiten kräftigen Zug.
„Denk dran, du bist Polizist“, mahnte Lavinia und zeigte auf die leere Flasche. „Du musst noch nach Burgsinn fahren.“
„Schatz“, wandte sich Strubinski an seine Frau. „Kannst du uns bitte mal allein lassen?“
„Wieso?“ Lavinia musterte ihren Mann streng.
„Musst du nicht im Laden sein?“, fragte er vorsichtig.
„Nein, muss ich nicht. Wir haben eh gleich geschlossen, da kommt jetzt keiner mehr.“
Strubinski setzte seinen Hundeblick auf. „Schaaaatz, bitte. Ich glaub, der Hannes und ich, wir müssen da was wichtiges besprechen … du weißt schon.“

Ein flüchtiges, aber stolzes Lächeln huschte über Lavinias feuerrot geschminkte Lippen, dann ging sie wieder. „Ich verstehe, ihr habt einen neuen Fall."
„Fred ...", meldete sich Steinhauser genervt zu Wort. „Ich hab dir doch schon gesagt, dass *wir* bestimmt keinen neuen Fall haben."
Strubinski wartete, bis sie alleine waren, dann wandte er sich an Steinhauser. „Du kommst doch irgendwann eh zu mir, wenn du nicht mehr weiter weißt."
Steinhauser setzte an, etwas zu sagen, holte kurz Luft, schluckte seinen Satz dann aber hinunter. Auch wenn es ihm nicht passte, ganz so falsch war das nicht, was Strubinski da sagte. Er war bisher immer der einzige gewesen, an den er sich wenden konnte, auch wenn er das gar nicht wollte.
„Ich hab da was Brandneues", verkündete Strubinski stolz. „Damit kann ich quasi immer bei dir sein."
„Na, da bin ich ja mal gespannt, was das wieder sein soll", meinte Steinhauser skeptisch.
„Wanzen", sagte Strubinski mit einem Augenzwinkern und verschwand zwischen seinen Regalen und Kisten. Es dauerte einen Moment, dann kam er mit einem Schuhkarton in den Händen zurück. Er stellte den Karton auf seine total überfüllte Werkbank und öffnete ihn, als sei es der Heilige Gral. Er holte ein kleines, knopfgroßes Teil hervor und hielt es Steinhauser unter die Nase. „Das Neuste vom Neuen auf dem Abhörsektor. Das Beste aus der Spionage-Technologie. Solche Dinger werden sogar vom KGB, dem Mossad, der CIA und von vielen anderen Geheimdiensten weltweit eingesetzt. Vielleicht sogar vom BND, allerdings bin ich mir nicht sicher, ob die sich die Dinger leisten können. Die gehen mittels Satellit über Internet und können nahezu überall auf der Welt mit dem Handy abgehört werden. Vorausgesetzt, du hast Empfang. Die Dinger sind im Grunde wie Minihandys, die immer online sind und permanent senden. Zumindest so lange diese Hightech-Batterien laufen. Und die laufen ganz schön lange. Ich hab zum Spaß eine Wanze in der Lavinia ihrer Handtasche versteckt und die sendet schon seit zwölf Tagen. Ich kann sogar nachvollziehen, wann die wo überall rumgeflogen ist."
„Du stalkst deine eigene Frau?"
„Quatsch, das ist doch nur zu Testzwecken."
Steinhauser nahm die Mini-Wanze in die Hand und betrachtete sich das unscheinbare Ding. „Wie um alles in der Welt kommst du an so Zeug?", wunderte er sich.

„Vor ein paar Wochen kam so ein Typ zu mir ...“, setzte Strubinski an zu erzählen, als ihm Steinhauser gleich ins Wort fiel: „Was denn für ein Typ?“ Strubinski zuckte mit den Schultern „Keine Ahnung, den hab ich vorher noch nie gesehen.“
„Du wirst doch wenigstens nach seinem Namen gefragt haben, oder?“ Strubinski schüttelte den Kopf. „Nein, das hab ich natürlich nicht. Wer Wanzen sucht, will doch nicht seinen Namen verraten. Schon mal was von Diskretion gehört? Ich hab ja als Elektriker auch so was wie Schweigepflicht.“
„Du und Schweigepflicht!“ Steinhauser verdrehte die Augen. „Ich sag nur *Lukas*“.
„Aber das ist doch was ganz anderes“, winkte Strubinski ab und fuhr fort. „Jedenfalls hat mir der Typ erzählt, dass er Fernfahrer ist und glaubt, dass ihn seine Frau mit nem anderen bescheißt, während er unterwegs ist. Und dann hat er gefragt, ob ich da nix zum Abhören hätte. Er kann den Gedanken nicht ertragen, dass seine Alte zu Hause ist und sich mit einem anderen amüsiert, während er tagelang mit dem LKW durch halb Europa fährt. Was ich wiederum voll nachvollziehen kann. Wer will schon beschissen werden? Also hab ich meine Beziehungen spielen lassen und gleich mal fünfzehn Wanzen der neusten Generation geordert. Billig war´n die nicht, kann ich dir sagen. Der Typ hat zehn Stück genommen. Abkassiert hab ich natürlich alle fünfzehn. Ich muss ja auch seh´n, wo ich bleib. Ich schätze, der hat seine ganze Bude verwanzt.“
„Jetzt weiß ich aber immer noch nicht, wo du die Dinger herhast!“, sagte Steinhauser streng. „Also, woher hast du das Zeug? Das bekommt man ja wohl kaum im Internet auf Wanzen.de oder sonst wo.“
„Ach Hannes, du weißt doch. Ich kann meine Kontakte nicht verraten und schon gar nicht an dich … einen Bullen. Ich kenn halt jemanden, der jemanden kennt, der so was besorgen kann. Aber das ist doch jetzt völlig egal.“
„Nein, das ist nicht egal!“, entgegnete Steinhauser.
„Doch, ist es!“, hielt Strubinski entschieden dagegen und ging gar nicht näher auf die Frage ein. „Jedenfalls kann ich dich mit einer Wanze ausstatten und dann immer mithören, wenn du unterwegs bist. Ich bin dann sozusagen live dabei und du musst mir hinterher nicht immer erzählen, was ihr herausgefunden habt. Wir könnten uns jederzeit telefonisch kurzschließen, um die weiteren Schritte zu besprechen, da ich ja voll informiert wäre.“

Steinhauser schaute skeptisch und betrachtete erneut die kleine Wanze. Strubinski beobachtete ihn und konnte sehen, wie es in seinem Gehirn ratterte. Was hatte er schon zu verlieren?
„Naja, was soll´s. Schließlich warst du ja auch dabei, als die Leiche gefunden wurde. Und bevor du mir ständig auf den Wecker gehst, kannst du auch gleich mithören."
„Super. Das ist die richtige Einstellung", freute sich Strubinski. „Ich mach die Wanze am besten an deiner Jacke fest, die hast du ja eh immer an."
Bereitwillig reichte ihm Steinhauser seine Jacke und Strubinski platzierte die Wanze so, dass sie aussah, wie ein weiterer Knopf.
„Am besten, ich bleib morgen dann gleich in deiner Nähe, wenn dich diese Fink abholt, um zu testen, ob das Ding funktioniert", schlug Strubinski vor.
„Aber du musst doch die Frauen zum Flughafen fahren", erinnerte ihn Steinhauser.
Strubinski überlegte kurz. „Dann muss das der Sepp halt alleine machen. Schließlich war das ja auch zuerst die Idee von seiner Frau, das mit dem USA-Trip. Die Ermittlungen haben Vorrang."
„Dann kannst du ihn auch gleich selber anrufen. Ich sag´s ihm nicht", meinte Steinhauser, als plötzlich Lavinia in die Lagerhalle gestürmt kam.
„Hab ich das eben richtig verstanden?", meckerte sie los. „Du verwanzt mich und jetzt willst du mich noch nicht mal zum Flughafen fahren?"
„Äh … Schatz", stammelte Strubinski. „Hast du uns etwa belauscht?"
„Was heißt hier belauscht?" Lavinia wurde laut. „Du hast mich verwanzt und mir nachspioniert, wo ich mich *rumtreibe*!"
„Schatzilein", versuchte Strubinski seine Frau zu beruhigen. „Du hast da was völlig falsch verstanden. Als freier Mitarbeiter beim Hannes seinen Fällen, muss ich mein Equipment doch testen. Und wenn ich dir das vorhersage, dann ist das doch kein Test mehr unter realen Bedingungen. Ich würde dir niemals nachspionieren."
Lavinia, die etwas größer war als Strubinski, stellte sich direkt vor ihren Mann. Fehlte nur noch, dass sie Feuer spuckte.
„Ich geh dann mal", sagte Steinhauser und konnte gerade noch hören, wie Lavinia zu Strubinski sagte: „Ich verzeih dir, mein kleiner 007, aber dafür erwarte ich von dir, dass du dich heute Nacht noch einmal selbst übertriffst, bevor ich fliege."
Aus den Augenwinkeln konnte Steinhauser noch ein breites Grinsen in Strubinskis Gesicht erkennen, bevor er von seiner Frau leidenschaftlich umarmt und geküsst … halb gefressen wurde. Er schüttelte sich und sah

zu, dass er verschwand. Kopfkino war das Letzte, was er jetzt gebrauchen konnte.

Zu Steinhausers Überraschung blieb Stefanie gelassen, als er ihr am Abend mitteilte, dass er sie nicht zum Flughafen begleiten konnte, weil er eine gewisse Frau Fink bei den aktuellen Ermittlungen unterstützen musste. Sie fand es zwar schade, aber da sie ja selbst bei der Kripo arbeitete, hatte sie Verständnis für seine Situation und freute sich sogar für ihn, was ihm jedoch auch nicht weiterhalf. Dass er exakt null Bock auf Ermittlungen mit dieser Fink hatte, behielt er deshalb auch lieber für sich. Stefanie wollte nichts über die Leiche und den Stand etwaiger Ermittlungen wissen. Was eigentlich völlig untypisch für sie war.
„Hannes, ich fahr jetzt für vier Wochen in die USA, da will ich mich nicht mit irgendeiner Leiche befassen, die ihr im Wald gefunden habt, so leid mir das auch tut“, sagte Stefanie nüchtern. „Ich hoff nur, dass du keinen Scheiß baust.“
„Wieso sollte ich denn Scheiß bauen?“, wunderte er sich.
Sie warf ihm einen langen Blick zu, dann sagte sie: „Ich denke, du weißt genau, was ich meine. Halt einfach den Ball flach und mach das, was man dir sagt. Kriegst du das hin?“
Steinhauser schnaufte tief durch. „Klar krieg ich das hin. Was denkst du denn von mir? Ich bin der perfekte Teamplayer.“
„Gut, dann komm jetzt her zu mir. Wir haben noch eine Nacht, bis der Flieger geht, und die wollen wir doch nicht ungenutzt lassen, oder?“
Für einen kurzen Moment sah Steinhauser vor seinem geistigen Auge, wie sich die Strubinskis die Kleider vom Leib reißen und übereinander herfallen. Doch als Stefanie ihn in den Arm nahm und innig küsste, verflogen diese Bilder. Die Nacht sollte auf keinen Fall ungenutzt verstreichen ...

Kapitel 4

Noch vor Dienstbeginn brachte Steinhauser seine Stefanie mit ihrem gelben Beetle nach Mittelsinn zu den Strubinskis. Da sie jetzt länger nicht da war, konnte er wenigstens ihr Auto benutzen und musste nicht ständig seine Schwester oder Frau Schäflein anbetteln. Vor dem Elektrogeschäft warteten bereits Katja und Sebastian Holzinger. Außer einem riesengroßen Reiserucksack hatten die beiden Frauen kein Gepäck.

„Wo sind denn die Strubinskis?“, fragte Steinhauser, nachdem sie Katja und Sebastian herzlich begrüßt hatten.

„Keine Ahnung, ich hab schon dreimal geklingelt“, antwortete Holzinger, mit Blick auf die Uhr. „Noch ist ja Zeit.“

Kurz darauf kamen die Strubinskis dann auch endlich in den Hof. Lavinia war aufgebrezelt wie ein Model auf dem Weg zu einer Modenschau. Ihr Mann schleppte drei große Koffer hinter ihr her.

„Das ist jetzt nicht dein Ernst!“, sagten Katja und Stefanie gleichzeitig, als sie ihre Freundin mit dem Gepäck sahen.

„Wieso, was ist denn?“, wunderte sich Lavinia.

„Willst du etwa … so mitkommen?“, fragte Katja, musterte sie von oben bis unten und zeigte auf die Koffer.

„Na klar, wie denn sonst?“

„Lavinia ... wir machen eine Rucksacktour quer durch die USA und keinen … Wellnesstrip nach Malibu“, sagte Stefanie entgeistert.

Lavinia schaute etwas beträppelt. „Ja, das weiß ich doch. Aber wir haben doch alle Hotels und die Route schon im Vorfeld geplant und gebucht.“

„Das schon“, bestätigte Katja. „Aber du kannst doch nicht jedes mal diese drei ... Umzugskoffer mitschleppen. Nur das Allernötigste, was eben in einen Reiserucksack reingeht. Das hatten wir doch lang und breit besprochen.“

„Der Rucksack ist oben, den muss der Fred nur noch holen“, gab sie zurück.

Beide Frauen schlugen die Hände über dem Kopf zusammen, ihre Männer mussten grinsen, Fred verdrehte genervt die Augen.

„Lavinia ...“, setzte Stefanie an, brach ab, überlegte kurz, sprach dann doch weiter. „Wir hatten dir doch ausdrücklich gesagt, dass wir Funktionskleidung und Funktionsunterwäsche benötigen, weil die Sachen weniger

Platz im Rucksack brauchen und einfacher zu waschen sind. Die Koffer kannst du nicht mitnehmen!“

Breitbeinig und mit den Händen in den Hüften, stellte sich Lavinia vor ihre Freundinnen. „Meine Unterwäsche funktioniert einwandfrei“, sagte sie verärgert.

„Das stimmt“, pflichtete Fred seiner Frau halbherzig bei und erntete ein unmissverständliches: „Oh Fred, du wieder“, von den Frauen.

„Die Unterwäsche, die deine Frau in den USA braucht, hat da aber eine andere Funktion, wie bei euch zu Hause“, schob Katja noch kopfschüttelnd hinterher.

Steinhauser und Holzinger genossen die Vorstellung. Alles live und mittendrin statt nur dabei.

„Und was jetzt?“, fragte Lavinia nach einer Weile. Sie war sichtlich gefrustet.

Stefanie schaute auf ihre Uhr. „In zwei Stunden geht der Flieger. Um neu zu packen, ist jetzt keine Zeit. Ich würde sagen: Alles in den Sprinter, wir sortieren die Sachen auf dem Weg zum Flughafen durch und packen dir das zusammen, was du wirklich brauchst.“

„Ja, wie stellst du dir das denn vor?“, beschwerte sich Lavinia. „Ich hab drei Tage gebraucht, um das alles zusammenzupacken.“

„Keine Sorge, wir machen das schon“, sagte Katja und schob Fred samt den Koffern zum Sprinter.

Nachdem diese verstaut waren, verabschiedeten sich Steinhauser und Strubinski angemessen von ihren Herzdamen, dann machte sich Holzinger mit den Frauen auf den Weg zum Flughafen.

Mit einem tiefen Seufzer und traurigem Blick winkte Strubinski seiner Lavinia hinterher.

„Na, die Trennung von deiner Perle scheint dir ja ganz schön nahe zu gehen“, meinte Steinhauser.

„Dir etwa nicht? Die sind jetzt vier Wochen weg. Seit wir uns kennen, waren wir noch nie so lange voneinander getrennt. Und wir kennen uns schon seit dem Kindergarten“, erklärte Strubinski wehmütig.

„Ich weiß, wie lang ihr euch schon kennt, weil ich euch auch schon so lange kenne“, gab Steinhauser zurück. „Und ihr wart echt noch nie länger getrennt?“

„Nein, so lange noch nie.“

„Ich vermiss die Stefanie ja auch jetzt schon, aber da sie ja noch in Würzburg wohnt, sehen wir uns eh nicht so oft. Beim Geocaching hat sich

das jedenfalls noch ganz anders angehört. Da war deine größte Sorge, dass wir keine Party verpassen."
„Ja, aber nach der letzten Nacht … die war so ..."
„Fred, bitte verschon mich mit Details", fiel ihm Steinhauser direkt ins Wort. Er wollte alles, aber nicht wissen, was Fred letzte Nacht mit seiner Lavinia angestellt hatte. Doch Fred fing einfach an zu erzählen.
„Wir hatten gestern seit langem wieder mal eine *Skin Deep Nacht* eingelegt", schwärmte Strubinski. „Das war der Wahnsinn, wie immer halt."
„Was für eine Nacht?" Steinhauser rutschte die Frage heraus, dabei wollte er es ja eigentlich gar nicht wissen."
„Sag bloß du kennst *Skin Deep* nicht?" Strubinski war überrascht.
„Nein, nie gehört."
„*Skin Deep – Männer haben's auch nicht leicht*, war eine Komödie Ende der 80er", erklärte Strubinski.
„Seit wann guckst du so Filme?"
„Den hab ich vor ein paar Jahren mal durch Zufall auf irgend so einem dritten Sender gesehen."
Mit einem genervten „Aha" signalisierte Steinhauser sein Desinteresse, aber Strubinski ignorierte es und erzählte einfach weiter.
„In dem Film gibt's eine Szene, wo dieser Typ, um den es da halt geht, mit einer Tussi in einem Zimmer ist. Ich weiß gar nicht mehr, ob das überhaupt seine Tussi war … egal, jedenfalls geht das Licht aus und es ist stockdunkel. Plötzlich kommt der Typ mit einem Leuchtkondom auf seinem Zipfel ins Zimmer. Ich sage dir, du lachst dich kaputt."
„Ja Fred, das reicht dann auch. Ich glaub, ich weiß, was du mir erzählen willst, aber ich ..."
„Das Beste kommt erst noch ...", unterbrach ihn Strubinski und berichtete weiter voller Begeisterung. „Es war gar nicht so einfach Leuchtkondome zu besorgen, aber wenn du mal welche brauchst, ich kann dir da aushelfen … jedenfalls haben die Lavinia und ich die Szene noch um ein paar Details erweitert. Mit Leuchtfarbe malt sich die Lavinia dann immer drei Punkte auf den Körper. Zwei auf ihre Brustwarzen und einen ..."
„Fred!", schnitt ihm Steinhauser energisch ins Wort, aber da war es schon zu spät. Konnte er es gestern noch gerade so verhindern, war das Kopfkino jetzt in vollem Gange.
Strubinski verstummte für einen Moment. „Ich dacht halt, du als alter 80er Fan, du würdest den Film kennen."

„Den kenn ich aber nicht!“, stellte Steinhauser noch einmal klar.
„Ja, ja, ich weiß, du bist eher der Magnum Fan“, winkte Strubinski ab. „Ich find Miami Vice allerdings besser. Crockett und Tubbs, das waren zwei echt coole Typen. Ich nenn die ja immer Krokette und Dabbes oder Corega und Tabs … war halt alles lang vor unserer Zeit.“
„Ja, und für mich wird’s jetzt auch langsam Zeit. Gleich holt mich die Fink in Burgsinn ab, da kannst du deine Wanze gleich mal testen“, sagte Steinhauser, der unbedingt von hier wegwollte. Nicht, dass ihm Strubinski noch mehr Details aus seinem Liebesleben berichtete. Für heute und die nächsten Wochen hatte er genug erfahren.
„Alles klar, ich bin bereit.“ Strubinski nickte lässig, dann machte sich Steinhauser auf den Weg.

„Guten Morgen Herr Steinhauser“, grüßte Frau Schäflein mit demonstrativem Blick auf die Wanduhr in ihrem Büro. „Sie sind ja scho da … und des sogar deutlich vor 08:00 Uhr.“
„Frau Schäflein … keine Spötteleien, wenn ich bitten darf“, gab er genervt zurück. „Kaffee?“
„Selbstverständlich, so wie Sie´s am liebste habbe“, sagte sie mit einem versöhnlichen Lächeln und reichte ihm eine Tasse.
Er bedankte sich, dann stellten sie sich gemeinsam ans Fenster und schauten hinaus.
„Habbe Sie mein Schlüsselbund irgendwo gesehe?“, fragte Frau Schäflein
„Den hab ich Ihnen gestern doch gegeben.“
„Das dacht ich auch. Aber ich weiß net, wo ich den hingelegt hab. Der Frank hat mir dann sogar noch beim Suche geholfe.“
„Wer?“
„Na, unser Praktikant. Der Frank Baum“, erinnerte sie ihn.
„Ach ja. Den hatte ich schon wieder vergessen. Und wie sind Sie dann heute ins Rathaus gekommen?“
„Das Rathaus ist das geringste Problem. Ich hab doch Ersatzschlüssel“, winkte Frau Schäflein ab. „Aber ich konnt gestern net heimfahre und daheim bin ich net gleich ins Haus gekomme. Zum Glück hab ich meiner Nachbarin noch nen Schlüssel für alle Fälle gegebbe.“
„Der kann ja nicht weit sein“, sagte Steinhauser, wirkte aber etwas abwesend. Er schaute regungslos aus dem Fenster. Frau Schäflein ahnte schon, was ihn beschäftigte.

„Na, da bin ich ja mal gespannt, wie des wird. Mit Ihne und der Frau Fink“, meinte sie.
„Hmh … und ich erst“, brummte Steinhauser. Dass sich seine Motivation in Grenzen hielt, war dabei nicht zu überhören.
Beide standen noch eine Weile schweigend am Fenster, schauten hinaus und tranken Kaffee, als ein dunkles Auto mit hessischem Nummernschild vor dem Rathaus parkte.
Steinhauser schaute auf die Uhr. „Exakt zwei Minuten vor acht. Genau so hab ich mir das vorgestellt. Das ist halt deutsche Beamtenpünktlichkeit, so wie man es kennt … zumindest aus Erzählungen.“
„Da könne Sie sich ja mal ein Beispiel dran nehme“, lachte Frau Schäflein.
„Ich weiß gar nicht, was Sie wollen, ich war eher da.“ Steinhauser richtete seine Dienstjacke zurecht, setzte sich seine Dienstmütze auf und ging ohne einen weiteren Kommentar. Als er am Wagen ankam, hatte sich Franziska Fink bereits auf den Beifahrersitz gesetzt. Etwas verwundert stieg Steinhauser ein und wünschte ihr, so freundlich wie er nur konnte, einen wunderschönen guten Morgen. Sie nickte nur kurz. Die Kommissarin hatte sich in einen eleganten Hosenanzug gequetscht und die Haare wieder zu einem strengen Dutt geknotet. Wahrscheinlich, um sich die Falten aus dem Gesicht zu ziehen, dachte Steinhauser spöttisch.
„Haben Sie das Rathaus gleich gefunden?“ Er versuchte das offensichtlich meterdicke Eis zwischen ihnen zu brechen oder zumindest ein paar Risse zu verursachen.
Die Kommissarin schaute ihn einen Moment an, dann antwortete sie: „Um eines gleich einmal klarzustellen, Herr Steinhauser. Ich hasse Smalltalk. Normalerweise arbeite ich alleine oder mit erfahrenen, hessischen Kollegen zusammen. Dass Sie hier sitzen, haben Sie einzig und alleine diesem bescheuerten bayerischen Projekt mit dieser Sicherheit auf dem Land zu verdanken. Ich hoffe nur, dass dieser Unsinn in Hessen nicht auch noch eingeführt wird.“
Damit waren die Fronten gleich geklärt. Das Eis war nicht nur meterdick, sondern kilometerdick. Den Versuch es zu brechen, schob er deshalb erst einmal ganz weit nach hinten. Dass er ebenso wenig Lust auf diese ganze Zusammenarbeits-Aktion hatte, verschwieg er deshalb auch lieber.
„Und jetzt?“, fragte er nach einer kleinen Schweigeminute.
„Sie fahren, ich denke“, befahl die Kommissarin kurz und knapp.
„Und wo fahr ich denn hin?“, wollte Steinhauser mit aufgesetzt freundlichem Gesichtsausdruck wissen.

„Nach Altengronau. Ich sage Ihnen dann wohin, wenn wir dort sind. Ich muss Frau Schubberle befragen, die Frau des Toten."
Steinhauser fuhr los. „Und warum erst jetzt? Ihr Mann wurde doch schon am Sonntag gefunden?", fragte er unbeirrt und versuchte sachlich und professionell zu wirken. Er fand sich ganz gut. Franziska Fink antwortete zunächst nicht, holte stattdessen eine Akte hervor.
„Da man mich angewiesen hat, Sie über alles Relevante zu informieren, hören Sie jetzt genau zu. Ich hasse es mich zu wiederholen", sagte Franziska Fink und schlug die Akte auf. „Frau Schubberle wurde am Sonntag von Herrn Tagweih über den Tod ihres Mannes informiert. Daraufhin bekam Sie einen Schock, fiel in Ohnmacht und musste ins Krankenhaus gebracht werden. Dort wurde sie psychologisch betreut und konnte gestern Abend wieder nach Hause entlassen werden. Deshalb erst heute die Befragung. Soweit alles verstanden?"
Steinhauser nickte, sie fuhr fort.
„Bei der Obduktion des Toten wurde in Magen, Hals und Mund eine gipsartige, feste Masse gefunden ..."
„Gips?", fragte Steinhauser überrascht dazwischen und erinnerte sich an die weiße Masse, die an der Kleidung und rund um den Leichnam verteilt gewesen war.
„Was habe ich denn eben gesagt?" Die Kommissarin stellte in strengem Tonfall eine Gegenfrage.
„Gips, haben Sie gesagt", bestätigte Steinhauser kleinlaut.
„Und warum fragen Sie dann nach? Spreche ich etwa undeutlich oder kann man hier im Sinngrund kein sauberes Hochdeutsch verstehen?"
Du blöde, arrogante, eingebildete, dumme, hässliche Kuh, dachte sich Steinhauser, konnte es aber hinunterschlucken. Er war stolz auf sich. „Entschuldigen Sie bitte. Gips, das war gerade etwas verwunderlich für mich. Und Sie sprechen ein hervorragendes Hochdeutsch. Das beste, das ich je gehört habe. Ich kann Sie prima verstehen, Frau Fink."
Mit schmalen Augen schaute sie ihn an, dann fuhr sie fort. „Es wird aktuell davon ausgegangen, dass dem Opfer der Gips, durch Zuhalten der Nase, mit Gewalt als dünner Brei über einen Trichter zugeführt wurde. Er hat sich wohl dagegen gewehrt. Deshalb lag der ausgehärtete Gips auch überall herum. Letztlich ist er langsam erstickt. Vorher wurde er gefesselt."
„Das ist aber kein schöner Tod", sagte Steinhauser, als Franziska Fink die Akte wieder schloss.
„Kein Tod, den ich je untersucht habe, war schön … dieser allerdings ist

außergewöhnlich“, antwortete Franziska Fink und wirkte dabei etwas nachdenklich.
„Darf ich fragen, was für Morde Sie schon alles untersucht haben?“, versuchte Steinhauser doch noch einmal die Wand aus Eis ein wenig ins Wanken zu bringen. Für den Hauch eines Momentes kam in ihm das Gefühl auf, dass es doch ein winziges Loch in ihrer harten Schale geben könnte.
„Sie dürfen nicht!“, gab sie knapp und bestimmt zurück. „Aber Sie dürfen an der nächsten Straße abbiegen. Das vierte Haus auf der rechten Seite, da müsste Frau Schubberle wohnen.“
Leck mich doch am Arsch, du blöde, aufgeblasene, überhebliche Kuh, dachte er mit angespanntem Gesichtsausdruck und tat, was sie sagte. Noch war er stolz auf sich, fragte sich nur, wie lange er noch stolz auf sich würde sein können. Sein Puls jedenfalls war eben schon mal ganz gewaltig auf Drehzahl gewesen. *Halt den Ball flach und mach, was man dir sagt,* rief er sich Stefanies Worte und ihre letzte, wunderschöne Nacht in Erinnerung. Im Rückspiegel konnte er Strubinski in seinem E-Auto erkennen. Dieser blieb in sicherem Abstand stehen. Sie waren in Altengronau.

Eine junge, in Schwarz gekleidete Frau öffnete die Tür.
„Hallo, mein Name ist Franziska Fink, ich komme von der Kripo Gelnhausen und müsste unbedingt mit Frau Schubberle sprechen“, sagte die Kommissarin freundlich, aber bestimmt. Steinhauser stellte sie der Frau nicht vor.
„Meine Mutter schläft gerade“, sagte die Frau, und stellte sich als Jana Heil, die Tochter des Opfers, vor. Sie erklärte den Beamten, dass sie schon vor Jahren zu ihrem Mann an den Edersee gezogen war und nicht hier lebte. Jana Heil führte die Beamten ins Wohnzimmer, wo Frau Schubberle auf der Couch lag und schlief. Als die drei das Zimmer betraten, wachte sie auf und ihre Tochter half ihr sich aufzurichten. „Mama, du hast Besuch. Das sind Frau Fink von der Kriminalpolizei und der Herr …, wie war noch mal Ihr Name?“
„Steinhauser. Mein Name ist Johannes Steinhauser“, stellte er sich vor und teilte auch gleich sein Bedauern über den Verlust des Vaters mit.
„Mama, die Beamten müssen dir ein paar Fragen stellen“, wandte sich Frau Heil wieder an ihre Mutter.

Frau Schubberle nickte verschlafen und bot den Beamten an, Platz zu nehmen.
Die Kommissarin kam gleich zur Sache. „Guten Morgen Frau Schubberle. Es tut mir leid, was Ihrem Mann zugestoßen ist, aber um herauszufinden, wer ihm das angetan hat, muss ich Ihnen ein paar sehr wichtige Fragen stellen.“
Ob Frau Schubberle in der Lage war, Fragen zu beantworten, interessierte sie dabei nicht. Sie hatte Fragen und wollte Antworten. Für Mitgefühl war jetzt keine Zeit.
Frau Schubberle schaute kurz zu ihrer Tochter und als diese nickte, stimmte sie zu.
„Können Sie mir sagen, warum Ihr Mann am Sonntag an diesem sogenannten Hexentanzplatz gewesen war?“, begann die Kommissarin die Befragung.
„Der Gottfried, der war doch so naturverbunden“, schluchzte Frau Schubberle und schnäuzte sich die Nase. „Immer wenn er konnte, ist er samstags oder sonntags nach Emmerichsthal gefahren. Dort stellte er dann sein Auto ab und ist hoch zum Hexentanzplatz gelaufen. Egal bei welchem Wetter. Er liebte diesen abgeschiedenen Ort, mitten im Wald.“
„Und was hat er dort gemacht?“, fragte Franziska Fink.
„Er sagte immer: Dort ist es schön ruhig. Da kann ich entspannen und nachdenken. Meistens nahm er sich noch eine ordentliche Brotzeit mit. Anschließend ist er dann auf verschiedenen Wegen zurückgelaufen. Wenn ihn wieder mal Lust überkam, ist er oftmals auch ein Stück weitergelaufen und ich oder einer seiner Freunde musste ihn dann abholen.“
„Ist er immer alleine gelaufen?“, wollte die Kommissarin wissen.
„Nein, nicht immer. Wenn es die Zeit zuließ, habe ich ihn begleitet“, antwortete Frau Schubberle.
„Aber an diesem Wochenende hatten Sie ihn nicht begleitet.“
„Nein, ich bin am Samstagmorgen mit dem Zug zu meiner Tochter an den Edersee gefahren und am Sonntagmorgen wieder zurück. Kurz nachdem ich zu Hause war, kam auch schon dieser Kommissar“, Frau Schubberle schaute zu ihrer Tochter.
„Ja, das stimmt“, bestätigte Frau Heil. „Die Mama kommt manchmal übers Wochenende vorbei.“
„Und Ihr Vater nicht?“, wunderte sich Franziska Fink.
„Doch, aber an diesem Wochenende wollte der Papa am Samstag eine Wanderung unternehmen.“

„Er wollte über den Hexentanzplatz bis zur bayerischen Schanz laufen“, warf Frau Schubberle dazwischen. „Aber das ist mir zu weit. Am Abend wollte er sich dann von einem Freund abholen lassen.“
„Wer wusste alles davon, dass Ihr Mann diese Wanderung am Wochenende unternehmen wollte?“, kam gleich die nächste Frage. Steinhauser hörte aufmerksam zu und war fast ein wenig beeindruckt, mit welcher Routine die Kommissarin ihre Fragen stellte. Sie musste keine Sekunde überlegen, zack, da kam schon die nächste Frage. Sie notierte sich nichts. Anscheinend konnte sie sich alles merken. Er hingegen war ganz froh, dass Strubinski mithörte.
Frau Schubberle zuckte mit den Schultern. „Keine Ahnung. Das wussten bestimmt viele. Schließlich machte er das ja öfter. Man musste ja nur nach Emmerichsthal fahren und schauen, ob sein Auto dort steht.“
„Und wer sind diese vielen Leute? Haben Sie auch ein paar Namen für mich?“ Die Kommissarin wollte es etwas genauer wissen.
„Naja, da sind zum Beispiel die Leute vom Faschingsverein“, antwortete Frau Schubberle. „Sie müssen wissen, der Gottfried war mit Leib und Seele Fosenöchter und auch ganz lange Vorstand der *Alegrüner Fosenöchter*.“
„Der Faschingsverein. Den kenne ich“, meinte Franziska Fink, verriet aber nicht, dass sie als Kind selbst einige Jahre in Altengronau gelebt hatte. Irgendwie schien sie für einen Moment nachdenklich, aber nur für einen Moment, dann war sie gleich wieder die Alte. „War Ihr Mann noch in weiteren Vereinen tätig gewesen?“
„Als der Gottfried vor ein paar Jahren erfahren hatte, dass so ein Stromunternehmen im ganzen Sinntal, von Bad Brückenau bis Gemünden, überall Windräder hinbauen will, hat er sich aus der Vorstandschaft zurückgezogen, um aktiv gegen diese Bebauungspläne vorzugehen. *Diese Windräder sind der Untergang für unsere heimische Vogelwelt*, hat der Gottfried gesagt. Haben Sie auch nur im Entferntesten eine Ahnung, wie viele Vögel von diesen Dingern vom Himmel geholt werden? Da der Gottfried ja sehr naturverbunden gewesen war, wollte er alles tun, um dies zu verhindern. Im Faschingsverein war er aber weiterhin noch aktiv geblieben. Der Fasching war doch sein Leben … unser Leben.“ Frau Schubberle musste weinen. Ihre Tochter nahm sie in den Arm und tröstete sie.
Steinhauser beobachtete die Szenerie, hielt sich aber zurück. Die Frau tat ihm leid. Franziska Fink hingegen wirkte etwas ungeduldig. So lange Frau

Schubberle weinte, konnte sie ihr keine Fragen stellen.
„Darf ich Ihnen etwas zu trinken anbieten?“, fragte Frau Heil. Steinhauser und Franziska Fink nahmen dankend an. Nachdem jeder ein Glas Wasser bekommen und Frau Schubberle sich wieder etwas beruhigt hatte, stellte die Kommissarin die nächste Frage.
„Hatte Ihr Mann Feinde?“
„Der Gottfried? Um Himmelswillen, der hatte doch keine Feinde“, gab sie entschieden zurück.
„Frau Schubberle ...“, setzte die Kommissarin erneut an, „ … bitte denken Sie nach. Gab es im Verein vielleicht Probleme oder bei seinen Aktivitäten gegen die Windräder?“
Frau Schubberle überlegte. „Also im Verein wüsste ich jetzt echt nicht. Aktuell gab´s keine Probleme, zumal der Gottfried ja nicht mehr in der Vorstandschaft gewesen war. Klar, in der Vergangenheit gab´s immer mal Streitigkeiten, aber deswegen bringt man doch keinen um. Schon gar nicht nach so langer Zeit. Bei seinen Aktivitäten gegen die Windräder ist er allerdings öfter mal mit Leuten von dieser Sinntal-Power-Windenergie zusammengerasselt. Wegen dem Gottfried konnte bisher nämlich noch kein einziges Windrad gebaut werden.“
Jetzt wurde Franziska Fink hellhörig. Auch Steinhauser spitzte die Ohren.
„Und wie darf ich mir das vorstellen, wenn Ihr Mann mit dieser Sinntal-Power-Windenergie zusammengerasselt ist?“, hakte sie sofort nach.
„Er hatte doch dieses Gutachten auf den Weg gebracht und regelmäßig Demos in Bad Brückenau veranstaltet“, erklärte Frau Schubberle. „Dort ist ja auch das Büro von diesem Windparkverein. Von da aus sollen die Baumaßnahmen und die Umsetzung dieses Windparks koordiniert werden. Aber sehr viel kann ich Ihnen da auch nicht sagen. Ich habe ihn zwar unterstützt, wo ich nur konnte, aber für den Kampf gegen so einen riesigen Konzern habe ich weder die Nerven noch die Kraft. Aber dem Gottfried machte das nichts aus. Sie müssen wissen, der Gottfried war schon mit 55 in Rente gegangen und hatte halt Zeit dafür.“
„Mit 55 in Rente?“, fragte Steinhauser überrascht. Es war ihm einfach so rausgerutscht. Eigentlich wollte er das gar nicht. Und nach einem strengen Blick von der Kommissarin und einem verständnislosen von Frau Schubberle schwieg er auch gleich wieder. „Ja, er war doch Lokführer bei der Bahn und dann war sein Rücken kaputt“, erklärte Frau Schubberle.
„Ok, jetzt ist mir alles klar“, entschuldigte sich Steinhauser. „Bei dem Job ...“

„Hatte Ihr Mann das alleine organisiert?“, stellte Franziska Fink die nächste Frage.
„Was organisiert?“, wunderte sich Frau Schubberle.
„Na, die Demos“, erinnerte sie die Kommissarin.
„Nein, ich habe ihm dabei geholfen“, meldete sich Frau Heil zu Wort. „Ich hab mich mit Papa abgestimmt und über das Internet in den sozialen Netzwerken in seinem Namen die Kontakte geknüpft und die Demos organisiert.“
„Und Stimmung gegen die Windräder gemacht“, sagte Franziska Fink spitz.
„Wenn Sie es so bezeichnen wollen. Ja, ich habe Stimmung gegen die Windräder gemacht. Irgendjemand muss ja etwas gegen diese skrupellosen Großkonzerne unternehmen“, gab Frau Heil selbstbewusst zurück und machte keinen Hehl daraus, dass sie gegen Windkraft war.
„Haben Sie vielleicht eine Adresse von dieser Sinntal-Power-Windenergie?“, wollte die Kommissarin jetzt wissen.
„Ja, habe ich“, sagte Frau Heil und verließ kurz das Zimmer.
Mit einem Prospekt in der Hand kam sie zurück und reichte ihn der Kommissarin.
Diese schaute kurz hinein, dann wandte sie sich wieder an Frau Heil.
„Dann bräuchte ich noch dieses Gutachten.“
„Das habe ich jetzt leider nicht hier. Ich kann es Ihnen aber gerne mailen.“
„Dann machen Sie das bitte.“ Frau Fink reichte der Tochter ihre Visitenkarte und da die Kommissarin im Augenblick keine weiteren Fragen hatte, verabschiedeten sie sich wieder.
„Haben Sie gewusst, dass hier im Sinntal ein Windpark entstehen soll?“, fragte Franziska Fink auf dem Weg zum Auto.
„Nein, das ist mir völlig neu“, gestand Steinhauser.
„Was wissen Sie eigentlich?“, meinte Franziska Fink kopfschüttelnd und stieg ins Auto.
Steinhauser biss sich auf die Lippe, verkniff sich aber jeden Kommentar. Er wunderte sich selbst, dass er noch nie etwas von einem geplanten Windpark gehört hatte. Vielleicht sollte er sich doch mehr mit dem Lokalgeschehen befassen. „Und wohin darf ich Sie jetzt fahren, Frau Fink?“, fragte er mit aufgesetzter Freundlichkeit.
„Nach Bad Brückenau“, befahl sie, unberührt von seinem Tonfall.

Auf dem Weg nach Bad Brückenau, dem malerischen Städtchen am Rande der Rhön, zog es Steinhauser vor zu schweigen. Er gab keinen Ton von sich. Franziska Fink saß während der Fahrt wie eine Statue neben ihm, schaute aus dem Fenster und dachte nach, wie er vermutete. Strubinski folgte ihnen unauffällig in sicherem Abstand. Das machte er übrigens überraschend gut. Die Sonnenbrille hätte er sich zwar sparen können, aber egal.

In der schönen Altstadt, nahe des alten Rathauses, war das Büro der Sinntal-Power-Windenergie in einem kleinen, mehrstöckigen Gebäude aus den sechziger oder siebziger Jahren untergebracht. Es dauerte eine Weile, bis sie das unscheinbare Klingelschild entdeckten und man ihnen öffnete. Sie gingen in den zweiten Stock und betraten einen Empfangsbereich. Eine junge Frau in einem schlichten, grauen Kostüm mit der Aufschrift *Sinntal-Power-Windenergie* auf dem rechten Ärmel und *German-Energy* auf dem linken, stand erschrocken auf, als sie den Mann in Polizeiuniform sah. Auf ihrer Brust trug sie ein Namensschild. Frau Göres, las Steinhauser.

„Kripo Gelnhausen“, sagte die Kommissarin streng. „Haben Sie hier etwas zu sagen?“

„Äh … nein“, gab Frau Göres eingeschüchtert zurück und zeigte auf zwei Sessel. „Aber bitte setzen Sie sich doch. Ich werde Sie sofort bei Frau Schruntz anmelden“, sagte die Vorzimmerdame und verschwand in einem Büro.

Der Vorraum war karg und mit einer riesigen, grünen, palmenähnlichen Plastikpflanze und einem Plastiktisch ausgestattet. An den Wänden hingen Bilder von verschiedenen Windrädern in malerischer Landschaft.

„Alles Plastik, aber einen auf Öko-Strom machen“, sagte Steinhauser. Die Kommissarin reagierte nicht, schaute nur kurz auf. „Die Sessel sind auch aus Plastik“, stellte Steinhauser nach kurzer Untersuchung noch fest, aber Franziska Fink ließ sich nicht zu einem Kommentar hinreißen. *Dann eben nicht ... du blöde Kuh*, dachte sich Steinhauser.

Kurz darauf erschien Frau Göres wieder. Sie bat die Beamten einzutreten und schloss die Tür hinter ihnen. Dieses Büro schien auf den ersten Blick deutlich edler eingerichtet zu sein. Auf den zweiten dann nicht mehr so sehr. In der Ecke stand eine kleine Sitzgruppe, allerdings auch aus Plastikmöbeln, wie Steinhauser sofort erkannte. An den Wänden wieder gefühlte hundert Bilder von Windrädern und glücklichen Menschen. Vor großen Fenstern stand ein breiter Schreibtisch, dieser war jedoch nicht aus Plastik. Sah eher nach Billigmöbeln aus der letztjährigen Rabattaktion

eines bankrotten Möbelgeschäftes aus. Elegante, bunte, etwas verstaubte Plastikblumen rundeten das gewöhnungsbedürftige Pseudo-Öko-Ambiente ab. Franziska Fink interessierte das alles nicht. Zügig ging sie auf eine Frau zu, die sich hinter dem Schreibtisch erhob.
„Die Polizei?“, begrüßte sie die Frau verwundert. Sie trug ein ähnliches, aber deutlich eleganteres, graues Kostüm wie Frau Göres. Allerdings ohne Aufschrift und Namensschild. „Was verschafft mir die Ehre?“ Sie war sehr schlank, fast einen Kopf größer als Steinhauser und hatte weder Brust noch Arsch, wie er fand. Kurze, dunkle Haare über einem kantigen Gesicht mit einer schmalen, spitzen Nase verliehen ihr ein strenges Äußeres. Steinhauser fand sie sofort unsympathisch.
„Mein Name ist Franziska Fink, ich komme von der Kriminalpolizei Gelnhausen“, stellte sich die Kommissarin vor. Steinhauser stellte sie abermals nicht vor. Sie tat so, als ob er gar nicht anwesend wäre.
„Kriminalpolizei? Gelnhausen?“ Die Frau war sichtlich verwirrt.
„Sind Sie Frau Schruntz?“, fragte die Kommissarin gleich nach.
„Oh, entschuldigen Sie bitte. Die Kripo aus Gelnhausen, das ist jetzt etwas überraschend für mich. Ja, ich bin Sybille Schruntz, die hiesige Managerin der Sinntal-Power-Windenergie“, bestätigte sie und fuhr gleich fort, bevor die Kommissarin etwas sagen konnte. „Hier wird der modernste Windpark Deutschlands … ach was rede ich … von ganz Europa entstehen. Die fortschrittlichste Technologie wird zum Einsatz kommen, um eine ganze Region zu hundert Prozent mit erneuerbarer Energie zu versorgen. Dies ist ein wegweisendes Projekt für die Energiewende unseres Landes.“
„Und wer ist die *German-Energy*?“, hakte die Kommissarin gleich nach. Sie war zweifellos eine sehr gute Zuhörerin. Da konnte Steinhauser noch so einiges lernen.
„Die German-Energy ist der deutschlandweit operierende Mutterkonzern der Sinntal-Power-Windenergie“, erklärte Sybille Schruntz.
„Kennen Sie einen Gottfried Schubberle?“, fragte die Kommissarin unbeeindruckt weiter.
Das Gesicht der Projektleiterin verfinsterte sich. „Allerdings kenne ich Herrn Gottfried Schubberle, diesen selbsternannten, aufgeblasenen Sinntal-Aktivisten.“
„Das Verhältnis zwischen Ihnen und Herrn Schubberle ist wohl nicht das beste“, hakte Franziska Fink nach, ohne dabei anzudeuten, dass er nicht mehr am Leben war.
„Dass Herr Schubberle und ich keine besten Freunde mehr werden, ist ja

kein Geheimnis. Schließlich macht er, wo er nur kann, mobil gegen den geplanten Sinntal-Windpark und stört jede Infoveranstaltung der Sinntal-Power-Windenergie ... um es einmal vorsichtig auszudrücken“, gab Sybille Schruntz angespannt zurück. Es war ihr anzumerken, dass sie nicht gut auf Schubberle zu sprechen war.
„Wie groß soll denn dieser Windpark werden?“, wechselte Franziska Fink überraschend das Thema.
Die Projektleiterin führte die Kommissarin zu einem großen Plan, der an der Wand hing. Steinhauser war dieser Plan vor lauter Windradbildern vorher gar nicht aufgefallen. Unauffällig folgte er den beiden und schaute ihnen über die Schultern.
„Dies ist ein Vorzeigeprojekt zwischen dem Freistaat Bayern und dem Land Hessen. Der Sinntal-Windpark wird sich, wenn er erst einmal fertiggestellt ist, von Bad Brückenau bis nach Gemünden am Main erstrecken. Sie wissen ja, dass das Sinntal ein Stück durch Hessen verläuft“, prahlte die Managerin.
„Ja, das wissen wir. Erste Klasse, Heimat- und Sachkunde“, warf Steinhauser genervt dazwischen. Sofort erntete er entrüstete Blicke von der Managerin und der Kommissarin. Das Auftreten dieser Schruntz kotzte ihn noch mehr an, als das von seiner neuen Superkollegin. *Zwei überzeugte Emanzen auf einem Haufen, das kann ja heiter werden*, dachte er sich und konnte jetzt nicht mehr schweigen. Sein Mitteilungsbedürfnis setzte sich durch. Denn im Grunde genommen wäre er ja eigentlich der leitende Ermittler gewesen. „Und nebenbei werden von diesen Windrädern die Vögel gleich geschreddert und zu Vogelhack verarbeitet. Praktisch, da muss man nur in den Wald laufen, wenn man Hunger auf Geflügel hat. Mal ganz davon abgesehen, dass die Landschaft völlig verschandelt wird.“
Beide Emanzen schauten den Polizisten verwirrt an.
Sybille Schruntz fand als erstes die Worte wieder. „Wissen Sie, Herr … wie war noch mal Ihr Name?“, fragte sie und musterte ihn abfällig von oben bis unten.
„Steinhauser. Johannes Steinhauser“, gab er kurz und knapp zurück.
„Wissen Sie was, Herr Steinhauser“, fauchte die Managerin los. „Man kann eben nicht alles haben. Aber das wird dieser Herr Schubberle auch noch erkennen. Atom will keiner, Kohle will keiner, Windräder will keiner und Ackerland für Solarparks oder Biomasse-Kraftwerke will auch keiner hergeben, beziehungsweise gibt es gar nicht genug. Schließlich soll ja auch noch was zum Essen angebaut werden. Aber Strom soll aus der Steckdose

kommen!“
Steinhauser ließ sich nicht beeindrucken. Emanzen hin oder her. Er konnte es nicht zulassen, dass er wie ein kleiner, dummer Schulbub neben den Frauen stand und brav ihrem Gespräch lauschte. Er fühlte sich berufen, selbst etwas beizutragen. „Betreibt die German-Energy eigentlich auch noch Atomkraftwerke?“, fragte er und war selbst überrascht, wie cool er aus seiner Sicht blieb.
Sybille Schruntz hingegen war deutlich aufgebracht. „Natürlich betreibt die German-Energy auch noch Atomkraftwerke. Die Betonung liegt auf *noch*! Oder glauben Sie, dass der Energiebedarf dieses Planeten mit Windkraft, ein paar Solarzellen oder diesen Biomasse-Kraftwerken gedeckt werden kann? Und von den Unmengen Diesel, die zum Betreiben der Biomasse-Kraftwerke verbrannt werden, spricht niemand. Die Energiewende ist in vollem Gange!“
Da Franziska Fink anscheinend gerade nicht wusste, was sie sagen sollte, ergriff Steinhauser wieder das Wort. „Ja, ja, überall hört man Energiewende. Ich kenne die Sprüche zur Genüge. Und was mit der Natur passiert, ist wurscht. Waldrodung, Tiervertreibung und Vogelmassaker im Namen der Energiewende. Ökologische Naturvernichtung, oder was?“
„Einen Tod müssen wir sterben, ob wir wollen oder nicht. Oder wollen Sie zurück in die Steinzeit? Wären Ihnen Atom- und Kohlekraftwerke etwa lieber?“, konterte die Managerin. Sie ließ sich nicht aus dem Konzept bringen und Steinhauser merkte sehr schnell, dass sie derartige Diskussionen offenbar schon mehrfach führen musste. Sie war sehr schlagfertig.
Steinhauser begann Gefallen an der Debatte zu finden. „Warum werden denn nicht die ganzen Dachflächen genutzt, die es gibt, um darauf Solarzellen zu installieren? Dann könnte sich jeder Haushalt zum größten Teil selber versorgen und es wären weniger Atomkraftwerke, weniger Windkrafträder, weniger Biomasse-Kraftwerke und weniger Solarparks nötig.“
Sybille Schruntz zögerte kurz mit einer Antwort. Sie schaute verwundert zur Kommissarin. Mit einem konstruktiven Argument von dem Streifenpolizisten hatte sie anscheinend nicht gerechnet. Die Managerin setzte an, etwas zu sagen, doch Steinhauser kam ihr zuvor.
„Ach, ich vergaß, wenn sich der kleine Bürger selber mit Strom versorgt, dann können die geldgeilen Konzerne ja nicht mehr so viel Geld scheffeln“, sagte er spitz. „Und das ist bei der Energiewende ja auch ein wichtiger Faktor. Scheiß auf die Umwelt, ein Hoch auf die Aktionäre. Wer

braucht denn die Natur, wenn er Aktien haben kann? Die kann man aber nicht essen, mit denen kann man sich bestenfalls den Arsch abwischen."
Die Managerin schoss sofort zurück: „Lieber Herr Steinhauser, in Ihrer kleinen, winzigen Welt mag das so sein. Ganz so einfach, wie Sie sich das vorstellen, ist das aber nicht."
„Jetzt ist aber mal gut!", funkte die Kommissarin energisch dazwischen. „Und ja, Herr Steinhauser, dieses Thema ist nicht so einfach, wie Sie denken, aber wir sind nicht hierhergekommen, um über die Energiewende zu debattieren."
Steinhauser zog eine Grimasse und sagte jetzt besser nichts mehr.
„Ja, genau, weswegen sind Sie überhaupt hier? Sie sagten, Sie seien von der Kripo Gelnhausen", erinnerte sich Sybille Schruntz. „Was macht die hessische Kripo in Bayern und warum wollten Sie eigentlich wissen, ob ich Gottfried Schubberle kenne? Hat er mich wieder mal angezeigt, dieser Querulant?"
„Nein, angezeigt hat er Sie nicht. Da würde auch nicht die Kripo kommen", antwortete Franziska Fink.
„Ach, weswegen sind Sie dann hier?" Die Projektleiterin warf der Kommissarin einen strengen Blick zu und verschränkte demonstrativ die Arme vor der Brust.
„Gottfried Schubberle ist tot. Genau genommen wurde er ermordet", sagte die Kommissarin jetzt gerade heraus.
Der Managerin verschlug es die Sprache. Ihre Überraschung war echt, oder verdammt gut gespielt.
„Ermordet?" Sie sah die Beamten verwundert an und setzte sich schockiert auf ihren Schreibtisch.
„Ja, ermordet", bestätigte Franziska Fink.
Sybille Schruntz wusste nicht, was sie sagen sollte. Sie schaute kurz zu Steinhauser, dann wieder zur Kommissarin. „Und wie?", fragte sie schließlich.
„Das kann ich Ihnen wegen den laufenden Ermittlungen nicht sagen."
„Natürlich. Ich verstehe", gab sie kurz zurück. „Und wieso kommt da die Kripo aus Gelnhausen?", fragte Sybille erneut, jetzt deutlich nüchterner. Sie schien die Information über Gottfried Schubberles Tod verdaut zu haben.
„Wir unterstützen die Kollegen aus Bayern", erklärte Franziska Fink knapp, ohne näher darauf einzugehen und fuhr direkt mit ihrer Befragung fort. Dass Steinhauser der bayerischen Polizei unterstellt war und

eigentlich die Kripo aus Würzburg vertrat, überging sie einfach. „Wann haben Sie Herrn Schubberle zuletzt gesehen?“
Sybille Schruntz zuckte mit den Schultern und schaute nachdenklich im Raum umher. „Das kann ich gar nicht so genau sagen.“
„Sie wollen mir doch nicht allen Ernstes erzählen, dass Sie nicht wissen, wann Sie Herrn Schubberle zuletzt gesehen haben? Den Mann, der maßgeblich dafür verantwortlich ist, dass hier noch kein einziges Windrad gebaut wurde!“ Der Tonfall der Kommissarin war jetzt deutlich schärfer geworden, „Wir können uns auch gerne in Gelnhausen auf der Wache weiter unterhalten, wenn Ihnen das lieber ist!“
Die deutliche Ansage zeigte bei der Windkraft-Emanze eine unerwartete Wirkung, so war gleich mal klargestellt, wer hier der Chef war. „Ich habe ihn vor zwei Wochen das letzte Mal gesehen“, räumte die Projektleiterin ein. „Da hatte der Schubberle mal wieder eine dieser nervigen Demonstrationen organisiert und ist mit seinen Anhängern durch die Altstadt marschiert. Natürlich genau dann, als wir eine Info-Veranstaltung angesetzt hatten.“
„Und wie muss ich mir das vorstellen?“, wollte Franziska Fink genauer wissen.
„Hier, in Bad Brückenau, nutzen wir gerne das alte, historische Kino, um über die geplanten Maßnahmen zu informieren. In anderen Orten Turnhallen oder Bürgerzentren“, erklärte die Managerin. „Und vor zwei Wochen war der Schubberle mit seinen … Unterstützern, in die Veranstaltung im Kino geplatzt. Ausgerüstet mit Lautsprechern und Mikrofon hat er dann die Veranstaltung gestört und lauter Lügen erzählt. Die Polizei musste gerufen werden und es dauerte fast eine Stunde, bis endlich wieder Ruhe eingekehrt war. Die Veranstaltung musste natürlich abgebrochen werden und wird demnächst nachgeholt.“
„Was waren das für Lügen?“, hakte die Kommissarin sofort nach.
„Der Schubberle hat versucht, unser Gutachten schlecht zu reden“, gab Sybille Schruntz zurück.
„Um was geht es in diesem Gutachten?“ Franziska Fink war ein Fragenmonster. Ohne zu zögern, wie aus der Pistole geschossen, kam direkt die nächste Frage. Steinhauser musste ihr für ihre knallharte Vorgehensweise widerwillig Respekt zollen. Sie verstand ihr Handwerk. Dabei erinnerte er sich, dass auch die Tochter von Frau Schubberle von einem Gutachten gesprochen hatte.
„In diesem Gutachten wird detailliert die Umweltverträglichkeit des

geplanten Windparks für die Natur und die heimische Tierwelt dargestellt. Ebenso werden die erforderliche Infrastrukur, die geplanten Rekultivierungsmaßnahmen nach dem Bau jedes einzelnen Windrades rund um Bad Brückenau und die einzelnen Bauabschnitte bis nach Gemünden erläutert. Das Gutachten umfasst mehrere hundert Seiten. Ich kann es Ihnen gerne zukommen lassen, wenn Sie möchten."
„Ja, das möchte ich", sagte die Kommissarin und reichte ihr eine Visitenkarte. „Per Mail oder per Post, das ist mir egal, aber bitte schnellstmöglich."
Zögerlich nahm Sybille Schruntz die Karte an sich. „Sie glauben doch nicht tatsächlich, dass ich irgendetwas mit diesem … Mord zu tun habe?", beschwerte sie sich, denn so langsam schien sie zu begreifen, um was es hier ging. „Ich werde natürlich alles tun, um Ihnen bei Ihren Ermittlungen zu helfen. Aber ich kann Ihnen versichern, dass ich absolut nichts mit dieser … dieser Sache zu tun habe. Weder ich, noch irgendjemand von der Sinntal-Power-Windenergie!"
„Fanden, außer in Bad Brückenau, noch an weiteren Orten Veranstaltungen statt?", fragte Franziska Fink unbeirrt weiter, ohne auf die Äußerungen der Managerin einzugehen.
„Ja natürlich, in allen Ortschaften des ersten Bauabschnittes", gab Sybille Schruntz zurück. „Von Bad Brückenau bis nach Zeitlofs an die hessische Grenze. Der zweite Bauabschnitt geht dann durch den hessischen Teil des Sinntals und der dritte und größte geht dann wieder durch Bayern bis nach Gemünden."
„Kam es bei diesen Veranstaltungen auch zu Konflikten mit Herrn Schubberle?"
„Ja, der Herr Schubberle war bei jeder Info-Veranstaltung anwesend", bestätigte Sybille Schruntz mit schmalen Lippen. „Und Ärger gab es immer."
Nach kurzer Überlegung entschied sich die Kommissarin dazu, die Befragung zu beenden. Sie hatte fürs erste wohl genug erfahren. Steinhauser und die Kommissarin verabschiedeten sich von Frau Schruntz und fuhren schweigend zurück nach Burgsinn. Erst als Steinhauser das Auto abstellte und gehen wollte, wandte sie sich mit scharfen Worten an ihn: „Halten Sie sich morgen ab 08:00 Uhr bereit. Sollte ich Ihre Hilfe benötigen, werde ich mich melden. Und in Zukunft, wenn ich eine Befragung durchführe, dann halten Sie gefälligst den Mund! Habe ich mich klar genug ausgedrückt, Herr Steinhauser?"

„Ja", sagte er nach kurzem Zögern. Keine Frage, seine Teilzeitkollegin konnte sehr bissig sein, was Steinhauser, zu seiner eigenen Überraschung, jedoch nicht sonderlich aus der Ruhe brachte.
Kaum war die Kommissarin verschwunden, kam Strubinski mit seinem E-Auto um die Ecke gerollt. Er stellte sich neben Steinhauser und ließ die Scheibe herunter. „Mein Beileid", sagte er und musste lachen. „Mit der Fink ist wohl nicht gut Kirschen essen, oder?"
„Nein, aber irgendwie hab ich mir das alles genau so vorgestellt", winkte Steinhauser resignierend ab.
„Und diese Windrad-Tussi hat auch mehr Haare auf den Zähnen, als ein Bär auf dem Rücken", ergänzte Strubinski noch.
Steinhauser nickte. „Sieht so aus. Hast du wenigstens alles verstanden?"
„Jedes Wort. Ich bin also voll informiert", bestätigte Strubinski. „Die Dinger sind ihr Geld echt wert. Glasklarer Empfang, null Rauschen."
„Sehen wir uns nachher noch?", wollte Steinhauser wissen.
„Ja, der Sepp kommt auch noch mal bei mir vorbei, wenn er mit seine Küh fertig ist. Mir könnte in die Sauna geh und ein paar Bier trink."
„Alles klar, ich komm. Bier klingt gut."
Ins Rathaus ging Steinhauser heute nicht mehr. Nach Hause wollte er aber auch nicht. Also ging er erst mal zur Henni in den Imbiss, um den ersten Tag mit dieser Fink zu verarbeiten. Dort gönnte er sich in aller Ruhe zwei leckere Burgsinner. Er liebte die knusprigen, zusammengepressten Brötchenscheiben mit Hackfleisch, extra viel gerösteten Zwiebeln und Ketchup. Zwei kühle Bier rundeten sein Abendessen ab; quasi als Einstieg für später. Mit Stefanies Beetle machte er sich dann auf nach Mittelsinn.

„Papa, wann kommst du endlich?", schrie Strubinskis Tochter Sonja. Sie stand in der kleinen Umkleide von Strubinskis Sauna, einem illegalen Anbau an seine Lagerhalle, und klopfte gegen die Glastür. Wegen des dichten Dampfes konnte sie niemanden erkennen.
„In einer halben Stunde bin ich bei dir, mein Schatz", gab ihr Vater zurück und als Sonja wieder weg war, öffnete er erst mal drei Bier. Neben ihm saßen Steinhauser und Holzinger. Die drei Schulfreunde schwitzten und gönnten sich dabei das ein oder andere Bierchen, um sich von innen heraus abzukühlen. Während Steinhauser und Strubinski über den toten Schubberle, die Kommissarin und diese Schruntz redeten, hörte Holzinger aufmerksam zu.

„Du darfst aber nix rumerzähl, gell!“, wandte sich Steinhauser an Holzinger.
„Wem soll ich denn was erzähl? Meine Küh interessiert das nicht die Bohne!“
„Na, der Gerda und dem Reinhold, deinen Eltern halt“, sagte Strubinski.
„Ich erzähl bestimmt nix“, versicherte Holzinger. „Ich hab grad genug um die Ohren.“
„Wie war eigentlich die Fahrt zum Flughafen?“, wollte Steinhauser wissen.
„Das eine sag ich euch“, begann Holzinger. „Das war das letzte Mal, dass ich eure Weiber irgendwo hinfahr. Was für eine Aktion!“
„Wieso, was war denn?“, fragten beide interessiert.
„Deine Lavinia ...“, wandte sich Holzinger an Strubinski. „„... die hat während der Fahrt ununterbrochen geredet. Die anderen zwei ihre Sachen sortiert und in einen Rucksack umgepackt. Ein Geschnatter und Gegacker, das hältst du nicht aus. Keine Ahnung, ob und wie die drei die vier Wochen in den USA überstehen wollen.“
„Ach was, das wird schon“, meinte Steinhauser zuversichtlich.
„Ja, ich geb ja zu, meine Perle kann ab und an schon etwas anstrengend sein“, räumte Strubinski mit einem breiten Grinsen ein. „Die Lavinia hat halt ihren Kopf, aber dafür hat sie andere, ganz besondere Vorzüge. Beim Duschen, zum Beispiel ...“
„Halt bloß deine Klappe!“, fiel ihm Steinhauser ins Wort, er hatte keine Lust auf Kopfkino mit den Strubinskis. „Wir wollen gar nicht wissen, was du und deine Lavinia alles so treibt, wenn ihr duscht. Wir kennen euch zwei ja schon seit dem Kindergarten.“
Natürlich konnte Steinhauser nicht verhindern, dass Strubinski den präzisen Ablauf einer gemeinsamen Dusche mit seiner Perle detailliert schilderte. Also trank er sein Bier und ließ es über sich ergehen. Holzinger hingegen hörte interessiert zu. Fünf weitere Bier später war Steinhauser dann endlich zu Hause. Zumindest lief er in seinem Revier nicht Gefahr, auf dem Rückweg von Mittelsinn nach Burgsinn in eine Verkehrskontrolle zu geraten. Denn mit so viel Bier, wie er heute nach Dienstschluss getankt hatte, wäre das selbst in Polizeiuniform äußerst ungünstig für ihn ausgegangen. Für seine Kollegen in Gemünden und seinen Chef Rolf Rappert wäre das allerdings ein gefundenes Fressen gewesen.
Zu Hause angekommen wurde er zu allem Überfluss auch noch von seiner Schwester Monika erwartet. Die stand auf dem Balkon und erzählte ihm

dann noch etwas von verantwortungsvollem Handeln seinem Patenkind gegenüber und dass er als Polizist auch eine Vorbildfunktion hatte. Es dauerte einen Moment, bis Steinhauser kapierte, dass sie gar nicht seinen Zustand, sondern den Leichenfund meinte. Dass er doch eigentlich gar nichts dazu konnte, dass Torben den Toten gefunden hatte, interessierte sie dabei nicht. Deshalb zog er es vor zu schweigen, bis sie mit ihm fertig war. Als er endlich seine Ruhe hatte, wartete noch Jacky auf ihn. Ihr Futternapf war leer und Gassi war auch noch niemand mit ihr gegangen. Kurz nach zwölf Uhr, nach einer verkürzten Runde, lag er dann endlich im Bett. Von Stefanie gab es bisher noch keine Nachricht.

Kapitel 5

„Sie schaue heut aber gar net gut aus, Herr Steinhauser. Irchendwie ... so übermüdet“, begrüßte ihn Frau Schäflein mit besorgtem Blick, als er das Rathaus betrat. „Habbe Sie net gut geschlafe?“
„Ging so“, knurrte er völlig übermüdet und zeigte auf die Uhr an der Wand. „Aber ich bin pünktlich.“
„Ja, des stimmt. Exakt zwölf Mitnuten vor acht. Für Ihre Verhältnisse extrem früh. Kaffee?“
„Ich glaub, ich brauch erst mal ein Glas Wasser und zwei Aspirin. Haben Sie Aspirin?“, fragte er und schlurfte in sein Büro.
„Ich guck mal, ob ich was find“, meinte sie mit einem Grinsen. Wenig später stellte sie ihm das Wasser mit den gewünschten Aspirintabletten auf seinen Schreibtisch. Steinhauser bedankte sich mit einer knappen Kopfbewegung und trank das Glas in einem Zug aus.
„War´s so schlimm gestern?“
„Naja, eigentlich nicht. Ich bin wohl etwas außer Übung“, sagte Steinhauser, begleitet von einem ausgiebigen Gähnen.
Plötzlich kam Horst Mehrhold hereingeplatzt und knallte Steinhauser eine Zeitung auf den Tisch.
„Das haben Sie ja wieder mal ganz toll hinbekommen“, beschwerte er sich.
Mit dicken Augenringen schaute er den Bürgermeister an. „Hä?“
„Nix, hä!“, schrie der Bürgermeister. „Die ganze Zeitung steht voll mit Ihrem Leichenfund. Und so wie das aussieht, wird sich das auch die nächsten Tage nicht ändern. Aber das eine sag ich Ihnen: Meine To-Do-Liste hab ich noch lange nicht vergessen! Und die wird nicht kürzer!“
„Wieso *mein* Leichenfund?“ Steinhauser starrte ihn ratlos an und ehe er noch etwas sagen konnte, marschierte der Bürgermeister meckernd im Stechschritt wieder aus dem Büro.
„Was geht denn mit dem ab?“, wunderte sich Steinhauser. „Und was labert der da jetzt von seiner beknackten To-Do-Liste? Als ob die mich jemals interessiert hätte.“
„Ach, der regt sich wieder ab“, meinte Frau Schäflein. „Der ist nur sauer, weil noch kein Bericht über ihn und seine super soziale Tat mit unserem Praktikanten in der Zeitung stand. Sie habbe ihm sozusagen die Show

gestohle."
„Aber ich kann doch auch nix dafür." Verzweifelt schlug Steinhauser mehrmals mit dem Kopf auf seinen Schreibtisch. Plötzlich klingelte das Telefon. Er und Frau Schäflein schauten auf das Display, dann auf die Uhr.
„Exakt 08:00 Uhr", stellte Frau Schäflein fest.
„Was will denn der schon wieder?", stöhnte Steinhauser, holte tief Luft und nahm den Anruf entgegen. „Guten Morgen, Herr Rappert."
„Steinhauser?", wunderte sich sein Chef.
„Ja, Herr Rappert. Wer denn sonst?"
„Wieso sind Sie schon im Büro?", fragte er misstrauisch.
„Weil ich halt ein zuverlässiger und pflichtbewusster Polizeibeamter bin", gab er zurück.
„Reden Sie keinen Blödsinn!", brüllte Rappert jetzt wieder so, wie er es gewohnt war.
„Was kann ich denn für Sie tun?", fragte Steinhauser genervt.
„Die Frau Fink braucht Sie heute nicht."
„Ach, ist das so?"
„Ja, das ist so!", bestätigte Rappert. „Dafür müssen Sie mal nach Rieneck fahren. Der Bürgermeister hat einen Diebstahl gemeldet. Am Rathaus wurde das historische Halseisen gestohlen. Schauen Sie da mal nach."
„Aber Herr Rappert, ich ...", doch sein Chef ließ ihn gar nicht ausreden und legte auf. Steinhauser warf den Hörer auf den Apparat und ließ sich mit hängenden Schultern in seinen Schreibtischstuhl fallen.
„Was ist denn los?", fragte Frau Schäflein neugierig.
„Die Fink braucht mich heut nicht. Aber dafür soll ich nach Rieneck. Da hat so ein Volldepp das historische Halseisen am Rathaus geklaut", sagte Steinhauser. „Wer braucht denn so was?"
„Des ist aber merkwürdig", meinte Frau Schäflein.
„Da haben Sie recht. Als ob das jemanden interessiert, ob da das blöde Halseisen hängt oder nicht."
„Ich mein doch weche dem Leichefund", sagte Frau Schäflein. „Die Leich war doch ach mit nem Halseise am Baum festgmacht."
Das hatte Steinhauser völlig vergessen. „Ja, ja, klar. Das hab ich doch gemeint: höchst merkwürdig", winkte Steinhauser lässig ab. Fehlte noch, dass sie glaubte, dass er nicht selbst darauf gekommen war. „Ich fahr da gleich mal hin."
Frau Schäflein bot ihm noch ihr Auto an, aber da er heute mit Stefanies Auto unterwegs war, brauchte er ihren Wagen diesmal nicht.

Steinhauser verließ das Rathaus und blieb stehen. „Fred, hörst du zu?“, fragte er und wartete. Es dauerte keine Minute, da klingelte sein Handy.
„Servus Hannes“, sagte Strubinski vergnügt. „Logisch hör ich zu. Ich bin doch dein drittes Ohr und schon seit 06:00 Uhr online.“
„Seit 06:00 Uhr?“, wunderte sich Steinhauser.
„Ja klar, man weiß ja nie. Aber du solltest dringend mal zum HNO. Du schnarchst wie ein Walross. Ein paar Mal hab ich echt gedacht, du nippelst ab. Hast kurz die Atmung eingestellt und dann wieder voll losgeröchelt. Hat sich echt scheiße angehört. Denk mal drüber nach.“
Steinhauser sagte dazu nichts, beschloss aber, seine Arbeitskleidung zukünftig nicht im Schlafzimmer abzulegen.
„Fred, du hast doch Bilder vom Tatort gemacht. Kannst du mir mal ein paar davon schicken, wo das Halseisen drauf ist?“
„Ist bereits erledigt. Ich dacht mir schon, dass du die brauchst.“
„Okay, danke“, sagte Steinhauser. „Fährst du wieder hinterher?“
„Nein, ich hab mir in meiner Lagerhalle eine kleine Überwachungsstation eingerichtet. Da die Dinger ja über Satellit funktionieren, bleib ich hier und will das mal testen. Ich bin aber immer für dich erreichbar und wenn´s brennt, bin ich ruckzuck bei dir. Außerdem muss ich Pakete für die Post fertigmachen – meine Homepage und so, du weißt schon.“
„Alles klar“, meinte Steinhauser und drückte ihn weg. Einerseits fand er es ganz gut, dass Strubinski irgendwie immer bei ihm war, andererseits war es auch irgendwie beängstigend. Er war kaum eingestiegen, da klingelte sein Handy erneut. „Fred, ist noch was?“
„Ja, der Sepp ist vorhin vorbeigekommen und hat sein Handy gesucht. Kann es sein, dass du es gestern im Suff aus Versehen eingesteckt hast?“
Steinhauser durchsuchte seine Taschen und tatsächlich war da ein Telefon zu viel. „Es sieht so aus.“
„Kannst du es dem Sepp bringen? Der braucht das ganz dringend, hat er gemeint.“
„Ja, ich fahr gleich mal zu ihm.“

Holzinger war auf seinem Aussiedlerhof hinter dem Stall bei seinen Silos. Er war gerade dabei, an seinem maroden Radlader herumzuschrauben.
„Kaputt?“, fragte Steinhauser.
„Ah, Hannes. Servus“, begrüßte ihn Holzinger. „Ja, der Lader geht nicht mehr hoch. Vermutlich die Pumpe.“

„Das Ding fällt ja bald auseinander. Wird mal Zeit für einen Neuen."
„Ja, ich weiß, aber der muss noch eine Weile aushalten."
Steinhauser verzog die Nase, denn Holzinger stand direkt in einem stinkenden Mais-Silo. „Wie hältst du das nur aus?"
„Was aushalten?", fragte Holzinger verwundert.
„Na, den Gestank hier, mitten im Silo."
„Ach das. Das riech ich doch gar nicht mehr", winkte der Landwirt ab. „Hast du mein Telefon? Ich muss den Monteur anrufen."
Steinhauser gab es ihm und war auch schon wieder verschwunden. In Rieneck wurde er bereits am Tatort, dem alten Rathaus, erwartet. Wie er vermutet hatte, gab es dort nichts zu sehen. Wie auch, das Halseisen war ja weg. Der Rienecker Bürgermeister konnte aber das Halseisen auf den Fotos eindeutig als das verschwundene Halseisen von Rieneck identifizieren. Steinhauser versicherte ihm, dass er es wieder bekommen würde, wenn die Ermittlungen abgeschlossen seien. Die neugierigen Fragen des Rienecker Bürgermeisters ließ er unbeantwortet. Kurz darauf war er wieder zurück auf dem Rathaus, wo er von einer überglücklichen Frau Schäflein empfangen wurde.
„Ich hab mein Schlüsselbund ach wieder gefunne", strahlte sie bis über beide Ohren.
„So, wo war er denn?", wollte Steinhauser wissen.
„In meiner Handtasche. Ganz unne. Ich glaub, ich muss die wieder mal ausräume. Da ist soviel Zeug drinne, was ich gar net mehr brauch."
„Trösten Sie sich Frau Schäflein." Steinhauser lachte. „Das muss eine chronische Frauenkrankheit sein. Kommen Sie, ich lad sie heute Mittag zur Henni in den Imbiss ein."
Frau Schäflein warf ihm einen skeptischen Blick zu. „Wolle Sie da echt hin?"
„Ja klar, warum denn nicht?"
„Ich will Ihne ja net zu nahetrete, aber Sie … Sie rieche irgendwie … streng", sagte sie vorsichtig.
Steinhauser roch an sich. „Ich weiß nicht, was Sie meinen?"
„Waren Sie heut schon mal in ´nem Kuhstall?"
Jetzt dämmerte ihm, was sie meinte. Und ihm wurde auch schlagartig klar, warum der Rienecker Bürgermeister immer auf Abstand gegangen war, als sie sich unterhalten hatten. Er war wohl doch zu lange in Holzingers Silo gestanden. „Das bisschen Kuhstall macht der Henni überhaupt nix aus. Bei der riecht´s dafür halt nach Frittenfett", winkte er ab und beide machten

erst mal eine ausgiebige Pause im Imbiss mit allem Drum und Dran.
Auf dem Weg zurück ins Rathaus klingelte Steinhausers Handy. Er holte es heraus und schaute, wer ihn anrief. „Der Ingo Weirich? Der alte Christbaumjunkie“, wunderte er sich. „Was will der denn von mir?“
„Ich geh dann scho mal vor“, sagte Frau Schäflein und Steinhauser nahm den Anruf entgegen.
„Servus Ingo, was verschafft mir die Ehre? Christbaumsaison ist doch rum, oder willst du mir wieder erzählen, dass sich jemand an deinen Bäumen zu schaffen gemacht hat?“
„Nein, nix mit Christbäumen“, gab Weirich zurück.
„Was dann?“
„Ich bin oben am Hexenstein. Du musst sofort mal hoch komm. Ich muss dir was zeigen“, sagte Weirich und sein Tonfall war auffallend ernst.
„Und was willst du mir zeigen?“, hakte Steinhauser nach.
„Das kann ich dir nicht sagen … das musst du selber sehen.“
„Okay, ich komm gleich mal vorbei“, sagte Steinhauser und machte sich auf den Weg.

Eine halbe Stunde später erreichte Steinhauser den Hexenstein. Der Hexenstein, ein mannshoher Findling mitten im Wald an einer Weggabelung, markierte das Vierländereck des Sinngrunds. An seinem Standpunkt trafen die Gemeindegrenzen von Aura, Fellen, Burgsinn und Mittelsinn aufeinander. Um diesen Ort rankten sich zahlreichen Sagen, Mythen und Legenden. Die wohl bekanntesten Sagen waren die von der Spinnerin aus Mittelsinn und den Begebenheiten des Hexensabbats zur Walpurgisnacht.
Steinhauser war noch nicht ausgestiegen, da kam schon der Mittelsinner Christbaumerzeuger Ingo Weirich, wild mit den Armen wedelnd, auf ihn zugerannt. Er trug einen Waldarbeiter-Helm und die dazugehörige Schutzkleidung.
„Servus Ingo“, begrüßte ihn Steinhauser. „Was liegt an?“
„Komm mal mit“, sagte Weirich aufgeregt und zerrte ihn ein Stück in den Wald hinein. Dort blieb er stehen und zeigte auf eine alte, knorrige Eiche. Steinhauser erstarrte. An einem dicken Ast hing ein Mann. Daneben eine schwarze Katze. Beide waren mit einem Strick um den Hals aufgehängt worden.
Steinhauser sagte zunächst nichts. Er ließ die Szenerie einen Moment auf

sich wirken. Es gab keinen Zweifel, da hingen ein Mann und eine Katze
„Kennst du den?“, fragte er schließlich.
„Ja, das ist der Moritz Ringelfelder aus Fellen“, sagte Weirich. „Von dem hab ich schon öfter mal Christbäume angekauft. Der besitzt auch ein paar kleine Felder.“
„Hängt der da schon länger?“, wollte Steinhauser wissen.
„Keine Ahnung. Gestern Abend, als ich Feierabend gemacht hab, hing der da noch nicht.“
„Und die Katze?“
„Die auch nicht.“
„Was machst du hier eigentlich am Hexenstein?“
„Brennholz“, gab Weirich knapp zurück.
„Ausgerechnet hier?“, hakte Steinhauser nach. Ihm kam der Fall Ursula Sternberg wieder in den Sinn, die bis zu ihrem unfreiwilligen Ableben auch als Christbaumkönigin vom Sinngrund bekannt gewesen war. Im Laufe dieser Ermittlungen hatte Steinhauser viele Karten mit den Besitztümern der ansässigen Christbaumhändler gesichtet und er war sich ziemlich sicher, dass Weirich rund um den Hexenstein keinerlei Grundbesitz besaß.
„Ja, für Hackschnitzel“, wiederholte Weirich nervös. „Ich mach die Hecke etwas … äh sauber … äh Windbruch wegmachen und so.“
„Hecke sauber machen? Windbruch? Was denn für´n Windbruch? Es war doch gar kein Sturm“, sagte Steinhauser spitz.
„Noch war keiner, aber bevor ein Sturm kommt, mach ich schon mal was weg … äh … äh ... Sicherheitseinschlag ... sozusagen. Eine Vorbeugemaßnahme. Durchaus üblich“, stammelte Weirich verlegen.
„Ingo! Willst du mich etwa verarschen?“ Steinhauser wurde lauter. „Von wegen Sicherheitseinschlag. Wem gehört der Wald, in dem du Holz machst? Du hast doch hier oben gar keine Grundstücke!“
Weirich zögerte. „Ja … wem gehört eigentlich der Wald? So genau kann ich dir das gar nicht sagen, wem der gehört.“
„Sag mal, hast du sie noch alle!“, schrie Steinhauser und zeigte ihm den Vogel. „Du schlägst hier illegal Holz und weißt noch nicht mal, von wem du das klaust?“
„Reg dich doch nicht so auf“, versuchte Weirich den Polizisten zu beruhigen. „Ist doch egal, wem der Wald gehört. Und was heißt hier klauen? Bis jetzt hat sich noch keiner beschwert. Seit ich denken kann, hat hier außer mir noch nie jemand eine Säge angesetzt.“

„Willst du damit etwa sagen, dass du hier schon öfter Holz geklaut hast?“, fragte Steinhauser ungläubig.
Weirich blies die Backen auf. „Das ist doch jetzt egal … wie lang ich den Wald schon ... pflege“, spielte Weirich die Tatsachen herunter. „Demjenigen, dem der Wald gehört, der soll lieber froh sein, dass ich hier etwas Ordnung schaff. Da ist eh fast überall der Borkenkäfer drinnen und muss unbedingt rausgeschlagen werden. Allein schon, um die anderen Bestände zu schützen.“
„Ingo, für wie blöd hältst du mich eigentlich? Du hast auch Laubbäume umgesägt! Da geht doch kein Borkenkäfer rein!“ Steinhauser wurde jetzt sauer. Wenn man versuchte, ihn für blöd zu verkaufen, hörte der Spaß auf.
Weirich winkte ab. „Doch, es gibt auch Borkenkäfer, die in Laubbäume gehen. Ist bei uns in der Gegend zwar selten, aber durch den Klimawandel wird das in Zukunft auch mehr werden. Und außerdem: etwas Schwund ist immer. Aber das sollte jetzt dein kleinstes Problem sein. Kümmer dich lieber um den Ringelfelder oder willst du den da hängen lassen? Wenn ich geahnt hätt, dass du wegen dem bisschen Holz anfängst rumzustressen, dann hätt ich dich erst nach Feierabend angerufen oder besser gar nicht.“
Steinhauser verdrehte die Augen, holte tief Luft und wandte sich wieder dem aufgehängten Ringelfelder und der Katze zu. „Wann genau hast du … den Ringelfelder und die Katze entdeckt?“ Er versuchte sich wieder auf das Wesentliche zu konzentrieren, denn eigentlich war es ihm auch völlig egal, wessen Holz der Weirich da klaute. Es war ja nicht so, dass Holzknappheit im Sinngrund herrschte. Und so lange keine Anzeige vorlag, gab es auch keinen Grund für ihn, aktiv zu werden. Man musste der Arbeit ja auch nicht unnötig hinterher rennen.
„Vorhin, als ich gekommen bin, hab ich den gleich entdeckt. Der ist ja auch nicht zu übersehen. Ich hab dich auch gleich angerufen“, begann Weirich zu erzählen. „Ich war heute Morgen erst beim Ausmähen meiner Christbäume und bin deshalb erst nach dem Essen hierher zum Holzmachen.“
„Und gestern, als du Feierabend gemacht hast, hing der da noch nicht?“
„Nein! Das hätte ich doch mitbekommen, wenn den da jemand hingehängt hätte.“
„Dann kann der ja nur im Zeitraum von gestern Abend bis heute Mittag hier aufgehängt worden sein“, überlegte Steinhauser.
„Das hätte ich dir auch noch sagen können, du Superbulle“, warf Weirich dazwischen. „Was machen wir denn jetzt mit dem?“

„Wir machen mit dem gar nix “, stellte Steinhauser klar. „Ich ruf jetzt die Kripo an. Die sollen sich darum kümmern.“
Steinhauser holte sein Diensthandy hervor und überlegte, ob er die Fink oder den Tagweih anrufen sollte. Da er aber erst vor kurzem ausführlich in die Zuständigkeiten der Polizei eingewiesen wurde, wählte er die Nummer von Marek Tagweih.
„Steinhauser? Was wollen Sie denn schon wieder?“ Die Begrüßung war ähnlich charmant, wie die von seinem Chef Rolf Rappert.
„Grüß Gott Herr Tagweih.“ Steinhauser blieb ruhig und so freundlich, wie es ihm eben möglich war. „Ich hätte da wieder mal eine Leiche im Angebot“, sagte er und wartete auf dessen Reaktion. Die ließ auch nicht lange auf sich warten.
„Wenn das in Scherz sein soll, dann ist das nicht witzig!“
„Nein, bei so was mach noch nicht mal ich Scherze.“
Tagweih überlegte. „Kann es sein, dass diese Leiche etwas mit der anderen Leiche zu tun hat, die Sie kürzlich gefunden haben?“
„Keine Ahnung“, gab Steinhauser zurück. Dass die erste Leiche eigentlich nicht von ihm, sondern von Sonja und Torben gefunden wurde, erklärte er jetzt lieber nicht. „Ich glaube, um das beurteilen zu können, da fehlt mir die fachliche Kompetenz. Und da die Leiche in diesem Fall ein bayerischer Staatsbürger ist und auf bayerischen Boden liegt beziehungsweise hängt, liegt die Zuständigkeit ganz klar bei der bayerischen Kripo. Das wäre in diesem Fall die Kripo in Würzburg.“
Tagweih schnaubte hörbar ins Telefon, ließ sich aber nicht provozieren. „Kennen Sie das Opfer?“
„Ich nicht, aber der Finder, der gerade neben mir steht, der kennt das Opfer“, erklärte Steinhauser.
„Habe ich das richtig verstanden, Sie sagten die Leiche hängt?“
„Ja. Und daneben hängt eine Katze“, ergänzte Steinhauser noch.
„Eine Katze?“
„Ja, neben dem Opfer hängt noch eine schwarze Katze“, bestätigte Steinhauser.
„Und wo sind Sie?“
„Am Hexenstein.“
„Da wurde doch auch die andere Leiche gefunden, oder?“
„Nein, das war der Hexentanzplatz“, erklärte Steinhauser.
Wieder wurde es still in der Leitung. Tagweih sortierte die Informationen und kam zu einer Erkenntnis. „Wenn das erste Opfer am Hexentanzplatz

gefunden wurde und das zweite an diesem Hexenstein, wie Sie sagen, dann liegt die Vermutung nahe, dass die beiden Taten möglicherweise in direkter Verbindung miteinander stehen."

„Wenn Sie das sagen, Herr Tagweih", meinte Steinhauser gelassen. „Derart komplexe Zusammenhänge kann ich wegen fehlender fachlicher Kompetenz leider nicht beurteilen. Aber Ihre fachlich kompetente Schlussfolgerung erscheint mir durchaus logisch."

Steinhauser konnte spüren, wie Tagweih am anderen Ende der Leitung kochte. Er grinste zufrieden.

„Ich habe überhaupt keine Zeit in den Sinngrund zu kommen", meldete sich der Hauptkommissar wieder zu Wort. Seine Stimme war ruhig und sachlich. „Da Sie und Frau Fink ja schon mit der Aufklärung des ersten Verbrechens betraut sind, halte ich es für sinnvoll, wenn Sie beide sich auch um dieses Verbrechen kümmern. Aufgrund der örtlichen Nähe besteht durchaus die Möglichkeit, dass die beiden Taten im Zusammenhang stehen. Ich werde Ihnen mein Team schicken und Frau Fink kontaktieren. Wo genau befindet sich dieser Hexenstein?"

In kurzen Worten erklärte Steinhauser seinen Standort und wie man da am besten hinkam. „Bitte vergessen Sie nicht den Herr Rappert zu informieren", ergänzte er noch. „Sonst ist der wieder beleidigt."

Ohne einen weiteren Kommentar beendete Tagweih das Gespräch.

„Riechst du das auch?", fragte Weirich, nachdem Steinhauser mit seinem Telefonat fertig war und sog die Luft neben ihm ein. „Hier riecht´s doch irgendwie nach ... Silo, oder?"

„Wie soll´s denn hier nach Silo riech?", gab Steinhauser zurück und ging etwas auf Abstand. Er holte sein Privathandy hervor und machte einige Bilder von dem Toten und der Katze „Das wird dein frisch geschlagenes Diebstahl-Holz oder dein schlechtes Gewissen sein, was du da riechst."

„Ja, ja von mir aus. Ist mir auch egal", knurrte Weirich und nahm seine Säge. „Kann ich eigentlich weitermachen?", wollte er wissen.

„Willst du jetzt etwa hier rumsägen, oder was?"

„Ja, warum denn nicht? Deine Kollegen sind ja noch nicht da und ich will ja irgendwann mal fertig werden."

Steinhauser schaute wortlos zu dem hängenden Ringelfelder und der Katze, dann wieder zu Weirich.

„Der stört mich nicht … und ich stör den doch auch nicht", meinte Weirich etwas unschlüssig. Er merkte selbst, dass es vielleicht doch etwas pietätlos war, jetzt die Säge anzuwerfen und einfach so weiterzumachen, als ob

nichts gewesen wäre.
„Ne, ne, das lässt du mal lieber. Die Spurensicherung dreht durch, wenn die kommen und du da in aller Ruhe Holz zersägst, das dir noch nicht mal gehört“, stellte Steinhauser klar.
„Aber die wissen doch gar nicht, dass mir das Holz nicht gehört“, sagte Weirich vorsichtig und erntete einen strengen Blick von Steinhauser.
„Ingo … vergiss es! Erzähl mir lieber mal, wie es mit dem Sohn von der Ursula Sternberg so läuft, dem Benedikt?“ Steinhauser hatte nämlich mit Weirich vereinbart, dass der sich nach dem Tod von Benedikts Mutter mit dem Jungen zusammentun sollte, um ihn im harten Christbaumgeschäft zu unterstützen.
„Ganz gut“, meinte Weirich kurz angebunden.
„Kannst du vielleicht auch ganze Sätze bilden und etwas präziser werden? Mit Haupt- und Nebensatz, zum Beispiel?“
„Ja, läuft gut. Anfangs war der Benedikt zwar etwas misstrauisch, aber mittlerweile hat sich alles ganz gut eingespielt.“ Weirich wurde etwas genauer. „Er ist ein cleveres und fleißiges Kerlchen, der Benedikt. Das hätte ich gar nicht gedacht. Seine Oma, die Elisabeth, der alte Besen, hat sich anfangs ständig eingemischt, aber nachdem der Benedikt den Drachen mal so richtig in den Senkel gestellt hatte, hält die sich raus.“
Während beide auf das Räumkommando warteten, fachsimpelte Weirich noch etwas über den Christbaumanbau. Steinhauser ließ ihn erzählen, hörte aber nicht wirklich zu, da es ihn recht wenig interessierte.

Eine Stunde später war dann auch die ganze Polizeiprominenz anwesend und sicherte den Tatort. Zuerst bekam Steinhauser von Rappert den obligatorischen Anschiss, dann wurde er von der Fink angemault, dass er sie nicht gleich angerufen hatte. Steinhauser hielt einen Moment inne, dann erklärte er ihr erst einmal in aller Ruhe die Zuständigkeiten. Mittlerweile kannte er sich da ja bestens aus. Franziska Fink verzog ihr Gesicht und ließ ihn kommentarlos stehen. Und bevor er noch von Stickl, dem schleimigen Rechtsmediziner, oder von der seltsamen Natascha Holm von der Kriminaltechnik in ihren weißen Tatort-Raumanzügen angelabert wurde, entfernte er sich ein Stück und verlegte sich aufs Beobachten. Sollte die Fink doch sehen, wie sie zurechtkam. Was er wissen musste, wusste er ja bereits.
Da Strubinski zuhörte, kommentierte er für ihn die Ereignisse am

Hexenstein im Stile eines Radioreporters. Quasi eine Liveübertragung. Kurz darauf bekam er eine Nachricht mit hochgestrecktem Daumen und vielen lachenden Smileys.
Während Weirich von Franziska Fink intensiv befragt wurde, gaben Gundula und Detlev Gries beim Versuch, die Leiche vom Baum zu bergen, kein gutes Bild ab. Unterstützung bekamen sie von Rapperts Elite-Polizisten. Steinhauser hatte seinen Spaß und Strubinski amüsierte sich köstlich in seiner Werkstatt über Steinhausers sarkastische Kommentare. Ein Hauch von Radio-Comedy wehte durch die Wanze an seiner Jacke. Etwas unbeholfen und mit einigen Slapstick-Einlagen schafften sie es schließlich gemeinsam, den Leichnam von Moritz Ringelfelder in den Sarg zu verladen. Die Katze kam in einen Karton.
Am Ende des Einsatzes blieben die Kommissarin Fink, Steinhauser und Weirich zurück.
„Und was jetzt?“, fragte Weirich unschlüssig.
„Sie können tun, was immer Sie wollen“, gab die Kommissarin zurück und wandte sich gleich an Steinhauser. „Wir müssen die Angehörigen des Toten informieren.“
Steinhauser überlegte kurz, ob er Fink vom Rienecker Halseisen erzählen sollte, welches beim ersten Opfer gefunden worden war, entschied sich dann aber dagegen. Er wollte es lieber seinem Chef Rolf Rappert überlassen, diese grandiose Neuigkeit zu übermitteln – sofern der die Zusammenhänge überhaupt erkannte. Und wenn nicht, ... dann eben nicht.

Zielsicher steuerte Franziska Fink das Haus von Moritz Ringelfelder an. Steinhauser fuhr ihr hinterher. Mit der Adresse, die ihr Weirich gegeben hatte, fütterte sie das Navi und blieb schließlich vor einem kleinen, älteren Häuschen in Fellen stehen. Mit großen Schritten ging die Kommissarin voran und klingelte. Während sie warteten, schaute sie Steinhauser skeptisch an. „Sind Sie das, der hier so komisch riecht.“
„Nein, wir beide“, sagte er gelassen. „Das ist der Geruch des Waldes, wenn Holz ganz frisch gesägt wird.“
Franziska Fink setzte an, etwas zu sagen, doch in diesem Moment öffnete eine schlanke Frau mittleren Alters mit kurzen, hellen Haaren die Tür.
„Sind Sie Frau Ringelfelder?“, fragte die Kommissarin, ohne sich selbst vorzustellen.
Die Frau zögerte und musterte verwundert die Kommissarin und den

Polizisten neben ihr.
„Nein, ich bin seine Freundin, die Mandy."
„Mein Name ist Franziska Fink. Ich bin von der Kriminalpolizei und wegen ihres Freundes hier, dem Moritz Ringelfelder", stellte sich die Kommissarin jetzt doch vor.
„Wenn Sie den Moritz suchen, dann müssen Sie in den Sitzungssaal. Der hängt schon seit heute morgen dort rum."
„Rumhängen trifft's eigentlich ganz gut, ... aber irgendwie auch nicht", meinte Steinhauser aus dem Hintergrund. Dabei wippte er leicht mit dem Kopf hin und her. Franziska Fink schaute ihn an, wollte etwas sagen, aber Mandy kam ihr zuvor.
„Wie meinen Sie das?", fragte sie.
„Ihr Freund, also ... der … der … Moritz ... irgendwie ist der schon rumgehangen … vorhin zumindest noch. Aber … aber nicht so, wie Sie sich das jetzt vielleicht vorstellen. Zumindest hängen tut er jetzt nicht mehr", stammelte Steinhauser verlegen und schaute hilfesuchend zu Franziska Fink. Die sagte nichts, stierte ihn nur wütend mit schmalen Augen an, schüttelte minimal den Kopf und ließ sich dann doch zu einem abfälligen Grinsen hinreißen.
„Ich verstehe Sie nicht. Wie meinen Sie denn das?" Mandy schaute ihn verwirrt an, dann zur Kommissarin.
Steinhauser knetete unschlüssig die Hände, gab dann aber Auskunft. „Ihr Freund, also der Herr Ringelfelder, der … der hing an einem Baum. Also … mit einem Strick um dem Hals und den Füßen in der Luft. Aber wie eben schon gesagt, jetzt nicht mehr. Er wurde schon abgehängt. Leider ist er tot."
Völlig desorientiert und hektisch schaute Mandy zwischen der Kommissarin und dem Polizisten hin und her. Sie öffnete den Mund, sagte aber nichts. Sie versuchte das, was sie gerade eben gehört hatte, zu verarbeiten, wusste aber nicht, wie sie diese surrealen Informationen einordnen sollte.
„Können wir uns vielleicht drinnen weiter unterhalten?", ergriff die Kommissarin jetzt das Wort.
Mandy nickte nur und führte die beiden in ein kleines, zweckmäßig eingerichtetes Wohnzimmer.
Dort setzte sie sich auf einen Sessel, die Beamten auf ein Sofa. „Ist der Moritz jetzt tot?'", fragte Mandy noch einmal vorsichtig nach.
„Ja, Frau …?"

„Klamp. Mandy Klamp."
„Frau Klamp, ich muss Ihnen leider mitteilen, dass Ihr Lebensgefährte tot ist", erklärte die Kommissarin in sachlichem Beamtenton. „Er wurde am Hexenstein, erhängt an einem Baum, aufgefunden."
„Erhängt, echt jetzt?", quiekte Mandy und schaute erschüttert zu Steinhauser. Der verzog verlegen das Gesicht.
„Ja, erhängt", bestätigte Franziska Fink. „Es ist allerdings noch unklar, ob Ihr Lebensgefährte den Freitod gewählt hat oder ob er einem Gewaltverbrechen zum Opfer gefallen ist."
„Freitod? Gewaltverbrechen?" Die Mandy war jetzt völlig überfordert.
„Selbstmord … also im Falle von Freitod und Mord im Falle eines ... Verbr ...", warf Steinhauser dazwischen und wurde mit jedem Wort leiser, als der Blick von Franziska Fink ihn traf, bis er schließlich verstummte. Ihr Blick grenzte an Körperverletzung.
„Nee! Sie wollen mich verarschen!", stieß Mandy aus. „Der Moritz bringt sich doch nicht selber um. Niemals! Und wer sollte den denn umbringen? Der ist doch völlig harmlos."
„Sind Sie sich da sicher?", hakte die Kommissarin nach.
„Hundert Prozent. Am Wochenende ist doch die erste Faschingssitzung der *Feller Hoase*, seinem Verein", erklärte Mandy. „Der Moritz ist doch der Vorstand und total faschingsverrückt. Deswegen ist der doch auch jeden Tag im Sitzungssaal. Das ist doch alles ein Scherz … oder?"
„Da wird die Sitzung diesmal wohl ohne den Moritz stattfinden müssen", sagte Steinhauser mehr zu sich selbst, als in Richtung Mandy. Auf diese Äußerung hin schauten ihn beide Frauen kopfschüttelnd an, sagten aber nichts. Steinhauser schaute verlegen zu Boden.
„Ich kipp mal schnell ein Fenster. Hier riecht es irgendwie komisch", sagte Mandy und stand auf. Franziska Fink roch kurz an sich und schaute dann zu Steinhauser.
„Wald", sagte der und zuckte unschuldig mit den Schultern.
Die Kommissarin wandte sich wieder an Mandy und führte die Befragung unbeirrt fort. „Wann haben Sie denn den Herrn Ringelfelder zuletzt gesehen?"
„Heute Morgen um 09:00 Uhr beim Frühstück. Anschließend ist er in den Sitzungssaal gegangen", antwortete Mandy, die das Fenster gleich ganz aufmachte.
„Was machen Sie eigentlich beruflich?", fragte Franziska Fink weiter.
„Ich … ja … gelernt habe ich Fleischerei-Fachverkäuferin, aber im Augen-

blick orientiere ich mich neu“, gab sie etwas verlegen zurück. Die Kommissarin hakte in diese Richtung nicht weiter nach.
„Wohnen Sie auch in diesem Haushalt?“
„Nein, wir kennen uns doch erst seit sieben Monaten. Ich komme eigentlich aus Frammersbach. Dort habe ich auch noch meine Wohnung. Wir haben uns über das Internet kennengelernt, aber ... aber so richtig gut gelaufen ist es zwischen uns eigentlich nicht“, meinte sie traurig.
„Gab es Spannungen in Ihrer Beziehung?“, griff Franziska Fink diesen Punkt sofort auf.
„Was heißt hier Spannungen?“, winkte Mandy ab. „Der Moritz hat halt immer nur seinen geliebten Faschingsverein im Kopf. Das fand ich jetzt nicht so prickelnd.“
„Sie sind wohl kein so ein Faschingsnarr?“
„Nein, eher nicht. Ich wollte ja auch schon ein paar mal Schluss machen, doch dann tat mir der Moritz immer so leid. Aber das hat sich ja jetzt auch erledigt“, meinte Mandy nüchtern. Ihre Trauer hielt sich in Grenzen oder es war noch nicht bei ihr angekommen, dass der Moritz nicht mehr nach Hause kommen würde.
An dieser Stelle beendete Franziska Fink die Befragung. Sie wies Steinhauser an, die Personalien von Mandy aufzunehmen und verließ schon mal die Wohnung. Die Kommissarin wartete draußen auf Steinhauser. Sie sah nicht sehr glücklich aus. „Herr Steinhauser, haben Sie eigentlich etwas an den Ohren oder sind Sie einfach nur blöd?“, fragte sie scharf. Steinhauser starrte sie mit offenem Mund an und wusste in diesem Moment nicht, was er sagen sollte. Franziska Fink dafür schon. „Hatte ich mich beim letzten Mal nicht deutlich genug ausgedrückt? Ich führe die Befragungen durch und Sie schweigen! Das sollte doch sogar Ihr kleines Polizistenhirn verstehen! Schweigen bedeutet nichts reden! Das kann doch so schwer nicht sein!“
Ohne Steinhauser die Gelegenheit zu einer Antwort zu geben, stieg sie in ihren Wagen und fuhr davon. Kurz darauf klingelte Steinhausers Handy.
„Fred, was ist?“
„Mensch Hannes, die hat dich ja echt gern“, lachte Strubinski aus dem Lautsprecher. „Aber mal Spaß beiseite. Wir müssen reden.“ Diesmal war seine Stimme ernst. „Wir haben einen zweiten Toten.“
„Ja, ich hab´s mitbekommen. Aber heut reden wir nicht mehr. Ich fahr jetzt nach Hause, schnapp mir Jacky und mach erst mal einen ausgiebigen Spaziergang ... ohne Wanze.“

Einziger Lichtblick an diesem Abend waren die ersten Nachrichten und Bilder, die ihm Stefanie von ihrer USA-Reise schickte. Die drei Frauen waren in Washington, ihrem ersten Ziel. Auf einem der Bilder konnte er im Hintergrund das Weiße Haus erkennen.

Kapitel 6

Den Rest der Woche wurde Steinhauser von Franziska Fink ignoriert. Dafür bekam er einen Anruf von seinem Chef. Rolf Rappert zitierte ihn wegen seines Verhaltens während der Zusammenarbeit mit der Kommissarin nach Gemünden. Dort bekam er dann einen ordentlichen Einlauf, der sich gewaschen hatte. Er sei eine Schande für die Polizei im ganzen Spessart und hätte das ganze Präsidium vor der hessischen Kollegin lächerlich gemacht, waren nur einige harmlose Beispiele der Moralpredigten, die Steinhauser kommentarlos über sich ergehen ließ. Aus taktischen Gründen zog er es vor, sich nicht zu verteidigen. Es wäre eh zwecklos gewesen. Sein einziger Trost waren Frau Schäflein und Henni vom Imbiss. Nach dem Anschiss versorgte ihn die eine mit literweise Kaffee, die andere mit seiner Leibspeise: Burgsinner. Mehrhold war wegen der Vorfälle während der Ermittlungen auch nicht sonderlich gut auf ihn zu sprechen gewesen, was Steinhauser aber weniger interessierte, weil das ja ein Dauerzustand war. Strubinski war ebenfalls sauer auf ihn. Erstens, weil es aus Strubinskis Sicht durch sein Verschulden keine Neuigkeiten von Finks Ermittlungen mehr gab und zweitens, weil Steinhauser nicht mit ihm über die weitere Vorgehensweise sprechen wollte.

Erst am Freitagabend gab er Strubinskis Drängen nach und sie trafen sich in Mittelsinn beim Lukas auf ein paar Bier. Der Mittelsinner Kneipenwirt stand lässig hinter dem Tresen und hatte alles im Blick. Die Kneipe war, wie immer, gut gefüllt und der Lärmpegel entsprechend. Es roch nach Pizza, Pommes und Jägerschnitzel, seinen weltbekannten Spezialitäten. Um seinen fülligen Bauch trug der Endfünfziger eine verschmutzte Küchenschürze und zapfte ein Helles nach dem anderen. Die Bedienung war ordentlich beschäftigt.

„Zum Wohl“, sagte Lukas und stellte Steinhauser und Strubinski ihre Biere auf den Tresen, an dem sie sich platziert hatten. „Gibt´s was Neues von den Toten?“, fragte er Steinhauser. „Nein, die sind ja tot“, gab der zurück.

„Naja, ich mein halt, ob ihr schon wisst, wer das war. Habt ihr eine Spur?“

„Lukas, das kann ich dir doch nicht sagen, außerdem laufen die Ermittlungen“, erklärte Steinhauser.

„Hab ich mir schon gedacht“, winkte der Wirt ab und ging in die Küche.

„Was machen wir denn jetzt?“, wollte Strubinski wissen.

„Was willst du denn mach?“, fragte Steinhauser.
„Irgendwas müssen wir doch mach“, meinte Strubinski.
„Und was?“ Steinhauser wollte eigentlich nur seine Ruhe haben.
„Wir können der Fink doch nicht einfach das Feld überlassen. Wir haben hier in kürzester Zeit zwei Tote. Einen Hessen und einen Fellener. Vielleicht gibt es eine Verbindung zwischen den beiden?“, vermutete Strubinski.
„Was soll es denn da für eine Verbindung geben?“
„Keine Ahnung. Wenn du dich benehmen könntest, dann hätte dich die Fink vielleicht bei ihren weiteren Ermittlungen mit eingebunden und wir wüssten jetzt mehr. Aber du musstest dich ja ständig daneben benehmen! Wie so ein spätpubertierender Teenager.“
„Ja glaubst du, ich mach der blöden Kuh den Deppen?“, beschwerte sich Steinhauser.
„Was heißt hier *den Deppen*? Schon mal was von Diplomatie gehört? Herr Polizist! Wenn du die Fink über das Halseisen informiert hättest, dann wäre sie vielleicht kooperativer gewesen.“
„Woher willst du denn wissen, dass ich die nicht informiert hab?“
„Schon vergessen – du bist verwanzt. Ich hör, was du sagst oder auch nicht sagst oder zu hören bekommst.“
„Hörst du echt den ganzen Tag mit?“, fragte Steinhauser ungläubig.
„Ja logisch, was denkst du denn? Hier geht's um Mord, da zählt jedes Detail.“
Steinhauser winkte ab. „Ab Montag bin ich eh wieder dabei. Die kennt doch hier keine Sau. Die ist auf mein Insiderwissen angewiesen, wenn die den Fall lösen will. Der Rappert und die Fink lassen mich jetzt etwas zappeln, dann ist wieder gut.“
„Bist du sicher?“ Strubinski schaute skeptisch.
„So sicher wie das Amen in der Kirche. Offiziell ausgeschlossen hat man mich jedenfalls nicht“, meinte Steinhauser. Da fiel sein Blick auf die gestrige Tageszeitung, die beim Lukas immer irgendwo rumlag. „Guck mal, da steht ein Bericht über die *Feller Hoase*“, sagte er und schlug die Zeitung auf. Steinhauser las die Schlagzeile vor: *„Faschingssitzung der Feller Hoase findet statt*“, begann Steinhauser. *„Trotz des Unglücks um den Vorsitzenden Moritz Ringelfelder des Fellener Faschingsvereines „Feller Hoase“, hat die Vorstandschaft entschieden, die am Wochenende geplante Faschingssitzung stattfinden zu lassen. Dies haben lange Beratungen und intensive Gespräche mit der Familie des Verstorbenen*

ergeben. Man ist sich sicher, eine Absage wäre nicht im Sinne von Ringelfelder gewesen. Moritz Ringelfelder, der seit seinem dreiundzwanzigsten Lebensjahr das Gesicht der Feller Hoase gewesen war, hatte den Fasching geliebt und gelebt und dies soll auch nach seinem Tod so bleiben. Deshalb wird zu Ehren von Moritz Ringelfelder die Sitzung stattfinden. So die Stellungnahme der Vorstandschaft. Die Fellener sind da knallhart", meinte Steinhauser und reichte Strubinski die Zeitung. „Die ziehn das durch."
„Was heißt hier knallhart?", sagte Strubinski und überflog den Artikel noch einmal. „Das kannst du nicht verstehen, dafür warst du viel zu lang in Würzburg. Für die Fellener ist die Faschingszeit eine heilige Zeit. Ich glaub, vom Faschingswochenende bis Aschermittwoch nimmt sich das ganze Kaff Urlaub und die Promillegrenze wird konstant auf Höchstniveau gehalten. Das Top-Event ist da immer der Faschingsumzug. Da herrscht absoluter Ausnahmezustand in Fellen."
„Ja, wenn das so ist, dann sollten wir da morgen mal hingehen, auf die Faschingssitzung. Oder was meinst du?", fragte Steinhauser.
„Auf jeden Fall sollten wir dahin gehen", stimmte Strubinski zu. „Vielleicht können wir ja was rausfinden."
Beide grinsten lässig und leerten ihr Bier in einem Zug. Sieben Biere später fuhr Steinhauser wieder nach Hause. Strubinski setzte er im Dorf ab.
„Ey Hannes. Du bist Polizist und solltest eigentlich keinen Alkohol trinken, wenn du noch Auto fährst. Das wollte ich dir neulich nach dem Saunagang mit dem Sepp schon mal sagen."
„Wieso?", fragte Steinhauser und gab einen herzhaften Rülpser von sich. „Ich werd mich bestimmt nicht selber anhalten und kontrollieren", lachte er.
Strubinski blieb überraschend ernst. „Das mag wohl sein. Wenn die Stefanie da ist, machst du das nie. Denk dran, du bist auch Vorbild für den Torben. Was soll der denn denken, wenn du besoffen Auto fährst?"
Jetzt verging Steinhauser das Grinsen. Ausgerechnet Strubinski, den Gesetze auch nur dann interessierten, wenn sie ihm was nutzten, musste ihm das sagen. „Ja, du hast recht. Ich werd mich bessern. Ganz bestimmt", versprach Steinhauser ohne weitere Diskussion und fuhr nach Hause. Sein Bedarf an Moralpredigten war für heute gedeckt.

Am Samstagnachmittag brachte Strubinski seine Tochter zu Steinhausers Schwester Monika nach Burgsinn und nahm ihn mit zurück nach

Mittelsinn. Wie er es schon vor der Abreise seiner Göttergattin vereinbart hatte, konnte Sonja in Torbens Zimmer schlafen und Torben wich in Steinhausers Doppelbett aus. Da es aber absehbar war, dass Strubinski und Steinhauser nicht mit null Promille nach Hause kommen würden, hatten sie Holzinger organisiert. Der gab nach zähen Verhandlungen schließlich klein bei und erklärte sich bereit, seine Schulfreunde nach Fellen zu fahren und sie nach der Sitzung auch wieder abzuholen. Im Sinne der Vorbildfunktion seinem Patenkind gegenüber, zog es Steinhauser deshalb vor, die Nacht bei Strubinski zu verbringen. So waren alle glücklich und versorgt. Der einzige Haken an der Sache für Steinhauser war, dass man nur in Verkleidung auf die Faschingssitzung durfte. Ein echtes Problem für ihn. Denn er zählte eher zu der Gattung Faschingsmuffel, zumindest was das Verkleiden anbelangte. Saufen war da eher weniger das Problem. Aber aus der Nummer kam er diesmal nicht raus. Strubinski ging in seinem Polizei-Faschingskostüm, was in einer Notsituation sogar schon mal von Steinhauser im Dienst getragen worden war. Steinhauser zog ein altes Sträflingskostüm von Strubinski an. Da Strubinski deutlich kleiner war als Steinhauser, sah es auch entsprechend lustig aus – Hochwasserhose und hautenges Oberteil in schwarz-weißen Streifen. So waren sie in gewisser Weise sogar im Partnerlook unterwegs.
„Hast du eine Ahnung, wer da heute Musik macht?“, fragte Steinhauser auf der Fahrt nach Fellen.
„Äh … wie heißen die noch gleich? Der blöde Name liegt mir auf der Zunge“, überlegte Strubinski.
„Da spielen heute die *Hohlblock-Women*“, sagte Holzinger.
„Wer?“ Diese Band war Steinhauser völlig fremd.
„Na, die *Hohlblock-Women.* Sag bloß, du kennst die nicht?“, fragte Strubinski.
„Ne, nie gehört.“
„In Würzburg hast du scheinbar echt nix mitgekriegt. Das ist so ′ne Weiber-Combo aus dem Spessart“, erklärte Holzinger.
„Ja, genau“, stimmte Strubinski zu. „Ich glaub die sind aus … da irgendwo bei Aschaffenburg … oder war′s Frammersbach? Ich weiß jetzt auch nicht mehr genau. Jedenfalls hatten die vor ein paar Jahren doch diesen Mega-Faschingshit … na, wie ging der gleich noch mal?“
„Scheint wohl doch nicht so mega gewesen zu sein, wenn du dich nicht mehr daran erinnerst“, winkte Steinhauser ab.
„Doch, doch, der war sogar für ein paar Wochen in den Charts und im

Fernsehen sind die während der Faschingszeit auch zigmal aufgetreten", sagte Strubinski und überlegte fieberhaft.
„Der Fred hat recht", pflichtete ihm Holzinger bei. Aber wie ging der Hit noch mal?"
„Ich hab's gleich", sagte Strubinski, dem anzusehen war, dass ihm der Song auf den Lippen lag. „Ja, genau, jetzt hab ich's. Der Song hieß: *Misching in Bedong.*"
„Hä, was soll das denn für ein Hit sein?" Steinhauser schüttelte den Kopf.
Strubinski fing das Singen an: *Misching in Bedong – 10 Kubik, Fasching ist der Hit, yeah, yeah, yeah, in Fellen feiern wir mit.*"
Steinhauser schaute ihn mit aufgerissenen Augen an. „Warum ausgerechnet ... Fellen?"
„Fellen war jetzt nur ein Beispiel", erklärte Strubinski. „Da kommt halt dann immer der Name in den Text rein, wo die Hohlblock-Women gerade auftreten. Das ist ja der Gag an dem Song und funktioniert deshalb überall."
„Aha …", sagte Steinhauser zögernd. „Klingt seltsam, aber wenn's zur Steigerung der Stimmung beiträgt … mir soll's recht sein."
Strubinski lachte. „Faschingshits sind doch immer etwas seltsam, oder etwa nicht? Den restlichen Text kenn ich jetzt auch nicht mehr. Ist ja auch egal, dafür ist der Refrain total eingängig. Den hau'n die heut bestimmt auch raus."
„Wir werden es erleben", sagte Steinhauser.
Holzinger ermahnte die beiden noch einmal, es mit dem Party machen nicht zu übertreiben. Beide versicherten ihm, diese Veranstaltung nur aus ermittlungstaktischen Gründen zu besuchen.
Wenig später saßen sie dann im Sitzungssaal. Der bunt geschmückte Saal versprach einen lustigen Abend. Die *Feller Hoase* hatten sich mächtig ins Zeug gelegt und mit Girlanden, Luftballons und Konfetti nicht gespart. Und natürlich musste sich Steinhauser jede Menge blöde Sprüche anhören, als die Leute ihren Sinngrund-Sheriff im viel zu kleinen Sträflingskostüm erkannten. Alles in allem war die Stimmung der zahlreichen maskierten Gäste ausgelassen. So, wie man sich Fasching eben vorstellte. Zu Beginn der Veranstaltung betraten die Vorstandsmitglieder die Bühne und sprachen nach einer Schweigeminute einige ergreifende Worte zum Tod ihres 1. Vorstandes Moritz Ringelfelder. Sie fanden aber einen sehr guten Übergang zur nun stattfindenden Sitzung. Eröffnet wurde der Abend mit der Mini-Tanzgarde. Danach folgten Sketche, interessante News über

diverse Spezialisten vom Dorf, Büttenreden und noch einige Tanzeinlagen. Nach jeder Darbietung hallte es *Felle-Helau, Ringelfelder-Helau, Felle-Helau*, durch den Saal. Es dauerte eine Weile, bis sich die Stimmung lockerte. Was wohl auch am stetig steigenden Alkoholkonsum lag. Zumindest war es so bei Steinhauser und Strubinski. Dazwischen gab es immer wieder kurze Songeinlagen der Hohlblock-Women. Ihren Mega-Faschingshit hatten sie bis zur großen Pause aber noch nicht zum Besten gegeben.

„Du glaubst nicht, wen ich gerade gesehen hab", sagte Strubinski, der von der Toilette zurückkam und zwei Bier mitbrachte. „Die Fink hockt auch im Publikum."

„Das ist jetzt nicht dein Ernst, oder?", fragte Steinhauser ungläubig.

„Doch, die hockt weiter hinten. Verkleidet als Hexe und mit einem riesigen Ausschnitt", versicherte Strubinski. „Und ich muss schon sagen, da ist ordentlich Holz vor der Hütte."

Steinhauser zeigte ihm den Vogel.

„Doch, so schlecht sieht die gar nicht aus", schob Strubinski noch mit einem breiten Grinsen hinterher.

„Wie viel Bier hast du denn schon gesoffen?", fragte Steinhauser.

„Auch nicht mehr als du", sagte Strubinski und setzte sich.

„Wenn die auf dir liegt, macht die dich platt", meinte Steinhauser.

„Hast du eine Ahnung. So schnell macht mich niemand platt", lachte Strubinski und nahm einen kräftigen Schluck von seinem Bier. Kurz darauf ging die Sitzung weiter.

Nach der Pause betrat dann ein Highlight nach dem anderen die Bühne. Nach der spektakulären Einlage der Show-Tanzgruppe der *Feller Hoase* brachte der Gastauftritt der im ganzen Sinngrund bekannten A-capella-Band *Die Fön-Baracken* die Stimmung zum Kochen. Und das nicht nur wegen ihrer ausgefallenen Frisuren – die meisten hatten eigentlich Glatze, trugen aber bei ihren Auftritten immer verrückte Perücken. Die Band unterlegte bekannte Melodien oder beliebte Kinderlieder mit lustigen Texten. Dabei nahmen sie gerne Bezug auf die Region oder verfassten Texte mit zweideutigen Anspielungen. Der krönende Abschluss war dann der Auftritt des Fellener Männerballetts *Die Ranzegarde*. Halbnackte, voluminöse, glattrasierte Astralkörper in Boxershorts und Feinripp-Unterhemden ließen zu hawaiianischen Rhythmen, mehr schlecht als recht, Hula-Hoop-Reifen um ihre üppigen Hüften kreisen. Der Saal tobte, die Stimmung war auf dem Siedepunkt. Danach schmetterten die *Hohlblock-*

Women endlich ihren Mega-Faschingshit *Misching in Bedong* durch den Saal und alle grölten lautstark mit. Bei der anschließenden Polonaise landeten Steinhauser und Strubinski dann irgendwie bei Kommissarin Franziska Fink.

„Servus Franzi“, lallte Steinhauser, der sich durch den Genuss von reichlich Bier und diverser Schnäpse aller Hemmungen entledigt hatte. Da half auch das Zerren von Strubinski nichts. Er hatte eine Botschaft für die Kommissarin und die wollte er jetzt und heute los werden. „Das Hechsenenkosdüm steht dir gaaaaz hervorrachend. Bassd ach wie die Faust uff's Aach und ist soooooo brakdisch für dich. Du hoast dich quasi goar nicht vergleiden müssen. Ganz die Finki, die alde Hechse. Und dann das Degoldee, nicht schlecht die Möbse. Öber on deim Oarsch mussd du noch a weng schaff, der ist fett wie von 'nem Brauereigaul.“

Mit riesigen Augen und aufgerissenem Mund starrte ihn die Kommissarin wortlos an. Sie wusste nicht, was sie sagen sollte. Strubinski konnte sich das Lachen nicht verkneifen und holte umständlich sein Telefon hervor. Der Verlust der Muttersprache war auch bei ihm bereits weit fortgeschritten. „Wart a moal, ich mach'n Foddo von euch zwä Durddäubchen. So jung komme me nemme zam.“

Steinhauser lachte die Kommissarin mit einem breiten Grinsen an, gab einen lauten Rülpser von sich und wollte den Arm um sie legen. Franziska Fink wehrte sich energisch. Dabei verlor Steinhauser das Gleichgewicht und hielt sich reflexartig mit beiden Händen an ihr fest. Blöd war nur, dass er ihr dabei an die Brüste grapschte. In diesem Augenblick schoss Strubinski das Foto.

„Das wird Folgen haben!“, tobte Franziska Fink wütend, stieß ihn zur Seite und verschwand in der tanzenden Menge.

„Freunde werdet ihr wohl keine mehr“, meinte Strubinski und betrachtete das Foto. Dabei musste er erneut herzhaft lachen. „Das muss ich gleich mal dem Sepp schick. Du auf Tuchfühlung bei deiner neuen, heißen Kollegin.“

Steinhauser zeigte ihm den Vogel … naja, er versuchte es, traf seine Stirn aber nicht wirklich. „Von wegen heiße Kollegin. So viel Bier, um sich die Fink schön zu saufen, gibt's auf dem ganzen Planeten nicht“, sagte er und wankte zurück zu seinem Platz, wo schon das nächste Bier auf ihn wartete.

Plötzlich fiel ihm Strubinski von hinten um den Hals. „Da!“, schrie er ihm ins Ohr und zeigte Richtung Tanzfläche. „Die Biene Maja, das ist der Wanzen-Typ!“

Steinhauser sackte unter seinem Gewicht zusammen und rutschte vom Stuhl. „Bist du blöd, warum kreischst du mir ins Ohr!“

„Jetzt is´er weg“, sagte Strubinski und half Steinhauser wieder auf den Stuhl.

„Wer ist weg?“, fragte der verwirrt.

„Die Biene Maja mit den Wanzen … hab ich doch eben gesagt“, erklärte Strubinski.

„Hä? Wer?“ Steinhauser verstand nichts. Strubinski winkte ab. „Egal jetzt, lass uns lieber über unseren Fall reden. Wie geht’s weiter?“

„Ich will jetzt nix red, ich will nur noch heim. Ruf doch bitte den Sepp an, dass der uns holt. Ich bin fix und fertig.“ Steinhauser war sichtlich bedient, was Strubinski aber nicht akzeptierte.

„Hannes, mir müssen reden!“, sage er, wild mit den Händen gestikulierend. „Weißt du, was ich glaub?“

„Nein, ich will´s auch gar nicht wissen, was du dir wieder zusammenspinnst.“

Strubinski ignorierte ihn einfach. „Ich glaube, wir haben es hier mit einem Ritual-Dings-Mörder zu tun. Ja, ganz bestimmt! Ritual!“, schrie er.

„Fred, laber mich nicht voll. Ich will nur noch ins Bett.“ Steinhausers Zunge wurde immer schwerer. Strubinski jedoch war anscheinend noch nicht müde.

„Denk doch mal nach“, sagte er und rüttelte an Steinhauser. Der zuckte kurz zusammen, würgte, konnte aber Schlimmeres verhindern. „Die erste Leiche finden wir am Hexentanzplatz, mit Halseisen, die zweite hängt am Hexenstein. Also nicht am Stein, aber zusammen mit einer schwarzen Katze am Baum. Das schreit doch nach Ritual. Da fällt mir was ein. Es gibt da so ein Heft, aus dem mir mein Opa immer vorgelesen hat … wie heißt das gleich noch mal? Ach ja, genau ...“

„Fred, ich will heim“, unterbrach Steinhauser seinen Redeschwall.

„Hä, was ist?“, fragte Strubinski.

„Heim!“, mehr war Steinhauser nicht mehr im Stande zu sagen, ließ seinen Kopf auf den Tisch fallen.

Strubinski hatte ein Einsehen. Für eine Lagebesprechung war ihre Gesamtverfassung und die Örtlichkeit vielleicht doch nicht optimal. Eine dreiviertel Stunde später lieferte Holzinger beide bei Strubinski ab. Seine größte Sorge war, dass ihm einer der beiden ins Auto kotzte. Deshalb war er sicherheitshalber mit dem Stall-Auto gekommen. Da wäre die Kotze vermutlich noch nicht einmal aufgefallen, weder optisch noch geruchlich.

Hexensabbat

Der Pächter des kurhessischen Hofgutes zu Mittelsinn hatte einen Schäfer. Er war ein tüchtiger Hirte und Schafzüchter und sein Ruf ging weit hinaus über die Grenzen des Dorfes, denn er war ein Dreimalweiser und wusste manches Heilmittel für Mensch und Vieh. Noch mehr, er konnte „bannen", sogar die Hexen.

Ein Mittelsinner Bauer nun, der begierig war, das Treiben der Hexen einmal mitanzusehen, bat den Schäfer, seinen Freund, ihn den Tanz der Hexen miterleben zu lassen und da er gar so dringend bat, ging der Schäfer darauf ein.

Es war in der Walpurgisnacht, vom 1. auf den 2. Mai, da nahm der Schäfer den Bauern mit zum „Hexenstein".

„Nicht fürchten, nicht sprechen, nicht rühren und nicht regen, komme was da mag!" Das schärfte der Schäfer dem Bauern ein und der blieb stark. Der Schäfer zog mit seiner Schippe einen weiten Kreis um sich herum, währenddessen er geheimnisvolle Zaubersprüche vor sich hersprach. Die beiden Männer standen mitten im Bannkreis, als die Mitternachtsstunde schlug. Grauenhaft war das Gespenstertreiben, das nun ringsherum anhub. Dem Bauern standen die Haare zu Berge. Da zog ein Gockel heran, er zog eine Fuhre Heu ganz nah an dem Bannkreis vorbei, dass die Fuhre umzufallen und die beiden Lauscher zu begraben drohte. Doch die blieben ruhig und bezwangen die Furcht, die sie ankam. Und jetzt begann der Hexensabbat. Da ritten sie von den Dörfern her auf Mistgabeln und Besenstielen; auch die Dorfschöne von Mittelsinn war dabei.

Glock eins verschwand der Spuk.

Der Sommer kam ins Land und mit ihm die Kirchweih. Da wurde fest getanzt an dem Platz unter der Linde. Da tanzte auch die Dorfschöne, die mit dabei war auf dem Hexenstein in der Walpurgisnacht. Der Bauer sah sie und flüsterte ihr zu: „Gell, heute ist es anders als damals dort oben?" Sie antwortete ihm nicht.

Aber von jenem Tag an war es mit der Ruhe und dem Frieden des Bauern vorbei. Er mochte gehen und stehen, wo immer er wollte, da waren Katzen um ihn. Sie liefen des Tags ihm nach und in der Nacht schlichen sie in seine Kammer und geisterten ihn mit ihren grünfunkelnden Augen an, dass er nimmer Schlaf finden konnte. Da verkaufte der Bauer Haus und Hof, packte sein Bündel und wanderte über das große Wasser. Dort suchte er Ruhe und Glück. Ob er diese fand, weiß keiner.

(Quelle: Sagen und Geschichten aus dem Landkreis Gemünden a. M. von Heinrich Lutz)

Kapitel 7

„Papa, ich hab Hunger!“ Eine dünne Mädchenstimme drang verschwommen an Steinhausers Ohr. Sie kam dumpf aus weiter Ferne, kam aber schnell näher und wurde dabei immer klarer. Begleitet wurde sie von einem immer lauter werdenden Schnarchen. Beides drang unaufhaltsam in Steinhausers Bewusstsein und weckte ihn auf.

„Papa, warum liegt denn der Hannes in deinem Bett?“, war das Nächste, was Steinhauser wie in Trance wahrnahm. Mit dickem Kopf, verquollenen Augen und komplett im Sträflingskostüm, versuchte er sich zu erheben, schaffte es aber nicht. Stattdessen rollte er sich auf die andere Seite, um zu lokalisieren, von wem die Stimme kam. Er rieb sich die Augen und schaute direkt in Strubinskis Gesicht. Der lag splitterfasernackt auf der Decke, schnarchte unbeirrt weiter und sabberte dabei schmatzend ins Bett.

Steinhauser würgte. Sein Mageninhalt drängte unaufhaltsam ins Freie und diesmal war er nicht in der Lage, das Schlimmste zu verhindern. Sonja, Strubinskis Tochter und Quelle der Mädchenstimme, gab einen Schrei von sich, der Tote hätte wecken können. Mal abgesehen von ihrem Vater, der schlief nämlich weiter. Angeekelt hielt sie ihre Hände vor den Mund und rannte aus dem Zimmer. Strubinski merkte von all dem nichts, was für den Augenblick wohl auch das Beste war. Steinhauser schleppte sich ins Bad, zog sich aus und setzte sich in die Dusche. Es dauerte eine Weile, dann kam auch Strubinski langsam ins Badezimmer geschlurft. Splitterfasernackt.

„Pfui Deifel“, krächzte er und betrachtete sich im Spiegel. Anschließend hielt er seinen Kopf unter den Wasserhahn im Waschbecken. „Ich hab mich total vollgekotzt“, jammerte er. „Das ist mir ja noch nie passiert.“

Steinhauser schwieg und sah zu, dass er sich abduschte. Nachdem er sich umgezogen hatte, ging Strubinski in die Dusche. Er war immer noch nackt.

„Häng dir halt mal ein Handtuch um.“

„Wieso denn? Ich will doch jetzt eh duschen.“

„Das ist auch bitter nötig.“

„Hannes, hast du dich auch vollgekotzt?“, fragte Strubinski.

„Ich … äh … nein, wieso?“

„Weil dein Kostüm auch voll Kotze ist.“

„Äh … das ist dann wohl von dir ... aber das ist echt nicht schlimm. Kann

jedem mal passieren“, winkte Steinhauser ab, ging schnell ins Wohnzimmer und ließ sich auf die Couch fallen.
„Ich hab frei gesehen, dass du den Papa vollgekotzt hast“, sagte Sonja, die plötzlich wie aus dem Nichts vor ihm stand und die Arme vor ihrer Brust verschränkte.
„Oh … äh … ja … äh“, stammelte Steinhauser verlegen.
Sonja schaute ihn mit schmalen Augen streng an.
„Was machst du denn eigentlich hier?“, wunderte sich Steinhauser. „Dein Papa hat dich doch gestern Abend zu Torben gebracht.“
„Hast du mal auf die Uhr geschaut? Ich wollte halt wieder heim, da hat mich die Monika eben heimgefahren.“
„War meine Schwester im Haus?“, fragt er erschrocken.
„Nein, sie hat mich nur bis zur Tür gebracht und ist dann wieder nach Hause gefahren. Aber ich glaub, die war irgendwie sauer.“
„Aha, sauer“, meinte er nachdenklich.
Sonja streckte ihm die Hand entgegen und rieb Zeigefinger und Daumen aneinander.
„Was soll das jetzt?“, fragte Steinhauser vorsichtig.
„Hast du etwa vergessen, dass ich gesehen hab, wie du den Papa vollgekotzt hast?“, wiederholte sie.
„Das ist jetzt nicht dein Ernst, oder?“ Steinhauser schaute Strubinskis Tochter ungläubig an. Die sagte nichts, rieb nur die Finger aneinander.
Steinhauser stöhnte laut auf. „Das glaub ich jetzt nicht!“, sagte er, kramte trotzdem seinen Geldbeutel hervor und gab Sonja zehn Euro. Die nahm das Geld, bewegte sich aber keinen Millimeter weg. Steinhauser schüttelte den Kopf und gab ihr noch einen Zwanziger. Sonja blieb immer noch stehen.
„Du bist ja schlimmer als dein Alter“, beschwerte sich Steinhauser und warf ihr seinen Geldbeutel entgegen. „Nimm dir, was du willst, du Biest. Es ist eh nix mehr drinnen.“
„Danke“, trällerte Sonja mit einem breiten Grinsen. Sie holte die beiden restlichen Scheine heraus und gab den Geldbeutel zurück. Es waren nur noch zwei Fünfer gewesen.
„Du Sonja, sag mal, latscht dein Vater immer nackt durchs Haus?“ Das wollte Steinhauser jetzt genauer wissen.
„Ja, und die Mama auch. Die Mama und der Papa sagen immer, am wohlsten fühlen sie sich im Adams- und Evakostüm.“
„Naja, das wundert mich jetzt nicht wirklich“, murmelte Steinhauser.

„Hauptsache, das Kostüm ist gebügelt und ohne Falten."
„Wie meinst du das?" Sonja schaute etwas verwirrt. „Machst du das nicht?"
„Kommt darauf an", brummte Steinhauser.
„Und auf was kommt es an?", hakte Sonja interessiert nach.
„Ich glaub, das musst du nicht wissen", meinte Steinhauser und legte sich hin.
„Ich kann´s mir eh schon denken", kicherte Sonja, sagte: „Danke", wedelte noch mal mit den Scheinen und verschwand.
Kurz darauf kam Strubinski in einem Blumenmotiv-Bademantel ins Wohnzimmer geschlappt.
„Was für ein Abend", meinte er und ließ sich neben Steinhauser auf die Couch fallen. „Wie in alten Zeiten. War nur schade, dass der Sepp nicht dabei war."
„Hmh", knurrte Steinhauser. „Hast du Aspirin?"
„Ja, hab ich. Gute Idee. Aspirin hilft immer", sagte er und organisierte für Steinhauser und sich ein großes Glas Wasser mit Aspirin.
Es dauerte eine Weile, bis sich Steinhauser halbwegs regeneriert hatte. Mittlerweile war es schon später Nachmittag und Sonja macht erneut darauf aufmerksam, dass sie immer noch hungrig war. Daraufhin schob Strubinski eine Tiefkühlpizza in den Ofen. „Willst du auch was futtern?", fragt er Steinhauser. Der schüttelte energisch den Kopf. Allein der Gedanke daran, jetzt etwas zu essen, setzte den Brechreiz wieder in Gang, den er aber diesmal erfolgreich unter Kontrolle brachte. Mit einem Stück Pizza in der Hand setzte sich Strubinski wieder zu ihm auf die Couch. „Irgendwie komisch. Normalerweise hab ich nie Hunger, wenn ich mal gekotzt habe."
„Hmh."
„Hoffentlich ist die Fink nicht nachtragend", meinte Strubinski noch und schob sich das halbe Stück in den Mund.
Steinhauser verzog das Gesicht. „Wieso? War was mit der Fink?"
„Sag bloß, du kannst dich nicht mehr daran erinnern?"
„Nein. Ab Polonaise totaler Filmriss."
„Film hab ich keinen, aber dafür ein Foto", lachte Strubinski und zeigte ihm seinen höchst brisanten Schnappschuss.
„Ach du Scheiße", stöhnte Steinhauser und hielt sich die Hände vors Gesicht. „Warum hast du das denn nicht verhindert?"
„Ich hab´s versucht, aber du wolltest der Fink unbedingt ein Gespräch

aufdrücken."
„Echt? Was hab ich´n der erzählt?" Steinhauser konnte sich an nichts erinnern.
Strubinski zuckte mit den Schultern. „So genau hab ich das auch nicht mitbekommen. Ich hatte ja meinen Kampf mit mir selber. Du hast irgendwas über ihre Möpse gesagt und über ihren Arsch … glaub ich."
„Was?", quiekte Steinhauser ungläubig.
„Ja, ich glaub, du hast gesagt, dass sie einen Arsch hat wie ein Brauereigaul."
Steinhauser stöhnte erneut laut auf. Wenn er nicht schon gelegen wäre, hätte er sich spätestens jetzt hingelegt.
„Mach dich nicht verrückt", meinte Strubinski mit einem Lachen. „Ich bin davon überzeugt, du wirst noch früh genug erfahren, was du genau zu ihr gesagt hast."
„Danke Fred, das hilft mir ungemein", meinte Steinhauser niedergeschlagen.
„Mal was anderes", Strubinski wechselte das Thema. „Was hältst du eigentlich von meiner Theorie?"
„Was denn für eine Theorie?" Steinhauser wusste nicht, was er von ihm wollte.
„Dass hier ein Ritualmörder sein Unwesen treibt", erinnerte er ihn. „Das hab ich dir doch gestern Abend in Fellen lang und breit erklärt. Naja, warst wahrscheinlich schon zu besoffen. Aber sag mal, was denkst du?"
„Ritualmörder?", sagte Steinhauser ungläubig. „Du spinnst doch!"
„Wieso denn? Wir haben zwei Tote an zwei historischen Plätzen, die auf höchst merkwürdige Weise ums Leben gekommen sind." Strubinski rief ihm die Fakten noch einmal in Erinnerung. „Am Hexentanzplatz wurde der Schubberle mit dem Halseisen aus Rieneck fixiert und in seinem Magen, Hals, Mund und rund um den Toten wurde so Gips-Zeug gefunden. Kurz darauf baumelt der Ringelfelder am Hexenstein. Daneben eine schwarze Katze, ebenfalls ohne Bodenkonakt. Das ist doch kein Zufall."
Steinhauser überlegte. „Hmh, ich weiß nicht. Bei uns im Sinngrund?"
„Warum denn nicht?", hielt Strubinski dagegen. „Es muss doch einen Grund geben, warum sich der Mörder die Mühe gemacht hat, das Halseisen in Rieneck zu klauen, um dann den Schubberle damit am Hexentanzplatz anzubinden."
„Ritualmörder gehen immer nach der gleichen Methode vor und diese

Methode hat meistens was mit religiösen Hintergründen zu tun. Die töten immer auf die gleiche Weise und dann machen die immer so Sachen, damit man den Mord mit ihnen in Verbindung bringen kann. Die hacken Finger oder andere Körperteile ab“, erklärte Steinhauser, wobei er eigentlich keine Ahnung hatte, wie Ritualmörder vorgingen. Es war schon eine Weile her, da besuchte er zu diesem Thema zwar mal eine Weiterbildung, aber wirklich viel hängen geblieben war damals nicht.
„Trotzdem. Das ist doch alles kein Zufall“, beharrte Strubinski weiter auf seiner Theorie, stand auf und verließ das Wohnzimmer.
„Wo willst´n jetzt hin?“
„Ich hol nur schnell was“, sagte Strubinski. Es ging zwar nicht schnell, aber nach einer halben Stunde war er wieder da und hielt ein kleines, etwas vergilbtes, gelbes Heft in den Händen.“
„Was ist das?“, wollte Steinhauser wissen und nahm es an sich.
„Das sind Sagen und Geschichten aus dem Landkreis Gemünden von Heinrich Lutz“, erklärte er Steinhauser. „Das Heft ist über fünfzig Jahre alt, ich hab´s von meinem Opa geerbt. Der hat mir immer daraus vorgelesen. Da stehen alle Sagen und Geschichten drinnen, die es hier in der Gegend so gibt. Manchmal konnte ich deswegen nicht schlafen.“
„Und was soll ich damit?“ Steinhauser gab es ihm zurück.
„Recherche! Hannes, Recherche!“, meinte Strubinski. „Vielleicht finden wir da drinnen Hinweise über unseren Ritualmörder.“
„Fred, ich bitte dich“, sagte Steinhauser. „Lass mir meine Ruhe mit deinen Theorien. Du guckst eindeutig zu viele schlechte Krimis.“
Beleidigt nahm Strubinski das Heft wieder zurück. „Wir sollten in alle Richtungen ermitteln“, sagte er vorwurfsvoll. Da war es wieder, dieses: *wir*. Steinhauser verdrehte die Augen. Er hatte jetzt weder die Lust, noch die Energie mit Strubinski zu debattieren. Der hatte aber noch eine weitere Theorie: „Vielleicht sind der Schubberle und der Ringelfelder aber auch der Windkraft-Mafia in die Quere gekommen. Und vielleicht gibt es auch noch eine andere Verbindung zwischen den beiden, außer ihrer Windkraft-Abneigung.“
Steinhauser schaute auf die Uhr und erhob sich mühevoll. Er wollte einfach nur seine Ruhe haben. „Ich will heim. Fährst du mich?“
„Ich?“, fragte Strubinski überrascht. „Bist du verrückt! Ich hab bestimmt noch Restalkohol.“
„Das ist doch wurscht“, sagte Steinhauser. „Wer will dich denn anhalten, wenn ich bei dir bin?“

„Okay, das ist ein Argument“, meinte Strubinski. „Ich zieh mich nur noch schnell um.“

„Hallo Onkel Hannes“, rief ihm Torben vom Balkon aus zu, als er aus Strubinskis Auto ausstieg.
Steinhauser winkte kurz, als plötzlich auch seine Mutter auf dem Balkon erschien.
„Na, wieder nüchtern?“, fragte Monika schnippisch.
Die und ihre Moralpredigten haben mir grad noch gefehlt, dachte er und ging kommentarlos weiter.
„Du brauchst gar nicht erst ins Haus zu gehen. Im Garten wartet Arbeit auf dich“, sagte sie.
„Tretminenalarm“, rief Torben, lachte und folgte seiner Mutter ins Haus.
Steinhauser überlegte, ob er Jacky nicht beibringen sollte, bei den Nachbarn in den Garten zu kacken, verwarf den Gedanken aber gleich wieder und machte sich an die Arbeit. Er war immer wieder verwundert, wie es ein so kleiner Hund schaffte, so große Haufen zu produzieren.

Kapitel 8

Steinhauser hatte sich ganz fest vorgenommen, am Montag pünktlich auf dem Rathaus zu erscheinen. Der Wille war zwar da, aber der Schlaf war zu fest. Nachdem er am Sonntag von Strubinski nach Hause gebracht worden war, hatte er nach der Säuberungsaktion im Garten seiner Schwester mit Jacky noch ein Runde über den Kirchrain gedreht, um dann erschöpft in sein Bett zu fallen. Und da sein Handy im Wohnzimmer lag, hatte er den Weckruf von Mission Impossible überhört. Immerhin war er jetzt wieder halbwegs regeneriert.

„Jetzt war´n se mal ´n paar Tage pünktlich … und dann so was“, begrüßte ihn Frau Schäflein mit einem strafenden Blick auf die Uhr. „10:34 Uhr, des ist neuer Negativrekord.“

Nach seinem Auftritt bei der Faschingssitzung in Fellen ging er nicht davon aus, dass Franziska Fink bei ihren weiteren Ermittlungen Bedarf an seiner Anwesenheit hatte. „Ich geh mal davon aus, dass ich bisher noch nicht vermisst wurde, stimmt´s?“

„Oh doch! Da irre Sie sich aber ganz gewaltig“, sagte Frau Schäflein vorwurfsvoll. „Der Rappert hat um Punkt acht hier angerufe und der Mehrhold stand exakt zwei Minute später auf der Matte.“

„Oh, das klingt aber nicht gut“, meinte er und schenkte sich in aller Ruhe einen Kaffee ein.

„Der Bürgermeister ist alle halbe Stunde hier gewese, um zu schaue, ob Sie scho da sind. Der wird bestimmt gleich wieder auftauche.“

Frau Schäflein hatte den Satz kaum ausgesprochen, da stand Horst Mehrhold auch schon in der Tür. Frank Baum, der Praktikant, war hinter ihm.

„Steinhauser!“, brüllte der Bürgermeister, dass Steinhauser, der Praktikant und Frau Schäflein erschrocken zusammenzuckten. „Welch Ehre, dass sich der Herr Steinhauser auch mal blicken lässt“, keifte er direkt weiter. „Der Herr Rappert erwartet Sie umgehend auf der Dienststelle in Gemünden! Sie sollen dort sofort erscheinen!“

Unter normalen Umständen hätte sich Steinhauser nicht so anschreien lassen, aber da sich Franziska Fink mit hoher Wahrscheinlichkeit schon längst bei Rappert über ihn beschwert hatte und der Bürgermeister mit noch höherer Wahrscheinlichkeit von Rappert informiert worden war,

sagte er besser mal nichts. Er trank die Tasse Kaffee in einem Zug leer, drückte sie dem Bürgermeister in die Hand und ging ohne ein Wort zu sagen.
„Sie sind eine Schande für das Burgsinner Rathaus! Sie sollten sich schämen!“, schrie ihm Mehrhold noch hinterher.

Auf der Dienststelle in Gemünden wurde Steinhauser bereits sehnsüchtig erwartet. Seine Lieblingskollegen, der lange Dünne und der kleine Untersetzte mit dem roten Kopf, nahmen ihn mit breitem Grinsen in Empfang und geleiteten ihn direkt ins Besprechungszimmer. Dort saßen sein Chef Rolf Rappert, die Kommissarin Franziska Fink und ihr Kollege Marek Tagweih aus Würzburg.
„Guten Morgen“, sagte Steinhauser, bekam aber keine Antwort. Erst nachdem Rapperts Untergebene den Raum wieder verlassen und die Tür hinter sich geschlossen hatten, ergriff sein Chef das Wort.
„Haben Sie mal auf die Uhr geschaut?“, wurde Rappert gleich laut. Die Begrüßung fiel aus. „Was glauben Sie eigentlich, wer Sie sind, Steinhauser? Wir sind hier nicht im Wilden Westen! Sie sind unpünktlich, unzuverlässig und belästigen besoffen Ihre Kollegin. Sie haben nicht im Ansatz so etwas wie Benehmen oder Ehre. Was haben Ihre Eltern nur falsch gemacht?“
Steinhauser mochte es gar nicht, wenn seine Eltern mit hineingezogen wurden. Zumal sie bestimmt nichts dazu konnten. Sie hatten sich bei seiner Erziehung wirklich alle Mühe gegeben. Zumindest seine Mutter, sein Vater hingegen hatte sich ausgeklinkt, als ihm klar wurde, dass sein Sohn kein Bäcker werden würde. Er setzte kurz an, etwas zu sagen, verkniff es sich dann aber doch. Die Situation war schon verfahren genug. Brandbeschleuniger ist beim Löschen eher kontraproduktiv.
Rappert ergriff nach einer kurzen Pause wieder das Wort: „Zuerst können Sie ihre vorlaute Klappe bei den Vernehmungen dieser Windkraft-Managerin und dieser Mandy nicht halten und dann besaufen Sie sich auf einer Faschingsveranstaltung in Fellen, wo das zweite Opfer Vorstand gewesen war. Haben Sie eigentlich noch alle Tassen im Schrank?“
Auf diese Frage antwortete Steinhauser sicherheitshalber auch nicht. Ganz nach dem Motto: Reden ist Silber, Schweigen ist Gold.
„Sie sind verdammt nochmal Polizist!“, fuhr sein Chef unbeirrt fort und redete sich in Rage. „Da können Sie sich doch nicht bis zur Besinnungs-

losigkeit besaufen! Was haben Sie sich nur dabei gedacht?“
Rappert holte Luft und Steinhauser wusste jetzt nicht, ob er diesmal antworten sollte. Da ihn alle drei eindringlich anschauten, gab er Antwort.
„Also … wenn man es genau nimmt ... dann war ich zu diesem Zeitpunkt ja eigentlich gar nicht im Dienst ...“, versuchte er sich halbherzig zu rechtfertigen. Was bei Rappert allerdings nicht sonderlich gut ankam.
„Das ist doch völlig egal, ob Sie im Dienst sind oder nicht!“, polterte Rappert los. „Als Polizist sollten Sie immer ein Vorbild sein! Ganz besonders, wenn Sie da feiern gehen, wo Sie arbeiten! Sie repräsentieren die Polizei des Freistaates Bayern, ist ihnen das eigentlich klar? Sie sind doch kein pubertierender Teenager mehr!“
Steinhauser sagte jetzt lieber nichts mehr. Was sollte er auch sagen? Ein guter Boxer weiß, wann er verloren hat und sieht zu, dass er mit erhobenem Haupt aus dem Ring kommt.
Rappert schwieg eine gefühlte Ewigkeit und musterte ihn eindringlich. „Und wenn Sie jetzt denken, dass ich Sie vom Dienst suspendiere, damit Sie sich zu Hause in Ruhe die Eier schaukeln können, dann haben Sie sich ganz gewaltig getäuscht“, sagte er, allerdings jetzt deutlich ruhiger, aber dafür mit einem gewissen Unterton, der nichts Gutes verhieß. „Sie werden ab morgen hier in Gemünden zum Dienst erscheinen, damit ich Sie im Auge habe. Und das Bayerische Innenministerium werde ich auch anrufen und denen mitteilen, dass ihre Idee mit dem Projekt *Mehr Sicherheit auf dem Land* im Sinngrund wegen totaler Inkompetenz des zuständigen Beamten kläglich gescheitert ist. Und dann werde ich persönlich dafür sorgen, dass Sie an den Arsch der Welt versetzt werden, wo Sie keinen Schaden mehr anrichten können. Am besten irgendwo nach Brandenburg oder Mecklenburg-Vorpommern an die Ostgrenze. Bei Polen oder von mir aus auch Ungarn.“
Steinhauser schaute etwas verwirrt. Da er ja ein Landes- und kein Bundesbeamter war, konnte ihn Rappert auch nicht so ohne weiteres in ein anderes Bundesland versetzen. Die geographischen Kenntnisse von Rappert sollten zudem auch auf den neusten Stand gebracht werden. Sogar die Kollegen Fink und Tagweih schienen über Rapperts Äußerungen etwas verwirrt zu sein.
„Ähh, … Herr Rappert. Ungarn grenzt eigentlich nicht ...“, setzte Steinhauser an, etwas zu sagen, aber Rappert fuhr ihm ungehalten ins Wort.
„Halten Sie die Klappe, Steinhauser!“, brüllte sein Chef und er verstummte.

Von wegen erhobenen Hauptes den Ring verlassen. Das war der K. o. in der letzten Runde ohne jede Gegenwehr. Noch einmal das Wort zu ergreifen, wagte er nicht. Die Luft im Raum war so dick, dass man sie problemlos hätte schneiden können. Dabei dachte er immer, der Sinngrund wäre der Arsch der Welt. Auch wenn es ihm nicht passte, in Rapperts Worten lag ein Hauch von Wahrheit ... wenn auch nur ein Hauch. Das konnte er nicht abstreiten. Aber dass er das nicht ganz so sah, wollte er jetzt nicht näher vertiefen. Verlegen schaute er von Rappert zu Tagweih und letztlich zur Kommissarin Fink. Jetzt galt es Schadensbegrenzung zu betreiben, egal wie.

„Also, Frau Fink … also … ich möchte erst gar nicht nach einer Ausrede suchen … äh … es tut mir leid, was da in Fellen passiert ist. Das … äh … darf natürlich nicht vorkommen. Ich hoffe, Sie nehmen meine Entschuldigung an“, stotterte er unbeholfen.

„So etwas ist nicht zu entschuldigen“, gab sie schroff zurück. „Sie sind eine Schande für die gesamte Polizei. So jemand wie Sie gehört aus dem Verkehr gezogen.“

Steinhauser wertete ihre Antwort erst einmal als ein unentschlossenes *Jein*. Vermutlich war sie im Augenblick emotional noch zu sehr aufgeladen, um die Ernsthaftigkeit in seinen Worten zu erkennen. Vielleicht hätte er seinen Worten auch mehr Tiefe und Demut verleihen sollen. Aber nach so einem K. o. kommt man halt auch nicht so schnell zurück.

„Keine Ahnung, was die Stefanie an dem findet“, murmelte Tagweih. Allerdings gerade so laut, dass Steinhauser es hören konnte oder auch hören sollte. Zumal Tagweih einen solchen Spruch erst bei der Leiche am Hexentanzplatz von sich gegeben hatte. Aber vielleicht wollte er Steinhauser ja auch nur provozieren. Jedenfalls hörte bei Steinhauser der Spaß auf, wenn es um seine Stefanie ging. Scheiß auf Reden ist Silber und Schweigen ist Gold. Ruckzuck stand er wieder im Ring. Angriffslustiger denn je.

„Sie können es wohl nicht ertragen, dass die Stefanie lieber mit mir, als mit so einem wie Ihnen zusammen ist“, fuhr er den Kommissar schroff an.

„Ich glaube, Sie überschätzen sich, Herr Steinhauser“, gab Tagweih arrogant zurück.

„Ich will Ihnen mal was sagen, Herr Kommissar ...“ Steinhauser stierte Tagweih scharf an und ging ein paar Schritte auf ihn zu. „Sie sind doch bloß neidisch, weil die Stefanie nicht auf so Typen wie Sie steht. Da braucht es halt etwas mehr als polierte Lackschuhe und einen von Mutti

gebügelten Anzug, um bei der Stefanie zu landen! Das eine sag ich Ihnen, Sie ..."
„STEINHAUSER!", brüllte Rappert energisch dazwischen. „Ich denke, das genügt für heute! Ich sehe Sie morgen früh hier in Gemünden und jetzt raus!"
Steinhauser verstummte und starrte den Hauptkommissar mit schmalen Augen streng an. „Auf Wiedersehen", sagte er schließlich und ging. Das war dann doch kein so ein schlechter Abgang, zumindest fühlte es sich ganz gut an.

Wieder auf dem Rathaus angekommen, lief ihm der Praktikant Frank Baum über den Weg. Er fuhr gerade mit einer Art Servierwagen Ordner durch die Gegend.
„Hallo Herr Steinhauser", begrüßte er den Polizisten. „Sie sehen so niedergeschlagen aus, kann ich Ihnen irgendwie helfen?"
„Nein danke, passt schon. Alles so weit in Ordnung", gab Steinhauser zurück und verschwand in seinem Büro. Was ihm gerade noch fehlte, war Mitleid von einem Praktikanten. Er hatte sich noch nicht richtig hingesetzt, da kam auch schon Frau Schäflein und wollte wissen, wie es denn in Gemünden gelaufen war.
„Tja, was soll ich sagen", meinte Steinhauser gefrustet. „Ich will´s mal so formulieren: Mein Vorgesetzter und die Kommissarin Fink waren mit meiner *Performance* der letzten Tage nicht ganz so zufrieden. Und ab morgen muss ich in Gemünden Dienst schieben. Aber nicht lange, so wie ich das verstanden habe."
„Naja, des geht ach rum. In ein paar Tagen habbe sich alle wieder beruhigt und Sie sind wieder hier. Sie wisse doch: Nix wird so heiß gegesse, wie´s gekocht wird", meinte Frau Schäflein.
„Das glaube ich diesmal aber nicht."
„Und wieso net?".
„Ich fürcht, ich hab mir diesmal im wahrsten Sinne des Wortes das Maul verbrannt."
„Ja, was habbe Sie denn angestellt?" Jetzt wollte Frau Schäflein genau wissen, was los war.
Steinhauser winkte ab. „Das ist jetzt wurscht. Jedenfalls wird der Rappert alle Hebel in Bewegung setzen, die ihm zur Verfügung stehen, um mich in die Tiefen des Ostens unseres schönen Landes zu versetzen. Ich meine, wir

sind ja hier im Sinngrund schon am Arsch der Welt, aber im Osten, da ist ja noch nicht mal ein Arsch."
„Oje", meinte Frau Schäflein besorgt, holte schnell ihren Schreibtischstuhl und setzte sich zu ihm. „Des müsse Sie mir aber jetzt genauer erzähle."
Und da Steinhauser gerade eh nichts besseres zu tun hatte, erzählte er ihr alles, was die letzten Tage so geschehen war.
„Da habbe Sie aber mal so richtig Scheiße gebaut", war ihr vernichtender Kommentar und Steinhauser konnte ihr nur zustimmen.
„Ich hab Hunger", sagte Steinhauser mit Blick auf die Uhr. „Und deshalb geh ich jetzt erst mal zur Henni. Kommen Sie mit?"
„Ne, ich kann leider net. Mei Pause ist scho rum und ich muss gleich mit dem Praktikant zum Bürgermeister", wehrte sie ab. „Der hat heut auch kei gute Laune."
Steinhauser trottete langsam durchs Dorf, Richtung Henni, als plötzlich Strubinski in seinem E-Auto neben ihm stehen blieb und die Scheibe herunterließ. „Das hast du ja echt super hingekriegt!", war seine Begrüßung.
„Fred? Was machst´n du hier?", wunderte sich Steinhauser.
„Hast du dir eigentlich das bisschen Hirn, das du noch hast, komplett weggesoffen? Schon vergessen, du bist verwanzt und ich hab alles mitangehört. Hock dich ins Auto, ich komm mit zur Henni. Wir müssen die weitere Vorgehensweise abstimmen."
„Fred, ich bin raus. Da gibt es nix mehr zum abstimmen."
„Quatsch nicht, hock dich rein!", befahl Strubinski und Steinhauser gehorchte. Drei Burgsinner mit extra Zwiebeln später ging es Steinhauser dann auch schon wieder besser. Auf Bier verzichtete er diesmal ganz. Sein Bedarf an dem geliebten Gerstensaft war gerade mehr als gedeckt.
„Was willst du überhaupt?", wandte sich Steinhauser mit vollem Bauch an seinen alten Schulfreund.
„Wir können uns doch nicht einfach aus den Ermittlungen rauswerfen lassen", beschwerte sich Strubinski.
„Hör doch mal mit deinem blöden W*ir-Gequatsch* auf. Es gab nie ein W*ir* und es wird auch nie wieder ein W*ir* geben", winkte Steinhauser ab.
„Hör du doch mal auf, dich in deinem dämlichen Selbstmitleid zu suhlen. Das ist ja widerlich", sagte Strubinski. „Willst du jetzt so lange in Gemünden Dienst schieben, bis du in den Osten … oder an die Grenze nach Ungarn abgeschoben wirst?" Strubinski musste lauthals lachen. „Du musst deinem Chef unbedingt einen Weltatlas schenken oder ne Europakarte."

„Ha, ha, ha. Unglaublich witzig, Fred“, Steinhauser wirkte verzweifelt und zuckte nur ratlos mit den Schultern.
„Wir müssen herausfinden, wer dieser Ritualmörder ist.“ Strubinski besann sich wieder auf das Wesentliche.
Steinhauser winkte abermals ab. Er wollte jetzt nicht über Strubinskis schwachsinnige Ritualmörder-Theorie debattieren.
Strubinski ließ sich aber nicht beirren: „Wenn wir, also, ... wenn du den Mörder vor der Fink erwischst, dann können die dich unmöglich abschieben“, erklärte Strubinski. „Und was die Stefanie sagen wird, wenn sie erfährt, weswegen du in die Pampa geschickt wurdest, das will ich erst gar nicht wissen. Mensch Hannes, wenn´s dumm läuft, geht deine Beziehung wegen dem Scheiß in die Binsen und wir sehen uns nie wieder. Oder nur noch, wenn du Urlaub hast.“
So gesehen hatte Strubinski allerdings gar nicht so unrecht. Dass die Beziehung mit Stefanie schon mal am Rande des Aus gewesen war, konnte er ja nicht wissen. Aber eines war klar, eine weitere Krise konnte er sich nicht leisten. Gerade jetzt, wo es mit Stefanie so gut lief wie noch nie. Ja, Strubinski hatte recht, er durfte sich nicht in sein Schicksal fügen. „Und was soll ich machen?“, fragte er vorsichtig.
„Wer ist denn hier bei der Polizei?“, meinte Strubinski kopfschüttelnd. „Soll ich dir jetzt etwa sagen, was du machen sollst?“
„Nein, ich weiß natürlich, was zu machen ist“, stammelte Steinhauser. „Also … naja … du hast ja schon mal den ein oder anderen guten Gedanken gehabt. Was würdest du denn machen?“
Strubinski holte tief Luft und blies die Backen auf. „Ich würd noch mal bei den Schubberles und dieser Mandy vorbeischauen. Vielleicht wissen die noch was, ohne dass die wissen, dass die noch was wissen“, schlug Strubinski vor.
Steinhauser ließ den Satz erst einmal auf sich wirken, bevor er antwortete. „Ja, das ist ein guter Ansatz. Aber wie soll ich das denn morgen machen? Ich muss doch nach Gemünden und wenn wir nur nach Feierabend ermitteln, dann wird das nie was.“
Strubinski überlegte. „Mach dir mal keine Sorgen. Ich lass mir was einfallen. Du stattest jetzt erst mal den Schubberles und dieser Mandy noch mal einen Besuch ab. Wir sehen uns heute Abend.“
Strubinski war hochmotiviert. Das konnte Steinhauser natürlich nicht auf sich sitzen lassen. Er meldete sich ordnungsgemäß auf dem Rathaus ab und machte sich an die Arbeit.

Ringelfelders Freundin Mandy war nicht mehr in Fellen. Eine aufmerksame Nachbarin erzählte Steinhauser, dass sie ihre Sachen gepackt und zurück nach Frammersbach gefahren war. Er hatte zwar ihre Anschrift, aber da er bei Mandy eher den Eindruck gehabt hatte, dass sie nicht die hellste Kerze auf der Torte war, fuhr er lieber erst mal bei den Schubberles vorbei. Der Mandy konnte er immer noch einen Besuch abstatten. Jana Heil, die Tochter des Opfers, wusste womöglich mehr, als sie selbst glaubte zu wissen.

„Grüß Gott Herr Steinhauser“, begrüßte ihn Frau Heil freundlich und bat ihn herein „Was können wir noch für die Polizei tun?“

Im Wohnzimmer auf der Couch saß Frau Schubberle. Sie wirkte gefasst.

„Ich hätte da noch ein paar Fragen, wenn das in Ordnung ist?“, fragte Steinhauser.

„Natürlich, wie können wir Ihnen helfen?“, wollte die Tochter wissen.

„War meine Kollegin in der Zwischenzeit noch einmal hier gewesen?“, war das erste, was er klären wollte, um irgendwelche Unstimmigkeiten zu vermeiden. Auf dem Weg hierher hatte er sich genau überlegt, wie er vorgehen und was er wissen wollte. Was diese aufgeblasene Fink konnte, das konnte er schon lange. Alleine der Gedanke, dass er an die Ostgrenze Deutschlands versetzt werden sollte und ihn Stefanie wegen der Vorkommnisse der letzten Tage verlassen könnte, war genug Motivation für ihn.

„Nein“, war die kurze Antwort von Frau Heil.

Steinhauser atmete erleichtert auf und begann mit seinen Fragen. „Kennen Sie einen gewissen Moritz Ringelfelder?“ Dass Ringelfelder tot war, sagte er nicht, noch nicht.

Jana Heil musste nicht lange überlegen. „Ja, der Moritz war manchmal bei meinem Vater und sie haben gemeinsam an verschiedenen Demos teilgenommen“, gab sie zurück.

Volltreffer, freute sich Steinhauser. Anscheinend hatte sich sein Tod noch nicht bis nach Altengronau herumgesprochen.

„Wie war die Verbindung zwischen Moritz Ringelfelder und Ihrem Vater?“, fragte er weiter.

„Die beiden kannten sich vom Fasching. Die Feller Hoase kommen auch immer zum Faschingsumzug der Alegrüner Fosenöchter und umgekehrt“, erklärte Frau Heil.

„Können Sie sich vorstellen, dass der Tod ihres Vaters irgendetwas mit seinem Engagement gegen den geplanten Windpark zu tun hat?"
„Ich weiß nicht", meinte Frau Heil. „Der Papa und diese Schruntz waren zwar spinnefeind, aber bringt man deswegen gleich jemanden um?"
„Man muss bedenken, dass es hier um sehr, sehr viel Geld geht", gab er zurück und fand, dass jetzt ein guter Zeitpunkt war, die Schubberles über den Tod von Moritz Ringelfelder zu informieren. „Der Herr Ringelfelder wurde ebenfalls ermordet", sagte er gerade heraus. Jana Heil starrte ihn mit offenem Mund an und setzte sich neben ihre Mutter, die sofort anfing zu weinen. Beide waren sichtlich erschüttert. Steinhauser stand etwas verloren im Raum. Er wollte jetzt auch nicht, dass Frau Schubberle anfing zu weinen. An seinem Taktgefühl musste er wohl noch etwas arbeiten.
„Der Moritz ist tot?", fragte Frau Heil ungläubig nach.
„Ja, er wurde erhängt", schob Steinhauser noch nach und Frau Schubberle heulte jetzt lautstark los. Ja, es bestand kein Zweifel, sein Taktgefühl war in jedem Fall stark ausbaufähig. „Bei unserem letzten Besuch haben Sie die Sinntal-Power-Windenergie als skrupellos bezeichnet", erinnerte er sie an ihre Worte und hakte an dieser Stelle nach.
„Naja, die Sinntal-Power-Windenergie ist in ihrer Vorgehensweise schon skrupellos", räumte Frau Heil ein. „Aber Mord? Haben Sie das Gutachten nicht gelesen? Ich hatte es doch per Mail an Ihre Kollegin geschickt. Wenn Sie das gelesen haben, dann verstehen Sie auch, was ich mit skrupellos meine."
Das Gutachten, das hatte Steinhauser völlig vergessen. „Nein, das ... äh ... das konnten wir noch nicht sichten. Wir haben auf der Dienststelle einen Virus und können keine Mails öffnen", fiel ihm gerade noch ein.
„Das macht nichts, ich kann es Ihnen auch ausdrucken, wenn Sie möchten. Es sind zwar einige Seiten, geht aber schnell", bot ihm Frau Heil an und Steinhauser nahm dankend an. Mit dem Gutachten und dem Wissen, dass sich Schubberle und Ringelfelder kannten und beide keine Windpark-Fans waren, machte er sich direkt auf den Weg zu Strubinski.

„Wir brauchen unbedingt das Gutachten von dieser Schruntz", waren die Worte, mit denen Steinhauser von Strubinski begrüßt wurde. Einen Vorteil hatte es ja, dass Strubinski immer mithören konnte und dies auch in jeder Minute tat: Steinhauser musste ihm nicht lange erzählen, was er alles in Erfahrung bringen konnte. Sie waren alleine und machten es sich in

Strubinskis Wohnzimmer bequem. Sonja war bei einer Freundin. „Hannes, willst du ein Bier?“
„Nein! Alles, bloß kein Bier“, wehrte Steinhauser ab.
„Du hast recht“, stimmte Strubinski zu. „Bier verträgst du eh nicht so gut, außerdem müssen wir einen klaren Kopf behalten.“ Sie begnügten sich deshalb mit Wasser.
„Hast du schon eine Idee, wie ich morgen den Dienst in Gemünden umgehen kann?“, fragte Steinhauser.
„Ja, hab ich“, freute sich Strubinski. „Ganz einfach, du lässt dich morgen von deinem Schwager krankschreiben. Der Klaus ist doch schließlich Hausarzt.“
„Das macht der nie“, winkte Steinhauser ab. „Und wegen was für einer Krankheit soll der mich denn krankschreiben?“
„Du sagst ihm einfach, dass du durch die Vorkommnisse der letzten Tage emotional so angeschlagen bist, dass du unmöglich zur Arbeit gehen kannst“, schlug Strubinski vor.
„Bist du wahnsinnig? Ich kann dem doch nicht erzählen, was alles passiert ist!“, beschwerte sich Steinhauser.
„Der hat doch Schweigepflicht.“
„Auf keinen Fall!“, stellte Steinhauser klar. „Du kennst meine Schwester. Da hilft auch keine Schweigepflicht.“
„Okay, das ist ein Argument. Dann erzähl ihm halt irgendwas anderes. Ist doch auch egal. Der wird dich doch mal krankschreiben können.“
„Da bin ich mir nicht so sicher.“ Steinhauser blieb skeptisch. „Der Klaus ist doch immer so korrekt.“
„Hannes, ich bitte dich. Jetzt stell dich nicht so an. Du wirst doch in der Lage sein, deinem Schwager eine Krankmeldung aus den Rippen zu leiern. Denk dran, was alles davon abhängt. Ich sag nur: Osten.“
Steinhauser nickte. „Ja, ist ja gut. Ich geh gleich morgen zum Klaus.“
„Prima, das hätten wir schon mal geklärt“, freute sich Strubinski. „Kommen wir zum nächsten Punkt. Der ist schon etwas heikler. Wie willst du denn an das Gutachten von dieser Emanzen-Schruntz rankommen?“
„Keine Ahnung. Das wird schwierig“, meinte Steinhauser. „Ich kann mir nicht vorstellen, dass die mir das Gutachten einfach so gibt, wenn ich dort auftauche und der irgendwas von einem Virus erzähl.“
„Das kann ich mir auch nicht vorstellen“, pflichtete ihm Strubinski bei. „Die Schruntz ist eine harte Nuss, da müssen wir schon größere Geschütze auffahren.“

„Und wenn die sich über mich bei der Fink oder dem Rappert beschwert, dann bin ich am Arsch."
„Das ist wohl wahr", stimmte ihm Strubinski zu. „Aber ich hätte da, wie könnte es auch anders sein, ... natürlich schon eine Idee."
Steinhauser schaute skeptisch. „Komisch, dass mich das jetzt gar nicht wundert. Du immer mit deinen Ideen."
Strubinski zögerte. „Ich geb zu, das Ganze ist auch etwas heikel, aber ..."
„Also erzähl schon, was hast du denn für eine Idee?", forderte ihn Steinhauser auf zu reden. Er konnte es ja eh kaum noch erwarten, es ihm zu erzählen.
„Das klingt jetzt vielleicht etwas merkwürdig, aber das könnte klappen", begann Strubinski vorsichtig, ihm sein Vorhaben näher zu bringen. „Ich könnte mich doch als Kommissar ausgeben", sagte er vorsichtig und wartete auf eine Reaktion.
Die Bezeichnung *merkwürdig* fand Steinhauser stark untertrieben. Völlig bekloppt traf es da schon eher. Aber immerhin, Strubinski hatte wenigstens eine Idee, im Gegensatz zu ihm. Steinhauser sagte deshalb zunächst erst mal nichts, was Strubinski schon mal als gutes Zeichen wertete. „Und wie genau hast du dir das vorgestellt?", fragte er schließlich.
„Naja, ich bräuchte da halt auch einen entsprechenden Ausweis, um echt zu wirken", erklärte Strubinski weiter. „Und wie es der Zufall so will, kenn ich da jemanden, der jemanden kennt, der uns diesbezüglich helfen könnte."
Steinhauser blies die Backen auf und verdrehte die Augen. „Ist der, den du kennst, der jemanden kennt, auch der, von dem du die CD-Player und die Flachbildfernseher hast?"
„Ja … der ist halt ein sehr umtriebiger Geschäftsmann mit vielen Kontakten."
„Bei dir wundert mich echt gar nix mehr", Steinhauser schüttelte den Kopf und forderte Strubinski mit einer Handbewegung auf weiterzureden. „Dann lass mal hören, wen du kennst, der jemanden kennt, der uns da helfen könnte."
„Also … der Regler ...", begann Strubinski, als ihm Steinhauser direkt wieder ins Wort fiel.
„Wer?"
„Der Regler … das ist mein Kontaktmann ...", setzte Strubinski erneut an, kam aber auch diesmal nicht weit.
„Du hast einen Kontaktmann? Fred, wozu brauchst du einen Kontakt-

mann? Und wieso heißt dein Kontaktmann *der Regler*?"
„Kannst du auch mal eine Frage nach der anderen stellen?", beschwerte sich Strubinski, gab aber dennoch geduldig Auskunft. „Der Regler heißt Regler, weil er die Dinge regelt. Ganz einfach. Und der Regler hat nun mal die Kontakte, um die verschiedensten Dinge zu regeln."
„Und was für Dinge regelt der Regler so?", frage Steinhauser misstrauisch. „Klingt irgendwie illegal, wenn du mich fragst."
„Mensch Hannes, das ist doch jetzt völlig egal, was der alles so regelt. Wenn ich ein Problem hab, dann kontaktier ich halt den Regler, und wenn der helfen kann, dann hilft er", beschwerte sich Strubinski. „Aber jetzt lass mich halt mal ausreden!"
„Gut, ich höre."
„Der Regler könnte uns jedenfalls einen entsprechenden Ausweis beschaffen und ich könnte dann als Kommissar agieren, während du dich im Hintergrund hältst. Wäre ja auch irgendwie scheiße, wenn du krankgeschrieben bist und dann beim Ermitteln erwischt wirst."
Da musste er Strubinski allerdings auch wieder recht geben. Bei der aktuellen Lage wäre es gar nicht gut, wenn er als Polizist offiziell in Erscheinung treten würde, während er krankgeschrieben war. Aber ob es eine gute Idee war, Strubinski die Ermittlungen zu überlassen, war er sich auch nicht sicher. Nein, eigentlich war er sich sehr sicher, dass dies keine gute Idee war. Allerdings waren die Möglichkeiten auch bescheiden, um irgendwie an Informationen zu kommen. Er musste eine Entscheidung treffen.
„Wenn das schief geht, dann können wir uns Ansichtskarten von einem Knast zum anderen Knast schicken. Das ist dir schon klar, oder?", sagte Steinhauser, was Strubinski als Zustimmung wertete.
„Super. Ich hab gehofft, dass du das genauso siehst wie ich", freute er sich. „Deshalb hab ich den Regler schon mal kontaktiert. Er ist uns über Skype in der Lagerhalle zugeschaltet und wartet auf uns."
„Der Regler ist aber nicht von der Mafia oder so?", fragte Steinhauser angespannt.
„Nein, wo denkst du hin. Ich hab doch nix mit der Mafia am Hut. Alles voll legal", versicherte Strubinski.
„Gefälschte Polizeiausweise beschaffen ist also in deinen Augen legal?"
„Mensch Hannes, das ist halt jetzt mal eine Ausnahme. Wir haben ja auch in gewisser Weise einen Ausnahmezustand", hielt Strubinski dagegen.
Steinhauser zog es vor, in dieser Richtung erst mal nicht weiter

nachzubohren. Er wollte erst mal hören, was der Regler so zu sagen hatte. Beide gingen in Strubinskis Chaos-Lagerhalle und setzten sich vor einen PC, der, kaum erkennbar, auf der Werkbank zwischen zahllosen, demontierten Elektrogeräten stand. Strubinski nahm eine Sturmhaube, die auf der Tastatur lag, und zog sie sich über den Kopf.
„Was machst du denn da?“, wunderte sich Steinhauser.
„Diskretion!“, sagte Strubinski. „Wenn ich jetzt die Entertaste drücke, dann siehst du den Regler auf dem Bildschirm und wir sind online. Der trägt auch eine Sturmhaube. Das ist wegen der Anonymität und so. Ich weiß nicht, wie er aussieht, und er weiß nicht, wie ich aussehe. Verstehst du?“
„Ja, ja ich verstehe, alles voll legal“, Steinhauser winkte ab und zeigte auf sich. „Und was mach ich bitteschön? Ich trag Uniform. Ich bin mir nicht sicher, ob der Regler das so gut findet.“
„Du hast recht. Wie konnt ich das nur vergessen?“ Strubinski überlegte. „Mit deiner Uniform kannst du dich schlecht vor den Bildschirm setzen. Da ist der Regler gleich weg und das für immer. Am besten du stellst dich abseits und ich red mit dem Regler alleine.“
„Das kannst du dir gleich mal abschminken“, legte Steinhauser sofort Veto ein. „Ich stell mich doch nicht in die Ecke und hör zu was du mit diesem ... Regler bequatschst.“
„Okay, okay, das seh ich ein“, gab er zu und überlegte kurz. „Dann zieh deine Uniform aus und nimm dir einen meiner Bademäntel aus der Sauna nebenan.
Kopfschüttelnd warf Steinhauser seine Mütze auf die Werkbank, ging in die angrenzende Sauna, zog seine Uniform aus und kam mit einem viel zu kleinen, bunten Bademantel zurück.
„Dein Kopf, wir müssen deinen Kopf verhüllen“, meinte Strubinski und kramte aus einem der Regale eine alte Papiertüte hervor. Mit einem Teppichmesser schnitt er zwei Löcher hinein und reichte sie Steinhauser.
„Fred, das ist jetzt nicht dein Ernst, oder?“
„Ich hab aber jetzt nix anderes“, entschuldigte sich Strubinski. „Stell dich nicht so an. Hauptsache, du bist nicht zu erkennen.“
Steinhauser verdrehte genervt die Augen, stülpte sich die Papiertüte über den Kopf und setzte sich vor den Bildschirm.
„Fertig?“, fragte Strubinski.
„Halt, wart noch mal“, bremste ihn Steinhauser aus. „Bist du da jetzt im Darknet unterwegs?“

„Darknet, Hellnet, Internet, das ist doch völlig wurscht“, meinte Strubinski gleichgültig. „Ich hab da halt irgendwann mal diese IP-Adresse bekommen, weil ich was für einen Kunden gesucht habe.“
Steinhauser verzog das Gesicht, was Strubinski wegen der Tüte aber nicht sehen konnte. Er überlegte, ob er wissen wollte, was das für ein Kunde war, entschied sich aber dagegen. Besser er wusste nicht zu viel, was Strubinski sonst noch so trieb. Den Pfad der Tugend hatte er ohnehin schon längst verlassen, fragte sich nur, wohin ihn dieser neue Weg führte.
„Alles klar, drück die Taste“, sagte Steinhauser stattdessen und war doch irgendwie gespannt und neugierig auf diesen Regler.
Strubinski drückte die Entertaste und, wie angekündigt, sahen sie einen Kopf mit Sturmhaube. Der Hintergrund war eine weiße Wand. Mehr war nicht zu sehen.
„Wer ist das?“, wollte der Regler sofort wissen, als er den Mann mit Bademantel und Papiertüte auf dem Kopf sah.
„Das ist mein Kumpel“, erklärte Strubinski. „Er hilft mir bei meinem Problem.“
„Aha“, meinte der Regler misstrauisch. „Wie ist sein Deckname?“
„Deckname?“, wunderte sich Steinhauser.
„Ja, wir benutzen Decknamen“, erklärte Strubinski und zeigte auf den Bildschirm. „Seiner ist der Regler, meiner ist 007.“
„007?“, wiederholte Steinhauser ungläubig.
„Ja, 007. Aber das ist doch jetzt egal. Du musst dir einen Decknamen ausdenken.“
Steinhauser überlegte, ob er aufstehen und gehen, oder ob er sitzen bleiben sollte. Da es ihn aber interessierte, ob ihnen dieser Regler tatsächlich helfen konnte, blieb er sitzen „Magnum. Nennt mich Magnum“, sagte er, weil ihm gerade nichts Besseres einfiel.
„Okay“, tönte es aus dem Bildschirm. Magnum, 007, wie kann ich euch helfen?“
„Ich brauche für einen Bekannten einen BKA-Ausweis“, sagte Strubinski. Steinhauser schaute ihn mit großen Augen an, was aber keiner sehen konnte.
„Einen BKA-Ausweis?“, wiederholte der Regler unaufgeregt.
„Ja, ist nicht für mich“, gab Strubinski zurück.
„Ist Magnum dein Bekannter?“, fragte der Regler.
Strubinski schaute zu Steinhauser, der ihn ebenfalls anschaute. „Nein, ist für jemand anderen.“

„Und warum ist Magnum dann da?“, hakte der Regler nach.
Das war eine durchaus berechtigte Frage.
„Magnum ist mein Partner“, sagte Strubinski. „Er will bei mir ins Geschäft einsteigen. Er ist zu hundert Prozent vertrauenswürdig. Ist das ein Problem?“
„Probleme gibt es keine. Es gibt nur Lösungen. 007, das solltest du doch wissen.“
„Kannst du mir jetzt so einen Ausweis besorgen oder nicht?“
„Kann ich! Dazu brauche ich ein Foto ... von deinem Bekannten und einen Namen“, sagte der Regler kurz und knapp, ohne weitere Fragen zu stellen.
„Ich brauch den Ausweis aber bis morgen“, sagte Strubinski.
Der Regler schwieg zunächst. „Da muss ich erst mal telefonieren. BKA-Ausweise werden nicht so oft gebraucht. Ich melde mich gleich wieder“, sagte er und im nächsten Augenblick wurde der Bildschirm schwarz.
„Ein BKA-Ausweis für einen Bekannten!“, sagte Steinhauser aufgebracht, riss sich die Papiertüte vom Kopf und ging unruhig in der Lagerhalle umher. „Viel bescheuerter geht’s wohl nicht! Der hat doch gleich geschnallt, dass der Ausweis für dich oder mich sein soll. Oder glaubst du, der ist blöd?“
„Woher soll der das denn wissen?“, meinte Strubinski.
„Und überhaupt, was ist das für ein Typ, dass der einen BKA-Ausweis fälschen kann?“ Steinhauser war immer noch aufgebracht.
„Das kann der doch gar nicht“, versuchte ihn Strubinski zu beruhigen. „Der Regler ist doch nur der Kontakt zu Leuten, die so was können.“
„Mensch Fred, als ob das besser ist“, Steinhauser schüttelte den Kopf. „Bist du unter die Kriminellen gegangen, oder warum kennst du so Typen?“
„Spinnst du, ich bin doch nicht kriminell!“, wehrte sich Strubinski gegen den Vorwurf. „Ich bin halt ein umtriebiger Geschäftsmann. Wenn man bei all den Internetriesen nicht auf der Strecke bleiben will, dann muss man sich halt was einfallen lassen. Die Leute sind doch heute sogar zu faul, fünfzig Meter zu mir ins Geschäft zu laufen. Jeder Scheiß wird online bestellt.“
„Ach, und da muss man sich was einfallen lassen“, wiederholte Steinhauser. „Naja, wenn ich das so bedenke. Du hast eine hochmoderne Sauna, deine Frau reist in die USA und trägt immer den neuesten Fummel. Vielleicht sollte ich dich auch mal genauer unter die Lupe nehmen? Es wird schon seinen Grund haben, dass du hier mit Sturmhaube sitzt.“

„Hast du sie noch alle!“, schimpfte Strubinski. „Ich versuch doch nur, dir bei deinen Ermittlungen zu helfen. Ich bin ein rechtschaffener Bürger. Mein Motto lautet: *Du weißt nicht, wo du es bekommen kannst, du weißt nicht, wer dir helfen kann – dann komm zu Strubinski, der kann dir helfen, ganz gleich, um was es geht*. Und, helf ich dir etwa nicht?“
Steinhauser wusste im ersten Augenblick nicht, was er sagen sollte. Dass Strubinski nicht kriminell im Sinne von richtig kriminell war, das wusste er auch. Er war höchstens ein harmloser Kleinkrimineller, der keinem wehtut. „Seit wann hast du denn ein Motto?“, fragte er stattdessen.
„Das ist ganz neu“, gestand er stolz. „Es soll helfen meine Internetseite ansprechender zu machen. Und aktuell läuft die ganz gut. Hast ja die Pakete gesehen, die weg müssen.“
Steinhauser beschloss, nicht weiter auf Strubinskis Geschäftspraktiken einzugehen und kam zurück zum Thema. „So einen Ausweis kann man nicht einfach mal so fälschen“, stellte Steinhauser klar. „Und warum sitzen wir hier überhaupt mit Maske und Papiertüte, wenn du ihm dann ein Bild von dir schick willst? Oder willst du ihm ein Bild von Donald Duck schick?“
„Ich schick dem doch kein Bild von mir … zumindest nicht so, wie ich normal ausseh“, sagte Strubinski und reichte ihm ein Foto. „Ich hab da schon mal was vorbereitet.“
Steinhauser betrachtete es ausgiebig. Nach einer Weile gab er es kopfschüttelnd zurück. „Du hast sie nicht mehr alle. Das wird doch nie was.“
„Sei doch nicht so misstrauisch. Die Sonja hat sich alle Mühe gegeben, um mich zu schminken“, hielt Strubinski dagegen.
„Deswegen bist du auch ausnahmsweise mal rasiert“, fiel Steinhauser erst jetzt auf. Denn Strubinski kam meist mit einem Dreitagebart daher, den er bei seinem spärlichen Bartwuchs wochenlang züchten musste, damit er wie ein Dreitagebart aussah.
Strubinski winkte ab. „Setz dir lieber deine Tüte auf, der Regler kann sich jeden Augenblick wieder melden.“
In diesem Moment erschien der Regler wieder auf dem Bildschirm. Steinhauser zog sich schnell die Tüte über den Kopf und setzte sich neben Strubinski.
„Morgen Abend hast du den Ausweis“, sagte der Regler. „So ab 19:00 Uhr kannst du die Ware abholen. Aber das wird nicht billig.“
„Wie viel?“, fragte Strubinski.

„Das überlege ich mir noch. Schick mir die Daten“, dann wurde der Bildschirm wieder schwarz.
Nach dieser Begegnung der dritten Art zog sich Steinhauser wieder um.
„Wenn ich dich jetzt frage, was du sonst so an den Regler zahlst, dann bekomme ich bestimmt keine Antwort, oder?“
„Ach was, der will nix besonderes“, winkte Strubinski ab. „Hier und da einen kleinen Gefallen. Mehr nicht.“
„So, so, hier und da einen kleinen Gefallen“, wiederholte Steinhauser, sparte sich aber jeden weiteren Kommentar. Zum Glück arbeitete die Mafia nicht mit diesen Methoden. Das Rad des Wahnsinns war angestoßen, jetzt galt es die Ruhe zu bewahren und dafür zu sorgen, dass es in der Spur blieb.
Bevor Steinhauser nach Hause fuhr, schaute er noch einmal kurz bei seinen Eltern vorbei. Praktischerweise stand dort gerade das Abendessen auf dem Tisch. Hildegard freute sich, dass ihr Sohn vorbeischaute. Rudolf hielt sich wie gewohnt zurück. Nach all dem Stress tat ein leckeres Abendessen seiner Seele gut. Zunächst wurde Steinhauser von seiner Mutter über den aktuellen Dorfklatsch informiert, dann über die beiden Leichen ausgequetscht, die am Hexentanzplatz und am Hexenstein gefunden worden waren. Seine Mutter fand es zwar unmöglich, dass er ihr nichts darüber erzählen wollte, musste sich aber damit abfinden. Rudolf sagte nichts, er wollte nur seine Ruhe haben.

Endlich zu Hause, machte Steinhauser erst mal einen ausgiebigen Spaziergang mit Jacky. Dabei stellte er fest, dass die Beagle-Dame tatsächlich mehr rollte als ging. Es gab keinen Zweifel, die Jacky musste irgendwie auf Diät gesetzt werden. Joghurt und Salzstängchen hatte er zwar mittlerweile von der Speisekarte gestrichen, aber das reichte bei Weitem nicht. Wenn das so weiterging, war es nur eine Frage der Zeit, bis sie einem Herzinfarkt zum Opfer fiel.
Nach der Runde stürzte Jacky hechelnd an ihren Wassernapf und schlabberte ihn wie wild leer. Steinhauser schnappte sich seinen Laptop und gab als Suchbegriff *Übergewichtige Hunde* ein. Zu seiner Überraschung kamen sofort zahllose Seiten. Er klickte gleich die erste an und fand sich auf einer Seite für Diätfutter, Ernährungspläne und jede Menge Informationen rund um des Menschen liebsten Freund wieder. Er war überrascht, dass man hier sogar den BMI für den Hund errechnen lassen

konnte. Was es nicht alles gibt. Steinhauser füllte gleich mal alle Felder nach bestem Wissen und Gewissen aus. Nur das aktuelle Gewicht von Jacky fehlte ihm noch. Er zerrte die Beagle-Dame ins Bad, nahm sie auf den Arm und wog sich mit ihr zusammen. „Mann, bist du schwer“, meinte er. Anschließend wog er sich ohne Hund, errechnete ihr Gewicht und tippte es in die Tabelle ein. Dann klickte er auf den Button *BMI berechnen.* Das Ergebnis überraschte ihn nicht wirklich. Jacky war zu fett. Gut, so viel war ihm auch schon ohne den Rechner klar gewesen. Eine Tabelle über das Idealgewicht eines Beagles bestätigte das Ergebnis noch einmal. Das lag irgendwo zwischen 17 und 22 Kilogramm, je nach Geschlecht, Rasse und Größe. Steinhauser betrachtete seinen Hund, der es sich gerade in seinem Körbchen bequem machte. „Du darfst maximal zwanzig Kilo wiegen, da bist du aber weit drüber“, sagte er zu ihr, was Jacky aber herzlich wenig interessierte. Er las gleich mal etwas über Diätpläne und Diätfutter. Nachdem sich Steinhauser lange und intensiv mit übergewichtigen Hunden und Abhilfemaßnahmen beschäftigt hatte, beschloss er dieses Wunder-Diätfutter zu bestellen. Als er allerdings den Preis sah, musste er schlucken. „Ach du Scheiße, das ist ja teurer als beim Peller, dem Mittelsinner Dorfmetzger, dem alten Wucherer“, meinte er erschrocken und errechnete zur Sicherheit noch einmal den Kilopreis. „Sind die noch ganz dicht? Da kann ich ja gleich dieses Kobe-Rind aus Japan kaufen. Nein, das Zeug kommt mir nicht ins Haus. So weit kommt´s noch, dass das Futter für meinen Hund teurer ist als das, was ich selber esse. Da muss es eine andere Lösung geben.“ Er machte den Laptop wieder aus und ging erst mal duschen. Dabei ging er noch einmal seine Optionen durch, um Jackys Gewicht zu reduzieren und überlegte sich seinen eigenen Diät-Plan. Im Grunde war es ganz einfach. Steinhauser beschloss einfach die Futtermenge zu halbieren und die Leckerlis wegzulassen. Denn die Leckerlis waren, laut dieser Internetseite, einer der Hauptgründe für das Übergewicht von Hunden. Seine Maßnahme war in jedem Fall deutlich günstiger als dieses völlig überteuerte Hundefutter.

Endlich im Bett, freute er sich schon auf neue Bilder und Nachrichten von Stefanie. Was er da allerdings zu sehen und zu lesen bekam, erfreute ihn weniger. Stefanie hatte ihm ein Bild geschickt, auf dem er sich gerade an den Brüsten von Franziska Fink festkrallte. Der dazugehörige Text ließ erahnen, dass die Aktion bei ihr auf wenig Begeisterung gestoßen war. Er wollte sie sofort anrufen, um dieses peinliche Missgeschick zu klären, aber sie ging nicht ans Telefon. Ebensowenig konnte er Strubinski erreichen, der zweifellos für dieses Bild verantwortlich gewesen war. Gefrustet zog er die Decke über den Kopf und wollte nur noch schlafen. Strubinski würde er sich morgen vorknöpfen. Der Tag hatte beschissen begonnen und noch beschissener geendet. Aber einen Vorteil hatte es ja: Wenn man ganz unten war, konnte es nur noch aufwärts gehen.

Kapitel 9

Gleich nach dem Aufstehen versuchte er noch einmal, Stefanie zu erreichen. Allerdings erfolglos. Also warf er sich in seine Uniform und machte sich auf den Weg zu seinem Schwager. Jacky war auch bereits wach und trottete in den Garten, um ihr Geschäft zu erledigen. In der Praxis, die sich im Anbau des Wohnhauses befand, brannte schon Licht. Um seiner Schwester aus dem Weg zu gehen, benutzte er den Hintereingang. Leider lief er ihr direkt in die Arme.

„Hannes, dich hab ich ja schon lange nicht mehr gesehen", sagte Monika spitz und war sichtlich verwundert, ihrem Bruder hier zu begegnen. Sie war gerade dabei, Karteikarten am Empfang zu sortieren und zurechtzulegen. „Was machst du denn hier … um diese Zeit? Bist du schon im Dienst?"

„Ja, irgendwie schon. Ich muss mal kurz zum Klaus", sagte er und wollte schnell an ihr vorübergehen.

„Ach, ist es wegen der zwei Leichen, die ihr gefunden habt? Brauchst du den Rat von Klaus? Habt ihr schon einen Verdächtigen? Wisst ihr schon, wer es war? Du könntest uns ruhig mal über den Stand deiner Ermittlungen informieren und deinem Patenkind könntest du nach seinem traumatischen Erlebnis auch mal einen Besuch abstatten. Und wie kommst du überhaupt dazu, dem Torben solchen Unsinn in den Kopf zu setzen?", sprudelte es aus Monika heraus.

Steinhauser musste die Flut an Fragen erst einmal sortieren. „Was denn für einen Unsinn?", wollte er genervt wissen und bezog sich lieber mal auf die Frage, die nichts mit den Ermittlungen zu tun hatte.

„Na, den mit der Kripo. Der Torben will seit neuestem zur Kripo, wie sein Patenonkel Johannes", sagte sie vorwurfsvoll.

Steinhauser winkte ab. Noch immer wusste niemand, dass er niemals bei der Kripo gearbeitet hatte. Und das sollte auch so bleiben. „Ach Monika, heute will er zur Polizei, morgen zur Feuerwehr und wenn er beim Vodder in der Backstube ist, will er Bäcker werden. Ich muss dann mal zum Klaus."

„Und warum?", hakte sie nach.

Steinhauser war jetzt gar nicht darauf vorbereitet, sich zu dieser frühen Stunde mit seiner geschwätzigen und hartnäckigen Schwester herum-

zuschlagen. Aber irgendetwas musste er ihr sagen, sonst würde sie ihn nicht in Ruhe lassen. „Wir haben einen Verdacht, aber noch fehlen uns die Beweise“, sagte er deshalb.
„Und um eure Beweise zu festigen, brauchst du Klaus, stimmt´s?“, schlussfolgerte sie.
„Ja, so in etwa“, sagte Steinhauser und ließ sie stehen. Zum Glück verfolgte sie ihn nicht. Klaus war gerade dabei, in einem seiner Untersuchungszimmer den PC hochzufahren. Steinhauser trat ein und zog die Tür hinter sich zu.
„Hannes, was machst du denn hier?“ Sein Schwager war ebenfalls überrascht, ihn zu sehen. „Bist du krank?“
„Nein, bin ich nicht. Ja … doch … irgendwie aber schon.“
„Was jetzt? Bist du krank oder bist du es nicht?“
Steinhauser überlegte, wie er Klaus sein Vorhaben näherbringen sollte, und beschloss direkt und ehrlich zu sein. „Ich brauch eine Krankmeldung.“
„Also, bist du doch krank?“
„Nein, ich hab nur im Augenblick keine Zeit zur Arbeit zu gehen“, sagte er.
Klaus schaute ihn verwundert an. „Wieso hast du keine Zeit zur Arbeit zu gehen? Was hast du denn schon wieder vor? Bestimmt nichts Legales.“
Zu blöd, dass ihn sein Schwager immer so schnell durchschaute. „Das kann ich dir jetzt nicht erklären. Also, schreibst du mich jetzt krank oder nicht?“
Klaus legte eine Mappe zur Seite, kam auf ihn zu, holte eine kleine Taschenlampe aus seinem Arztkittel und leuchtete ihm in die Augen.
„Ey, was soll denn das?“
„Nein, ich schreibe dich nicht krank“, sagte Klaus. „Siehst gesund aus.“
„Mensch Klaus, ich brauch aber eine Krankmeldung. Am besten für die nächsten paar Wochen.“
„Hast du sie noch alle?“ Sein Schwager war, wie er es erwartet hatte, nicht besonders begeistert. „Ich muss doch wissen, weswegen ich dich krankschreiben soll.“
„Ist doch egal, schreib halt irgendwas rein. Das juckt doch niemanden.“
„Nein, das mach ich nicht!“, blieb Klaus hart, als plötzlich das Handy von Steinhauser klingelte. Es war Strubinski.
„Fred? Was ist?“, fragte er genervt.
„Mach mal einer die Tür auf, ich steh vor der Praxis“, sagte Strubinski.
„Der Fred steht vor der Tür und will rein“, sagte Steinhauser zu Klaus. Der

verzog verwirrt das Gesicht, dann ging er und ließ ihn herein.
„Brauchst du auch eine Krankmeldung?“, fragte Klaus.
„Blödsinn!“, meinte Strubinski. „Ich bin selbständig! Wem soll ich die denn geben? Der Sonja?“
„Und warum bist du dann hier?“, wollte Klaus wissen.
Strubinski ignorierte die Frage und wandte sich stattdessen an Steinhauser. „Als du heute aufgestanden bist, hab ich mich gleich ins Auto gesetzt und bin hergefahren. Ich hab mir nämlich schon gedacht, dass du nicht mal fähig bist, deinem Schwager eine Krankmeldung aus den Rippen zu leiern.“
„Woher weiß denn der Fred, wann du aufgestanden bist?“ Klaus war etwas verwirrt.
„Das ist kompliziert und jetzt völlig egal“, sagte Steinhauser.
„Ja, da muss ich dem Hannes ausnahmsweise mal recht geben, das spielt jetzt echt keine Rolle“, übernahm Strubinski wieder das Wort und wandte sich an Klaus. „Der Hannes wurde von den Mordermittlungen ausgeschlossen, weil er … weil er … weil er sich halt nicht benehmen konnte.“
„Er konnte sich nicht benehmen?“ Klaus schaute seinen Schwager fragend an.
„Ja, konnte er nicht“, ergriff Strubinski erneut das Wort. „Aber das ist auch egal. Was aber nicht egal ist: Der Hannes hat eine verdammt heiße Spur“, log Strubinski. „Die Spur ist so heiß, dass der Hannes die unbedingt verfolgen muss. Blöderweise glaubt ihm keine Sau, was wiederum mit seinem nicht optimalen Benehmen zu tun hat … was wiederum jetzt völlig egal ist. Stattdessen wurde er aus dem Sinngrund abgezogen, nach Gemünden beordert und soll dann versetzt werden. Irgendwohin in den Osten. Deshalb braucht der Hannes eine Krankmeldung, damit er weiter dieser Spur nachgehen kann. Wenn er den Fall löst, kann er schlecht versetzt werden. Aber dafür braucht er Zeit.“
Klaus schaute skeptisch, warf Steinhauser einen langen Blick zu und sortierte Strubinskis Flut von Informationen erst einmal. „Dann hast du dich aber ganz schön daneben benommen, was?“
„Ansichtssache“, winkte Steinhauser ab und wirkte etwas niedergeschlagen. „Aber was der Fred sagt, stimmt. Mein Chef, der Rappert, diese Fink und der Tagweih, das arrogante Arschloch, haben das ausgeknobelt, um mich loszuwerden. Den Rappert stört das doch schon von Anfang an, dass ich nach Burgsinn versetzt wurde. Da machen die halt

aus jeder noch so kleinen Kleinigkeit ein Riesending. Mobbing halt."
„Dieser Tagweih, das ist doch der Arschloch-Kommissar aus Würzburg, der mich so abfällig als *„Hausarzt"* bezeichnet hat, oder?", erinnerte sich Klaus an ihre Begegnung im Wald und malte mit seinen Fingern zwei Gänsefüßchen in die Luft.
„Ja, genau der ist das", bestätigte Steinhauser.
„Alles klar, jetzt versteh ich. Sag das doch gleich. Wie lange soll die Krankmeldung gehen?"
„Äh … tja, wie lange geht denn?", fragte Steinhauser vorsichtig.
„Mach mal drei Wochen", mischte sich Strubinski ein. „Verlängern können wir immer noch."
„Und welche Diagnose soll´s denn sein?", fragte Klaus weiter.
„Mach halt was mit Burnout oder so. Das geht immer", schlug Strubinski vor. „Schließlich ist der Hannes ja durch den ganzen Stress auch psychisch total angeschlagen. Guck ihn dir doch mal an. Der ist total fertig mit der Welt."
Klaus schaute zu Steinhauser, der zuckte nur mit den Schultern. „Aber sag bitte nix der Monika."
„Ich werd mich bemühen, aber du weißt … deine Schwester kann sehr nagend sein."
„Gib einfach dein Bestes", warf Strubinski ungeduldig dazwischen.
Eine Minute später verließen Steinhauser und Strubinski mit der gewünschten Krankmeldung die Praxis.

„Und, wie hab ich das wieder hingekriegt?", freute sich Strubinski. „Was würdest du nur ohne mich machen?"
Sie gingen zurück in Steinhausers Einliegerwohnung, wo dieser erst mal Kaffee machte. Jacky hatte in der Zwischenzeit ihr Morgengeschäft im Garten seiner Gastgeberfamilie erledigt und bekam zur Belohnung eine halbe Dose Hundefutter. Das war der Startschuss für die anstehende Diät. Jacky betrachtete etwas verwundert den kleinen Haufen Futter und schlang ihn gierig hinunter. Anschließend hockte sie sich erwartungsvoll neben Steinhauser.
„Apropos, ohne dich." Steinhauser fiel das Bild von ihm und der Fink wieder ein. „Wie kommst du überhaupt auf die bescheuerte Idee, der Stefanie das Foto zu schicken, wo ich der Fink an die Möpse tatsch?"
„Hä, wieso der Stefanie?", wunderte sich Strubinski. „Ich hab das Foto nur

dem Sepp geschickt.“
„Wie kommt es denn, dass mir ausgerechnet die Stefanie genau dieses Foto schickt und ich sie seitdem nicht mehr erreichen kann?“, wollte Steinhauser wissen. Er musste sich zusammenreißen, dass er nicht laut wurde.
„Das kann doch gar nicht sein“, meinte Strubinski und holte sein Handy hervor. Er wischte ein paar Mal über den Bildschirm, dann gab er ein verdächtiges „uuuups“ von sich und schaute verlegen zu Steinhauser.
„Was ist?“, wollte Steinhauser sofort wissen.
„Die Stefanie steht in meinem Telefonbuch gleich neben dem Sepp, sorry“, gab er kleinlaut von sich. Mehr musste er nicht sagen. Steinhauser schob ihm eine Tasse Kaffee hin. „Das eine sag ich dir ...“, er drohte ihm mit ausgestrecktem Zeigefinger. „„... das biegst du wieder gerade! Sonst hast du ein echtes Problem! Da hilft dir auch kein Regler!“
Strubinski biss sich verlegen auf die Unterlippe. „Im Suff sollte man halt keine Nachrichten verschicken. Aber ich versprech dir, ich regel das. Ehrenwort!“
„Auf dein Ehrenwort kann ich verzichten. Hauptsache, du biegst das wieder gerade“, meinte Steinhauser angefressen und holte noch Brot und etwas zu Essen aus dem Kühlschrank.
„Wieso trägst du eigentlich deine Uniform, wenn du krankgeschrieben bist?“, fragte Strubinski, nachdem sie eine Weile schweigend gefrühstückt hatten.
„Ich muss doch was anziehen“, meinte Steinhauser.
„Aber doch nicht deine Uniform.“
„Fred, ich bin´s halt so gewohnt“, sagte Steinhauser genervt. Es gab jetzt wahrlich wichtigeres, als über seine Kleiderwahl zu diskutieren. „Und außerdem weiß man nie, wozu die gut ist.“
„Da hast du auch wieder recht“, stimmte Strubinski zu.
Jacky hockte immer noch neben Steinhauser und starrte ihn an.
„Ich glaub, dein Hund will was von dir“, meinte Strubinski.
„Ja, ich weiß, aber die ist zu fett und macht deshalb F-D-H.“
„Was macht die?“
„Diät! F-D-H. Friss die Hälfte. Noch nie gehört?“
„Äh, … doch schon. Ich wusste gar nicht, dass das Hunde auch machen.“
„Bis gestern wusste ich das auch nicht.“ Steinhauser kramte sein Diensthandy hervor. „Acht Anrufe von meinem geliebten Chef“, sagte er und schaute auf die Uhr. „Ist doch erst kurz nach acht. Ich ruf den jetzt erst zurück und meld mich ab.“

„Steinhauser, wo bleiben Sie denn? Wir warten auf Sie!“, krakelte der Dienststellenleiter aufgebracht ins Telefon.
Steinhauser wartete einen Moment, dann antwortete er ruhig. „Herr Rappert, ich muss Ihnen leider mitteilen, dass ich die nächsten Wochen aus gesundheitlichen Gründen nicht in der Lage bin, meinen Dienst anzutreten.“
„Was können Sie nicht?“ Sein Chef war verwirrt.
„Ich kann nicht arbeiten. Ich bin krankgeschrieben“, fasste Steinhauser noch einmal kurz und verständlich zusammen.
„Was soll denn der Blödsinn?“, regte sich Rappert auf. „Sie kommen gefälligst sofort nach Gemünden!“
„Tut mir leid, ich bin derzeit weder körperlich noch geistig in der Lage, meiner Arbeit als Polizeibeamter nachzugehen“, sagte Steinhauser in ruhigem, fast stoischem Tonfall. „Die Geschehnisse der letzten Tage haben mich aus dem Gleichgewicht gebracht.“
„Was denn für ein Gleichgewicht?“ Rappert verstand jetzt gar nichts mehr.
„Sobald ich wieder in der Lage bin, meinen Dienst aufzunehmen, melde ich mich. Die Krankmeldung schick ich mit der Post“, waren Steinhausers letzte Worte, dann beendete er das Telefonat. „So, das wär erledigt“, sagte er zu Strubinski und meldete sich im Anschluss auch noch auf dem Rathaus ab. Frau Schäflein bedauerte dies sehr und der Bürgermeister regte sich tierisch auf. Egal, Hauptsache, er hatte erst mal seine Ruhe.
„Und jetzt?“, fragte Strubinski.
„Jetzt warten wir, bis du diesen ominösen BKA-Ausweis hast und dann fahren wir morgen zur Schruntz“, meinte Steinhauser.
„Und was machen wir da?“
„Was heißt hier wir? Ich kann da nicht mit rein, zu der Schruntz. Ich bin krankgeschrieben, schon vergessen? Du musst die Windkraft-Tussi allein verhören.“
Strubinski schwieg. Nach einer Weile lehnte er sich lässig auf seinem Stuhl zurück. „Kein Problem, das krieg ich hin.“
So langsam bekam es Steinhauser mit der Angst zu tun. Deshalb ging er mit Strubinski den ganzen Tag die Fragen durch, die er Sybille Schruntz stellen sollte. Und eine Art Verhaltenstraining machten sie auch. Mit Rollenspielen, die Steinhauser noch von der Polizeischule kannte, trainierten sie das Verhör. Im Laufe des Nachmittags wurde Steinhausers Angst noch größer. Da nutzte es auch nichts, dass er Strubinski immer wieder darauf hinwies, dass sie hier nicht beim Film, sondern in der

Realität waren. Aber jetzt gab es kein Zurück mehr. Er schickte Strubinski noch die Bilder des erhängten Ringelfelder auf dessen Handy, damit er die Managerin mit dem zweiten Mord konfrontieren konnte.

Strubinski war begeistert von ihrem Vorhaben. „Mensch Hannes, dass du dich von der Kripo in den Sinngrund hast versetzen lassen, das kann ich nicht verstehen. Du bist voll der Verhörexperte, du hast voll die Ahnung, mit Psychologie und so. Das ist echt der Hammer, was du alles so drauf hast. Ich kann gar nicht verstehen, wie die bei der Kripo auf dich verzichten können. Kein Wunder, dass die ständig im Dunkeln tappen, wenn die ihre besten Männer abgeben."

Steinhauser verdrehte die Augen. Von Experte konnte bei ihm nun wahrlich keine Rede sein. Zum Glück war Strubinski leicht zu beeindrucken und seine Illusionen wollte er ihm jetzt auch nicht nehmen. Stattdessen holte Steinhauser erst mal zwei Bier und stieß mit ihm an. Draußen wurde es mittlerweile schon wieder dunkel. Vielleicht war es doch langsam mal an der Zeit, seinen Freunden und seiner Familie reinen Wein einzuschenken und zu gestehen, dass er noch nie bei der Kripo gearbeitet hatte. Dabei beobachtete er Strubinski, wie er sich vor den Spiegel im Wohnzimmer stellte, seltsame Grimassen schnitt und Posen übte.

„Ich glaub, ich bin für den Job wie geboren", meinte Strubinski voller Überzeugung. „Kann ich deine Knarre haben?"

Steinhauser verschluckte sich, dass er husten musste. Nein, auf keinen Fall konnte er irgendjemandem reinen Wein einschenken und Strubinski schon gar nicht. „Fred, du bist weder für den Job wie geboren, noch geb ich dir meine Waffe."

„Schade. War ja nur eine Frage."

„Ich hab Hunger", meinte Steinhauser mit Blick auf die Uhr. „Fahr doch mal zur Henni in den Imbiss und hol was zum Futtern. Bis du den Ausweis holen kannst, dauert es noch. Ich dreh derweilen mit der Jacky eine kleine Runde."

„Warum ich?", beschwerte sich Strubinski.

„Weil du der Polizei-Azubi bist."

Strubinski zeigte auf Jacky. „Ich glaub, dein Hundilein hat immer noch Kohldampf. Die sitzt schon die ganze Zeit vor ihrem leeren Napf und schaut dich an."

„Die Jacky ist auf Diät", meinte Steinhauser.

„Weiß die Jacky eigentlich, dass sie auf Diät ist?"

„Das merkt die schon. Und jetzt zisch ab, hol was zum Futtern."
Während Strubinski die Burgsinner holte, drehte Steinhauser eine kurze Runde mit Jacky. Im Anschluss bekam sie die andere halbe Dose Hundefutter, während die beiden Männer sechs Burgsinner verputzten. So schnell konnten die zwei gar nicht schauen, da war der Napf auch schon wieder leer.
„Zwanzig mal kauen!", meinte Steinhauser. „Dann hast du auch länger was davon!" Jacky schaute, wie ein Beagle eben schaut, wenn er hungrig war und es ihm scheißegal war, was man ihm sagt. Er verstand es ohnehin nicht. Bis kurz vor 19:00 Uhr gingen sie dann zur Sicherheit noch mal die geplante Befragung durch.
„Wo holst´n du den Ausweis jetzt überhaupt ab?", wollte Steinhauser wissen.
„In Gemünden.", meinte Strubinski.
„Und wo?", er wollte es genauer wissen.
„Mensch Hannes, das ist doch jetzt egal!"
„Ne, ich will das jetzt wissen, oder ich fahr dir hinterher."
„Ich kann dir das nicht sagen."
„Ich will´s aber wissen. Ansonsten fällt die Befragung aus!"
Das wollte Strubinski jetzt auch nicht und das wusste Steinhauser. „Ich kann dir, einem Bullen, doch nicht sagen, wo ich meine … speziellen Lieferungen abhole. Das siehst du doch ein, oder?"
Steinhauser gab keine Antwort, sah ihn nur fordernd an.
„Och Mann", stieß Strubinski aus. „In Gemünden, da gibt es einen Laden ...", begann er zögerlich und überlegte genau, was er sagen konnte. Er wollte weder seinen Freund Steinhauser, noch seinen Kontaktmann verärgern. „In diesem Laden gibt es ein Hinterzimmer mit Briefkästen … etwas größeren Briefkästen. Jeder, der da einen Briefkasten … angemietet hat, bekommt auch einen Schlüssel zu diesem Hinterzimmer. Und der Regler ist ebenfalls im Besitz eines Schlüssels zu diesem Raum und den Briefkästen darin … verstanden?"
„Aha", meinte Steinhauser nachdenklich. „Das klingt mir etwas nach ... organisierter Kriminalität."
„Also Hannes ...", regte sich Strubinski auf. „Ich bin doch nicht kriminell!"
„Da bin ich mir mittlerweile nicht mehr so sicher. Und was ist das für ein Laden?"
„Ein Laden halt. Jetzt laber mich nicht voll", beschwerte sich Strubinski.

„Ich muss schließlich auch seh, wo ich bleib … Großkonzerne und so. Und der Regler unterstützt halt den angeschlagenen Einzelhandel etwas. Man muss sich ja irgendwie gegen diese Internetriesen wehren, oder etwa nicht?“
Steinhauser winkte ab. „Hau ab. Ich will echt nicht wiss, was du alles so treibst. Wahrscheinlich steh ich eh schon mit einem Bein im Knast, nur weil ich dich kenn.“
Strubinski verschwand und Steinhauser ging duschen. Eine Stunde später war er wieder zurück.
„Zeig mal her, das Ding“, verlangte Steinhauser.
Strubinski reichte ihm den Ausweis. Steinhauser betrachtete ihn und schüttelte verzweifelt den Kopf.
„Das sieht ja ein Blinder, dass der gefälscht ist“, meinte er und gönnte sich auf den Schock hin erst mal einen kräftigen Schluck Bier.
„Ach was, das meinst du nur“, winkte Strubinski ab. „Das ist nur, weil du vom Fach bist.“
„Fred, um zu erkennen, dass dieser Ausweis gefälscht ist, muss man nicht vom Fach sein. Der sieht aus, wie … wie … wie aus einem Spielzeugladen.“
„Bleib mal locker, die Schruntz hat doch garantiert noch nie so einen Ausweis gesehen. Außerdem ist ein professionelles, souveränes Auftreten viel wichtiger als ein Ausweis.“
„Ja, genau: Professionell!“, wiederholte Steinhauser. „An dem Ausweis und an dir ist gar nix professionell. Was ist das überhaupt für ein bescheuerter Name, den du dir da ausgesucht hast?“
„Wieso bescheuert? Der ist super. Immer noch besser als Max Mustermann.“
„Und das Foto! Fred, was ist denn das für ein Foto?“
„Wieso? Das hat die Sonja gemacht. Und geschminkt hat sie mich auch“, sagte Strubinski stolz.
„Du siehst aus wie ein Pornodarsteller aus den Achtzigern.“
„Echt? Du kennst Pornos aus den Achtzigern?“ Strubinski nahm Steinhauser den Ausweis wieder weg und betrachtete sein Bild. „Hmh … wenn dem so ist, dann sahen die Pornostars aus den Achtzigern echt verdammt gut aus.“

Kapitel 10

Am nächsten Morgen wurde Steinhauser durch ein lautes, metallisches Klappern aus dem Schlaf gerissen. Er schaute auf sein Handy und stellte verärgert fest, dass es gerade mal halb sieben war. Woher das Geräusch kam, war ihm sofort klar.
„Jacky!“, schrie er lauthals und das Klappern hörte tatsächlich auf. Aber nur kurz, dann ging es weiter. Steinhauser sprang aus dem Bett und riss seine Schlafzimmertür wütend auf. Jacky schaute kurz zu ihm auf, dann schubste sie ihren Edelstahlnapf weiter unbeirrt durch das Wohnzimmer.
„Ja, ja, ich hab´s ja kapiert!“, schimpfte Steinhauser und schnappte sich den Napf. Er blieb aber hart und gab ihr nur eine halbe Dose Futter. Die war natürlich schneller weggeputzt, als er schauen konnte. Als Jacky erneut anfing, ihren Napf durch das Wohnzimmer zu schubsen, nahm er ihn ihr weg. „Jetzt ist aber mal gut. Du darfst nicht mehr so viel fressen“, sagte er und wollte sie streicheln, doch Jacky trollte sich und verließ durch die Hundeklappe die Wohnung.
Da Steinhauser jetzt wach war, machte er sich erst mal einen Kaffee. Auf der Suche nach etwas Essbarem fand er nur ein paar trockene Scheiben Brot, die er im Kaffee aufweichte. Er musste unbedingt mal seinen Kühlschrank auffüllen.
„Ich komm jetzt“, sagte er halbwegs gestärkt zu seiner Jacke und machte sich auf den Weg zu Strubinski.

Gerade als Steinhauser bei Strubinski auf den Hof fuhr, verließ Sonja das Haus Richtung Bahnhof. Sie musste zur Schule. Ihr Vater kam hinterher. Beim Anblick von Strubinski blies Steinhauser die Backen auf und bekam große Augen. Sichtlich besorgt stieg er aus Stefanies Beetle aus. Es dauerte einen Moment, bis er Strubinskis Gesamt-Aussehen verdaut hatte. „Fred, wie siehst du denn aus?“
„Und du? Du hast ja schon wieder deine Uniform an“, stellte Strubinski fest.
„Ja, das wird auch in Zukunft so bleiben und ist immer noch besser als dein Aufzug“, hielt Steinhauser dagegen. In seiner gewohnten Polizeiausrüstung fühlte er sich unter den gegebenen Umständen am sichersten

und dass er krankgeschrieben war, sah man ihm ja schließlich nicht an.
Strubinski strahlte bis über beide Ohren und drehte sich einmal um die eigene Achse, um sein Outfit zu präsentieren. „Wieso, ist mit meinem Dress was nicht in Ordnung? Die Sonja hat sich ganz viel Mühe gegeben."
„Das glaub ich dir gerne, aber … ich weiß auch nicht ...", Steinhauser suchte nach den richtigen Worten. Verärgern wollte er seinen Freund auch nicht. „Deine Haare, der Pornobalken im Gesicht … Fred, bist du sicher, dass das eine gute Idee ist?"
„Klar bin ich das", sagte Strubinski voller Überzeugung. „Ist doch der Hammer, oder? Sieht kein Mensch, dass der Schnauzer unecht ist und was ein wenig Gel alles so ausmachen kann, wenn man es richtig verteilt."
Steinhauser musterte ihn nachdenklich. Strubinski hatte sich vermutlich eine halbe Tube Gel in die Haare geschmiert und diese dann zu einem Pferdeschwanz gebunden. „Hmh, ... naja, … irgendwie sieht man das schon, dass der Schnauzer angeklebt ist", sagte er vorsichtig und ihm kamen sofort wieder die Pornostars aus den Achtzigern in den Kopf.
„Ach du wieder", winkte Strubinski lässig ab. „Das ist nur, weil du weißt, dass der Schnauzer falsch ist. Sei doch nicht so negativ."
„Und was ist das für ein Anzug? Und was ist das für eine Farbe?", wechselte Steinhauser das Thema.
„Der ist cool, oder?", strahlte Strubinski und drehte sich erneut um die eigene Achse. „Elegantes Hellblau mit dezenten, weißen Streifen."
Steinhauser war da anderer Meinung. „Fred, der ist … uralt. Hast du den im Secondhandladen gekauft oder auf dem Dachboden gefunden?"
„Ey, Hannes. Beleidige nicht meinen Anzug. Den müsstest du eigentlich noch kennen. So alt ist der nämlich noch gar nicht."
„Woher soll ich denn den Lumpen kennen?
Strubinski schaute ihn verständnislos an. „Na, das ist doch mein Hochzeitsanzug. Absolut zeitlos und passt immer noch wie angegossen. Du hast ja noch nicht mal einen Hochzeitsanzug."
Steinhauser überging diesen kleinen Seitenhieb. „Fred, ich weiß nicht, ich weiß nicht. Ob es wirklich so eine gute Idee ist, wenn du dich als Kommissar ausgibst? Vielleicht sollten wir die Aktion doch besser abblasen."
Strubinski sah das natürlich anders. „Papperlapapp, hier wird nix abgeblasen. Ich hab die letzten Tage rund um die Uhr an meiner Tarnung gefeilt. Bleib locker, das läuft."
„Ja, fragt sich nur, wohin das läuft. Darf ich erfahren, wie deine Tarnung

noch so aussieht … außer dem optisch etwas gewagten Auftritt?“
„Du bist so … so unentspannt. Chill mal und hab mal etwas mehr Vertrauen in deinen Partner. Ich mach das schon.“
Steinhauser rollte mit den Augen. Er war von Anfang an nicht sonderlich begeistert gewesen von der Aktion. Berechtigterweise, wenn er sich Strubinski so betrachtete. „Fred, versteh mich bitte nicht falsch, aber ich würd schon gern wissen, was mich erwartet, wenn wir, beziehungsweise du, bei der Schruntz in dem Aufzug einläufst.“
Strubinski klopfte seinem alten Schulfreund aufmunternd auf die Schultern. „Steig ein, ich hab alles im Griff. Ich habe doch den besten Lehrer“, meinte er mit einem Augenzwinkern und setzte sich in sein E-Auto.
Steinhauser tat, wie ihm befohlen wurde. „Was ist das?“, fragte er und deutete auf ein Smartphone, das auf dem Armaturenbrett befestigt war. Daneben hing ein kleiner Kopfhörer.
„Das ist dein Überwachungswerkzeug“, erklärte Strubinski stolz und entfernte die Wanze, die er an Steinhausers Jacke befestigt hatte. „Die nehm ich jetzt mal zu mir, dann kannst du hier im Auto mithören. Ich hab auch schon alles eingestellt. Du musst nur ...“, Strubinski wischte kurz über das Smartphone. „Du musst nur auf den kleinen Kopfhörer auf dem Display tippen, dann bist du bei dem Verhör quasi mittendrin statt nur dabei. Geil, oder? Und wenn du hier drückst ...“, Strubinski zeigte auf ein kleines Mikrofon, „... dann kannst du das Gespräch aufzeichnen. Ich habe bisher alle Gespräche aufgezeichnet und archiviert.“
„Befragung, Fred. Das ist kein Verhör, sondern eine Befragung“, korrigierte Steinhauser.
„Ja, wie du willst“, meinte Strubinski und fuhr los, Richtung Bad Brückenau.

Steinhauser wusste nicht, wann er das letzte Mal so nervös gewesen war. Wahrscheinlich noch nie. Strubinski hingegen machte einen auf coolen Kommissar. Mit lässigen, federnden Schritten verschwand er im Gebäude, in dem das Büro der Sinntal-Power-Windenergie war. Von jetzt an konnte er nur noch beten und mithören.
„Mein Name ist Bonderlich! Bernd Bonderlich! BKA!“, stellte sich Strubinski bei der Empfangsdame vor und schielte auf ihr Namensschild. Diese schaute ihn verwirrt an. „Frau Göres, ich muss auf der Stelle Frau

Schruntz sprechen."
„Äh … ja haben Sie denn einen Termin?"
Strubinski hielt ihr seinen Ausweis vor die Nase. „B-K-A! Ich brauche keinen Termin. Wo finde ich Frau Schruntz?" Strubinski ging einfach an ihr vorüber und deutete auf eine Tür. „Hier?"
„Sie können da nicht einfach …", wollte sich Frau Göres beschweren, doch Strubinski fiel ihr ins Wort.
„Doch, kann ich!", gab er knapp zurück und trat ein.
Mit dem Handy in der Hand saß Sybille Schruntz an ihrem Schreibtisch und telefonierte. Beim Anblick von Strubinski verstummte sie augenblicklich. Verwundert schaute sie ihn an, dann verabschiedete sie sich mit den Worten „Ich ruf zurück", von ihrem Gesprächspartner, legte ihr Telefon zur Seite und erhob sich. „Was soll das?", fragte sie energisch.
„Tut mir leid", rief Frau Göres von draußen und kam in das Büro gerannt. „Der ist hier einfach so reingestürmt. Ich konnte ihn nicht aufhalten. Wirklich!"
„Wer sind Sie überhaupt und was wollen Sie hier?", fragte die Managerin streng und kam sofort auf den Eindringling zugelaufen.
Strubinski blieb gelassen. Er betrachtete in aller Ruhe die billigen Plastikmöbel, die Plastikblumen und die Windradbilder an den Wänden. Dabei ging er langsam im Büro umher.
„Mein Name ist Bernd Bonderlich", stellte er sich vor. „B-K-A!", schob er noch hinterher.
Sybille Schruntz schaute verwirrt. „BKA?"
„Ja, BKA! Bundeskriminalamt", bestätigte Strubinski nicht ohne Stolz. „Ich hab da noch ein paar Fragen in Bezug auf die Ermordung von Herrn Schubberle."
Die Managerin musterte ihn skeptisch von oben bis unten, dann wandte sie sich an ihre Sekretärin. „Sie können dann gehen, alles in Ordnung."
Frau Göres nickte, verließ das Büro und schloss die Tür.
„Ihre Kollegen waren doch erst hier", sagte Sybille Schruntz genervt und nahm den Kommissar erneut in Augenschein.
Strubinski blieb gelassen. „Ja, das war die Kripo. Aber ich komme vom BKA. Der Fall Schubberle hat sich als komplizierter herausgestellt als zunächst vermutet. Da stoßen die Provinzkollegen aus Würzburg und Gelnhausen schnell mal an ihre Grenzen. Deshalb hat man mich zur Hilfe gerufen."
„Kompliziert?" Die Managerin verstand gar nichts.

„Ja, kompliziert. Aber wie kompliziert der Fall tatsächlich ist, das wird sich noch herausstellen."
Sybille Schruntz beobachtete, wie Strubinski immer noch langsam durch ihr Büro ging und alles genau inspizierte. Nur, wenn er mit ihr sprach, schaute er sie kurz an. Das hatte er mal bei einem Krimi mit Michael Douglas gesehen. Mit dieser Methode hatte der damals sein Gegenüber nervös gemacht und schließlich des Mordes überführt. Und genau so fühlte er sich jetzt. Cool wie Michael Douglas. Aber eigentlich war er ja eher ein James-Bond-Fan.
„Haben Sie auch einen Ausweis?" Die Managerin holte ihn aus seinen Gedanken in die Realität zurück.
Strubinski räusperte sich. „Selbstverständlich", meinte er und zeigte ihr seinen Ausweis. Doch ehe er sich versah, riss sie ihm diesen aus der Hand.
„Herr … ?", fragte sie, ganz so, als ob sie es nicht glauben konnte, dass jemand tatsächlich so heißen könnte.
„Genau! Mein Name ist Bernd Bonderlich", sagte Strubinski streng und nahm ihr den Ausweis gleich wieder ab. „Haben Sie mich vorhin nicht verstanden oder haben Sie ein Problem mit meinem Namen?"
„Nein … äh, entschuldigen Sie bitte, aber …", stammelte Sybille Schruntz verlegen.
„Ja, ja, sparen Sie sich Ihren Kommentar", schnitt ihr Strubinski scharf ins Wort. „Erstens: Es gibt keinen Witz über meinen Namen, den ich nicht schon kenne, und zweitens: Ich kann auch nichts dafür. Oder können Sie etwas für Ihren Namen? Frau Sybille Schruntz."
„Nein, … äh, entschuldigen Sie bitte", stammelte sie erneut, ließ sich aber nicht aus der Fassung bringen und blieb freundlich. „Und was kann ich für Sie tun, Herr Bonderlich?"
„Kennen Sie Gottfried Schubberle?"
„Ja, aber das wissen Sie doch sicher schon."
„Frau Schruntz …", meinte Strubinski und schaute die Managerin lange an, bevor er wieder das Wort ergriff. „Können wir uns darauf einigen … ich frage, Sie antworten, ohne Ihre Antwort großartig zu kommentieren."
Die Managerin schaute verärgert, aber dennoch schien sie gehörigen Respekt vor dem vermeintlichen BKA-Ermittler zu haben. Steinhauser saß derweilen im Auto und hätte in diesem Augenblick keinen Tropfen Blut gegeben, wenn man ihn angestochen hätte. Am liebsten wäre er ins Gebäude gestürmt und hätte Strubinski da rausgezogen. Aber das war ein Ding der Unmöglichkeit, wenn sie nicht auffliegen wollten. „Die Geister,

die ich rief", war alles, was Steinhauser in diesem Moment einfiel.
„Kennen Sie einen Moritz Ringelfelder?", fragte Strubinski weiter. Mittlerweile stand er hinter dem Schreibtisch und schaute sich beiläufig um. Auf dem Schreibtisch, neben einigen Ordnern und Zeitschriften, lag ihr Handy. Der übliche PC-Bildschirm und die dazugehörige Maus mit Tastatur standen in der Mitte, daneben einige Ablagefächer, die aber weitestgehend leer waren. Sybille Schruntz stand mitten im Raum.
„Nein", antwortete sie.
„Sind Sie sicher?", hakte Strubinski nach und schaute ihr jetzt direkt in die Augen. Sie war mehr als einen Kopf größer als er, „Denken Sie noch einmal genau nach!"
„Nein, diesen Namen habe ich noch nie gehört", wiederholte sie. „Wer soll denn das sein?"
„Die zweite Leiche und der Grund, weshalb das BKA, also meine Person, hinzuzogen wurde", sagte Strubinski gerade heraus.
Sybille Schruntz war sichtlich getroffen und setzte sich geschockt auf einen der Plastikstühle. Strubinski hatte nicht den Eindruck, dass sie ihm etwas vorspielte. „Tut mir leid, aber ich kenne diesen Mann wirklich nicht."
Strubinski schaute sie regungslos an und wartete, bevor er wieder das Wort ergriff. Er wollte es spannend machen. Michael Douglas in Hochform. „Moritz Ringelfelder war, wie Gottfried Schubberle, ein großer Gegner der Sinntal-Power-Windenergie und reger Teilnehmer zahlreicher Anti-Windkraft-Demos." Strubinski ging langsam zur Managerin und zeigte ihr mit seinem Handy einige Bilder vom hängenden Ringelfelder. Sybille Schruntz schaute angewidert zur Seite. „Das ist Moritz Ringelfelder! Beziehungsweise, das war Moritz Ringelfelder."
„Es tut mir leid, aber wie gesagt, ich habe diesen Mann noch nie gesehen", wiederholte sie kopfschüttelnd.
Strubinski wandte sich ab und ging wieder im Büro umher. „Gut, wie Sie meinen. Wenn Sie lügen sollten, dann krieg ich das sowieso raus."
„Ich lüge nicht!", beharrte die Managerin.
„Wie dem auch sei." Strubinski gab sich gelassen. „Ich bräuchte dann noch mal das Gutachten, welches Sie an die Kollegin geschickt hatten."
„Muss das denn sein? Ihre Kollegin hat doch schon alle Unterlagen."
„Ja, das muss! Ich brauch das Original!"
„Das Original?"
„Spreche ich undeutlich, Frau … Schruntz?", sagte Strubinski streng und

ließ keinen Zweifel aufkommen, wer hier der Chef im Ring war. Er ging jetzt voll in seiner Rolle auf. Für Steinhauser, der hilflos im Auto saß und bei jedem Wort, das er hörte, die Luft anhielt, ging der falsche Ermittler für seinen Geschmack mittlerweile etwas zu sehr in seiner Rolle auf. „Mit Kopien und Dateien, die per E-Mail verschickt werden, arbeiten wir vom BKA nicht. Mit manipulierbaren Unterlagen arbeiten nur Amateure. Oder haben Sie ein Problem damit?“
Sybille Schruntz schaute ihn entgeistert an. „Wie kommen Sie darauf, dass ich Ihrer Kollegin manipulierte Unterlagen zugesandt habe?“
„Habe ich mich nicht klar genug ausgedrückt? Ich brauch das Original und zwar jetzt!“, sagte Strubinski streng und ignorierte ihre Frage.
„Äh ... ich weiß gar nicht, ob ich das Original gerade hier habe“, stammelte die Managerin. „Dürfen Sie das überhaupt mitnehmen?“
Strubinski nutzte erneut die Macht der Stille. Als er wieder etwas sagte, schaute er sie mit leichtem Kopfschütteln an. „Frau Schruntz ...“, begann er und hielt erneut inne. „... versuchen Sie erst gar nicht, mich zu verarschen. Wo Sie hinwollen, da war ich schon dreimal. Und bilden Sie sich bloß nicht ein, Sie hätten es hier mit einem Amateur zu tun. Ich habe weder die Zeit noch die Lust auf irgendwelche Spielchen. Also, entweder Sie übergeben mir jetzt das Originalgutachten oder ich sorge dafür, dass hier in einer halben Stunde eine Hundertschaft Polizeibeamter antanzt und Ihren Laden in seine Einzelteile zerlegt. Hier geht es um Doppelmord. Da ist die Justiz nicht sonderlich zimperlich. Mal sehen, was wir dann noch so alles finden. Zudem bin ich nicht dafür bekannt, dass ich mit Verdächtigen während meiner Ermittlungen über meine Vorgehensweise diskutiere.“
Das hatte gesessen. Sybille Schruntz schaute ihn mit offenem Mund an und in dreißig Meter Luftlinie entfernt versank Steinhauser ungläubig im Autositz. Am liebsten wäre er davongefahren und hätte bis an sein Lebensende jede Bekanntschaft zu Strubinski geleugnet.
„Verdächtig? Bin ich etwa verdächtig?“, fragte die Managerin geschockt und mit brüchiger Stimme.
Strubinski genoss seine Überlegenheit und blieb seinem etwas herablassend-überheblichen Stil treu. „Jeder, der irgendwie in Kontakt zu den Opfern stand, ist für mich verdächtig, nur dass das klar ist!“, sagte er mit drohender Stimme. „Wenn Sie ein Problem damit haben, dann können Sie sich ja bei meinen Vorgesetzten beschweren. Sie sollten aber wissen ... ich habe eine Aufklärungsquote von 110%. Ich finde auch Dinge heraus, die gar nicht gesucht werden. Man nennt mich auch den Bluthund. Und

das ganz bestimmt nicht, weil ich für meine Einfühlsamkeit bekannt bin. Ich werde den Mörder von Herrn Schubberle und Herrn Ringelfelder finden und sollte in Ihrem Laden irgendetwas nicht mit rechten Dingen zugehen oder sollten Sie irgendetwas mit deren Ableben zu tun haben, dann werde ich auch das herausfinden. So sicher wie das Amen in der Kirche. Haben Sie mich verstanden?"

Verlegen und sichtlich eingeschüchtert vom knallharten Auftreten des vermeintlichen BKA-Beamten räusperte sich die Managerin. „Ja … also, ich … äh … natürlich werde ich Ihre Ermittlungen nach Kräften unterstützen. Ich habe schließlich nichts mit dem Tod der beiden Herren zu tun."

„Das werden wir ja sehen." Strubinski blieb streng.

Sybille Schruntz erhob sich und ging zum Schreibtisch. Strubinski folgte ihr. Während sie sich auf ihren Schreibtischstuhl setzte und nervös die Schubladen durchsuchte, beugte sich Strubinski weit über den Schreibtisch und beobachtete sie genau. Schließlich wühlte sie eine dicke Mappe hervor und reichte sie Strubinski. Der legte sie kurz auf dem Schreibtisch ab und las die Überschrift, dann stopfte er sie schnell und etwas umständlich unter das Jackett seines alten Hochzeitsanzuges.

„Vielen Dank, Frau Schruntz. Der Staat dankt Ihnen für Ihre Kooperationsbereitschaft", sagte er und verabschiedete sich. Sybille Schruntz schaute ihm ratlos hinterher.

„Hast du sie eigentlich noch alle?" war Steinhausers schroffe Begrüßung, als Strubinski wieder im Auto saß.

„Wieso? Was ist denn?"

„BKA! Da stoßen die Provinzkollegen an ihre Grenzen! Wenn Sie ein Problem damit haben, dann können Sie sich ja bei meinem Vorgesetzten beschweren", wiederholte Steinhauser nur einige seiner gewagten Äußerungen. „Konntest du nicht ein wenig … ein wenig … jedenfalls nicht so auftreten?", regte er sich auf.

Strubinski schaute ihn verständnislos an. „Was hast du denn für ein Problem? Hat doch prima geklappt. Wir haben das Gutachten und die Schruntz hat wegen meines resoluten und souveränen Auftretens bestimmt keinen Verdacht geschöpft."

„Was hättest du denn gemacht, wenn die tatsächlich deinen Vorgesetzten hätte sprechen wollen?"

„Dann hätt ich der einfach deine Nummer gegeben. Schließlich hast du ja

mitgehört“, hielt Strubinski dagegen. „Du wärst doch wohl in der Lage gewesen, der irgendwas zu erzählen, oder etwa nicht?“ Steinhauser gab einen lauten Seufzer von sich und lehnte sich kopfschüttelnd im Sitz zurück. „Guck mal, was ich da hab“, meinte Strubinski mit einem breiten Grinsen im Gesicht und hielt Steinhauser ein Handy unter die Nase. Der schaute ihn nur fragend an. „Gehört der Schruntz“, erklärte Strubinski.
„Jetzt hast du die auch noch beklaut!“, regte sich Steinhauser auf. „Was, wenn die dich anzeigt. Dann fliegen wir auf!“
„Du bist vielleicht ein Hosenscheißer“, winkte Strubinski ab. „Wenn wir weiterkommen wollen, müssen wir das Risiko erhöhen. Jetzt gibt's eh kein Zurück mehr.“
„Und was willst du jetzt mit dem Handy machen?“
„Knacken“, sagte Strubinski und fuhr los. „Mal seh´n, was da so alles drauf ist.“
Steinhauser sagte nichts, aber irgendwie hatte Strubinski recht. Wenn er, ausgerechnet er, der Chaos-Elektriker aus Mittelsinn mit einem gefälschten BKA-Ausweis mögliche Verdächtige befragte, dann kam es jetzt auch nicht mehr darauf an, wenn er ein Handy mitgehen ließ.

Zurück in Strubinskis Werkstatt entledigte er sich erst mal seiner Verkleidung und gab die Wanze an Steinhauser zurück, der sie wieder an seiner Uniform befestigte. Anschließend machte er sich daran, das Handy zu knacken. Er verband es mit seinem Laptop und ließ ein Programm darüber laufen.
„Das hab ich vom Regler“, meinte Strubinski stolz. „Hat damals auch geklappt, als ich den Laptop von der Uschi geknackt habe.“
„Dann bin ich mal gespannt, ob da was Brauchbares drauf ist“, sagte Steinhauser und widmete sich dem Gutachten.
„Irgendwie sieht die Schruntz doch komisch aus, oder findest du nicht?“, versuchte Strubinski ein Gespräch zu beginnen, während er angespannt auf den Bildschirm starrte. Doch Steinhauser ging nicht darauf ein, er räumte einen zugemüllten Hocker leer, setzte sich und blätterte interessiert in dem Gutachten.
Die beiden saßen eine Weile schweigend in der Werkstatt. Steinhauser war in das Gutachten vertieft und Strubinski ließ den Bildschirm nicht aus den Augen.
„Bin drin!“, rief er plötzlich und weckte Steinhausers Aufmerksamkeit.

Während Steinhauser über Strubinskis Schultern schaute, durchforstete dieser den Inhalt des Handys. „Da ist so gut wie nix drauf. Keine Bilder, keine Videos. Nix, außer zwei Nummern, allerdings ohne Namen“, stellte der Elektriker nach wenigen Minuten enttäuscht fest. „Da steht nur: CB und HL. Nicht sehr einfallsreich.“
„Das ist höchst verdächtig“, meinte Steinhauser.
„Echt? Meinst du?“
„Na klar ist das verdächtig. Wer hat denn nix auf seinem Handy, außer zwei Nummern, die er mit CB und HL bezeichnet?“
„Da hast du auch wieder recht“, stimmte Strubinski zu. „Du als alter Kripo-Ermittler hast halt gleich einen Blick für so was.“
„Ja, ja, schon gut“, wehrte Steinhauser ab. „Schau mal nach, ob es zwischen der Schruntz und den Nummern irgendwelche Korrespondenzen gab.“
Strubinski wischte ein paar Mal über das Display. Es gab zahlreiche Telefonate zwischen Sybille Schruntz und den beiden Nummern. Geschriebene Nachrichten gab es hingegen nur sehr wenige. Die beiden untersuchten zuerst die Texte mit CB.

Sybille Schruntz:
Wann sind Sie endlich fertig? Ich brauche das geänderte Gutachten so schnell wie möglich!

CB:
Sie sollen mich nicht unter Druck setzen!!!

Sybille Schruntz:
Sie bekommen eine Menge Geld, da kann ich doch wohl verlangen, dass Sie pünktlich liefern. Ich bin wegen Ihnen eh schon in Verzug.

CB:
Das Geld nützt mir nichts, wenn ich im Gefängnis sitze.

Sybille Schruntz:
Wir müssen uns treffen! Diese Woche noch! Wie immer, selber Tag, selbe Zeit, selber Ort!

CB:
OK, bringen Sie das Geld mit. Bis dahin bin ich fertig.

„Nicht besonders viel“, stellte Strubinski etwas enttäuscht fest. „Das war jedenfalls die Nummer, mit der die Schruntz telefoniert hat, als ich in ihr Büro gekommen bin.“
„In diesem Fall ist ja wohl klar, dass da mit dem Gutachten was nicht stimmt“, schlussfolgerte Steinhauser.
„Sieht fast so aus“, war Strubinskis knapper Kommentar.
„Von wann sind denn die Nachrichten?“, wollte Steinhauser wissen.
„Vor acht Wochen. Also schon eine Weile her. Danach nur noch vereinzelte Anrufe. Nach Schubberles Tod ist der Gesprächsbedarf zwischen den beiden allerdings wieder deutlich angestiegen.“
„Da ist doch was faul“, meinte Steinhauser nachdenklich.
„Ja, das seh ich genauso. Wir müssen unbedingt die beiden Gutachten genau miteinander vergleichen.“
„Unbedingt!“, bestätigte Steinhauser und forderte ihn auf, die Nachrichten zwischen Sybille Schruntz und dem anderen Gesprächspartner zu öffnen.
Strubinski tat, wie ihm befohlen wurde.

Sybille Schruntz:
Wann sorgen Sie endlich dafür, dass mir dieser Schubberle bei meinen Veranstaltungen nicht mehr dazwischenfunkt?

HL:
Nur die Ruhe, ich werde mich um die Angelegenheit kümmern ... sobald ich das Geld habe, versteht sich.

Sybille Schruntz:
Sie haben doch schon eine Anzahlung bekommen!

HL:
Ich hab es mir eben anders überlegt. Sie zahlen, ich liefere. Sie können sich auch gerne jemand anderen suchen, der die Drecksarbeit für Sie erledigt.

Sybille Schruntz:
Wo und wann kann ich Sie treffen?

HL:
Ich melde mich.

„Mehr nicht?“, wunderte sich Steinhauser.
„Wart´s ab.“ Strubinski machte es spannend. „Die Nachrichten liegen noch nicht so lange zurück. Die letzte war vier Tage vor Schubberles Tod. Also müssen die sich in der Zwischenzeit getroffen haben. „Erst nach Schubberles Tod hat die Schruntz noch gefühlte hundert Mal die Nummer angerufen – anscheinend aber ohne Erfolg. So wie es aussieht, hat der HL danach jeden Kontakt abgebrochen. Und jetzt kommt´s: Kurz bevor … ich mir das Handy ausgeliehen habe, gab´s noch diese Nachricht von der Schruntz an den HL.“ Strubinski hielt Steinhauser das Handy vor die Nase. *Was haben Sie getan?*, stand da. „Glaubst du, die Schruntz hat den Schubberle umlegen lassen?“
„Keine Ahnung“, meinte Steinhauser. „Der Verdacht liegt zwar nah, aber solche Nachrichten sind noch kein Beweis für irgendwas. Wir müssen erst mal rausfinden, wem die Nummern gehören.“
„Ich wüsste da jemanden, der uns helfen könnte.“ Strubinski zwinkerte mehrmals mit den Augen und grinste.
Steinhauser schaute skeptisch. „Du willst doch nicht etwa wieder diesen Regler-Typ anfunken?“
„Klar, warum denn nicht? Oder hast du eine bessere Idee?“
Steinhauser überlegte. Seine Kollegen konnte er gegenwärtig schlecht darum bitten, zwei Telefonnummern aus einem geklauten Handy zu überprüfen. Also waren die Möglichkeiten begrenzt, um an Informationen zu kommen. Schließlich gab er grünes Licht und Strubinski schickte sofort eine Nachricht auf die Reise.
Steinhauser schaute sich schon mal nach der Papiertüte vom letzten Mal um. „Ich glaub, ich muss mir mal ein paar Klamotten bei dir deponieren.“
„Kannst wieder den Bademantel anziehen“, schlug Strubinski vor.
„Mir bleibt wohl nichts anderes übrig“, seufzte Steinhauser. „Wann meldet sich denn dieser Regler-Typ?“
„Keine Ahnung, kann schon etwas dauern. Der ist halt ein vielbeschäftigter Mann.“
„Naja, ich will gar nicht wissen, mit was der Typ sonst noch so beschäftigt ist.“
„Bleib locker, das wird schon. Jedenfalls sollten wir der Schruntz noch mal ordentlich auf den Zahn fühlen“, schlug Strubinski vor.
„Gar nix machen wir“, bremste ihn Steinhauser in seinem Elan aus.
„Wieso?“
„Fred, wie stellst du dir das vor?“ Steinhauser schüttelte verständnislos den

Kopf. „Willst du zur Schruntz fahren und ihr sagen: *Ey Schruntz, ich hab dein Handy geklaut, geknackt und über meine dubiose Internet-bekanntschaft, die sich der Regler nennt, herausgefunden, dass du beim Gutachten was getürkt und einen Killer auf den Schubberle angesetzt hast.* Wir können gar nix machen, verstehst du? Absolut nix, nothing, nada, niente."
Strubinski wirkte etwas niedergeschlagen, musste aber eingestehen, dass Steinhauser recht hatte. „Ganz so hätte ich es jetzt nicht formuliert, aber sei´s drum. Und was jetzt?"
„Keine Ahnung", gestand Steinhauser. „Was wir hier machen, das ist nicht nur illegal, das ist schon ein Hauch von kriminell, um es mal vorsichtig auszudrücken. Jetzt warten wir erst mal ab, ob dein Freund, der ominöse Regler, was für uns tun kann. Dann sehen wir weiter."
„Und was machen wir so lang, bis der sich meldet?"
Steinhauser warf ihm das Gutachten der Managerin zu. „Lesen, denn Lesen bildet und vielleicht finden wir ja was raus."
„Und was machst du?"
„Ich fahr mal schnell nach Burgsinn und hol das Gutachten vom Schubberle, damit wir die vergleichen können", sagte Steinhauser und machte sich auf den Weg.
So hatte sich Strubinski die Arbeit als BKA-Ermittler wahrscheinlich nicht vorgestellt, sagte aber nichts und da er ja sonst nichts zu tun hatte, fing er an zu lesen.

Nach einer halben Stunde war Steinhauser wieder zurück in Mittelsinn. Sonja kam auch gerade von der Schule nach Hause und war hungrig. Allerdings verweigerte sie diesmal die Nahrungsaufnahme und bestand darauf, dass ihr Vater endlich mal etwas anderes zu essen organisieren sollte als Tiefkühlpizza. Und da Kochen jetzt nicht wirklich zu Strubinskis Top-Talenten gehörte, zauberte er heute zur Abwechslung mal eine Dose Ravioli hervor. Sonjas Begeisterung hielt sich in Grenzen. Sie sehnte den Tag herbei, an dem ihre Mutter endlich wieder aus Amerika zurück war. Nachdem das Kind gefüttert war, verschwanden beide wieder in der Werkstatt. Strubinski speicherte die Nachrichten zwischen Sybille Schruntz und ihren Kontakten auf seinem Laptop ab, dann schnappte sich jeder ein Gutachten. Sie lasen und warteten darauf, dass sich der Regler meldete.

„Schon was gefunden?“, fragte Strubinski nach einer knappen Stunde. Er war mit dem Gutachten von Sybille Schruntz durch.
„Noch nichts Auffälliges“, gab Steinhauser zurück. „Ich hab noch ein paar Seiten vom Schubberle-Gutachten vor mir und das von der Schruntz hab ich noch nicht gelesen, vorhin nur mal so durchgeblättert. Vorher kann ich nichts sagen.“
Gelangweilt holte sich Strubinski erst mal ein Bier. Steinhauser bevorzugte diesmal Wasser. Eine halbe Stunde später tauschten sie die Gutachten und lasen weiter. Dabei machte sich jeder eifrig Notizen. Am Ende ihrer Lesestunde verglichen sie ihre Ergebnisse. Beide hatten die gleichen Unterschiede der Gutachten festgestellt.
„Das ist doch alles seeeehr merkwürdig“, sagte Steinhauser zufrieden nach getaner Arbeit.
„Ich bin mal gespannt, was die Schruntz dazu zu sagen hat“, meinte Strubinski. „Mit dem Gutachten können wir die doch konfrontieren, oder?“
Steinhauser überlegte kurz. „Ja, das hast du ihr ja quasi hochoffiziell abgenommen und sie hat es auch fast freiwillig herausgegeben.“
„Gut, dann sollten wir da wieder ansetzen“, sagte Strubinski, ganz so, als ob er die Ermittlung leiten würde. Steinhauser schwieg und gönnte sich jetzt doch ein Bier. Dabei erinnerte er Strubinski noch einmal eindringlich daran, den Fauxpas mit dem Bild, das er versehentlich Stefanie gesendet hatte, schnellstmöglich zu regeln.
„Ich bin dran, aber die Mädels reagieren nicht … noch nicht“, sagte Strubinski verlegen. „Die Lavinia ist auch … etwas unzufrieden … um es mal vorsichtig auszudrücken, dass ich bei deiner Busen-Grapsch-Aktion mitgemacht habe.“
„Ich hab nicht gegrapscht!“, beharrte Steinhauser.
„Ja, das ist mir schon klar. Auf dem Foto sieht man halt auch nicht, wie besoffen du da bist. Ein Video wäre vielleicht besser gewesen“, meinte Strubinski, während Steinhauser die Augen verdrehte. „Aber keine Panik, ich regel das, bis die wieder zu Hause sind. Die sind ja noch eine Weile unterwegs.“

Einige Bier später meldete sich der Regler. Steinhauser legte seine Mütze beiseite, schlüpfte schnell wieder in Strubinskis viel zu engen, bunten Bademantel und stülpte sich die Papiertüte über den Kopf. Strubinski und der Regler trugen die bewährten Sturmhauben.

„Servus 007, servus Magnum. Was kann ich diesmal für euch tun?“, begrüßte sie der Regler.
Steinhauser kam sich immer noch total bescheuert vor, was allerdings nicht nur an der Papiertüte und dem Bademantel lag. Die ganze Situation fand er ohnehin ziemlich befremdlich, aber wenn´s half...
„Wir haben da ein paar Telefonnummern und wüssten gern, wem die gehören. Kannst du uns da helfen?“, kam Strubinski gleich auf den Punkt.
„Klar, kein Problem“, gab der Regler direkt zurück, als ob solche Anfragen für ihn das Normalste auf der Welt wären.
Strubinski gab ihm die Nummern durch. „Meldest du dich wieder?“, fragte er noch.
„Gebt mir eine Stunde“, sagte der Regler und verschwand vom Bildschirm.
„Fred, also ich will ja nix sagen ...“ Steinhauser suchte nach den richtigen Worten. „Aber normal ist das nicht. Der Typ ist voll kriminell.“
„Was heißt hier kriminell?“, wehrte Strubinski ab. „Er ist halt ein Dienstleister. Der kennt halt die Leute. Und außerdem: Hacker und Fälscher gab es doch schon immer.“
„Vor allem Hacker.“
„Die hießen früher halt anders.“
Steinhauser schüttelte resignierend den Kopf, sagte aber nichts mehr. Mittlerweile war ihm alles egal, Hauptsache, er musste nicht in den Osten.
Während sie warteten, fing Strubinski vor lauter Langeweile an, seine Werkbank aufzuräumen. Er räumte hin und her, aber irgendwie wurde es nicht besser, also sortierte er zwischendurch Kisten in sein Lager, in dem eigentlich nirgendwo Platz war. Im Grunde war es total sinnlos, was er da machte. Er hätte locker mehrere Tage Arbeit, um halbwegs Ordnung in das Chaos seiner Lagerhalle zu bringen. Mehrere Paletten mit vielen Paketen standen auch im Weg herum. Steinhauser überflog noch einmal die Gutachten, um sich sicher zu sein, dass er die Auffälligkeiten auch richtig interpretierte, als plötzlich Sonja in die Werkstatt platzte.
„Papa!“, rief sie und lief direkt zu ihrem Vater.
„Sonja? Was machst du denn hier?“
„Hast du eigentlich in letzter Zeit mal deine E-Mails abgerufen?“, fragte sie und hielt ihm einen Packen Papiere entgegen.“
„Äh … nein, wieso?“
„Du hast wegen deiner Rabattaktion einen Arsch voll Bestellungen reinbekommen“, sagte sie und wedelte mit den Zetteln. „Vierunddreißig,

um genau zu sein."
„Oh, das ist ja prima", freute sich ihr Vater.
„Von wegen prima", sagte Sonja. „Das Zeug muss auch verpackt und verschickt werden. Die älteste Bestellung ist drei Tage alt."
„Oh, dann sollten wir uns gleich an die Arbeit machen", sagte er, nahm die Zettel und ging zum PC. „Hannes, du musst jetzt mal mithelfen. Das Zeug muss schleunigst weg, sonst bekomm ich miese Bewertungen und die kann ich gar nicht gebrauchen."
„Das ist jetzt nicht dein Ernst, oder?"
„Klar ist das mein Ernst", sagte Strubinski und klopfte ihm auf die Schultern. „Ich druck die Lieferscheine und ihr müsst die nur auf die richtigen Geräte kleben. In versandfertigen Paketen hab ich die schon geliefert bekommen. Was drinnen ist, steht drauf. Die Sonja kennt sich aus."
„Und was, wenn der Regler sich meldet?"
„Keine Panik, das wird mir angezeigt", meinte Strubinski, breitete die Zettel auf seiner Schreibtisch-Werkbank aus und begann mit dem Schreiben der Lieferscheine. Kurz darauf liefen die ersten aus einem Drucker, den man nie gefunden hätte, wenn nicht plötzlich ein lautes Rattern durch die Werkstatt gescheppert wäre. Sonja wusste, wo das Gerät versteckt war, holte die ersten Lieferscheine und wandte sich an Steinhauser. „Wir brauchen einen Radiowecker und einen Laptop", sagte sie und zeigte zu den Paletten. „Die sind auf der kleinen Palette da hinten."
Steinhauser legte das Gutachten zur Seite und begann Sonja zu helfen. Sonja hatte ganz offensichtlich schon Übung und sagte Steinhauser, was er machen musste. Die Pakete wurden dann nur noch in das Heck von Strubinskis Sprinter verladen.
Das Trio kam gut voran und exakt eine Stunde später waren sie fertig. Sonja verschwand zu einer Freundin und die beiden Geheimermittler saßen wieder im Tarnmodus vor dem Bildschirm. Der Regler hatte sich gemeldet und doch tatsächlich zu jeder Telefonnummer einen Namen mit Adresse herausgefunden.
Die erste Nummer gehörte zu einem gewissen Carsten Braun aus Schweinfurt. Deshalb auch CB. Die zweite gehörte zu einem Cornelius Zillerberg, wohnhaft in Gemünden am Main. Warum Sybille Schruntz ihn HL genannt hatte, konnten sie im Augenblick nicht nachvollziehen. Nachdem sich Strubinski die beiden Adressen notiert hatte, wandte er sich noch mal an den Regler.
„Der BKA-Ausweis, den du mir besorgt hast, der sieht aus wie aus nem

Spielwarengeschäft. Dass der gefälscht ist, sieht sogar ein kleines Kind."
„Hast du schon mal einen BKA-Ausweis gesehen?", fragte der Regler.
Strubinski zögerte. „Äh … nein, wieso?"
„Woher willst du dann wissen, wie ein Spielzeug-BKA-Ausweis aussieht und wie ein echter BKA-Ausweis aussieht?", sagte der Regler gelassen.
„Dass der nicht echt ist, sieht doch jeder. Mein … äh ... Bekannter hat das gleich gesehen", hielt Strubinski dazwischen.
„Dein … Bekannter, der weiß ja auch, dass der falsch ist. Hat dein … Bekannter den Ausweis schon mal benutzt?"
„Äh … ja … ich glaub schon", meinte Strubinski unschlüssig.
„Glauben heißt: Nichts wissen. Also, hat er oder hat er nicht?"
„Ja, hat er", gestand Strubinski.
„Und, ist es der Person, der er den Ausweis unter die Nase gehalten hat, aufgefallen, dass der Ausweis gefälscht ist?", bohrte der Regler gelassen nach.
„Äh … soweit ich weiß … ist es der Person nicht aufgefallen."
„Siehst du. Und das ist doch das einzige, was zählt. Wenn dein … Bekannter souverän und selbstsicher auftritt, dann merkt das kein Mensch. Das ist wie beim Zaubern. Die Illusion muss nur glaubwürdig und überzeugend verkauft werden, dann klappt das auch."
„Naja, mein Bekannter kann schon überzeugend sein", räumte Strubinski ein. Steinhauser verdrehte unter der Papiertüte die Augen.
„Was glaubst du eigentlich, wie viele Menschen wissen, wie so ein Ausweis aussieht?", fragte der Regler.
„Hmh … keine Ahnung", gab Strubinski nachdenklich zurück.
„Genau, du hast keine Ahnung", gab der Regler zurück. „Die wenigsten wissen, wie so ein Ausweis aussieht. Deshalb klappt das auch, wenn dein … Bekannter ein halbwegs guter Schauspieler ist."
„Ja, der ist schon gut. Sehr gut sogar. Schauspielerei ist eine seiner Stärken."
Strubinski hätte ihm am liebsten erzählt, wie souverän er die Befragung der Managerin durchgeführt hatte, aber zum Glück konnte er sich beherrschen.
„Na, dann ist ja alles klar", sagte der Regler und verschwand vom Bildschirm.

„Dieser Carsten Braun hat das Gutachten für die Schruntz erstellt … oder manipuliert. Das ist der Gutachter. Sein Name steht gleich auf der ersten Seite“, erklärte Steinhauser, nachdem er sich wieder umgezogen hatte.
„Und wer ist dieser Zillerberg?“, fragte Strubinski.
„Keine Ahnung, diesen Namen hab ich noch nie gehört.“
„Der wohnt in Gemünden, in der Siedlung Richtung Schönau“, sagte Strubinski. „Das hab ich gegoogelt, während du dich umgezogen hast.
Steinhauser und Strubinski schauten sich schweigend an. Steinhauser wusste genau, was Strubinski dachte, aber er wollte ihn nicht dazu animieren, seine Gedanken in Worte zu fassen. „Also ich geh dann mal nach Hause“, verabschiedete er sich, doch Schweigen war noch nie Strubinskis Stärke gewesen.
„Ich find, wir sollten da mal hinfahren und uns umschauen, oder was meinst du?“
„Was, wenn ich jetzt *nein* sage?“
„Das wär blöd. Weil sonst müsst ich da ja alleine hinfahren.“ Strubinski grinste.
Steinhauser blies die Backen auf. Er dachte an den Osten und wusste, dass er keine Wahl hatte. „Hol mich morgen früh ab“, sagte er und ging.

Wieder in Burgsinn angekommen, wurde Steinhauser bereits von seiner Schwester Monika erwartet. Sie stand mit Torben auf dem Balkon und meckerte schon von Weitem. Torben winkte.
„Was ist denn?“, fragte er genervt, da er nichts verstanden hatte von dem, was sie ihm entgegengeworfen hatte.
„Dein Hund, der jault und jammert schon den ganzen Tag! Das nervt!“, beschwerte sich Monika. „Zuerst hab ich es kaum gehört, weil er in der Wohnung war, aber irgendwann ist er dann im Garten erschienen und hat dort weitergejault.“
Steinhauser konnte sich schon denken, was mit Jacky los war. „Die macht gerade kalten Entzug“, meinte er.
„Was macht die?“
„Diät! Die Jacky ist auf Diät“, erklärte Steinhauser.
„Und da muss die so rumjaulen, oder was?“
„Das ist doch nur am Anfang so. Weil die so fett ist, hab ich die Futterration reduziert.“ Monika schaute skeptisch. „Ich hab mich extra im Internet schlau gemacht. Das ist die sicherste und vor allem natürlichste

Methode, ihr Gewicht zu reduzieren. Die Jacky braucht halt erst mal ein paar Tage, bis die sich daran gewöhnt hat.“ Dass ihm das Spezialfutter zu teuer und die anderen hilfreichen Ratschläge zu aufwendig waren, behielt er lieber für sich. Denn Monikas Begeisterung, einen Hund im Haus zu haben, war von Anfang eher gering bis gar nicht vorhanden.
„Dann seh zu, dass dein Hund leise jault“, sagte Monika entschieden und verschwand. Torben folgte ihr.
Steinhauser scheuchte Jacky in die Wohnung, wo sie schnurstracks zu ihrem Futternapf lief und sich demonstrativ davorstellte. Mit leidvollem Blick schaute sie zu Steinhauser auf.
„Du kriegst heute nix mehr!“, sagte er entschieden. „Erst wieder morgen früh. Wenn du um die Zeit noch was frisst, dann war der Diättag umsonst. Denn am Abend wird das meiste Fett angesetzt. Trink halt was.“
Jacky ließ aber nicht locker. Sie folgte Steinhauser auf Schritt und Tritt durch die Wohnung. Während er duschte, postierte sie sich jaulend vor der Tür und wartete. Da half auch ausgiebiges Streicheln nix. Die Beagle-Dame hatte Hunger und hörte nicht auf zu jaulen. Schließlich gab sich Steinhauser geschlagen. Die radikale Futterreduzierung war vielleicht doch etwas zu hart. Er musste die Diät stufenweise angehen, sonst würde er keine Ruhe mehr haben. Des Friedens Willen gab er Jacky noch eine halbe Dose Hundefutter.
„Teil es dir ein, mehr gibt’s heut nicht mehr!“, mahnte er, doch das interessierte Jacky nicht. So schnell konnte Steinhauser gar nicht schauen, da war der Napf schon wieder leer geputzt. Da es aber keinen Nachschlag gab, kapitulierte Jacky, suchte sich ihren Kauknochen und bearbeitete diesen, bis sie müde wurde und einschlief.
Steinhauser legte sich auf die Couch und versuchte verzweifelt Kontakt mit Stefanie aufzunehmen, aber erfolglos. Sie wollte nicht mit ihm sprechen oder schreiben. Er schickte ihr dann noch eine Nachricht mit allen zur Verfügung stehenden Liebes-Smileys, Blumen, Herzen und was es sonst noch so gab. Kurz bevor er ins Bett ging, kam tatsächlich eine Antwort von ihr. Nervös öffnete er die Nachricht. Die Hoffnung wich der Ernüchterung. Kein Wort, kein Liebes-Smiley. Nichts, worauf er gehofft hatte. Nur ein kleiner, roter Zorni.

Kapitel 11

Nach der morgendlichen Runde mit der Beagle-Dame gab es wieder nur eine halbe Dose Hundefutter, was bei Jacky auf wenig Begeisterung stieß. Sie warf Steinhauser einen todesverachtenden Blick zu und futterte den Napf, wie immer, ruckzuck leer. Aber Steinhauser blieb hart. Da Jacky mittlerweile schon wusste, dass ihre Rationen reduziert wurden, verzichtete sie darauf, zum Abschied noch einmal gestreichelt zu werden und verschwand wieder beleidigt durch die Hundeklappe. Vielleicht gab es ja draußen noch irgendetwas zum Fressen.

Kurz darauf saß Steinhauser neben Strubinski in dessen E-Auto auf dem Weg nach Gemünden, um diesem Cornelius Zillerberg einen Besuch abzustatten.

„Nur dass das klar ist: Ich stelle diesmal die Fragen und du wartest im Auto!“, legte Steinhauser die Kompetenzen fest.

„Aber wieso? Ich dacht, du bist krankgeschrieben“, beschwerte sich Strubinski, der ihn wieder als Bernd Bonderlich begleitete.

„So wie du aussiehst, lass ich dich nicht noch mal auf die Menschheit los.“

„Warum denn nicht?“ Strubinski zeigte wenig Verständnis. „Die Schruntz durft ich doch auch befragen, und das sogar alleine! Und das hab ich ja wohl hervorragend gemacht! Oder gibt’s da was zu meckern?“

„Ja, irgendwie schon, aber irgendwie auch nicht. Jedenfalls war das was ganz anderes. Und das, was du da von dir gegeben hast, hätte auch nach hinten losgehen können. Und außerdem hatte mich die Schruntz vorher schon mal gesehen“, versuchte sich Steinhauser zu rechtfertigen. „Wenn die sich jetzt über einen gewissen Bernd Bonderlich beschwert, dann weiß keiner, wer dieser ominöse BKA-Ermittler ist und niemand kann den mit mir in Verbindung bringen. Mich hätte sie aber gekannt.“

„Na und, das kann jetzt auch passieren, wenn du dort in Erscheinung trittst“, hielt Strubinski dagegen.

Steinhauser musste es zugeben; es war nicht ganz falsch, was Strubinski da sagte. Aber er wollte seinen alten Schulfreund auf keinen Fall alleine irgendwo hinlassen. Und schon gar nicht so, wie er aussah. Ganz ausschließen konnte er ihn aber auch nicht. „Also gut“, lenkte er ein. „Wir schauen uns gemeinsam um, aber du hältst gefälligst die Klappe! Reden tu nur ich! Verstanden?“

„Okay, von mir aus.“ Strubinski war einverstanden.
Sie erreichten Gemünden und fuhren langsam durch die in Richtung Schönau gelegene Siedlung, auf der Suche nach Zillerbergs Wohnung.
„Da vorne, das müsst das Haus vom Zillerberg sein. Das letzte in der Straße“, meinte Steinhauser und prüfte sicherheitshalber noch einmal die Hausnummer und den Straßennamen.
„Der Schuppen ist aber ganz schön groß für eine einzelne Person“, stellte Strubinski fest, blieb stehen und betrachtete das in den Hang gebaute, mehrstöckige Gebäude.
„Vielleicht wohnt der da als Untermieter?“, vermutete Steinhauser.
Sie stiegen aus und schauten sich um. Ein hohes Eisentor versperrte den Zugang auf das Gelände. Das Grundstück war von einem Maschendrahtzaun umgeben, der von blickdichten Büschen überwuchert war. Ein paar Vögel raschelten im Gestrüpp und flogen davon, als die beiden näher kamen. Erkennen konnten sie kaum etwas. Hinter dem Tor führte eine lange Treppe hinauf zum Haus. Es gab nur eine Klingel. Auf der stand: *Pension Chantal*. Sie schauten sich verwundert an und klingelten. Kurz darauf ertönte eine blecherne, abgehakte, aber tiefe Stimme. „Wer da?“
„Hier ist die Polizei. Wir würden gerne Cornelius Zillerberg sprechen“, gab Steinhauser zurück.
Keine Antwort.
„Hallo, sind Sie noch da?“, fragte Steinhauser nach.
„Ich kommen“, gab die blecherne Stimme in gebrochenem Deutsch zurück.
„Hat sich irgendwie russisch angehört“, meinte Strubinski.
„Dann lassen wir uns mal überraschen.“
Kurz darauf kam ein kräftiger Mann mit breiten Schultern und Glatze die Treppe heruntergestapft.
„Da hätten wir wohl besser mal den Sepp mitgenommen“, flüsterte Strubinski. Steinhauser deutete ihm an, den Mund zu halten.
Der Mann stellte sich breitbeinig hinter das Eisentor. „Conni nicht da“, sagte er mit deutlich russischem Akzent. Der Mann sah aus, wie man sich einen russischen Türsteher eben so vorstellt. Mit seiner protzigen Uhr, dicken Ringen an den Fingern und Goldkette, entsprach er zu hundert Prozent dem Klischee. Dazu trug er einen Designeranzug und glänzende Lackschuhe. An seinem Hals konnten sie den Ansatz eines Tattoos erkennen. Ebenso waren die Finger und seine Handrücken tätowiert. Mehr war wegen des Anzuges nicht zu erkennen.

Beide wussten zunächst nicht, was sie sagen sollten, dann ergriff Steinhauser wieder das Wort.
„Darf ich Ihren Namen erfahren?“
„Viktor“, stellte sich der Mann einsilbig mit tiefer Stimme vor.
„Wohnt hier ein gewisser Cornelius Zillerberg?“, fragte er noch einmal, weil ihm gerade nichts Besseres einfiel.
„Ja, aber Conni nicht da“, war die knappe Antwort.
Steinhauser deutete auf das Klingelschild. „Herr Viktor, ist Herr Zillerberg Gast in ihrer Pension?“
Viktor zögerte. „Ja.“
„Ist Herr Zillerberg schon lange Gast in ihrer Pension?“
Auch diesmal dauerte es eine Weile, bis Viktor ein mürrisches „Ja“ von sich gab.
„Ist das Ihre Pension?“, fragte Steinhauser weiter. So langsam machte ihm die Fragerei Spaß. Auch wenn die Antworten ruhig etwas ausführlicher hätten sein können. Er dachte an Franziska Fink, das Fragenmonster, und war davon überzeugt, dass er das genauso gut konnte.
Wieder wog Viktor seine Worte ab. „Ja.“
„Wann kommt denn der Herr Zillerberg zurück?“
„Keine Ahnung! Conni schon lange weg.“
„Kommt es öfter mal vor, dass Herr Zillerberg länger weg ist?“
„Ja.“ Ein großer Redner war Viktor wahrlich nicht.
„Könnten Sie uns bitte das Zimmer von Herrn Zillerberg zeigen?“
Diesmal musste Viktor nicht lange überlegen, bis er antwortete. „Durchsuchung?“, fragte er schroff und fixierte Steinhauser und Strubinski scharf mit schmalen Augen.
„Nein, wir haben keinen Durchsuchungsbeschluss“, gestand Steinhauser. „Aber Sie würden uns sehr helfen, wenn Sie uns einen Blick in Herrn Zillerbergs Zimmer gewähren könnten.“
„Nix Durchsuchung, nix Zimmer!“, sagte Viktor streng. Er wandte sich um und ging wieder. Steinhauser wusste in diesem Augenblick nicht, was er sagen sollte, als Strubinski plötzlich das Wort ergriff.
„Hey, Locke!“, schrie dieser und Steinhauser wäre am liebsten im Erdboden versunken.
„Bist du irre? Halt gefälligst die Klappe!“, zischte er ihm zu, doch das ignorierte Strubinski einfach.
Viktor kam mit hochrotem Kopf zurück zum Eisentor und packte wütend die Gitterstäbe, so dass seine Finger weiß wurden und die Tattoos noch

besser zu sehen waren. Zum Glück war das Tor zwischen ihnen. So wie der Russe gebaut war, hätte er die beiden wie zwei lästige Fliegen zerquetschen können. Doch das schreckte Strubinski nicht ab. Der stellte sich auf Zehenspitzen und schaute zu Viktor hinauf.

„Siehst du das?", fragte er provozierend und hielt Viktor seinen gefälschten BKA-Ausweis unter die Nase. „Kannst du lesen? Hä? Kannst du? Hä? Hier steht B – K – A! Weißt du, was das bedeutet? Hä? Weißt du das? Ich kann´s dir auch erklären!"

Viktor knurrte nur. Steinhauser wäre am liebsten davongerannt.

„B – K – A bedeutet: Dass du uns jetzt sofort das Zimmer von Cornelius Zillerberg zeigst!", schrie ihm Strubinski entgegen, dann deutete er auf das Klingelschild. „Hast du überhaupt eine Puff-Genehmigung für deine sogenannte *Pension Chantal*?"

Viktor knurrte immer noch, sagte aber nichts. Dafür Strubinski. „Hör genau zu, Viki! Ich nehm jetzt mein Telefon ...", Strubinski holte demonstrativ sein Handy hervor und wedelte vor dem Russen herum. „... und ruf jetzt meine Kollegen an! Die schicken mir dann das SEK und wir zerlegen deinen Laden in seine Einzelteile, wenn du nicht kooperierst. Dann ist hier ruckzuck Ende Gelände mit fickificki, lieber Viki. Das war´s dann mit deiner *Pension Chantal*! Und dein Goldkettchen, deine Protzuhr, die Lackschühchen und dein billiges Armaniimitat kannst du dann gegen einen grauen Sträflingsanzug aus feinster Baumwolle eintauschen. Oder glaubst du, wir sind blöd? Der Conni ist in einen Doppelmord verwickelt und wir wollen jetzt sein Zimmer sehen! Hast du mich verstanden?"

Viktors Gesichtsausdruck veränderte sich. Er wog seine Optionen ab. Dann öffnete er tatsächlich die Tür. Steinhauser wich ein paar Schritte zurück und prüfte schnell noch einmal, ob seine Dienstwaffe auch griffbereit war – war sie. Strubinski blieb regungslos stehen. Einen Hauch von Wahnsinn konnte ihm Steinhauser nicht abstreiten.

„Danke Viki", sagte Strubinski und betrat das Grundstück.

„Ich heißen Viktor!", grunzte der Russe.

„Ja, ja, schon gut, Viktor", beschwichtigte Strubinski ihn. „Dann sei doch bitte so lieb und zeig uns mal das Zimmer vom Conni."

Zähneknirschend ging Viktor voran, die beiden folgten in gebührendem Abstand.

„Hast du sie eigentlich noch alle?", flüsterte Steinhauser, Viktor immer im Blick. „Und wie kommst du überhaupt auf die Idee, dass die Pension ein Puff ist?"

„Mensch Hannes, du hast doch echt keine Phantasie." Strubinski schüttelte verständnislos den Kopf. „Welcher normale Mensch nennt seine Pension schon *Pension Chantal*? Der Laden kann doch nur ein Puff sein!"
„Mitten in einer Siedlung in Gemünden?"
„Klar, warum denn nicht?", meinte Strubinski gelassen. „Gibt es eine bessere Tarnung? Und anscheinend lag ich da nicht ganz falsch, denn sonst hätt uns der liebe Viktor mit Sicherheit zum Teufel gejagt. Manchmal muss man halt auch mal was riskieren."
Viktor schaute sich kurz zu ihnen um, dann führte er sie ins Haus. In einem kleinen Vorzimmer blieben sie stehen. Die elegant billige Einrichtung schien Strubinskis Verdacht zu bestätigen. Steinhauser war bis in die Haarspitzen angespannt, Strubinski hingegen wirkte total gelassen. Die Sache mit dem BKA-Ausweis schien so langsam außer Kontrolle zu geraten.
„Hier warten! Polizei nicht gut für Geschäft!", sagte Viktor streng, öffnete eine Tür und schaute auf seine Protzuhr am Handgelenk. Dann gab er den beiden ein Zeichen, ihm zu folgen. Hinter der Tür lag ein langer Gang, der in schummriges Licht getaucht war. An dessen Ende führte eine Treppe nach oben. Leise Musik, wie man sie eben in einem Puff erwartete, schallte aus versteckten Lautsprechern. Zu beiden Seiten waren Türen mit geschwungenen Nummern darauf.
„Kommen schnell!", sagte Viktor schroff und ging zügig voran die Treppe hinauf. Oben war ein weiterer Gang, der dem unteren ähnelte. An dessen Ende blieb Viktor stehen, holte umständlich einen großen Schlüsselbund aus seinem Designeranzug hervor und schloss eine Tür auf.
Steinhauser und Strubinski betraten das Zimmer. Viktor wollte ihnen folgen, doch Strubinski stellte sich mit erhobenem Zeigefinger vor ihn. „Vielen Dank, lieber Viktor, aber ab hier kommen wir allein klar."
Viktor verzog das Gesicht, blieb aber stehen. Strubinski machte die Tür zu. Das Zimmer erwies sich als kleines, heruntergekommenes Apartment. Die Einrichtung war spartanisch, die Möbel billig und abgenutzt, die Tapeten vergilbt und Zeugen längst vergangener Jahrzehnte. Die Kleiderschränke waren leer, das Bett zerwühlt und im Kühlschrank war die Hälfte der Lebensmittel verschimmelt. Das Bad, zweifellos ein Überbleibsel aus den Sechzigern, war auch schon länger nicht mehr benutzt worden. Staub und Dreck waren in der Wohnung allgegenwärtig.
„Meine Fresse, wie kann man denn hier wohnen?", meinte Steinhauser angewidert.

„Ich will mal hoffen, dass dem Viki seine Liebeszimmer nicht auch so aussehen."
„Das will ich jetzt gar nicht erst wissen."
„Sieht jedenfalls verlassen aus. Wenn du mich fragst, dann war hier schon länger keiner mehr", sagte Strubinski.
„Das seh ich genauso. Und wenn, dann war der Zillerberg nur kurz hier, um seine Sachen zu holen", stimmte Steinhauser zu.
Sie nahmen sich trotzdem die Zeit und inspizierten alles ganz genau.
„Guck mal, was ich da hab." Strubinski wedelte triumphierend mit einem Zettel, den er am Boden gefunden hatte.
Steinhauser nahm den Zettel, der sich als Flyer der Sinntal-Power-Windenergie entpuppte, in die Hand und betrachtete ihn interessiert. Auf der Innenseite war ein Foto von Sybille Schruntz abgebildet. Es war mit einem Textmarker eingekreist und ein dickes Ausrufezeichen daneben gemalt.
„Damit haben wir einen Grund, der Schruntz noch mal einen Besuch abzustatten", meinte Steinhauser.
Strubinski grinste. „Ich bin mal gespannt, was die dazu sagen wird, wenn wir ihr noch mal auf den Zahn fühlen."
Steinhauser nickte. „Und ich erst! Hier gibt's sonst nix Interessantes mehr. Ich hätte da aber noch ein paar Fragen an diesen Viktor."
„Darf ich ihn befragen? Bitte, bitte, bitte!", fragte Strubinski. Dabei schaute er wie ein kleines Kind, das sich erhoffte, Schokolade zu bekommen.
„Nein! Das mach ich mal schön selber!", stellte Steinhauser unmissverständlich klar.
„Ja, ja, ist ja schon gut. Du bist der Profi. Wenn´s eng wird, kann ich ja eingreifen."
Steinhauser holte tief Luft und öffnete wieder die Zimmertür. Viktor stand im Türrahmen, er passte da gerade so hinein, und ließ sie nicht aus dem Zimmer. Vermutlich hatte er sich keinen Millimeter bewegt.
„Warten!", sagte er, schaute über seine Schulter und schob die beiden ins Zimmer zurück. Dann schloss er die Tür hinter sich. „Gäste im Gang. Diskretion!"
Sofort griff Steinhauser nach seiner Waffe, allerdings unbegründet. Er entspannte sich wieder. „Wann haben Sie Herrn Zillerberg das letzte Mal gesehen?", fragte er den Hünen.
Viktor zuckte mit den Schultern.

„Haben Sie vielleicht ein Bild von ihm?“, fragte er weiter.
Wieder nur Schulterzucken. „Nix Bild. Diskretion!“
„Herr Viktor ...“, Steinhauser schaute ihn lange an, dann wanderte sein Blick zu Strubinski, der bereits unruhig wurde. „Wenn Sie uns nichts sagen können oder nichts sagen wollen, dann wird mein Kollege ... vom B – K – A ... nicht umhinkommen, sein Telefon zu benutzen. Hier geht es um Doppelmord und wir müssen dringend Herrn Zillerberg sprechen. Also, noch einmal … was können Sie uns über Herrn Zillerberg sagen?“
In Viktors Kopf begann es zu arbeiten, das sah man. Dann traf er eine Entscheidung.
„Conni hat gemacht Hausmeister-Job.“
„Seit wann wohnt er hier? In Ihrer ... Pension?“
„Paar Jahre, weiß nicht genau.“
„Wann haben Sie ihn das letzte Mal gesehen?“
Viktor überlegte. „Paar Monate her, weiß nicht genau. Conni öfter mal weg.“
„Hat der Conni irgendwelche Verwandte oder Freunde?“
„Weiß nicht. Niemand hier war.“
„Denken Sie nach!“, forderte ihn Steinhauser auf. „Mit wem telefonierte er, bekam er Besuch, wurde er mal abgeholt? Jede Information ist wichtig.“
Wieder überlegte Viktor. „Conni hat mit Nutten … äh, ich meinen, mit Frauen manchmal über Oma gesprochen.“
„Über seine Oma?“, wunderte sich Strubinski, der auch wieder mal was sagen wollte.
„Ja, über Oma“, bestätigte Viktor.
„Kennen Sie den Namen der Oma?“, wollte Steinhauser wissen.
„Ich glauben Annelies, hat er mal gesagt“, erinnerte sich Viktor. „Ja, genau. Annelies aus Burgsinn.“
„Ach, aus Burgsinn?“, stießen Steinhauser und Strubinski gemeinsam aus.
„Sind Sie sich da sicher?“, hakte Steinhauser nach.
„Ja, Burgsinn“, bestätigte Viktor.
„Vielen Dank, Herr Viktor. Sie haben uns sehr geholfen“, bedankte sich Steinhauser. „Dann bräuchte ich noch Ihre Personalien. Falls wir noch weitere Fragen an Sie haben“, schob er der Vollständigkeit halber noch hinterher. Was bei Viktor allerdings auf wenig Begeisterung stieß.
„Personalien?“, grunzte er verärgert.
„Ja, Ihren Personalausweis“, erklärte Steinhauser.

„Nix Ausweis“, sagte Viktor. „Ausweis verloren.“
„Wenn Sie Ihren Personalausweis verlieren, dann sind Sie verpflichtet, dies zu melden und Sie müssen ...“, setzte Steinhauser zu einer Belehrung an, doch Strubinski fiel ihm ins Wort.
„Ja, ja, passt schon“, unterbrach er ihn und warf Steinhauser einen kurzen Blick zu. „Wenn wir noch Fragen haben, dann kommen wir einfach wieder vorbei. Wir wissen ja, wo Sie wohnen.“
Steinhauser hatte ein Einsehen. Es war ohnehin fraglich, ob Viktor einen echten Ausweis besaß.
Viktor führte sie wieder die Treppe hinunter, als er plötzlich auf dem Treppenabsatz stehen blieb. Stimmen drangen zu ihnen.
„Diskretion!“, zischte er und hielt den beringten Zeigefinger auf seinen Mund. Die beiden nickten, streckten zur Bestätigung ihre Daumen in die Höhe und blieben stehen. Viktor ging in den Gang.
„Ah, Viktor, mein russischer Freund, da bist du ja“, tönte eine sichtlich zufriedene Stimme. „Ich bräuchte dann einen neuen Termin. Und gerne wieder bei Shania.“
Steinhauser erstarrte. Die Stimme war ihm nicht fremd und auch Strubinski ahnte gleich, wem die gehören könnte. Beide wollten sich vergewissern und spitzten vorsichtig um die Ecke.
„Unglaublich, der Rappert!“, flüsterte Steinhauser erschüttert.
„Da hat der spezielle Yoga-Kurs, den er damals mit uns besucht hatte, in seiner Ehe wohl keine dauerhaften Liebes-Früchte getragen“, meinte Strubinski leise.
„Oder er ist erst so richtig auf den Geschmack gekommen“, mutmaßte Steinhauser. Sie zogen ihre Köpfe wieder zurück. Dass ihn sein Chef hier entdeckte, konnte er jetzt auch nicht gebrauchen, selbst wenn er dann die deutlich besseren Karten in der Hand gehabt hätte. Als die Luft rein war, begleitete sie Viktor zu ihrem Wagen.

„Dein Chef im Puff, wer hätte das gedacht!“, lachte Strubinski, während er sein E-Auto zurück nach Burgsinn lenkte.
„Auf so eine Idee wär ich nie gekommen … der Rappert … der tut doch immer so korrekt“, meinte Steinhauser kopfschüttelnd.
„Tja, stille Wasser sind tief … aber morastig. Der hat wahrlich Dreck am Stecken.“ Strubinski lachte herzhaft und klopfte sich amüsiert auf die Schenkel.

„Dass der überhaupt Zeit hat?“, wunderte sich Steinhauser und schaute auf die Uhr. „Eigentlich müsste der doch jetzt Dienst haben.“
„Naja, vielleicht macht er offiziell Home Office“, flachste Strubinski. „Das ist doch heutzutage ganz modern. Und seiner Evi sagt er, er ist im Büro.“
„Dem trau ich mittlerweile alles zu“, meinte Steinhauser. „Seine Evi denkt, er ist auf der Dienststelle, seine Leute denken, er hockt zu Hause und schreibt Dienstpläne. Dabei macht er Leibesvisitation bei der Shania.“
„Jedenfalls hast du jetzt schon mal ein Ass im Ärmel, wenn´s um die Ost-Versetzung geht.“
„Ob da ein Ass was nützt?“
„Wir werden sehen“, grinste Strubinski vergnügt.
„Ach ja, Fred. Mal was anderes!“ Steinhauser wechselte das Thema. „Du kannst nicht jedes Mal mit dem SEK und Durchsuchungen drohen, wenn´s nicht so läuft, wie du´s gerne hättest!“
„Warum denn nicht? Hat doch bisher immer geklappt!“
„Und du kannst auch nicht einfach so behaupten, dass der Zillerberg in einen Doppelmord verwickelt ist. Das wissen wir doch gar nicht. Genaugenommen wissen wir überhaupt nix!“
„Ach was, der Zweck heiligt die Mittel. Und außerdem hast du´s genauso gemacht.“
„Ja, aber nur, weil du vorher schon mit dem SEK gedroht hattest“, rechtfertigte sich Steinhauser.
„Ist doch auch egal“, wehrte Strubinski ab. „Wir brauchen Ergebnisse und der Viki war doch dann ganz zutraulich oder glaubst du, der hat Bock, dass ihm jemand seinen schönen *Pension Chantal-Puff* zumacht?“
Steinhauser schüttelte den Kopf und verzichtete auf einen Kommentar.
„Was machen wir als nächstes?“ Strubinski war voller Tatendrang. Was für Steinhauser nicht immer einfach war.
„Ich geh morgen früh erst mal aufs Rathaus und frag die Frau Schäflein, ob die eine Anneliese Zillerberg aus Burgsinn kennt“, sagte Steinhauser.
„Okay, super Idee. Aber was, wenn dich der Mehrhold sieht?“
„Bis der kommt, bin ich locker wieder weg. Die gute Ute ist immer die erste auf ´m Rathaus.“
„Alles klar, ich bin da.“
„Du kommst nicht mit!“
„Aber warum denn nicht?“
„Es reicht, wenn ich mit Frau Schäflein rede“, bremste ihn Steinhauser aus. „Und danach brauch ich erst mal Ruhe, damit ich mich sammeln und

die nächsten Schritte überlegen kann.“ Die letzten Tage waren anstrengend gewesen. Und Stress war er auf seiner kleinen Polizeidienststelle in Burgsinn so gar nicht gewohnt.
„Ja, da hast du auch wieder recht. Es gibt viel zu tun, da sollten wir ausgeruht sein“, stimmte ihm Strubinski zu. Steinhauser zuckte gar nicht mehr zusammen, wenn er in der *Wir-Form* sprach.
„Am Wochenende ist Faschingssitzung in Rieneck“, schob Strubinski noch hinterher. „Wollen wir da hin? Der Sepp geht diesmal auch mit.“
„Ne, ich glaub nicht. Ich brauch mal Ruhe“, wehrte Steinhauser ab, was Strubinski aber nicht wirklich interessierte.
„Super! Ich hab schon Karten besorgt.“

Irgendetwas war anders als sonst. Steinhauser stand im Garten seiner Schwester und schaute sich um. Normalerweise erwartete ihn hier schon die Beagle-Dame und freute sich, wenn er nach Hause kam. Doch diesmal keine Spur von Jacky. Er rief nach ihr, aber es tat sich nichts. Leicht besorgt betrat er seine Einliegerwohnung. Jacky lag in ihrem Körbchen, hob kurz den Kopf, schenkte ihm aber keinerlei Beachtung. Sie zeigte heute ausgesprochen wenig Interesse an ihrem Herrchen.
„Alles klar mit dir?“
Steinhauser kniete sich neben sie, um nach ihr zu sehen, als ihm ein beißender Geruch in die Nase stieg. Er sah sich um und entdeckte einen angetrockneten Kackhaufen.
„Och ne!“, sagte er verärgert. Doch das war noch lange nicht alles. Entgeistert betrachtete er die zerfetzten Überreste eines seiner Couchkissen, die im ganzen Wohnzimmer verteilt waren. Jacky legte sich zwar immer mal wieder auf die Couch, wenn er nicht da war, aber bisher hatte sie noch nie etwas angefressen.
Wütend schaute er zur Übeltäterin, doch die ignorierte seinen strengen Blick, indem sie den Kopf einfach wegdrehte. Er sagte nichts und fing an das Durcheinander zu beseitigen. Dabei stolperte er zu allem Überfluss auch noch über einen undefinierbaren Fleck, der sehr stark an Hundekotze erinnerte.
Am liebsten hätte er ihr gehörig den Marsch geblasen, aber da sie nur reglos in ihrem Körbchen lag, machte er sich doch etwas Sorgen. Was, wenn sie das Kissen vor lauter Verzweiflung und Hunger angefressen und jetzt eine Magenverstimmung hatte? Einen kranken Hund konnte er auch

nicht gebrauchen. Steinhauser regte sich ab, räumte den Dreck weg und wischte kurz durch. Anschließend hockte er sich zu Jacky und streichelte sie. Sie zeigte keine Regung. Da Steinhauser nicht so recht wusste, was er tun sollte, holte er eine Dose Hundefutter und kippte die Hälfte in ihren Napf. Sie schaute kurz auf, reagierte aber nicht weiter darauf. Deshalb ging Steinhauser erst mal ausgiebig duschen.

Als er wieder aus dem Bad kam, war der Napf leer und Jacky begrüßte ihn so, wie er es von ihr gewohnt war.

„Denk bloß nicht, dass du jetzt wieder Futter ohne Ende bekommst. Du bist zu fett und das kann so nicht bleiben!“, mahnte er mit erhobenem Zeigefinger und musste dabei lachen. Die Beagle-Dame setzte ihren *Ist doch alles gar nicht so schlimm-Blick* auf und hüpfte wieder in ihr Körbchen.

Kapitel 12

Steinhauser machte sich am nächsten Tag ganz früh mit Jacky auf ihre übliche Morgenrunde. Es war kalt und regnerisch. Dementsprechend motiviert war die empfindliche Beagle-Dame, aber ihr blieb nichts anders übrig, als ihrem Herrchen zu folgen. Abweichend zur sonst üblichen Strecke, lief er, bewaffnet mit einem viel zu kleinen Regenschirm, den er Torben geklaut hatte, mit ihr auf direktem Weg zum Rathaus. Dabei war Jacky penibel darauf bedacht, jedem Regentropfen auszuweichen. Sie schlich an den Häuserwänden entlang und ging jeder Pfütze aus dem Weg. Mehr als einmal musste Steinhauser sie hinter sich herziehen, damit er vorwärtskam. Strubinski informierte er kurzerhand über die Wanze an seiner Uniform, dass er auf dem Weg war und wartete gespannt auf eine Antwort. Er musste nicht lange warten, da kam schon eine Nachricht mit nach oben gestrecktem Daumen und den Worten: *Keine Panik, ich bin bei dir*. Steinhauser verdrehte die Augen, antwortete aber nicht. Er überlegte sogar kurz, ob er sich vielleicht doch einmal ein Beispiel an Strubinskis Engagement nehmen sollte, verwarf den Gedanken aber gleich wieder. Er fand seinen Einsatz durchaus angemessen. Schließlich tat er, was er im Rahmen seiner Möglichkeiten konnte.

Wie erwartet, war Frau Schäflein bereits schon lange bevor das Rathaus öffnete, in ihrem Büro. Auf sie war halt Verlass.

„Herr Steinhauser! Was mache Sie denn hier?“, stieß die gute Seele des Rathauses erfreut und überrascht zugleich aus, als er mit einem tropfnassen Hund ihr Büro betrat. „Sind Sie wieder gesund? Arbeite Sie wieder? Sie habbe mir gar net gesagt, was Sie habbe. War´s was Ernstes?“

„Guten Morgen Frau Schäflein“, grüßte Steinhauser, ohne näher auf ihre Fragenflut einzugehen. „Die Sache ist etwas kompliziert“, sagte er stattdessen.

„So, so, kompliziert“, meinte sie und streichelte Jacky. „Iiihhh, die is ja ganz nass“, stellte sie erschrocken fest und trocknete sich die Hände schnell an einem Küchentuch neben der gurgelnden Kaffeemaschine ab.

„Es regnet ja auch.“

„Soll ich der Jacky mal was zu Fresse gebbe?“

„Nein, auf keinen Fall“, wehrte Steinhauser ab. „Die ist aktuell auf Diät.“

„Auf Diät?“ Frau Schäflein schaute verwundert und musterte die Beagle-

Dame eindringlich. „Naja, schade tät´s ihr net“, meinte sie schließlich und wandte sich wieder Steinhauser zu. „Und was treibt Sie aufs Rathaus?“
„Wie schon erwähnt, ist meine aktuelle Lage etwas … kompliziert, wie Sie ja wissen.“
„Ja, des is mir bekannt. Sie habbe ja auch alles dafür getan“, stimmte Sie zu und schaute nach dem Kaffee auf. „Wie immer?“
„Ja, eine Tasse von Ihrem Kaffee wär jetzt prima.“
„Also, was mache Sie hier? Sind Sie jetzt wieder gesund oder net?“
Steinhauser wippte mit dem Kopf leicht hin und her. „Ich bin gar nicht krank.“
„Des hab ich mir scho gedacht, so wie Sie auschaue“, lächelte sie ihn an.
„Es ist aber nicht so, wie Sie vielleicht denken!“, räumte er ein.
„So, wie denk ich denn?“
„Hmh, keine Ahnung“, gestand er. „Ist ja auch egal. Jedenfalls brauch ich Ihre Hilfe. Ich hab mich nämlich krankschreiben lassen, um verdeckt zu ermitteln, damit ich nicht in den blöden Osten muss.“
„Ahhhh“, meinte Frau Schäflein, riss die Augen auf, holte einen Stuhl und stellte ihn Steinhauser hin. „Wie damals bei der Sache mit der Uschi?“
Steinhauser setzte sich. „Ja, so ähnlich ... nur anders.“
„Soll ich wieder Ihre Berichte schreibe“, wollte Sie gespannt wissen.
„Nein, da ich krankgeschrieben bin, fallen die Berichte weg. Aber ich bräuchte Informationen über eine gewisse Anneliese Zillerberg. Die müsste in Burgsinn wohnen.“
Der Kaffee war durch. Frau Schäflein reichte ihm seine übliche Tasse mit Milch und zwei Löffeln Zucker. Dann fuhr sie ihren PC hoch
„Den Namen Zillerberg hab ich scho lang nemmer gehört“, sagte sie.
„Der ist hier in der Gegend ja auch nicht gerade gängig.“
„Des stimmt.“
„Und woher kennen Sie den Namen?“
„Ach, des is scho lang her, bestimmt über dreißig Jahre“, begann Frau Schäflein zu erzählen. „Der Herr Zillerberg war so´n reicher Professor. Die Gabi, sei Frau, die kam aus Burgsinn. Die beide habbe sich bei de Arbeit in Fulda im Krankenhaus kennengelernt. Des muss Liebe auf´n erste Blick gewese sei. Die Gabi war ja noch so jung und wurd auch gleich schwanger. Dann ist die natürlich auch nach Fulda gezoge. Aber geheiratet habbe die hier in Burgsinn. Des war vielleicht ein tolles Paar. Die habbe soooo gut zusammegepasst. Des war die erste Hochzeit, die ich hier auf´m Rathaus ausgericht hab. So was vergisst man net.“

Steinhauser überlegte kurz. „Ich dachte, Sie arbeiten erst seit ein paar Jahren auf dem Rathaus, nachdem Ihr Mann gestorben war“, erinnerte er sich an das, was sie ihm bei seiner Ankunft in Burgsinn einmal erzählt hatte.
„Ja, des war eigentlich nur zum Teil richtig gewese, was ich da gesagt hab“, meinte sie mit einer wegwerfenden Handbewegung. „So ganz richtig, also in Vollzeit, arbeit ich erst seit ein paar Jahren hier. Aber ich hab vorher scho gaaaanz oft ausgeholfe, wenn mal jemand gebraucht wurde. Mein Mann wollt halt net, dass ich den ganze Tag arbeite geh. Aber so´n paar Stunde war´n in Ordnung und deshalb hab ich mich speziell bei Hochzeite immer darum gekümmert, dass es hier auf´m Rathaus schö aussieht. So was mach ich halt gern. Ist doch auch schö, wenn sich die Leut dann freue.“
„Ist ja auch egal jetzt, wie lange Sie sich schon hier herumtreiben. Hauptsache, Sie kennen sich aus. Und wie ging´s weiter mit den Zillerbergs?“ Steinhauser nahm einen Schluck von seinem Kaffee, der wie immer einzigartig schmeckte. Was er ihr auch gleich sagte. Frau Schäflein nahm das Lob dankend an und fuhr fort.
„Der Bub, der muss so vier oder fünf Jahr alt gewese sein, als des Unglück passiert ist.“
„Was denn für ein Unglück?“
„Die Zillerbergs ware auf der Wasserkuppe und habbe sich da mit nem Freund vom Professor getroffe. Der war Pilot und hat die Zillerbergs auf nen Rundflug eingelade. Die wollte mal über´n Sinngrund fliege ... hat man erzählt.“
Steinhauser ahnte Schlimmes.
„Irgendwo bei Bad Brückenau gab´s dann wohl Probleme. Die musste notlande und dabei kam´s zum Unglück. Der Pilot muss wohl rechtzeitig den Notruf abgesetzt habbe und die Feuerwehr war auch ganz schnell am Unfallort, aber genutzt hat´s nix. Überlebt hat nur der Bub. Der wurd nämlich aus dem Flugzeug geschleudert. Des war auch sei Glück gewese, denn sonst wär der ja mit seine Eltern verunglückt. Der arme Bub, der lag anschließend einige Woche im Krankenhaus.“
Ein betroffenes Schweigen legte sich kurz zwischen die beiden.
„Und was ist mit dem Buben passiert?“
„Der musst zunächst nach Fulda bei die Eltern vom Professor“, fuhr Frau Schäflein fort und Steinhauser war überrascht, wie erstaunlich gut sie doch informiert war. „Aber die sind mit dem Bub net klargekomme. Deshalb

habbe die den dann nach Burgsinn zu seiner Oma Anneliese gebracht. Die hat sich dann um den Bub gekümmert. Der Anneliese ihr Mann ist auch ganz früh gestorbe. Erst die einzige Tochter und dann wenig später ihr Mann. Des war net leicht für die arme Frau. Und mit dem Bub hat sie dann halt auch wieder ´ne Aufgabe gehabt. Aber was man so gehört hat, war der wohl sehr schwierig. Aber was Genaues weiß man net. Die Anneliese hat jedenfalls nie was über ihren Bub komme lasse."
Das waren doch immerhin deutlich mehr Informationen, als ihm sonst irgendjemand in Burgsinn hätte mitteilen können.
„Und die Anneliese, lebt die noch?"
„Ja, die lebt noch. Die heißt übrigens Anneliese Gerster."
„Und wo kann ich denn diese Anneliese finden?", wollte Steinhauser wissen. „Ich müsst die mal was fragen."
„Des kann ich Ihne gleich sagen", meinte Frau Schäflein und hackte wild auf ihrer Tastatur herum. Kurz darauf lief, begleitet von lautem Rattern, ein Blatt Papier aus dem alten Drucker in der Ecke neben der Kaffeemaschine.
„Das Ding klingt aber auch nicht mehr so gesund", meinte Steinhauser.
„Wem sage Sie das", stimmte sie zu, holte den Zettel und gab ihn Steinhauser. „Sie wisse doch: Des Rathaus muss spare, spare, spare."
Steinhauser schaute auf die Uhr und gönnte sich noch eine Tasse Kaffee. Anschließend bedankte er sich herzlich und verschwand, bevor ihm noch der Bürgermeister über den Weg lief.

Steinhauser ärgerte sich grün und blau, dass er vom Kirchrain aus mit Jacky zum Rathaus gelaufen war. Jetzt musste er den steilen Berg wieder hinauflaufen. Und zu allem Überfluss ließ sich Jacky den ganzen Weg lustlos hinterherzerren. Der anhaltende Regen machte es ihm auch nicht leichter. Jackys Laune wurde auch nicht besser, als sie eine halbe Stunde später wieder nur eine halbe Dose Hundefutter bekam. Sie schaute Steinhauser mit tief hängenden Ohren an und das, obwohl ihre Ohren ohnehin schon hingen. Doch der blieb hart.
„Du bist so fett, dass es sogar Frau Schäflein aufgefallen ist. Ich muss jetzt los - ermitteln", sagte er und machte sich umgehend auf den Weg zu Anneliese Gerster.
Er wollte gerade die Garage öffnen, als es von der Straße her hupte. Strubinski kam lautlos mit seinem E-Auto in die Einfahrt gerollt.

„Was machst´n du hier?“, begrüßte ihn Steinhauser.
„Dich unterstützen, was denn sonst“, meinte Strubinski, der wieder hochmotiviert und im höchst seltsamen Bernd Bonderlich Outfit erschienen war.
„Wobei?“
„Du willst doch jetzt zu der Oma von dem Zillerberg, oder etwa nicht?“
„Ja, schon“, bestätigte Steinhauser. „Aber ohne dich.“
„Warum denn?“
„Weil ich das jetzt selbst übernehme und du in dem Aufzug mal besser nicht durch Burgsinn latschst. In Bad Brückenau kennt dich keiner, hier ist das anders.“
„Nach Bad Brückenau hab ich auch schon Pakete verschickt. Aber okay, ich geb ja zu, das ist vielleicht etwas riskant. Aber du bist doch krankgeschrieben. Da kannst du doch auch nicht einfach so die Leute verhören.“
„Befragen, Fred, ich will die Oma befragen. Außerdem weiß die ja nicht, dass ich krankgeschrieben bin und der Rappert wird wohl kaum dort auftauchen.“
„Und wenn dich der Horst sieht?“, gab Strubinski zu bedenken.
„Ach der. Der hat doch ganz andere Sorgen.“ Steinhauser winkte ab. „Und außerdem weiß ja keiner, dass ich der Anneliese Gerster einen Besuch abstatte.“
„Und was mach ich jetzt?“
„Du fährst mich zu dieser Anneliese“, meinte Steinhauser und stieg in Strubinskis E-Auto ein.
„Wohin?“
„Ins Jenseits.“
„Hä?“
Steinhauser seufzte hörbar auf. „Drüben, beim Schloss, auf der anderen Bahnseite, außerhalb von Burgsinn, Richtung Gräfendorf, rechts weg.“
„Ach so, da. Sag das doch gleich. Da hab ich Kundschaft“, sagte Strubinski und fuhr los.
Vor dem Haus von Anneliese Gerster stand der mobile Pflegedienst.
„Die gute Anneliese scheint auch nicht mehr so fit zu sein“, meinte Strubinski. „Willst du da jetzt rein?“
Steinhauser überlegte einen Augenblick. „Ne, das brauch ich jetzt nicht. So wie´s aussieht, läuft die uns nicht davon.“
„Und was jetzt?“
„Fahr mich mal nach Mittelsinn zu meinen Eltern. Da war ich schon lang

nicht mehr."
„Wie jetzt? Willst du die Ermittlungen abbrechen?", quiekte Strubinski.
„Nicht abbrechen, sondern nur mal ruhen lassen", meinte Steinhauser. „Am Montag machen wir frisch ausgeruht und erholt weiter. Versprochen!"
„Hast ja recht. Es muss auch mal Pause sein", stimmte Strubinski unerwartet zu und fuhr Steinhauser zu dessen Eltern nach Mittelsinn. Mit den Worten: „Wir seh´n uns dann morgen Abend. Wir holen dich ab", ließ Strubinski ihn stehen und Steinhauser fiel wieder die Rienecker Faschingssitzung ein, auf die er gut und gerne verzichten konnte. Die in Fellen lag ihm immer noch in den Knochen, von den beziehungstechnischen Nachwehen mal ganz abgesehen. Aber Holzinger und Strubinski würden es zu verhindern wissen, dass er sich faul auf die Couch legte und Chips in sich hineinstopfte. Dabei kam ihm der Gedanke, dass die vielen Chips der letzten Monate vielleicht auch nicht gut für die Beagle-Dame gewesen waren.

Quietschvergnügt und bester Laune, sauste Steinhausers Vater Rudolf, der alte Grantler, pfeifend durch die Backstube, wie es sein Sohn noch nie erlebt hatte. Zumindest konnte er sich nicht daran erinnern. Seine Mutter Hildegard strahlte ebenfalls bis über beide Ohren. Sie bemerkten ihren Sohn noch nicht einmal, als der hinter ihnen stand. Der eine knetete Teig und die andere schlug Eier auf, die sie auch gleich mit einem Schneebesen gekonnt verrührte. Ihr Azubi Kai, der kurz vor seiner Gesellenprüfung stand, war gerade dabei Backwaren aus dem Ofen zu holen. Er grüßte kurz, dann verschwand er mit einem breiten Grinsen und dem Gebäck durch eine Schwingtür im angrenzenden Laden.
„Was ist denn hier los?" rief Steinhauser seinen Eltern zu. Beide schauten nur kurz auf, machten dann aber weiter, ohne ihn großartig zu beachten.
„Halloooo", rief er erneut. „Ich bin´s, euer Sohnemann."
„Wir ham dich schon gesehen", zwitscherte Rudolf, während er mit kräftigen und geschickten Handgriffen Brote formte, ohne ihn dabei eines Blickes zu würdigen.
„Darf man erfahren, warum ihr so … extrem gut gelaunt seid?", versuchte er erneut herauszufinden, was dieses ungewohnte Stimmungshoch ausgelöst hatte.
„Dürfen wir erfahren, warum du hier bist?", stellte Hildegard eine

Gegenfrage. „Wir haben gehört, du bist krankgeschrieben. Aber so krank siehst du gar nicht aus."
„Ja … es gibt halt auch Krankheiten ... die man nicht gleich auf den ersten Blick erkennen kann", meinte Steinhauser. Er wollte jetzt nicht näher auf seine Krankmeldung eingehen.
„Von deiner Schwester weiß ich, dass du es an den Nerven hast. Björnaut, oder irgend so was Skandinavisches", kreische ihm seine Mutter entgegen und zerstörte seine Hoffnungen, dieser Diskussion aus dem Weg gehen zu können. Wie konnte er auch so naiv sein und glauben, dass Klaus die Krankschreibung vor seiner Frau geheim halten würde oder konnte? Seine Schwester müsste eigentlich für den Geheimdienst arbeiten. Den BND oder so was. Es gab fast nichts, was man vor ihr geheim halten konnte. Sie brachte so gut wie alles in Erfahrung. Seine Mutter war ja schon sehr talentiert, was dies anbelangte, aber Monika hatte dieses Talent nicht nur geerbt, sie hatte es nahezu perfektioniert.
„Das heißt Burnout und ist nicht zu unterschätzen", verteidigte sich Steinhauser halbherzig.
„Von wegen Burnout. Du bist doch Beamter und Beamte kriegen keinen Burnout. Wie soll denn das geh´n? Die schaffe doch nix außer Formular loch, abheft und die Leut ärgern? Du hast Fauleritis, sonst nix!", keifte ihn sein Vater an und begann gleich wieder, vergnügt pfeifend den Teig zu formen.
Steinhauser zog es vor, in diese Diskussion nicht tiefer einzusteigen. Hier konnte er nur haushoch verlieren. Ähnlich wie die Titanic gegen den Eisberg, nur würde er noch schneller untergehen. Es machte also keinen Sinn und was der Grund für seinen pfeifenden Vater war, wusste er immer noch nicht. Deshalb wandte er sich an seine Mutter. Die goss gerade die verrührten Eier in eine Mulde in einem Teighaufen und begann diesen vorsichtig durchzukneten.
„Könnt ihr mich jetzt mal aufklären, warum ihr so … unglaublich gut gelaunt seid?"
„Wir bekommen im Herbst eine neue Auszubildende", sagte seine Mutter mit einem Strahlen im Gesicht, das er so noch nicht kannte. „Weil der Kai wird ja jetzt im Frühjahr fertig mit seiner Ausbildung und will auch bei uns bleiben."
„Aha, eine neue Auszubildende", wiederholte er skeptisch. „Und deshalb seid ihr so gut drauf. Muss ja eine ganz besondere Auszubildende sein."
„Ist sie auch!", trällerte sein Vater herüber.

„Und darf man auch erfahren, wer diese besondere Auszubildende ist?"
„Willst du es ihm sagen?", fragte Hildegard ihren Mann.
Der winkte ab. „Sag du´s ihm."
Hildegard unterbrach ihre Arbeit und wandte sich jetzt das erste Mal ihrem Sohn zu. „Die Jennifer", sagte sie mit freudestrahlendem Gesicht.
„Hä? Was für eine Jennifer?"
„Sag mal, bist du blöd? Hast du Björnaut oder Hirnaut?", pflaumte ihn seine Mutter kopfschüttelnd an.
„Ich kenn keine Jennifer!", pflaumte Steinhauser zurück. Dabei zuckte er ahnungslos mit den Schultern.
„Deine Nichte, du Depp!", schrie ihn Hildegard an und gab ihm mit ihren teigverschmierten Händen einen kräftigen Klaps auf den Hinterkopf. „Die zweite Tochter deiner Schwester!"
„Au", meinte Steinhauser erschrocken. „Ach, die Jennifer. An die hab ich grad gar nicht gedacht", entschuldigte er sich und zupfte den Teig aus seinen Haaren. „Und wie kommt´s?"
„Nachdem die vier oder fünf Praktikums gemacht hatte und nix für sie dabei war, was ihr gefallen hat, wurde sie eigentlich von der Monika zu uns strafversetzt", erklärte seine Mutter. „Und die Arbeit gefiel ihr dann so gut, dass sie jetzt Bäckerin werden will."
„Mama, das heißt Praktika und nicht Praktikums", verbesserte Steinhauser.
„Hannes, das ist doch völlig egal. Du weißt, dass ich es nicht leiden kann, wenn du mich immer verbesserst, obwohl du genau weißt, was ich gemeint habe", beschwerte sich seine Mutter.
„Ja, Entschuldigung, Mama. Aber das mit der Jennifer habe ich gar nicht mitbekommen."
„Dass du nie was mitbekommst, das ist ja jetzt nix Neues!", rief ihm sein Vater zu. „Wenn ich nicht wüsst, dass du bei der Polizei bist, glauben würd ich´s nicht."
Steinhauser verzichtete auf einen Kommentar. Aber so ganz falsch lag Rudolf da nicht. Schließlich wohnte er im selben Haus wie Jennifer.
„Der Torben will ja jetzt lieber zur Polizei!", rief Rudolf noch hinterher und diesmal mit dem gewohnt vorwurfsvollen Unterton, der ihm bestens bekannt war, seit er sich gegen das Bäckerhandwerk entschieden hatte. Er wollte nach der Schule alles, aber nicht mitten in der Nacht aufstehen und Teig kneten.
„Na, dann ist ja alles prima, oder?", rief er zurück. „Dann kann die Jennifer ja irgendwann mal den Laden übernehmen."

„Ja, das kann sie!“, strahlte sein Vater.
„Aber bis es mal so weit ist, dauert es ja noch. Jetzt soll sie erst mal die Schule fertig machen und dann die Lehre ordentlich abschließen“, räumte Hildegard ein.
„Und es ist ja auch noch etwas Zeit ... bis die Jennifer im Herbst bei euch durchstarten kann“, warf Steinhauser dazwischen. „Wer weiß, was bis dahin noch alles passiert.“
„Da passiert nix!“, schrie Rudolf durch die Backstube.
Steinhauser zog es vor, sich nicht weiter dazu zu äußern und hoffte und wünschte seinen Eltern, dass Jennifer das auch durchzog. Denn davon war er noch lange nicht überzeugt.
„Ja, wenn hier alles Friede-Freude-Eierkuchen ist, dann mach ich mich mal wieder vom Acker und will euch nicht länger aufhalten.“
In diesem Moment kam Jennifer in die Backstube geschneit. Anscheinend war die Schule aus.
„Hallo Hannes“, sagte sie vergnügt und band sich gerade ihre Schürze um. Sie begrüßte ihre Oma mit einem Kuss auf die Wange, drückte ihren Opa kurz und gesellte sich dann zu Hildegard, um ihr zu helfen. Seine Eltern strahlten wie zwei Kernkraftwerke kurz vor der Explosion. Etwas ungläubig beobachtete Steinhauser das harmonische Treiben. Er konnte sich nicht daran erinnern, seinen Vater jemals so stolz gesehen zu haben. Und auch seine Mutter blühte regelrecht auf. Und Jennifer … ja, da wusste er gar nicht, was er davon halten sollte. Irgendwie passte sie so gar nicht in die Backstube, aber manchmal täuscht man sich eben. Er war immer davon ausgegangen, Pubertiere wären kompliziert, aber bei Jennifer schien alles anders zu sein.
Dann betrat Kai die Backstube. Die Blicke der Teenager trafen sich und sofort war Steinhauser klar, warum Jennifer unbedingt Bäckerin werden wollte. Zwei hormongesteuerte Pubertiere auf engstem Raum. Hoffentlich waren sich seine Eltern bewusst, auf was sie sich da einließen.

Steinhauser musste minutenlang Sturm klingeln, bis ihm Strubinski endlich öffnete. „Was dauert denn da so lang?“, beschwerte er sich.
„Hast du Sehnsucht nach mir? Mit dir hab ich jetzt nicht mehr gerechnet“, beschwerte sich Strubinski, der ihm in schlabbriger Jogginghose und einem alten T-Shirt mit der Aufschrift *Ich wurde so geboren und was ist deine Entschuldigung* die Tür öffnete.

„Wie siehst du denn aus … um die Zeit schon im Assi-TV-Couchmodus?"
„Ja, warum denn nicht? Wenn jemand was aus dem Geschäft braucht, kann er ja klingeln. Außerdem muss ich mich jetzt mal ein wenig erholen. So Ermittlungsarbeit ist echt anstrengend. Ich bin gerade dabei, die Faktenlage mal so grob zu sortieren."
Steinhauser rollte mit den Augen, sparte sich aber einen Kommentar. „Ich muss wieder nach Burgsinn und du musst mich fahren."
„Das hast du doch vorhin auch schon gewusst, als ich dich mitgenommen hab, oder?"
„Ja, ich dacht halt, du fährst mich wieder."
„Jetzt gleich?"
„Nee, ich könnt noch so ein, zwei, drei, vier Bierchen vertragen. So zum Einstieg ins Wochenende."
„Komm rein. Die Sonja kocht gerade. Willst du auch was?"
„Die Sonja?", wunderte sich Steinhauser. „Die ist doch erst ... zehn?" Wenn er sich recht erinnerte, dann ging Sonja mit Torben in eine Klasse.
„Fast elf", verbesserte Strubinski. „Aber eine echte Strubinski weiß sich halt zu helfen. Ich koch jedenfalls nix. Sonjas Bedarf an Aufbackpizza und Imbiss-Essen ist vorerst gedeckt. Sie kocht Spaghetti mit Bolognesesoße aus´m Glas", erklärte Strubinski. „Das macht sie öfter mal mit ihrer Mama und da sie ihre Mutti, wie ich auch, unendlich vermisst, gibt's heute Spaghetti."
„Apropos vermisst … was macht dein Versöhnungsauftrag mit meiner Stefanie?"
Strubinski winkte gefrustet ab. „Hör mir auf! Die Lavinia antwortet immer noch nicht. Aber immerhin korrespondieren wir schon wieder gelegentlich über die Sonja. Wird wohl noch etwas dauern, bis sich die Frauen wegen dir abgeregt haben."
Steinhauser setzte an, erneut klarzustellen, dass Strubinski eigentlich ganz alleine Schuld war an dieser vertrackten Lage, hielt jedoch nur kurz die Luft an und schluckte seinen Satz hinunter. „Kann ich auch Spaghetti haben?", fragte er stattdessen.
„Logisch. Die Sonja ist gleich soweit."
Während die Männer den Tisch deckten und warteten, stand Sonja am Herd. Die Spaghetti schmeckten hervorragend. Dazu gab es ein kühles Bierchen und für Sonja Apfelschorle. Zum Glück hatte Sonja unterschätzt, wie sich Nudeln beim Kochen vermehrten. So reichte es locker für alle drei. Im Anschluss stopften sie gemeinsam Töpfe und Geschirr in die heil-

los überfüllte Spülmaschine und machten es sich im Wohnzimmer bequem. Sonja zog sich in ihr Zimmer zurück. Auf dem Couchtisch lag das vergilbte Heft von Strubinskis Opa: „Sagen und Geschichten aus dem Landkreis Gemünden“. Es war gespickt mit jeder Menge bunter Klebezettel und ein Block mit zahlreichen Notizen lag daneben. Strubinski schleppte so viel Bier herbei, wie er tragen konnte, nahm das Heft und reichte es Steinhauser.

„Willste mal lesen? Echt voll interessant.“

Steinhauser nahm es, drehte es in den Händen und blätterte kurz darin herum, bevor er es wieder weglegte. „Heut nicht. So altes Zeug interessiert mich jetzt nicht sooooo sehr.“

„Sollte es aber“, meinte Strubinski und öffnete schon mal zwei neue Bier. „Ich bin da auf ein paar sehr interessante Geschichten gestoßen. Wir sollten die Ritualmörder-Theorie nicht so weit wegschieben.“

„Och Fred“, beschwerte sich Steinhauser und leerte sein Bier auf ex. „Sag doch nicht immer *wir*, wenn *du* irgendwelche Hirngespinste in deinem Kopf zusammenspinnst.“

„Ich find das nicht so abwegig. Die Todesursachen sind jedenfalls höchst seltsam. In dem Heft vom Heinrich Lutz zum Beispiel steht ...“

„Fred, ich bitte dich! Hör doch jetzt mal auf mit dem Zeug“, unterbrach ihn Steinhauser genervt. „Wir müssen uns mit der Realität auseinandersetzen …“

Er schluckte kurz. Jetzt hatte er doch tatsächlich selbst in der *Wir-Form* von ihnen gesprochen, was Strubinski ein zufriedenes Lächeln ins Gesicht zauberte.

„So, so, mit der Realität müssen *wir* uns auseinandersetzen“, wiederholte dieser gelassen. „Und wie genau soll diese Realität aussehen?“

„Ja … also … realistisch halt“, stammelte Steinhauser, aber dann fiel ihm doch noch etwas ein. „Nächste Woche statten wir ... also in diesem Falle ich ... der Oma von diesem Zillerberg einen Besuch ab. Und dann … dann fahren wir noch mal zur Schruntz.“

„Okay, das klingt nach einem Plan. Aber um die Schruntz kümmer ich mich wieder. Der müssen wir auch ihr Handy wieder irgendwie unterjubeln … und ich hab da auch schon eine Idee“, meinte Strubinski zufrieden.

Nach Strubinskis letztem Auftritt hätte Steinhauser die Befragung von Sybille Schruntz am liebsten selbst übernommen, aber dafür war es jetzt zu spät. Er konnte nur versuchen, dahingehend auf ihn einzuwirken, dass die

Aktion Bernd Bonderlich nicht aus dem Ruder lief … wenn das nicht schon längst geschehen war.

Einige Stunden und einige Bier später wollte Steinhauser dann endlich nach Hause. Die zahllosen Versuche mit ihren abtrünnigen Frauen in Verbindung zu treten, um die Sache mit dem Busen-Grapsch-Bild zu klären, blieben erfolglos. Was dazu führte, dass sie ihren Kummer langsam aber sicher ertränkten.
„Ich will heim", sagte Steinhauser mit schwerer Zunge und kämpfte sich umständlich wie ein alter Tattergreis aus den tiefen Polstern der Couch hoch.
„Ich kann kein Auto mehr fahren", meinte Strubinski und zählte die leeren Bierflaschen auf, neben und unter dem Couchtisch. „Auf keinen Fall! Ruf deine Schwester an."
„Laber nicht rum", meinte Steinhauser. „Das sind doch alles nur 0,33er Flaschen. Die paar Fläschchen haben dich früher auch nicht vom Fahren abgehalten."
„Jaaaa … früher. Früher war alles anders. Früher war auch mehr Lametta. Und was, wenn uns jemand anhält?"
„Wie oft denn noch? Hier im Sinngrund hält dich außer mir keiner an. Wer denn auch? Ist doch mein Einsatzgebiet", stellte Steinhauser klar. „Zieh dir was über und komm!"
Strubinski seufzte aus tiefster Seele, quälte sich in die Jacke seines Jogginganzuges und schleppte sich hinter Steinhauser her. Draußen war es längst finstere Nacht.
Erstaunlich sicher lenkte Strubinski sein E-Auto aus der Garage und anschließend durch das Dorf auf die Landstraße. Nicht schnell, aber zielsicher näherten sie sich Burgsinn. So was verlernt man halt nicht.
„Was is´n das für´n rotes Licht da vorne … beim Ortsschild?", wunderte sich Strubinski. „Das bewegt sich."
Sicherheitshalber blieb er mal in gebührendem Abstand stehen. Beide beobachteten neugierig, wie der rote Lichtpunkt immer schneller hin und her hüpfte.
„Das ist ´ne Kelle", stellte Steinhauser verwundert fest.
„Was´n für ´ne Kelle?"
„Polizeikelle!"
„Wie? Polizeikelle? Du sitzt doch hier? Wie kannst du dann da vorne

stehen und wedeln?“
„Mensch Fred, reiß dich zamm! Das sind meine Kollegen!“
„Na toll, von wegen uns hält hier niemand an.“
„Das machen die bestimmt mit Absicht, weil ich krankgeschrieben bin“, vermutete Steinhauser.
„Und was jetzt? Lassen die mit sich reden? Ohne meinen Lappen bin ich aufgeschmissen.“
Beide starrten auf den roten Punkt, der mittlerweile nicht mehr hüpfte. Dafür ging das Blaulicht an.
„Scheiße! Weg hier! Gib Gas!“, befahl Steinhauser.
„Ja, wohin denn?“
„Dreh die Karre, wir müssen über die Brücke auf die andere Seite der Eisenbahn, ins Jenseits. Da können wir die abhängen. Ich weiß auch schon wie.“
In einem waghalsigen, durch Alkohol bedingten furchtlosen Wendemanöver, ergriffen sie die Flucht und katapultierten das E-Auto über die Straße. Verfolgt von Steinhausers Kollegen mit Blaulicht und Sirene.
„Das sind bestimmt der lange Klein und der kleine, dicke Dings … ich kann mir dem sein Namen einfach nicht merken“, meinte Steinhauser, während er sich in seinem Sitz festkrallte. Strubinski trieb sein E-Auto an die Leistungsgrenze. Sie überquerten die Bahnbrücke Richtung Gräfendorf, bogen mit quietschenden Reifen rechts ab und rasten Richtung Jenseits, der Ortsteil von Burgsinn, der durch die Bahn vom Rest des Ortes getrennt war. Dahin, wo Zillerbergs Oma wohnte.
„Hey, du weißt aber schon, dass da vorne die Straße zu Ende ist, oder?“, fragte Strubinski hektisch, dessen Alkoholspiegel durch einen extremen Adrenalinüberschuss kurzzeitig nicht zum Tragen kam. Sie mussten hier weg, da war jetzt keine Zeit besoffen zu sein. „Wohin soll ich denn überhaupt fahren? Links hoch in den Wald?“
„Nein, immer grad aus. Da vorne geht’s zu so´m schmalen Bahnweg!“, gab Steinhauser zurück, als plötzlich ein roter Begrenzungspfahl vor ihnen auftauchte. Strubinski verhinderte trotz reichlichem Bierkonsum mit einer Vollbremsung in aller letzter Sekunde den Zusammenstoß.
„Wir sind am Arsch“, kreischte er panisch und schaute nach hinten. „Die ham uns gleich!“
„Ham ´se nicht!“, rief Steinhauser, sprang aus dem Auto, rannte zum Begrenzungspfahl und legte ihn um. Hektisch winkte er Strubinski auf den schmalen Weg und richtete den Pfahl wieder auf. Dann sprang er schnell

zurück ins Auto und Strubinski raste davon. Ihre Verfolger legten ebenfalls eine hollywoodreife Vollbremsung hin.
„Die kriegen uns! Scheiße, die kriegen uns!“, quiekte Strubinski panisch, während er, so schnell er konnte, den schmalen Weg entlang raste. Links war ein steiler Hang, rechts ging es ebenso steil hinunter zu den Bahngleisen.
„Bleib locker, die kommen da nicht durch. Du kannst vom Gas gehen“, meinte Steinhauser gelassen. „Den Pfeiler kannst du nur umlegen, wenn du den richtigen Kniff kennst. Der Bolzen und der Pfahl sind nämlich verbogen. Und der Bolzen geht nur in einer bestimmten Stellung rein und raus. Wenn du nicht genau weißt, wie das geht, hast du keine Chance.“
„Und woher weißt du, wie das geht?“, wunderte sich Strubinski, der unsicher nach hinten schaute. Niemand folgte ihnen.
„Weil ich den letztes Jahr beim Schneeschieben aus Versehen umgefahren und wieder repariert hab“, grinste Steinhauser.
Strubinski entspannte sich langsam. „Da hat sich der Winterdienst ja mal richtig gelohnt.“
„Jep, in diesem Fall auf jeden Fall.“

Zu Hause wurde Steinhauser dann von einer unerwartet ausgeglichenen Beagle-Dame in Empfang genommen. Jacky begrüßte ihn so, wie er es eigentlich gewohnt war, was ihn wiederum stutzig machte. Seit Beginn der F-D-H Diät war dies nicht mehr der Fall gewesen. Aber anscheinend zeigte die Maßnahme ihre erste Wirkung. Während er seine Uniform an den Kleiderständer hängte, fiel sein Blick in die Küche. Interessiert wankte er hinein und fand eine leere Dose Hundefutter, die da auf der Arbeitsplatte stand. Er schaute in den Kühlschrank und holte die Dose heraus, die er heute Morgen geöffnet hatte. Sie war immer noch halb voll. Daraus schlussfolgerte er, dass diese leere Dose nicht von ihm und vermutlich auch nicht von Jacky geöffnet worden war. Allerdings erklärte diese leere Dose auch die ausgeglichene Hündin. Diese stromerte mit wedelndem Schwanz vergnügt durch die Wohnung und beschnüffelte alles, was sie schon tausendmal beschnüffelt hatte.
Steinhauser schnappte sich die Dose und machte sich auf den Weg in den zweiten Stock. Er drückte die Klingel, bis geöffnet wurde.
„Hannes, was soll denn das? Um diese Zeit?“, schrie ihn seine Schwester verärgert an.

Ihr Bruder streckte ihr nur die leere Dose entgegen. „Warst du das?“, lallte er mit schwerer Zunge.
Monika nahm ihm verwirrt die Dose ab. „Sag mal, hast du getrunken?“
„Trinkst du nicht, wenn du Durst hast?“, gab er zurück und marschierte mit großen Schritten ins Wohnzimmer. Dort saßen Klaus, Torben und die angehende Jungbäckerin Jennifer und schauten eine Tierdoku. Monika kam hinter ihm her. „Dein blöder Köter saß den halben Tag jaulend im Garten! Und das ohne Unterbrechung! Das konnte man bis in die Praxis hören!“, sagte sie streng.
Steinhauser schaute in die Runde, alle nickten gleichzeitig und wortlos.
„Die Jacky ist erstens kein Köter! Und macht zweitens wegen ihrer Diät gerade eine schwere Zeit durch. Da kann man doch mal etwas Verständnis erwarten“, wandte sich Steinhauser an Monika. „Da kannst du die doch nicht außerhalb meines mühevoll erarbeiteten Diätplans mit einer Dose Hundefutter mästen!“
„Was heißt hier, die Jacky macht eine schwere Zeit durch?“, hielt Monika dagegen. „Wir alle, außer dir, machen in diesem Haus gerade eine schwere Zeit durch. Weil, du musst dir das Gejaule ja nicht den ganzen Tag anhören! Du gehst ja lieber saufen.“
„Aber du kannst doch nicht einfach in meine Wohnung eindringen und meinen Hund füttern!“
„Doch, das kann ich!“ Jetzt wurde Monika laut. „Weil das erstens meine Wohnung ist und wir zweitens unsere Ruhe haben wollen. Noch Fragen?“
„Ist euch denn die Gesundheit von der Jacky egal?“
„Nein, ist sie uns nicht“, meldete sich Klaus zu Wort. „Aber ich kann nicht praktizieren, wenn in unserem Garten ein jaulender Hund sitzt, weil er von seinem Herrchen nicht genug zu fressen bekommt.“
„Ja, genau!“, pflichtete ihm seine Frau bei. „Und überhaupt, solltest du jetzt besser mal ins Bett gehen und deinen Rausch ausschlafen.“
Steinhauser schaute kurz in die Runde, sagte nichts, ging zur Tür und drehte sich noch mal um. Dabei wäre er fast hingefallen.
„Gute Nacht“, sagte er und war verschwunden.

Das Lindwurmdenkmal am Steinbusch bei Rieneck

Eine halbe Stunde von Rieneck, an der Straße nach Burgsinn unterhalb vom Steinbusch, steht das Lindwurmdenkmal. Es stellt einen Reiter dar, der auf einen Lindwurm sticht. Denn der Lindwurm richtete großen Schaden an und versetzte die Bevölkerung in große Unruhe und Angst.
Vergebens harrte man auf einen „Ritter St. Georg", der da käme, um diesem grauslichen Vieh den Garaus zu machen und das Städtlein von diesem Ungeheuer zu erlösen. Aber leider kam kein heiliger Georg, weder zu Fuß noch hoch zu Roß und auch die Gebete, die die Rienecker alljährlich am Georgitag zum Himmel schickten, schienen nichts nützen zu wollen.
Eines Tages erschien dann doch der Retter, zwar nicht in Gestalt eines stolz reitenden, speerbewaffneten Ritters St. Georg, sondern in der Person eines einfachen Schäfers. Gar oft wurde seine Schafherde von dem gefräßigen Getier überfallen. Darum nahm er eines Tages ein Schaf und füllte es mit ungelöschtem Kalk. Dann trug er es in das Lindental und legte es an einer gefürchteten Stelle für den Lindwurm bereit. Der Lindwurm kam auch wieder und fraß das Schaf gierig auf. Danach eilte er zur Sinn, um seinen großen Durst zu löschen. Der Kalk fing an zu kochen und der Lindwurm ging unter fürchterlichen Zuckungen jämmerlich zu Grunde.
Die Rienecker konnten nun wieder ruhig leben, denn sie waren von dem schrecklichen Lindwurm für immer befreit.

(Quelle: Sagen und Geschichten aus dem Landkreis Gemünden a. M. von Heinrich Lutz)

Kapitel 13

Nach einer extra langen Morgenrunde wurden Steinhauser und Jacky von Torben in Empfang genommen. In der Hand hielt er eine große Stofftasche.

„Was machst du denn schon so früh hier draußen?", wunderte sich sein Patenonkel, als er den Garten betrat und Jacky die Leine abmachte.

„Ich soll Brötchen holen."

„Du kannst doch nicht von hier oben runter ins Dorf und wieder hoch laufen. Da bist du ja ewig unterwegs", meinte Steinhauser.

„Deswegen sollst du mich ja auch fahren, wenn du mit der Jacky wieder da bist", gab Torben zurück. „Hat die Mama gesagt. Saufen kannst du ja auch."

„Jetzt werd mal nicht frech."

„Hat die Mama gesagt", wiederholte Torben schulterzuckend.

„So, so, hat die Mama gesagt. Na dann, dann wollen wir mal lieber machen, was die Mama gesagt hat, bevor´s noch Ärger gibt."

„Ja genau", stimmte Torben auf dem Weg zu Stefanies Auto zu. „Ich hab zur Zeit eh voll Stress mit der Mama", schob er noch gefrustet hinterher.

Steinhauser staunte nicht schlecht, mit welcher Ernsthaftigkeit sein Patenkind sprach. Sie stiegen ein und fuhren los. „So, du hast also Stress mit der Mama? Warum denn?" Das wollte er jetzt genau wissen.

„Die stresst halt rum, weil ich, wie du, zur Polizei will, um solche Ritualmörder zu jagen und einzusperren."

Bei dem Wort Ritualmörder legte Steinhauser eine gewaschene Vollbremsung hin, dass es Torben in den Gurt schleuderte. Dann starrte er sein Patenkind verdutzt an. Der schaute verdutzt zurück.

„Wie kommst du denn darauf, dass ich einen … Ritualmörder jage?", fragte er verwundert.

„Das hat mir die Sonja in der Schule erzählt", erklärte ihm Torben. „Die hat gemeint, dass ihr Papa und du an dem Fall arbeiten. Du weißt schon, die Leiche, die wir gefunden haben."

Steinhauser schloss die Augen und holte erst einmal tief Luft. Sich jetzt aufzuregen, machte keinen Sinn, Torben konnte ja nichts dafür, was Fred seiner Tochter erzählte. „Und wem hat die Sonja das noch alles erzählt?", wollte er weiter wissen.

Torben überlegte. „Ich glaub sonst niemandem. Die hat mir das ja auch nur gesagt, weil du mit ihrem Papa zusammenarbeitest. Sie hat gemeint, ihr seid da so was wie ein Team und sie darf da mit niemandem drüber reden. Ihr Papa muss doch jetzt verdeckt ermitteln, weil sie dich rausgeschmissen haben oder so ähnlich. Stimmt das, dass die dich rausgeschmissen haben?“

Steinhauser antwortete nicht, ihm fehlten im Augenblick die Worte. Er holte mehrmals tief Luft, um diese Flut an unerwarteten Informationen so früh am Morgen erst einmal zu verdauen. Sein Blick verfinsterte sich und in Gedanken tötete er gerade Strubinski, zerteilte ihn und vergrub ihn an vielen Stellen im Wald – ganz tief.

Nachdem er damit fertig war, wandte er sich wieder an Torben. „Und hast du mit jemandem darüber geredet? Mit der Mama oder dem Papa vielleicht?“

„Nein, bist du verrückt“, gab Torben zurück. „Doch nicht mit dem Papa und schon gar nicht mit der Mama.“

„Und sonst mit jemandem?“, hakte Steinhauser nach.

Wieder überlegte Torben. „Ich glaub nicht.“

„Du glaubst?“

„Ja, kann ich jetzt gar nicht so genau sagen. Aber ich glaub, ich hab nix erzählt.“

Steinhauser fuhr zum Bäcker und Torben kaufte ein. Er musste unbedingt mit Strubinski reden. Die Tatsache, wie gut Torben informiert war, stimmte ihn dann doch etwas nachdenklich. Er wollte sich erst gar nicht ausmalen, was abgehen würde, wenn Torben oder Sonja mit Klassenkameraden über Ritualmörder *fachsimpelten* und diese ihr Wissen dann beim Abendessen zu Hause verbreiteten.

„Aber heute Abend können wir ja mal über den Fall reden“, sagte Torben kumpelhaft, als er mit der vollen Einkaufstasche wieder im Auto saß.

Steinhauser schaute etwas irritiert zu Torben. „Wieso heute Abend?“

„Na, wir geh´n doch mit euch heute Abend auf die Faschingssitzung nach Rieneck. Die Sonja und ich.“

„Wer sagt das?“

„Die Mama. Und am Sonntag geh´n wir alle zum Kinderfasching in die Sinngrundhalle“, fügte Torben noch hinzu.

„Hat das auch die Mama gesagt?“

„Ja klar, wer denn sonst?“

Nach einem ausgiebigen Frühstück gab Steinhauser Jacky ihre halbe Dose Hundefutter. Auch wenn die Beagle-Dame beleidigt rumjaulte, sah er überhaupt nicht ein, warum er ihre Diät abbrechen oder das völlig überteuerte Diät-Futter kaufen sollte. Er betrachtete die Hündin und war sich fast sicher, dass schon die ersten Pfunde weg waren. Am Ende würde sie ihm dankbar sein, da war er sich sicher.

Mittlerweile hatte er sich auch wieder ein wenig beruhigt und machte sich auf den Weg zu seinem *Partner* Fred Strubinski.

Die Strubinskis saßen noch beim Frühstück. Sonja mit zerzaustem Dutt und einem viel zu kleinen, ausgewaschenen Arielle-Schlafanzug. Strubinski bevorzugte auch früh am Morgen Jogginghose und Schlabber-T-Shirt. Diesmal stand auf seiner Brust *Nicht jeder kann früh am Morgen so gut aussehen wie ich*. Seine dünnen, langen, strubbeligen Haare hatte er mit einem bunten Haargummi seiner Tochter fixiert. Am liebsten hätte er Strubinski sofort zur Rede gestellt, aber es war ganz gut, dass Sonja da war. Denn schon als er von ihrem Vater freudestrahlend begrüßt worden war, wäre er ihm am liebsten an die Gurgel gesprungen.

„Du kannst dann auch gehen, wenn du fertig bist“, meinte Strubinski zu seiner Tochter, die lustlos in ihrem Kaba rührte und in Zeitlupe ihr Marmeladebrötchen kaute. „Ich räum den Tisch ab.“

„Oh, wie gütig. Der Herr Vater macht zur Abwechslung auch mal was“, meinte Sonja schnippisch und dampfte ab.

„Stress mit dem Nachwuchs?“, fragte Steinhauser.

„Was heißt hier Stress?“, winkte Strubinski ab. „Aber ich glaub, ich muss mein Töchterchen hier und da etwas mehr unterstützen. Schließlich schmeißt die in meiner Abwesenheit den Laden und den Haushalt. An die vielen Pakete will ich erst gar nicht denken. Ist vielleicht doch etwas viel. Wird ja auch erst elf die Kleine.“

„Und bei deinen verdeckten Ermittlungen unterstützt sie dich auch, nicht wahr?“, ergänzte Steinhauser.

Strubinski schaute kurz verwirrt. „Hä, wie kommst du denn darauf?“

„Ich weiß vom Torben, dass du mit deiner Tochter über Ritualmörder und verdeckte Ermittlungen sprichst und dass du ihr erzählt hast, dass du für mich einspringen musst, weil ich rausgeschmissen wurde“, brachte es Steinhauser auf den Punkt.

Strubinski biss sich verlegen auf die Unterlippe und räumte zaghaft das Geschirr zusammen. „Das … das … das ist so nicht ganz richtig“, war alles, was er zu seiner Verteidigung hervorbrachte.

„So, wie ist es dann richtig?“ Steinhauser wurde etwas lauter.
„Also … ich … ich musste der Sonja doch irgendwie erklären, warum sie mich im Laden vertreten und sich um den Haushalt kümmern muss“, bastelte Strubinski weiter an einer brauchbaren Verteidigung.
„Und da musstest du ihr erzählen, dass wir einen Ritualmörder jagen oder was? Konntest du ihr nicht irgendeine andere Geschichte auftischen?“
„Hab ich ja versucht … aber mir ist da halt nix eingefallen. Und lügen soll man ja auch nicht … wegen Vorbildfunktion und so.“
Steinhauser schüttelte resignierend den Kopf. „Du und Vorbild! Ich lach mich kaputt! Seit wann fällt es dir schwer zu lügen? Hast du überhaupt eine Ahnung, was los ist, wenn die Sonja das in der Schule rumerzählt?“
„Das macht die ganz bestimmt nicht.“
„Und was macht dich da so sicher?“
„Weil sie es mir versprochen hat.“
„Na toll! Dem Torben hat sie es schon erzählt.“
„Der Torben war ja auch dabei, als wir die erste Leiche gefunden haben. Der ist ja quasi so was wie ein Insider und gehört somit auch zum inneren Kreis.“
Steinhauser hielt sich ungläubig die Hände vors Gesicht. „Mensch Fred, du kannst doch nicht mit einer Zehnjährigen ...“
„Elf! Die Sonja wird bald elf!“, warf Strubinski dazwischen.
Steinhauser schloss kurz die Augen und wartete ein paar Sekunden. „Du kannst doch nicht mit deinem KIND über deine Ritualmörder-Schwachsinns-Phantasien reden oder über irgendwelche verdeckten Ermittlungen. Hast du sie eigentlich noch alle?“, zischte Steinhauser. Er musste mit sich ringen, dass er nicht ausrastete.
Schweigend räumte Strubinski den Tisch ab. In der Küche wurde es still.
„Naja … was soll ich sagen ...“, begann Strubinski erneut an einer Verteidigung zu basteln und setzte sich mit hängenden Ohren zu Steinhauser an den Tisch. „... war vielleicht nicht ganz so gut, mit der Sonja darüber zu reden.“
„Vielleicht?“, entfuhr es Steinhauser.
„Ist ja gut. War blöd“, räumte Strubinski ein. „Aber es hat sich halt irgendwie so ergeben.“
„Wie kann sich denn so was ergeben?“, fragte Steinhauser ungläubig.
„Die Sonja ist irgendwie über meine Notizen gestolpert und wollte dann natürlich wissen, was los ist. Und da dacht ich mir, bevor ich ihr jetzt irgendein Märchen erzähle, sag ich ihr einfach, was los ist. Sie hat mir

auch hoch und heilig versprochen, niemandem etwas zu erzählen."
Steinhauser lehnte sich auf seinem Stuhl zurück, schaute an die Decke und zählte innerlich bis zehn. Das half immer. All das Aufregen nutzte jetzt eh nix mehr. „Dann solltest du deiner Tochter unbedingt noch mal klarmachen, wie wichtig es ist, dass sie nix rumerzählt. Denn sonst kommt ihr Papa wegen Amtsanmaßung in den Knast."
„Das hab ich doch alles schon mit ihr durchgesprochen", sagte Strubinski stolz. „Ich kann mich voll auf meine Tochter verlassen, ehrlich."
„Dein Wort in Gottes Ohr", meinte Steinhauser und kam direkt zum nächsten Thema. „Kannst du mir vielleicht auch erklären, warum der Torben und die Sonja heute Abend mit zur Faschingssitzung nach Rieneck gehen?"
„Ja, das kann ich dir", gab Strubinski zurück. „Die Sonja wollte nicht wieder beim Torben schlafen und weil ihre Rienecker Klassenkameradinnen heute auch auf die Sitzung gehen, da wollte sie unbedingt mit."
„Und das musste die Sonja dann gleich dem Torben mitteilen, stimmt´s?"
„Nein, nicht direkt. Ich hab die Monika angerufen und ihr gesagt, dass die Sonja heute doch nicht bei Torben schläft, weil sie mit mir auf die Sitzung geht", erklärte Strubinski. „Und da hielt es die Monika für eine super Idee, den Torben auch mit dir da hinzuschicken. Worüber sich der Torben dann auch ganz doll gefreut hat."
„Naja, warum auch nicht?", meinte Steinhauser. So heftig wie in Fellen durfte es ohnehin nicht noch einmal enden.
„Wir haben auch schon für alle Kostüme besorgt", trällerte Strubinski.
„Kostüme?", fragte Steinhauser ungläubig. Er wollte sich eigentlich nicht großartig maskieren.
„Ja, wir gehen alle als Pirat Captain Jack Sparrow. Das hat sich die Sonja so gewünscht", erklärte Strubinski.
„Das könnt ihr gerne machen. Ich hab leider kein Kostüm."
„Doch, hast du", grinste Strubinski. „Ich hab dir und dem Sepp gleich eins mitbesorgt."

„Ihr passt doch gar nicht alle in das Auto rein", beschwerte sich Monika, während ein riesiger, zwei kleinere und zwei Mini-Sparrows versuchten, sich in den Geländewagen von Sebastian Holzinger zu quetschen. Am Steuer saß dessen Vater Reinhold, der nur mit dem Kopf schüttelte. Nach zähen Verhandlungen hatte er sich letzten Endes breitschlagen lassen, die

Piraten-Truppe nach Rieneck zu fahren und später, aber nicht zu spät, weil um halb sieben mussten ja die Kühe gemolken werden, auch wieder zu holen. So konnte jeder etwas trinken, ohne Gefahr zu laufen, auf dem Nachhauseweg von der Polizei angehalten zu werden. Die hatte nämlich ihre Kontrollen in den letzten Tagen im Sinngrund merkwürdigerweise verstärkt und zeigte deutlich erhöhte Präsenz. Und die fünfte Jahreszeit war meist eine sehr erfolgreiche Zeit, um Alkoholsünder zu erwischen.
„Mach dir keine Gedanken, Monika. Wir passen da schon irgendwie rein“, krächzte Strubinski und war gerade dabei, seine Tochter im Kofferraum zu verstauen. Er räumte eine Motorsäge, einige Ketten, Haken, Keile, Drahtseile und eine schwere Spaltaxt zur Seite, dann kletterte Sonja hinein. „Bis Rieneck geht das mal.“
„Aber ihr seid doch viel zu viele“, hielt Monika dagegen.
„Bleib mal locker Schwesterchen, ich bin doch dabei“, meinte Steinhauser.
„Ja, genau“, sprang ihm sein Schwager Klaus zu Hilfe. „Das sind drei verantwortungsbewusste Erwachsene … also mit dem Reinhold sogar vier und zwei Kinder. Die machen das schon. Rieneck ist schließlich keine Weltreise.“
Noch bevor Monika etwas erwidern konnte, zerrte Klaus seine Frau zurück ins Haus. „Tschüüüss und viel Spaß.“
„Ich will auch in den Kofferraum“, rief Torben und kletterte über die Rücksitzbank zu Sonja ins Heck des Wagens, aber erst nachdem seine Mutter verschwunden war. Dabei riss er Steinhauser die Perücke samt Hut vom Kopf. Alle hatten sich detailverliebt in den Piraten Captain Jack Sparrow verwandelt. Sogar Steinhauser konnte nicht abstreiten, dass ihre Verkleidungen sehr gelungen waren. Und das, obwohl er ja jetzt nicht soooo der Faschingsnarr war. Mit Säbel, Mantel, Stiefeln und zehn aufgemalten Augen im Gesicht zuckelten sie zur Sitzung der *Rienecker Göikel.* Man konnte sie nur anhand der Größenunterschiede identifizieren.
Die *Rienecker Göikel* hatten sich nicht lumpen lassen und das eher triste Bürgerzentrum in ein kunterbuntes Faschings-Tollhaus verwandelt. Zu Steinhausers Überraschung wimmelte es hier nur so von Piraten und unzähligen weiteren Jack Sparrows. Dazwischen tummelte sich eine Vielzahl von Menschen in mittelalterlicher Kleidung. Viel Arbeit musste das aufwendige Bühnenbild gemacht haben.
„Das soll bestimmt die Black Pearl darstellen“, meinte Strubinski. „Das Piratenschiff von Captain Jack Sparrow. Das Motto des heutigen Abends ist nämlich *Fluch der Karibik.* Deshalb auch die Kostüme. Verstehste?“,

schob er noch hinterher.
„Und warum hängt an dem Mast der Black Pearl eine riesige 500?“, wollte Steinhauser wissen.
„Weil der Rienecker Fasching … ich glaub in Rieneck sagt man Fasenacht ... in diesem Jahr 500-jähriges Jubiläum feiert“, verkündete Strubinski weiter.“
„Ach echt?“
„Ja, echt!“, bestätigte Strubinski. „Vor genau 500 Jahren soll der Graf von Rieneck durch drei Herolde zum „großen Narrentag“ eingeladen haben.“
„Was hat denn der Mehrhold damit zu tun?“, fiel ihm Steinhauser verwundert ins Wort.
„Nicht Mehrhold, sondern Herolde“, korrigierte Strubinski kopfschüttelnd und zeigte zur Bühne. „Siehst du dort die Typen mit den Trompeten, wo so Fahnen dranhängen und den Hüten mit dem bunten Federschmuck?“
„Meinst du die mit den Stiefeln und den breiten Gürteln um die Hüften?“, fragte Steinhauser.
„Genau die!“, bestätigte Strubinski und fuhr fort. „Der erste Faschings- ... oder eben auch Fasenachtszug soll bis auf die Lindenwiese – damals Linnen-Wiese – in Gemünden geführt haben. Historisch belegen lässt sich das allerdings nicht. Das steht angeblich so in einem historischen Roman aus dem Jahr 1922 von einem gewissen Hans von Hammerstein ... oder so ähnlich … ich weiß das jetzt auch nicht mehr so genau. Jedenfalls, was der Typ da geschrieben hat, war zwar reine Erfindung, aber ganz ausschließen, dass von dem Rienecker Graf Philipp so ein ... Fasenachtszug veranstaltet wurde, kann man nicht. Die Rienecker waren ja schon immer solche Feierbiester – irgendwo muss das ja herkommen. Für die Rienecker Altherren-Fußballmannschaft hab ich mal ein paar Leitungen verlegt … ich sag dir, saufen können die … aber das ist jetzt egal. Fakt ist aber, dass diesem Philipp sein Onkel, der Thomas von Rieneck, ein hoher Geistlicher in Köln gewesen war. Da kann es schon gut möglich gewesen sein, dass der Philipp mal zum Partymachen nach Köln gepilgert ist und anschließend ist die Idee von so ´nem Umzug mit nach Rieneck und somit in den Sinngrund geschleppt worden. Früher hatten die ja nicht viel zu lachen gehabt und da waren die bestimmt auch froh wenn´s mal etwas Abwechslung gab. Aber so genau habe ich den Artikel jetzt auch nicht gelesen. Ist ja auch nicht so wichtig, ob das auf den Tag genau stimmt. Hauptsache die Party geht ab.“
„Du kennst dich ja voll aus ...“, zollte ihm Steinhauser Respekt, „...

zumindest, wenn es um Partys geht."
Strubinski nickte. „Deshalb auch das Piratenmotto zu den Sitzungen. Ist ja auch irgendwie was Mittelalterliches. Und der Rienecker Fasenachtsumzug ist diesmal auch ein historischer Umzug. Wie man halt glaubt, dass es vor 500 Jahren gewesen sein könnte. Aber so genau weiß das ja keiner."
„Und woher weißt du das alles?"
„Lesen bildet", grinste Strubinski. „Die *Göikel Post* vom Rienecker Faschingsverein liegt doch überall in den Geschäften aus. Da steht das alles drinnen. Kannst du ja selber nachlesen, wenn´s dich interessiert."
„Nein, nein, ich verlass mich da mal voll auf dich", lobte ihn Steinhauser.
„Jedenfalls sind wir das perfekte Piratenfünftett in unsern Outfits", meinte Strubinski zufrieden und betrachtete ihre Verkleidungen.
„Quintett, Fred, das heiß Quintett. Wir sind das perfekte Piraten-Quintett", korrigierte ihn Holzinger.
„Hä? Wie so das denn? Wir sind doch nur fünf?"
„Ja, genau, deswegen auch Quintett", ergänzte Steinhauser kopfschüttelnd. Holzinger und die Kinder verdrehten die Augen.
„Bist du dir sicher, dass das dein Papa ist?", fragte Torben Sonja leise. Die zuckte nur mit den Schultern.
„Keine Ahnung, was ihr meint. Ist mir jetzt auch egal. Lasst uns feiern! Wo sind unsere Plätze?", lachte Strubinski und ging voran.
Vor der Bühne hatte die Band für den Abend Stellung bezogen. Die trug allerdings keine Piratenkostüme, sondern Soldatenuniformen, wie in den bekannten Filmen. Sonja und Torben wurden von zwei weiteren Mini-Sparrows, drei Soldaten und einem Matrosen begrüßt. Mit denen tobten sie erst mal durch die Halle.
„Ich hab gedacht, wir machen heute mal einen drauf?", beschwerte sich Holzinger. „Jetzt habt ihr ja die Zwerge dabei."
„Heute geh´n wir´s mal langsam an. Mir reicht´s noch von Fellen", räumte Steinhauser gleich ein.
„Das ist mir klar, du Grapscher", lachte Holzinger. „Nach so ´nem Auftritt würd ich auch auf die Bremse treten."
Steinhauser sparte sich jeden Kommentar und bestellte bei der Piraten-Bedienungsbraut zum Einstieg erst mal eine Runde Radler. Dabei wurde er von der Piraten-Bedienungsbraut erst mal aufgeklärt, dass es sich hierbei um falschen Piratentrunk und nicht um Radler handelte. Bier hieß heute Abend echter Piratentrunk. Überhaupt gab es für alle Getränke so einen merkwürdigen Piratennamen. So hieß Wasser weiße Piratenbrühe, Cola

schwarze Piratenbrühe und Fanta wurde als gelbe Piratenbrühe bezeichnet – da konnte man ja so einiges hineininterpretieren. Steinhauser fand die Bezeichnung für Fanta irgendwie unglücklich und deshalb durften die Kinder heute Abend auch Cola trinken. Die offizielle Währung der heutigen Veranstaltung war Dublone. Wobei Steinhauser jetzt nicht wusste, ob das „b“ in Dublone richtig war oder eher eine Anspielung auf den hiesigen Dialekt. Und außerdem waren sie auch nicht im Bürgerzentrum, sondern in der berühmten Piratenhafenstadt Tortuga. Die *Rienecker Göikel* hatten sich mächtig ins Zeug gelegt und es versprach ein lustiger Abend zu werden.

Die Stimmung war von Beginn an grandios. Eine Mini-Piraten-Tanzgarde (was auch sonst) eröffnete den Abend und das Publikum war begeistert. Die gute Stimmung konnte auch nicht von den flachen Witzen des leicht verpeilten Moderatorenduos zerstört werden. Wobei das *„Piratenfünftett“* aus Mittel- und Burgsinn im Laufe des Abends schon das Gefühl hatte, dass die Moderatoren alles dafür taten, um eben diese gute Stimmung zu ersticken. Zum Glück blieben sie erfolglos. Aber auf jeden Fall sollten sich die zwei „Gottschalks für Arme“ einen Witze-Berater nehmen. Steinhauser hörte dann irgendwann auf, Torben die Pointen zu erklären. Zum einen, weil es ihm zu blöd wurde, zum anderen, weil er die Witze, je später der Abend wurde, selbst nicht mehr verstand. Aber damit war er in Tortuga nicht alleine und die sieben Humpen falscher Piratentrunk konnten auch kein Grund dafür sein.

Einer der absoluten Highlights des Abends war der Auftritt von *Willi „The Master of Büttenrede“ Krapf*, der vom Publikum mit tosendem Beifall begrüßt wurde. Und das völlig zurecht. Willi war ein Rienecker Urgestein und es genügte schon, wenn er, ohne ein Wort zu sagen, mit seinem Penner-Piratenoutfit die Bühne betrat, um Tortuga in Ekstase zu bringen. Mit verschmutzten Händen hielt er lässig eine in zerknülltes Zeitungspapier eingewickelte Buddel Rum. Bevor er etwas sagte, nahm er erst einmal in aller Seelenruhe einen kräftigen Schluck aus der Buddel. Mit seinem ersten Satz: „Ohne Rum sin die zweee Moderatoren-Azubis niiiet zu ertrooochen“, hatte er die ersten Lacher auf seiner Seite. Der Saal tobte. Danach folgten lustige Geschichten, die sich im Laufe des Jahres in Rieneck zugetragen hatten. Dabei ging er weder zimperlich noch rücksichtsvoll vor. Wenn man in Rieneck nicht ins Faschingsprogramm und von Willi nach allen Regeln der Kunst vorgeführt werden wollte, durfte man sich wahrlich absolut nichts erlauben. Die Sache mit der

Schadenfreude funktionierte einfach immer. Und da war es egal, ob man ein Rienecker A-B- oder C-Promi war.

Die Faschingssitzung gipfelte um exakt 00:00 Uhr, wie sollte es auch anders sein, in lauten Salven aus vielen versteckten Konfettikanonen und mehreren Polonaisen, die sich chaotisch durch Tortuga schlängelten. *„Hier fliegen gleich die Löcher aus dem Käse ...“*, hallte es in altbekannter Faschingsmanier durch den Saal und alle grölten mit. Holzinger führte singend und mit großen Schritten ihre Polonaise an. Dahinter folgte Torben, der die Arme heben musste, um sich an Holzingers Gürtel festzuhalten und kaum Schritt halten konnte. Ihm folgte Sonja, die ebenfalls mehr rannte als lief, dann Strubinski, Steinhauser und viele andere. Tortuga wurde in ein Schlachtfeld verwandelt und eine Sanierung des Bürgerzentrums schien jetzt unvermeidbar.

„DA! DA! Da ist er wieder!“, schrie Strubinski plötzlich aufgeregt, ließ die Polonaise abreißen und deutete auf einen der unzähligen Captain Jack Sparrows in einer anderen Polonaise.

„Wer ist da?“, fragte Steinhauser.

Der Rest des Trosses schob sich einfach an ihnen vorbei und hakte sich bei Sonja wieder ein.

„Der Wanzenkäufer!“

„Wo?“ Steinhauser schaute in die Richtung, in die Strubinski zeigte.

„Da, einer der Sparrows“, rief Strubinski und rannte los. Steinhauser hinterher.

Einen Jack Sparrow Doppelgänger nach dem anderen riss Strubinski herum und schaute ihn an.

„Hannes, er ist weg! Schon wieder weg!“

„Mensch Fred, die seh´n doch alle gleich aus“, winkte Steinhauser ab. „Wie willst du da auf die Entfernung jemanden erkennen?“

„Doch! Wenn ich es dir doch sage, das war der Typ, der bei mir die Wanzen gekauft hat. Hundertprozentig!“, beharrte Strubinski. „Der hat so eine … komische Nase.“

„Du hast auch eine komische Nase“, frotzelte Steinhauser. „Und überhaupt, was willst du denn von dem Typ?“

„Eigentlich nix. Ein bisschen quatschen, einen trinken. Was man halt so macht, wenn man sich kennt. Mich würd schon mal interessieren, ob der seine Frau jetzt erwischt hat.“

„Bei was denn erwischt?“, wollte Steinhauser wissen.

„Na, ob sie ihn mit ´nem anderen bescheißt – Fremdvögeln“, erinnerte ihn

Strubinski. „Aber das ist doch merkwürdig, dass der immer abhaut, wenn wir uns sehen."
„Ich würd manchmal auch am liebsten abhauen, wenn ich dich seh", meinte Steinhauser, dann ging er zurück zu den anderen und reihte sich wieder in die Polonaise ein. Strubinski trottete gefrustet hinterher.
Dank der Kinder fiel das durchaus mögliche Koma-Besäufnis nicht so schlimm aus wie in Fellen. Aber auch ein Dutzend falscher Piratentrünke und einige Tortugaliköre taten ihr übriges. Wer weiß, wie das alles noch geendet wäre, wenn sie mit Reinhold Holzinger nicht vereinbart hätten, dass er sie wegen der Kinder kurz nach Mitternacht abholen sollte. Torben musste schwören, dass Steinhauser und Strubinski den ganzen Abend nur Cola getrunken hatten, falls seine Mutter nachfragen sollte.
Aus Sicherheitsgründen, um nicht von Steinhausers Kollegen mit einem überladenen Geländewagen angehalten zu werden, weil die ja seit neuestem verstärkt im Sinngrund patrouillierten, fuhren sie auf dem Heimweg durch den Wald. Der Weg führte an der Bahn entlang, wo früher das Rockfestival „Rock am Tunnel" stattgefunden hatte. So erreichten sie unentdeckt Burgsinn, wo Torben und Steinhauser erfolgreich abgesetzt wurden.
Und natürlich war Monika noch wach und natürlich merkte sie, dass ihr Bruder einen sitzen hatte und natürlich bekam er einen Anschiss. Da war es völlig egal, was Torben erzählte, was aber letzten Endes keine Rolle spielte, denn Steinhauser war es auch egal, was seine Schwester erzählte. Torben fand es lustig und machte noch einmal deutlich, dass er genau so wie sein Patenonkel werden wollte.

Kapitel 14

Steinhausers Nacht war viel zu früh zu Ende. Um von ausgeschlafen sprechen zu können, fehlten noch etliche Stunden. Schuld daran war Jacky, oder er selbst. Hier kam es ganz auf die Sichtweise an. Jedenfalls hockte sich Jacky so lange jaulend vor die Schlafzimmertür, bis Steinhauser sich aus dem Bett quälte. Jacky erschrak kurz, als er die Tür aufriss. Ihr Herrchen sah höchst merkwürdig aus, denn er trug immer noch Teile der Jack Sparrow Verkleidung, schlurfte verschlafen in die Küche und gab ihr die mittlerweile übliche Ration Hundefutter. An Weiterschlafen war auch nicht zu denken. Jacky verschlang die halbe Dose so schnell, dass es ihm unmöglich war, sein Bett wieder zu erreichen, bevor sie ihren leeren Napf klappernd durch das Wohnzimmer schubste. Jetzt stand ihre Morgenrunde an, worauf die Beagle-Dame schon sehnsüchtig wartete. Doch vorher gönnte sich Steinhauser erst mal einen Kaffee, entledigte sich der Reste seines Piratenkostümes und putzte die Zähne. Nachdem er von Jacky quer durch die Siedlung und ein Stück durch den Wald geschleift wurde, legte er sich noch einmal auf der Couch ab und fiel in einen unruhigen Halbschlaf, der wiederum von Torben beendet wurde.
„Aufstehen!“, befahl sein Patenkind und zerrte wie wild an Steinhausers Arm. „Kinderfasching!“
Steinhauser schaute verschlafen auf die Uhr. Mittlerweile war es kurz nach zwölf.
„Wie bist du denn überhaupt hier reingekommen?“, fragte Steinhauser verschlafen.
„Deine Haustür war nicht ganz zu.“
„Aha“, knurrte er mit rauer, total übermüdeter Stimme. Dabei hatte er gestern doch gar nicht so viel getrunken. Aber dafür lauthals gesungen.
„Wann geht der denn los, der Kinderfasching?“
„Um zwei!“
„Und warum weckst du mich dann jetzt schon?“
„Weil wir uns noch absprechen müssen.“
„Hä? Absprechen?“, krächzte Steinhauser verwundert und brachte sich stöhnend in Sitzposition. „Was gibt es denn da abzusprechen? Ich hock mich in die Sinngrundhalle und du rennst rum.“
„Na, wir geh´n doch als Team.“

Steinhauser rieb sich die verquollenen Augen und betrachtete sein Patenkind. „Wie siehst du denn aus? Und was für ein Team?“
Torben hatte sich allen Anschein nach in den alten Kommunionsanzug seines Vaters gequetscht, trug eine Sonnenbrille und blendete ihn mit einer dieser grellen LED-Taschenlampen. „Geblitzdingst!“, rief er.
„Ey!“, beschwerte sich Steinhauser und kniff erschrocken die Augen zusammen.“
„Ich bin ein *Men in Black* und du mein Partner.“
„Ein was?“
„MIB! *Men in Black*!“, wiederholte Torben in astreinem Englisch. „Wir beschützen die Erde vor Außerirdischen. Die Filme hab ich neulich beim Jonas gesehen.“
„Aha“, krächzte Steinhauser mit kratziger Stimme.
„Sag bloß, du kennst MIB nicht?“
„Doch, doch. Ich war nur eben etwas verwirrt, wegen deinem … Anzug.“
Steinhauser erhob sich und setzte noch einmal frischen Kaffee auf. Er musste seinen Kreislauf irgendwie auf Touren bringen. Hungrig war er jetzt auch, aber das Angebot seines Kühlschrankes war sehr überschaubar.
„Weiß deine Mama, dass du die Filme gesehen hast? Die sind doch erst ab zwölf, oder?“
„Nein, das weiß die natürlich nicht! Oder glaubst du, ich hab Bock auf Stress? Und außerdem bin ich bald zwölf“, winkte Torben ab. „Ich hab ihr gesagt, dass die Verkleidung dem Jonas seine Idee war und ich gar nicht weiß, was MIB ist und dass ich das alles nur dem Jonas zuliebe mache. Das fand sie dann gut.“
Steinhauser nickte. „Recht haste. Die Mama muss nicht alles wissen, aber ich hab gar keinen MIB-Anzug.“
„Macht nix, dann gehst du halt als normaler Polizist und ich bin dein Boss. Und der Jonas auch. Der gehört nämlich auch zu unserem Team“, gab Torben zurück.
Steinhauser überlegte kurz. „Von mir aus.“
„Ich hab sogar so eine Laserkanone, wie die im Film“, sagte Torben und hielt seinem Patenonkel stolz eine übergroße Wasserspritzpistole mit riesigem, runden Tank unter die Nase. „Der Papa hat die sogar extra schwarz angemalt und *Men in Black* draufgeschrieben. Cool, oder?“
„Mega cool“, gab Steinhauser zurück. „High five“, meinte er noch und Torben klatschte ihn lässig ab. Bis es endlich zwei Uhr war, erzählte Torben seinem Patenonkel haarklein, was die *Men in Black* alles so für

Aufgaben haben und was in den Filmen passiert war. Ganz offensichtlich hatte Torben die Filme schon mehrmals gesehen, denn die meisten Dialoge kannte er auswendig.

Neben dem Triebwerk eines Düsenjägers konnte es nicht lauter sein. Gefühlte tausend Kinder tobten kreischend, schießend und weinend durch die spartanisch nach Fasching eingerichtete Sinngrundhalle. Aber den Kindern war es egal, wie es hier aussah – Hauptsache Party. Die gesamte Familie Vorndran begleitete ihren jüngsten Spross zum Kinderfasching. Sogar Jennifer und Vanessa waren mit von der Partie. Allerdings weniger aus Solidarität oder gar, weil sie den Fasching so liebten. Nein, ihre Anwesenheit war eher praktischer Natur. Monika hatte nämlich nichts gekocht und die Mädels trieb der Hunger hierher. Ähnlich wie bei Steinhauser und seinem Schwager. Allerdings war die Auswahl an Speisen sehr überschaubar. Wiener Würstchen mit Brötchen war anscheinend das Hauptgericht. Als Beilagen gab es Senf oder Ketchup. Gefolgt von Brezeln mit und ohne Butter. Steinhauser holte sich erst mal vier Paar Wiener. Mit Jacky an der kurzen Leine suchte er sich einen Platz in der gut besuchten Sinngrundhalle. Der Rest der Familie entschied sich ebenfalls für das Hauptgericht und das auch gleich in mehrfacher Ausführung.
Wenig später stießen dann noch Hildegard und Rudolf Steinhauser sowie die Familien Holzinger und die Strubinskis dazu. Sonja war wieder als Jack Sparrow verkleidet. Aber vielleicht hatte sie es ja gar nicht ausgezogen? Bei dem Vater war ihr das ohne Weiteres zuzutrauen. Peter, Holzingers ältester Sohn, der mittlerweile sechs Jahre alt sein musste, war mit der im Sinngrund traditionellen blauen Latzhose als Landwirt verkleidet und raste mit seinem Tretbulldog wie ein Verrückter durch die Sinngrundhalle. Sehr zum Ärgernis anderer, sehr besorgter Eltern. Bis es zum Konflikt mit Helikopter-Muttis kommen würde, war unter diesen Umständen nur eine Frage der Zeit. Aber bis dahin konnte sich Peter erst einmal austoben. Jan, der Windel-Junkie, wie Holzinger seinen zweiten Spross bezeichnete, lag seelenruhig im Kinderwagen und schlief. Und das trotz des Triebwerklärms. Holzinger und Strubinski hatten nur die Jack Sparrow Perücken auf dem Kopf.
„Bist du im Dienst?“, fragte Strubinski und deutete auf Steinhausers Uniform.
„Ich bin krankgeschrieben“, gab der zurück, als plötzlich fette

Faschingsbeats durch die Halle hämmerten und sich mit dem Gekreische der Kinder mischten. Das rote Pferd machte den Anfang und Jan schlief immer noch.
Völlig unauffällig hatte der im Sinngrund allseits bekannte DJ DSDS – Dietmar Jost, „Der-Sinngrund-Dancing-Star“, Stellung bezogen und beschallte jetzt die Halle.
„Fehlen nur noch die Hohlblock-Women“, meinte Steinhauser und stopfte sich gierig sein letztes Würstchen in den Mund.
Strubinski lachte und Hildegard wollte wissen, wer diese Hohlblock-Women waren. Zusammen mit Strubinski versuchte Steinhauser vergeblich seiner Mutter zu erklären, wer das war, wo die herkamen und mit was für einem Hit die einmal erfolgreich gewesen waren. Schließlich gaben sie auf und sagten nur noch: „Ist halt ´ne Faschingsband.“
Hildegard gab sich zwar damit zufrieden, was aber ihrer Geschwätzigkeit keinen Abbruch tat. Ununterbrochen erzählte sie, wie sich ihr Sohn als kleiner Bub immer verkleidet hatte. Peinliche Geschichten, auf die Steinhauser gut und gerne hätte verzichten können. Allerdings fehlte ihm jetzt die Energie, um mit seiner Mutter zu diskutieren. Irgendwann kamen dann Torben und Sonja und holten Jacky. Sie behaupteten, sie bräuchten die Beagle-Dame unbedingt für einen gefährlichen Anti-Alien-Einsatz vor der Halle. Steinhauser gab ihnen die Leine. Jacky brauchte eh mal etwas Auslauf. Mittlerweile wurde Jan dann doch wach und fing gleich mal an, lauthals zu plärren. Oma Gerda und Opa Reinhold kümmerten sich allerdings erfolglos um den Kleinen. Er wetteiferte mit DJ DSDS, wer wohl am lautesten war. Und als dann die erste Helikopter-Mutti mit ihrem lädierten Kind ankam, um sich über den rasenden Peter mit seinem Tretbulldog zu beschweren, brachen die Holzingers aus taktischen Gründen den Rückzug an. Es war ja auch schon längst wieder Zeit zum Kühe melken.
Trotz des Lärms regenerierte sich Steinhauser so gaaaanz langsam und gab schließlich dem Drängen Strubinskis nach. Der holte erst mal ein Bier für jeden. Sofort standen Monika und Hildegard auf der Matte.
„Was seid ihr denn für Vorbilder?“, beschwerte sich Steinhausers Schwester lautstark und Hildegard pflichtete ihr bei. Rudolf schwieg und wandte sich seinem neuen Familienliebling Jennifer zu. „Wie könnt ihr denn auf dem Kinderfasching Bier trinken? Hat es euch nicht gereicht, dass ihr euch gestern Abend im Beisein von zwei Kindern die Kante gegeben habt?“

Steinhauser und Strubinski schauten sich verwirrt um. Sie waren schließlich nicht die einzigen, die sich ein Nachmittagsbierchen gönnten. Doch bevor einer der beiden etwas sagen konnte, ergriff Monika wieder energisch das Wort.
„Müsst ihr heut da weitermach, wo ihr gestern aufgehört habt? Was würden wohl eure Frauen dazu sagen, wenn sie euch hier so sehen würden? Hä, was wohl? Und du Hannes, was bist du denn für ein Polizist? Hockst dich in Uniform hier rein und säufst Bier!“
„Aber ich bin doch gar nicht im Dienst … und überhaupt ist das nur, weil der Torben ...“, setzte Steinhauser zu einer Erklärung an, zog es aber dann vor, lieber nicht mit seiner Schwester zu diskutieren. Er reichte das Bier seinem Schwager Klaus, der es nach einem fragenden Blick in Richtung seiner Frau dankend ablehnte.
Irgendwann kamen dann Torben und Sonja wieder angerannt und suchten etwas zu trinken.
„Wo ist denn die Jacky?“, wollte Steinhauser wissen.
Torben und Sonja schauten kurz erschrocken.
„Oh, stimmt, die war vorhin doch noch bei uns“, meinte Sonja und wandte sich an Torben. „Die war doch bei dir, oder?“
„Neee, die war bei dir“, hielt der dagegen.
„Neee, bei dir“, wehrte sich Sonja.
„Stopp!“, mischte sich Steinhauser ein. „Wo habt ihr die Jacky denn zuletzt gesehen?“
„Draußen!“, gaben die Kinder zurück. „Okay“, meinte Steinhauser und erhob sich. „Ich muss eh mal an die frische Luft. Ich guck mal, wo die ist.“
Auf dem Weg nach draußen kam Steinhauser der Bürgermeister entgegen. Hinter ihm her trottete ein Mann mit Kamera. Vermutlich wieder irgend so ein Pressefuzzi.
Horst Mehrhold nutzte ja bekanntlicherweise jede Gelegenheit, um sein Gesicht in die Zeitung zu bringen und da kam ihm so ein Kinderfasching gerade recht.
„Steinhauser, was machen Sie denn hier?“, bellte ihm der Bürgermeister entgegen. „Ich dacht, Sie sind krankgeschrieben?“
„Bin ich ja auch.“
„Und was machen Sie dann hier?“
„Ich bin mit meinem Patenkind hier. Schließlich bin ich ja nicht bettlägerig“, meinte Steinhauser gelassen.
„Und warum tragen Sie Uniform?“

„Das ist heute keine Uniform, sondern ein Faschingskostüm“, erklärte Steinhauser.
„So so, ein Faschingskostüm“, raunzte ihn Mehrhold an. „Mich würd ja schon mal interessieren, was Sie für eine angebliche Krankheit haben.“
„Die ist eher psychisch, wegen dem Stress und so“, meinte Steinhauser.
„Sie und Stress!“, regte sich der Bürgermeister gleich auf. „Pah, da lach ich mich doch kaputt. Sie wissen doch gar nicht, was das ist, Stress!“
„Naja, mit der Psyche ist das halt so eine Sache“, sagte Steinhauser und ließ sich nicht provozieren. „Einem psychopathischen Massenmörder sieht man das ja auch nicht an, dass er ein psychopathischer Massenmörder ist. Sonst könnte man ihn ja gleich wegsperren.“
Mehrhold starrte ihn kurz mit offenem Mund an, fand aber gleich wieder die Worte. „Dass Sie nicht mehr alle Tassen im Schrank haben, das hab ich in der Schule schon gemerkt. Aber Ihre Zeit bei uns läuft bald ab und da nützt Ihnen ihre Psychokrankheit rein gar nix!“
„Alles klar bei euch?“, quiekte eine Stimme hinter Steinhauser. Strubinski nickte dem Bürgermeister kurz zu und gesellte sich zu ihnen. „Was ist denn los?“
„Nix ist los!“, bellte Mehrhold und ließ die beiden stehen.
„Na, was hat er denn, unser ehemaliger Lehrer?“, wunderte sich Strubinski.
„Er hat mich nur noch mal daran erinnert, dass meine Zeit im Sinngrund bald abgelaufen ist.“
„Blödsinn!“, winkte Strubinski ab. „Der wird noch mal froh sein, dass er dich hat … also … uns, der alte Wichtigtuer.“
„Da bin ich mir nicht so sicher. Ewig kann ich mich auch nicht krankschreiben lassen.“
„Und genau deshalb werden wir morgen auch wieder volle Kanne in die Ermittlungen einsteigen“, sagte Strubinski. Und wenn Strubinski volle Kanne sagte, dann meinte er auch volle Kanne.
Steinhauser nickte.
„Ich hol dich morgen ab, dann fühlen wir der Oma von dem Zillerberg erst mal auf den Zahn“, schob Strubinski noch hinterher.
„Jo, das machen wir“, meinte Steinhauser und versuchte ähnlich viel Euphorie wie Strubinski zu versprühen. „Ich guck jetzt mal nach der Jacky.“

Es dauerte eine Weile, bis Steinhauser Jacky fand. Sie lag hinter der Sinngrundhalle zwischen aufgerissenen Müllbeuteln auf der Wiese und hechelte erschöpft. Dabei streckte sie alle Viere von sich.
„Auf geht's!", rief ihr Steinhauser zu, doch die Beagle-Dame machte keine Anstalten sich zu bewegen. „Was ist denn los? Auf geht's, hab ich gesagt!", forderte er sie erfolglos auf, ihm zu folgen. Er ging zu ihr und schaute sich um. Rund um Jacky lagen unzählige weiße Pappteller, auf denen die Wiener Würstchen mit Ketchup und Senf ausgegeben wurden. Die Teller waren auffallend sauber – geradezu blitzblank. Während er die Situation auf sich wirken ließ, kam eine der Helferinnen aus einer Nebentür und stellte einen weiteren Müllbeutel hinter die Halle.
„Entschuldigung", rief ihr Steinhauser zu und deutete auf die aufgerissenen Müllbeutel. „Was war´n da drinnen?"
„Essensreste", gab sie zurück. „Ist doch immer wieder traurig, was die Leute alles so wegwerfen. Schad um die vielen Würstchen und die Brezeln, aber was will man machen?"
„Danke", knurrte Steinhauser und schaute wieder zu seiner Hündin. „So wie´s aussieht, brauchst du dann heute wohl nix mehr zu fressen", meinte er und versuchte Jacky erneut zu animieren, sich zu bewegen. Aber anscheinend hatte die Beagle-Dame ihren Mangel an Futter heute auf einen Schlag ausgleichen können. Dementsprechend faul und aufgebläht lag sie eben jetzt da und bewegte sich keinen Millimeter. Sie hob noch nicht einmal ihren Kopf. Steinhauser ließ sie liegen, ging zurück in die Sinngrundhalle und meldete sich bei seiner Familie ab. Anschließend packte er Jackys Leine und zerrte sie verärgert hinter sich her. Die Beagle-Dame setzte all ihre Sturheit und Gewicht gegen diese Maßnahme und war durch ihre Beharrlichkeit nach einigen hundert Metern schließlich erfolgreich. Steinhauser blieb nichts anders übrig, als sie die restliche Zeit auf dem Heimweg zu tragen.

Kapitel 15

Am nächsten Morgen lag Jacky noch genauso in ihrem Körbchen, wie sie sich gestern nach ihrer Fressorgie hineingelegt hatte. Vorher hatte sie nur noch ihren Wassernapf geleert und das in neuer Rekordzeit. Normalerweise rannte sie um diese Uhrzeit schon ungeduldig und voller Vorfreude auf die Morgenrunde durch die Wohnung. Doch heute war alles anders. Sie hob kurz den Kopf, als Steinhauser mit der Leine wedelte und ließ diesen auch gleich wieder fallen.

„Na, dann eben nicht", meinte er und streichelte der Beagle-Dame über ihren gespannten, harten Bauch. „Mehr ging gestern wohl nicht mehr rein, was?"

Jacky knurrte zur Antwort und Steinhauser warf sich in seine Uniform. Er war mit Strubinski verabredet – Ermittlungen volle Kanne!

Wenig später machte sich das ungleiche Ermittlerduo wieder auf den Weg zu Anneliese Gersters Haus.

„Darf ich mit rein zur Oma Zillerberg?", fragte Strubinski, als sie mit Strubinskis E-Auto durch Burgsinn rollten. Sein Hilfssheriff hatte natürlich schon vor dem Haus auf ihn gewartet.

„Erstens ...", begann Steinhauser, „... die Oma heißt Anneliese Gerster und zweitens: Nein, du darfst nicht mit rein!"

„Hmh", knurrte Strubinski. „Hab ich mir schon gedacht."

„Na dann ist ja gut", meinte Steinhauser zufrieden.

Gerade als sie das Haus von Anneliese Gerster erreichten, klingelte Steinhausers Telefon.

„Was will die denn jetzt?", meinte er genervt und nahm den Anruf nach kurzem Zögern dann doch entgegen.

„Du musst sofort nach Hause kommen", kreischte seine Schwester aufgeregt ins Telefon. „Da stimmt was mit der Jacky nicht."

„Was soll denn da nicht stimmen?"

„Die gibt so komische Geräusche von sich. Komm schnell!!!" Monika schien sich wirklich Sorgen zu machen und das, obwohl sie ja eher weniger ein Fan der alles vollkackenden Beagle-Dame war.

„Ja, ich komm", meinte er kurz angebunden, drückte sie weg und wandte sich an Strubinski. „Kommando zurück! Ich muss noch mal heim!"

„Warum denn?"

„Die Jacky gibt komische Geräusche von sich“, erklärte er knapp und im Handumdrehen waren sie wieder zurück.
Die komplette Familie Vorndran hatte sich in seinem Wohnzimmer versammelt und stand im Halbkreis um Jackys Körbchen. Und die Geräusche, die die Beagle-Dame von sich gab, waren in der Tat komisch. Es war weder Jaulen noch Winseln. Ein derartiges Geräusch hatte vorher noch niemand gehört, dementsprechend besorgt schauten alle drein.
„Mach halt mal was!“, forderte Steinhauser seinen Schwager auf.
„Ich bin doch kein Tierarzt“, gab Klaus entrüstet zurück.
„Das ist doch wurscht. Du kannst doch mal guck.“
„Ja, genau Papa. Du musst die Jacky retten“, meldete sich Torben zu Wort und seine Schwestern stimmten ihm zu.
Alle Augen waren jetzt auf Klaus gerichtet.
„Ist ja gut, ich guck mal nach ihr“, meinte er, kniete sich neben die Jacky und fing an, sie etwas unbeholfen abzutasten.
„Und, was hat sie?“, warf Strubinski dazwischen.
„Keine Ahnung. So geht das nicht. Wir müssen sie in die Praxis bringen“, meinte Klaus und wies seinen Schwager und seine Frau an, die Notfall-Trage aus der Praxis zu holen. Mit routinierter Ersthelfer-Hebetechnik hievten sie den Hund auf die Trage und transportierten ihn ab. Jacky zuckte nicht, gab nur immer öfter diese seltsamen Knurr-Stöhn-Winsel-Jaul-Jammer-Mischgeräusche von sich.
Nachdem die Liege im Untersuchungszimmer 3 mit weißen Papiertüchern abgedeckt worden war und sich alle in das kleine Zimmer gequetscht hatten, legten sie Jacky darauf und Klaus begann erneut die Beagle-Dame zu untersuchen. Diesmal wirkte das Ganze schon viel professioneller.
„Einweghandschuh“, rief er und streckte seine Hand in die Luft. Sofort zupfte seine Frau einen Handschuh aus einem der Spender an der Wand und stülpte ihn geübt über seine abgespreizten Finger.
„Was wird´n das?“, unterbrach Steinhauser die Untersuchung, als sich der Zeigefinger von Klaus Jackys Hinterteil näherte.
„Rektaluntersuchung!“
„Iiiiihhhhh“, kreischten seine Töchter und rannten aus dem Untersuchungszimmer.
„Krass“, meinte Torben und schaute genau hin.
„Klaus! Du wirst doch nicht?“, entrüstete sich Monika.
„Bin ich jetzt der Arzt oder ihr? Wenn ihr wissen wollt, was mit der Jacky los ist, dann lasst mich meine Arbeit machen“, gab Klaus schärfer zurück,

als er eigentlich wollte.
„Ja, genau! Lass den Klaus mal machen“, pflichtete Steinhauser seinem Schwager bei und der tat das, weshalb er den Einweghandschuh angefordert hatte. Jacky jaulte kurz auf, blieb aber reglos liegen.
„Und, was hat ´se?“, wollte Steinhauser gleich wissen, nachdem Klaus mit der Rektaluntersuchung fertig war.
„Verstopfung!“, war die kurze aber präzise Diagnose.
„Verstopfung?“, raunten alle, die noch im Untersuchungszimmer anwesend waren.
„Ja, Verstopfung“, bestätigte Klaus noch einmal.
„Kann ein Hund Verstopfung haben?“, wunderte sich Strubinski.
„Keine Ahnung. Ich bin kein Tierarzt“, meinte Klaus schulterzuckend. „Was hat die denn gestern alles gefressen?“
Steinhauser überlegte. „So genau kann ich das gar nicht sagen. Ich hab sie während dem Kinderfasching hinter der Sinngrundhalle gefunden. Neben aufgerissenen Müllbeuteln mit Essensresten. Da war alles mögliche drinnen.“
„Naja, wenn die wegen deiner F-D-H Diät ausgehungert war und dann die weggeworfenen Wurstzipfel, Senf, Ketchup und jede Menge von den harten, trockenen Brezeln gefressen hat, dann ist Verstopfung durchaus möglich“, räumte Klaus ein.
„Und jetzt?“, fragte Steinhauser.
„Wird die Jacky wieder gesund?“, fragte Torben besorgt.
„Ganz bestimmt. Ich hab da was“, meinte Klaus und kramte aus einem Arzneimittelschrank eine kleine Schachtel hervor.
„Was is´n das?“, fragte Steinhauser besorgt.
„Das ist ein gängiges Abführmittel, das eigentlich bei Kleinkindern angewendet wird. Das Zeug wird rektal eingeführt und dann geht’s hoppladihopp und der Darm ist in Nullkommanichts leergefegt.“ Klaus holte aus der Schachtel eine Tube heraus, schraubte ein langes, dünnes Röhrchen darauf und stopfte es da hin, wo er vorher mit seinem Finger gewesen war. Jacky zuckte immer noch nicht.
„Und wie geht’s jetzt weiter?“, wollte Strubinski interessiert wissen.
Klaus schaute auf seine Uhr. „Wir haben ungefähr fünf bis zehn Minuten, bis dahin muss die Jacky hier raus sein. Also, anpacken!“
Sie verfrachteten Jacky wieder auf die Trage und dann direkt in den Garten. Dort waren wieder alle versammelt und beobachteten gespannt die Beagle-Dame. Alle schauten auf ihre Uhren oder Handys. Und exakt acht

Minuten nach der rektalen Infusion erhob sich Jacky mühselig. Dass es ihr nicht leicht fiel, war ihr anzusehen, aber der innere Druck schien merklich zuzunehmen. Sie hockte sich mühevoll auf und brachte sich in Position. Ihr Gesichtsausdruck verriet Schmerzen, welche durch wimmerndes Jaulen untermauert wurden. Ihr kleiner Körper bebte und weitere zwei Minuten später entlud sich ihr Darminhalt auf dem Rasen. Ausnahmslos alle waren sichtlich überrascht, was da alles so rausgekommen war. Im Vergleich zu den sonstigen Tretminen, die sie überall auf dem Rasen der Vorndrans verteilte, war dieser Haufen eine echte Bombe.

„Das ist ja der Hammer!“, meinten Jennifer und Vanessa angewidert, holten ihre Handys hervor und machten erst mal ein paar Bilder. „Das glaubt uns keine Sau, dass das alles aus dem kleinen Hund rausgekommen ist“, lachten sie und dampften ab. Strubinski kriegte sich nicht mehr ein vor Lachen.

„Das machst du weg!“, fauchte Monika und Steinhauser nickte gehorsam.

„Ist die Jacky jetzt wieder gesund?“, wollte Torben wissen, während die Beagle-Dame mit hängenden Ohren davon trottete und durch die Hundeklappe im Haus verschwand.

„Ich denk schon“, nahm Steinhauser seinem Patenkind die Sorgen und machte den Megahaufen weg.

Anneliese Gerster war zu Hause und zu Steinhausers Überraschung öffnete sie ihm sogar die Tür. Da bei seinem letzten Besuchsversuch der Pflegedienst vor der Tür stand, war er davon ausgegangen, dass ihr gesundheitlicher Zustand nicht mehr der allerbeste war. Aber Frau Gerster belehrte ihn eines Besseren. Mit ihrem Rollator in den Händen stand sie vor ihm und machte auf den ersten Blick einen durchaus fitten Eindruck.

„Die Polizei?“, fragte sie mit dünner Stimme und musterte überrascht den Beamten in Uniform.

Strubinski saß im Wagen und war voll konzentriert im Abhörmodus. Handy im Blick, Stöpsel in den Ohren.

„Guten Morgen, Frau Gerster“, grüßte Steinhauser freundlich. „Sie müssen keine Angst haben, ich tue Ihnen nichts“, schob er noch lächelnd hinterher.

Anneliese Gerster war klein und schmächtig, die Haare grau, kurz und dünn. Ihr feingliedriges Gesicht war mit vielen, feinen Falten durchzogen. Ihr hohes Alter war ihr anzusehen.

„Und was wollen Sie von mir?“, piepste sie ihm entgegen.

„Ich hätte da ein paar Fragen zu Cornelius Zillerberg. Darf ich hereinkommen?“
„Der Conni?“, fragte sie verwundert.
„Der Herr Zillerberg ist doch Ihr Enkel, oder?“
„Ja, der Conni ist mein Enkel“, sagte sie stolz. „Kommen Sie doch rein.“
Anneliese Gerster drehte sich mit ihrem Rollator umständlich in dem engen Eingangsbereich und schob ihn mit kleinen, wackeligen Schritten durch einen dunklen, muffigen Flur über einen alten, ausgetretenen Teppich. An der Seite im Gang stand eine schmale Kommode. An der Wand darüber hingen zahlreiche, alte, verblichene Bilder, teilweise sogar noch in Schwarzweiß. Steinhauser warf einen flüchtigen Blick darauf, konnte aber wegen des diffusen Lichtes nicht viel erkennen. Er fühlte sich wie auf einer Zeitreise. Mit jedem Schritt, den er tat, reiste er gemeinsam mit Anneliese Gerster in der Zeit zurück. Im Wohnzimmer angekommen, musste er dann irgendwo in den Siebzigern gelandet sein, vermutete er. Da er ja in den Achtzigern geboren worden war, wusste er nur aus alten Filmen, wie es in den Siebzigern in vielen Wohnungen ausgesehen hatte. Jedenfalls hatte er derartige ausgeblichene Tapeten mit großen, runden Mustern bisher noch nie in echt gesehen. Schwere Vorhänge schmückten die schmutzigen Fenster. Die mit hellbraunem Cord bezogene Sitzgruppe und die dunklen Eiche-Rustikal-Möbel rundeten das Ambiente geschmackvoll ab und verhinderten geschickt, dass das Zimmer in hellem Glanz erstrahlen konnte. Ein Wunder, dass Anneliese Gerster keine Depressionen bekam.
Steinhauser setzte sich auf einen alten Einsitzer und versank mit seinem Hinterteil in unerwarteten Tiefen, während Anneliese Gerster sich etwas unbeholfen auf den Dreisitzer fallen ließ und ebenfalls versank.
„Soll ich Ihnen helfen, Frau Gerster?“
„Nein, müssen Sie nicht. Ich muss ja sonst auch immer alleine klar kommen“, lehnte sie dankend ab. „Der Pflegedienst guckt zwar jeden Tag einmal vorbei und schaut, ob ich noch lebe, aber für mehr haben die ja auch keine Zeit.“
„Ja, ja, mit den Pflegediensten ist das so eine Sache“, stimmte ihr Steinhauser zu.
„Kommt der auch zu Ihnen?“, wunderte sich Anneliese Gerster.
„Äh … nein. Aber man hört es ja immer, dass die keine Zeit haben.“
„Ja, ja, die guckt ständig auf die Uhr, wenn die mal da ist, die Beate. Aber nett ist sie ja. Schaut immer nach mir. Muss halt auch immer gleich wieder weg.“

Steinhauser sagte nichts. Eine kurze Stille legte sich zwischen die beiden.
„Wann haben Sie denn Ihren Enkel das letzte Mal gesehen, Frau Gerster?“, kam Steinhauser auf den Grund seines Besuches zu sprechen.
Anneliese Gerster schob ihren Rollator mühevoll ein Stück zur Seite. „Der Conni kommt nicht mehr so oft. Aber vor ein paar Wochen, da hat er mich mal wieder besucht. Ich war ganz überrascht, weil er sich nicht angemeldet hatte. Der wohnt doch jetzt in Köln.“
„Ach, in Köln?“
„Ja, wegen dem Fasching … aber in Köln heißt der Fasching doch Karneval, hat der Conni gesagt. Das stimmt doch, oder?“
Steinhauser nickte. „Stimmt. Gab es einen besonderen Grund für den Besuch vom Conni?“
„Der hat mir Pralinen mitgebracht“, strahlte Anneliese Gerster. „Die mag ich doch so gern. Aber eigentlich darf ich die doch nicht essen, wegen meinem Zucker. Der Conni versteckt die dann immer für mich.“
„Kommt der Conni öfter unangemeldet?“, wollte Steinhauser als nächstes wissen.
„Normal ruft er vorher an, aber er war gerade in der Nähe und da ist er einfach mal vorbeigekommen.“
„Aha, er war also gerade mal in der Nähe“, meinte Steinhauser. „Und was macht der Conni in Köln so?“
„Der ist da im Faschings- … äh, im Karnevalsverein tätig“, meinte Anneliese Gerster mit einem Strahlen im Gesicht.
„So, so, im Karnevalsverein. Das klingt ja interessant.“
„Ja, das ist es auch. Der Conni war doch schon hier in den Vereinen ein Star.“
„Ach so, das wusst ich ja gar nicht.“
„Doch, doch, das war er. Er war da Büttenredner“, verkündete Anneliese Gerster mit einem Glänzen in den Augen. „Mit dem … Dings … äh … mit dem da aus Rieneck … wie heißt der noch mal? Jedenfalls waren die zwei dicke Freunde.“
„Meinen Sie vielleicht den Willi Krapf?“, hakte Steinhauser nach.
„Ja, genau den meine ich“, fiel es ihr wieder ein. „Den Mehrhold, den mochte er nicht so, als der Conni beim Faschingsverein *Weiß-Blau Burgsinn* aktiv gewesen war. Aber der Willi, von den *Rienecker Göikel*, war für den Conni so eine Art Mentor. Ohne den hätte es der Conni doch nie nach Köln geschafft. Der Conni war ja in der Schule schon ganz besonderes talentiert gewesen. Deswegen war der ja auch bei den anderen Kindern

und den Lehrern so beliebt, weil der doch so lustig war. Lustig ist er ja immer noch, nur eben jetzt in Köln."
„Und in welchen Vereinen war der Conni hier aktiv?"
„Seine Karriere hat er in Burgsinn begonnen. Aber dann ist er nach Rieneck und später war er noch bei den *Feller Hoase* und den *Alegrüner Fosenöchter*, bevor er nach Köln gegangen ist", verkündete sie nicht ohne Stolz. „Weil der doch so lustig war."
„Na, da waren Sie doch bestimmt auch immer dort, wenn der Conni aufgetreten ist."
Anneliese Gersters Blick wurde traurig. „Leider hat das nie geklappt", sagte sie schwermütig.
„Meistens waren die Vorstellungen schon ausverkauft und der Conni konnte leider keine Karte mehr besorgen. Und wenn es dann mal geklappt hat, dann war der Conni krank. Aber der Conni hat mir seine Büttenreden ja vorher immer vorgetragen, also war das dann auch nicht so schlimm."
Steinhauser überlegte einen Moment. „Könnte ich ein Bild vom Conni haben?"
„Ja, natürlich", sagte sie und zerrte ihren Rollator wieder herbei. Im dritten Anlauf schaffte sie es auf die Beine und tippelte zu einem Wandschrank. Dort holte sie mit zittrigen Händen ein großes, schweres Fotoalbum heraus und ließ es auf die Ablage des Rollators knallen. Steinhauser hätte ihr ja gerne geholfen, aber Hilfe lehnte sie kategorisch ab. Sonst hilft ihr ja auch keiner.
Sie schob das Fotoalbum auf den Wohnzimmertisch und Steinhauser musste sich neben sie setzen. Jetzt versanken sie gemeinsam in der Sitzgruppe und der Tisch war auf Brusthöhe.
Anneliese Gerster schlug umständlich die erste Seite auf und Steinhauser zog den Tisch näher heran, damit beide halbwegs in das Album schauen konnten. „Das ist der Conni als Baby. War er nicht ein wunderschönes Baby?"
„Außergewöhnlich, wirklich ganz außergewöhnlich", meinte Steinhauser augenrollend. „Haben Sie vielleicht ein etwas aktuelleres Bild?"
„Hier", sagte sie und ignorierte seine Frage. Sie deutete auf ein Bild, auf dem der Conni vor einem kleinen Kuchen mit einer einsamen Kerze darauf saß. Seine Eltern standen hinter ihm. „Da ist der Conni ein Jahr alt geworden."
Steinhauser ahnte, was ihn jetzt erwarten würde, und Strubinski lehnte sich mit einem lauten Seufzer im Autositz zurück.

In aller Seelenruhe präsentierte Anneliese Gerster die Entwicklung ihres Enkelkindes, bis es in den Kindergarten kam. Nach Connis fünftem Geburtstag wurden ihre Augen glasig und dünne Tränen liefen ihr über die Wangen.
„Alles in Ordnung, Frau Gerster?“, fragte Steinhauser besorgt.
„Ach wissen Sie, bis zum fünften Geburtstag vom Conni war alles so schön ...“, seufzte Anneliese Gerster, „... und dann kam dieser schreckliche Unfall.“
Sehr ausführlich berichtete sie Steinhauser über den tragischen Flugzeugabsturz, bei dem ihre Tochter und deren Mann ums Leben gekommen waren. Ihre Erzählungen deckten sich mit dem, was ihm bereits schon von Frau Schäflein berichtet wurde. Nachdem dieses traurige Kapitel beendet war, wurde Anneliese Gersters Stimme wieder fester und sie erzählte ausführlich von Connis Einschulung und seinem ersten Schultag. Geduldig hörte er sich seinen schulischen Werdegang an und erfuhr so einiges über ihren Enkel, der trotz des Verlustes der Eltern nie seinen Humor verlor und überall beliebt gewesen war. Der Tod ihres Mannes, ein weiteres trauriges Kapitel im Leben von Anneliese Gerster und Conni, hatte die beiden anscheinend kaum aus der Bahn geworfen. Über ihren Mann verlor sie ohnehin kaum ein Wort. Dafür schwärmte sie von ihrem Enkel. Fragen nach ihrem Mann überging die alte Dame einfach und Steinhauser hakte auch nicht weiter nach.
„Möchten Sie einen Kaffee?“, fragte sie plötzlich. „Ich kann Ihnen gerne schnell eine Tasse machen.“
„Nein, nein, Frau Gerster, das ist nicht nötig“, wehrte er dankend ab. Nicht weil er keinen Kaffee mochte, sondern eher, weil er „schnell“ für unmöglich hielt und auch endlich wieder hier raus wollte. Demonstrativ schaute er auf seine nicht vorhandene Armbanduhr. „Oje, Frau Gerster. Ich muss leider wieder weiter. Der Dienst ruft. Könnten Sie mir bitte noch ein aktuelles Bild vom Conni geben?“
Wortlos schaute sie ihn einen Augenblick an, dann fuhr sie unbeirrt mit ihrer Conni-Präsentation fort. Die sollte sich noch einige Stunden hinziehen. Steinhauser blieb nichts anderes übrig als sitzen zu bleiben.
Am Ende bekam er dann doch noch ein Bild, zwar nicht sonderlich aktuell, aber was Besseres hatte Anneliese Gerster nicht im Angebot. Er bedankte sich und begab sich zurück in die Gegenwart.

„Oh Mann, ich konnt´s bald nicht mehr hören. Conni hier, Conni da, Conni überall“, meinte Strubinski genervt, als Steinhauser wieder im Auto saß.
„Was willste mach? Die hat halt sonst niemanden, außer ihrem Enkel. Auch nicht schön, wenn du in dem Alter so alleine bist“, zeigte Steinhauser Verständnis für die alte Dame. „Die war halt auch froh, dass mal jemand zu Besuch gekommen ist.“
„Ja, hast ja recht. Zeig mal das Bild.“
Steinhauser reichte es ihm.
„Was is´n das für´n Bild?“
„Das war das einzige brauchbare“, gab Steinhauser entschuldigend zurück.
„Darauf ist der Typ ja kaum zu erkennen und was hat der denn da an? Ist das der Kölner Dom im Hintergrund?“
Steinhauser nahm ihm das Bild wieder ab. „Ja, das müsste der Kölner Dom sein. Der ist doch da im Fasching … äh, im Karneval aktiv, oder hast du nicht zugehört?“
„Doch, doch, hab ich.“
„Also, dann frag halt nicht so blöd. Und der Anzug, das ist so eine Art Karneval-Elferrats-Uniform mit so einer bunten Prunkmütze. Wie sie Typen im Fernsehen halt auch tragen“, erklärte Steinhauser.
„Geb noch mal her“, meinte Strubinski und nahm das Bild wieder an sich. Er betrachtete es jetzt genau. „Wie alt ist er denn da auf dem Bild?“
„Keine Ahnung, hat sie nicht gesagt. Es war eines der letzten Bilder im Fotoalbum.“
„Die Uniform muss aber auch eine Maßanfertigung sein.“
„Wieso?“, wunderte sich Steinhauser.
„Na, der Conni ist ja genauso breit wie hoch. Und die langen, blonden Haare sehen auch nicht sonderlich gepflegt aus. Irgendwie voll abgefackt, der Typ“, stellte Strubinski fest und gab das Bild zurück. „Damit können wir nicht viel anfangen.“
„Besser als nix“, meinte Steinhauser.
„Ich find das aber schon irgendwie komisch, was die Oma alles so erzählt hat“, meinte Strubinski.
„So, was denn?“
„Na, dass die Oma nie einen Auftritt von ihrem Conni live erlebt hat“, wurde Strubinski präziser. „Dass ihr Conni mal wegen Krankheit ausgefallen ist, das kann ja mal passieren, aber dass der keine einzige Karte mehr für seine Oma auftreiben konnte, das ist doch irgendwie komisch. Schließlich war er ja angeblich ein Star. Und dass der Conni vor ein

paar Wochen *gerade mal in der Nähe war*“, als Strubinski das sagte, malte er mit den Fingern Gänsefüßchen in die Luft, „wo der doch normalerweise in Köln wohnt, ist jetzt auch nicht normal. Ist ja nicht so, als ob Köln gerade um die Ecke liegen würde.“
Steinhauser überlegte einen Augenblick und war wieder einmal überrascht, wie aufmerksam Strubinski zuhören konnte … wenn er denn wollte. „Ja, ja, das ist mir natürlich auch gleich aufgefallen“, pflichtete er ihm deshalb auch bei. „Wir sollten den Vereinen noch mal einen Besuch abstatten und nachfragen, ob der Conni echt so lustig und beliebt gewesen war. Und beim *Willi „The Master of Büttenrede“ Krapf* fangen wir an.“

Kapitel 16

Von Anneliese Gerster aus ging es direkt weiter nach Rieneck. Die Adresse von *Willi „The Master of Büttenrede“ Krapf*, der eigentlich Wilhelm Krapf hieß, hatten sie während der Fahrt gegoogelt.
„Wohin?“, wollte Strubinski wissen.
„Der wohnt im Schellhof“, wies ihn Steinhauser an, den nördlich gelegenen Stadtteil von Rieneck anzusteuern, der durch die Sinn vom Rest von Rieneck getrennt war.
„Stadtteil ...“, frotzelte Strubinski. „Man meint ja grad, dass Rieneck eine Stadt wäre.“
„Immerhin haben die Rienecker eine Burg.“
„Na und, das haben die Burgsinner auch. Und sogar eine Wasserburg“, hielt Strubinski dagegen.
„Die Wasserburg ist aber auch mehr eine Ruine. Die Burg in Rieneck wird ja noch voll genutzt und ist in einem tipptopp Zustand.“
„Da hast du auch wieder recht“, räumte Strubinski ein.
„Seit die langersehnte Umgehung fertig ist, gibt es sogar Rieneck Nord, Mitte und Süd“, fügte Steinhauser noch hinzu.
Jetzt mussten beide lachen.
„Dabei gibt’s in der sogenannten Stadt Rieneck noch nicht mal ein größeres Lebensmittelgeschäft“, spottete Strubinski weiter, während er bei Rieneck Mitte den neuen Kreisel Richtung Stadtteil Schellhof verließ.
Strubinski blieb wieder im Auto, Steinhauser klingelte. Eine überrascht dreinschauende, zierliche Frau mit einem Küchentuch in den Händen und Kochschürze um die Hüfte, öffnete ihm. „Die Polizei?“, fragte sie erschrocken, wie es Steinhauser fast immer erlebte, wenn er unangekündigt vor der Tür stand.
Er erklärte ihr, dass er Wilhelm Krapf sprechen wollte, und die Frau, die sich ihm als Iris Krapf vorstellte, führte ihn ins Wohnzimmer.
„Willi, Polizei für dich“, rief sie durch die Wohnung und ihr Mann kam die Treppe herunter. Genauso lässig und unaufgeregt, wie bei seinem Faschingsauftritt, begrüßte er Steinhauser.
„Seid ihr mir jetzt endlich auf die Schliche gekommen? Hat ganz schön lang gedauert“, witzelte er und bot Steinhauser einen Platz und etwas zum Trinken an. Seine Frau holte jedem ein Glas Wasser.

„Hallo Herr Krapf“, grüßte Steinhauser zurück und machte es sich bequem.
„Kannst ruhig Willi zu mir sagen“, ging Krapf direkt ins „du“ über.
„Danke, und ich bin der Hannes“, nahm Steinhauser das Angebot an.
„Ich weiß, wer du bist“, meinte Krapf gelassen. Wär ja schlimm, wenn ich unseren Sinngrund-Sheriff nicht kennen würde. „Na dann schieß mal los, Hannes. Was verschafft mir denn die Ehre deines Besuches?“
Ohne Umschweife erklärte Steinhauser, weshalb er hier war und was ihm alles von Anneliese Gerster erzählt worden war.
„Cornelius Zillerberg … hm“, knurrte Krapf nachdenklich, machte ein paar Lippenübungen und nahm erst mal einen Schluck Wasser. „Den Namen hab ich ja schon ewig nicht mehr gehört.“
„Und, warst du dem Zillerberg sein Mentor?“
„Mentor ...“, lachte Krapf. „Der Zillerberg … wie soll ich sagen …?“
„Am besten gerade heraus“, schlug Steinhauser vor.
„Ja, gerade heraus gesagt, war der eine arme Sau“, meinte Krapf.
„Wieso eine arme Sau?“, wunderte sich Steinhauser. „Der war doch der Star und überall beliebt.“
Krapf nahm noch einmal einen großen Schluck aus seinem Wasserglas. „Der Zillerberg war ja eigentlich ein ganz nettes Kerlchen ...“
„Aber ...?“
„... aber auch anstrengend. Sehr anstrengend.“
„Inwiefern anstrengend?“ Steinhauser musste Krapf jedes Wort aus der Nase ziehen, doch dann wurde Krapf konkreter.
„Der war weder beliebt, noch talentiert, noch lustig, noch war der ein Star“, brachte es Krapf schonungslos auf den Punkt. „Der Zillerberg wollte immer in die Bütt und war davon überzeugt, ich könnte ihm da helfen. Anfangs hab ich mir seine Idee auch angehört, aber … aber dem seine Idee ... das kann man nicht in der Bütt bringen.“
„Was war das denn für eine Idee?“
„Der Zillerberg wollte immer so alte Geschichten, Sagen oder so Zeug lustig vortragen.“
„Aha“, meinte Steinhauser. „Etwas ungewöhnlich, oder?“
„Ja“, stimmte Krapf zu. „So was geht gar nicht und ist alles andere als lustig. Deshalb hab ich ja auch versucht, dem das freundlich auszureden. Die alten Geschichten kennt doch kaum noch jemand. Aber der war von der Idee wie besessen. Ich hab dann mal den Mehrhold angerufen ...“
„Den Mehrhold?“, fiel im Steinhauser verwundert ins Wort und auch

Strubinski im Auto horchte auf.
„Ja, den Mehrhold“, bestätigte Krapf noch einmal. „Der war doch zu dieser Zeit Vorstand vom Faschingsverein *Weiß-Blau Burgsinn* und ich von den *Rienecker Göikel*.“
„Aha. Und wieso hast du den Mehrhold angerufen?“ Steinhauser war verwirrt.
„Der Zillerberg war doch vorher in Burgsinn im Faschingsverein und da wollte ich mal nachfragen, ob der da auch mit dieser seltsamen Idee in die Bütt wollte“, erklärte Krapf.
„Und?“
„Der Mehrhold hat sich voll über den Zillerberg aufgeregt“, berichtete Krapf weiter. „Der wurde auch andauernd von dem wegen seiner fixen Idee genervt, bis er ihn rausgeschmissen hat.“
„Der Mehrhold hat ihn aus dem Faschingsverein geschmissen?“, hakte Steinhauser ungläubig nach.
„Mehr oder weniger“, meinte Krapf. „Besonders zimperlich war er jedenfalls nicht mit ihm umgegangen. Der Mehrhold ist ja jetzt auch nicht grad für seine sensible Seite bekannt.“
„Das stimmt allerdings“, bestätigte Steinhauser.
„Jedenfalls ist der Zillerberg dann zu uns gekommen.“
„Hast du ihn auch rausgeworfen?“, wollte Steinhauser wissen.
„Nein, hab ich nicht“, wehrte Krapf ab. „Der Zillerberg tat mir schon irgendwie leid. Ich hab versucht, ihm schonend zu erklären, dass das mit der Bütt nix wird, aber dass ich mich freuen würde, wenn er sich auf andere Art im Verein engagiert.“
„Und wie hat er reagiert?“
„Gar nicht. Er ging und danach hab ich den nie wieder gesehen.“
„Der Zillerberg war einfach so weg?“
„Einfach so“, wiederholte Krapf schulterzuckend. „Ich hab aber dann irgendwann einen Anruf vom Ringelfelder bekommen.“
„Vom Moritz Ringelfelder?“ Steinhausers Verwirrung wurde immer größer.
„Ja, vom Moritz Ringelfelder aus Fellen“, bestätigte Krapf nickend. „Der war ja der Vorstand der *Feller Hoase* und wollte auch mal wissen, was der Zillerberg so für ein Typ ist.“
„Wegen der Bütt?“, fragte Steinhauser vorsichtig.
„Ja, genau, wegen der Bütt“, bestätigte Krapf seine Vorahnung. „Der Ringelfelder war ja damals auch noch recht jung, als der Vorstand wurde.

Mitte Ende zwanzig oder so."
Steinhauser musste diese Menge an Informationen erst einmal in seinem Kopf sortieren. Weitere Fragen hatte er im Augenblick keine mehr und weil es gerade wieder an der Tür klingelte, beschloss er zu gehen.
„Du Willi", rief seine Frau. „Da ist ein Vertreter von einer *Rational*-Versicherung."
„Rational-Versicherung?" Krapf schien diese Versicherung nicht zu kennen. Er begleitete Steinhauser noch zur Tür, um den Versicherungsvertreter in Empfang zu nehmen.
Ein etwas untersetzter Mann mit schief hängendem Schlips und Aktenkoffer stand in der Tür. Er zuckte kurz zusammen, als er den Polizisten sah und wich etwas verunsichert zurück. Steinhauser musterte den schlecht rasierten Mann mit braunen, schulterlangen Haaren, der verlegen zur Seite schaute und verabschiedete sich von den Krapfs.

„Hast du den Vertreter gesehen?", fragte Steinhauser, während er sich neben Strubinski setzte.
„Was denn für´n Vertreter?"
„Der, wo da eben bei den Krapfs rein ist."
„Ne, hab ich nicht gesehen."
„Irgendwie kam der mir bekannt vor. Als ob ich den schon mal irgendwo gesehen hätte."
„Da kann ich dir jetzt auch nicht helfen", meinte Strubinski gleichgültig.
„Naja, vielleicht irr ich mich auch", räumte Steinhauser ein. „Diese Vertreter sehen eh alle gleich aus."
„Ja, ja, genau, alle gleich", stimmte Strubinski zu, ohne überhaupt richtig zugehört zu haben. Er hatte selbst eine Botschaft, die er loswerden wollte. „Ist dir was aufgefallen? Hä? Hast du was gemerkt? Hä?"
Steinhauser schaute ihn fragend an.
„Zillerberg – Ringelfelder – Schubberle", sagte Strubinski euphorisch. „Der Zillerberg, der kannte alle unsere Leichen!"
Steinhauser überlegte. „Und was ist mit der Katze?"
„Was denn für eine Katze?" Strubinski verzog verwirrt das Gesicht.
„Neben dem Ringelfelder hing noch eine Katze am Baum", erinnerte er seinen Schulfreund. „Ob der die Katze auch gekannt hatte?"
„Was willst´n jetzt mit der blöden Katz? Das ist doch völlig egal, was mit der Katz ist! Vermutlich ein Kollateralschaden. Die war halt zur falschen

Zeit am falschen Ort. Pech gehabt“, sagte Strubinski völlig aufgebracht.
„Fahr mich mal nach Hause“, meinte Steinhauser. „Wir sollten die neusten Erkenntnisse heute Abend mal in aller Ruhe sortieren.“
Hatte er eben tatsächlich *wir* gesagt? Er hatte! Und das, ohne zusammenzuzucken! Irgendwann gewöhnt man sich eben an alles.
„Super Idee“, stimmte Strubinski mit gestrecktem Daumen zu. „Ich muss eh mal zurück und nach der Sonja schauen. Die hat schon zehnmal angerufen.“

Gegen Abend traf Steinhauser dann wieder bei Strubinski ein. Diesmal gab es sogar etwas zu essen. Bier war ja immer da. Jacky hingegen hatte von ihrer halben Dose Hundefutter, die ihr Steinhauser vor seiner Abfahrt noch gegeben hatte, kaum etwas angerührt. Offensichtlich hatte die Beagle-Dame noch Nachwehen von ihren Darmproblemen.
Bei den Strubinskis gab es diesmal Pizza vom Lukas, der beliebten Mittelsinner Dorfkneipe, anstelle billiger Aufbackpizza. Sonjas Begeisterung hielt sich in Grenzen, aber da sie heute voll den Stress im Geschäft ihres Vaters gehabt hatte, versprach der am Wochenende mit seiner Tochter ordentlich Essen zu gehen. Das hatte sie wahrlich verdient, denn ohne ihre Mutter, die sich sonst um alles kümmerte, war die Zeit mit ihrem Vater eine Zeit der Entbehrung.
In Strubinskis Abwesenheit waren vier Kunden im Geschäft gewesen – deshalb die Anrufe. Kunde eins, der Mittelsinner Bürgermeister Karl Kranz, hatte ein paar Batterien gebraucht. Kunde zwei, Ingo Weirich, beschwerte sich, dass sein funkelnagelneuer Akku-Schrauber schon nach drei Schrauben keinen Zucker mehr von sich gab und auch stundenlanges Aufladen nichts geholfen hatte. Es war einer aus den Paletten mit den Sonderangeboten gewesen. Sonja konnte hier nur bedingt weiterhelfen. Aber Weirich versprach ihr wiederzukommen. Kunden drei und vier war ein älteres Ehepaar, das Sonja nicht kannte. Aber das hatte sie nicht davon abgehalten, ihnen die gewünschte Waschmaschine zu verkaufen. Und Pakete für den Versand mussten auch wieder gepackt werden.
Nachdem Strubinski noch mehrfach davon geschwärmt hatte, wie stolz er auf seine Tochter war, verzog sich diese mit den Worten: „Wär schön, wenn du auch mal was machen würdest“, genervt in ihr Zimmer.
„Der Schlüssel zu unserem Fall ist dieser ominöse Zillerberg“, sagte Strubinski und reichte Steinhauser ein Blatt Papier. Darauf waren die Opfer

und die Verdächtigen aufgelistet und wirr mit Linien verbunden.
„Oder der Gutachter, dieser Carsten Braun“, gab Steinhauser zu bedenken.
Strubinski wippte nachdenklich mit dem Kopf hin und her. „Möglich, aber eher nicht. Der Zillerberg hat ja eindeutig von einem *Auftrag* geschrieben, dass er verhindern soll, dass der Schubberle bei den Veranstaltungen dieser Windkraft-Tussi nicht mehr dazwischenfunkt. Was ja auch geklappt hat.“
Steinhauser legte den Zettel zur Seite. „Ja, das stimmt, wir sollten uns erst mal auf den Zillerberg konzentrieren. Zumindest wäre es hilfreich, wenn wir den Typen mal finden könnten, um mit ihm zu reden. Dem Gutachter können wir immer noch einen Besuch abstatten. Und weißt du, was mich noch brennend interessiert?“
„Was denn?“
„Warum zum Teufel war der Mehrhold Vorstand vom Faschingsverein Weiß-Blau Burgsinn?“
„Das ist eine durchaus berechtigte Frage, die es gilt zu klären“, stimmte Strubinski zu, nahm sich ein Bier und ein Stück Pizza und fing an in der Wohnung herumzulaufen. „Aber morgen, da fahren wir erst mal zu dieser arroganten Schruntz … weil, wir müssen der doch noch irgendwie unauffällig ihr Handy zurückgeben. Und dabei werden wir … also ich, weil du ja bei den Ermittlungen rausgeworfen wurdest ... der Tussi noch mal so richtig auf den Zahn fühlen. Über die kommen wir garantiert an den Zillerberg ran.“
„Vielleicht steckt die ja mit dem unter einer Decke“, sagte Steinhauser. Er wollte auch irgendetwas zu der weiteren Vorgehensweise beitragen. Manchmal überkam ihn das Gefühl, dass Strubinski der leitende Ermittler war. Dabei war er das doch … zumindest irgendwie.
„Genau“, bestätigte Strubinski, holte zwei weitere Zettel hervor und reichte sie Steinhauser. „Den Nachrichtenverlauf mit dem Gutachter und dem Zillerberg hab ich auch mal ausgedruckt.“
„Hast du schon einen Plan, wie du morgen vorgehen willst?“, fragte Steinhauser vorsichtig und mit einem Hauch von Besorgnis, während er die Zettel kurz sichtete und ebenfalls zur Seite legte.
„Noch nicht, aber bis morgen Früh hab ich mir eine Taktik überlegt, kein Problem“, sagte Strubinski gelassen und stopfte sich das halbe Stück Pizza in den Mund.
Genau dieses *„kein Problem“*, machte Steinhauser Sorgen. Allein der Gedanke, dass Bernd Bonderlich wieder freigelassen werden sollte, beunruhigte ihn ungemein. Allerdings waren weitere Optionen auch eher

Mangelware und ganz unschuldig an der Situation war er ja auch nicht. Also blieb ihm nichts anderes übrig, als ein weiteres Mal zu beten, dass Strubinskis Auftritt nicht aus dem Ruder lief … zumindest nicht zu sehr.
Mit den Worten: „Ich hab da noch eine ganz andere Theorie“, riss ihn Strubinski aus seinen Gedanken.
„Was denn für eine andere Theorie?“, fragte Steinhauser überrascht.
„Ich hab noch mal über die Worte vom Krapf nachgedacht ...“, begann Strubinski und wartete einen Augenblick. Er machte es spannend. „Der Zillerberg, der wollte doch damals eine Büttenrede über alte Geschichten und Sagen machen ...“
Steinhauser schaute ihn mit schmalen Augen erwartungsvoll an. „Jaaaa ... und?“
„Und ich hab da in dem Heft von meinem Opa ein paar interessante Entdeckungen gemacht“, fuhr Strubinski fort und zauberte das Heft hervor. Woraufhin Steinhauser sich erhob und genervt abwinkte.
„Hör doch mal mit dem Opa-Heft-Ritualmörder-Mist auf!“, sagte Steinhauser verärgert. „Mir reicht es aktuell, wenn du morgen wieder als Bernd Bonderlich die Gegend unsicher machst.“
„Aber Hannes ...“ Strubinski schaute ihn flehend an, doch Steinhauser hörte gar nicht hin.
„Ich geh jetzt besser mal nach Hause, damit ich morgen ausgeruht bin. Man weiß ja nie, was der Bernd Bonderlich morgen alles so anstellt.“
„Aber Hannes … die Katze ...“

Der Hasenstein

Der Hasenstein befindet sich zwischen Burgsinn und Fellen. Vor langer Zeit ereignete sich dort ein großes Unglück, als sich zwei Mädchen und ein Knabe beim übermütigen Spiel vergnügten. Schon hatten sie sich geraume Zeit an einer Vielzahl von Spielen erfreut. In ihrem Übermut ahmten sie zuletzt des Henkers schauriges Handwerk nach und spielten „Aufhängen". Zuerst hängten sie eines der Mädchen an den Ast einer nahestehenden Birke. Als sie ihm gerade einen hoch angebundenen Strick um den Hals gelegt hatten, sprang plötzlich ein Hase aus dem nahen Gebüsch. Die Kinder unter dem Baume liefen ihm nach und vergaßen darüber ihre Kameradin. Ihre Verfolgungsjagd beendeten sie erst, als sie Meister Lampe nicht mehr sahen. Mit Schrecken erinnerten sie sich jetzt ihrer Gespielin am Baum und liefen eilends zurück. Als sie zur Birke zurückkamen, war aber das Mädchen bereits tot.

Zum Gedenken an diese schreckliche Begebenheit setzten die Leute an jener Stelle einen Stein und nannten ihn „Hasenstein".

(Quelle: Sagen und Geschichten aus dem Landkreis Gemünden a. M. von Heinrich Lutz)

Kapitel 17

Bevor sich Steinhauser mit Stefanies Beetle auf den Weg nach Mittelsinn machte, drehte er erst noch die übliche Runde mit Jacky. Die Beagle-Dame hatte ihr Darmproblem endgültig hinter sich gelassen und stürzte sich in gewohnter Manier auf ihre halbe Dose Hundefutter.
Wie besprochen, machten sich Steinhauser und Strubinski anschließend auf den Weg nach Bad Brückenau. Strubinski war wieder in seinen alten Hochzeitsanzug und somit in die Rolle des eigenwilligen BKA-Ermittlers Bernd Bonderlich geschlüpft. Die mit viel zu viel Gel vollgeschmierten Haare und der falsche Schnauzer sahen, wie die letzten Male, beschissen aus.
„Wir sollten die Vorgehensweise abstimmen“, meinte Steinhauser besorgt.
Strubinski wehrte ab. „Bleib locker, ich mach das schon.“
„Fred, mir wär aber lieber, wenn ich wüsste, was du vor hast.“
„Ich quatsch ein wenig über das Gutachten ...“, erklärte er gelassen und deutete auf die Rücksitzbank, wo die Dokumente lagen, „... dann zeig ich der Schruntz das Foto vom Faschingsprinzen Zillerberg und wart mal ab, was die so sagt. Dabei lass ich ihr irgendwie ihr Handy zukommen. Ab dann wird improvisiert. Wir wollen ja wissen, was die zu den Nachrichten sagt, und ob die weiß, wer der Zillerberg ist und wo wir den finden können.“
„Und wie willst du ihr das Handy zukommen lassen?“
Strubinski zwinkerte ihm zu. „Bleib locker, ich mach das schon“, wiederholte er mit einem lässigen Grinsen.
Steinhauser holte tief Luft und wollte etwas sagen, verzichtete dann aber darauf. Er versuchte locker zu bleiben, denn wenn er ehrlich war, dann fiel ihm auch nichts besseres ein. Eigentlich fiel ihm gar nichts ein. Vielleicht war Bernd Bonderlich viel besser, als er glaubte. Jedenfalls machte er bisher gar keinen sooooo schlechten Job. Das konnte er Strubinski natürlich unmöglich sagen.
An der Abfahrt nach Bad Brückenau nahm ihnen plötzlich ein uralter, weinroter Mercedes die Vorfahrt und quetschte sich vor sie.
„Hey du Arsch!“, rief Strubinski verärgert und fuhr extrem dicht auf. Unbewusst fing Steinhauser auf dem Nebensitz an zu bremsen, während

sich Strubinski verbissen am Lenkrad festkrallte. Auf der Hutablage des Mercedes hockte ein Wackeldackel, der sie mit wackelndem Kopf stoisch anstarrte. Daneben standen zwei gehäkelte Klopapier-Rollen-Überzieher mit Blumenmotiven. Diese Klopapierhüte waren in den sechziger und siebziger Jahren Kult und man sah sie jetzt wieder öfter. Merkwürdigerweise bei jungen Leuten. Allerdings sah das Auto in diesem Fall auch aus, als ob es aus der Vergangenheit hierher befördert worden war. An einer völlig unübersichtlichen Stelle setzte Strubinski an, den gemütlich fahrenden Vordermann zu überholen.
„Du wirst doch jetzt nicht an der Stelle mit deiner Elektrokarre überholen wollen? Du siehst doch gar nix!“, schrie Steinhauser entsetzt und trat sein imaginäres Bremspedal voll durch.
„Och Mann, wenn der da so rumschleicht!“, beschwerte sich Strubinski, mit den Händen wild gestikulierend und brach das waghalsige Manöver wieder ab. „Rechts ist das Gas! Rechts!“, schimpfte er lauthals. „Bind dir halt nen Pflasterstein an die Schuh, wenn du zu blöd bist, Gas zu geben! Oder noch besser: Fahr mit dem Bus, wenn du kein Auto fahren kannst!“
„Was bist´n so aggro, Fred?“
„Ist doch wahr!“, schrie er weiter und deutete hektisch auf seinen Digitaltachometer. „Fufzich! Mir fahr´n fufzich! Wenn der so alt ist wie die Karre, dann gehört dem der Führerschein abgenommen.“
„Jetzt komm mal wieder runter. Wir sind doch eh gleich in Bad Brückenau“, versuchte Steinhauser ihn zu beruhigen. „Wenn ich´s nicht besser wüsst, dann könnt man grad meinen, die Lavinia hätt dich gestern nicht rangelassen. Aber die ist ja in Amerika.“
„Hmh … Amerika“, stieß Strubinski genervt aus. „Scheiß Amerika.“
„Was regst du dich denn eigentlich so auf? Ich bin´s doch, der Stress mit seiner Freundin hat und Schuld daran bist du!“
„Ja, ja! Jetzt bin ich´s wieder!“, motzte Strubinski. „Hättest du halt nicht so viel gesoffen und die Finger von der Fink ihren Möpsen gelassen, hättest du auch keinen Stress.“
„Sag mal, wie bist´n du drauf?“, beschwerte sich Steinhauser. „An dem ganzen Schlamassel bist du ganz alleine schuld. Was schickst du auch Fotos durch die Gegend, wenn du nicht mehr raffst, an wen du die schickst!“
„Ist klar, schuld sind immer die anderen. Wenn du nix verträgst, dann trink halt nix.“
Steinhauser wusste nicht, was er sagen sollte. Irgendwie befürchtete er,

dass dieses höchst merkwürdige Gespräch völlig aus dem Ruder lief. Er schwieg einen Augenblick, zählte innerlich bis zehn, holte tief Luft und setzte neu an. „Wie weit bist du eigentlich?“

„Wie weit bin ich mit was?“

„Du wolltest doch das … Missgeschick mit dem Fink-Foto klären“, erinnerte ihn Steinhauser.

„Ja wie denn, wenn mich die Lavinia blockiert und auch nicht mehr mit mir reden will?“, platzte es aus Strubinski heraus.

„Wie, du hast auch keinen Kontakt mehr zu deiner Frau?“

„Nein, hab ich nicht! Die Lavinia ist sauer auf mich, weil ich bei *deiner* Sauerei mitgemacht hab.“

„Aber ich hab doch gar nix gemacht!“, stellte Steinhauser noch einmal verzweifelter klar.

„Das seh´n die Mädels aber anders. Und das Schlimmste: Jetzt hab ich noch nicht mal mehr Telefonsex!“

Steinhauser stöhnte laut auf und schüttelte verständnislos den Kopf. „Deine Sorgen, wenn ich hätt. Hast du mal die Katja angerufen?“

„Ja, hab ich! Aber die Frau Holzinger hat gesagt, dass sie da nicht mit hineingezogen werden will. Genauso wie der Herr Holzinger. Den hab ich nämlich auch schon angerufen. Er fand es auch unmöglich, dass du deiner Kollegin an die Möpse gegrapscht hast und wir sollen das gefälligst selber klären. Die Katja will jetzt in Ruhe ihren Urlaub genießen.“

„Na toll! Und jetzt?“

„Keine Ahnung!“, räumte Strubinski ein und fuhr dem Mercedes fast in den Kofferraum. „Ich schieb dich gleich von der Straße!“

Steinhauser sagte nichts, rollte nur mit den Augen.

In Rupboden, der nächsten Ortschaft, wurde der Mercedes noch langsamer. Bis er schließlich stehen blieb. Wutentbrannt raste Strubinski fluchend vorbei, musste aber sofort eine Vollbremsung hinlegen. Die Straße war gesperrt und eine Umleitung ausgewiesen. Beide schauten zu dem tatsächlich sehr betagten, grauhaarigen Mercedesfahrer und seiner ebenfalls äußerst reifen Frau. Der ältere Herr trug einen, seines Alters entsprechenden Hut und schaute die beiden entgeistert durch seine mit Glasbausteinen ausgestattete Brille an. Nach einigen Sekunden, die allen Beteiligten wie Stunden vorkamen, schüttelte der Mercedesfahrer verständnislos den Kopf, zeigte ihnen den Mittelfinger und folgte der Umleitung.

„Hast du das gesehen? Hast du?“, fragte Strubinski entgeistert. „Zeigt der uns doch glatt den Stinkefinger, der alte Sack!“

„Ja, ich hab´s gesehen!“, bestätigte Steinhauser und war immer noch dabei, die Bilder in seinem Kopf zu verarbeiten.
„Der Opa war doch mindestens hundert!“
„Na und. Selbst wenn der zweihundert gewesen wäre, dann darf der trotzdem noch Auto fahren. Es gibt kein Gesetz dagegen.“
„Und warum überhaupt ist hier die Straße gesperrt? Da war doch vor ein paar Tagen noch nix“, maulte Strubinski weiter.
„Sei doch froh, dass die Buckelpiste endlich mal gemacht wird. Die Straße war doch schon beschissen, als wir gerade unseren Führerschein gemacht hatten und regelmäßig in die Disse nach Bad Brückenau gefahren sind.“
„Ja, aber doch nicht jetzt! Ich fahr über´n Radweg. Der ist neu gemacht worden.“
„Fred, bitte reg dich endlich wieder ab“, sagte Steinhauser scharf. „Ansonsten blasen wir die Aktion „Schruntz-Befragung“ wieder ab! Ist das klar! Es ist eh schon total verantwortungslos von mir, dich in dem Aufzug auf die Menschheit loszulassen und so, wie du im Moment drauf bist, geht das gar nicht. Halt jetzt die Klappe und fahr die Umleitung!“
Strubinski schaute beleidigt, sagte aber nichts und tat, wie ihm befohlen wurde.
„Gibt´s die Disse eigentlich noch? Wie hieß die noch mal? Splash? Kann das sein?“, fragte Steinhauser.
„Ich dachte Rock House“, meinte Strubinski. „Oder hieß die erst Splash und dann Rock House? Aber ich glaub, der Schuppen ist mittlerweile dicht.“
„Ist ja auch egal jetzt, fahr zu und reg dich nicht auf.“
In sicherem Abstand zum Wackeldackel und den Klorollen fuhren sie äußerst stromsparend nach Bad Brückenau.

Ausgerüstet mit den beiden Gutachten, dem Handy und den ausgedruckten SMS-Nachrichten machte sich Bernd Bonderlich auf den Weg zu Sybille Schruntz. Das Handy hatte er in einem seiner Kniestrümpfe verstaut. Steinhauser bat ihn noch einmal eindringlich, behutsam und nicht so wie das letzte Mal aufzutreten. Etwas zurückhaltender halt. Strubinski versicherte ihm, dass er alles im Griff hatte. Steinhauser blieb nichts anderes übrig, als zu hoffen und die Stöpsel des im Auto angebrachten Abhörhandys ins Ohr zu stecken. Strubinski hatte die Wanze wieder mitgenommen.

Mit Frau Göres im Schlepptau, der Vorzimmerdame von Sybille Schruntz, stürmte Bernd Bonderlich in das Plastikmöbel- und Plastikblumenbüro der Managerin der Sinntal-Power-Windenergie.
„Entschuldigung, Entschuldigung", rief Frau Göres verzweifelt. „Ich konnte ihn nicht aufhalten."
Sybille Schruntz erhob sich blitzartig hinter ihrem Schreibtisch. Mit ihrem strengen, kantigen Gesicht schaute sie verärgert zu Strubinski und rückte entrüstet ihren Hosenanzug zurecht. Der musterte kurz die schlanke, hochgewachsene Frau und kam zielstrebig auf sie zugelaufen. Dabei wedelte er mit seinem BKA-Ausweis.
„Ist schon gut, Frau Göres", sagte die Managerin. „Sie können gehen. Der Herr … Bonderlich kommt bestimmt wegen eines ganz wichtigen Anliegens. Ihr Name war doch Bonderlich, oder?"
„Ja, genau. Bernd Bonderlich. BKA", gab Strubinski zurück.
„Was kann ich denn diesmal für Sie tun?"
Strubinski wartete, bis Frau Göres das Büro verlassen hatte, dann holte er sich einen der unbequemen Plastikstühle und setzte sich an den Schreibtisch der Managerin. „Sie können sich ruhig wieder setzen", sagte er und reichte ihr das Foto von Cornelius Zillerberg im Elferratskostüm vor dem Kölner Dom.
Mit schmalen Augen nahm sie das Foto neugierig entgegen. Wie die Blätter einer giftigen Pflanze drehte sie das Foto zwischen ihren Fingerspitzen. „Was soll ich damit?"
„Kennen Sie diesen Mann?", fragte Strubinski, ohne seinen Namen zu nennen.
„Nein, den habe ich noch nie gesehen", gab sie zurück und warf das Bild vor Strubinski auf den Schreibtisch. „Ist das der Mörder von Gottfried Schubberle? Der war doch auch so ein Faschingsmensch."
„Dazu kann ich Ihnen leider nichts sagen. Sie kennen die Person also nicht? Noch nie gesehen?"
Die Managerin warf noch einmal einen flüchtigen Blick auf das Bild. „Nein", versicherte sie noch einmal.
„Gut", meinte Strubinski, steckte das Foto wieder weg und reichte ihr jetzt die beiden Gutachten.
„Was ist das jetzt?", fragte sie streng. Es war ihr anzusehen, dass sie innerlich kochte, aber sie hatte sich im Griff.
„Die Gutachten", sagte Strubinski ruhig. „Das von Ihnen und das vom Herrn Schubberle."

„Danke“, sagte sie und legte die Gutachten in eine Schublade.
„Was wird´n das, wenn´s fertig ist?“, sagte Strubinski streng. „Aber mal zackig wieder auf den Tisch damit!“
Widerwillig tat Sybille Schruntz, was ihr befohlen wurde.
„Ich gehe mal davon aus, dass Sie beide Gutachten kennen“, meinte Strubinski, lehnte sich in dem Plastikstuhl zurück und schlug die Beine entspannt übereinander, soweit das eben möglich war.
„Natürlich kenne ich diese Gutachten“, gab Sybille Schruntz knapp zurück.
„Und …?“
„Was und?“
„Und, was sagen Sie dazu?“
„Was soll ich denn dazu sagen?“, meinte sie schnippisch und verschränkte demonstrativ die Arme vor ihrer flachen Brust.
„Unsere Spezialisten haben die Gutachten auf Herz und Nieren geprüft“, begann Strubinski selbstsicher zu erzählen. Dabei stand er auf und ging ein wenig im Büro umher. „Die geplanten Windkrafträder sind für die geographischen Gegebenheiten viel zu klein ausgelegt. Generell ist diese Gegend für Windenergie eher unwirtschaftlich“, fuhr Strubinski fort und warf gleich einmal mit ein paar Fachbegriffen um sich. „Aber das ist Ihrer Sinntal-Power-Windenergie gerade mal scheißegal. Das einzige, was Ihren Verein interessiert, sind die Fördergelder, die Sie für den Bau dieses Windparks abkassieren. Und die sind beträchtlich.“
„So ein Blödsinn“, warf die Managerin energisch dazwischen. „Dieser Schubberle hat nur Lügen mit seinem falschen Gutachten in die Welt gesetzt. Der geplante Windpark ist effizient und nachhaltig, das können Sie nachlesen. Unser Gutachten wurde von Carsten Braun erstellt. Einem anerkannten Fachmann!“
Am liebsten hätte Strubinski ihr jetzt die Nachrichten zwischen ihr und diesem Carsten Braun um die Ohren gehauen, aber das war im Augenblick nicht möglich. Noch nicht. Also gab er weiterhin den coolen BKA-Ermittler.
„Das ist die Version Ihres Gutachtens“, sagte er ruhig, blieb abrupt stehen und schaute Sybille Schruntz direkt in die Augen. „Laut dem Gutachten, das Herr Schubberle erstellen ließ, müssten die Windräder um ein Vielfaches größer sein, um halbwegs effizient zu arbeiten. Was wiederum einen noch viel größeren Einschnitt in die hiesige Natur bedeuten würde, als das eh schon der Fall wäre.“

„Herr Bonderlich!", erhob Sybille Schruntz das Wort. „Sie mögen auf Ihrem Gebiet ein Fachmann sein und das zweifele ich auch nicht im Geringsten an. Aber hier geht es um strategische Entscheidungen, wie unser Land in Zukunft mit der Energie versorgt werden kann, die es benötigt. Deutschland ist ein Industriestandort und soll das auch bleiben."
Strubinski kochte innerlich, musste aber cool bleiben. Er setzte sich wieder.
„Ja, da haben Sie zweifellos recht", stimmte er resigniert zu. „Aber die Gutachten nehm ich trotzdem wieder mit", sagte er, nahm die Dokumente und ließ sie unbeholfen unter den Schreibtisch fallen. „Sorry", krächzte Strubinski und sammelte die Papiere wieder ein. Dabei zog er schnell das Handy der Managerin aus seinem Strumpf und schob es unter den Rollcontainer des Schreibtisches.
„Kann ich Ihnen helfen?", fragte Sybille Schruntz.
„Nein danke, hab schon alles zusammen", gab er schnell zurück und verabschiedete sich ebenso schnell von der verwirrt dreinschauenden Managerin.

„Und jetzt?", fragte Steinhauser, als Strubinski hektisch die Fahrertür aufriss und die Gutachten auf die Rücksitzbank warf.
„Wir fahren erst mal ein Stück weg", sagte Strubinski und ließ sein E-Auto lautlos in eine Seitenstraße rollen. Dort berichtete er haargenau, mit welch genialem Trick er der Managerin das Handy wieder untergeschoben hatte.
Steinhauser sagte nichts.
„Wir warten jetzt ein paar Minuten, dann fahren wir zurück und ich geh noch mal zur Schruntz rein", sagte Strubinski.
„Und dann?", wollte Steinhauser wissen.
„Dann ...", meinte Strubinski mit breitem Grinsen. „... dann werd ich der arroganten Kuh mal richtig Feuer unter´m Arsch machen."
Steinhauser schauderte es. Er wusste nicht, was Strubinski vorhatte, und der wollte es ihm auch nicht sagen.
„Du sollst dich mal entspannen, ich hab einen Plan", meinte er gelassen und fuhr ein wenig durch Bad Brückenau, um dann wieder vor dem Büro der Sinntal-Power-Windenergie im Herzen der Altstadt stehen zu bleiben.
Entgegen Steinhausers Anweisungen, Drohungen und am Ende vergeblichem Betteln, marschierte Strubinski erneut voller Tatendrang ins Gebäude. Jetzt half nur noch beten.

„Sie schon wieder!“, beschwerte sich Sybille Schruntz, als Strubinski alias Bernd Bonderlich erneut unangemeldet in ihr Büro platzte. Frau Göres kam auch diesmal hilflos hinter ihm her.
„Es gib überraschende Neuigkeiten im Fall Schubberle“, rief ihr Strubinski entgegen.
Sybille Schruntz schaute kurz überrascht, ließ sich aber nichts anmerken und schickte Frau Göres hinaus. „So, Neuigkeiten?“, fragte sie mit schmalen Lippen.
„Ja, Neuigkeiten!“, bestätigte Strubinski und stolzierte wie ein Gockel umher.
„Und was habe ich damit zu tun?“, fragte die Managerin vorsichtig.
„Meine Kollegen vom BKA ...“, begann Strubinski, machte eine kurze Pause und ließ die Worte einen Moment im Raum stehen, dann fuhr er fort, „... haben auf dem Handy eines dringend Tatverdächtigen interessante Nachrichten entdeckt.“
Sybille Schruntz sagte nichts, wartete nur gespannt darauf, was Strubinski noch zu berichten hatte. Was dieser dann auch tat. „Auf dem Handy des Verdächtigen haben wir eine Nummer gefunden, die unsere Neugierde geweckt hat.“ Erneut ließ er den Satz im Raum stehen. Er konnte lügen, ohne rot zu werden.
Die Ungeduld der Managerin wurde immer größer. „Könnten Sie mir jetzt bitte sagen, was das alles mit mir zu tun haben soll!“, verlangte sie ungeduldig.
„Die besagte Nummer ist auf ein Telefon der Sinntal-Power-Windenergie zugelassen“, sagte er, doch Sybille Schruntz zeigte keinerlei Reaktion.
„Wir haben hunderte Telefone“, meinte sie nach einer kurzen Pause gleichgültig.
„Aber das Handy, das zu dieser Nummer gehört, wurde genau hier geortet. Hier in Bad Brückenau“, sagte er streng.
Immer noch blieb die Managerin gelassen. „Ich habe aktuell gar kein Firmenhandy.“
„Das können wir ja leicht herausfinden“, sagte Strubinski, holte sein Handy hervor und tippte eine Nummer ein. „Meine Kollegen haben mir diese Nummer zukommen lassen. Mal seh´n, was passiert.“
Es dauerte einen Moment, dann begann es unter dem Rollcontainer ihres Schreibtisches zu klingeln. Überrascht schaute Sybille Schruntz zu Strubinski. Strubinski begab sich auf die Knie und holte das vorher deponierte Telefon hervor. „Was haben wir denn hier?“, sagte er so

überrascht, wie es ihm möglich war und legte sein Fundstück auf den Schreibtisch. „Kennen Sie das Telefon?“
Sybille Schruntz war jetzt nicht mehr so gelassen. Ihre steinerne Fassade bekam einen Riss, sogar einen ganz gewaltigen. Unsicher begutachtete sie das Handy. „Neulich waren Kollegen zu einer Besprechung hier. Mir gehört es jedenfalls nicht. Von den Dingern haben wir hunderte“, sagte sie erneut.
„Das erwähnten Sie bereits“, meinte Strubinski. „Und Sie sind sich sicher, dass es sich hierbei nicht um Ihr Telefon handelt, Frau Schruntz?“
Sybille Schruntz schwieg.
„Kein Problem, Sie müssen nicht antworten. Ich finde ruckzuck heraus, ob das Ihr Telefon ist. Ich hol nur schnell meinen Fingerabdruckgenerator im Auto, dann wissen wir im Handumdrehen, ob Sie das Ding schon mal in der Hand hatten.“
Strubinski nahm das Telefon und ging zügig zum Ausgang.
„Halt!“, rief ihm Sybille Schruntz resigniert hinterher. „Bleiben Sie hier. Das ist mein Telefon.“
Strubinski atmete durch und musste kurz grinsen. Er hatte gehofft, dass sie einlenkte. Wer wagt, gewinnt. So konnte er wie geplant fortfahren. Strubinski war jetzt zu hundert Prozent in der Rolle des Bernd Bonderlich versunken. Er ging zurück zur Managerin, setzte sich auf einen der Plastikstühle und legte das Telefon wieder auf den Schreibtisch.
„Na dann, entsperren Sie mal“, befahl er und holte gleichzeitig die Ausdrucke des Schriftverkehres zwischen Sybille Schruntz und dem Unbekannten HL hervor. „Ich bin mal gespannt, ob diese Nachrichten, die mir meine Kollegen geschickt haben, auch auf Ihrem Telefon zu finden sind.“
„Woher haben Sie denn jetzt so schnell diese Ausdrucke?“, wunderte sie sich.
Strubinski räusperte sich kurz, denn auf diese Frage war er nicht vorbereitet. Aber das brachte ihn nur für den Bruchteil einer Sekunde aus der Fassung. „Liebe Frau Schruntz ...“, sagte er mit fester Stimme, beugte sich nach vorne und schaute sie direkt an. „„... haben Sie schon vergessen … ich bin beim BKA. Da gehören Faxgeräte, Drucker, PC, Funk und sonstiger technischer Schnickschnack zur Grundausrüstung von jedem Dienstfahrzeug. Und ab jetzt stell ich wieder die Fragen!“
Sybille Schruntz nickte verlegen und entsperrte das Telefon. Ihre Hände zitterten.

Strubinski suchte die Nachricht von HL. Schließlich wusste er, was auf dem Telefon zu finden war. Er tat kurz so, als ob er die Texte auf dem Zettel mit den Texten im Handy verglich und kam dann auch gleich zur Sache.
„Dass Ihnen der Schubberle nicht mehr *dazwischenfunkt*, das haben Sie ja jetzt erreicht", sagte Strubinski. „Was hat Sie dieser Auftragsmord denn gekostet?"
„Auftragsmord?", quiekte die ansonsten so gefasste und selbstsichere Managerin erschrocken. Die Risse in ihrer Fassade wurden mehr und tiefer. „Ich hab doch nichts mit dem Mord an dem Schubberle zu tun!"
„Diese Nachrichten sagen aber etwas ganz anderes. Das ist Ihnen schon klar, oder?"
„Ja … äh … nein … äh ... aber ich hab doch nicht gewollt, dass der den Schubberle umbringt", jammerte Sybille Schruntz, den Tränen nahe. Jetzt stürzte ihre Fassade komplett in sich zusammen. Die Texte waren ihr bestens bekannt.
„Wer ist denn *der*?", wollte Strubinski wissen. Sie tat ihm fast ein wenig leid, aber nur fast.
„Keine Ahnung", wimmerte sie.
„Keine Ahnung?", wiederholte er scharf. „Sie wollen mir doch nicht allen Ernstes weismachen, dass Sie keine Ahnung haben, wem sie Geld dafür gezahlt haben, dass Ihnen Gottfried Schubberle nicht mehr dazwischenfunkt?"
„Es ist aber so", schluchzte Sybille Schruntz und putzte sich die Nase, was Strubinski nervte. Mit jammernden Weibern konnte er gar nichts anfangen. „Ich hatte nur telefonischen Kontakt zu ihm. Das Geld habe ich ihm in einem Abfalleimer am Hallenbad, der *Sinnflut*, zukommen lassen. Sie müssen mir glauben, ich habe ihn niemals gesehen. Der sollte den Schubberle doch nur einschüchtern und davon abhalten, meine Veranstaltungen zu besuchen."
„Haben Sie wenigstens einen Namen oder sonst irgendetwas?", bohrte er im Stile eines echten, knallharten BKA-Ermittlers weiter. Da war die Fink ein Waisenkind dagegen.
„Nein", sagte sie kaum hörbar. „Er behauptete, er kenne den Schubberle und er würde das schon hinbekommen, dass er mich in Ruhe lässt."
„Und was bedeutet HL?"
„Als ich ihn gefragt habe, wie ich ihn nennen soll, sagte er, ich soll ihn HL nennen. Englisch ausgesprochen: Äitsch El. Und so hab ich ihn dann auch

im Handy abgespeichert“, gab sie zurück.
Strubinski hakte nicht weiter nach, stattdessen wischte er über das Display.
„Und wer ist CB“, fragte er, obwohl er das eigentlich schon wusste. Er wollte es aber von ihr hören.
„Carsten Braun“, der Gutachter, wie Sie sich ja bestimmt schon denken können.“
„Ohhhhh“, gab sich Strubinski überrascht. „So wie ich das hier lese, scheint Ihr Gutachten auch leicht frisiert worden zu sein.“
„Ohne meinen Anwalt sage ich jetzt kein Wort mehr!“
„Das ist Ihr gutes Recht“, räumte Strubinski gelassen ein. „Aber nützen wird Ihnen das auch nichts. Die Kollegen werden sich in Kürze Carsten Braun zur Brust nehmen und ich kann Ihnen garantieren, die werden ihn schon zum Singen bringen, wenn er hört, dass er möglicherweise in einen Mord verwickelt ist … oder vielleicht sogar in einen Doppelmord.“
„Doppelmord? Wieso denn jetzt Doppelmord?“, wimmerte Sybille Schruntz völlig aufgelöst.
„Haben Sie Moritz Ringelfelder schon vergessen?“, erinnerte Strubinski sie. „Das zweite Opfer. Ein Unterstützer von Gottfried Schubberle und ebenfalls Gegner des geplanten Windparks.“
Sie erinnerte sich. „Ich kannte diesen Ringelfelder doch gar nicht!“, schrie Sybille Schruntz hysterisch und brach endgültig in Tränen aus.
An dieser Stelle beschloss Strubinski die Befragung abzubrechen. Gutachten fälschen, Leute beauftragen, die dafür sorgen sollen, dass andere Leute nicht mehr dazwischenfunken und dann bei Veranstaltungen einen völlig unnützen Windpark als die Rettung der Bundesrepublik anpreisen, das war selbst für Strubinski zu viel.
„Hören Sie auf hier rumzuheulen“, sagte er, nahm seine Ausdrucke wieder an sich und ging. An der Tür drehte er sich noch einmal zur schluchzenden Schruntz um. „Eine Frage hätte ich da noch. Kennen Sie einen Cornelius Zillerberg?“
Die Managerin schüttelte den Kopf. „Nein, noch nie gehört“, schluchzte sie und putzte sich die Nase.
„Ich geb Ihnen einen Tipp: Halten Sie in Zukunft die Füße still. Die Kollegen werden sich bei Gelegenheit um Sie kümmern“, schob Strubinski noch hinterher und ging.
Zufrieden und mit federndem Schritt verließ er ihr Büro. Dieser Schritt endete abrupt, als er das Gebäude verließ und direkt in die Arme von Franziska Fink lief. Er starrte sie kurz an, räusperte sich, sagte: „Grüß

Gott“ und ging schnell an ihr vorüber. Die Kommissarin schaute ihm nachdenklich hinterher.

„Ich glaub, wir sind aufgeflogen“, sagte Strubinski hektisch, als er zu Steinhauser ins Auto sprang und direkt losfuhr.
„Wieso?“
„Mir ist gerade die Fink über den Weg gelaufen. Ich glaub, die wollte auch zur Schruntz.“
„Oh, oh“, meinte Steinhauser. „Nicht gut. Gar nicht gut. Hat sie dich erkannt?“
Strubinski zuckte mit den Schultern. „Keine Ahnung. Ich glaub nicht. Wir sind uns ja nur auf der Faschingssitzung in Fellen mal kurz begegnet und da war ich ja verkleidet, genauso wie jetzt.“
„Naja, wir werden es erfahren.“
Zurück bei Strubinski gab es erst mal Tiefkühlpizza. Seine Tochter Sonja hatte mehr oder weniger gekocht. Sie setzte ihren Vater noch einmal ziemlich beeindruckend und nachhaltig darüber in Kenntnis, dass das so nicht weitergehen konnte. In Zukunft wollte sie vernünftiges Essen, ansonsten würde sie in Hungerstreik treten.
„Und deine blöden Pakete kannst du dann auch selber packen“, schob sie noch hinterher.
Strubinski versprach ihr leichtfertig, zusätzlich zu dem bereits zugesagten Essen am Wochenende, diesen Zustand zu ändern. Irgendwie musste er sie bei Laune halten, denn seine Tochter war ja in ihrem aktuellen Nebenjob, neben der Schule, ihrem Hauptjob, auch noch für das Geschäft verantwortlich, während er mit Steinhauser ermittelte. Deshalb musste er ihr auch mindestens drei Kinobesuche versprechen. Nach den erfolgreichen Verhandlungen zog sich seine Tochter in ihr Zimmer zurück und die Männer übernahmen den Abwasch.
„Irgendwie hab ich das Gefühl, dass wir nix Greifbares haben“, meinte Strubinski.
„Dein Gefühl täuscht dich nicht.“ Steinhauser war gefrustet. „Wir wissen zwar jetzt, dass das, was wir vermutet haben, stimmt. Mehr aber auch nicht. Das mit dem Windpark geben wir an die zuständigen Behörden weiter … wenn ich weiß, wie wir das anstellen, ohne dass wir wegen deiner illegalen Verhörmethoden Ärger bekommen.“
„Aber ich war gut. Das musst du zugeben!“ Strubinski strahlte.

Steinhauser hob kurz die Augenbrauen. „Ja, war ganz okay. Ein bisschen dick aufgetragen, aber ganz okay“, quälte er hervor und wechselte gleich wieder das Thema. Über Strubinskis angeborene Talente als Ermittler wollte er jetzt nicht diskutieren und noch mehr Lob kam erst gar nicht in Frage. „Ob die Schruntz wollte, dass der Schubberle stirbt oder nicht, können wir ihr auch nicht nachweisen. Dazu müssten wir erst Mal den Äitsch El, beziehungsweise den Zillerberg finden. Und der ist wie vom Erdboden verschluckt.“

„Und was machen wir jetzt?“, fragte Strubinski. „Wir suchen einen mittelgroßen, stark übergewichtigen Faschingsfreak, der so breit ist wie hoch. Also einen kleinen Quader. Das sollte doch irgendwie möglich sein, den zu finden. Der kann sich doch nicht einfach so in Luft auflösen. Ich meine, du weißt doch bestimmt schon, wie es so ermittlungstechnisch weitergeht, oder? So als erfahrener Kripo-Mensch.“

Steinhauser sagte nichts. Er hatte schlichtweg keine Ahnung, wie es weitergehen sollte. Sie waren in einer Sackgasse gelandet und das wollte er jetzt nicht unbedingt zugeben.

„Mal seh´n. Ich lass das erst mal sacken“, sagte er deshalb und machte sich auf den Nachhauseweg. Dort drehte er zum Abschluss des Tages noch eine Runde mit Jacky und war sich fast sicher, dass die Diät erste Früchte trug. Wenn auch nur sehr kleine.

Kapitel 18

Steinhauser blieb an diesem Morgen etwas länger liegen als normal. Da die Ermittlungen, trotz aller Anstrengungen, zu nichts führten, konnte er nicht vernünftig schlafen. Und wenn er dann doch mal eingeschlafen war, träumte er von einer alten, schäbigen Dienststelle, irgendwo im Nirgendwo. Mal in Brandenburg, mal in Mecklenburg-Vorpommern, mal an der nicht vorhandenen Grenze nach Ungarn. Ohne jede technische Ausrüstung. Also im Grunde wie in Burgsinn, nur eben an einem noch viel abgelegeneren Ort als dem Sinngrund. Die angedrohte Versetzung rückte mit jedem Tag unaufhaltsam näher.

Schließlich war es die Titelmelodie seiner Lieblingsserie Magnum aus den Achtzigern, die aus seinem Handy trällerte und ihn weckte. Jacky jaulte nebenan, aber das ignorierte er einfach. Vermutlich war sie hungrig – was sonst? Verschlafen nahm er den Anruf entgegen.

„Ich weiß, wer der Wanzenkäufer ist“, krakelte es aus seinem Telefon.

„Fred?“

„Ja, wer denn sonst? Du musst sofort aufs Rathaus kommen!“

Steinhauser schaute mit dicken Augenrändern und verquollenen Augen auf die Uhr. Halb neun. Es fühlte sich an wie halb zwölf nach einer durchzechten Nacht.

„Echt jetzt?“

„Ja, ist verdammt wichtig.“

„Also gut, ich komm“, knurrte Steinhauser und quälte sich aus dem Bett.

Jacky bekam ihre halbe Dose Hundefutter und Steinhauser machte sich gleich auf den Weg zum Rathaus. Die morgendliche Hunde-Runde fiel heute aus. Jacky musste halt mal wieder in den Garten kacken, was für sie jetzt auch nichts Neues war.

Wie ein aufgescheuchtes HB-Männchen, das seit Tagen keine Zigarette mehr geraucht hatte, hüpfte Strubinski vor dem Rathaus auf und ab.

„Ja, wo bleibst du denn?“, rief er Steinhauser ungeduldig entgegen, als der mit dem E-Bike seines Schwagers angerollt kam.

„Schneller ging nicht. Aufstehen, anziehen, Zähne putzen, Jacky füttern. Das dauert halt!“

„Komm mit, ich zeig dir den Wanzenkäufer“, sagte Strubinski aufgeregt und zerrte ihn ins Rathaus. Vor dem Plakat, das seit einigen Tagen im

Eingangsbereich hing, blieb er mit Steinhauser stehen. In großen Lettern stand dort als Überschrift: *Horst Mehrhold, ein Bürgermeister für die Bürger. Ein starker Partner für die Berufswahl.* Darunter waren der Bürgermeister und der Praktikant abgebildet.
„Und jetzt?“ Steinhauser schaute ihn verwirrt an.
„Depp! Der Typ neben dem Mehrhold, das ist der Wanzenkäufer!“
„Unser Praktikant?“
„Ja, was weiß denn ich, ob das euer Praktikant ist? Jedenfalls ist das der Typ, der bei mir die Wanzen gekauft hat.“
„Bist du dir sicher?“ Steinhauser schaute skeptisch.
„Ja, bin ich! Hundert Pro!“, versicherte ihm Strubinski. „Zuerst habe ich ihn auch nicht erkannt. Wie der bei mir war, hatte der nämlich eine Perücke auf und keinen Bart.“
„Was machst du überhaupt um die Zeit auf dem Rathaus?“
„Ich hab keine gelben Säcke mehr. Und da wollt ich mir heute, bevor ich zu dir fahr, ein paar neue holen. Weil die Lavinia nicht da ist und niemand richtig kocht, stapelt sich bei mir ohne Ende der Plastikmüll“, erklärte Strubinski. „Aber die haben gerade keine da und müssen erst welche holen. Während ich gewartet habe, hab ich mir das Plakat angeschaut. Und wie ich da so drauf guck, ist mir der Typ irgendwie bekannt vorgekommen. Die Nase, die ist mir gleich ins Auge gestochen und da ist es mir wieder eingefallen. Der Typ mit den Wanzen hat genau so eine Nase gehabt, so knollig. Wegen der Perücke hab ich ihn nicht gleich erkannt. Und bei den Faschingssitzungen in Fellen und Rieneck hab ich den auch gesehen. Hundert Pro. Aber der ist dann immer gleich abgehauen, wenn ich ihn gerufen habe.“
Wortlos stand Steinhauser neben ihm und betrachtete das Plakat.
„Kann ich euch helfe?“, piepste plötzlich eine Stimme hinter ihnen.
Sie drehten sich erschrocken um und schauten in das strahlende Gesicht von Frau Schäflein. In ihren Händen hielt sie einige Rollen gelber Säcke, die sie Strubinski entgegenhielt.
„Danke“, sagte der und nahm sie ihr ab.
„Tut mir leid, hat a bissele länger gedauert. Ich hab die net gleich gefunnne“, entschuldigte sich Frau Schäflein.
„Passt schon“, meinte Strubinski.
„Wo ist denn unser Praktikant?“, wollte Steinhauser wissen.
„Guten Morgen, Herr Steinhauser“, sagte Frau Schäflein.
„Ja, Entschuldigung. Guten Morgen, Frau Schäflein“, gab er zurück.

„Wolle Sie ein Kaffee?“
„Och ja, klar nehm ich einen Kaffee“, meinte Strubinski.
„Nein danke, wir wollen keinen Kaffee, wir wollen wissen, wo unser Praktikant ist“, wiederholte Steinhauser etwas schärfer, als er eigentlich wollte.
„Der war grad noch da.“
„Und wo?“
Frau Schäflein überlegte. „Des kann ich gar net so genau sage. Ich hab dem vorhin noch was für die Post gegebbe und dann … dann weiß ich auch net, wo der hin ist.“ Sie lief in ihr Büro und schaute nach. „Die Post liegt ja wieder da“, wunderte sie sich. „Dann weiß ich auch net, wo der hin ist.“
„Wir müssen ihn suchen!“, meinte Steinhauser und fing an, durch das Rathaus zu laufen. Er schaute in jedes Zimmer. Frau Schäflein und Strubinski folgten ihm, aber Frank Baum war nirgends zu finden.
„Was wolle Sie denn vom Frank?“, wollte Frau Schäflein wissen.
„Das kann ich Ihnen leider nicht sagen“, meinte Steinhauser. „Aber ich müsste ihn dringend mal sprechen.“
„Ey, ey, ey“, mischte sich Strubinski aufgeregt ein und gab Steinhauser mit den gelben Säcken einen Schubser. „Weißt du, was mir gerade einfällt?“
„Nein, woher denn auch?“
„Wenn der hier als Praktikant arbeitet, dann ist der doch auch kein Fernfahrer, wie der mir erzählt hat. Und wenn der kein Fernfahrer ist, dann hat der doch auch keine Alte daheim, die er überwachen will, weil die den angeblich bescheißt“, schlussfolgerte Strubinski.
„Und was willst du mir jetzt damit sagen?“
„Die Wanzen! Wozu braucht der dann die Wanzen, wenn der keine Alte hat, die der abhören will?“
Steinhauser überlegte, wusste aber nicht so recht, was Strubinski von ihm wollte. „Du wirst es mir gleich sagen.“
„Was denn für Wanze?“, fragte Frau Schäflein dazwischen, aber niemand reagierte auf sie.
„Ich wette, der hat das Rathaus verwanzt! Der hat hier garantiert alles abgehört!“, stieß Strubinski aus.
„Warum sollte der denn das Rathaus verwanzen?“
„Keine Ahnung, du bist der Bulle, nicht ich! Vielleicht wollte er immer auf dem Laufenden sein. Schließlich ist hier die Sinngrund-Polizeistelle.“
„Hm ...“, überlegte Steinhauser. Strubinskis Ideen waren manchmal richtig

konstruktiv, was Steinhauser aber nur im allerhöchsten Notfall zugeben würde. „Vielleicht hast du ja sogar recht und er hat tatsächlich das Rathaus abgehört."
„Genau", bestätigte Strubinski. „Was ja durchaus Sinn ergeben würde, wenn er unser Killer ist."
„Wenn er das ist. Das sind aber alles nur Spekulationen. Jedenfalls müssen wir ihn dringend sprechen", meinte Steinhauser.
„Was denn für ein Killer? Und was hat des jetzt mit dene Wanze auf sich?", fragte Frau Schäflein erneut, doch auch diesmal bekam sie keine Antwort. Sie wurde einfach ignoriert.
„Die Wanzen", sagte Steinhauser nachdenklich. „Wo könnten die Wanzen denn sein?"
„Bestimmt irgendwo hier. Dich abzuhören macht ja am meisten Sinn", meinte Strubinski.
„Wie viele von den Dingern hast du dem noch mal verkauft?"
„Zehn Stück."
„Dann stellen wir jetzt das ganze Rathaus auf den Kopf, bis wir diese zehn Wanzen gefunden haben!", sagte Steinhauser entschlossen. „Und in meinem Büro fangen wir an!"
„Kann ich helfe? Auch wenn Sie mir net sage wolle, was genau los ist", fragte Frau Schäflein.
„Ja, das können Sie", meinte Steinhauser.
„Wie sieht denn so a Wanz aus?", wollte sie interessiert wissen.
„Schwarz, in etwa so groß wie ein zwanzig Cent Stück, nur viel dicker", erklärte Strubinski, während er die Gelben Säcke wegwarf. Dann marschierten sie in Steinhausers Büro und fingen an, alles zu durchwühlen. Akribisch untersuchten sie das Büro und wurden tatsächlich fündig. Drei Wanzen waren hier deponiert, eine davon im Telefon. Sie weiteten die Suche auf Frau Schäfleins Büro aus, wo sie ebenfalls drei Wanzen fanden.
„Ist der Mehrhold da?", fragte Steinhauser.
„Ja, der ist aber grad in einer VG-Sitzung", sagte Frau Schäflein.
„Um die Zeit?"
„Ja, der ist oben im Sitzungssaal."
„Dann gucken wir mal im Büro vom Mehrhold nach. Schließlich telefoniert der ja regelmäßig mit meinem Chef", entschied Steinhauser und sie pilgerten in den zweiten Stock.
Mehrholds Büro war nicht abgeschlossen. Ohne zu zögern, stellten sie alles auf den Kopf und auch hier wurden sie fündig. Zwei Wanzen.

„Bleiben noch zwei übrig“, meinte Strubinski.
„Das Klo! Das wird immer abgehört“, sagte Steinhauser und wieder folgten ihm Strubinski und Frau Schäflein durch das Rathaus. Mitarbeiter des Rathauses, die ihnen entgegenkamen, schauten ihnen kommentarlos, aber verwirrt hinterher.
„Das ist das Männerklo“, beschwerte sich Strubinski, aber Frau Schäflein war nicht aufzuhalten.
„Sechs Auge sehe mehr als vier“, meinte sie, schob Strubinski zur Seite und fing an, sich in den Toilettenboxen umzusehen.
Wie erhofft, fanden sie auch hier eine Wanze. Die Durchsuchung der Damentoilette blieb allerdings erfolglos.
„Fehlt nur noch eine“, stellte Strubinski fest. „Wo könnt die wohl sein?“
Da sie alle in Frage kommenden Orte, außer dem Sitzungssaal, abgesucht hatten, liefen sie zurück in Steinhausers Büro und überlegten. Noch einmal ließen sie die Blicke umherschweifen.
„Ich glaub, Sie habbe da so ein Ding an Ihrer Jacke“, sagte Frau Schäflein und deutete auf Steinhauser.
„Ach die, ja die ist mir“, winkte er ab. „Hab ich ganz vergessen.“
„Wieso ist die Ihne? Habbe Sie sich selber abgehört?“
„So ähnlich, ist aber eine lange Geschichte und jetzt nicht wichtig.“ Steinhauser ging nicht näher auf ihre Frage ein. Sie musste ja nicht alles wissen.
„Aber vielleicht hat der Baum ja auch irgendwo an deiner Jacke eine Wanze angebracht?“, mutmaßte Strubinski.
Steinhauser zögerte kurz, dann zog er seine Jacke aus und untersuchte sie. Dabei fiel das Bild von Zillerberg im Faschingskostüm vor dem Kölner Dom heraus. Frau Schäflein hob es auf.
„Wer is´n des?“
„Auch eine lange Geschichte“, sagte Steinhauser und stellte enttäuscht fest, dass keine weitere Wanze an der Jacke war. An seiner Hose fand er auch nichts. Wie auch, die zog er ja nicht aus, wenn er auf dem Rathaus war. Also konnte Frank Baum da auch keine anbringen.
„Habbe Sie schon mal in Ihrer Mütze nachgeschaut?“, fragte Frau Schäflein.
„Die Mütze? Ne, warum?“
„Der Frank Baum hatte Ihne doch die Mütze unter dem Schreibtisch rausgeholt, als der mit dem Kleiderständer umgefalle ist“, erinnerte sie ihn. „Wisse Sie des net mehr?“
„Sie haben recht, Frau Schäflein!“ Jetzt erinnerte er sich wieder.

Noch bevor er reagieren konnte, riss ihm Strubinski seine Mütze vom Kopf. „Tatsächlich, da ist sie, die letzte Wanze", er erkannte sie sofort und zupfte das Ding heraus. „Was machen wir denn jetzt mit den Dingern?"
Steinhauser nahm ihm alle Wanzen ab, legte sie auf den Boden und zertrat sie. „Erst mal die Verbindung kappen." Anschließend warf er die zermalmten Überreste in den Mülleimer.
„Und jetzt?", wollte Strubinski wissen.
„Jetzt will ich mal den Mehrhold sprechen."
„Der ist doch grad mit den anderen Bürgermeistern aus dem Sinngrund in der VG-Sitzung", erinnerte ihn Frau Schäflein, die immer noch das Bild von Zillerberg in den Händen hielt und nachdenklich betrachtete.
„Das ist mir egal!", sagte Steinhauser und wollte gehen, doch Frau Schäflein hielt ihn zurück.
„Warte Sie mal … ich glaub, der Kerl auf dem Foto ist unser Praktikant", sagte sie.
„Was?", stieß Strubinski aus und nahm ihr das Foto ab.
„Zeig mal her!" Auch Steinhauser war überrascht das zu hören und nahm seinem freien Mitarbeiter das Foto gleich wieder weg, bevor er es genauer ansehen konnte.
Alle drei steckten die Köpfe zusammen und schauten konzentriert auf das kleine Bild. Es dauerte eine Weile, bis schließlich Strubinski das Wort ergriff.
„Neee, nie im Leben! Der ist doch viel, viel dicker als der Praktikant"
„Doch!", hielt Frau Schäflein dagegen und nahm das Bild wieder an sich. Sie ging zu ihrem Schreibtisch und holte eine Lupe hervor.
„Wieso haben Sie eine Lupe?", wunderte sich Steinhauser.
„Auf dene blöde Formulare ist des Zeug manchmal so klein geschriebe, dass ich des ohne Lupe net mehr lese kann. Ich werd ja ach net jünger."
„Geben Sie mal her." Steinhauser nahm die Lupe und schaute ganz genau nach, dann ging er zum Plakat und verglich die beiden Personen miteinander. „Ich weiß nicht …", meinte er skeptisch.
„Männer!", sagte Frau Schäflein entschieden. „Glaube Sie mir, des sind die gleiche Leut. Der hat nur abgenommen. Die Nasen sind die gleiche!"
„Dann hat der aber ganz schön viel abgenommen", meinte Strubinski und schnappte sich Foto und Lupe. „Aber ich glaube, Sie haben tatsächlich recht, Frau Schäflein. Die Gesichtszüge sind auch ganz ähnlich."
„Sag ich doch. Der auf dem Bild, des ist der Frank Baum."
„Nein, das ist Cornelius Zillerberg", korrigierte Steinhauser.

„Und der Wanzenkäufer", ergänzte Strubinski noch.
Jetzt war es Frau Schäflein, die verdutzt schaute. „Des soll der kleine Zillerberg sein?" Sie konnte sich noch sehr gut an den Jungen und seine traurige Geschichte erinnern.
„So klein ist der jetzt nicht mehr!", meinte Steinhauser und ging zur Treppe ins Obergeschoss. „Ich bin mal gespannt, was der Mehrhold dazu sagt."
„Aber die Sitzung ...", rief ihm Frau Schäflein hinterher, doch das interessierte ihn nicht.
Frau Schäflein und Strubinski folgten unaufgefordert.
Ohne anzuklopfen, stürmte er in den Sitzungssaal. Schlagartig verstummten die Gespräche und alle Blicke waren auf die drei Eindringlinge gerichtet. Wie in der Schule saßen Karl Kranz, der Mittelsinner Bürgermeister, die Bürgermeister aus Fellen, Obersinn und Aura in einer Reihe. Mehrhold stand, wie früher, als er noch Lehrer gewesen war, vor einem Flipchart, auf der jede Menge Zahlen in bunten Farben standen. Er stoppte abrupt in seiner Bewegung und starrte Steinhauser an. Seine Augen verengten sich zu schmalen Schlitzen, dann schrie er los.
„Steinhauser! Was fällt ihnen eigentlich ein?"
„Ich muss mit Ihnen reden! Jetzt!", gab Steinhauser scharf zurück. „Es ist wichtig! Sehr wichtig!"
„Sehen Sie zu, dass Sie verschwinden! Meines Wissens sind Sie krankgeschrieben und Ihre Zeit auf meinem Rathaus ist auch bald abgelaufen!"
„Kann ich mal die Papiere des Praktikanten sehen?", rief Steinhauser unbeirrt durch den Sitzungssaal.
Mehrhold stutzte kurz, dabei gingen die Köpfe der anderen Bürgermeister, wie beim Tennis, hin und her.
„Was wollen Sie mit den Papieren?"
„Der Baum ist nicht der, für den er sich ausgibt!"
„Wie kommen Sie denn auf so einen Blödsinn?"
„Der hat das ganze Rathaus verwanzt", sagte Steinhauser.
Jetzt wusste Mehrhold nicht mehr, was er sagen sollte. Mit offenem Mund stand er kurz wie eingefroren da. Die Augen aller Anwesenden waren auf ihn gerichtet. Es kam selten vor, dass es ihm die Sprache verschlug.
„In mein Büro! Sofort!", befahl der Bürgermeister und stapfte durch den Sitzungssaal und schnurstracks in sein Büro. Steinhauser, Strubinski und Frau Schäflein folgten ihm. „Was wollt denn ihr zwei hier?", fuhr er die

Verwaltungsangestellte und Strubinski an. „RAUS!“
Mit gesenktem Kopf verließen beide das Büro.
„Und was soll der Unsinn mit den Wanzen zu bedeuten haben?“, wandte er sich gleich an Steinhauser und knallte die Tür zu.
„Zeigen Sie mir lieber mal die Papiere von diesem Frank Baum“, forderte Steinhauser.
„Die Papiere gehen Sie gar nichts an!“
„Ooohhh doch, die geh´n mich sehr wohl was an“, blieb Steinhauser ruhig. „Der Typ heißt gar nicht Frank Baum und steht im Verdacht, zwei Menschen umgebracht zu haben.“
„Sie wieder!“, winkte Mehrhold ab. „Sie versuchen nur verzweifelt, Ihre Versetzung zu verhindern.“
„Hier geht’s nicht um meine Versetzung, sondern um einen Doppelmörder. Und jetzt zeigen Sie mir gefälligst die Papiere!“
„Gar nix zeig ich Ihnen! Sie haben hier nämlich gar nix zu sagen“, bellte ihn Mehrhold an.
„Frank Baum ist in Wahrheit Cornelius Zillerberg“, sagte Steinhauser.
Mehrhold setzte zu einer Antwort an, stockte aber. „Na, klingelt´s?“, fragte Steinhauser. Außer einem Knurren kam nichts von Mehrhold.
„Ihr Praktikant ist Ihr ehemaliger Schüler Cornelius Zillerberg, der doch überall so beliebt war. In der Schule und beim Faschingsverein“, half ihm Steinhauser auf die Sprünge. Mehrhold sagte immer noch nichts. „Wie sind Sie eigentlich dazu gekommen, Vorstand beim Burgsinner Faschingsverein zu werden? Sie haben doch gar keinen Humor.“
Mehrhold winkte ab. „Die hatten damals keinen Vorstand, ich war im Wahlkampf zum Bürgermeister und hatte mich deshalb dazu bereit erklärt, das Amt kommissarisch zu übernehmen. Da ging´s um jede Stimme.“
„Und was ist mit dem Zillerberg?“
„Was ist mit den Wanzen?“, stellte Mehrhold eine Gegenfrage. „Kann ich die mal sehen?“
„Die hab ich alle zerstört und weggeworfen.“ Dass er in Mehrholds Büro gewesen war, verschwieg er lieber mal.
„Sie können mir viel erzählen, Steinhauser. Wanzen … was für ein Blödsinn!“
„Warum sollte ich mir so etwas ausdenken?“
„Weil Sie verzweifelt sind.“
Plötzlich stürmten Strubinski und Frau Schäflein ins Büro. Ihnen war natürlich kein Wort entgangen.

Strubinski hielt dem Bürgermeister seine ausgestreckte Hand entgegen. Darin lagen die zertrampelten Wanzen. „Das sind die Wanzen! Hab ich schnell aus dem Abfall geholt."
Mehrhold betrachtete den Müll in Strubinskis Hand.
„Das kann ja alles mögliche gewesen sein."
„Des ware aber Wanze", bestätigte Frau Schäflein.
„Hätt´ste mal besser nicht gleich die Verbindung gekappt", wandte sich Strubinski an Steinhauser.
Aber der interessierte sich nicht für den Elektroschrott. „Erzählen Sie mir jetzt lieber mal etwas über den Cornelius Zillerberg!", forderte er stattdessen den Bürgermeister auf.
„Wie kommen Sie eigentlich auf die bescheuerte Idee, dass unser Praktikant der Zillerberg ist?", wollte Mehrhold wissen, ohne zum wiederholten Mal auf Steinhausers Frage zu reagieren.
In kurzen Zügen erklärten Steinhauser und Strubinski die Zusammenhänge, die sie herausgefunden hatten, und dass sie deshalb unbedingt mit dem Zillerberg reden mussten. Frau Schäflein hörte aufmerksam zu und bestätigte auch noch einmal, dass der Junge auf dem Faschingsfoto und Frank Baum die gleiche Person waren.
Es wurde kurz still in Mehrholds Büro, dann ergriff der Bürgermeister das Wort. „Ich hab keine Papiere und der Zillerberg war alles andere als beliebt."
Es dauerte einen Moment, bis Steinhauser diese überraschenden Informationen sortiert hatte.
„Wie? Sie haben keine Papiere?"
„Der Baum … Zillerberg … wie auch immer", begann Mehrhold verlegen, „... der ist zu mir gekommen, mit so einem Schreiben von der Arbeitsagentur. Wegen Umschulung und so und dass er die Gemeinde nix kosten würde. Da hab ich ihm halt zugesagt."
„Ohne Papiere?"
„Jaaaaaa, ohne Papiere!", sagte Mehrhold genervt. „Die wollte er noch nachreichen. Hat er aber bisher nicht gemacht."
„Dann denken Sie mal drüber nach, warum der keine Papiere gebracht hat", warf Strubinski dazwischen.
Mehrhold verzog das Gesicht.
„Haben Sie mal auf dem Arbeitsamt angerufen und nachgefragt?", wollte Steinhauser wissen.
„Das heißt Arbeitsagentur, Herr Steinhauser. Arbeitsagentur!", verbesserte

ihn der Bürgermeister besserwisserisch.
„Ist mir doch scheißegal, wie der Laden heißt! Haben Sie oder haben Sie nicht?“
Der Bürgermeister zögerte. „Nein, wieso? Ich hab das Formular ausgefüllt, das der … wer auch immer das jetzt ist … mitgebracht hatte und ihm wieder mitgegeben. Danach hat er angefangen.“
Steinhauser holte sein Handy hervor und tippte darauf herum.
„Wen rufen Sie denn jetzt an?“, fragte Mehrhold interessiert.
„Das Arbeitsamt!“
Steinhauser wartete einen Moment, dann gab er sich als Polizist zu erkennen und fragte nach einem gewissen Frank Baum und dessen Praktikum auf der Gemeinde Burgsinn. Es dauerte eine Weile, da er noch mehrmals weiter verbunden wurde. Schließlich bekam er eine Antwort, sagte brav „Danke“ und legte wieder auf. „Die vom Arbeitsamt wissen von nix! Weder kennen die einen Frank Baum, noch wissen die was von einem Praktikum.“
Der Bürgermeister sagte nichts, dafür Strubinski. „Sie haben quasi einen Schwarzarbeiter beschäftigt.“
„Blödsinn“, sagte Mehrhold beleidigt. „Der hat doch noch gar nix gekostet!“
„Trotzdem Schwarzarbeiter“, beharrte Strubinski.
„Das ist jetzt egal!“ Steinhauser übernahm wieder das Ruder. „Papiere hin oder her. Wir gehen jetzt mal davon aus, dass der Frank Baum der Zillerberg ist. Sagen Sie mir lieber, warum der Zillerberg alles andere als beliebt gewesen war.“
„Der Zille … wie er immer genannt wurde“, begann Mehrhold und alle hingen an seinen Lippen. „Der war doch damals … wie soll ich sagen … sehr … also viel dicker halt. Ein ganz komischer Kerl war das. In der Schule haben den alle gemobbt. Als Klassenlehrer habe ich echt alles versucht, um ihm zu helfen, aber der war komplett beratungsresistent. Konnte sich einfach nicht eingliedern. Hat immer alles besser gewusst und seine Schulkollegen mit seinen Geschichten genervt.“
„Was denn für Geschichten?“
„Ach … irgend so ein … ein … ein Phantasiezeug. Das weiß ich jetzt auch nicht mehr so genau“, winkte Mehrhold ab. „Und dann, als ich dem Faschingsverein bei seinem Vorstandsproblem geholfen habe, hat der mich ständig genervt. Er wollte in die Bütt. Dabei war der völlig talentfrei. Das hab sogar ich erkannt.“

„Lassen Sie mich raten“, warf Steinhauser dazwischen. „Der Zillerberg wollte eine Büttenrede über alte Geschichten und Sagen vortragen, stimmt´s?“
Mehrhold erinnerte sich wieder. „Ja, genau. So was ähnliches jedenfalls. Woher wissen Sie das?“
„Egal! Erzählen Sie weiter. Wie haben Sie ihm beigebracht, dass er nicht in der Bütt stehen wird?“
„Ich hab ihm gesagt, wie es ist.“
„Und was genau haben Sie gesagt?“, hakte Steinhauser nach.
„Dass er ein völlig verblödeter Trottel ist und mir mit seinem Scheiß nicht mehr auf den Wecker gehen soll. Ich war schließlich nur Aushilfsvorstand.“
Steinhauser hob die Augenbrauen. „Naja, als sein ehemaliger Lehrer hätten Sie ruhig etwas diplomatischer vorgehen können. Kann man von einem ausgebildeten Pädagogen ja eigentlich auch erwarten. Aber Diplomatie war ja noch nie Ihre Stärke. Das war ja schon in der Schule so.“
„Diplomatie? Wollen Sie allen Ernstes behaupten, dass bei Ihnen ... dem da ...“, Mehrhold zeigte auf Strubinski, „... seiner jetzigen Frau und dem Holzinger, Diplomatie was genutzt hätte?“
Steinhauser ließ die Aussage ihres ehemaligen Lehrers unkommentiert und mit einem strengen Blick verhinderte er, dass Strubinski etwas sagte.
„Ihnen ist schon klar, dass Sie mit Ihrer Diplomatie dem Zillerberg gegenüber, möglicherweise einen Killer erschaffen haben?“, warf Steinhauser einfach mal so in den Raum.
„Was soll denn der Schwachsinn jetzt?“, beschwerte sich der Bürgermeister lautstark.
„Aktuell ist der Zillerberg unser Hauptverdächtiger in den Mordfällen Schubberle und Ringelfelder.“
„Was labern Sie da für einen Mist?“ Mehrhold wurde laut. „Und außerdem, was heißt hier *unser Hauptverdächtiger*? Meines Wissens sind Sie aus den Ermittlungen raus, und auch bald aus dem Sinngrund.“
„Hätten Sie den Zillerberg mal auftreten lassen ...“, meldete sich Strubinski zu Wort und deutete mit seinem Finger auf seinen ehemaligen Lehrer, „… dann … dann hätte der vielleicht gemerkt, dass er nicht ankommt und sich ein anders Hobby gesucht. Und es gäb jetzt keine zwei Tote.“
Steinhauser wollte auch etwas sagen, da klopfte es an der Tür. Karl Kranz trat unaufgefordert ein. „Horst, wann kommst du denn wieder? Wir warten!“

„Jetzt!“, gab der Bürgermeister zurück, schob alle aus seinem Büro und verschwand ohne ein weiteres Wort wieder im Sitzungssaal.
„Und was machen wir jetzt?“, fragte Strubinski.
„Wir müssen unbedingt diesen Zillerberg finden“, antwortete Steinhauser.
„Können wir da nicht so eine Rasterfahndung machen? Oder Schleierfahndung? Du kennst dich doch da aus, als Kriminalist.“
Steinhauser schaute ihn verständnislos an, aber an Strubinskis Gesichtsausdruck konnte er erkennen, dass diese Frage tatsächlich ernst gemeint war.
„Fred ...“, begann Steinhauser und überlegte wie er ihm genau das sagen konnte, was ihm gerade durch den Kopf ging, ohne ihn zu beleidigen. „Fred … manchmal, da bin ich echt überrascht von deinen Geistesblitzen. Auch wenn ich mir nicht erklären kann, wo du die hernimmst. Aber manchmal, da frag ich mich auch, ob du vielleicht doch zu viel Bier trinkst.“
„Hä, wie meinst´n das jetzt?“ Strubinski konnte ihm nicht ganz folgen.
Steinhauser zeigte ihm den Vogel. „Rasterfahndung! Schleierfahndung! Ideen hast du! Dazu braucht man den ganzen Polizeiapparat.“
„Und wie geht das?“
„Also, äh … das kann ich dir jetzt nicht erklären. Dauert zu lang“, wich Steinhauser aus. Denn eigentlich wusste er aus dem Stegreif heraus selbst nicht so genau, wie das ging. Mit so etwas hatte er noch nie zu tun gehabt und die Polizeischule war ja auch schon lang her. „Wir zwei, Fred, wir können gar nix machen. Höchstens Einzelfahndung.“
„Cool. Und wie geht das?“
Steinhauser schüttelte resignierend den Kopf, verzichtete auf eine Antwort und wandte sich stattdessen an Frau Schäflein, die die ganze Zeit ungewöhnlich schweigsam geblieben war. „Haben Sie noch mehr Plakate mit dem Praktikanten drauf?“
„Ne, nur des unten im Eingangsbereich, warum?“
„Dann nehm ich das. Der Mehrhold wird’s wohl nicht vermissen“, gab Steinhauser zurück, holte sich das Plakat und verschwand mit Strubinski.

Den Rest des Tages verbrachten Steinhauser und Strubinski damit, das Plakat mit dem mutmaßlichen Cornelius Zillerberg herumzuzeigen.
Zuerst suchten sie Sybille Schruntz auf. Diesmal blieb Strubinski im Auto und Steinhauser übernahm die Befragung. Er behauptete einfach,

Franziska Fink habe ihn geschickt. Schließlich wusste die Managerin ja nicht, dass er aus dem Ermittlungsteam geworfen worden war. Und er ging einfach mal davon aus, dass dies die Fink nicht überall herumerzählt hatte. Sybille Schruntz war nach Strubinskis Besuch nur noch ein Schatten ihrer selbst. Von ihrem äußerst selbstbewussten Auftreten war nicht mehr viel übrig geblieben. Da nutzte es auch nichts, dass sie beim letzten Besuch der Kommissarin Fink erfahren hatte, dass es beim BKA gar keinen Bernd Bonderlich gab. Denn die Kommissarin war äußerst verwirrt gewesen, als sie von Sybille Schruntz auf eben diesen BKA-Ermittler angesprochen worden war, der gerade vor ihrem Erscheinen das Büro verlassen hatte. Aber alleine die Tatsache, dass dieser suspekte Bernd Bonderlich Dinge über sie wusste, die Franziska Fink nicht wusste, verbesserte ihre Gesamtsituation nicht. Und als Steinhauser dann auch noch behauptete, dass ihr Leben möglicherweise in großer Gefahr sei, ging es ihr erst richtig beschissen. Steinhauser ging zwar nicht davon aus, dass sie tatsächlich in Gefahr war, aber es fühlte sich einfach gut an, dieser arroganten Kuh noch einen reinzuwürgen. Schließlich wollte sie rund um Bad Brückenau und dann auch noch im schönen Sinngrund überall diese hässlichen Windräder aufstellen lassen. Aber hier war das letzte Wort ja auch noch lange nicht gesprochen. Die Gutachten, samt seinen Informationen würde er zu gegebener Zeit an die entsprechenden Stellen weiterleiten.
Steinhauser zeigte ihr das Plakat mit dem möglichen Doppelmörder und bat sie, genau zu prüfen, ob sie diesen Mann schon einmal irgendwo gesehen hatte. Vielleicht auf einer ihrer Info-Lügenverbreitungs-Veranstaltungen. Doch Sybille Schruntz versicherte ihm mehrmals, dass ihr dieser Mann völlig fremd sei. Und da er ihr deutlich ansehen konnte, dass sie mit den Nerven am Ende war, gab es für ihn jetzt keinen Grund, ihre Aussage anzuzweifeln. Steinhauser blieb nichts anderes übrig, als ihren Worten zu glauben und zog unverrichteter Dinge wieder von dannen.
Auf dem Rückweg machten sie noch bei Gottfried Schubberles Witwe in Altengronau Halt. Roswitha Schubberle war alleine. Ihre Tochter war gerade beim Einkaufen und die Witwe versuchte so etwas wie Alltag in ihr Leben zu bringen. Sie freute sich über den unerwarteten Besuch und wirkte gefasst. Sie bot Steinhauser einen Kaffee und Kuchen an. Da er spürte, dass ihr seine Gegenwart gut tat, ließ er sich ein wenig durchfüttern, bevor er auf den Grund seines Besuches zu sprechen kam. Roswitha Schubberle konnte sich noch sehr gut an diesen merkwürdigen Zillerberg erinnern. Er war öfter mal bei ihrem Mann gewesen und wollte

unbedingt in die Bütt. Aber ihr Mann wollte das nicht, wusste aber nicht, wie er dem Zillerberg beibringen sollte, dass er für so einen Auftritt völlig ungeeignet war. Irgendwann hatte Gottfried Schubberle ihm dann doch deutlich zu verstehen gegeben, dass er als Büttenredner nicht in Frage kam. Schon gar nicht mit seiner komischen Idee. Im Grund bestätigte sie das, was Steinhauser schon von Wilhelm Krapf und Horst Mehrhold erfahren hatte. Roswitha Schubberle war sich auch ziemlich sicher, dass der Praktikant auf dem Plakat Cornelius Zillerberg war.

„Früher war der Zillerberg ganz dick, aber diese Nase, die ist unverwechselbar … wenn man weiß, worauf man achten muss“, erklärte sie und schaufelte Steinhauser ein Stück Kuchen nach dem anderen auf den Teller. Apfelkuchen mit Sahne. Da der Kuchen sehr lecker war und er heute weder gefrühstückt hatte noch bei Henni im Imbiss gewesen war, stopfte er alles gehorsam in sich hinein. Mit der Information, die er gehofft hatte zu erfahren, und sieben Stück Kuchen später verließ er Roswitha Schubberle mit vollem Bauch wieder.

Da auch Strubinski noch nichts gegessen und er seiner Tochter versprochen hatte, dass die Zeiten von Tiefkühlfutter vorbei waren, fuhr er Steinhauser nach Hause und holte noch Gedötschte, Burgsinner und Chicken Nuggets bei der Henni im Imbiss für ihn und Sonja. Gedötschte waren ähnlich wie Burgsinner, nur eben noch mit Käse. Einfach nur lecker.

Kapitel 19

Am nächsten Tag rief Steinhauser bei Strubinski an und teilte ihm mit, dass er ihn heute erst mal nicht brauchte. Er solle sich lieber mal um sein Geschäft kümmern. Irgendwie hatte Steinhauser ein schlechtes Gewissen Sonja gegenüber. Er fand es, im Gegensatz zu Strubinski, nicht in Ordnung, dass sich dessen Tochter mit dem Geschäft nahezu alleine herumschlagen musste. Das grenzte ja schon fast an Kinderarbeit und heutzutage musste man bei solchen Sachen ja höllisch aufpassen. Ruckzuck hätte Strubinski eine Anzeige am Hals … naja im Sinngrund vielleicht auch eher nicht. Da war man in der Regel nicht so zimperlich. Wobei die Helikopter-Eltern auch hier so langsam die Macht übernahmen.
Steinhauser versicherte ihm, er würde sich umgehend melden, sobald er das Plakat bei den *Feller Hoase* und bei Viktor in der Pension Chantal herumgezeigt hatte.
Da Moritz Ringelfelder keine Frau hatte und Mandy, seine letzte Lebensabschnittsgefährtin, wieder zurück nach Frammersbach gezogen war, musste sich Steinhauser den halben Tag quer durch Fellen fragen, um den zweiten Vorstand zu finden. Zum Glück war dieser schon sehr lange Mitglied bei den *Feller Hoase* und konnte sich sehr gut an Zillerberg und den Streit zwischen ihm und Ringelfelder erinnern.
„Penetrant aufdringlich war der Zillerberg gewesen", meinte der zweite Vorstand, nachdem auch er den Verdächtigen auf dem Plakat wieder erkannt hatte. Zudem bestätigte er, dass der Zillerberg früher einige Kilos mehr auf den Rippen gehabt hatte. „Der Moritz war damals noch verdammt jung, als er den Vorstandsposten übernommen hatte. Aber der war halt ein echter *Feller Hoas*, und das schon von Kindesbeinen an", erklärte er weiter. „Fasching war dem Moritz sein Leben. Der Moritz hat dem Zillerberg zunächst vorsichtig versucht beizubringen, dass das mit der Bütt wohl eher nichts wird, aber bei dem Zillerberg haben nur klare Ansagen was gebracht."
Dann berichtete der zweite Vorstand noch, dass Fellen ja schon die dritte Station von dem Zillerberg gewesen war, nach Burgsinn und Rieneck. Anschließend hatte er sein Glück in Altengronau versucht. Logischerweise auch erfolglos, wie Steinhauser bereits wusste. Er erfuhr noch, dass der Moritz Ringelfelder dadurch auch den Gottfried Schubberle näher kennen-

gelernt hatte.
„Zunächst hatten sich die beiden nur über den Zillerberg ausgetauscht, später hatte der Ringelfelder den Schubberle dann auch noch bei seinem Kampf gegen diesen beschissenen Windpark unterstützt“, erklärte der zweite Vorstand. „Allerdings war der Ringelfelder nicht so aggressiv vorgegangen wie der Schubberle. Der Moritz war ein super Kerl und wollte halt auch keinen Stress“, schob er noch ergänzend hinterher.

Anschließend fuhr Steinhauser direkt zu Viktor und seiner Pension Chantal nach Gemünden. Das hohe Eisentor, was normalerweise den Zugang auf das Gelände verhinderte, stand zu seiner Überraschung einen Spalt offen. Er überlegte kurz, dann klingelte er und ging mit dem Plakat in der Hand schon mal zum Eingang. Gerade als er die Tür erreichte, wurde sie von Viktor geöffnet. Der schaute überrascht und grimmig. Diesmal trug der Russe nur ein T-Shirt und Steinhauser konnte seine muskelbepackten, mit Tattoos übersäten Oberarme sehen. Viktor wirkte alles andere als harmlos. Steinhauser riss sich zusammen und bewahrte Haltung. Jetzt gab es kein Zurück mehr.
„Das Tor war offen“, sagte er mit fester Stimme und ging einfach an dem knurrenden Russen vorbei in die Pension. Er wollte ebenso souverän auftreten, wie Bernd Bonderlich zuvor. Was ihm auch gelang. Viktor wusste nicht, was er sagen sollte und ließ den Polizisten mit versteinerter Miene gewähren. Anschließend schloss er die Tür. Steinhauser ging ohne zu fragen durch das Vorzimmer hindurch und ein Stück in den langen, schummrig beleuchteten Gang hinein. Dort blieb er stehen und schaute sich um. Aus einigen Zimmern war leise Musik zu hören. Anscheinend hatte Viktor Gäste.
„Durchsuchung?“, brummte der Russe und baute sich vor Steinhauser auf. Dabei blinkte sein üppiger Goldschmuck. „Polizei nix gut für Geschäft!“
Jetzt wurde Steinhauser doch etwas mulmig zumute, so ganz alleine mit diesem russischen Kraftprotz. Besonders freundlich wirkte der nicht und Begeisterung sah ohnehin anders aus.
„Nein, diesmal nix Durchsuchung“, winkte Steinhauser ab, ging etwas auf Abstand und reichte ihm das Plakat.
„Ist das der Conni?“
Der Russe nahm das Plakat, rollte es auf und warf einen flüchtigen Blick darauf.

„Weiß nicht“, brummte er.
„Schau doch bitte noch mal nach“, bat ihn Steinhauser. „Bis du dir sicher bist, so lange schau ich mich mal in den Zimmern um. Oder hast du was dagegen?“
Viktor knurrte bedrohlich, sein Gesicht verzog sich zu einer verärgerten Fratze mit schmalen Augen. Steinhauser schluckte. Hoffentlich war das nicht zu viel Bernd Bonderlich. Der Russe schaute erneut auf das Plakat. Diesmal länger.
„Conni ist auf Bild!“, sagte er diesmal.
Zufrieden nahm Steinhauser das Plakat wieder an sich und rollte es zusammen.
„Danke, Viktor. Das war´s dann auch schon“, sagte er freundlich, als es plötzlich an der Haustür klingelte.
Der Polizist und der Russe schauten sich erschrocken an. Ganz so, als ob sie beide etwas ausgefressen hätten. Steinhauser hatte das Eisentor offen gelassen.
„Egal wer das ist!“, befahl Steinhauser. „Ich bin nicht da! Hast du mich verstanden?“
Viktor nickte. Schließlich war ein uniformierter Polizist nicht gut fürs Geschäft und geschäftsschädigend wollte Steinhauser wahrlich nicht sein.
„Da rein!“, befahl Viktor und zeigte auf die Tür neben Steinhauser. Der ließ sich das nicht zweimal sagen und schlüpfte in das Zimmer.
Das Zimmer war, dem Klischee entsprechend, in sanftes, rotes Licht getaucht. Leise Saxofonmusik schallte kaum hörbar aus versteckten Lautsprechern. Im Gegensatz zu Zillerbergs Unterkunft war das hier ein Luxuszimmer. Sofort drückte er sein Ohr gegen die Tür, um zu hören, wer da kam.
„Ei, wen hömm wir denn da?“, hauchte eine tiefe Stimme aus dem Hintergrund. Ein harter, sächsischer Akzent war nicht zu überhören.
Steinhauser quiekte erschrocken auf und drehte sich ruckartig um. Auf einem ausladenden Sessel in der Ecke lag lässig eine Frau. Sie trug schwarze Unterwäsche unter einem durchsichtigen Nachthemd. Vor lauter Aufregung hatte er sie doch glatt übersehen. In der anderen Ecke stand ein Bett, bezogen mit goldglänzenden Laken und passender Bettwäsche. Über dem Bett stand in großer Leuchtschrift *SHANIA*. Steinhauser zuckte zusammen und erinnerte sich, dass sein Chef, Rolf Rappert, genau bei dieser Shania einen neuen Termin gebucht hatte, als er mit Strubinski hier gewesen war. Shania stand auf und kam langsam auf ihn zugelaufen …

eigentlich mehr gewatschelt. Die Liebesdienerin sah nun wahrlich nicht so aus, wie sich Steinhauser eine Angestellte in diesem Etablissement vorstellte. Hinter diesem Namen vermutete Steinhauser eher eine exotische anmutige Schönheit mit schokobrauner Haut. Aber die Frau, die da gerade auf ihn zukam, war eher das Modell „Landfrau rustikal“.
Steinhauser schluckte und wusste nicht, was er sagen sollte. Shania drückte ihre großen Brüste gegen Steinhauser und lächelte verschlagen. Zu seiner Verwunderung duftete Shania dezent nach Vanille mit einem Hauch Honig … oder etwas anderem. Jedenfalls roch sie überraschend gut.
„Eeen Gesetzeshüter“, flüsterte sie Steinhauser jetzt in dezentem Sächsisch ins Ohr. „Isch will ma hoffen, dass du´n bisschen agiler bist, als ...“, sie brach den Satz ab und strich ihm zärtlich über die Wange.
Steinhauser schob sich an der Wand entlang und befreite sich Stück für Stück von Shania.
„Wieso soll ich agiler sein als ... wer?“, fragte Steinhauser und wunderte sich, wie es eine sächsische Liebesgespielin mit dem Namen Shania nach Gemünden verschlagen konnte. Irgendwie passte das so gar nicht zusammen. Sicherheitshalber fragte er nicht nach, denn die Lebensgeschichte von Shania wollte er jetzt nicht hören.
„Och ...“ , winkte sie ab und kam langsam hinter Steinhauser her. Der kletterte schnell über das Bett, hinüber zum Sessel.
„Ich bin rein beruflich hier und kein Kunde“, sagte er schnell.
„Des scheint dann wohl eene Polizistenkrankheit zu sein.“
„Was muss eine … Polizistenkrankheit sein?“
„Du bist beruflisch hier un der andere will nur reden“, meinte Shania beleidigt und warf sich mit all ihrer Fülle auf das Bett. Sie schaukelten gemütlich hin und her. Es war ein Wasserbett. „Dann erzählt der mir immer von seener Evi und dass trotz eenes Erotischen-Yoga-Kurses, den er mit ihr besucht hatte, ihr Liebesleben nur kurzzeitisch wiederbelebt wurde. Von mir will er immer nur Ratschläsche haben, wie er das *alte* Feuer der Leidenschaft wieder entfachen kann. Sache e mal, habt ihr Polizisten eschentlisch alle keen Sex?“
„Also … äh … nein, ich habe durchaus Sex“, stammelte Steinhauser verlegen, der gerade Informationen bekam, auf die er auch gut und gerne hätte verzichten können. An diesem Yoga-Kurs hatte er mit Stefanie, den Strubinskis und den Holzingers auch teilgenommen. Allerdings hielt die Wirkung bei ihm und Stefanie noch immer an. Was sich aber schnell ändern könnte, wenn das Problem mit dem Fink-Busengrapsch-Foto nicht

bald aus der Welt geschafft wurde. Gleiches galt für die Pläne, wieder in eine gemeinsame Wohnung zu ziehen.
„Un warum bist du jetzt wirklisch hier?“, wollte Shania wissen.
„Wie schon gesagt: ich bin beruflich hier.“
„Hier, in meenem Zimmer? Hab isch was verbrochen? Willst du mir etwa Handschellen anleschen?“, fragte sie mit gespitzten Lippen und räkelte sich dabei auf dem Wasserbett. „Isch bin bereit, wenn du misch verhaften willst.“
„Nein, ich will hier niemanden verhaften … ich … ich … ich warte hier nur.“
„Un auf wen wartest du?“
In diesem Augenblick ging die Tür auf. Viktor trat ins Zimmer und erlöste ihn. Er schaute schlecht gelaunt zu Steinhauser, dann etwas versöhnlicher zu Shania. „Du jetzt gehen!“, sagte er streng zum Polizisten.
„Liebend gerne“, freute sich Steinhauser und verabschiedete sich von Shania. Im Gang hielt ihn Viktor plötzlich fest. Seine Pranke bohrte sich unangenehm in Steinhausers Schulter.
„Du mir was schuldig! Polizei-Tussi hat auch gefragt nach Conni. Ich dich nicht verraten“, sagte Viktor und ein verschlagenes Lächeln huschte über seine Lippen.
„Und wo ist die … Polizei-Tussi jetzt?“, fragte er und war sich ziemlich sicher, dass er wusste, um wen es sich dabei handelte.
„In Zimmer von Conni.“
Steinhauser nickte hektisch. „Ja, ja, klar … wenn du mal meine Hilfe brauchst, einfach auf der Polizeidienststelle in Burgsinn anrufen. Aber ich geh dann mal.“
„Ich werden anrufen, ganz bestimmt, mein Polizeifreund!“, grinste der bullige Russe. Steinhauser schaute etwas verstört und ging.
Sonderlich wohl war ihm nicht bei dem Gedanken, einem goldbehangenen, glatzköpfigen, mit Tattoos übersäten Zwei-Meter-Russen, der in Gemünden einen, mit hoher Wahrscheinlichkeit, illegalen Puff betrieb, etwas schuldig zu sein. Zumal er ja gar nicht wusste, was für seltsame Freunde der noch hatte – und Freunde hatte der ganz bestimmt. Aber immerhin wusste er jetzt, dass die Fink auf der gleichen Spur war wie Strubinski und er. Und das war nicht gut. Um die drohende Versetzung zu verhindern, mussten sie Zillerberg auf jeden Fall vor der Fink finden. Egal wie.

Nach seiner letzten Station rief Steinhauser Strubinski an und sie verabredeten sich bei Henni im Imbiss. Denn die Mittagszeit war längst vorüber und sein Magen machte sich grummelnd bemerkbar.
Steinhauser saß an einem rustikalen Eichentisch in der Ecke von Hennis kleinem, aber feinem Imbiss. Gerade als sich Strubinski zu ihm setzte, klingelte sein Diensthandy. Das Ding hatte er völlig vergessen.
„Der Rappert! Was will der denn jetzt?“, wunderte sich Steinhauser nach einem kurzen Blick auf das Display und war auch ein wenig verärgert. „Hat der etwa vergessen, dass ich krankgeschrieben bin?“
Steinhauser ließ es klingeln. Er und Strubinski bestellten sich erst mal jeder drei Burgsinner mit viel Ketchup und gerösteten Zwiebeln. Dazu ein kühles Blondes, diesmal allerdings alkoholfrei, was Henni leicht verwirrt zur Kenntnis nahm. Das Telefon klingelte immer noch.
„Geh halt ran“, sagte Strubinski, den das Gebimmel nervte.
Steinhauser zögerte noch, dann nahm er den Anruf entgegen.
„Steinhauser, wo treiben Sie sich denn schon wieder rum?“, bellte es wie gewohnt aus dem Telefon. Langsam war Steinhauser der Meinung, dass sich Rappert mal einen anderen Begrüßungstext einfallen lassen sollte. Es wurde mittlerweile langweilig. Kurz spielte er mit dem Gedanken, ihn auf Shania anzusprechen, verwarf diesen aber gleich wieder.
„Wieso wollen Sie das wissen? Ich bin krankgeschrieben, schon vergessen?“, gab Steinhauser so unfreundlich wie möglich zurück.
„Sie und krank, dass ich nicht lache! Aber das ist jetzt egal. Kennen Sie einen Bernd Bonderlich?“
Stille in der Leitung. Dann schaltete Steinhauser den Lautsprecher an.
„Was ist, hat es Ihnen die Sprache verschlagen oder haben Sie was mit den Ohren?“
„Äh … nein. Ich hab nur überlegt, was das für ein Name sein soll: Bernd Bonderlich?“
„Haben Sie schon mal was von einem Bernd Bonderlich gehört, oder nicht?“, wiederholte Rappert seine Frage.
„Nein, woher denn auch?“, gab Steinhauser zurück. Strubinski hörte aufmerksam zu.
„Dieser Bernd Bonderlich hat sich bei Frau Schruntz als BKA-Ermittler ausgegeben und war im Besitz höchst interessanter Informationen, mit denen er Frau Schruntz konfrontiert hat. Wir gehen aktuell davon aus, dass dieser Bernd Bonderlich in direkter Verbindung mit dem Täter steht oder sonst irgendwie mit den Morden zu tun hat. Frau Fink ist an der Sache

dran“, erklärte Rolf Rappert in knappen Worten.
Wieder Stille in der Leitung.
„Was ist? Haben Sie mich nicht verstanden?“
„Ja, klar hab ich Sie verstanden, aber Sie müssen mir auch mal ein paar Sekunden Zeit geben, um was zu sagen“, beschwerte sich Steinhauser.
„Eins, zwei, drei, vier“, zählte Rappert. „Wie viele Sekunden denn noch?“
„Tut mir leid, aber diesen Namen habe ich wirklich noch nie gehört“, antwortete Steinhauser. „Und wenn, dann hätte ich den bestimmt nicht vergessen, so blöd wie der ist.“
„Sie hören von mir!“, waren Rapperts charmante Abschiedsworte.
„Wir sind zwar aufgeflogen, aber die haben keine Ahnung, wer Bernd Bonderlich ist“, meinte Steinhauser zufrieden. „Und das werden die auch niemals, denn Bernd Bonderlich ist ab sofort für immer untergetaucht.“
„Darauf kannst du deinen Arsch verwetten“, grinste Strubinski und beide stießen an.
Dann fasste Steinhauser in kurzen Worten noch einmal zusammen, was er Neues in Erfahrung bringen konnte und dass Franziska Fink ebenfalls bei Viktor gewesen war und nach Zillerberg gefragt hatte. Im Grunde wussten sie nichts Neues, außer, dass Rapperts Liebesleben anscheinend nicht stattfand, noch nicht mal mit Shania. Was wiederum ein Grund für seine dauerhaft schlechte Laune sein konnte. Strubinski amüsierte sich jedenfalls köstlich über Rapperts sächsische Liebesgesprächspartnerin und musste Steinhauser hoch und heilig versprechen, kein Wort darüber zu verlieren – nirgends.
„Hannes … also … ich hab da noch mal in dem Sagenheft von meinem Opa nachgelesen“, wechselte Strubinski abrupt das Thema und wartete auf Steinhausers Reaktion. Da dieser nur einen lauten Seufzer von sich gab und übertrieben mit den Augen rollte, sprach Strubinski weiter. „Das mit dem Gips im Hals von dem Schubberle, das gibt es auch so ähnlich im Heft.“
„Aha“, war Steinhausers kurzer Kommentar.
„Und es gibt auch eine Geschichte, wo jemand aufgehängt wurde, beziehungsweise sich aus Versehen selbst aufgehängt hat. Und … und … mit Katzen gibt es auch eine Geschichte. Aber ich weiß noch nicht so ganz genau, wie die da reinpasst.“
Steinhauser stutzte. „Wie kann man sich denn aus Versehen aufhängen?“
„Das ist eine sehr traurige Geschichte“, setzte Strubinski an, als Henni die Burgsinner auf den Tisch stellte.

„Habt ihr schon das von dem Krapf gehört?“, fragte sie.
„Vom Krapf?“, wunderte sich Steinhauser. „Nee, was ist denn mit dem Krapf?“
„Der ist am Montag einfach tot umgefallen“, sagte Henni.
Die zwei Männer schauten sie mit offenem Mund an.
Steinhauser fand als erstes wieder die Worte. „Wie? Einfach umgefallen?“, fragte er ungläubig.
„Ja, einfach umgefallen“, bestätigte Henni. „Hat mir ein Rienecker Stammgast erzählt.“
„Das kann doch gar nicht sein. Ich war doch am Montag noch bei ihm“, meinte Steinhauser kopfschüttelnd. „Da war der doch noch kerngesund.“
„Mehr weiß ich jetzt auch nicht“, meinte Henni und ging zurück hinter den Tresen.
Sichtlich betroffen kauten Steinhauser und Strubinski auf ihren Burgsinnern herum. Das plötzliche Ableben von *Willi „The Master of Büttenrede“ Krapf* hatte sie unerwartet getroffen und der Appetit war ihnen auch vergangen.
„Lass uns doch mal zusammenschreiben, was wir alles haben“, meinte Steinhauser schließlich und bat Henni um Block und Stift.
Während sie sich noch das ein oder andere alkoholfreie Bierchen gönnten, schrieben sie alles zusammen, was sie mittlerweile so an Informationen zusammentragen konnten. Sie kamen zu dem, im Nachhinein wenig überraschenden Ergebnis, dass Cornelius Zillerberg genau dann in den Faschingsvereinen tätig gewesen war, als Horst Mehrhold, Wilhelm Krapf, Moritz Ringelfelder und Gottfried Schubberle als Vorstände tätig waren.
„Vielleicht ist der Krapf gar nicht einfach so umgefallen. Vielleicht hat da jemand nachgeholfen“, mutmaßte Strubinski.
Steinhauser nickte. „Als ich den Krapf verlassen habe, ist gerade ein Versicherungsvertreter gekommen … und irgendwie kam der mir bekannt vor.“
„Dann sollten wir auf jeden Fall noch mal zur Witwe vom Krapf fahren und nachfragen, was genau passiert ist“, schlug Strubinski vor.
„Ja, das sollten wir unbedingt machen und über den Zillerberg brauchen wir auch noch mehr Infos“, ergänzte Steinhauser noch.
„Soll ich mal den Regler kontaktieren?“, fragte Strubinski voller Tatendrang.
„Nein, auf keinen Fall!“, sagte Steinhauser entschieden. „Ich hock mich nicht noch mal mit einer Papiertüte über dem Kopf vor deinen PC und

warte, was uns dein ominöser Freund, der Regler, mitzuteilen hat."
„Aber wieso denn nicht? Der konnte uns doch bisher super helfen."
„Ja … das mag ja alles stimmen", räumte Steinhauser ein. „Aber ich werde in Bezug auf den Zillerberg mal lieber meinen eigenen Kontaktmann kontaktieren."
„Du hast einen Kontaktmann?", wunderte sich Strubinski.
Alleine diese Frage empfand Steinhauser als Frechheit und Beleidigung zugleich. Schließlich hatte er ja vor seiner Versetzung in den Sinngrund bei der Kripo gearbeitet – zumindest dachten das alle. „Fred … ich bin nicht irgendein Polizist, schon vergessen? Oder glaubst du, das Innenministerium setzt für dieses heikle Projekt irgend so einen dahergelaufenen Streifenpolizisten ein?"
„Nein … ähhh … natürlich nicht", stammelte Strubinski verlegen.
„Ich habe immer noch jede Menge Kontakte … und V-Männer hab ich auch." Steinhauser konnte es nicht lassen und ließ sich zu einer weiteren Lüge hinreißen. Was den Weg zur Wahrheit nicht leichter machen würde … falls er diesen Weg jemals gehen wollte oder musste. Bisher lief ja alles ganz gut, auch ohne die Wahrheit.
„Echt, du hast V-Männer?", stieß Strubinski begeistert aus. „So richtig, wie im Film oder wie bei dieser NSU-Geschichte?"
„Naja … Film ist Film. Hat mit der Realität ja nix zu tun, aber ja … irgendwie so ähnlich schon, nur eben anders", ruderte Steinhauser zurück und ärgerte sich schon jetzt über diese unbedachte Aussage. „Jedenfalls hab ich Kontakte", schob er noch lässig hinterher und bestellte zwei weitere Bier.
„Immer noch alkoholfrei?", fragte Henni.
„Ja, immer noch alkoholfrei", bestätigte Steinhauser. Henni zuckte kurz mit den Schultern. „Dann muss ich mal schnell in den Kühlraum."
„Auf Dauer ist das aber nix, mit dem alkoholfreien Zeug", meinte Strubinski.
„Wir brauchen einen klaren Kopf", sagte Steinhauser entschieden und während sie so dasaßen, fiel ihm sogar ein möglicher Kontaktmann ein. Allerdings wusste dieser noch nichts von seinem Glück.
„Das ist ja echt voll krass, was du alles so für Kontakte hast." Strubinski war sichtlich beeindruckt.
„Mach mal nich so´ne Sache draus", winkte Steinhauser ab.
„Was ist eigentlich mit Weiberfasching?", wechselte Strubinski das Thema.
„Weiberfasching? Wie kommst du jetzt auf Weiberfasching?" Dieser

Themenwechsel kam dann doch etwas überraschend.
„Na, das ist doch heut“, erinnerte ihn Strubinski mit verständnislosem Kopfschütteln. Er konnte nicht verstehen, wie man so ein wichtiges Event vergessen konnte. „Machen wir Party? Der Sepp hat schon gefragt. Wir könnten in Burgsinn ins alte Rathaus gehen. Da ist immer super Stimmung. Oder in Mittelsinn ins Schützenhaus. Ich glaub in Rieneck im Bürgerzentrum ist auch was am Start. Möglichkeiten gibt's genug. Was ist?“
Steinhauser zeigte ihm den Vogel. „Ich glaub, bei dir hackt´s. Ich bin froh, wenn ich mal meine Ruhe hab. Ich brauch ganz bestimmt kein Weiberfasching. Und du … du könntest dich zur Abwechslung mal um deine Tochter kümmern. Mach dir mit der Sonja mal einen schönen Abend. Morgen früh machst du ihr dann Frühstück und bringst sie anschließend in die Schule. Verdient hätte sie es allemal. Wenn man bedenkt, was das arme Mädchen alles machen muss, bei diesem Rabenvater.“
Strubinski schaute verlegen. Henni war inzwischen zurück und stellte die Bierflaschen auf den Tisch. „Ihr könnt ja eure Gläser noch mal nehmen, oder?“
„Ja, passt schon“, gab Steinhauser zurück.
„Also gut, dann mach ich halt mal Frühstück! War ja auch nur ne Frage“, meinte Strubinski beleidigt.

Nach seinem abendlichen Rundgang mit Jacky griff Steinhauser zum Telefon und wählte die Nummer des ehemaligen Dienststellenleiters von Gemünden. Johannes Haupt war überrascht und erfreut zugleich über Steinhausers Anruf. Nach ein wenig Smalltalk kam Steinhauser ohne lange Umschweife zum Grund seines Anrufes.
„Herr Haupt, ich brauch Ihre Hilfe.“
„Warum hab ich mir so etwas nur schon gedacht ...“, lachte der ehemalige Dienststellenleiter. „Wie ich erfahren habe, droht Ihnen eine Versetzung.“
Steinhauser verschlug es die Sprache, was Haupt dazu veranlasste, wieder das Wort zu ergreifen. „Ich bin zwar außer Dienst, aber nicht aus der Welt. Ich erfahre so einiges. Zudem verfolge ich sehr genau, was da im Sinngrund so alles geschieht.“
„Nun ja … wie soll ich sagen … es gab da halt das ein oder andere … Missverständnis“, meinte Steinhauser verlegen.
„Ich bin mir sicher, dass Sie für alles eine vernünftige und

nachvollziehbare Erklärung haben, … aber deswegen haben Sie mich ja nicht angerufen. Wie kann ich Ihnen helfen?“
„Ich bräuchte Informationen über einen gewissen Cornelius Zillerberg. Für den Fall, dass es überhaupt irgendwelche Informationen gibt“, erklärte Steinhauser.
Für kurze Zeit wurde es still in der Leitung, dann meldete sich Johannes Haupt wieder zu Wort. „Der Name sagt mir etwas.“
„Ach, wirklich?“, stieß Steinhauser überrascht aus.
„Ja, aber ich kann gerade nicht sagen in welchem Zusammenhang.“
„Und bis wann können Sie mir sagen, in welchem Zusammenhang Sie sich an Cornelius Zillerberg erinnern können?“
„Was halten Sie davon, wenn wir uns am Samstagmorgen in Gemünden treffen?“, schlug Haupt vor. „In der Altstadt ist ein kleines Café. Da kann man hervorragend frühstücken. Die haben sogar Pralinen und ganz leckeren Kuchen aus eigener Herstellung. Was halten Sie von 09:00 Uhr?“
„Klingt gut. Also, dann bis Samstag“, stimmte Steinhauser zu und sie beendeten ihr Telefonat.

Kapitel 20

Da sich Strubinski an diesem Morgen um seine Tochter kümmerte, fuhr Steinhauser alleine nach Rieneck, um die Witwe von Wilhelm Krapf zu besuchen. Iris Krapf war überrascht, als Steinhauser vor ihrer Tür stand. Sie wirkte gefasst und führte Steinhauser in die Küche, wo sie gerade dabei war zu frühstücken. Steinhauser fiel sofort auf, dass nur eine Tasse auf dem Tisch stand.
„Sind Sie alleine?“
„Ja, im Augenblick. Mein Sohn musste heute zur Arbeit. Er kommt aber bald wieder. Und meine Tochter bringt gerade ihr Kind in den Kindergarten. Sie fährt dann noch zum Einkaufen und kommt anschließend auch wieder vorbei.“
„Ich hatte ja am Montag noch die Ehre, Ihren Mann kennenzulernen ...“, begann Steinhauser und suchte nach den richtigen Worten. Solche Gespräche gehörten wahrlich nicht zu seinen Stärken. „... und war doch sehr überrascht, als ich von seinem plötzlichen Tod erfahren habe.“
„Ja, da haben Sie wohl recht“, stimmte ihm Iris Krapf wehmütig zu. „Der Willi hatte zwar eine Herzschwäche und schon drei Herzinfarkte, aber dass er dann so plötzlich verstirbt, damit haben wir dann doch nicht gerechnet.“
„Würden Sie mir erzählen, was passiert ist, nachdem ich gegangen war? Es würde mich einfach interessieren.“ Steinhauser überlegte, ob er sie über den Verdacht, dass jemand nachgeholfen haben könnte, informieren sollte, verzichtete aber vorerst darauf. Er wollte sie nicht unnötig beunruhigen.
„Ja natürlich“, meinte sie und holte eine weitere Tasse. „Möchten Sie einen Kaffee?“
„Ich möchte keine Umstände machen.“
„Das machen Sie nicht. Kaffee ist genug da. Sie können auch ein Brötchen haben.“
„Nein danke, Hunger habe ich keinen, aber eine Tasse Kaffee nehme ich gerne.“
„Milch und Zucker?
„Ja, bitte.“
Iris Krapf schenkte ein und brachte ihm Milch und Zucker. „Sehr viel kann ich Ihnen gar nicht erzählen.“
„Erzählen Sie einfach, was passiert ist.“

„Da kam ja dieser Vertreter, als Sie gegangen sind. Der ist zu Willi ins Wohnzimmer gegangen und ich in die Küche“, begann Iris Krapf zu berichten. „Plötzlich kam der Vertreter ganz aufgeregt zu mir in die Küche gerannt und sagte mir, dass ich sofort einen Krankenwagen rufen soll, mein Mann wäre umgefallen. Das habe ich natürlich auch gleich gemacht und bin dann direkt ins Wohnzimmer gerannt. Der Willi lag am Boden und hielt sich mit schmerzverzerrtem Gesicht die Brust. Auf seiner Stirn stand ihm der Schweiß. Er zeigte auf den Vertreter und stammelte etwas, was ich nicht richtig verstanden habe. Er wollte etwas sagen, schaffte es aber nicht mehr. Dann schob mich der Vertreter zur Seite und versuchte dem Willi zu helfen. Er machte sogar Herz-Rhythmusmassage, aber all seine Bemühungen haben nix genutzt. Ich werde nie seinen entsetzten Gesichtsausdruck vergessen. Er war so … so überrascht. Der Willi hatte nicht damit gerechnet, nicht jetzt. Wir alle habe nicht damit gerechnet. Weil er doch auch so auf seine Gesundheit achtete. Der Notarzt konnte dann nur noch seinen Tod feststellen.“

Steinhauser sagte erst einmal nichts. Er bewunderte Iris Krapf, die ihm gefasst gegenübersaß.

„Haben Sie eine Ahnung, was Ihr Mann sagen wollte?“, fragte er vorsichtig.

Iris Krapf schüttelte den Kopf.

„Überlegen Sie bitte mal ganz genau, es könnte wichtig sein.“

Iris Krapf schaute ihn überrascht an. „Wieso wichtig?“

Steinhauser ärgerte sich über seine unbedachte Äußerung. Nach kurzem Überlegen erklärte er ihr, dass er es für möglich halte, dass Ihr Mann nicht eines natürlichen Todes gestorben war. Was Iris Krapf zunächst nicht verstand.

„Wie meinen Sie das? Nicht natürlicher Tod?“

Steinhauser biss sich auf die Unterlippe. „Es besteht die Möglichkeit, dass Ihr Mann ermordet wurde“, sagte er schließlich geradeheraus.

„Oh mein Gott“, stieß Iris Krapf erschrocken aus und ließ ihre Tasse fallen. Der Kaffee ergoss sich über den Tisch. Schnell sprang sie auf und holte ein Küchentuch. Steinhauser half ihr. Er bekam ein schlechtes Gewissen, weil er ihr seinen Verdacht so unsensibel hingeknallt hatte.

„Aber ich bitte Sie, Frau Krapf, das dürfen Sie niemandem sagen. Auch nicht Ihren Kindern. Das ist nur so ein vager Verdacht von mir. Also nix Offizielles“, versuchte er seine Aussage etwas zu revidieren. Auch wenn ihm klar war, dass dies wohl nichts nutzte. Was raus war, war raus. „Nicht, dass die Zeitung irgendwie Wind davon bekommt. Dann bin ich meinen Job los."

„Entschuldigen Sie bitte … aber das ist im Augenblick alles etwas viel für mich", stammelte die Witwe. „Die Beerdigung ist am Aschermittwoch, da muss noch einiges erledigt werden. Das hätte der Willi so gewollt. Für den Fall, dass Sie auch kommen möchten."

„Das werde ich, ganz bestimmt", versicherte ihr Steinhauser. Um Iris Krapf auf andere Gedanken zu bringen, holte er das Plakat hervor und zeigte es ihr.

„Haben Sie diesen Mann schon mal gesehen?", fragte er.

„Das ist doch der Mehrhold. Der Burgsinner Bürgermeister."

„Äh … nein, ich meine den anderen."

Iris Krapf setzte sich ihre Brille auf. Sie nahm das Plakat in die Hand und betrachtete es intensiv.

„Das ist doch dieser Vertreter", sagte sie schließlich und schaute überrascht zu dem Polizisten.

„Was? Der Vertreter?" Steinhauser riss ihr das Plakat aus den Händen und schaute selber noch einmal nach.

„Ja, er sieht zwar auf dem Plakat ganz anders aus, aber ich hab ihn an der Nase erkannt. Das muss er sein, ganz bestimmt", meinte Iris Krapf.

Es dauerte einen Moment, bis er begriff, was sie da sagte; dann wurde ihm auch klar, warum ihm der Vertreter bekannt vorgekommen war. Es war ihr Praktikant Frank Baum alias Cornelius Zillerberg gewesen.

Steinhauser fuhr mit diesen neuen Informationen direkt zu Strubinski, der gerade dabei war, Küche, Wohn- und Esszimmer zu putzen. In kurzen Worten setzte er ihn über die neusten Ermittlungsergebnisse in Kenntnis.

„Jede Wette, dass der Zillerberg da nachgeholfen hat", mutmaßte Strubinski.

„Der Verdacht liegt nah, aber wir haben keinerlei Beweise. Dass die Witwe vom Krapf glaubt, dass der Vertreter und der Mann auf dem Plakat ein und dieselbe Person sind, kannst du als Beweis vergessen. Da nützt es auch nix, wenn ich das Gleiche glaube. Glauben heißt nix wissen. Diese Aussagen zerlegt dir jeder halbwegs fähige Anwalt. Wir bräuchten was Handfestes."

„Und vor allem bräuchten wir erst mal den Zillerberg."

„Ohne hieb- und stichfeste Beweise kommen wir auch mit dem Zillerberg nicht weiter“, meinte Steinhauser gefrustet. „Und nur weil der sich unter falschem Namen als Praktikant auf dem Rathaus eingeschlichen hat, ist der noch lange kein Mörder.“

„Und was ist mit den Wanzen?“

„Hm, … wenn da keine Fingerabdrücke dran sind, kommen die als Beweise auch nicht in Frage“, räumte Steinhauser ein. „Das sind einfach viel zu viele Wenn und Aber.“

„Spielt eh keine Rolle mehr, die Dinger hast du ja kaputt gemacht“, erinnerte ihn Strubinski.

Steinhauser zuckte verlegen mit den Schultern. „Nobody is perfect.“

„Wenn wir nachweisen könnten, dass der Krapf nicht durch einen Herzinfarkt ums Leben gekommen ist, dann hätten wir doch was Handfestes, oder?“

Steinhauser überlegte. „Jein, sag ich mal. Wenn wir nachweisen könnten, dass der Zillerberg der Vertreter war, dann vielleicht. Damit hätten wir aber immer noch keine wirkliche Verbindung zu den anderen Opfern. Aber wie wollen wir das nachweisen? Am nächsten Mittwoch wird der Krapf beerdigt.“

„Wir müssten uns die Leiche halt mal näher anschauen“, meinte Strubinski. „Der Klaus, dein Schwager, der könnte uns doch helfen, wie damals, als wir ...“

„Vergiss es!“, fiel ihm Steinhauser ins Wort. „Ich steig doch nicht in die Leichenhalle in Rieneck ein! Und den Klaus frag ich ganz bestimmt nicht, ob der bei so einem Schwachsinn mitmacht.“

„Aber warum denn nicht? Wir könnten doch mal gucken.“

„Sag mal Fred, wie bist du denn drauf?“ Steinhauser schaute seinen Freund entgeistert an. „Als wir die Leiche, die wir damals aus dem Sepp seiner Güllegrube gezogen haben, mit dem Klaus zusammen in deiner zugemüllten Werkstatt obduziert haben, hast du am Anfang noch gekotzt, dann wolltest du, dass der Klaus die aufschneidet, und jetzt willst du selber an Leichen rumdoktorn, oder was?“

„Naja, ich entwickle mich halt weiter. Aber ich will doch gar nicht an dem Krapf rumschnibbeln. Nur gucken“, erklärte Strubinski.

„Hast du eigentlich was an den Ohren?“, unterbrach ihn Steinhauser erneut. „Wir brechen in keine Leichenhalle ein! Ist das klar!?“

Strubinski nickte enttäuscht und beide saßen wortlos am Küchentisch.

„Zumindest nicht jetzt.“ Steinhauser schlug wieder einen versöhnlichen Ton an. „Der Krapf wird ja auch erst am Mittwoch beerdigt. Bis dahin

haben wir ja noch etwas Zeit, um den Zillerberg zu finden."
„Oh, Mann! Das ist ja echt voll verzwickt," sagte Strubinski gefrustet.
„Tja, Fred, so ist das halt, wenn man einen Mörder jagt", meinte Steinhauser. „Wir brauchen Beweise, Beweise, Beweise und keine Vermutungen, auch, wenn die uns noch so schlüssig erscheinen."
„Da wären das ja dann die perfekten Morde."
„Im Augenblick … ja, sieht fast danach aus."
„Das gibt es doch nicht!" Damit wollte sich Strubinski nicht abfinden. Er holte einen Stapel Zettel aus einer Schublade und legte sie auf den Tisch. „Der muss doch irgendwelche Fehler gemacht haben."
„Was hast´n da?" Steinhauser nahm die Zettel interessiert in die Hand und blätterte sie durch.
„Das sind alle Notizen, die ich so während unserer Ermittlungen gemacht habe", erklärte Strubinski, nahm ihm die Zettel ab und verteilte sie auf dem Tisch. „Opfer 1, der Schubberle aus Altengronau. Opfer 2, der Ringelfelder aus Fellen. Opfer 3, der Krapf aus Rieneck. Wir gehen jetzt einfach mal davon aus, dass der Zillerberg unser Mann ist und alle drei auf dem Gewissen hat."
Steinhauser nickte nur.
„Und hier die Vereine, in denen der Zillerberg aktiv war", fuhr Strubinski fort. Zuerst war er in Burgsinn, dann in Rieneck, dann in Fellen und am Ende in Altengronau."
„Und was nutzt uns das jetzt?", fragte Steinhauser skeptisch.
„Pass auf ...", sagte Strubinski und holte einen weiteren Zettel hervor. „Vier Vereine, drei Opfer!", sagte er. „Wenn wir jetzt einfach mal davon ausgehen, dass noch eine weitere Person auf seiner Todesliste steht, dann fehlt noch ein Opfer."
„Hm ...", war alles, was Steinhauser dazu einfiel. Strubinski hatte sich wahrlich voll die Gedanken gemacht, im Gegensatz zu ihm. Dagegen stand er da wie ein Depp, also musste er etwas sagen. „Ja, so weit war ich auch schon. Hab das halt alles nicht so aufgeschrieben. Das kann man sich ja denken."
„Naja, du vielleicht. Bist ja auch ein Profi", gestand Strubinski. „Aber ich hab mir das halt mal aufgeschrieben, damit ich das besser verstehe. Ich hab ja auch kein so kriminalistisch geschultes Gehirn wie du. Jedenfalls hat der Zillerberg zuerst den Vorstand in Altengronau, dann den in Fellen und zuletzt den von Rieneck um die Ecke gebracht … davon gehen wir jetzt einfach mal aus. Bleibt noch der von Burgsinn übrig. Und wer war zu

Zillerbergs aktiver Zeit Vorstand in Burgsinn? Na, na, wer war´s?"
Steinhauser lehnte sich überrascht zurück. „Der Mehrhold."
„Genau, unser ehemaliger Lehrer, der Horst", bestätigte Strubinski. „Und der war auch der erste, der den Zillerberg daran gehindert hatte, als Büttenredner aufzutreten … wenn auch mit hoher Wahrscheinlichkeit berechtigterweise."
„Und du glaubst, der Horst ist der nächste … auf seiner Todesliste?"
„Na klar! Du etwa nicht?", fragte Strubinski. „Zudem war der Horst auch noch sein Lehrer gewesen. Und wenn der zum Zillerberg so nett war, wie er das immer zu uns gewesen war, dann wundert´s mich nicht, wenn der irgendwann mal auf einer Todesliste landet."
„Naja … Rückblickend kann ich den Mehrhold schon verstehen, dass er das ein oder andere Mal sauer auf uns gewesen war", räumte Steinhauser ein. „Wenn ich noch daran denke, wie wir die Schule fast abgefackelt hatten und dadurch ein Großeinsatz der Feuerwehr ausgelöst wurde … das war schon grenzwertig."
Strubinski winkte ab. „Ach was, das kleine Feuerchen, damit wären wir auch problemlos allein klargekommen. Wir hatten es ja schon fast im Griff, als die Feuerwehr eingetroffen war. Jedenfalls hat der Horst nach diesem … wie soll ich sagen? ... unglücklichen Missgeschick ... bei jeder kleinsten Kleinigkeit total überzogen reagiert. Heutzutage würde man hier von Mobbing gegen wehrlose Schutzbefohlene sprechen."
„Damals aber nicht! Und die Begeisterung meiner Eltern hielt sich auch in Grenzen." Steinhauser erinnerte sich mit Grauen an acht Wochen Zwangsarbeit in der Bäckerei seines Vaters – vor und nach der Schule.
„Wir sollten den Horst warnen", meinte Strubinski. „Unter´m Strich ist der ja auch irgendwie mit Schuld daran, dass wir hier jetzt drei Tote haben und ist möglicherweise in großer Gefahr."
Steinhauser ließ sich Strubinskis Theorie noch einmal durch den Kopf gehen. Sie war durchaus schlüssig, aber das war sie damals auch gewesen, als sie dachten, dem Mörder der Christbaumkönigin Uschi auf den Fersen zu sein. Wie das geendet war, wusste er auch noch ganz genau. Und so ein Desaster konnte er im Angesicht der drohenden Versetzung im Augenblick gar nicht gebrauchen. Aber welche Wahl hatte er schon?
„Ich weiß nicht, ich weiß nicht ...", meinte Steinhauser nachdenklich. „Das sind alles nur Vermutungen. Was, wenn es ganz anders ist?"
„Wir sollten mit dem Mehrhold reden", sagte Strubinski entschieden. „Wenn der Zillerberg tatsächlich unser Mann ist – und es spricht einiges

dafür –, dann will der den Horst bestimmt noch erledigen, bevor der Fasching zu Ende ist. Und da bleibt uns nicht mehr viel Zeit. Glaub mir, der will das zu Ende bringen!“
Erneut ließ Steinhauser die Worte seines alten Schulfreundes auf sich wirken. „Okay, wir fahren zum Mehrhold“, stimmte er schließlich zu.

„Hallo Frau Schäflein“, begrüßte Steinhauser seine inoffizielle Assistentin. „Wo is´n der Mehrhold?“
Frau Schäflein schaute überrascht von ihrem Schreibtisch hoch und musterte die beiden Männer. „Ihr seid ja scho wieder da“, strahlte sie die beiden an. „Wenn ich´s net besser wüsst, tät ich sagen, ihr habt Sehnsucht nach mir.“
„Sie haben mich erwischt, Frau Schäflein. Beim Fred bin ich mir aber nicht sicher“, scherzte Steinhauser. „Können Sie mir sagen, wo der Bürgermeister ist?“
„Der ist obe in seim Büro.“
Steinhauser und Strubinski bedankten sich und standen kurz darauf im Büro von Horst Mehrhold.
„Schon mal was von anklopfen gehört!“, beschwerte sich der Bürgermeister lautstark. „Was wollt ihr zwei Vögel denn schon wieder hier?“
„Wir müssen mit Ihnen reden“, sagte Steinhauser.
„Ja, und es geht um Leben und Tod … also um Ihr Leben und Ihren Tod“, fügte Strubinski noch theatralisch hinzu.
Mehrhold erhob sich so ruckartig, dass sein Stuhl fast umgefallen wäre und zeigte wild gestikulierend mit dem Zeigefinger auf die beiden. Dabei verfärbte sich seine Gesichtsfarbe auffällig rot. „Ihr zwei, ihr habt mich in der Schule schon aufgeregt. Wegen Typen wie euch landen Lehrer in der Klapse“, schimpfte er.
Oder auf dem Rathaus, dachte sich Steinhauser, behielt es aber lieber für sich.
„Jetzt hören Sie uns doch erst mal zu“, versuchte er stattdessen zu Wort zu kommen. „Ihr Leben ist möglicherweise in großer Gefahr.“
„Ich will von euren Hirngespinsten nichts hören!“ Mehrhold schnaubte wie ein wild gewordener Stier. „RAUS! VERSCHWINDET!“, brüllte er und spuckte wie ein Lama. „Und das eine sag ich Ihnen, Steinhauser. Wenn Sie im Osten Ihren Dienst schieben, dann mach ich hier ein Fass auf.“

„Sie sind in Gefahr“, mischte sich Strubinski ein. „Der Zillerberg ... also der Praktikant, den Sie ohne Papiere eingestellt und schwarz beschäftigt haben, der will Sie umbringen.“
„Was labern Sie da für einen Blödsinn! Ich hab dem doch gar nix getan!“, blökte Mehrhold. „Und ich hab hier niemanden schwarz beschäftigt … zumindest nicht mit Absicht!“, schob er noch zu seiner Verteidigung hinterher.
„Das sieht der Zillerberg aber höchstwahrscheinlich anders, also ich mein jetzt nicht das mit der Schwarzarbeit“, warf Steinhauser dazwischen. „Aber das mit dem Umbringen. Schließlich haben Sie ihn als Schüler nicht sonderlich unterstützt und dann auch noch seine Karriere als Büttenredner verhindert.“
„Ihr habt doch einen Totalschaden“, regte sich Mehrhold weiter auf. „Wegen so was bringt man doch niemanden um! Und außerdem war der eine Zumutung. Der wurd ja auch sonst nirgendwo in die Bütt gelassen.“
„Drei sind schon tot, die ihn nicht gelassen haben!“, sagte Steinhauser.
Mehrhold setzte an etwas zu sagen, verstummte aber mit offenem Mund. „Wieso drei?“
„Alle drei Vorstände, die den Zillerberg in ihren Faschingsvereinen nicht in die Bütt gelassen haben, sind tot“, erkläre Steinhauser ruhig. „In vier Vereinen war er tätig und der, der damals bei Weiß-Blau Burgsinn Vorstand war, sind Sie.“
Mehrhold setzte sich auf seinen Schreibtischstuhl und schaute nachdenklich in die Runde.
„Wir machen uns doch nur Sorgen um Sie“, meinte Steinhauser in versöhnlichem Tonfall.
„Ja, genau“, pflichtete ihm Strubinski bei. „Wär doch schad, wenn Sie nicht mehr da wären.“
„Wissen Sie, was ich glaube, Steinhauser ...“, sagte Mehrhold und beugte sich angriffslustig nach vorne. Sein Tonfall wurde wieder schärfer. „Ich glaube, Sie wollen unter allen Umständen Ihre Versetzung verhindern und da ist Ihnen jedes Mittel recht. Am Ende wollt ihr beide mich noch beschützen.“
„Das ist eine super Idee“, meinte Strubinski mit vollem Ernst.
Mehrhold sah das aber ganz anders. „RAUS!“, brüllte er erneut. „Ich lass mich doch nicht zu eurem Hampelmann machen.“
„Aber Herr Mehrhold … denken Sie doch mal darüber nach ...“, Steinhauser versuchte sich Gehör zu verschaffen, allerdings erfolglos.

„Hier treibt ein Faschings-Vorstandskiller sein Unwesen“, versuchte sich Strubinski Gehör zu verschaffen.
Doch Horst Mehrhold hatte seine ganz eigene Meinung. Mit hochrotem Kopf sprang der Bürgermeister wie Rumpelstilzchen von seinem Stuhl hoch und brüllte und spuckte, was das Zeug hielt. Und bevor ihm der Kopf platzte, verließen Steinhauser und Strubinski lieber sein Büro. Am Ende waren sie noch schuld an seinem Ableben, weil er einem Herzinfarkt erlag.
„Was machen wir denn jetzt?“, fragte Strubinski, als sie das Rathaus verließen.
„Keine Ahnung. Wenn der sich umbringen lassen will, dann ist das seine Entscheidung. Wir haben´s versucht“, meinte Steinhauser gleichgültig.
„Das kann doch nicht dein Ernst sein?“
„Ach Fred … was sollen wir denn machen? Der Mehrhold will es nicht hören.“ Steinhauser winkte ab. „Ich treff mich morgen erst mal mit meinem Kontaktmann. Mal seh´n, ob der uns irgendwie weiterhelfen kann.“
„Darf ich mit?“
„Nein!“
„Und was mach ich so lange?“
„Du … du siehst zu, dass du das Problem mit dem Foto regelst. Deine Perle wird doch wohl irgendwann mal wieder mit dir reden. Meine tut´s jedenfalls nicht.“

Die Richteiche

Zwischen Burgsinn und dem Forstbetrieb Trockenbach erhebt sich auf dem Richtberg eine mächtige Eiche. Unter ihren weit ausladenden Ästen war vor grauer Zeit die Richtstätte, an der Verbrechen und schwere Vergehen gesühnt wurden. Es geht die Kunde, dass bei dem zuletzt gefällten Urteil eine Frau gerichtet wurde. Sie hatte ihr Kind getötet und wurde deshalb enthauptet. Der Scharfrichter hatte ein stumpfes Schwert. Er benötigte deshalb sieben Hiebe, bis der Kopf vom Leibe getrennt war. Das war so schrecklich anzuschauen, dass alle Leute, die der Hinrichtung beiwohnten, vor Entsetzen davonliefen. Seit jenem Tag wurde an der Eiche kein Urteil mehr vollstreckt. Der Baum aber behielt seinen Namen bis zum heutigen Tag.

(Quelle: Sagen und Geschichten aus dem Landkreis Gemünden a. M. von Heinrich Lutz)

Kapitel 21

Ein frustrierter und vom BKA-Ermittler zum Teilzeit-Alleinerziehenden-Vater degradierter Strubinski blieb beleidigt zurück und machte seiner Tochter artig Frühstück, während Steinhauser nach Gemünden fuhr, um seinen Kontaktmann in der Gemündener Altstadt zu treffen. Mit von der Partie war dafür Jacky, die sich über den Ausflug freute. Aber auch nur solange, bis sie vor der Tür des Cafés angebunden wurde. Denn Hunde mussten draußen bleiben. Dies stand auf einem großen Schild neben der Eingangstür. Steinhauser betrachtete die Beagle-Dame, die ihn mit großen Augen traurig anblickte und leise jaulte. Deshalb entschied er, sie trotz des Verbotes mit in das Café zu nehmen. Die Diät war schon hart genug für seine Hündin, da wollte er sie jetzt nicht auch noch allein in einer fremden Umgebung vor der Tür sitzen lassen.
„Hunde müssen draußen bleiben!“, keifte ihm sofort eine kräftige, ältere Frau hinter der Bedientheke entgegen und schaute grimmig, als sie den Hund erblickte. Dabei war es ihr egal, dass Steinhauser durch seine Uniform klar als Polizist zu erkennen war.
„Das ist ein Polizeihund, der darf das“, gab Steinhauser zurück und ging einfach weiter.
„Aber zu fressen kriegt der nix!“, blökte ihm die Frau hinterher.
Das Café war gut besucht. Meist ältere Herrschaften saßen in kleinen und größeren Gruppen zusammen. Dabei schnatterten sie, als ob sie sich seit Jahren nicht mehr gesehen hätten, und ließen es sich gutgehen.
Johannes Haupt saß an einem kleinen Tisch am großen Fenster und schaute hinaus. Leichter Regen setzte ein, der von leichten Windböen umhergewirbelt wurde und gegen die Scheibe prasselte. Als er Steinhauser sah, erhob er sich, um ihn zu begrüßen. Draußen liefen einige Passanten mit Schirmen und hochgezogenen Jacken vorbei. Manche eilten in das Café, um sich Brötchen zu holen, andere wollten nur weg. Um diese Jahreszeit war in der Fußgängerzone wenig bis nichts los. Im Sommer sah das freilich anders aus, wenn hunderte E-Bike-Rentner die Mainradwege unsicher machten, in die Altstadt einfielen und wie die Heuschrecken alles leer fraßen. Aber da bestand bei dem Wetter und zu dieser Jahreszeit aktuell keine Gefahr.
„Ich dachte immer, Hunde müssen draußen bleiben“, wunderte sich der

ehemalige Dienststellenleiter von Gemünden.
„Die Jacky ist im Dienst", grinste Steinhauser.
„Na dann", lachte Haupt und reichte Steinhauser die Menükarte. „Das *Scherenburgfrühstück* ist sehr zu empfehlen", sagte er. „Genauso wie das *Altstadtfrühstück*."
„Hübsch ist es hier. Sehr gemütlich und auch ein wenig urig", meinte Steinhauser, während er einen Blick umherschweifen ließ. „Was nehmen Sie?"
„Ich nehme immer das *Scherenburgfrühstück*. Die gerührten Bio-Eier und der knusprige Schinken vom Metzger gegenüber sind einfach überragend. Dazu die leckeren Brötchen, hausgemachte Marmelade, Honig von den hiesigen Imkern und Wurst, ebenfalls vom Metzger gegenüber, sind einfach ein Erlebnis. Ich bin mindestens drei Mal die Woche hier", meinte Haupt voller Begeisterung. „Hatte ich schon erwähnt, dass es hier auch selbstgemachte Pralinen gibt?"
„Ja, das hatten Sie bereits bei unserem Telefonat."
„Was dürf's denn sein?", grätschte die kräftige Bedienung dazwischen. Sie blickte Jacky und ihr Herrchen aus schmalen Augen an. Die Beagle-Dame verzog sich sicherheitshalber unter den Tisch und zuckte sich nicht.
„Zweimal das *Scherenburgfrühstück* und bitte eine Schüssel mit Wasser für den Hund", sagte Steinhauser extra betont freundlich.
„Ich hab doch gesagt, dass der Hund nix kriegt!", gab die Bedienung schroff zurück.
„Sie sagten, der kriegt nix zu fressen. Von Wasser war nicht die Rede", meinte Steinhauser ruhig.
Die Bedienung schnaufte kurz durch, doch bevor sie etwas sagten konnte, ergriff Johannes Haupt das Wort.
„Mensch Elfriede, sei doch nicht so. Du wirst doch ein Schüsselchen Wasser für den Hund haben", meinte er mit einem verschmitzten Lächeln.
Elfriede knurrte kurz, dass Steinhauser dachte, es wäre Jacky gewesen, dann wandte sie sich an Haupt: „Aber nur, weil du's bist", und verschwand wieder.
„Die Altstadt hat sich ganz schön verändert, seit ich das letzte Mal hier gewesen bin", meinte Steinhauser, mit Blick aus dem Fenster. „Den einzigen Laden, an den ich mich noch erinnern kann, ist die Eisdiele. Italiener sind halt zäh."
„Wohl war", lachte Haupt. „Die ehemalige Einkaufsmeile ist mittlerweile ein Hotspot für Blinde und Taube geworden."

„Wie meinen Sie das denn?"
„Naja, ich glaube, hier ist die höchste Dichte an Optikern und Hörgerätespezialisten im ganzen Kreis-Main-Spessart. Zumindest kommt es mir so vor."
„Sie müssen es ja wissen." Jetzt lachte Steinhauser. Kurz darauf brachte die Bedienung tatsächlich eine Schüssel mit Wasser für Jacky und zwei Mal das *Scherenburgfrühstück*.
„Sieht ja echt total lecker aus", meinte Steinhauser voller Vorfreude und schob sich eine große Portion Rühreier mit Schinken in den Mund, denn er war hungrig. „Konnten Sie etwas über Cornelius Zillerberg in Erfahrung bringen?", fragte er mit vollem Mund.
„Ja, konnte ich", gab Haupt amüsiert zurück. „Sie müssen sich nicht beeilen, hier isst Ihnen niemand etwas weg."
Steinhauser zuckte mit den Schultern und grinste, während Haupt zu berichten begann.
„Cornelius Zillerberg wurde vor ungefähr 15 Jahren das erste Mal auffällig und polizeilich registriert. Er war damals 22 Jahre alt und ist aus der Psychiatrie in Lohr abgehauen. Von Lohr aus war er mit dem Zug nach Gemünden gefahren. Dort wurde von einem Schaffner die Bahnpolizei gerufen, weil er mit einem Anschlusszug nach Burgsinn fahren wollte – allerdings ohne Fahrkarte. Dabei führte er sich dermaßen auf, dass sogar die Polizei gerufen werden musste. Wir haben ihn dann erst mal in Gewahrsam genommen. Es dauert eine Weile, bis wir herausfinden konnten, wer er war und wo er wohnte, beziehungsweise wo er gerade untergebracht war."
„Hatte der Zillerberg etwas gesagt?", fragte Steinhauser, der Rühreier und Schinken mittlerweile verputzt hatte.
„Laut Aussage der Bahnpolizei schrie er während seiner Festnahme immer wieder herum und behauptete, dass er unbedingt nach Burgsinn müsse. Er wolle den beschissenen Sinngrund und seine Faschingsdeppen aufmischen, dass die ihn nie wieder vergessen werden. Bei uns auf der Wache hüllte er sich dann in Schweigen, bis er abgeholt wurde." Haupt machte eine kleine Pause, nahm einen Schluck Kaffee und sprach weiter. „Als ihn die Pfleger übernahmen, schaute er mich mit starrem Blick an und sagte: *Das Fegefeuer wird ihn holen. Dafür werde ich sorgen.*"
„Aha", meinte Steinhauser, unterbrach das Kauen und schaute ihn mit großen Augen an.
„Genau so habe ich auch geschaut", sagte Haupt. „Das war schon irgend-

wie gruselig. Mich schaudert es heute noch, wenn ich an seinen Gesichtsausdruck denke."
„Wissen Sie, was der Zillerberg damit meinte … mit dem Fegefeuer und wen das Feuer holen soll?"
„Tut mir leid, das kann ich Ihnen nicht sagen. Er ist später sogar noch mehrmals ausgebrochen und hatte versucht, Autos zu knacken. Wir vermuteten, dass er damit auch nach Burgsinn wollte. Er selber sagte dazu nichts, zog es vor lieber zu schweigen", ergänzte Haupt noch.
„Und warum war er überhaupt in der Psychiatrie?", wollte Steinhauser wissen.
„Er wurde damals von einem Burgsinner Hausarzt eingewiesen. Genaueres weiß ich aber nicht."
Steinhauser stoppte mit dem Kauen und schaute überrascht zu Haupt. „Ein Burgsinner Hausarzt?"
„Ja, wieso?"
„Ich glaube, den kenne ich … naja, so viele Hausärzte gibt es in Burgsinn ja jetzt auch wieder nicht."
„Jedenfalls wurde er nach diesen ständigen Eskapaden eine Zeitlang weggesperrt. In die Geschlossene."
„Und wann ist der Zillerberg wieder aus der Psychiatrie entlassen worden?" Steinhauser suchte nach der Bedienung und als er sie nicht sah, warf er Jacky schnell etwas Wurst hin. Das war zwar jetzt im Hinblick auf den Diätplan kontraproduktiv, aber es fühlte sich gut an. Haupt grinste und schaute ebenfalls nach Elfriede.
„Mit 29 Jahren wurde er dann entlassen", antwortete der ehemalige Dienststellenleiter, der sich offensichtlich sehr detailliert informiert hatte. „Wegen der ständigen Probleme, die er immer wieder mit der Polizei gehabt hatte, hatte man uns über seine Entlassung in Kenntnis gesetzt. Sein Genesungsverlauf war im letzten Jahr seiner Behandlung sehr positiv gewesen, teilte man uns mit. Ein Team von hochrangigen Spezialisten entschied nach intensiven Beratungen, dass keine Gefahr mehr von Zillerberg ausgehe. Der regelmäßige Briefkontakt während seines Aufenthaltes zu seiner Oma wirkte sich angeblich auch sehr positiv auf die Behandlung aus."
„Naja, was soll ich dazu sagen", winkte Steinhauser ab und nahm einen Schluck Kaffee. „Drei Tote, die vermutlich auf seine Kappe gehen, sprechen aktuell eine andere Sprache. Aber dass sich solche hochrangigen Spezialisten auch gelegentlich mal irren, liest man ja öfter mal in der

Zeitung, nicht wahr?“
„Das schon, aber sind Sie sicher, dass Cornelius Zillerberg für die Toten verantwortlich ist? Das sind schwere Anschuldigungen, Herr Steinhauser.“
„Die Fakten und der gesunde Menschenverstand deuten jedenfalls darauf hin“, meinte Steinhauser und berichtete, was er mittlerweile alles so in Erfahrung bringen konnte. Die Methoden seiner Ermittlungen ließ er lieber außen vor.
„Ihre Ausführungen scheinen mir schlüssig, aber Beweise sind das keine“, meinte Haupt nachdenklich.
„Ja, das mag sein, aber die finden wir auch noch.“
„Dann wünsche ich Ihnen weiterhin viel Erfolg bei der Suche nach Cornelius Zillerberg“, sagte Haupt und bestellte noch einen Kaffee.
„Also, das Frühstück … wirklich erste Sahne“, schwärmte Steinhauser, der sich ebenfalls noch einen Kaffee bestellte. Nachdem beide mit ihrem *Scherenburgfrühstück* fertig waren, verabschiedete sich Steinhauser. Im Nieselregen von Gemünden machte er sich mit Jacky auf den Rückweg in den Sinngrund. Und er wusste auch schon, wohin er fahren musste.

„Hier seid ihr ja. Da kann ich lange suchen“, beschwerte sich Steinhauser bei seiner Schwester Monika grußlos. „Seit wann arbeitet ihr denn samstags?“ Monika saß am Empfang der Praxis ihres Mannes und war gerade in eine Patientenakte vertieft. Überrascht schaute sie auf.
„Hallo Brüderchen! Schon mal was von Notdienst gehört?“, gab sie gereizt zurück.
„Ja, auch hallo. Wo ist´n der Klaus?“
„Was willst du von ihm? Ich dachte, du bist krankgeschrieben? Siehst gar nicht soooo krank aus“, meinte sie spitz.
„Liebste Schwester“, gab Steinhauser zurück. „Auch wenn du schon lange mit einem Arzt verheiratet bist, glaube ich trotzdem nicht, dass du das beurteilen kannst. Und außerdem ist das bei mir mehr psychisch. Also, wo ist Klaus?“
„Ja, ja, von wegen psychisch“, winkte sie ab.
„Jetzt sag schon, wo isser?“
„Ja, was denkst du denn, wo der ist? In der Behandlung natürlich! Zimmer 4!“
„Geht doch“, sagte ihr kleiner Bruder und marschierte los.
„Halt! Wo willst du denn hin?“

„Zimmer 4."
„Da kannst du jetzt nicht rein. Da ist jemand drinnen. Und was willst du überhaupt vom Klaus?"
„Patientengeheimnis!"
Monika stand auf und stemmte die Hände in die Hüften. „Dann setz dich gefälligst ins Wartezimmer und warte bis du aufgerufen wirst! Patient!"
„Ich hab aber keine Zeit!"
„Wartezimmer!", sagte Monika streng und zeigte ihm den Weg.
„Oh, Mann ey", beschwerte sich Steinhauser, tat aber, was ihm seine große Schwester befahl. Anscheinend war der Notdienst sehr beliebt. Vier Patienten später durfte er dann endlich zu Klaus ins Behandlungszimmer.
„Was machst du denn hier?" Sein Schwager schaute genauso verwundert, wie seine Schwester zuvor. „Die Krankmeldung ist doch noch gar nicht abgelaufen."
„Klaus, ich brauch deine Hilfe."
„Das dacht ich mir schon. Und um was geht's diesmal?"
Steinhauser setzte sich.
„Kennst du einen Cornelius Zillerberg?"
Klaus spitzte überrascht die Lippen und lehnte sich in seinem Stuhl zurück. „Das kann ich dir nicht sagen – Schweigepflicht."
„Jetzt laber nicht rum. Wenn ich dich frage, ob du den Papst kennst, darfst du ja auch antworten! Also raus mit der Sprache! Du kennst ihn, oder?"
„Ja, ich kenne Cornelius Zillerberg. Wie könnte ich den vergessen. Aber wieso fragst du?"
„Ich müsst da mal was wissen. Mehr kann ich dir aber nicht sagen – polizeiliche Schweigepflicht."
„Okay, aber ich kann dir da leider auch nichts sagen – ärztliche Schweigepflicht."
Beide belauerten sich mit schmalen Augen wie zwei schlechte Pokerspieler. Jeder wollte etwas vom anderen wissen, aber selber nichts preisgeben.
„Das sieht mir nach einem Patt aus", meinte Klaus und tippte auf seinem PC herum. Als er fertig war, rückte er den Bildschirm etwas zurecht, grinste und lehnte sich wieder zurück. „Interessanter Kerl, der Zillerberg."
„Jaaa, sogar sehr interessant", bestätigte Steinhauser zähneknirschend. „Also gut … nehmen wir mal an ... im Sinngrund sterben Leute auf sehr mysteriöse Art und Weise ..."
„So etwas soll es ja geben", bestätigte Klaus.

„Genau. Und nehmen wir mal an … also nur so ins Blaue gedacht ... ein ehemaliges Mitglied von verschiedenen Faschingsvereinen aus dem erweiterten Sinngrund wäre verdächtig, für deren mysteriöses Ableben verantwortlich zu sein ...“, meinte Steinhauser und musterte seinen Schwager ganz genau.
Klaus machte große Augen und nickte mehrmals. „Bei der Masse an Faschingsvereinen wäre so etwas durchaus denkbar. Aber warum sollte ein ehemaliges Mitglied von Faschingsvereinen Leute ermorden?“
Steinhauser rutschte auf seinem Stuhl herum. „Möglicherweise waren die Opfer auch in diesen Vereinen aktiv und hatten den Verdächtigen … irgendwie enttäuscht … was Genaues weiß man nicht“, gab Steinhauser zurück.
„Enttäuschte Menschen machen manchmal seltsame Dinge“, räumte Klaus ein.
„Ja, das kann passieren. Und angenommen … nur mal angenommen, ein derart enttäuschtes Mitglied wäre von einem … sagen wir mal ... zweitklassigen Hausarzt in die Psychiatrie eingewiesen worden. Was könnte denn der Grund dafür sein, warum ein zweiundzwanzigjähriger Faschingsnarr von einem zweitklassigen Hausarzt in die Psychiatrie eingewiesen wird?“, fragte Steinhauser und schaute Klaus lange an. Der wich seinem Blick nicht aus. Das Pokerspiel war in vollem Gange.
„Ein zweitklassiger Hausarzt wäre niemals in der Lage gewesen zu erkennen, ob jemand eine psychiatrische Behandlung benötigt hätte oder nicht. Dazu bedarf es einem hohen Maß an Fachkompetenz“, stellte sein Schwager erst einmal klar. „Ein entsprechend kompetenter Hausarzt hätte nach reiflicher Überlegung so entschieden, wenn er … zum Beispiel von einem engen Familienmitglied im Vorfeld um Hilfe gebeten worden wäre.“
Steinhauser kratzte sich nachdenklich am Kinn. „Gehen wir mal davon aus, wir hätten in Burgsinn tatsächlich einen derart kompetenten Arzt – was wir ja nie erfahren werden –, um welche Art von Hilfe hätte man ihn dann bitten können? Er ist doch nur ein Hausarzt.“
Klaus verdrehte die Augen, schaute kurz zur Decke und wog seine Worte ab. „Es wäre durchaus denkbar, den Arzt seines Vertrauens zu kontaktieren, wenn … wenn sich zum Beispiel ein naher Verwandter seit zwei Tagen in seinem Zimmer eingeschlossen hätte, ohne Essen und Trinken zu sich zu nehmen.“
„Und das wäre ein Grund, jemanden in die Psychiatrie einzuweisen?“
„Das Verweigern von Nahrung nicht direkt ...“, Klaus überlegte, „... aber

wenn man zum Beispiel mit Hilfe der Feuerwehr die Tür hätte aufbrechen müssen, um nach dem Patienten zu sehen und wenn dieser dann auf seinem Bett gelegen wäre und nur noch apathisch an die Decke gestarrt hätte und dazu auch noch merkwürdige Grunzgeräusche von sich gegeben hätte ... dann wäre das durchaus ein Grund gewesen, einen Psychologen oder eine entsprechende Anstalt zu kontaktieren. Aber vorher würde man ihn natürlich erst in ein Krankenhaus bringen, um dessen Gesundheitszustand zu checken."

„Das ist ja nur eine von vielen möglichen Hypothesen", meinte Steinhauser. „Das hätte auch alles gaaaanz anders gewesen sein können."

„Da hast du natürlich vollkommen recht", stimmte Klaus zu. „Das ist ja auch alles nur hypothetisch und eines von vielen möglichen Szenarien, was wir da eben besprochen haben. Könnte, wie du schon gesagt hast, auch gaaaaanz anders gewesen sein."

„Das stimmt!" Steinhauser nickte. „Der Verdächtige könnte ja auch genauso gut Mitglied in verschiedenen Sportvereinen gewesen sein."

„Oder in Männergesangsvereinen."

Stille legte sich zwischen die Pokerspieler, die sich immer noch genau beäugten.

„Würde der Hausarzt eigentlich über Behandlungs- und Genesungsverlauf informiert werden? Jetzt nur mal so allgemein gesprochen", fragte Steinhauser.

„Durchaus möglich", sagte Klaus. „Kommt auch auf das Interesse des Hausarztes an."

„Aber einen erstklassigen Hausarzt würde das doch interessieren, oder?", fragte Steinhauser.

„Ja, das würde ihn interessieren, ganz bestimmt!"

„Und was könnte ihn da so interessieren?"

Klaus überlegte. „Der allgemeine Behandlungsverlauf und der Zustand seines Patienten … möglicherweise."

„Würde der Hausarzt auch darüber informiert werden, wenn der Patient … sagen wir mal … regen Kontakt zu einer engen Verwandten gehabt hätte, während seines Aufenthaltes in der Hoppla … also ich meine in der Psychiatrie?"

„Wenn dieser Kontakt den Genesungsprozess unterstützt hätte, dann ganz bestimmt", versicherte Klaus und schaute kurz auf seinen Bildschirm.

„Was würde man dem Hausarzt denn noch so alles mitteilen?", fragte Steinhauser.

Klaus wiegte seinen Kopf mehrmals langsam hin und her. „Alles was für den Genesungsprozess von Interesse sein könnte, oder was den Hausarzt eben so interessiert.“
„Wäre eine schnelle Genesung nach jahrelanger Behandlung eigentlich überraschend, oder ist so etwas durchaus normal?“, wollte Steinhauser als nächstes wissen.
„Tja, lieber Schwager, das kann ich dir leider auch nicht beantworten. Ich bin, wie du ja sicherlich weißt, nur ein Hausarzt und kein Psychologe. Aber denkbar wäre das schon.“
Steinhauser überlegte, ob er noch eine theoretische Frage hatte, aber da ihm nichts mehr einfiel, erhob er sich.
„Vielen Dank, lieber Schwager, für diese tiefen Einblicke in die möglichen Arbeitsweisen eines Hausarztes in Burgsinn“, meinte Steinhauser zufrieden und verabschiedete sich.
„Wenn ich dir sonst noch irgendwie bei deinen Ermittlungen helfen kann … dann melde dich einfach. Zweitklassige Polizisten zu unterstützen, ist eine Spezialität von mir“, rief ihm Klaus noch hinterher.

Zehn Minuten später saß Steinhauser bei Strubinski in der Küche. Sonja war bei einer Freundin und sein alter Schulkamerad saugte das Wohnzimmer. Aus Langeweile und Ungeduld, weil sich Steinhauser nicht meldete, fing er an, die Wohnung zu putzen. Und das war auch bitter nötig gewesen.
„So, fertig!“, meinte er zufrieden und stellte den Staubsauger weg. „Was gibt's Neues?“
Ausführlich berichtete Steinhauser über das Treffen mit seinem Kontaktmann, dessen Name er nicht verriet, und vom Gespräch mit seinem Schwager.
„Da hätte der Klaus ruhig etwas präziser werden können“, meckerte Strubinski.
„Ich finde, der Klaus war da schon mehr als deutlich mit seinen Hypothesen.“
„Ich glaub sowieso, dass die Lösung unseres Falls in diesem Sagenheft liegt“, meinte Strubinski und holte seine Aufzeichnungen hervor.
„Ja, ich muss gestehen, irgendwie kann das doch mit den Morden zusammenhängen“, stimmte Steinhauser diesmal überraschenderweise zu. „Aber wie?“

„Ich hab noch mal das Heftchen durchgearbeitet und alle Parallelen zu unseren Opfern markiert“, sagte Strubinski voller Begeisterung und legte das Heft mit stolzgeschwellter Brust auf den Tisch. Er freute sich, dass Steinhauser ihn endlich ernst nahm.
Steinhauser nahm das Heft und betrachtete sich die Markierungen. „Ich will das jetzt nicht lesen. Erzähl einfach mal, was du entdeckt hast.“
„Alles klar, kann ich machen“, Strubinski war wie aufgedreht. Endlich konnte er Steinhauser seine Ermittlungsergebnisse unterbreiten. „Bei dem Schubberle wurde ja so etwas wie Gips im Hals und Magen gefunden.“
„Ja, ich weiß.“
„Und auf ähnliche Weise wurde laut einer Sage ein Lindwurm zur Strecke gebracht.“
„Wer?“
„Ein Lindwurm. Das war ein Drache.“
„Aha … ein Drache“, meinte Steinhauser skeptisch und rollte vielsagend mit den Augen.
„Ja, früher hatte im Sinngrund ein Drache sein Unwesen getrieben und die Haustiere der Bauern gefressen. Und um dem Ganzen ein Ende zu setzen, hat ein Schäfer eines seiner Schaf geschlachtet, die Eingeweide rausgeropft und mit gelöschtem Kalk gefüllt. Der Drache hatte das Schaf gierig gefressen und anschließend mächtig Durst bekommen. Also ist der Drache zum Saufen an die Sinn und letzten Endes jämmerlich verreckt.“
Steinhauser sagte nichts. Blies die Backen auf und hob die Augenbrauen. Strubinski ließ sich nicht beirren und fuhr fort.
„Allerdings hab ich noch keinen Zusammenhang gefunden, warum der Schubberle mit dem Rienecker Halseisen am Hexentanzplatz in Mittelsinn an einem Baum gefesselt wurde.“
Steinhauser nickte verständnisvoll, verkniff sich aber jeden Kommentar.
„Und der Ringelfelder, der hing ja am Hexenstein an einem Baum.“
„Auch das ist mir nicht fremd“, meinte Steinhauser emotionslos. „Du hattest ja schon mal erwähnt, dass sich in diesem … Sagenheft … jemand aus Versehen aufgehängt hat. Und nicht zu vergessen, die schwarze Katze, die neben dem Ringelfelder hing“, ergänzte er noch.
„Naja … dass sich der Ringelfelder aus Versehen aufgehängt hat, glaub ich ja jetzt nicht“, räumte Strubinski etwas verlegen ein. „Aber vergiftet wurde in dem Sagenheft auch jemand … und ist dann zu einem Burggeist geworden … oder so ähnlich … also irgendwie ...“
Steinhauser nahm Strubinskis mühevoll zusammengetragenen

Aufzeichnungen und legte sie auf einen Haufen. Fred schaute etwas betröppelt.
„Lieber Fred ...“, begann Steinhauser, „ich will dir ja nicht zu nahetreten, aber Drachen, tote Katzen und Geister … ich weiß ja auch nicht, ob uns das wirklich weiterhilft. Eher nicht, oder was meinst du?“
Strubinski schaute wie ein kleines Kind, dem man eben gesagt hat, dass es den Weihnachtsmann gar nicht gibt und nur eine Erfindung von Coca Cola ist, um deren Zuckerbrühe besser verkaufen zu können. Für ihn stürzte eine kleine Welt zusammen. Resigniert nahm er seine Unterlagen und legte sie zurück in die Schublade. „Und was jetzt?“
„Wir sollten uns auf den Mehrhold konzentrieren“, sagte Steinhauser. „Ich bin davon überzeugt, dass der echt in Gefahr ist. Wenn der Zillerberg unser Mann ist – und davon sind wir doch beide überzeugt, oder?“
Strubinski nickte wortlos.
„Dann wird der Zillerberg bestimmt alles daran setzen, den Mehrhold noch zu erledigen, bevor der Fasching zu Ende ist.“
„Das wäre nur logisch“, stimmte Strubinski zu. „Und was willst du machen? Noch mal mit dem Mehrhold reden?“
„Nein, das macht keinen Sinn. Wir müssen ihn beschatten, egal wie.“
„Morgen ist doch der Faschingsumzug in Fellen“, fiel Strubinski ein. „Da macht der doch immer mit dem Faschingsverein Weiß-Blau Burgsinn mit. Und am Montag ist der kleine Umzug in Burgsinn und am Dienstag der 500-Jahre-Jubiläumsumzug in Rieneck“, ergänzte er noch.
„Strammes Programm für den Mehrhold.“
„Das macht dem nix aus“, winkte Strubinski ab. „Hauptsache, der findet eine Gelegenheit, um in die Zeitung zu kommen.“
„Stimmt auch wieder! Wir könnten uns verkleiden und unter´s Volk mischen“, schlug Steinhauser vor. „So können wir ihn am leichtesten im Auge behalten.“
Strubinski schaute kurz verwundert. Eine derartige Idee von Steinhauser – da musste er gleich ein Kreuz in den Kalender machen. „Super Idee, ich weiß auch schon wie.“
„Und wie?“, wollte Steinhauser wissen.
„Lass dich überraschen“, grinste Strubinski.

Kapitel 22

„Als ich gemeint habe, wir verkleiden uns, dachte ich eigentlich an was anderes“, sagte Steinhauser und schaute noch einmal ungläubig an sich herunter. Jacky saß neben ihm und schaute auch etwas verwirrt an ihm hoch. Um den Bauch trug sie ein weißes Röckchen. Begeistert war sie nicht, aber was blieb ihr anderes übrig, es war Fasching und wenn sich Steinhauser verkleidete, musste sie auch dran glauben. Anfangs versuchte sie noch ihr Minikostüm abzubeißen, aber das Röckchen war widerspenstiger als erwartet, also gab sie irgendwann auf.
„Papperlapapp, die Verkleidung ist perfekt“, gab Strubinski zurück. „Sei froh, dass wir im Mittelsinner Männerballett mitlaufen dürfen. Zudem sind wir direkt hinter dem Burgsinner Umzugswagen und können so ungestört ein Auge auf den Mehrhold werfen. Der steht nämlich da oben.“
Steinhauser drehte sich um und suchte auf dem Umzugswagen nach dem Bürgermeister, konnte ihn aber nicht entdecken. „Wo soll der denn sein?“
„Der Mehrhold ist das Kerlchen im König Ludwig der XIV. Outfit“, meinte Strubinski. „Passt zu ihm … größenwahnsinnig war der ja irgendwie schon immer gewesen. Hier kann er´s jetzt mal zeigen, ohne dass gleich jemand misstrauisch wird. Die fette Perücke und der protzige Anzug passen auch zu ihm.“
Steinhauser winkte ab und betrachtete die Leute auf dem Wagen. Alle trugen sie ähnliche Kleider und Perücken, aber der Bürgermeister stach deutlich heraus. Sogar ihre Gesichter waren mit weißer Farbe angemalt.
„Das Motto vom Faschingsverein Weiß-Blau Burgsinn ist in diesem Jahr der französische Sonnenkönig“, erklärte Strubinski. „Das machen die wegen der 500-Jahrfeier vom Faschingsumzug der Rienecker Göikel. Der wird in diesem Jahr traditionell ablaufen und da machen die Burgsinner doch auch immer mit.“
„Aha“, meinte Steinhauser desinteressiert. „In dem Aufzug können wir ihn wenigstens nicht aus den Augen verlieren.“
„Und in Begleitung ist er auch“, sagte Strubinski, dabei deutete er auf zwei Polizisten, die abseits vom Umzugswagen standen und mit Funkgeräten ausgerüstet waren. „Das sind doch deine Lieblingskollegen aus Gemünden. Der lange Dünne und der kurze Dicke. Wie heißen die noch mal?“
„Andreas Klein heißt der Lange und wie der Kurze heißt, fällt mir immer

nicht ein. Ist mir auch egal", gab Steinhauser gelangweilt zurück.
„Da hat sich der Horst anscheinend doch lieber mal Personenschutz organisiert, bevor der Zillerberg zuschlägt. Oder was meinst du?"
„Sieht ganz so aus. Geht ihm der Arsch doch auf Grundeis", bestätigte Steinhauser. „Aber ob ihm die zwei Vollpfosten beschützen können, wage ich zu bezweifeln. Der Zillerberg wird auch nicht in Zivil hier auftauchen … wenn er überhaupt auftaucht. Fasching geht ja noch bis Dienstag."
„Sei doch nicht so negativ", sagte Strubinski. „Acht Augen sehen mehr als vier. So müssen wir auch nicht ständig nach dem Mehrhold glotzen und können uns sogar das ein oder andere Gläschen gönnen."
„He, ihr zwei!", tönte plötzlich jemand und legte seine Arme brüderlich um die beiden. Es war Horst „Hodschi" Tschirr, der nicht nur Kassenwart vom Schützenverein Mittelsinn, sondern auch Chef vom Mittelsinner Männerballett war. „Die rosa Röckchen und die hautengen rosa Leggins stehen euch prima. Im nächsten Jahr solltet ihr bei uns mitmachen. Unsere moderne Interpretation von Schwanensee war das Highlight der diesjährigen Faschingssitzungen beim Lukas."
„Das kann ich mir bildlich vorstellen", meinte Steinhauser mit hochgezogenen Augenbrauen und konnte es immer noch nicht glauben, dass er so aussah, wie er eben jetzt aussah.
„Wo warst´n du eigentlich? Ich hab dich nicht einmal beim Lukas gesehen", wollte der Dorfmetzger Franz Peller wissen. Er steckte ebenfalls, wie Paul Reichel, der Gemeindearbeiter, und Erwin Zahn, ein Christbaumerzeuger, in einem hautengen, rosa Ballettkostüm. Auf dem Kopf trugen ausnahmslos alle die gleichen blonden Perücken, inklusive Steinhauser und Strubinski. Das Männerballett bestand aus insgesamt zwölf hoch erotischen Mannsbildern, die ihre Luxuskörper schonungslos der Öffentlichkeit präsentierten. Ihre Gesichter waren aufwändig und bis zur totalen Unkenntlichkeit angemalt. Was der Tarnung von Steinhauser und Strubinski sehr entgegenkam. So konnten Außenstehende die einzelnen Mitglieder meist nur an ihren Stimmen und am Bauchumfang identifizieren. Um Mehrhold unauffällig zu beschatten, war das Männerballett ideal. Diese Truppe war mit Sicherheit der letzte Ort, an dem man Steinhauser und Strubinski vermuten würde.
„Wo ist eigentlich die Jacky?", fragte Strubinski. „Die war doch eben noch da."
„Keine Ahnung", antwortete Steinhauser und schaute sich um. „Ich hatte die Leine extra an meinem Rock befestigt."

„Da ist dein Herrchen!“, rief plötzlich eine Kinderstimme. Steinhauser sah Jacky, wie sie auf ihn zugerannt kam und einen kleinen, blauen Schlumpf hinter sich herzog.
„Hallo Onkel Hannes“, rief der Schlumpf und gab sich als Torben zu erkennen. „Ich hab die Jacky gefunden.“
„Danke. Muss wohl abgehaut sein.“
„Du siehst ja voll lustig aus. Bist du eine Ballerina?“, fragte Torben.
„So ähnlich“, gab er zurück und nahm Jackys Leine wieder an sich.
„Kannst du dich auch so elegant bewegen wie eine Ballerina?“, fragte plötzlich eine Männerstimme, die dabei laut lachte. Ein weiterer, diesmal erwachsener, aber roter Schlumpf mit weißem Bart hatte die Frage an ihn gerichtet. Es war sein Schwager Klaus Vorndran.
Steinhauser sagte nichts, verdrehte nur die Augen.
Die komplette Familie Vorndran kam anscheinend direkt aus Schlumpfhausen. Angeführt von Papaschlumpf Klaus und Schumpfine Monika, bahnten sie sich mit ihren Kindern den Weg durch das Gedränge zu Steinhauser und Strubinski. Sonja, Strubinskis Tochter, war der Bonusschlumpf der Schlumpffamilie Vorndran. Sie war wieder einmal mit Torben unterwegs und sogar Vanessa und Jennifer waren mit von der Partie. Fasching hatte im Hause Vorndran eine große Tradition, was auf Steinhauser eigentlich eher nicht zutraf. Aber heute war eben alles anders.
Die Schlumpffamilie verabschiedete sich wieder, um sich einen Platz entlang der Faschingsumzugsroute zu suchen.
Das Mittelsinner Männerballett war die Nummer 17 von insgesamt 23 teilnehmenden Gruppen aus dem Sinngrund und dem angrenzenden Hessen. Sogar Gruppen aus Frammersbach waren angereist. Vom Kinderwagen bis hin zum Rollator waren ausnahmslos alle Altersgruppen in bunten Kostümen vertreten. Traktoren zogen umgebaute Faschings-wagen, ebenso wie Eltern ihre Kinder in Bollerwagen. Und so setzte sich der Tross an einem sonnigen, aber kalten Sonntagnachmittag langsam in Bewegung. Laute Musik aus Lautsprechern sowie Musikkapellen verwandelten den Fellener Gaudiwurm in ein echtes Spektakel. Unzählige begeisterte Faschingsnarren in verrückten Kostümen säumten die engen Dorfstraßen von Fellen. Süßigkeiten wurden ausgeworfen und mit Begeisterung von den Kindern aufgelesen. Kleine Schnäpse wurden ebenso verteilt wie selbstgebrannte Liköre. Steinhauser und Strubinski hielten sich anfangs noch etwas zurück, aber da sie Horst Mehrhold fest im Blick hatten, kippten sie sich dann doch das ein oder andere Schnäpschen hinter die

Binsen. Das Mittelsinner Männerballett war auch entsprechend vorbereitet – wer hätte es gedacht, es fehlte an nichts. Das bunte Treiben rollte über eine Stunde lang tanzend und grölend in Schrittgeschwindigkeit Richtung Dorfmitte. Dort wurden die einzelnen Gruppen über eine große Lautsprecheranlage begrüßt und alle sammelten sich zu einer riesigen Party.
„Wo is´n der Mehrhold?“, fragte Steinhauser, der sich hinter Strubinski mit Jacky durch das Getümmel in Richtung eines kleinen Zeltes drängte, aus dem laute Faschingsmusik schallte. Die Stimmung war bestens und alle sangen und tanzten mit.
„Keine Ahnung!“, gab Strubinski zurück. „Der Wagen der Burgsinner steht dort hinten, aber da ist niemand mehr drauf.“
„Die müssen doch auffallen ... mit ihren Klamotten!“
„Ich hab ja auch schon ein paar von denen gesehen, aber eben nicht den Mehrhold. Seine zwei Bodyguards vermisse ich auch“, gab Strubinski zurück.
An dem kleinen Zelt angekommen, trafen sie wieder auf die Schlumpffamilie Vorndran, die ausgelassen feierte. Monika und Klaus, so schien es, hatten sich auch schon einige Likörchen gegönnt. Zumindest waren beide ungewohnt ausgelassen. Monika fiel ihrem Bruder singend um den Hals, während Klaus mit seinen Kindern das Tanzbein schwang. Sie hüpften, wie alle anderen auch, vergnügt umher und hatten jede Menge Spaß.
„Ich muss mal pissen, du wartest hier“, meinte Strubinski und ließ Steinhauser bei seiner Familie zurück. Sonja schien ihren Vater nicht zu vermissen, sie tanzte vergnügt und wild zwischen den Schlümpfen herum. Steinhauser konnte sich der tanzenden Menge nicht entziehen und hüpfte, enthemmt von viel zu vielen Schnäpschen, fleißig mit. Auch Jacky musste tanzen, wobei sich ihre Begeisterung in Grenzen hielt. Steinhauser hielt, so gut es eben möglich war, Ausschau nach dem Burgsinner Bürgermeister, konnte ihn aber nirgends entdecken.
Plötzlich tauchte Strubinski neben ihm auf und zerrte ihn am Arm. Ihre Blicke trafen sich und sofort wusste Steinhauser, dass etwas passiert war.
„Dick und Doof liegen da hinten!“, schrie er gegen die singende Menge an. „Wer?“, fragte Steinhauser verwirrt.
„Deine Kollegen!“
„Was ist mit denen?“
„Die liegen da hinten!“, schrie Strubinski erneut. „Der Klaus muss auch mitkommen!“
Steinhauser packte Papaschlumpf und zerrte ihn ruppig aus seiner

eigenwilligen Tanzperformance.
„Hast du sie noch alle?“, beschwerte sich Klaus lautstark.
„Du musst sofort mitkommen! Da ist was passiert!“, sagte Steinhauser ernst.
Klaus schaute ihn kurz an, dann folgte er seinem Schwager und Strubinski heraus aus dem Getümmel. Jacky war ihm dafür dankbar. Strubinski rannte die mittlerweile zugemüllte Umzugsstraße zurück, direkt in eine schmale, gepflasterte Hofeinfahrt. Am Ende der Einfahrt war ein kleines Einfamilienhaus mit spießigem Vorgarten.
„Wolltest du etwa hier hinpissen? Bei wildfremden Leuten in den Hof?“, fragte Steinhauser mit strengem Blick.
„Ja … äh, nein … ist doch jetzt egal. Außerdem bin noch nicht dazu gekommen“, stammelte Strubinski.
„Wildpisser kann ich gar nicht leiden, nur zur Info!“, stellte Steinhauser klar. „Da hinten stehen extra Dixis!“
„Ja, ist ja gut, ich geh dann auf´s Dixi“, versprach Strubinski.
„Was ist denn überhaupt los?“, mischte sich Klaus ein.
„Das ist los!“, meinte Strubinski und zeigte auf Steinhausers Kollegen. Diese lagen blutüberströmt im Vorgarten, kaum erkennbar zwischen niedrigen Büschen.
„Ach du Scheiße!“, stieß Steinhauser erschrocken aus und band Jacky schnell an einem der Büsche fest.
„Fred, du holst die Sanitäter! Hannes, du kommst mit mir!“, befahl Klaus, der sofort den Ernst der Lage erkannte. Strubinski rannte zurück und Steinhauser tat, was ihm sein Schwager anwies.
„Sie leben noch, sind nur bewusstlos“, stellte der Hausarzt nach kurzer Untersuchung erleichtert fest und sie brachten die beiden in eine stabile Position.
„Und das ganze Blut?“, wollte Steinhauser wissen.
„Die haben ordentliche Platzwunden am Hinterkopf“, erklärte Klaus. „Aber alles halb so schlimm.“
Allmählich erlangten Steinhausers Kollegen wieder das Bewusstsein. Sie richteten sich langsam auf und hockten sich zwischen die Büsche. Mittlerweile war auch Strubinski mit den Sanitätern eingetroffen. Klaus machte Platz und die Sanitäter kümmerten sich um die Polizisten. Steinhauser organisierte schnell zwei Sitzmöglichkeiten in Form von leeren Bierkisten, wo sich die beiden jetzt drauf setzten konnten und einen ordentlichen Turban verpasst bekamen.

„Wo is´n der Mehrhold?“, fragte Steinhauser, als er der Meinung war, sie ansprechen zu können.
Andreas Klein schaute zu seinem Kollegen, dann schauten sich beide um.
„Keine Ahnung“, krächzte Klein schulterzuckend.
„Gerade eben war er noch da“, meinte der Untersetzte, dessen Name Steinhauser ums Verrecken nicht einfallen wollte. Im Geiste beschloss er ihn „den Dicken“ zu nennen, was ja auch irgendwie passte.
„Was habt ihr denn hier überhaupt gemacht?“, fragte Steinhauser weiter.
Die beiden Turbanträger schauten sich verlegen an, dann machten sie peinlich berührt ihre Hosenställe zu.
„Nee, ist nicht wahr“, stieß Steinhauser aus. „Ihr habt doch nicht … das glaub ich jetzt nicht!“
„Äh … das wollten wir ja auch gar nicht ...“, begann der Dicke hilflos zu stammeln. „Aber der Mehrhold … der … der hatte schon ordentlich einen im Tee … und … und ...“
„Ja, genau ...“, kam ihm sein Kollege Klein zu Hilfe. „Wir haben ihm noch gesagt, dass das nicht geht. Er als Bürgermeister und wir … als Polizisten … wir können doch nicht einfach in den Vorgarten pinkeln.“
„Wildpisser! Unsere Polizisten sind Wildpisser! Ich glaub es nicht!“, mischte sich Strubinski energisch und entrüstet ein. „Ihr könnt doch nicht einfach eure Rüssel rausholen und die Vorgärten düngen! Das geht nicht, auch wenn ihr hier in Fellen seid!“
„Du bist mal ganz ruhig!“, sagte Steinhauser streng. „Du wolltest doch selber da hinpissen, wo die zwei lagen. Sonst hättest du die doch gar nicht gefunden.“
Strubinski setzte an, etwas zu erwidern, zog es dann aber vor, lieber zu schweigen.
„Aber der Herr Mehrhold … dem war das egal“, ergriff der Dicke wieder das Wort. „Der war so betrunken, dass er sich nicht aufhalten ließ.“
„Ja, genau ...“, kam Klein seinem Kollegen erneut zu Hilfe. „Und wir mussten halt auch ganz dringend pinkeln.“
Steinhauser schüttelte den Kopf und betrachtete seine Kollegen, die wie Schulbuben vor ihm auf zwei leeren Bierkisten saßen.
„Und wo ist der Horst jetzt?“, fragte Steinhauser noch einmal. Diesmal in deutlich schärferem Tonfall.
Die zwei Schulbuben in Uniform schauten sich an und zuckten verlegen mit den Schultern. „Irgendjemand muss uns von hinten niedergeschlagen haben“, meinten sie einstimmig.

Steinhauser holte tief Luft und stieß sie lautstark wieder aus. „Das kann nur der Zillerberg gewesen sein.“
„Sieht ganz so aus“, pflichtete ihm Strubinski bei.
„Meint ihr … den Zillerberg, wo ich denke, dass ihr meint?“, fragte Klaus ungläubig.
„Ich weiß nicht, an welchen Zillerberg du denkst, den wir meinen, aber ich sag mal ja“, gab Steinhauser zurück. „Ich glaub, wir sollten mal den Rappert und die Fink anrufen.“
„Meinst du echt?“, wollte Strubinski skeptisch wissen.
„Ja, meine ich!“, bestätigte Steinhauser. „Für eine Fahndung sind wir zwei eindeutig zu wenig.“ Er zückte sein Telefon aus einer unter dem Rock versteckten Bauchtasche und begann zu wählen. Dann brach er ab und schaute zu Strubinski. „Ruf du an. Das ist mein Privattelefon. Ich will nicht, dass der Rappert meine Nummer kennt.“
„Du spinnst wohl! Dann kennt er ja meine Nummer“, regte sich Strubinski auf.
„Nehmt halt ein Telefon von denen da“, mischte sich Klaus ein und zeigte auf Steinhausers Kollegen.
Andreas Klein hatte sein Telefon schon hervorgeholt und wählte die Nummer von ihrem Dienststellenleiter.

Weil es Dick und Doof mittlerweile wieder besser ging, verabschiedeten sich die Sanitäter und Papaschlumpf kümmerte sich wieder um seine Schlumpffamilie. Auch das Faschingstreiben wurde weniger und die ersten Fellener hatten schon damit begonnen, den Müll beiseite zu schaffen. Und da gab es verdammt viel Müll, der beiseite geschafft werden wollte.
Es dauerte eine knappe Stunde, bis Rolf Rappert erschien. Begleitet wurde der Dienststellenleiter von Franziska Fink, die Steinhauser und Strubinski, ohne zu grüßen, abfällig musterte. Auch Rappert bedachte sie nur mit einem wortlosen Kopfschütteln. Beide wandten sich direkt an Mehrholds erfolglose Bodyguards, um in Erfahrung zu bringen, was passiert war. Steinhauser und Strubinski beobachteten das Szenario schweigend.
„Und wo ist der Mehrhold jetzt?“, schrie Rappert ungehalten, nachdem die beiden Turbanträger mit ihrem Bericht fertig waren. Eine Antwort bekam er allerdings nicht. Er schnaubte wütend, schaute zur Fink und ging kurz hin und her, bevor sein Blick an den beiden Ballerinas hängenblieb. Es war ihm anzusehen, dass er überlegte, etwas zu sagen. Da er dies aber nicht tat,

ergriff Steinhauser das Wort.
„Wieso haben die zwei eigentlich auf den Mehrhold aufgepasst?“
„Das geht Sie gar nichts an!“, blaffte Rappert nervös zurück. Erneut lief er unruhig hin und her, dann wandte er sich widerwillig an Steinhauser. „Habt ihr zwei vielleicht irgendetwas gesehen?“
„Wir wissen ja gar nicht, was wir gesehen haben sollen“, meinte Steinhauser.
Rappert kaute angespannt auf seiner Unterlippe herum. „Der Herr Mehrhold hatte mich angerufen und um Personenschutz gebeten“, sagte er schließlich.
„Ach, wieso das denn?“, gab sich Steinhauser ahnungslos.
Rappert winkte ab, lief wie ferngesteuert herum und murmelte vor sich hin. Plötzlich blieb er abrupt stehen und schaute erneut zur Fink. Die zuckte aber nur mit den Schultern.
Erneut wandte sich Rappert an die Ballerinas. „Der Mehrhold meinte, er sei in großer Sorge um seine Sicherheit, weil drei ehemalige Vorstände von Faschingsvereinen tot sind. Und er hat einen anonymen Tipp bekommen, dass er der Nächste sein könnte.“ Rappert quälte die Worte über seine Lippen und es war ihm anzusehen, wie schwer es ihm fiel, Steinhauser zu informieren.
„Das ist ja unglaublich,“ meinte Steinhauser und war bemüht, entsetzt zu wirken. Auch Strubinski tat überrascht. „Auf so was muss man erst mal kommen. Und von wem hatte er denn diesen Tipp bekommen?“
„Keine Ahnung, das hat er nicht gesagt.“
„So, so, anonym“, meinte Steinhauser mit einem Hauch von Ironie in seiner Stimme. „Komisch, wie ein Anonymer nur auf so eine Idee kommt, dass ausgerechnet der Mehrhold in Gefahr sein könnte?“
„Sparen Sie sich Ihren Sarkasmus“, sagte Rappert scharf.
„Wie geht es Ihnen eigentlich?“, wandte sich Franziska Fink überraschend an Steinhauser. Bisher hörte sie nur zu und beobachtete alles sehr aufmerksam, ohne selbst etwas zu sagen.
„Wieso? Wie soll´s mir denn gehen?“, gab Steinhauser verwundert zurück.
„Sie sind doch krankgeschrieben, oder?“
„Ja, genau!“, meldete sich jetzt auch Rappert wieder zu Wort. „Was machen Sie eigentlich auf einem Faschingsumzug, wenn sie krankgeschrieben sind?“
„Äh … ich … äh ... meine Krankheit ist ja eher psychisch … also nix körperliches“, stammelte Steinhauser. „Da ist so ein ausgelassener Besuch

auf einem Faschingsumzug ja quasi wie eine Therapie."
„Ja, genau. Das ist für den Hannes wie eine Therapie", sprang ihm Strubinski schnell zur Seite.
„Aha, Therapie", sagte Rappert abfällig, musterte erneut die zwei Männer in ihren rosa Röcken und kam auf Steinhauser zu. „Und getrunken haben Sie auch. Sie haben eine ganz schöne Fahne. Ist das auch Therapie?"
Für einen Moment wusste Steinhauser nicht, was er sagen sollte. Dann räusperte er sich entschlossen. „Also Herr Rappert, um hier gleich mal was klarzustellen!" sagte er mit fester Stimme. „Ich bin privat hier, da kann ich trinken und feiern so viel, wie ich will, und wenn es hilft, meinen psychisch labilen Gesundheitszustand zu verbessern, erst recht."
„Saufen für die Gesundheit, oder was?", meinte Rappert angriffslustig.
„Alkohol ist vielleicht keine Lösung, aber eine Option. Und bei so einem Chef, wie Sie einer sind, bleibt einem ja irgendwann gar nichts anders mehr übrig, als zu saufen."
Rappert setzte an erneut etwas zu entgegnen, doch Franziska Fink kam zuvor.
„Können Sie ihre persönlichen Differenzen vielleicht erst einmal hinten anstellen! Ich glaube, wir haben im Augenblick ein ganz anderes Problem, als den psychischen Allgemeinzustand von Herrn Steinhauser und welche Therapien die geeignetsten sind. Wir müssen den Herrn Mehrhold finden! Hat irgendjemand eine Ahnung, wo er sein könnte?"
„Ich kann Frau Fink hier nur zustimmen. Die Suche nach Herrn Mehrhold hat jetzt oberste Prorität", gab sich Rappert mit einem breiten Grinsen versöhnlich. „Und die paar Tage mit Ihnen, Steinhauser, die werde ich auch noch rumbringen."
„Davon bin ich überzeugt", pflichtete ihm Franziska Fink bei. „Aber wie schon erwähnt, Herr Rappert, das ist jetzt nicht unser Problem. Noch einmal: Hat irgendjemand eine Ahnung, wo Herr Mehrhold sein könnte?", wiederholte sie ihre Frage. Alle schüttelten verlegen den Kopf.
„Gut, dann werde ich jetzt die Kollegen informieren und den Bürgermeister zur Fahndung ausschreiben. Ich denke, wir sollten keine Minute verlieren. Zudem werden wir einige Kollegen zur Wohnung vom Herrn Mehrhold schicken."
Steinhauser war, auch wenn er das natürlich niemals zugeben würde, beeindruckt, wie sachlich und professionell die Kommissarin mit der Situation umging. Sie wusste sofort, was zu tun war.
„Was ist denn hier los?", rief plötzlich eine Männerstimme.

Alle drehten sich um und eine Frau und ein Mann in Hasenkostümen kamen in die Hofeinfahrt gelaufen.
„Feller Hoase“, flüsterte Strubinski zu Steinhauser. „Was sonst.“
„Nicht sonderlich originell, wenn du mich fragst, aber dafür traditionell“, gab Steinhauser leise zurück und beide mussten grinsen.
Rolf Rappert und Franziska Fink nahmen die Hasen in Empfang, als die Frau plötzlich lauthals schrie. „Iiiihhhh! Der Hund kackt auf unser Pflaster!“
Alle schauten augenblicklich zu Jacky, die angespannt die Ohren anlegte und unter größten Anstrengungen einen respektablen Haufen zauberte.
Mit wackelnden Ohren kam die Hasenfrau auf Steinhauser zugehüpft. Der stand direkt neben Jacky und zuckte erschrocken zusammen. Dabei hielt er sich krampfhaft an der Leine fest. „Machen Sie das gefälligst weg! Und zwar sofort!“, keifte ihn die Frau an.
„Ich glaube, der Haufen ist Ihr geringstes Problem“, winkte Strubinski ab und lachte.
Die Frau schaute verwirrt. „Wie meinen Sie das?“
„Ach, gar nix meint der!“, sagte Steinhauser schnell, bevor Strubinski noch präziser wurde. „Haben Sie vielleicht eine Tüte oder was anderes, damit ich den Haufen wegmachen kann?“
„Als Hundebesitzer werden Sie doch wohl eine Tüte dabei haben, oder? Das kann man doch wohl erwarten, wenn Sie ihren Hund schon mit auf den Faschingsumzug schleppen müssen“, entgegnete die Frau aufgebracht.
„Nein, hab ich nicht!“, gab Steinhauser genervt zurück, riss Jacky ihr Miniröckchen vom Bauch, wickelte die Kacke darin ein und ging.
Strubinski folgte ihm, alle anderen schauten ihnen kopfschüttelnd hinterher.

Kapitel 23

Nach einer unruhigen Nacht schleppte sich Steinhauser müde in die Küche und setzte Kaffee auf. Er fühlte sich wie nach einer durchzechten Nacht. Steinhauser hätte es niemals für möglich gehalten, dass er wegen Horst Mehrhold einmal schlecht schlafen würde, aber er machte sich große Sorgen um den Bürgermeister. Dennoch galt es jetzt die Ruhe zu bewahren und deshalb machte er sich erst einmal in aller Ruhe Frühstück.
Jacky tigerte derweilen im Stile eines Jagdhundes durch die Wohnung und blieb immer wieder vor ihrem leeren Napf stehen. Sie stupste ihn mit der Schnauze an, dass dieser metallisch klapperte und schaute mit großen Augen zu ihrem Herrchen. Der kam ihrer Aufforderung verschlafen nach und holte eine halbe Dose Hundefutter. Dass die Portionen nicht mehr so üppig ausfielen, daran hatte sich die Beagle-Dame mittlerweile gewöhnt und rein optisch war sie auch schon etwas leichter geworden. Steinhauser vermutete, dass sie froh war, überhaupt etwas zu fressen zu bekommen. Seine Schwester hatte ihren Kindern klar und deutlich untersagt, die Hündin zu füttern. Jacky war alleine Steinhausers Problem.
Während er frühstückte, rief er Strubinski an. Der wartete schon sehnsüchtig auf Steinhausers Anruf und war natürlich sofort einsatzbereit. Da Mehrhold mit hoher Wahrscheinlichkeit nicht auf dem Rathaus war, beschlossen sie sich dort zu treffen. Was sie nach Steinhausers Minirunde mit Jacky auch taten.
„Was mache Sie denn hier?“, wurden beide von Frau Schäflein begrüßt.
„Das Gleiche könnte ich Sie auch fragen“, gab Steinhauser verwundert zurück. „Ich dachte, am Rosenmontag ist das Rathaus geschlossen.“
„Ja, scho. Aber erst heut Mittag. Weche dem Faschingsumzug in Burgsinn.“
„Ach so, das hab ich nicht gewusst, sonst … äh … naja, egal. Der Fred und ich, wir müssen mal in mein Büro“, erklärte Steinhauser. Strubinski grüßte kurz.
Steinhauser und Strubinski gingen in sein Büro, Frau Schäflein folgte ihnen.
„Habbe Sie des scho gehört?“, fragte sie leise und schloss die Tür hinter sich.
Die Männer schauten sie gespannt an.

„Was meinen Sie denn, was wir gehört haben sollten?“, fragte Steinhauser mit hochgezogenen Augenbrauen. Konnte es tatsächlich sein, dass sie schon wieder wusste, was geschehen ist?
Frau Schäflein kam näher. „Na, des mit dem Bürgermeister.“
Natürlich wusste sie es. „Ich kann Ihnen nicht ganz folgen“, gab sich Steinhauser ahnungslos.
Jetzt kam sie noch näher. „Der Bürgermeister ist heut früh net aufs Rathaus gekomme“, begann sie zu flüstern. „Da hab ich bei ihm zuhause angerufe. Und was glaube Sie, was mir die Frau Mehrhold erzählt hat?“
Steinhauser und Strubinski warfen sich kurze Blicke zu. Frau Schäfleins Talent, alles, was im Sinngrund geschah, schon am nächsten Tag zu wissen, war beängstigend.
„Sie werden es mir hoffentlich gleich sagen“, forderte sie Steinhauser neugierig auf.
„Der Mehrhold ist verschwunde“, flüsterte sie geheimnisvoll.
Für einen Moment schauten sie sich gegenseitig an, ohne dass jemand etwas sagte. Dann ergriff Strubinski das Wort. „Nein!“, stieß er völlig übertrieben aus.
„Doch!“, bestätigte Frau Schäflein und nickte mehrfach hintereinander. „Die Angelika, dem Mehrhold seine Frau, hat mir des gesagt. Die Polizei war gestern bei ihr. Die habbe gesagt, dass der Mehrhold auf´m Fellner Faschingsumzug entführt worde ist. Vielleicht Erpressung oder so, habbe die gemeint. Des darf se mir ja eigentlich net erzähle. Aber ich kann ja schweige wie ein Grab. Naja, bei Ihne is des ja was anneres. Sie sind ja auch von der Polizei. Ja sage Sie bloß, Sie habbe des net gewusst?“
Steinhauser überlegte, was er antworten sollte, dann entschied er sich für die Wahrheit. „Ja, das habe ich schon gewusst. Wir ...“, er deutete auf Strubinski, „... wir waren ja quasi live dabei.“
„Wie? Sie ware dabei, wie der Mehrhold entführt worde ist? Warum habt ihr denn nix dagege unnernomme?“
„Ja … äh … soooo direkt dabei waren wir jetzt auch nicht“, versuchte Steinhauser zu erklären, wollte aber jetzt auch nicht ins Detail gehen. „Wir sind später dazugekommen, wie die … äh … ist ja jetzt auch egal, jedenfalls haben wir es gewusst.“
„Die arme Angelika, die musst sogar beim Faschingsverein Weiß-Blau Burgsinn anrufe und ihren Mann für den heutige Faschingsumzug krank melde, damit es keine Panik gibt. Den Umzug kann man ja jetzt auch net mehr absage. Die Polizei kommt heut zu ihr und will da so ne Fang-

schaltung lege, wenn jemand anruft und Lösegeld verlange will“, sprudelte es aus ihr heraus.
Da die aktuelle Todesrate ehemaliger Faschingsvereinsvorstände, die jemals mit Zillerberg zu tun gehabt hatten, bei exakt hundert Prozent lag, hielt Steinhauser eine Lösegeldforderung eher für unwahrscheinlich. Aber das sagte er ihr lieber nicht. Und wer, außer Zillerberg, sollte Horst Mehrhold sonst entführt haben? Blieb nur noch die Frage: Was hatte Zillerberg mit Mehrhold vor und gab es noch eine Chance, den Bürgermeister zu retten, oder war sein Schicksal schon längst besiegelt? Um genau dieser Frage auf den Grund zu gehen, hatten sich Steinhauser und Strubinski hier verabredet. Allerdings wollte er diese Gedanken nicht mit Ute Schäflein teilen, auch wenn er sie mochte und sie einen hervorragenden Kaffee machte. Er liebte ihren Kaffee.
„Haben Sie vielleicht noch etwas von Ihrem wunderbaren Kaffee für uns?“, fragte Steinhauser, da sie mit hoher Wahrscheinlichkeit so schnell eh nicht gehen würde. Wo sollte sie auch hin und auf dem Rathaus war heute eh nichts los.
„Ja natürlich“, sagte Frau Schäflein, sauste sofort in ihr Büro und kam postwendend wieder mit zwei Tassen, Milch, Zucker und einer Thermoskanne zurück. Sie machte keine Anstalten, die beiden alleine zu lassen.
„Gehen Sie nachher auch auf den Umzug?“, fragte Steinhauser. Da sie sehr niedergeschlagen wirkte und nach ihrem letzten Redeschwall wieder in Schweigen verfiel, fühlte er sich verpflichtet, etwas zu sagen.
„Des kann ich net mache, wo doch der Mehrhold entführt worde ist.“
„Aber vom Rumsitzen wird’s auch nicht besser“, meinte Strubinski. „Außerdem taucht der Mehrhold bestimmt bald wieder auf. Für den zahlt doch keiner was. Und freiwillig behält den niemand länger als nötig.“
Frau Schäflein schaute ihn entsetzt an und Steinhauser verdrehte mit einem lauten Seufzer die Augen. „Mensch Fred, geht’s vielleicht noch taktloser?“
„Also ich meine … das war so nicht gemeint … äh … ich wollt sie halt ein wenig aufmuntern“, stammelte Strubinski verlegen.
„Am besten hältst du die Klappe!“, befahl Steinhauser und Strubinski schaute peinlich berührt zu Boden.
Danach machte sich eine beklemmende Stille im Büro breit. Eine Stille, die auch bis auf wenige verkrampfte, kurze Gespräche über das Wetter und den Alkoholkonsum der Burgsinner Jugend während des Umzuges im vergangenen Jahr, bis 12:00 Uhr anhielt. Erst dann raffte sich Frau

Schäflein endlich auf und ging. In der Tür blieb sie noch einmal stehen. „Warum sitze Sie eigentlich hier rum und helfe net den Bürgermeister zu finde?“, wandte sie sich an Steinhauser.
Der blies überrascht die Backen auf und räusperte sich, bevor er antwortete. „Sie müssen wissen, Frau Schäflein … äh ... die Fahndung wird in solchen Fällen direkt von der Kripo geleitet und koordiniert. Die Frau Fink und der Herr Rappert haben da jede Menge Spezialisten am Start, die sich darum kümmern, den Mehrhold wieder zu finden.“
„Aha“, war alles, was sie sagte, und sie verabschiedete sich.
„Unglaublich“, meinte Steinhauser, als sie endlich alleine waren. „Das nächste Mal treffen wir uns wieder in deiner Chaos-Werkstatt.“
„Was meinst du mit: unglaublich?“, wunderte sich Strubinski.
„Na, die Ute. Die hat heute morgen schon wieder mehr gewusst als wir.“
„Da hast du allerdings recht“, stimmte Strubinski zu. „Die sollten wir engagieren.“
„Lieber nicht … höchstens zeitweise. Ab und an kann man sie echt gut gebrauchen“, räumte Steinhauser ein.
„Wir sollten noch mal zusammentragen, was wir alles haben“, schlug Strubinski vor. „Hast du so ein Flipdings?“
„Was für ein Dings?“
„So´n Chartdings! Du weißt schon!“
„Hä? Sprich gefälligst deutsch mit mir!“
„Na, so ein Brett mit großen Blättern dran … äh … Flipchart mein ich“, fiel es Strubinski dann doch noch ein.
„Ja, hab ich“, meinte Steinhauser, verließ kurz das Büro und kam mit einem alten, klapprigen Flipchart zurück.
„Das Teil ist auch schon älter, was?“, lästerte Strubinski.
„Besser als nix!“, meinte Steinhauser und lehnte das Flipchart gegen die Wand, da es alleine nicht stehen blieb.
Die nächsten Stunden verbrachten beide damit, die Notizen, die Strubinski erstellt und mitgebracht hatte, auf zahllosen Blättern irgendwie zu visualisieren und im Büro überall aufzuhängen. Ihre Aktivitäten wurden jäh unterbrochen, als der Burgsinner Faschingsumzug am späten Nachmittag den Marktplatz vor dem Rathaus erreichte und sich eine Gruppe nach der anderen dort versammelte. Laute Faschingsmusik hallte durch das Dorf. Steinhauser und Strubinski ließen ihre Gedanken rund um die toten Faschingsvereinsvorstände und den verschwundenen Bürgermeister ruhen und beobachteten das bunte Treiben. Sogar ein ganzer Trupp älterer

Damen und Herren, mit bunten Hüten und Luftschlangen um ihre Rollatoren gewickelt, trudelten nach und nach auf dem Marktplatz ein.
„Wie die Oma vom Zillerberg“, meinte Strubinski. „Fehlt nur noch, dass die auch um die Ecke gerollt kommt.“
„Ne, das glaub ich nicht. Die ist doch froh, wenn sie es von ihrer Couch ins Bad und in die Küche schafft“, meinte Steinhauser. Er hielt kurz inne, dann wandte er sich abrupt an Strubinski und packte ihn an den Schultern. „Das ist es!“
„Was ist was?“
„Steinhauser rannte zu einem der Flipchartzettel, die sie überall aufgehängt hatten und deutete darauf. „Hier, da steht´s“, sagte er triumphierend. „Die Wohnung im Puff war verlassen und allem Anschein nach länger nicht bewohnt worden.“
„Ja und? Was willst du damit sagen?“, wunderte sich Strubinski.
„Wir sind so blöd!“, sagte Steinhauser. „Ich würde wetten, dass der Zillerberg nie in Köln gewohnt, geschweige denn gelebt hat. So ein Bild kannst du mit jedem Photoshop herstellen. Der hat sich bestimmt bei seiner Oma eingenistet, nachdem er auf dem Rathaus angeheuert hat. So war er immer in der Nähe.“
„Meinst du die Oma deckt ihn?“
„Hmh … keine Ahnung, ob die ihn deckt oder ob die überhaupt weiß, was los ist. Aber ich würde wetten, dass der sich schon die ganze Zeit bei seiner Oma versteckt. Von meinem … äh … Kontaktmann weiß ich auch, dass der Zillerberg ein sehr inniges Verhältnis zu seiner Oma hatte und wahrscheinlich immer noch hat. Ausschließen können wir es jedenfalls nicht.“
„Wir waren doch dort“, gab Strubinski zu bedenken. „Das wär uns doch aufgefallen … oder?“
„Nicht unbedingt. Wir waren weder im Keller noch oben unter dem Dach.“
„Stimmt! Und jetzt?“
„Wir müssen noch mal zur Oma und uns dort umschauen“, sagte Steinhauser entschlossen.
„Und was sagen wir? Brauchen wir da nicht so einen Durchsuchungsdings … Bescheid?“, fragte Strubinski.
„Beschluss, das heißt Durchsuchungsbeschluss. Und den schreiben wir uns einfach selber“, meinte Steinhauser. „Die Oma checkt das eh nicht und außerdem haben wir jetzt keine Zeit für Formalitäten. Auf uns hört ja eh keiner.“

„Das stimmt auch wieder", bestätigte Strubinski.
Steinhauser schnappte sich den Laptop, den ihm Frau Schäflein besorgt hatte, rief einen Vordruck mit Polizeilogo auf, fälschte kurzerhand einen Durchsuchungsbeschluss und druckte ihn aus. „So, das dürfte reichen. Die wird wohl nicht wissen, wie so ein Dokument aussieht."
„Davon gehen wir jetzt einfach mal aus", stimmte Strubinski zu.
„Auf geht's, wir dürfen keine Zeit verlieren", befahl Steinhauser und sie verließen das Rathaus.
Vor der Tür blieben sie abrupt stehen.
„Wir kommen hier nicht weg", stellte Strubinski ernüchtert fest. Er hatte sein E-Auto direkt vor dem Eingang geparkt, wo es eigentlich streng verboten war und jetzt tummelten sich überall Faschingsnarren, die ausgelassen feierten. Auf der Mitte des Marktplatzes stand ein großes Zelt. Ihnen war es vor lauter Ermittlungsarbeit völlig entgangen, wie es aufgestellt wurde. Als sie am Morgen aufs Rathaus gekommen waren, war es jedenfalls noch nicht da gewesen.
„Steig ein, wir fahren an der Wasserburg vorbei durch den Park", entschied Steinhauser.
„Echt jetzt?"
„Logisch! Oder glaubst du, das interessiert im Augenblick jemanden?", Steinhauser zeigte auf den Marktplatz. „Guck doch hin. Die feiern, saufen und tanzen, wie die Lumpen am Stecken. Nicht schön, aber selten. Und außerdem bin ich die Polizei! Ich darf das!"
Strubinski salutierte kurz und schlug die Hacken zusammen. „Jawohl, du bist der Boss."

Langsam und lautlos fuhren sie durch den kleinen Park, vorbei an der alten Wasserburg und anschließend Richtung Anneliese Gerster ins Jenseits, dem Ortsteil von Burgsinn, der durch die Eisenbahntrasse vom Rest des Dorfes abgetrennt war.
„Darf ich diesmal mit rein?", fragte Strubinski vorsichtig, als sie vor der Haustür standen. „Vier Augen sehen mehr als zwei und schneller geht's auch … mit der Durchsuchung. Und Zeit ist in Anbetracht der Lage genau das, was wir nicht haben. Ich glaub auch nicht, dass die mich kennt."
Steinhauser überlegte, dann nickte er. „Von mir aus, aber du hältst die Klappe! Ich rede! Kriegst du das hin?"
„Klar, ich bin doch ein Profi. Schon vergessen?", grinste Strubinski.

Steinhauser sagte nichts, holte tief Luft, hob kurz die Augenbrauen und stieß die Luft wieder aus. Dann klingelte er.
Es dauerte eine Ewigkeit, bis sich die Tür endlich öffnete. Anneliese Gerster stand mit ihrem Rollator im Eingang und schaute den Polizisten überrascht an.
„Was wollen Sie denn schon wieder hier? Und wer ist das?“, fragte sie streng und zeigte auf Strubinski.
„Das ist mein Kollege von der Zivilfahndung. Wir sind auf der Suche nach Cornelius Zillerberg und haben Grund zur Annahme, dass er sich bei Ihnen aufhält“, erklärte Steinhauser in sachlichem Beamtenton und reichte ihr den gefälschten Durchsuchungsbeschluss.
Die alte Dame nahm das Dokument und betrachtete es. Nach einer Weile legte sie den Zettel in Zeitlupe auf die Kommode im Hausgang, kramte im selben Tempo in aller Seelenruhe aus der Ablage an ihrem Rollator eine Brille hervor, setzte sie mit zittrigen Händen auf und nahm das Dokument wieder in die Hand. Steinhauser und Strubinski trippelten unruhig, was Anneliese Gerster jedoch nicht aus der Ruhe brachte.
„Und was ist das?“, fragte sie schließlich.
„Durch dieses Dokument wird uns mit richterlicher Genehmigung erlaubt, dass wir uns in Ihrer Wohnung umsehen dürfen“, erklärte Steinhauser.
„Das kommt überhaupt nicht in Frage!“, sagte Anneliese Gerster entschieden, machte mit ihrem Rollator einen überraschend flinken Schritt zurück und wollte die Haustür schnell wieder schließen.
„Halt!“, rief Steinhauser und stellte in letzter Sekunde seinen Fuß in die Tür. „Es tut mir leid, aber Sie müssen uns ins Haus lassen! Würden Sie bitte zur Seite gehen!“
Anneliese Gerster drückte gegen die Tür, während sich Steinhauser hindurchquetschte. Strubinski schob von hinten. Steinhauser rutschte schwungvoll in den engen Hausgang und landete unbeholfen auf Anneliese Gersters Rollator. Diese schaute den Polizisten entgeistert an. Sie war eingeklemmt und konnte weder vor noch zurück. Zu allem Überfluss drängte jetzt auch noch Strubinski ins Haus.
„Kannst du nicht warten?“, schimpfte Steinhauser.
„Ich dacht, die wollt abhauen.“
Steinhauser schaute ihn verwirrt an, dann schüttelte er verständnislos den Kopf. „Ja, wo will die denn hin, mit ihrem Rollator? Weit kommt die nicht!“
„Man weiß ja nie.“

„Sie haben mich eingeklemmt!“, beschwerte sich Annelies Gerster vehement und zerrte verzweifelt mit ihren dünnen Ärmchen an der Gehhilfe.
„Entschuldigen Sie … aber ich … einen Moment bitte … ich ...“, stammelte Steinhauser. Er stützte sich an der Kommode ab und versuchte mit einem langen Schritt an Anneliese Gerster vorbeizukommen. Dabei blieb er am Rollator hängen, geriet ins Straucheln und stürzte zu Boden. Strubinski wollte ihn festhalten, verlor ebenfalls das Gleichgewicht und knallte ungebremst auf Steinhauser. Der stöhnte laut auf und robbte ein Stück vorwärts, bis er sich befreien konnte. Unbeholfen stand er wieder auf und half Strubinski auf die Beine. Frau Gerster betrachtete ungläubig das groteske Schauspiel.
„Ich ruf die Polizei!“, drohte sie lautstark.
„Bitte beruhigen Sie sich, Frau Gerster, ich bin doch die Polizei“, sagte Steinhauser verlegen. „Wir wollen uns doch nur ein wenig umsehen.“
„Von wegen umsehen!“, schimpfte sie. „Ihr seid Ganoven und wollt mich beklauen. Das ist der Enkeltrick!“
„Äh … nein! Das sehen Sie völlig falsch, Frau Gerster“, wehrte Steinhauser vehement ab. „Der Enkeltrick geht doch ganz anders. Da würden wir anrufen und behaupten, dass wir Ihre Enkel sind und Geldnot hätten, oder so ähnlich. Und außerdem hat von uns doch auch niemand behauptet, dass er Ihr Enkel ist. Und Geld wollen wir ganz bestimmt auch keines.“
„Hilfe! Hilfe! Hilfe!“, schrie die alte Dame mit dünner Stimme und versuchte das Haus zu verlassen.
Steinhauser hielt schnell ihren Rollator fest, was allerdings dazu führte, dass ihre Schreie noch lauter wurden.
„Herrgottsackra!“, brüllte Strubinski dazwischen. „Können Sie vielleicht mal die Klappe halten!“
Wie vom Donner gerührt verstummte Anneliese Gerster und schaute ihn mit großen Augen an. Ihr Unterkiefer zitterte.
„So, jetzt beruhigen wir uns alle erst einmal“, ergriff Steinhauser wieder das Wort, kramte seinen Polizeiausweis hervor und hielt ihn Anneliese Gerster vor die Nase. „Ich bin von der Polizei und auf der Suche nach ihrem Enkel Cornelius Zillerberg. Würden Sie mich bitte in ihr Wohnzimmer begleiten?“
„Ihr seid Einbrecher“, schimpfte sie leise, ließ sich aber dann doch von Steinhauser ins Wohnzimmer führen. Was blieb ihr auch anderes übrig?

Steinhauser platzierte sie auf dem durchgesessenen Dreiteiler – ihrem Stammplatz, und stellte den Rollator zurück in den Hausgang, außer Reichweite. Den angeblichen Durchsuchungsbeschluss nahm er ihr sicherheitshalber wieder weg.
„He, was machen Sie denn da?“, keifte sie verärgert. „Ich brauch meinen Rollator, sonst kann ich nicht aufstehen!“
„Das müssen Sie auch nicht“, beruhigte sie Steinhauser, ging schnell in die Küche und holte ihr ein Glas Wasser. Dann wandte er sich an Strubinski. „Du gehst unters Dach, ich in den Keller. Wir müssen uns beeilen. Jede Sekunde zählt.“
Strubinski nickte und rannte die Treppe hinauf. Plötzlich blieb er stehen. „Was mach ich denn, wenn der da oben ist? Ich hab ja gar keine Waffe.“
Da Zillerberg bisher vermutlich schon drei Menschen auf dem Gewissen hatte, zeigte Steinhauser durchaus Verständnis für Strubinskis Bedenken. „Hast recht. Bleib dicht hinter mir“, stimmt er ihm zu, zog seine Waffe und ging voran.
„Halt, warte mal“, meinte Strubinski. Er rannte in die Küche und kam mit einem Messer zurück.
„Das ist jetzt nicht dein Ernst, oder?“, fragte Steinhauser ungläubig. „Was willst du denn mit dem ... Kneipchen?“
„Ich hab jetzt auf die Schnelle nix anderes gefunden.“
„Damit kannst du vielleicht Kartoffeln schälen, aber niemanden erschrecken. Bleib einfach hinter mir und pass auf, dass du dich nicht schneidest“, meinte Steinhauser und ging langsam die Treppe nach oben. Mit äußerster Vorsicht und in bester James Bond-Manier betraten sie ein Zimmer nach dem anderen. Aber außer verstaubten Möbeln und einem uralten Badezimmer mit braunen Mustern auf weißen Fliesen und einer kaputten Badewanne waren alle Zimmer leer und verlassen. Bewohnt waren diese Zimmer jedenfalls schon länger nicht mehr gewesen, geschweige denn gereinigt worden.
Sie gingen zurück, schauten kurz nach Anneliese Gerster und betraten als nächstes den Keller. Dort war es trotz eingeschalteten Lichtern beklemmend düster.
„Das ist ja voll die Psycho-Aktion“, flüsterte Strubinski. „Ich hab da neulich einen Film gesehen, der ist voll an die Nerven gegangen. Da ist auf einmal ...“
„Fred!“ Steinhauser fiel ihm ins Wort.
„Ja?“

„Hast du Schiss?"
„Äh … neee … du hast doch eine Knarre", winkte er ab.
„Dann halt die Klappe!"
Strubinski verstummte.
In den ersten beiden Zimmern standen nur Kisten und alte Schränke mit allem möglichen Krempel. Die Möbel waren fast schon Antiquitäten und es roch modrig. Das dritte Zimmer war verschlossen.
„Die Tür hat bestimmt nicht die Anneliese zugeschlossen", meinte Steinhauser.
„Wohl kaum. Es sei denn, die verarscht uns die ganze Zeit mit ihrem Rollator", stimmte Strubinski zu, holte sein Handy hervor und schaltete die Taschenlampe ein.
„Was hast´n vor?", fragte Steinhauser neugierig.
Strubinski bückte sich und leuchtete ins Schlüsselloch. „Ich will guck, ob da von innen ein Schlüssel steckt. Denn wenn ein Schlüssel steckt, dann ist möglicherweise jemand im Zimmer oder von innen abgeschlossen. Steckt kein Schlüssel, dann wurde von außen abgeschlossen und der Schlüssel mitgenommen. Folglich ist niemand im Zimmer", erklärte Strubinski und schaute zu Steinhauser. Der sagte nichts. „Das hab ich neulich in so einem Krimi gesehen, als ich mich auf die BKA-Rolle vorbereitet hab", schob Strubinski noch hinterher.
„Ja, klar … das kenn ich … Grundausbildung ... wollt ich auch gerade machen", log Steinhauser. „Und, wie sieht´s aus?"
„Steckt kein Schlüssel", antwortete Strubinski.
„Dann geh mal zur Seite", forderte ihn Steinhauser auf.
„Was hast´n vor?"
„Das wirst du gleich sehen. Guck zu und lern", meinte Steinhauser und ging ein paar Schritte zurück.
Strubinski tat, wie ihm befohlen wurde. Steinhauser nahm Anlauf und sprang, wie Chuck Norris in seinen besten Zeiten, mit den Füßen voran gegen die Tür. Der erwünschte Erfolg blieb allerdings aus. Dafür prallte er wie an einer Gummiwand ab, stolperte rückwärts und fiel hin. Chuck Norris hätte sich geschämt. „Auauauauauau! Verreck! Himmelarschundzwirn! Die Dreckstür!", fluchte er und hielt sich mit schmerzverzerrtem Gesicht das rechte Fußgelenk.
Besorgt kam ihm Strubinski zu Hilfe. „Hast du dich verletzt?"
„Nein, ich tu nur so!", fauchte Steinhauser, besann sich aber gleich wieder und biss die Zähne zusammen. Schließlich durfte er sich vor Strubinski

keine Blöße geben, auch wenn die Schmerzen höllisch waren. Von einer ordentlichen Zerrung bis hin zum Bänderriss schien alles möglich zu sein.
„Bin wohl irgendwie unglücklich umgeknickt. So was ist mir noch nie passiert. Aber es geht schon wieder. Alles halb so schlimm“, spielte er das Missgeschick und die Schmerzen herunter.
„Und was sollte ich da jetzt lernen?“, fragte Strubinski mit spitzem Unterton.
„Halt´s Maul und hilf mir lieber auf!“, blökte Steinhauser zurück. Diese Blamage hätte er sich sparen können.
„Lass mich mal!“, meinte Strubinski, knackte mit den Fingerknochen, lockerte seinen Nacken und kippte den Kopf hin und her. Dann tänzelte er wie ein Boxer, nahm ebenfalls Anlauf und rammte, begleitet von einem wilden Schrei, seine Schulter mit voller Wucht gegen die Tür.
Ähnlich, wie bereits Chuck Norris für Arme zuvor, prallte er ab.
„Ahhhhuuuuaaa, meine Schulter“, jaulte Strubinski laut auf.
„Alles in Ordnung mit dir?“, fragte jetzt Steinhauser besorgt und kam mit schmerzverzerrtem Gesicht zu ihm gehinkt.
Strubinski raufte sich zusammen. „Ich glaub, ich hab mir die Schulter ausgekugelt“, jammerte er.
„Echt? Zeig mal.“ Steinhauser begutachtete die lädierte rechte Schulter. Als er sie berührte, schrie Strubinski laut auf. „Ich bin zwar kein Arzt, aber … sieht irgendwie ausgekugelt aus.“
„Und woher willst du das wissen?“
„Ja, weil´s halt komisch aussieht. Entweder ist die Kugel raus oder du hast da einen Buckel.“
„Quatsch nicht rum, ruf deinen Schwager an!“, schimpfte Strubinski.
„Spinnst du!? Wir können jetzt niemanden anrufen!“, stellte Steinhauser klar. „Wir sind hier so was von illegal. Wenn ich den Klaus da reinzieh, bringt mich die Monika um … oder der Rappert, wenn sie es nicht schafft.“
„Und jetzt?“, jammerte Strubinski.
„Eine ausgekugelte Schulter ist doch nicht schlimm, das kriegen wir schon wieder hin“, sagte Steinhauser mit einem zuversichtlichen Nicken.
„Was heißt hier: *wir*?“ Strubinski schaute verunsichert.
„Ich hab mir manchmal bei der Selbstverteidigung in der Grundausbildung die Schulter ausgekugelt.“
„Und was willst du mir damit sagen?“
„Die renk ich dir wieder ein. Gar kein Problem, damit kenn ich mich aus.“

„Hast du sie noch alle!“, beschwerte sich Strubinski.
„Halt still!“, befahl Steinhauser. „Geht ruck zuck!“
„Nein!“, rief Strubinski, doch Steinhauser packte seinen Arm und drückte wuchtig gegen dessen Schulter. Strubinski gab einen jämmerlichen Schrei von sich, der durch das ganze Haus hallte. Sogar Anneliese Gerster zuckte auf ihrem Dreiteiler zusammen. „Du blödes Arschloch!“, tobte Strubinski, stieß Steinhauser wütend von sich und hielt sich mit schmerzverzerrtem Gesicht die Schulter.
„Ist sie wieder drinnen?“, wollte Steinhauser wissen.
Strubinski schaute ihn wütend an und bewegte unter Schmerzen langsam seine Schulter. „Glaub schon.“
„Prima, jetzt müssen wir nur noch diese scheiß Tür aufbekommen.“ Steinhauser schaute sich nachdenklich um, dann zog er seine Waffe. „Geh mal weg!“, befahl er Strubinski und lud durch.
„Hast du sie noch alle! Du kannst doch jetzt nicht hier rumballern!“, beschwerte er sich.
„Doch! Kann ich!“, hielt Steinhauser entschlossen dagegen. „Wir haben keine Zeit und müssen da rein, egal wie! Also, aus dem Weg!“
Strubinski ging zur Seite und hielt sich die Ohren zu. Steinhauser ging auf Abstand, zielte und feuerte. Danach betrachtete er das zerfetzte Schloss.
„Na also, geht doch“, meinte er zufrieden, als er die Tür mit dem Zeigefinger lässig aufdrückte und ins Zimmer hinkte.
Strubinski hielt sich seinen rechten Arm und folgte ihm. Im düsteren Zimmer erkannten sie ein einfaches Holzbett, dessen Bettzeug ordentlich zusammengelegt und glattgestrichen war. Über dem Bett, durch einen Lichtschacht mit Gitterfenster, fiel schwaches Licht in den Raum. Daneben stand ein kleiner, alter Küchentisch, der anscheinend als Schreibtisch diente. Vor dem Bett standen zwei große Sporttaschen.
Steinhauser suchte den Lichtschalter und betätigte ihn. Zwei alte Neonröhren zuckten kurz. Und als es nach einem metallischen Klicken hell wurde, erstarrten beide in ihrer Bewegung. Mit offenem Mund schauten sie sich an. Es dauerte einen Moment, bis sie sich ungläubig aus ihrer Starre lösten. Ihre Blicke wanderten zu den Wänden. Anstelle von Tapeten oder Putz war jede Wand mit unzähligen Fotos beklebt, die akkurat nebeneinander hingen. Sogar die Türinnenseite war beklebt. Ganz oben an jeder Wand, direkt unter der Decke, stand in großen Buchstaben jeweils ein Name. Die Namen waren ihnen bestens bekannt: Gottfried Schubberle, Moritz Ringelfelder, Wilhelm Krapf und Horst Mehrhold. So

etwas kannten beide nur aus diversen Hollywoodstreifen und meistens waren es dann Bilder von attraktiven Frauen, die die Wände von verrückten Stalkern schmückten. Hier nicht, Zillerbergs Vorlieben und Prioritäten waren ganz klar anders gelagert. Mit großer Präzision und Hingabe waren die Fotos an die Wand geklebt, keines hing schräg oder hatte einen Knick. Das Szenario ließ beide erschaudern und es lief ihnen eiskalt den Rücken hinunter.

„Ach du Scheiße, wir sind in einem Psychopathennest gelandet", flüsterte Strubinski ehrfürchtig und machte als erstes einen Schritt auf die Wände zu. „Der Raum ist ja ein einziger Schrein!"

Gemeinsam betrachteten sie schweigend die zahllosen Fotos.

Steinhauser fand als erstes die Worte wieder. „Das sind ja teilweise sogar ganz alte Fotos von den Vorständen." Er zeigte auf eines. „Da ist der Schubberle zusammen mit dem Zillerberg im Faschingskostüm drauf. Und hier … oh mein Gott ..." Steinhauser bückte sich. „,… da ist der Schubberle, wie er am Hexentanzplatz an den Baum gefesselt ist … und noch lebt. Der reißt die Augen ganz weit auf und schaut panisch in die Kamera. Ich glaub, ich muss gleich kotzen." Steinhauser drehte sich angewidert weg und ging zur nächsten Wand. „Der hat von jedem seiner Opfer unzählige Bilder geschossen. Regelrecht gestalkt hat der die und genau festgehalten, wer, wann, was, wo macht. Auf den Fotos stehen sogar Datum und Uhrzeit", stellte er erstaunt fest. „Oben hängen die ältesten und ganz unten die neuesten, wo sie tot oder fast tot sind. Dazwischen welche von seiner jüngsten Überwachungsarbeit. Hier der Schubberle bei seiner Brotzeit am Hexentanzplatz. Da der Ringelfelder an der Tür zum Sitzungssaal und dort der Krapf, wie er bei der Faschingssitzung auf der Bühne steht."

„Der Krapf auf der Bühne?", wunderte sich Strubinski und kam zu ihm. „Ich hab´s doch gewusst, dass ich den Zillerberg auf der Party gesehen habe."

„Das hast du wohl wirklich. Und in Fellen hattest du ihn dann wohl auch gesehen", ergänzte Steinhauser noch. „Jedenfalls überließ der Zillerberg nichts dem Zufall."

Strubinski ging langsam umher. „Der Typ ist ein totaler Psycho. Hier ist ein Bild mit dem Ringelfelder, wie er am Baum hängt und da ...", Strubinski ging weiter. „Und da liegt der Krapf auf dem Boden in seinem Wohnzimmer, wie er sich mit der einen Hand die Brust hält und die andere hilfesuchend zur Kamera richtet."

„Der Typ ist total krank … und saugefährlich“, meinte Steinhauser geschockt und musste sich bemühen, Ruhe zu bewahren. „Der Freak hat seine Opfer beim Sterben fotografiert und das voll genossen. Wie kaputt muss man da sein?“
„Komm mal her“, rief Strubinski. „An dem Mehrhold seiner Gedächtniswand hängen noch keine Totenbilder. Nur Bilder von früher oder wie er auf dem Rathaus unterwegs ist. Zuletzt welche, wie er als König-Ludwig der XIV. vom Wagen winkt und Dick und Doof, wie sie neben dem Mehrhold im Vorgarten liegen.“
„Dann lebt er womöglich noch. Aber wo hat er ihn hingeschafft?“, fragte sich Steinhauser und inspizierte als nächstes die Taschen.
„Hast du eigentlich noch Munition, oder alles verballert?“, wollte Strubinski plötzlich wissen.
„Wieso?“, wunderte sich Steinhauser.
„Was machen wir denn, wenn der Psychopath plötzlich hier auftaucht?“ Strubinski war sichtlich besorgt. „Der wird uns wohl kaum auf eine Tasse Kaffee und ein Stück Kuchen bei seiner Oma einladen.“
Steinhauser überlegte kurz, dann prüfte er sein Magazin. „Noch drei Schuss.“
„Ersatzmagazin?“
„Nein!“
„Wieso nicht?“
„Weil wir hier nicht in Chicago sind und ich in der Regel wenig Schießereien habe.“
„Okay, dann darfst du halt nicht danebenschießen, wenn er kommt.“
Steinhauser verdrängte diesen Gedanken und durchwühlte weiter die Taschen. Er fand ein paar Kleider, etwas Unterwäsche, Zahnpasta, Zahnbürste und Duschgel. Aus der anderen holte er interessante Utensilien hervor.
„Was ist das denn für ein Gelump?“, wunderte sich Strubinski.
„Falsche Bärte, Perücken, Schminkzeug und sogar der Anzug, den er als Vertreter getragen hatte, als er dem Krapf den tödlichen Besuch abstattete“, stellte Steinhauser entsetzt fest.
„Kein Wunder, dass den niemand erkennen konnte.“
„Wir müssen den Mehrhold finden!“, sagte Steinhauser entschlossen und inspizierte als nächstes den Schreibtisch. Dort fiel ihm eine graue Mappe ins Auge. Auf ihrem Umschlag stand in großen Lettern und verschnörkelter Schrift:

„DER SINNGRUNDRIPPER"

Er erschauderte und mit zittrigen Händen öffnete er die Mappe. Darin lag ein Stapel handschriftlicher Aufzeichnungen. Die Blätter waren nummeriert. Auf dem ersten Blatt las er:

Aufzeichnungen von Cornelius Zillerberg in 4 Akten

Wahre Begebenheiten aus dem Sinngrund

„Ey, Fred, dass musst du dir mal reinzieh´n. Das glaubt uns keine Sau."

Strubinski nahm die Mappe, überflog die Papiere, zog ein Blatt heraus und reichte es Steinhauser. „Da, guck mal. Das Inhaltsverzeichnis ist sogar schon fertig."

Der 1. Akt: Der Drachentod

Der 2. Akt: Tod am Hexenstein

Der 3. Akt: Der stille Tod

Der 4. Akt: Das Fegefeuer

Steinhauser runzelte die Stirn. „Klingt ganz schön krank", gab er zu bedenken. Bei dem Wort *Fegefeuer* erinnerte er sich an die Geschichte, die ihm der ehemalige Dienststellenleiter von Gemünden über Zillerberg erzählt hatte.

Strubinski zerrte einige weitere Blätter aus dem Stapel, die mit Heftklammern fixiert waren. „Hier, das ist der 1. Akt", meinte er und legte die Blätter auf den Tisch, so dass beide den Text lesen konnten:

Der Drachentod

Das Sterben von Gottfried Schubberle

Wie einst der Lindwurm im Sinntal, welcher das Städtchen Rieneck in Angst und Schrecken versetzte, ist er gestorben. Unvergessen sollte sein Tod für alle sein, hingerichtet durch meine Hände. Er war der Letzte, der es mir verwehrte, meinen Traum zu verwirklichen. Der Letzte, der mein herausragendes Talent nicht erkannte. Dafür war er der Erste, der meinen Zorn zu spüren bekam. Viele Tage bin ich ihm heimlich gefolgt, habe Stunden investiert, um seinen Tagesablauf intensiv zu studieren. Aber er bemerkte mich nicht. Doch der Aufwand sollte sich am Ende mehr als lohnen. Weniger für den Gottfried Schubberle, aber dafür mehr für mich. Seine wöchentlichen Wanderungen zum Hexentanzplatz waren der ideale Zeitpunkt, um mein Vorhaben in die Tat umzusetzen. In Emmerichsthal habe ich auf ihn gewartet und mich dann zu ihm gesellt. Der Narr erkannte mich nicht und hat sich sogar über etwas Gesellschaft gefreut. Vermutlich hatte er mich sogar längst vergessen, aber das änderte sich später wieder. Während unseres gemeinsamen Spazierganges merkte er jedenfalls nichts, auch nicht, als ich ihn ausgefragt habe. Ich will mich nicht loben, aber ich hatte ihn auch äußerst geschickt ausgefragt. Stolz und mit zunehmender Begeisterung erzählte er mir von seinem geliebten Faschingsverein. Ich lauschte seinen Worten und sie haben mich in meinem Vorhaben weiter bestärkt. In seinen Erzählungen erwähnte er mich und mein herausragendes Talent kein einziges Mal. Das tat weh, aber meine Rache war nicht mehr fern. Ich musste nur geduldig sein. Während unserer Brotzeit war es dann so weit. Es war mir ein Leichtes, ihn zu betäuben. Der Narr freute sich sogar über mein Bierchen und nahm es gerne an. Bier mochte der Gottfried schon immer und daran hatte sich in all den Jahren nichts geändert. Er staunte nicht schlecht, als er wieder aufwachte und mit dem Rienecker Halseisen an den Baum auf dem Hexentanzplatz gefesselt war. Ursprünglich war das Halseisen für eine andere Person bestimmt, aber die Umstände haben mich dazu bewogen, es bei Gottfried Schubberle zu benutzen. Fast wäre ich erwischt worden, als ich es gestohlen habe … aber das ist eine andere Geschichte und tut hier nichts zur Sache. Jedenfalls wusste er immer noch nicht, wer ich bin. Aber immerhin, nachdem ich mich vorgestellt hatte, konnte er sich dann doch wieder sehr gut an mich erinnern. Zunächst dachte er, ich will ihm nur etwas Angst machen, aber spätestens, als ich anfing den Gips anzurühren und ihn damit füttern wollte, konnte ich spüren, wie ihn die Angst überkam. Ich habe es genossen, auch wenn es nicht ganz einfach war, ihm den flüssigen Gips zu verabreichen. Der Gottfried wehrte sich wirklich heftig, aber letztlich waren seine Mühen vergebens. So vergebens, wie meine Bemühungen in die Bütt zu kommen, um alle an meinem großartigen Talent teilhaben zu lassen. Ich habe sein Ende wie geplant herbeigeführt. Ihn sterben zu sehen, war auch für mich schlimm, aber es musste sein … genau so musste es sein. Denn nur so bleiben wir beide für ewig in Erinnerung.

„Das ist ja total ekelhaft. Der hat das voll genossen und auch noch aufgeschrieben“, sagte Steinhauser angewidert und wandte sich ab. „Ich hab genug gelesen. Wenn ich weiterlese, muss ich kotzen.“
„Hab ich´s doch gewusst!“, stieß Strubinski triumphierend aus.
„Was hast du jetzt schon wieder gewusst?“
„Na, die Geschichte mit dem Lindwurm“, sagte Strubinski aufgeregt. „Der Mord an dem Schubberle ist ähnlich wie eine der Sagen aus dem Sagenheft von Heinrich Lutz. Das Heft, was ich von meinem Opa geerbt hab und dir schon mehrmals zeigen wollte. Aber dich hat´s ja nicht interessiert.“
Steinhauser gab ein genervtes Knurren von sich und durchwühlte die Papiere, die neben der Mappe lagen. Plötzlich hielt er inne, schaute kurz zu Strubinski, dann zog er mit zwei Fingern, als ob es giftig wäre, eben dieses Heftchen von Heinrich Lutz zwischen den Unterlagen hervor. Es war mit einer Vielzahl bunter Markierungen gespickt, die wild aus dem Heft ragten. „Der Zillerberg scheint die Geschichten auch zu kennen.“
„Logisch kennt der die Geschichten!“ Strubinski schüttelte verständnislos den Kopf. „Der wollte ja auch überall so eine Sagen-Büttenrede vortragen ... die keiner hören wollte … verständlicherweise! Rückblickend wär´s allerdings wohl besser gewesen, man hätte den Zillerberg mal in die Bütt gelassen.“
„Ja, ja, ist mir schon klar. Hinterher ist man immer schlauer“, winkte Steinhauser ab und schlug das Heft an einer der Markierungen auf. „Hier steht: *Das Lindwurmdenkmal am Steinbusch*“, meinte er und zeigte es Strubinski. „Da, guck. Die Worte *Kalk, Durst* und *ging unter fürchterlichen Zuckungen jämmerlich zu Grunde* sind vom Zillerberg mit einem Textmarker angemalt worden.“
„Jetzt wissen wir auch, wie der Zillerberg auf die Idee mit dem Kalk gekommen ist“, stellte Strubinski begeistert fest. „Der Schubberle hatte doch Kalk geschluckt, oder?“
„So ähnlich. Gips wurde in ihm und überall an seiner Kleidung gefunden“, bestätigte Steinhauser und ahnte, was jetzt kommen würde.
„Und weißt du, was mir da gerade noch einfällt?“
„Nein, aber du wirst es mir bestimmt gleich sagen.“
Strubinski nahm ihm das Heft ab und deutete auf den Namen des Autors. „HL, das sind die Initialen, die im Handy der Schruntz standen. Und die standen garantiert für Heinrich Lutz. Jede Wette. Die sollte ihn doch Äitsch El nennen. Englisch für HL.“

„Gut kombiniert, Bernd Bonderlich“, sagte Steinhauser ohne jeden Spott. „So oder so ähnlich wird’s wohl gewesen sein.“
„Ich hab´s dir doch gleich gesagt. Die Morde haben was mit diesem Heft zu tun. Wir hätten uns schon viel eher damit beschäftigen sollen“, sagte Strubinski. Allerdings konnte Steinhauser keinen Vorwurf in seinem Tonfall erkennen. Er sprach in der *Wir-Form*. Schließlich waren sie ein Team.
„Da muss ich dir wohl recht geben“, räumte Steinhauser ein. „Aber ob wir dadurch einen der Morde hätten verhindern können, wage ich zu bezweifeln. Die Verbindung zu den Opfern war ja lange nicht klar. Und außerdem stehen da etliche Sagen und Geschichten aus dem Landkreis Gemünden drinnen, die er sich hätte aussuchen können.“
„Das stimmt, aber jetzt sind wir ihm auf den Fersen.“
„Vielleicht können wir mit seinen Aufzeichnungen herausfinden, was er sich für den Mehrhold ausgedacht hat“, meinte Steinhauser und breitete weitere Blätter auf dem Tisch aus. Jeder nahm ein paar Zettel und fing an zu lesen.
Nach einer Weile fasste Steinhauser den Inhalt seiner Texte zusammen. „Im 2. Akt, *Tod am Hexenstein, das Sterben von Moritz Ringelfelder*, orientiert sich der Zillerberg anscheinend an der traurigen Geschichte, die im Sagenheft *Der Hasenstein* genannt wird. Zumindest kann ich das anhand seiner Notizen herauslesen. Hier hatten drei Kinder Aufhängen gespielt und eines war dabei auf tragische Weise ums Leben gekommen. Ich frag mich nur, wie man auf die Idee kommen kann, „Aufhängen“ zu spielen?“
„Kinder kommen ja auf die seltsamsten Ideen. Aber die Geschichte kenn ich. Traurig, traurig“, warf Strubinski dazwischen.
Steinhauser ließ den Satz unkommentiert und fuhr fort. „Hier ist nur das Wort *Aufhängen* mit Textmarker angemalt, das Wort *Hasenstein* durchgestrichen und *Hexenstein* daneben geschrieben. Ähnlich wie im 1. Akt, wurde auch hier genau geschildert, wie Zillerberg sein Opfer über Wochen beobachtet hat. Anschließend ist mehr schlecht als recht niedergeschrieben, wann Moritz Ringelfelder was machte und zu welchem Zeitpunkt er ihn wie überwältigt hatte. Dabei hat er irgendwie versucht, die altertümliche Sprache neu aufleben zu lassen, was ihm aber meist nicht sonderlich gut gelungen ist. Jedenfalls hat er mit viel Hingabe beschrieben, wie er sein Opfer grausam umbrachte und dabei dessen Todeskampf ganz offensichtlich genoss. Das macht mir Sorgen, wenn ich an den Mehrhold

denke."
Steinhauser und Strubinski schauderte es, dann beschrieb Strubinski, was er gelesen hatte.
„Hannes, im 3. Akt, *Der Stille Tod*, wirst du sogar erwähnt und verspottet, weil du den Tod vom Krapf nicht verhindern konntest."
„Was für ein Arschloch."
„Mach dir keine Vorwürfe. Der war ja auch verkleidet. Und ich glaube, inspiriert wurde er von der Sage *Der Burggeist von* Rieneck. Zumindest könnte das am ehesten passen."
„Hast du sonst noch was gefunden?"
„Ja", bestätigte Strubinski. „Die Seiten des 4. Akts sind noch weitestgehend leer. Aber lies doch selber, was er bisher geschrieben hat."
Er legte die Zettel auf den Tisch, dass beide den Text lesen konnten:

Das Fegefeuer

Die Erlösung für den größten aller Sünder

Der Schlimmste kommt zum Schluss. Horst Mehrhold, der mich schon in der Schule nicht wahrnahm und mein außergewöhnliches Talent auch im Faschingsverein nicht erkannte. Als ich in der Schule von meinen Mitschülern gehänselt und gedemütigt wurde, schaute er weg, anstelle mir zu helfen. Später bezeichnete er mich als Träumer, als Witzfigur und sogar als unfähig. Wer hier die wahre Witzfigur ist, steht jetzt außer Frage. Ich stand auf dem Rathaus direkt vor ihm und dieser eingebildete, selbstverliebte Ignorant erkannte mich nicht. Tagtäglich habe ich ihm ins Gesicht geschaut und mich auf sein Ende gefreut. Auf diesen Tag habe ich seit Jahren hingefiebert, ja geradezu gelebt habe ich dafür. Und mein Tag sollte kommen.
Als Sonnenkönig ist er zum Faschingszug erschienen. Passender hätte er seinen Größenwahn nicht zur Schau stellen können und passender hätte auch sein Totengewand nicht sein können.
Er flehte mich an, als ich ihm offenbarte, wer ich bin und er bettelte um sein jämmerliches Leben. Rückblickend kann ich guten Gewissens behaupten, dass er mich zu dem gemacht hat, was ich jetzt bin. Ein Racheengel, der zurückgekehrt ist, um für Gerechtigkeit zu sorgen. Deshalb habe ich mir für ihn auch etwas ganz Besonderes ausgedacht.

Man wird im Sinngrund noch lange über mich sprechen, auch noch, wenn Horst Mehrhold längst vergessen sein wird.

„Mehr steht da noch nicht“, stellte Steinhauser fest.
„Der scheint unseren alten Lehrer ja noch mehr zu mögen als wir.“
„Sieht ganz so aus. Richtige Freunde werden die bestimmt nicht mehr“, stimmte Steinhauser zu und blätterte in den Papieren. „Hat er sonst noch was aufgeschrieben?“
„Nur noch ein paar kurze Notizen zu Mehrholds Tagesablauf, wie er die „dümmlichen“ Polizisten getäuscht und beim Wildpinkeln im Vorgarten überwältigt hat“, meinte Strubinski. „Aber es hört sich so an, als ob es ein Grillfest werden soll. Zumindest deutet die Überschrift darauf hin.“
„Gibt´s in diesem Sagenheft eine Geschichte mit einem Fegefeuer oder so was ähnlichem?“, wollte Steinhauser wissen.
„Nein, ich glaube nicht. Daran würd ich mich bestimmt erinnern. Ich hab das Heft rauf und runter gelesen“, erklärte Strubinski.
„Hier muss es doch irgendeinen Hinweis geben!“ Steinhauser nahm die Unterlagen und durchsuchte sie erneut. Plötzlich hielt er einen Pack zusammengefalteter Zeitungsartikel in der Hand. „Ich hab was“, meinte er und faltete die Artikel auseinander.
Strubinski schaute ihm über die Schulter. Steinhauser las die Überschriften der Artikel vor. In großen Lettern stand dort: *Feuerwalze bahnt sich ihren Weg ins Tal, Die Flammen sollen kräftig lodern, Brunnberg schien in Feuer getaucht* und *Feuerrädchen hält die Tradition aufrecht.*
„Na klar, das Feuerrädchen am Obersinner Brunnberg ist das ideale Fegefeuer!“, rief Strubinski erschrocken aus. „Der will den Mehrhold beim Feuerrädchen abfackeln!“
„Sieht fast so aus“, bestätigte Steinhauser und der Begriff *Fegefeuer* bekam einen echten Sinn. „Wann ist das noch mal?“
Strubinski überlegte kurz. „Heute!“ Er schaute auf sein Telefon. „Viel Zeit bleibt uns auch nicht mehr!“
„Na dann mal los! Draußen ist es längst dunkel.“
Sie rannten schnell zu Anneliese Gerster, beziehungsweise Steinhauser hinkte, stellten ihr den Rollator wieder hin und verschwanden. Ihr Gezeter und die Drohung, die echte Polizei rufen zu wollen, ignorierten sie aus Zeitgründen.

Die Spinnerin von Mittelsinn

In Fellen trafen sich am Wochenende immer viele Frauen in einer Spinnstube, wie es früher in vielen Dörfern Sitte war. Auch aus Mittelsinn kam eine alte Frau dazu, von der sagte man, sie könne mehr, als Brot essen. Einst erschien sie auch mit ihrem Spinnrad, während draußen der Regen herunterprasselte und heftiges Unwetter tobte.
„Aber bei diesem bösen Wetter könnt ihr heute nicht mehr heim", sagten die Frauen aus Fellen zu ihr.
„Ich komme heim! Und wenn ich auf einem Geißbock heimreiten müsste", entgegnete die Alte und fing an zu spinnen wie sonst auch.
Als dann die Weibsleut auseinandergingen, da wartete zur großen Verwunderung der Frau ein Geißbock an der Treppe. Die Mittelsinner Frau erschrak, als sie den Bock sah und wollte nicht zu ihm hin. Aber der Bock tat so zudringlich und bedrängte die Alte so lange, bis sie sich endlich auf ihn setzte. Und sieh - wie das Wetter, rannte mit ihr der Geißbock in die Nacht und Nebel hinaus.
Die Leute sagten, es sei niemand anderes als der Böse gewesen. Tags darauf fand man an der Wegscheide der Straße Aura - Mittelsinn die Frau tot auf. Der Teufel hatte ihr den Hals herumgedreht. Heute noch steht ein eingegrabener Stein mit Spinnrad und Schlappen, wie sie die Frauen beim Spinnen trugen, an der Stelle und erinnert an die unselige Spinnerin von Mittelsinn.

Sagenschatz des Bayernlandes, Würzburg
(Quelle: Sagen und Geschichten aus dem Landkreis Gemünden a. M. von Heinrich Lutz)

Kapitel 24

Halb hüpfend, halb hinkend, schleppte sich Steinhauser zum Auto.
„Scheiß Haxen!“, schimpfte er, hievte sich hinein und ließ sich auf den Beifahrersitz fallen
„Geht´s?“, frage Strubinski besorgt, der sich die linke Schulter hielt und ebenfalls etwas unbeholfen in sein Auto kletterte.
„Ja, ja, geht schon. Wenn ich ein paar mal draufgetreten bin, lässt der Schmerz nach“, winkte Steinhauser ab und betrachtete sein angeschwollenes und schmerzendes Fußgelenk.
Strubinski fuhr los. Zum Glück war sein E-Auto mit einem Automatikgetriebe ausgestattet, so konnte er halbwegs vernünftig fahren. Auf der Straße zwischen Burgsinn und Mittelsinn wurde er plötzlich langsamer.
„Was ist denn? Gib Gas, wir haben nicht mehr viel Zeit!“, beschwerte sich Steinhauser mit Blick auf die Uhr.
„Ich mach doch! Ich steh voll drauf!“, gab Strubinski aufgeregt zurück. Aber so sehr er auch auf dem Pedal herumtrampelte, sein Auto wurde stetig langsamer, bis es schließlich stehen blieb.
„Was ist denn jetzt?“, Steinhauser schaute ihn entgeistert an.
Strubinski biss sich auf die Unterlippe und schaute verlegen zu Steinhauser. „Ich glaub, der Akku ist leer.“
„Der Akku ist was?“
„Hast du was mit den Ohren? Leer, hab ich gesagt.“
„Das ist jetzt ein Scherz, oder?“ Steinhauser war außer sich. „Du und deine Scheiß-Akku-Kiste. Das hast du jetzt davon!“
„Was heißt hier Scheiß-Akku-Kiste?“, verteidigte sich Strubinski. „Da kann doch der Akku nix dafür. Wenn du dein Auto nicht tankst, dann bleibt es auch irgendwann mal stehen.“
„Gibt´s in der Kiste kein Akku-Alarmsignal?“
„Natürlich. Ich wollte den Akku ja auch gestern noch anstöpseln … hab´s aber wohl vergessen.“
„Na toll! Vergessen! Wie kann man so was vergessen?“, schimpfte Steinhauser.
„Ja, ist ja gut jetzt. Vom rummeckern wird’s auch nicht besser.“
Steinhauser schüttelte den Kopf. Plötzlich sprang er aus dem Auto und hinkte auf die dunkle Straße. Von hinten kam ein Auto. Er lief dem Wagen

entgegen und versuchte ihn zu stoppen, doch der Fahrer hupte wild und hätte ihn beinahe über den Haufen gefahren.
„Du Arschloch!“, schrie er wütend hinterher. „Das kann doch wohl nicht wahr sein! Schon mal was von Erster Hilfe gehört?“
„Sag mal, bist du bescheuert? Du kannst doch nicht nachts einfach auf die Straße laufen. Es ist stockdunkel!“, schimpfte Strubinski, während er ebenfalls auf die Straße sprang. „Ich hab den Sepp angerufen. Er kommt und holt uns ab.“
Steinhauser regte sich langsam wieder ab und checkte die Uhrzeit. „Gut, dann sollten wir es noch rechtzeitig schaffen.“
„Es gibt da nur ein klitzekleines Problem“, räumte Strubinski ein.
„Problem? Was denn schon wieder für ein Problem?“
„Der Sepp hat grad kein Auto und kommt mit dem Bulldog. Aber er kommt“, versicherte Strubinski noch schnell. Steinhauser sagte nichts, schaute nur verzweifelt in den schwarzen Nachthimmel und hinkte nachdenklich umher. Er war sichtlich angespannt und unruhig. Die Schmerzen seines Fußgelenkes nahm er im Augenblick nicht wahr. Er war im Tunnel.
„Wir brauchen Verstärkung“, sagte er schließlich und holte sein Diensthandy hervor.
„Verstärkung? Der Sepp ist doch schon unterwegs“, wunderte sich Strubinski.
„Richtige Verstärkung. Die Sache ist mir zu heiß. Wir müssen alles daran setzen, den Mehrhold zu retten. Koste es, was es wolle. Ich will nicht schuld daran sein, wenn der abgefackelt wird. Ich ruf jetzt den Rappert an.“ Steinhauser war entschlossen, holte sein Diensthandy hervor und wählte die Nummer von seinem Chef, auch wenn ihm dies sichtlich schwerfiel.
„Steinhauser? Sie rufen mich freiwillig an?“, wunderte sich Rolf Rappert. „Da muss Ihre Verzweiflung aber sehr groß sein.“
„Ich ruf nicht meinetwegen an“, stellte Steinhauser gleich klar. „Sie müssen sofort mit allen zur Verfügung stehenden Kräften nach Obersinn zum Feuerrädchen an den Brunnberg kommen.“
„Wohin? Was für ein Rädchen?“, fragte Rappert verwirrt.
„Nach Obersinn zum Feuerrädchen“, wiederholte Steinhauser.
„Was soll das denn sein? Das hab ich noch nie gehört.“
Steinhauser schüttelte verwundert den Kopf. Das Feuerrädchen kannte hier in der Gegend doch jeder, dachte er zumindest. „Das ist so ein

Wintergeister-Austreibungs-Traditions-Ding in Obersinn“, erklärte Steinhauser. „Was es genau damit auf sich hat, weiß ich auch nicht.“
„Wie dem auch sei, wir sind eh gerade auf dem Weg nach Burgsinn.“
„Ach, wie kommt´s?“ Jetzt war Steinhauser doch etwas überrascht.
„Ja, da hat gerade eben eine Frau Gerster angerufen und was von zwei falschen Polizisten und dem Enkeltrick gefaselt'“, erklärte Rappert. „Da sind wir natürlich gleich hellhörig geworden. Erst recht, als die uns erzählte, dass die zwei Polizisten ihren Enkelsohn suchten. Ich habe sofort Hauptkommissarin Fink informiert, die sehr daran interessiert ist, diese beiden Polizisten kennenzulernen. Sie haben nicht zufällig eine Ahnung, was es mit diesen zwei falschen Polizisten zu bedeuten hat?“
Steinhauser wusste im Augenblick nicht, was er sagen sollte. Diese Information kam jetzt doch etwas überraschend. Seine Kollegen und die Fink waren ihnen also direkt auf den Fersen. Im Russen-Puff konnte er ihr noch mit Viktors Hilfe entkommen, jetzt wurde es eng. Letztlich war es nur eine Frage der Zeit, bis die Fink auf der gleichen Spur war wie Strubinski und er. Sie war zweifellos arrogant und überheblich, aber ganz bestimmt nicht dämlich. Und spätestens, wenn die Anneliese den Strubinski und ihn identifiziert haben würde, war sein One-Way-Ticket ins Nirgendwo gelöst. Was Stefanie dazu sagen würde, wollte er sich erst gar nicht ausmalen. Vielleicht war es sogar am besten, wenn sie sich nie mehr bei ihm meldete.
„Hallo, Steinhauser!“, keifte sein Chef ins Telefon und riss ihn aus seinen Gedanken.
„Hä, was ist?“
„Hat es Ihnen die Sprache verschlagen, oder warum antworten Sie nicht? Ich hab Sie gefragt, ob Sie was von falschen Polizisten gehört haben.“
„Ich?“
„Ja, Sie! Mit wem rede ich denn sonst?“
„Also … äh … nein, von falschen Polizisten hab ich nix gehört.“
„Hätte mich auch gewundert, wenn Sie mal mitbekommen würden, was bei Ihnen los ist“, sagte Rappert abfällig und kam zurück zu Steinhausers Anruf. „Und warum sollen wir jetzt nach Obersinn zu diesem Feuer-Dings kommen?“
„Feuerrädchen!“, verbesserte Steinhauser.
„Ist doch egal jetzt, wie das heißt! Warum sollen wir nach Obersinn kommen?“, krakeelte Rappert seine Frage erneut ins Telefon.
„Weil dem Mehrhold sein Leben in Gefahr ist, deshalb!“, schrie

Steinhauser zurück.
Stille.
„Haben Sie getrunken?“, fragte Rappert erbost.
„Nein, hab ich nicht … diesmal nicht. Und wenn ich Ihnen sage, dass dem Mehrhold sein Leben in Gefahr ist, dann ist das so! Also, was ist? Kommen Sie jetzt nach Obersinn oder nicht?“
„Und wie kommen Sie darauf, dass dem Mehrhold sein Leben in Gefahr ist?“, wollte Rappert wissen.
„Das erklär ich Ihnen, wenn Sie da sind“, gab Steinhauser genervt zurück.
„Noch bin ich hier der Dienststellenleiter!“, stellte Rappert klar. „Wir fahren jetzt erst mal zur Frau Gerster, dann sehen wir weiter.“
„Machen Sie doch, was Sie wollen!“, schimpfte Steinhauser und legte auf.
„Arschloch!“, schob er noch hinterher.
„Du kannst doch nicht einfach Arschloch zu deinem Chef sagen! Dadurch wird’s auch nicht besser.“
„Ich hatte doch schon aufgelegt.“
„Sicher?“
„Ja … ich denk schon. „Steinhauser schaute auf das Display und zuckte mit den Schultern. „Ist jetzt auch egal.“
„Und? Nicht gut gelaufen, euer Smaltalk?“, fragte Strubinski vorsichtig.
Steinhauser winkte ab. „Wir sind am Arsch … und der Mehrhold auch, wenn der Sepp nicht bald hier auftaucht.“
„Will ich jetzt wissen, was du mit *wir sind am Arsch* genau meinst?“ Strubinski schaute ihn verunsichert an.
„Nein, willst du nicht!“, sagte Steinhauser viel schärfer, als er eigentlich wollte. Jetzt schwiegen beide. In die Stille des späten Abends hinein hörten sie das Brummen großer Traktorräder. Holzinger kam.
Ein riesiger Schlepper wendete mitten auf der Fahrbahn und kam neben den beiden zum stehen. Die Tür ging auf und Holzinger schaute heraus. „Was geht ab? Der Fred hat gesagt, unser alter Lehrer, Horst der Tyrann, ist in Lebensgefahr?“
Steinhauser schaute zu Strubinski, der zuckte nur mit den Schultern. „Irgendwas musste ich ihm ja sagen, damit er seine geliebten Küh verlässt.“
„Passt schon“, rief Holzinger. „Wir waren eh grad mit dem Melken fertig. Die Gerda und der Reinhold machen den Rest. Soll der Horst jetzt am Feuerrädchen abgefackelt werden, oder nicht?“
„Ja … die Möglichkeit besteht … leider“, bestätigte Steinhauser.

„Na, dann steigt mal ein, wir haben keine Zeit zu verlieren. Das Feuerrädchen geht gleich los."
Die beiden kletterten in die Kabine, zumindest versuchten sie es.
„Was ist denn das für eine Scheißkiste", beschwerte sich Steinhauser. „Riesen-Bulldog und kein Platz."
„Das ist ja auch ein Hightech-Gerät und nur für einen Mann gebaut", stellte Holzinger klar.
„Früher, da waren die Bulldog viel kleiner und man konnte noch die ganze Familie mitnehmen, wenn man auf den Acker gefahren ist", ergänzte Strubinski.
„Ja, ja, früher hat man auch die ganze Familie gebraucht, wenn man auf den Acker gefahren ist … und die Gummistiefel waren aus Holz", gab Holzinger genervt zurück. „Jetzt haltet die Klappe und quetscht euch rein."
Irgendwie schafften sie es dann doch, sich in die Kabine zu stopfen. Ihre Verrenkungen, die sie machten, sahen allerdings nicht sonderlich gesund aus. Die Zirkusnummer einer Schlangenfrau hätte nicht spektakulärer sein können. Die Schmerzen in Steinhausers Fuß und Strubinskis Schulter wurden dadurch halt auch nicht besser.
„Festhalten!", befahl Holzinger und gab Gas. „Das Monster läuft sechzig."
Und exakt mit dieser Geschwindigkeit donnerten sie über die Landstraße und durch die schmalen Straßen von Obersinn, bis hinauf zum Brunnberg, wo das Feuerrädchen darauf wartete, in Brand gesteckt zu werden. Holzinger war zwar ein hervorragender Fahrer, aber da die Sicht mangels unzulässiger Kabinenzuladung nicht optimal war, mussten einige Autospiegel daran glauben.

Das Obersinner Feuerrädchen hatte eine lange und seltene Tradition. Wie lange dieses Ritual schon am Rosenmontag durchgeführt wurde, wusste niemand so genau. Jedenfalls schon seit sehr, sehr langer Zeit. Ebenso konnte keiner mit Sicherheit behaupten, was dessen Zweck war. Vermutlich aber irgendetwas mit der Austreibung von Wintergeistern, Hexen und Dämonen. Etwas anderes machte eigentlich auch keinen Sinn. Damit verbunden war auch der Wunsch nach einer guten Ernte für das Jahr. Was aber mit hundertprozentiger Sicherheit jeder wusste, war, dass dieses Spektakel für viele junge Männer das Highlight des Jahres darstellte, zumindest die damit verbundenen feucht-fröhlichen Feierlichkeiten. Zuerst wurde sich quer durchs Dorf gesoffen und am Ende gipfelte der

Partymarathon in der Obersinner Mehrzweckhalle in einer Mega-Faschingsparty.
Ähnliche Veranstaltungen gibt es im Spessart noch in den Ortschaften Wiesthal und Neuhütten. Dort nennt man es Faßelrad. Im Grunde wird bei all diesen Ritualen ein brennendes Rad aus Stroh und Reisig, was eigentlich gar kein Rad ist, einen steilen Hang hinuntergetragen, weil rollen lassen ist ja auch saugefährlich. Beim Obersinner Feuerrädchen handelt es sich um einen fünfzehn bis zwanzig Meter langen, mit Stroh und Reisig umwickelten Baumstamm, der sich dann in eine brennende Feuerwalze verwandelt. Die armen Schweine, die ganz innen am Feuerrädchen laufen und das Flammeninferno tragen, haben den wohl heißesten Job in der Brauchtumspflege. Da helfen weder dicke Jacken, Hüte oder Tücher vor Mund und Nase, mit denen sie versuchen, sich zu schützen. Augenbrauen und Haare werden nicht selten Opfer der Flammen. Was zwar für Unbeteiligte hinterher immer ganz lustig aussieht, ist während der Aktion eher weniger lustig. Die Männer ganz innen werden deshalb auch ständig durch nachrückende Kollegen ausgetauscht, was letztlich zur Entfernung der Gesichtshaare aller Beteiligten führt. Aber anders kann der Brauch nicht am Leben erhalten werden. Denn ohne Feuerrädchen gab´s keine Feier und das war in Obersinn undenkbar.
Als die drei den Brunnberg erreichten, sahen sie schon von weitem, dass das Feuerrädchen bereits hell loderte. Menschenmassen säumten die Wiese und nahmen an dem Spektakel teil. Sogar der Bayerische Rundfunk war anwesend und filmte das Brauchtum. Die Feuerwehr war ebenfalls mit von der Partie, um einzugreifen, falls das Feuer außer Kontrolle geraten sollte. Man konnte von hier direkt nach Obersinn schauen. Friedlich lag das letzte bayerische Sinngrund-Dorf da, bevor dann schon die hessische Landesgrenze kam. Der beleuchtete Kirchturm sorgte für ein malerisches Panorama. Aber für Sentimentalitäten war jetzt keine Zeit.
„Und jetzt?“, fragte Holzinger.
Steinhauser überlegte kurz, dann befahl er: „Fahr über die Wiese und stell dich direkt vor das Feuerrädchen. Die müssen sofort stehen bleiben.“
„Hast du sie noch alle? Was, wenn die meinen Bulldog abfackeln?“
„Mach jetzt!“ Strubinski stieß ihm in die Rippen. „Wenn der Hannes sagt, dass die stehen bleiben müssen, dann müssen wir die aufhalten. Egal wie! Oder glaubst du, die sind jetzt aufnahmefähig und du kannst denen erklären, dass sie mal kurz anhalten sollen, weil vielleicht jemand in das Feuerrädchen eingewickelt ist und wir da mal kurz gucken wollen?“

„Wehe, wenn mein Bulldog was abkriegt“, sagte Holzinger, hupte, schaltete die Warnblinker ein und fuhr zügig auf die steile Wiese. Die Zuschauer sprangen erschrocken zur Seite und sofort war der BR auf sie aufmerksam geworden. Während Holzinger in sicherem Abstand vor die Feuerwalze fuhr und seinen riesigen Schlepper zum stehen brachte, folgte ihnen der Kameramann, samt Team und Moderator. Die Feuerrädchen-Burschen staunten nicht schlecht und blieben augenblicklich stehen. Da sie nicht wussten, was sie machen sollten und die Hitze kaum zu ertragen war, setzten sie die Feuerwalze ab.

Steinhauser öffnete unüberlegt die Kabinentür. Da der Schlepper bedenklich schräg stand, stürzte er mit einen lauten Schrei hinaus. Er konnte sich zwar gerade noch an Strubinski festhalten, was aber nichts nutze; denn dieser fiel direkt hinterher. Sie knallten auf die Wiese und rollten ein Stück den Hang hinunter, bis sie endlich liegen blieben. Unter lautem Stöhnen rappelten sie sich wieder auf und schauten direkt in die Kamera des BR, was sie aber gar nicht realisierten. Steinhauser hielt sich sein lädiertes Fußgelenk und Strubinski die kaputte Schulter, während ihnen Holzinger zu Hilfe kam. Allerdings war er nicht alleine. Eine Horde wildgewordener Männer mit traditionellen Hüten und roten Tüchern um den Hals kam auf sie zu.

„Habt ihr sie noch alle?“

„Was seid ihr denn für Vollidioten?“

„Seid ihr noch ganz dicht?“

„Was soll denn der Scheiß?“

„Fahr die scheiß Karre wieder weg!“, waren nur einige der Nettigkeiten, die ihnen die aufgebrachten Männer entgegenwarfen, während sie die drei Freunde bedrohlich umzingelten. Alle redeten durcheinander und eine Vielzahl schaulustiger Zuschauer mit Fackeln, Taschenlampen und Handys, mit denen sie filmten, kam dazu. Man konnte kaum etwas verstehen, an eine Erklärung war überhaupt nicht zu denken. Verzweifelt versuchten sich Steinhauser, Strubinski und Holzinger Gehör zu verschaffen – erfolglos. Plötzlich knallte ein Schuss, zwei weitere folgten und die Meute verstummte schlagartig.

„Der hat ´ne Knarre!“, rief jemand und die Leute wichen zurück. Die Handys filmten weiter.

Steinhauser stand inmitten der Schaulustigen, hielt seine Dienstwaffe in die Höhe und hatte jetzt die volle Aufmerksamkeit.

„Das ist ja unser Sinngrund-Sheriff?“, stellte einer der Feuerrädchen-

Burschen verwundert fest. „Und die zwei anderen sind der Mittelsinner Elektrofuzzi und der Holzinger. Der pachtet Äcker von meinem Vater“, meinte ein anderer.
„Gut erkannt … ich bin´s, euer Sinngrund-Sheriff “, bestätigte Steinhauser und ergriff sofort die Initiative. „Aber das ist jetzt egal. Wir suchen den Burgsinner Bürgermeister und vermuten, dass er … äh ...“, er kam ins Stocken und warf einen Blick auf das Flammeninferno. Er wusste nicht, wie er seinen verrückten Verdacht äußern sollte. „Ich meine … äh … ist es möglich, dass … äh … dass ...“
„Kann es sein, dass der Mehrhold, der Bürgermeister von Burgsinn, ins Feuerrädchen eingewickelt ist und gerade gebrutzelt wird?“ Strubinski machte dem Gestotter ein Ende und die Männer schauten sich ungläubig an.
„Ist das euer Ernst?“, fragte einer, der anscheinend so eine Art Rädelsführer war, mit Blick zum lodernden Feuerrädchen.
„Wie heißt du?“, fragte Steinhauser, der jetzt wieder das Ruder in die Hand nahm.
„Ich bin der Fränky.“
„Also, Fränky“, setzte Steinhauser neu an. „Wie soll ich sagen? Wir haben gewisse Hinweise, genau das anzunehmen, was der Fred eben gesagt hat.“
„Also, passt mal auf, ihr drei Vögel“, begann Fränky und seine Tonlage wurde ernst. „Wir haben tagelang, mit über zwanzig Mann, das größte Feuerrädchen gebaut, das jemals gebaut wurde. Ich glaube, es wäre uns aufgefallen, wenn da jemand den Burgsinner Bürgermeister eingewickelt hätte.“
Okay, das klang irgendwie logisch. Steinhauser schaute zu Strubinski, zu Holzinger, dann wieder zu Fränky, der die Hände in die Hüfte stemmte und ihn streng anschaute.
„Könnt ihr den Bulldog wieder wegfahren? Wenn das Feuerrädchen abgefackelt ist, brauchen wir es nicht mehr den Hang hinunterzutragen“, sagte Fränky.
Steinhauser stand wie versteinert da und starrte ihn zunächst nur an. In seinem Gehirn fing es an zu rattern. Er war überzeugt davon gewesen, der Mehrhold würde im Feuerrädchen gegrillt werden, aber wie, wenn er nicht eingewickelt sein konnte? Er schaute sich um. Alle Augen waren auf ihn gerichtet, inklusive die Kamera vom BR und alle zur Verfügung stehenden Handys. Doch das interessierte ihn nicht, er war im Tunnel. Seine Gedanken überschlugen sich. Der Mehrhold musste hier irgendwo sein,

davon war er überzeugt. Dann löste er sich aus seiner Starre und schaute den Hang hinunter.
„Wie weit tragt ihr das Feuerrädchen?“, wollte er wissen.
„Bis zu den Fackeln, die du da unten sehen kannst“, sagte Fränky und deutete ans Ende des Hangs.
„Was ist da noch, außer den Fackeln?“
„Nix.“
„Wann werden die Fackeln angezündet“, kam sofort die nächste Frage. Er hatte schnell von Franziska Fink gelernt.
„Die werden kurz vor dem Feuerrädchen angezündet.“
„Ist es da schon dunkel?“
„Logisch, sonst sind die ja abgebrannt, bis wir unten angekommen sind. Die brennen etwa eine Stunde. Das ist frei kein Zuckerschlecken, sondern harte Arbeit.“
„Und wann genau wurden die Fackeln angezündet?“
Fränky schaute auf seine Uhr. „Ist jetzt knapp eine halbe Stunde her.“
„Und was ist das für ein Haufen?“ Steinhauser zeigte zu den Fackeln, in deren Schein eine flache, kaum erkennbare Erhöhung schimmerte.
Fränky schaute genauer hin, dann rief er einige seiner Kollegen herbei. „Was ist das für ein Haufen?“, wollte er wissen.
Seine Kollegen schauten, zuckten aber nur mit den Schultern. „Als wir die Fackeln angezündet haben, war da noch nix.“
Steinhauser zögerte keine Sekunde und hinkte los, so schnell er eben konnte. Zunächst waren alle etwas überrascht, dann stürmten sie hinterher. Strubinski, Holzinger, die Feuerrädchen-Burschen, der BR, einfach alle, die da waren, rannten und stolperten filmend die steile Wiese hinunter.
Steinhauser stürzte sich auf den Haufen. Er warf Heu, Reisig und Laub in alle Richtungen davon, als er plötzlich innehielt.
„Fred, Sepp, kommt mal her!“, winkte er hektisch nach seinen Freunden.
Gemeinsam zerrten sie ein Bündel unter dem Haufen hervor und legten es auf die Wiese.
Sofort leuchteten ihnen sämtliche Taschenlampen über die Schultern, der BR und die Handys natürlich auch.
Aus einem mit Paketklebeband und Kordeln umwickelten Schlafsack schaute der Kopf von Horst Mehrhold heraus. Seine Haare waren verdreckt, das Gesicht blutverschmiert und in seinem Mund war ein Knebel, der ebenfalls mit Paketklebeband fixiert war. Er riss die Augen weit auf und zuckte wie wild, als er Steinhauser zwischen dem blendenden Lichter-

gewimmel erkannte. Der Bürgermeister versuchte etwas zu sagen, aber mehr als ein undefinierbares: „Mmpfmfpmfp“, brachte er allerdings nicht heraus.
Steinhauser und Strubinski befreiten den Schlafsack erst einmal vom Dreck, lösten mit Taschenmessern, die sie von Fränky und einem Kollegen bekommen hatten, das Paketklebeband und die Kordeln. Mehrholds Beine waren ebenfalls mit jeder Menge Klebeband zusammengebunden. Gemeinsam mit Holzinger setzten sie ihren ehemaligen Lehrer auf und zu guter Letzt befreiten sie ihn vom Knebel. Er trug immer noch das Kostüm vom Faschingsumzug in Fellen. Es sah sehr mitgenommen aus und ein strenger Geruch umgab den Bürgermeister.
„Steinhauser!“, rief er nach Luft ringend und musste mehrmals husten.
„Habt ihr mal was zu trinken?“, wandte sich Steinhauser an Fränky.
Der gab einem seiner Kollegen ein Zeichen, worauf dieser verschwand.
„Alles klar bei Ihnen?“, fragte Strubinski den Bürgermeister.
Der schaute verwirrt umher und war sichtlich orientierungslos. Auch blendeten ihn immer noch die Schaulustigen, die ihn und seine Retter umringten.
„Strubinski? Holzinger?“ Horst Mehrhold schaute wie ein Eichhörnchen, wenn´s blitzt, aber auch irgendwie erleichtert.
„Keine Sorge, Sie sind jetzt in Sicherheit“, beruhigte ihn Steinhauser und zupfte ihm etwas Stroh aus seinen wenigen Haaren.
„Alles cool. Wir haben Sie gerettet“, meldete sich Holzinger zu Wort und nickte ihm zu, als ob es das Selbstverständlichste der Welt wäre.
„Ich hätte ja niemals gedacht, dass ich mich mal freue, Euch drei zu sehen … aber es geschehen noch Zeichen und Wunder. Danke. Aber wie habt ihr mich denn überhaupt gefunden?“
„Das ist eine lange Geschichte. Wissen Sie, wer Sie hierhergebracht hat?“, fragte Steinhauser.
„Wo bin ich denn überhaupt?“, wollte Mehrhold wissen.
„In Obersinn, beim Feuerrädchen.“
Mehrhold schaute sich um und in einiger Entfernung, unter dem Schlepper hindurch, sah er die Feuerwalze lodern. „Das hat der Verrückte also gemeint, als er ständig vom Fegefeuer geredet hat“, stellte er entsetzt fest.
„Wissen Sie, wer Sie hierhergebracht hat?“, wiederholte Steinhauser seine Frage.
Horst Mehrhold musste nicht lange überlegen und war überraschend schnell wieder der Alte. „Klar, das war der Zillerberg, der Psychopath. Ich

hab den echt nicht erkannt, als der sich auf dem Rathaus beworben hatte. Und ihr zwei habt es gewusst“, räumte Mehrhold überrascht ein und klopfte Steinhauser und Strubinski anerkennend auf die Schultern.
Eine Geste, die für seine ehemaligen Schüler völlig überraschend war. Sie schauten sich an und wussten gar nicht, was sie sagen sollten.
In diesem Moment kam Fränkys Kollege zurück und drückte Steinhauser eine Flasche in die Hand.
„Was soll ich denn damit? Wir können dem doch jetzt kein Bier geben!“
„Wir haben aber nix anderes“, meinte Fränky entschuldigend.
„Egal, ich trink auch Bier“, sagte Mehrhold.
„Ich hab Wasser“, meldete sich ein Mann zu Wort. Er kniete sich neben Mehrhold und gab ihm die Flasche. Auf seiner Jacke stand in großen Lettern Bayerischer Rundfunk.
Sofort begann es in Mehrholds Gehirn zu rattern.
„Der BR?“, fragte er sicherheitshalber noch einmal nach und nahm augenblicklich Haltung an, soweit das eben möglich war.
„Ja, mein Name ist Fritz List, vom BR“, bestätigte der Mann. „Wir wollten eigentlich nur das traditionelle Feuerrädchen filmen, aber jetzt haben wir eine exklusive Story über die Rettung des Burgsinner Bürgermeisters. Quasi mittendrin statt nur dabei.“
Mehrhold überlegte kurz, dann wandte er sich an Steinhauser. „Lieber Herr Steinhauser, ich weiß gar nicht, wie ich Ihnen danken soll“, sagte er auf einmal völlig überraschend mit wehmütiger Stimme. Seine Lippen zitterten und Tränen standen ihm in den Augen. „Und euch natürlich auch. Strubinski, Holzinger, ihr habt mir das Leben gerettet.“
Die drei schauten sich verwirrt an, ahnten aber schon, worauf das Ganze hinauslaufen sollte. Die Mediengeilheit ihres ehemaligen Lehrers war viel stärker, als sie es jemals für möglich gehalten hätten. Aber so war er halt.
„Ja, ja, schon gut“, wehrten sie ab. „Ohne Sie wär´s ja auch irgendwie langweilig im Sinngrund.“
„Danke, danke!“, sagte der Bürgermeister erneut und drückte Steinhauser fest an sich. Was dem allerdings peinlich war. „Danke, danke“, wiederholte er erneut, als plötzlich eine Stimme über den Brunnberg schallte.
„Aus dem Weg!“, schrie jemand und Steinhauser ahnte schon, um wen es sich dabei handelte. Diese Stimme war ihm aus einem kürzlich geführten Telefonat bestens bekannt.
Ehrfürchtig machten die Schaulustigen Platz und richteten alle Handykameras auf die Person, die da im Stechschritt über die Wiese

gestapft kam. Der BR natürlich auch. Rolf Rappert bahnte sich einen Weg durch die Menge. Im Schlepp hatte er Franziska Fink und seine zwei Lieblingsdeppen. Alle waren mit Taschenlampen bewaffnet. Mit verschränkten Armen stellte sich der Gemündener Dienststellenleiter vor Steinhauser, der gemeinsam mit Fritz List vom BR, Strubinski und Holzinger neben Horst Mehrhold am Boden kniete.
„So, Herr Steinhauser, das war´s dann für Sie! Sie sind so gut wie im Osten“, krakeelte Rappert und wedelte im Schein der Fackeln mit einem Fetzen Papier herum.
Mit dem brennenden Feuerrädchen im Hintergrund sah Rappert irgendwie aus wie Luzifer, der gerade aus der Hölle emporgestiegen kam, um ihn zu holen.
„Wir kommen gerade von Frau Gerster“, schrie Rappert in Richtung Steinhauser. „Amtsmissbrauch und Fälschen von richterlichen Dokumenten, das sollte genügen, um Sie ein für allemal loszuwerden!“
Steinhauser sagte nichts.
„Wissen Sie, was ich hier habe?“, schrie Rappert weiter und baute sich wie ein mexikanischer Kampfhahn auf Ecstasy angriffslustig vor Steinhauser auf. „Das ist Ihr Ticket ins Nirgendwo!“, sagte Rappert triumphierend. „Sie sind erledigt! Das ist die Aussage von Frau Gerster. Die hat Sie nämlich auf einem Foto, das ich ihr gezeigt habe, eindeutig identifiziert. Jetzt hab ich Sie am Arsch!“
Mehrhold wischte sich den Dreck von seinen Kleidern und schaute Rappert, dessen Leute und die Kommissarin von unten herauf an. „Was ist denn das für ein Zettel?“, meldete er sich mit einer Frage zu Wort.
„Herr Mehrhold?“ Rappert schaute verwundert, als er den Bürgermeister wahrnahm. „Was machen Sie denn hier?“
„Das sag ich Ihnen gleich, aber sagen Sie mir doch erst mal, was das für ein Zettel ist.“
„Laut der Aussage von Frau Gerster haben sich der Kollege Steinhauser und sein sogenannter freier Mitarbeiter illegal Zutritt zur Wohnung einer unbescholtenen Bürgerin verschafft, um diese unerlaubt zu durchsuchen“, meinte Rappert mit breitem Grinsen. „Damit sind Sie diesen unfähigen Polizisten endgültig los, Herr Mehrhold. Das wollten Sie doch immer.“
Interessiert lauschten alle den Worten des Dienststellenleiters von Gemünden.
„Äh … naja“, meinte der Bürgermeister und schaute verlegen zu Steinhauser, dann zu Strubinski und Holzinger. „Wann soll ich denn das

gesagt haben?", meinte Mehrhold und versuchte sich zu erheben. Steinhauser, Strubinski und Holzinger halfen ihm auf die Beine.
„Seit er in den Sinngrund versetzt wurde, liegen Sie mir doch schon in den Ohren, dass Sie ihn wieder loswerden wollen", sagte Rappert und wedelte wieder triumphierend mit dem Stück Papier. „Und hier hab ich das Ticket dafür."
Mehrhold räusperte sich verlegen. „Kann ich den Zettel mal sehen?"
Rappert reichte dem Bürgermeister das Papier. Der begutachtete den Wisch genau, dann faltete er ihn fein säuberlich zusammen und steckte ihn ein.
„Den brauch ich wieder!", beschwerte sich Rappert.
„Also, Herr Rappert", Mehrhold räusperte sich und warf kurz einen Blick in die Kamera des BR. „Zunächst einmal, habe ich nie gesagt, dass ich den Herrn Steinhauser wieder loshaben will", meinte Mehrhold und strich sich sein zerknülltes und völlig verdrecktes Sonnenkönig-Kostüm glatt, so gut es eben ging. Er trug es ja schon seit Sonntag. Holzinger stützte ihn immer noch. Er war doch ziemlich wackelig auf den Beinen. Dabei spürte er die folternden Blicke aller Anwesenden.
„Doch, das haben Sie!", beharrte Rappert. „Sogar mehr als einmal."
Mehrhold räusperte sich erneut und holte tief Luft, bevor er antwortete. „Herr Rappert! Ich bin Politiker! Was interessiert mich da mein Geschwätz von gestern!", sagte der Bürgermeister überraschend streng. Dabei hielt er den bohrenden Blicken des Dienststellenleiters, seiner Kollegen, der Kommissarin und der aufmerksamen Zuhörer stand. Alle schauten verdattert, während Mehrhold unbeirrt fortfuhr. „Wissen sie überhaupt, warum der Herr Steinhauser und seine Freunde hier sind?"
„Äh … nein … äh … ja, ich glaube schon", stammelte Rappert verlegen.
„Dann will ich Ihnen das mal sagen. Der Herr Steinhauser, der Herr Strubinski und der Herr Holzinger haben mir gerade eben das Leben gerettet. Wo waren Sie denn mit ihren Leuten, als man mich hier, unter dem Feuerrädchen, regelrecht opfern wollte?"
„Ja, aber das konnten wir doch nicht wissen!", verteidigte sich Rappert und schaute sich verlegen um.
„Und warum wussten es dann diese Drei?", er zeigte auf seine ehemaligen Schüler. „Hä, können Sie mir das mal erklären?" Jetzt schauten Rappert und sein Stoßtrupp doof aus der Wäsche und wussten nicht, was sie sagen sollten.
„Ja … äh … also, das … das … äh … keine Ahnung", stotterte der Dienst-

stellenleiter und schaute hilfesuchend umher. „Das kann Ihnen vielleicht die Frau Fink erklären.“
Dick und Doof hoben entschuldigend die Hände. „Wir haben mit den Ermittlungen absolut nichts zu tun“, meinten sie und schauten zur Fink.
Die stand sprach- und wortlos da.
„Genau! Sie haben alle keine Ahnung!“, sagte Mehrhold barsch. „Aber der Herr Steinhauser, der Herr Strubinski und der Herr Holzinger hatten offensichtlich schon eine Ahnung. Da frag ich mich doch, wie das sein kann?“
Steinhauser verzichtete darauf zu erklären, dass Holzinger eher durch Zufall hier war, genoss es aber, dass Mehrhold zu aller Überraschung hinter ihnen stand. Rappert setzte an, etwas zu seiner Verteidigung zu sagen, aber Mehrhold ließ ihn nicht zu Wort kommen.
„Ich kann Ihnen genau sagen, warum das so ist!“, fuhr der Bürgermeister fort. Jetzt war er in Fahrt und der BR filmte eifrig mit. „Weil der Herr Steinhauser ein hervorragender Polizist ist. Er ist ein Musterbeispiel an Einsatz und Engagement für das Wohl der Menschen im Sinngrund. Obwohl Sie und Ihre sogenannten Spezialisten irrsinnigerweise dafür gesorgt haben, dass so ein außergewöhnlich fähiger Polizist ... dass mein außergewöhnlich fähiger Polizist ... mein Sinngrund-Sheriff, von den Ermittlungen ausgeschlossen wurde, gab er nie auf. Selbst als ich mich von Eurer Unfähigkeit ...“, Mehrhold zeigte mit wedelndem Zeigefinger auf Rappert und Fink, „... habe anstecken lassen, und diesen wunderbaren Polizisten sogar selbst als unfähig und faul beschimpfte, ließ er sich nicht von seinem Vorhaben abbringen und hat mir am Ende sogar das Leben gerettet. Das wäre eigentlich Ihr Job gewesen.“ Mehrhold drehte sich zu Steinhauser um. „Herr Steinhauser, ich bitte Sie hiermit aufrichtig um Entschuldigung.“
Völlig überfordert mit so viel Lob, wusste Steinhauser gar nicht, was er sagen sollte. Auch Strubinski und Holzinger schauten sich nur verwundert an. Mehrhold wartete auch nicht auf eine Antwort, sondern wandte sich gleich wieder an Rappert und die Kommissarin. Vorher warf er noch einmal einen kurzen Blick in die Kamera. Er wollte sicher gehen, dass er auch im Bild war. „Und wenn einer von Ihnen es wagen sollte, meinen Polizisten, meinen Sinngrund-Sheriff, den Beschützer des Sinngrundes, in den Osten oder sonst irgendwohin zu versetzen, dann werde ich persönlich nach München ins Innenministerium fahren und berichten, was Sie, Herr Rappert, für ein unfähiger Dienststellenleiter sind! Und mein Bericht über

Sie, Frau Fink, wird auch nicht besser ausfallen. Hab ich mich klar genug ausgedrückt? Gleiches wie für Herrn Steinhauser gilt für die Herren Strubinski und Holzinger. Diese Mitbürger sind ein Vorbild an Zivilcourage. Ich kann mit Stolz behaupten, einmal der Lehrer dieser drei tapferen Männer gewesen zu sein und habe immer gewusst, dass diese drei Burschen ganz besondere Menschen sind. Eigentlich gehört ihnen das Bundesverdienstkreuz verliehen … und die Tapferkeitsmedaille."

Mit ehrfürchtigem Schweigen hingen die Zuhörer wie gebannt an Mehrholds Lippen. So langsam wurde das Gerede etwas zu viel für Steinhauser. Dass Mehrhold seine Fahne gerne in die Richtung schwenkte, aus der der Wind wehte, war ihm ja nichts Neues, aber jetzt übertrieb er doch ein wenig. Wobei der Gedanke an das Bundesverdienstkreuz schon schön war. Der Rappert, seine zwei Deppen und die Fink schauten jedenfalls nicht schlecht und die Sprache verschlug es ihnen auch. Zumindest standen sie nur doof mit offenem Mund da und wussten nicht, was sie sagen sollten.

Die Stille, die sich nach Mehrholds Brandrede über den Brunnberg legte, wurde schließlich von begeistertem Klatschen und frenetischem Jubel beendet. Die Feuerrädchen-Burschen, die Schaulustigen, die eigentlich nur den alljährlichen Brauch begleiten wollten, und zuletzt auch das Team vom BR feierten Mehrhold und seine Retter. Sie klopften ihnen begeistert auf die Schultern und immer wieder ließ man sie hochleben.

Mit versteinerter Miene konnten sich Rappert und seine Begleiter den Lobeshymnen nicht entziehen und klatschten gezwungener Maßen mit. Eher dem Gruppenzwang folgend, als aus tiefer Überzeugung. Als Polizeibeamte konnten sie aber irgendwie auch gar nicht anders. Dass der BR anwesend war, hatten sie mittlerweile auch mitbekommen, wenn auch etwas zu spät.

„Herr Mehrhold ...", rief Steinhauser gegen die feiernde Menge an und zerrte ihn an sich. „Ich … also wir drei, der Fred, der Sepp und ich, wir glauben, dass der Attentäter noch hier irgendwo sein muss."

Mehrhold erstarrte für einen Moment, dann schaute er sich panisch um.

„Ja dann machen Sie doch was, Steinhauser!", rief er und krallte sich an seinem Sinngrund-Sheriff fest.

„Würd ich ja, aber dazu müssten Sie mich erst mal loslassen." Steinhauser wehrte sich gegen seine Umklammerung und versuchte sich Gehör zu verschaffen, aber seine Rufe gingen in der Menge unter. Sein Magazin war auch leer geschossen. Entschlossen drängelte er sich zu Rappert, der

schaute ihn nur mit leerem Blick an. „Ich brauch Ihre Waffe!“, rief er ihm zu.
„Was brauchen Sie?“
„Ihre Knarre!“
„Sind Sie eigentlich noch ganz dicht, Steinhauser?“
„Geben Sie schon her!“, rief Steinhauser zurück und riss ihm die Waffe einfach aus seinem Holster, entsicherte sie und feuerte zwei Mal in die Luft. Das Knallen verfehlte seine Wirkung nicht. Alle verstummten erschrocken und zum wiederholten Male stand er, mit einer Waffe in den Nachthimmel gerichtet, in einer Traube aus Menschen.
„Keine Panik!“, versicherte er und gab Rappert seine Waffe gleich wieder zurück. „Aber der Attentäter, der muss noch irgendwo hier unter uns sein. Ihm blieb gerade mal ein Zeitfenster von einer halben Stunde, um den Mehrhold dort unbemerkt abzulegen, was kein Problem ist. Der Hang ist von oben nicht einzusehen und außerdem schauen ja alle beim Feuerrädchen zu“, erklärte er und wand sich dann gleich an die Feuerrädchen-Burschen und die Schaulustigen. „Der Typ, der den Mehrhold hier grillen wollte, muss noch hier irgendwo sein!“, schrie er lautstark und alle schauten sich verunsichert um. „Der hat drei Menschen umgelegt. Keiner verlässt den Brunnberg!“, schob er noch hinterher und wandte sich wieder an Rappert. „Ihre Leute müssen dafür sorgen, dass keiner abhaut. Haben Sie mich verstanden?“
„Sagen Sie mal, was fällt Ihnen denn ein?“, beschwerte sich Rappert. „Für wen halten Sie sich denn, dass Sie mir Befehle erteilen? Noch bin ich hier der Dienststellenleiter!“
„Und ich bin der Sinngrund-Sheriff! Noch Fragen? Und wenn Sie ein Problem damit haben, dann können wir gerne mal gemeinsam der Shania in der Pension Chantal einen Besuch abstatten“, gab Steinhauser im Stile von Bernd Bonderlich in Bestform zurück. Rappert hingegen lief feuerrot an, was wegen der Dunkelheit aber keiner sehen konnte, und tat, wie ihm befohlen wurde. Steinhauser wandte sich direkt an Fränky. „Könnt ihr den Kollegen helfen? Die sind ja jetzt auch etwas unterbesetzt für so einen Einsatz. Ihr kennt doch die Leute am besten und wisst, wer hier normal nicht hingehört.“
„Klar, können wir“, bestätigte Fränky voller Tatendrang. „Ist halt scheiße dunkel, aber wir knöpfen uns jeden einzelnen vor. Auf Jungs, ihr habt gehört, was unser Sinngrund-Sheriff befohlen hat.“
Mit stolzgeschwellter Brust stand Steinhauser da und beobachtete, wie alle

seinen Anweisungen folgten und die Leute zusammentrieben, um zu sehen, ob sie die Schaulustigen kannten. Spätestens jetzt war er in der alten Heimat angekommen. Und es fühlte sich verdammt gut an.
„Hey, du da! Komm mal her“, schrie Fränky einer Person hinterher, die sich im Schein des lodernden Feuerrädchens zügig von der Wiese entfernte. Die Person schaute sich nicht um, lief aber immer schneller, bis sie schließlich zu rennen anfing und die steile Wiese hinunterstolperte. „Stehen bleiben!“, brüllte Fränky, aber der Flüchtende dachte gar nicht daran stehen zu bleiben. „Hey Jungs, da will einer abhauen!“, brüllte Fränky erneut und zeigt die Wiese hinunter.
Sofort hatte er nicht nur die Aufmerksamkeit seiner Kollegen, sondern auch die des BR und aller anderen auf dem Brunnberg. Fränky zögerte nicht und nahm mit langen Schritten die Verfolgung auf. Seine Kollegen folgten ihm auf dem Fuß. Dahinter kam gleich der Kameramann vom BR mit seinem Team. Und wie das nun mal so ist, wenn sich ein paar Leute in Bewegung setzen: Es entstand eine ungewollte Gruppendynamik und der Rest rannte einfach hinterher. Franziska Fink allerdings nicht. Zu solch derartigen Kurzschlusshandlung ließ sie sich grundsätzlich nicht hinreißen. Dafür war sie viel zu sehr ein Profi. Ebenso wenig wie die Feuerwehr, die blieb zwecks Brandgefahr beim Feuerrädchen zurück und kümmerte sich um Horst Mehrhold.
Steinhauser, Strubinski und Holzinger reagierten ebenfalls blitzschnell und folgten Fränky, der den Flüchtenden fest im Visier hatte. Mit großen Sätzen ging es die steile Wiese hinunter, was jedoch nicht jeder schaffte. Etliche überschätzten ihre Fähigkeiten und wurden unsanft ausgebremst. Am Tag hätte das Schauspiel bestimmt lustig ausgesehen, bei Nacht konnte man aber nur viele kleine Lichtpunkte erkennen, die sich zunächst geradeaus, dann mehr hüpfend als laufend bergab durch die Nacht bewegten. Sie wurden immer schneller, bis sie schließlich die Kontrolle verloren, sich überschlugen und liegenblieben. So nahm die Zahl der Verfolger recht schnell ab. Vollgepumpt mit jeder Menge Adrenalin vergaßen Steinhauser und Strubinski ihre Schmerzen. Der erbärmliche Versuch, Zillerbergs Zimmertür aufzubrechen, war für den Augenblick vergessen.
Am Ende der Wiese ging es in ein kleines Wäldchen. Davor stand allerdings ein nicht zu erkennender, uralter Stacheldrahtzaun. Den Feuerrädchen-Burschen war dieser bekannt, den meisten Schaulustigen, die der Gruppendynamik erlegen waren, nicht. Das Team des BR und

einige andere Verfolger konnten gerade noch von Fränkys Kollegen gebremst werden, viele blieben aber schmerzhaft in dem stacheligen, rostigen Draht hängen. Steinhauser, Strubinski und Holzinger nahmen das Hindernis erfolgreich, wenn auch etwas umständlich. Danach rutschten sie auf dem Hosenboden einen sehr steilen, fast senkrechten Hang durch dreckiges Unterholz und dichtes Gestrüpp hinunter. Dementsprechend sahen sie nach der Rutschpartie auch aus. Ihre Kleider waren am Hintern völlig durchnässt, mit Laub und Dreck verschmiert und an vielen Stellen aufgerissen. Auch an den Händen und in den Gesichtern hinterließ das Gestrüpp blutige Spuren. Aber das störte jetzt niemanden, alle wollten den Flüchtenden fangen. Rapperts Team war für derartige Verfolgungen allerdings nicht sonderlich geeignet und zeigte sich deshalb solidarisch mit ihrem Chef, der am Stacheldrahtzaun kapitulierte.
Die übrigen Verfolger, immer noch angeführt von Fränky, landeten auf einer Terrasse. Der Kameramann des BR schaffte es auch irgendwie, den Hang hinunterzukommen, wenn auch stark lädiert.
„Alles okay?“, fragte Fränky, der ihm auf die Beine half.
Er zeigte aber an, dass es ihm gut ging. „So was darf ich mir nicht entgehen lassen. Das glaubt mir kein Mensch. Wenn ich das nicht filme, dann hab ich meinen Job verfehlt“, gab er zurück.
Unterhalb des Brunnbergs standen Wohnhäuser. Die komplette Familie des ersten Hauses saß gemütlich auf der Couch, als plötzlich die Hölle auf ihrer Terrasse losbrach. Eine aufgebrachte Meute mit blinkenden Taschenlampen sammelte sich vor ihrem Fenster und war nach kurzer Orientierung wieder verschwunden.
Sekunden später hatten sie den Flüchtenden wieder im Blick. Alle rannten sie hinter ihm her, am Feuerwehrhaus vorbei, über die Sinnbrücke, zum Rathaus, bis hin zur Hauptstraße. Dort geschah es dann: Der mutmaßliche Attentäter schaute weder nach links, noch nach rechts und wurde ungebremst von einem heranrauschenden LKW überrollt.

Die „HVO“, Helfer vor Ort, waren lange vor dem Rettungswagen an der Unfallstelle und wollten Erste Hilfe leisten. Sie stellten allerdings schnell fest, dass da mit Erster Hilfe auch nichts mehr zu retten war, also deckten sie den Leichnam erst einmal ab. Zumindest das, was von ihm übrig war. Einige Teile fehlten.
„Bitte treten Sie doch zurück und verdammt noch mal, machen Sie ihre

scheiß Handys aus! Hier gibt's nix zu filmen oder zu fotografieren", schimpfte Rappert wütend, der mit seiner Truppe mittlerweile auch am Unfallort eingetroffen war.
Dick und Doof sperrten den Ort des Geschehens ab, während Steinhauser ebenfalls bemüht war, die Schaulustigen, die vorher am Brunnberg beim Feuerrädchen gewesen waren, zurückzuhalten. Unterstützung bekamen sie von Fränky und seinen Kollegen, die weniger zimperlich mit ihren Obersinner Mitbürgern umgingen. Da gab es schnell mal einen Arschtritt, wenn die nicht spurten. Ein Teil der Feuerwehr war ebenfalls zu Hilfe gekommen und hatte Horst Mehrhold mitgebracht. Der Rest bewachte das immer noch brennende Feuerrädchen.
So nach und nach kam das halbe Dorf zusammengelaufen. In der angrenzenden Turnhalle war, wie jedes Jahr, nachdem das Feuerrädchen am Brunnberg sicher ans Ziel gebracht worden war, für den Abend eine Faschingsparty geplant. Engagiert wurden diesmal die *Hohlblock-Women.* Die standen jetzt mit dem Rest ihres Teams ebenfalls am Rathaus und wollten wissen, was da los war. Denn so ein Unfall und eine Vollsperrung der Hauptstraße blieben in Obersinn nicht lange unbemerkt. Aber die Feuerrädchen-Burschen hatten eigentlich alles im Griff.
Der LKW-Fahrer stand unter Schock und wurde von den HVO erst mal auf einer Bank am Rathaus geparkt. Jürgen Knebel hieß der Fahrer, war Obersinner und arbeitete schon lange für den *Trostgeier*, das im Sinngrund bekannte Fuhrunternehmen.
Auf der Bank saßen bereits Horst Mehrhold und Sebastian Holzinger, dem beim Anblick der übel zugerichteten Leiche schlecht geworden war.
„Alles klar bei Ihnen?", fragte einer der HVO.
„Geht schon", gab Holzinger zurück.
„Mir ist kalt und ich hab Durst", sagte Mehrhold.
„Kein Problem", meinte einer der HVO, hüllte den Bürgermeister sofort in eine Rettungsdecke ein und gab ihm Tee zu trinken. Sie hatten alles dabei, was man brauchte. Mittlerweile hatte sich sein strenger Geruch auch etwas verzogen.
„Und wie geht es Ihnen?", fragte er jetzt Jürgen Knebel.
Selbst im schwachen Schein der Straßenlampe konnte man sehen, dass Knebel kreidebleich war. „So was ist mir noch nie passiert. Ich fahr jetzt schon über zwanzig Jahre LKW, aber so was ist mir noch nie passiert", jammerte er mit brüchiger Stimme und schaute ungläubig zu seinem LKW. „Ich wohn doch gleich da vorne und hab noch niemals auch nur irgendwas

überfahren. Noch nicht mal eine Katze."
„Mach dir nix draus. Irgendwann ist immer das erste Mal", meinte Holzinger und klopfte ihm tröstend auf die Schulter. „Neulich erst, da bin ich mit meinem Bulldog durch den Wald gefahren, du musst wissen, der läuft sechzig. Es war schon etwas düster und da bin ich mit Vollgas in eine Rotte Wildschweine gedonnert. Mein lieber Schieber, das war vielleicht eine Sauerei. Und das im wahrsten Sinne des Wortes. Drei Stück hab ich regelrecht niedergewalzt. Die Viecher sind mir doch glatt unter den Bulldog geraten. Widerlich, sag ich dir, echt eklig und einen Rumpler hat das getan. Mich hat´s glatt aus dem Sitz gehauen und in den Graben wär ich auch fast gefahren. Irgendwie sind dabei Brocken in den Motorblock geraten und der war ja heiß. Ein Gestank war das. Ich mein, die Viecher stinken ja so schon wie Sau, falls du verstehst, was ich meine. Das Zeug kriegst du ja so schnell auch nicht wieder da raus, das hat sich regelrecht angebacken. In der Achse, dem Gestänge, den Leitungen, den Felgen, einfach überall hingen Fetzen von den Viechern. Da hab ich erst mal gekotzt. Ich bin ja eigentlich nicht so empfindlich. Wenn ich mit dem Tierarzt einen Kaiserschnitt bei meine Küh mach, da macht mir das ja auch nix aus, aber die Wildschweine haben echt übel ausgesehen. Gibt halt auch verdammt viele von denen. Zum Glück hat der Bulldog nix abbekommen. Das ist ja schließlich die Hauptsache."
Jürgen Knebel schaute ihn mit aufgerissenen Augen entsetzt an. „Ich hab aber eben einen Menschen überfahren und keine Wildschweine", gab er erschüttert zurück."
„Ja, aber nur einen. Und dich trifft auch absolut keine Schuld. Wir haben´s doch alle gesehen. Der Depp ist einfach ohne zu glotzen auf die Straße gerannt", meinte Holzinger.
„Das war ein Killer!", warf Mehrhold dazwischen. „Ein Killer war das! Der hat´s nicht anders verdient! Der wollte mich umbringen!"
Jetzt schauten auch die Leute der HVO etwas verwirrt, und Jürgen Knebel kotzte.

Irgendwann waren dann auch der Rettungsdienst, Verstärkung aus Gemünden und die Spezialisten aus Würzburg eingetroffen. Alles, was Rang und Namen hatte, war vor Ort. Da es sich bei dem Unfallopfer um den Mörder von Gottfried Schubberle und Moritz Ringelfelder handeln könnte, hatte man zur Identifizierung gleich noch die Kripo hinzugezogen.

In diesem Fall hatte es Rappert nicht gewagt, Steinhauser zu widersprechen. Sogar das Bestattungsinstitut Gries war schon da. So oft und in so kurzer Zeit hatte Steinhauser Gundula und Detlev Gries zuvor noch nie gesehen. Aber mittlerweile wirkten sie schon fast routiniert. Sie waren bestens vorbereitet und warteten geduldig auf Anweisungen.
Und da der Notarzt beim Unfallopfer nicht mehr viel tun konnte, kümmerte er sich wenigstens um Steinhausers Fußgelenk und Jürgen Knebel, dessen Kreislauf total im Keller war. Strubinskis Schulter tat zwar immer noch ordentlich weh, aber er wollte auf keinen Fall erklären, wie das passiert war und biss die Zähne zusammen.
„Ist es schlimm mit dem Haxen?“, fragte Steinhauser den Arzt.
„Ich frag mich, wie Sie mit dem Ballon am Fuß überhaupt noch laufen konnten?“, meinte der Notarzt.
„Naja, so als Polizist im Einsatz, da kann man nicht immer abbrechen, wenn´s mal wehtut.“
„Wie ist denn das passiert?“
„Ja … also … das kann ich gar nicht so genau sagen. Da war diese Verfolgung, die war ja echt … also das war schon … Halleluja war die ... und am Ende war der Fuß dick“, stammelte Steinhauser.
„Klar, kann ich verstehen. Ich hab schon gehört, was hier los war“, meinte der Notarzt anerkennend.
„Und, ist´s schlimm?“, fragte Steinhauser erneut.
„Das kann ich jetzt auch nicht genau sagen.“ Der Notarzt schaute kritisch. „Könnte schon ein sauberer Bänderriss sein. Vielleicht auch etwas mehr. Aber dazu müssen Sie zur Untersuchung ins Krankenhaus.“
Nachdem der Notarzt einen fetten Verband an Steinhausers Fuß gezaubert hatte und er mit zwei Krücken versorgt worden war, hinkte er zur Leiche, oder zu dem, was noch übrig war. Stickl, der intellektuelle Klugscheißer aus der Rechtsmedizin und persönlicher Intimfeind von Steinhauser, weil der bei jeder sich bietenden Gelegenheit seine Stefanie anbaggerte, war gerade mitten in der Untersuchung.
„Ist das der Zillerberg?“, fragte Strubinski leise, der sich im Rücken von Steinhauser zum Unfallopfer geschlichen hatte.
„Naja, viel ist ja nicht mehr übrig von ihm“, gab Steinhauser zu bedenken. „Immerhin ist gerade ein Vierzigtonner ungebremst über ihn drübergerauscht. Da siehst du hinterher nicht mehr so frisch aus.“
„Stimmt auch wieder“, stimmte Strubinski zu.
„Würden Sie bitte den Kollegen Stickl in Ruhe seine Arbeit machen

lassen!“ Hauptkommissar Marek Tagweih kam mit großen, ausladenden Schritten auf Steinhauser und Strubinski zu. Ein weiterer Intimfeind von Steinhauser. Ihm folgte Natascha Holm von der Kriminaltechnik. Sie war keine Intimfeindin von ihm, aber irgendwie glaubte er immer, dass sie gerne mal intim mit ihm wäre. Sein Interesse an dieser Erfahrung hielt sich allerdings in Grenzen und ging eher gegen Null. Wenn er ehrlich war, dann machte sie ihm sogar Angst.
„Aber wir machen doch gar nix“, beschwerte sich Steinhauser und spürte, wie Natascha Holm ihn anschaute. Das machte sie immer, wenn sie sich über den Weg liefen.
„Trotzdem!“, beharrte Tagweih. „Es wäre besser, wenn Sie die Profis nicht bei der Arbeit stören.“
„Ach ja, genau! Die Profis! Ich glaub, es hackt! Wenn wir nicht gewesen wären, dann wär der Mehrhold jetzt ein Brikett“, setzte Strubinski an, doch bevor er so richtig in Fahrt kam, fiel ihm Steinhauser ins Wort.
„Lass mal gut sein, Fred“, meinte Steinhauser ruhig. Er wollte schnellstens wieder von hier weg, gab Strubinski einen Schubser und hinkte mit seinen Krücken davon. „Ich hab jetzt echt keinen Bock mit dem gelackten Deppen zu debattieren. Der ist mir viel zu blöd“, sagte er so, dass es Tagweih hören musste.
„Ich kann Sie hören, Herr Steinhauser“, meinte dieser auch gleich. Natascha Holm grinste.
Gundula und Detlev Gries krochen gerade unter dem LKW hervor. Sie trugen mittlerweile weiße Einweganzüge von der Polizei und Gummihandschuhe. In den Händen hielten sie gefüllte Plastiktüten. Steinhauser und Strubinski wollten gar nicht wissen, was da drinnen war.
„Und wie kriegen wir jetzt raus, ob das der Zillerberg ist … oder war?“, wollte Strubinski wissen.
„Mach dir mal keine Sorge, das kriegen wir schon raus“, versicherte Steinhauser und hinkte zu Holzinger, Mehrhold und Jürgen Knebel, der sich mittlerweile ausgekotzt hatte. „Macht mal Platz“, sagte er und quetschte sich zu ihnen auf die Bank.
Schweigend beobachteten sie, wie Rapperts Team für geregelte Abläufe sorgte und die Profis aus Würzburg ihre Arbeit machten. Plötzlich stand der Gemündener Dienststellenleiter vor ihnen.
„Herr Steinhauser“, begann er mit freundlicher Stimme. „Könnte ich Sie vielleicht einmal kurz unter vier Augen sprechen?“
Steinhauser überlegte und ließ sich Zeit mit seiner Antwort, dann zeigte er

auf seinen verbundenen Fuß und sagte knapp: „Nö, ich kann nicht laufen."
„Es wäre aber sehr wichtig", bat Rappert erneut betont freundlich.
„Ach was", meinte Steinhauser genervt. „Glauben Sie eigentlich, ich bin blöd, und ich weiß nicht, was Sie von mir wollen? Jetzt schleimen Sie mich wieder von oben bis unten voll. Genau wie damals, bei dem Yoga-Kurs, als Sie nicht wollten, dass jemand herausfindet, dass bei Ihnen und Ihrer Evi im Bett nix mehr läuft. Naja, an diesem Zustand scheint sich ja auch nicht viel geändert zu haben. Ich sag nur *Pension Chantal* und *Shania.* Und wenn Sie mich nicht mehr brauchen, dann treten Sie mir wieder in den Arsch, wo es nur geht."
„Ja, genau!", meldete sich Mehrhold zu Wort. „Zeigen Sie lieber mal etwas mehr Respekt Ihrem besten Mann gegenüber!"
Steinhauser schaute den Bürgermeister streng an. „Jetzt ist aber mal gut!", sagte er scharf. „Sie sind keinen Deut besser!" Mehrhold verstummte sofort wieder und schaute verlegen zu Boden. „Wir haben Ihnen nicht das Leben gerettet, weil Sie es sind. Das hätten wir für jeden anderen auch getan. Schließlich bin ich Polizist … auch wenn´s manchmal vielleicht nicht so aussieht. Ich geb´s ja zu, mein Verhalten war auch nicht immer … optimal", räumte er mit Blick zu Franziska Fink ein, die sich gerade mit Marek Tagweih unterhielt.
„Ach was", sagte Mehrhold kleinlaut. „Sooo schlimm war das jetzt auch wieder nicht. Wir schlagen doch alle mal über die Stränge. Mal ganz unter uns, diese Fink konnte ich auch von Anfang an nicht leiden."
Steinhauser verdrehte genervt die Augen und wandte sich wieder an seinen Chef. „Machen Sie sich mal keine Sorgen, Ihr Privatleben interessiert mich nicht die Bohne. Von mir aus können Sie jeden Tag zur Shania, aber lassen Sie mich in Zukunft halt einfach in Ruhe meinen Job machen. Finden Sie lieber mal raus, wer der Tote ist."
„Jawohl, Herr Steinhauser. Ich werde mich persönlich darum kümmern und Ihnen sofort berichten, wenn geklärt ist, um wen es sich bei dem Toten handelt", sagte Rappert gehorsam und verschwand.
Das BR-Team war fleißig dabei, alles zu filmen, und kam schließlich auch zu Steinhauser. Sie wollten ein Exklusivinterview, was Steinhauser natürlich zusagte. Und natürlich mit Strubinski und Holzinger. Holzinger hatte zur Lösung des Falls zwar wenig bis nichts beigetragen, aber das wusste ja niemand. Jürgen Knebel wurde von den HVO nach Hause gebracht. Da seine Nerven und sein Kreislauf runter waren, verzichtete die Polizei darauf, ihn zu befragen und verschob es auf morgen.

Fränky und seine Feuerrädchen-Burschen überließen der Polizei das Geschehen und kamen zur Bank, wo jetzt nur noch die drei Freunde und der Bürgermeister saßen.
„Wir müssen dann wieder hoch zum Brunnberg. Das Feuerrädchen muss noch runtergetragen werden“, sagte Fränky.
„Ihr zieht das durch, oder?“, wunderte sich Steinhauser.
„Klar, das Feuer muss an seinen Platz, wie jedes Jahr. Da gibt es keine Ausnahme“, bestätigte Fränky.
„Und ohne Feuerrädchen keine Party“, lachten die Jungs.
„Danke. Ihr habt uns echt geholfen“, meinte Steinhauser.
„Naja, für den Typ ...“, Fränky zeigte zur Leiche, die gerade von Gundula und Detlev Gries Stück für Stück weggeräumt wurde. „,... für den ist es ja jetzt nicht so gut ausgegangen.“
„Das passt schon!“, warf Mehrhold dazwischen. „Der hat´s nicht besser verdient. Ein Killer war das, ein Killer.“
„Ja, Herr Mehrhold, wir wissen´s jetzt“, brachte ihn Steinhauser mit einem scharfen Blick wieder zum Schweigen.
„Aber der Bulldog muss weg“, meinte Fränky.
„Kein Problem, ich komm mit“, sagte Holzinger und machte sich mit den Jungs auf den Weg.
Bevor Steinhauser zur Untersuchung seines Fußgelenkes vom Rettungswagen ins Krankenhaus gefahren wurde und sich der Massenauflauf rund um das Obersinner Rathaus wieder auflöste, hinkte er auf seinen Krücken noch einmal zu Franziska Fink, Marek Tagweih und seinem Chef. Die drei standen gerade so gemütlich beisammen.
„Ich geb euch jetzt mal einen Tipp“, sagte er. „In der Rienecker Leichenhalle liegt ein gewisser Wilhelm Krapf. Alle denken, er ist an einem Herzinfarkt gestorben. Ich glaub aber, der wurde umgebracht. Mit Gift. Den sollten die Profis unbedingt obduzieren, bevor der am Aschermittwoch beerdigt wird.“
Tagweih schaute ihn abfällig an. „Und warum sollten wir tun, was Sie uns sagen? Sind Sie jetzt auch noch Hellseher?“
„So ähnlich“, gab Steinhauser gelassen zurück.
„Jetzt machen Sie doch einfach, was der Herr Steinhauser sagt!“, kam ihm Rappert zu Hilfe. „Wenn mein Mann sagt, dass wir diesen Krapf obduzieren sollten, dann wird er schon wissen warum!“
„In diesem Sinne!“, sagte Steinhauser und wandte sich zum Gehen. „Ich muss dann mal ins Krankenhaus.“

Kapitel 25

Der spektakuläre Rienecker Faschingsumzug zum 500-jährigen Jubiläum am Faschingsdienstag musste ohne Steinhauser stattfinden. Da er eh kein großer Faschingsnarr war, konnte er es verkraften. Dass Stefanie immer noch nicht geantwortet hatte, war viel schlimmer für ihn. Und die Wahrscheinlichkeit, dass sie demnächst in eine gemeinsame Wohnung ziehen würden, war aktuell auch in weite Ferne gerückt. Spätestens, wenn er Stefanie offenbarte, dass er bei seiner Schwester gar nicht ausziehen wollte, war der Ärger vorprogrammiert. Er lag gelangweilt in seinem Krankenhausbett, starrte ungeduldig auf sein Handy und wartete, bis die XXL-Schwellung an seinem Fußgelenk zurückging. Horst Mehrhold, der mit ihm ins Krankenhaus gebracht wurde, leistete ihm zu seinem Leidwesen kurzzeitig Gesellschaft. Aber zum Glück nur bis zum nächsten Morgen. Mehrhold sollte eigentlich noch länger bleiben, aber seine Ungeduld und die Überzeugung, dass er zumindest aktuell der wichtigste Mann im Sinngrund war, trieb ihn zurück in sein Amt. Denn der BR hatte auch mit ihm, dem Opfer, ein Exklusivinterview vereinbart. Und darauf musste er sich ja schließlich vorbereiten.

Über mangelnden Besuch konnte sich Steinhauser auch nicht beschweren. Teilweise war das Krankenhauszimmer zu klein und sie mussten in die Cafeteria des Lohrer Krankenhauses ausweichen. Seine Eltern, Hildegard und Rudolf Steinhauser, kamen jeden Nachmittag. Begleitet wurden sie von seiner Schwester und den Kindern. Klaus hatte meistens keine Zeit, schließlich musste er sich um seine Praxis und um seine Patienten kümmern.

Auf den täglichen Besuch seiner Mutter hätte er auch gut und gerne verzichten können. Da sie befürchtete, dass er nicht genug zu essen bekommen würde oder sich sogar eine Lebensmittelvergiftung einfangen könnte, kochte sie ihm täglich und brachte es in Warmhaltebehältern mit ins Krankenhaus.

„Das Zeug kann man doch nicht essen und gefährlich ist das ja auch. Man hört ja immer wieder von solchen Salomonen-Vergiftungen. Nein, nein, besser ich kümmere mich persönlich um deine Verpflegung“, meinte Hildegard besorgt. Das war zwar peinlich, aber auch irgendwie rührend und in jedem Fall besser als das Großküchenfutter der Klinik. Dass die von seiner Mutter befürchteten Salomonen-Vergiftungen eigentlich Salmonellen-Vergiftungen waren, erklärte er ihr jetzt lieber nicht. Schließlich konnte sie es gar nicht leiden, wenn er sie korrigierte, obwohl er genau wusste, was sie meinte. Jackys Diät wurde durch seine Abwesenheit auch unterbrochen. Was aber nicht bedeutete, dass sie beendet war. Steinhausers Entschluss, dafür zu sorgen, dass sein Hund wieder wie ein Hund aussehen sollte und nicht wie ein kleines, rollendes 25-Liter Bierfass mit Beinen, war immer noch ungebrochen. Der Anfang war ja schon gemacht, aber es wartete noch viel Arbeit auf Jacky … und ihn.

Die Mega-Faschingssause in Rieneck fand zwar ohne Steinhauser statt, aber nicht ohne Strubinski. Dessen Tochter und Holzinger, die wieder im Jack-Sparrow-Piratenoutfit unterwegs waren, ließen sich den Spaß auch nicht entgehen. Der Umzug sprengte alles bisher Dagewesene im Sinngrund. Mit von der Partie war auch die Schlumpffamilie Vorndran. Und Horst Mehrhold … ja, der war natürlich auch dabei. Hoch auf dem Wagen des Burgsinner Faschingsvereins ließ er sich nur einen Tag, nachdem er dem Tod von der Schippe gesprungen war, feiern.
Der nicht enden wollende Gaudiwurm schlängelte sich feiernd und singend durch Rieneck. Unzählige Wagen und Faschingsgruppen hatten den Weg in die Faschingshochburg gefunden. Wegen der großen Zahl an Anmeldungen mussten *Die Göikel* sogar vielen absagen, was diese aber nicht interessierte. Sie kamen trotzdem und liefen dem Umzug einfach hinterher. Rapperts Team sollte sich eigentlich um die Sicherheit kümmern, aber bei den Massen, die nach Rieneck strömten, konnten sie nur hoffen und beten, dass nichts schief lief.
Während der After-Umzugsparty, die sich diesmal vom Dorfplatz bis weit in den historischen Ortskern zog, schob Strubinski seine Tochter kurzerhand an die Vorndrans ab und ließ es mit Holzinger zum Abschied der diesjährigen Faschingssaison noch einmal so richtig krachen. Rieneck verwandelte sich in eine Mischung aus historischem Straßenfest und Maskenball. Es war eine unvergessliche Gaudi für alle Beteiligten und die Gebete von Rapperts Team wurden zumindest halbwegs erhört. Es gab zwar tausend Schnapsleichen, aber keine echte – ein eindeutiger Fortschritt im Vergleich zu den letzten Tagen. Bei den wenigen Schlägereien, die es gab, hielt sich die Polizei dezent im Hintergrund und wartete, bis sich die

Streithähne wieder beruhigt hatten. Dann riefen sie einfach den Rettungsdienst, der ja eh mit verstärktem Aufgebot vor Ort war. Sollten die sich doch mit den Besoffenen rumärgern.
Die Sanitäter mussten insgesamt auch nur dreiundfünfzigmal ausrücken, Krankenhaustransporte mit Blaulicht gab es neun – ganz ordentlich, aber es hätte schlimmer kommen können bei dieser feierwütigen Masse an verkleideten Faschingsnarren. Alles in allem ein würdiger Abschluss für das Faschingstreiben im Sinngrund. Willi „The Master of the Bütt“ Krapf hätte es geliebt.

Am Aschermittwoch trafen sich dann Steinhauser, Strubinski, Holzinger und das Team des BR in der Cafeteria des Lohrer Krankenhauses zum Exklusivinterview. Zu seinem Glück musste Steinhauser nicht operiert werden, aber durch seine eigene Blödheit hatte er sich eine ordentliche Bänderdehnung zugezogen. Die genaue Ursache für seinen dicken Fuß behielt er aber lieber für sich. Offiziell war die Verletzung bei der wilden Verfolgungsjagd durch Obersinn passiert.
„Wie seht ihr denn aus?“, fragte Steinhauser beim Anblick seiner Freunde.
„Faschingsumzug in Rieneck mit anschließendem Exodus“, sagten sie nur und Steinhauser wusste Bescheid.
„Euch ist aber schon klar, dass ihr mit euren Drei-Promille-Gesichtern jetzt ins Fernsehen kommt.“
„Habt ihr keine Maskenbildner oder so was dabei?“, fragte Strubinski einen vom BR-Team.
„Nein, wir sind ja hier nicht im Studio“, gab der zurück und positionierte die Kamera auf einem Tisch.
Nachdem Strubinski und Holzinger erst mal vier Kaffee auf ex weggespült hatten, wurde jedem ein Platz zugewiesen. Nach einigen Probeaufnahmen begann dann das Interview. Schon nach der ersten Frage stellte Steinhauser fest, dass dieses Interview keine gute Idee gewesen war. Der BR wollte alles ganz genau wissen. Auch Strubinski wurde etwas mulmig zumute. Sie konnten ja schlecht von diesem dubiosen Regler, dem Sonderermittler Bernd Bonderlich, geklauten Handys oder dem gefälschten Durchsuchungsbeschluss berichten, mit dem sie sich bei einer alten, wehrlosen Frau Zutritt verschafft und ihr dann auch noch den Rollator weggenommen hatten. Vom Russen-Puff mitten in einer Gemündener Siedlung ganz zu schweigen. Viktor hätte das bestimmt nicht lustig gefunden. Da hätten sie

sich auch gleich selbst anzeigen können.
Nach anfänglichem Gestotter erzählte Steinhauser dann, dass ein Nachbar von Frau Gerster eine dubiose Person gemeldet hatte. Sie vermuteten einen Einbrecher. Dass er eigentlich unbegründet krankgeschrieben war, um illegal zu ermitteln, unterschlug er sowieso. Und eben bei der Suche nach diesem potentiellen Einbrecher waren sie dann zufällig auf das Zimmer von Cornelius Zillerberg gestoßen. Und dank ihres kriminalistischen Scharfsinns und ihrer einzigartigen Kombinationsfähigkeiten war es ihnen gelungen herauszufinden, wo der verschwundene Bürgermeister von Burgsinn eigentlich nur sein konnte. Ein klein wenig lobten sie sich dann schon. Der Rest der Erzählung entsprach dann der Wahrheit und war vom BR ja auch filmisch festgehalten worden.
Nachdem der BR wieder verschwunden war, tauchte völlig überraschend Rolf Rappert in der Cafeteria auf. Er brachte sogar einen Strauß Blumen und Pralinen mit.
„Lieber Herr Steinhauser", begrüßte er ihn überschwänglich. „Wie geht es Ihnen denn?"
Die drei schauten den Dienststellenleiter skeptisch an.
„Gut", gab Steinhauser gespannt zurück.
„Das freut mich zu hören", sagte Rappert und legte seine Mitbringsel auf den Tisch. „Nehmen Sie sich ruhig alle Zeit der Welt, die Sie benötigen, um zu genesen, bevor Sie ihren Dienst im Sinngrund wieder antreten."
Strubinski zögerte nicht und öffnete die Pralinen. Es waren keine billigen.
„Ach ...", warf Strubinski interessiert dazwischen und stopfte sich eine in den Mund. „Nix Versetzung?"
„Diese Versetzung … das war doch nur so dahergeredet. Jeder kann doch mal einen schlechten Tag haben. Wir sind doch alle nur Menschen", winkte Rappert ab. „Außerdem kann ich doch einen meiner fähigsten Männer nicht versetzen. Wo kämen wir denn da hin?"
„Eine weise Entscheidung", sagte Strubinski mit breitem Grinsen.
„Wissen Sie mittlerweile, wer das LKW-Opfer war?", wechselte Steinhauser das Thema.
„Genau aus diesem Grund bin ich ja jetzt extra zu Ihnen nach Lohr ins Krankenhaus gekommen", meinte Rappert, nahm sich einen Stuhl und bestellte ein Wasser. „Der Tote konnte über seine Fingerabdrücke eindeutig als Cornelius Zillerberg identifiziert werden. Diese waren im AFIS, das Automatische-Fingerabdruck-Identifikations-System, gespeichert. Zum Glück war der schon früher das ein oder andere Mal negativ aufgefallen.

Auf seinem Handy konnten auch jede Menge Bilder vom gefesselten Bürgermeister sichergestellt werden. Die Morde an Gottfried Schubberle und Moritz Ringelfelder konnten ihm aufgrund seiner detaillierten Aufzeichnungen auch eindeutig angelastet werden. Auch davon sind jede Menge Bilder auf seinem Handy gewesen. Ein weiterer Täter kann auch ausgeschlossen werden. Unklar ist nur, welche Rolle seine Oma bei all dem gespielt hat. Sie ist für ihr Alter noch sehr fit im Kopf und gibt an, nichts gewusst zu haben. Nachweisen kann man ihr nichts. Aufgrund ihres Alters kann auch ausgeschlossen werden, dass sie in irgendeiner Weise an den Taten aktiv beteiligt gewesen war."
„Na, das haben die Profis ja ganz toll erkannt", frotzelte Strubinski kopfschüttelnd, Holzinger hörte nur zu. „Dass die nix anstellen kann, das hätte auch ein Blinder mit Krückstock erkannt."
„Fred, das ist doch jetzt egal", ergriff Steinhauser das Wort. „Was ist mit dem Wilhelm Krapf?", wollte er wissen. „Wurde die Leiche obduziert?"
„Ja … aber erst nachdem die Aufzeichnungen in Zillerbergs Wohnung gefunden wurden", gestand Rappert. „Aber ich schwöre Ihnen, ich habe dem Tagweih mehrmals gesagt, dass er machen soll, was Sie ihm gesagt haben. Aber den interessierte das nicht die Bohne. Erst nachdem die Kripo die Unterlagen vom Zillerberg ausgewertet hatte, stoppte er die Beerdigung. Der Zillerberg hat jeden Mord bis ins Detail genau aufgeschrieben. Das war ein echter Psychopath. Und so was in unserer Gegend. Ich kann es immer noch nicht glauben. Und Sie … also Ihr drei habt ihn zur Strecke gebracht. Das kann ich zwar auch immer noch nicht glauben, aber so ist es nun mal", rutschte ihm heraus, entschuldigte sich aber gleich wieder dafür. Es war natürlich nicht so gemeint.
„Naja, immerhin", meinte Steinhauser. „Und was ist bei der Obduktion rausgekommen?"
„Das weiß ich noch nicht. Die Leiche wurde erst heute morgen in die Rechtsmedizin gebracht. Aber ich bin davon überzeugt, dass Sie recht haben, und der arme Herr Krapf vergiftet wurde."
„Gift! Ganz klar!", sagte Holzinger voller Überzeugung, obwohl er mit hundertprozentiger Sicherheit keine Ahnung hatte, um was es gerade ging. Er wollte halt auch einmal etwas sagen.
„Und ich habe noch eine gute Nachricht für Sie, Herr Steinhauser." Rappert strahlte wie ein kleiner Junge, der für seine Eltern etwas gebastelt hatte. Zwar etwas völlig Nutzloses, aber dafür war es selbstgebastelt.
Alle drei schauten ihn gespannt an.

„Ich habe mich sofort mit dem Bayerischen Innenministerium in Verbindung gesetzt und über Ihre grandiose Leistung berichtet. Daraufhin wurde ich direkt mit dem Innenminister verbunden“, fuhr Rappert fort. „Sie sind ja jetzt quasi so etwas wie das leuchtende Beispiel, wie hervorragend das Projekt *„Mehr Sicherheit auf dem Land“* Früchte trägt ...“, er machte eine Pause.
„Ja … und weiter!“, forderte ihn Strubinski auf.
„Sie bekommen einen eigenen Dienstwagen“, sagte er stolz. „Das wurde mir zugesagt. Und es kommt noch besser ...“, wieder Pause.
„Jetzt sagen Sie schon!“, meldete sich Holzinger ungeduldig zu Wort.
„Ihnen … also euch drei wird der Bayerische Verdienstorden verliehen. Vom Ministerpräsidenten höchstpersönlich.“
Jetzt saßen die drei da und starrten den Rappert mit offenem Mund an. Ihnen verschlug es doch glatt die Sprache und das sollte bei Strubinski schon etwas heißen.
„Das ist noch nicht offiziell, muss noch genehmigt werden. Sie wissen schon, das ganze Prozedere, aber der Innenminister hat mir das am Telefon spontan versichert“, sagte Rappert, verabschiedete sich und ging.

Die nächsten Wochen waren dann sogar noch aufregender als „Die Jagd nach dem Sinngrundripper“ selbst, denn genauso hieß die Sondersendung, die gleich am Tag nach dem Exklusivinterview, zuerst vom BR, tags darauf dann von allen anderen Sendern ausgestrahlt wurde. Und zur Freude von Mehrhold wurden seine traumatischen Erlebnisse detailliert geschildert und er kam auch ins Fernsehen. Was für ihn ja das Allerwichtigste war. Die Presseberichte waren zwar auch zahlreich, aber so ein TV-Auftritt war doch noch einmal eine ganz andere Nummer. Sonderlich traumatisiert wirkte er allerdings nicht. Er war halt doch ein harter Hund.
Der Sinngrund erlangte quasi über Nacht bundesweite Bekanntheit. Steinhauser fühlte sich während der Ausstrahlung ein wenig wie eine Mischung aus Thomas Magnum und Ethan Hunt, seine heimlichen Vorbilder. Die Bilder, die im Krankenhaus mit seinem verletzten Fuß gedreht wurden, untermalten auch noch einmal die dramatischen Ereignisse. Strubinski dachte dabei eher an James Bond und Holzinger genoss einfach den unerwarteten Ruhm. Mit dem Feuerrädchen im Hintergrund bekam die Story noch die entsprechend mystische Untermalung.

Sogar Steinhausers Vater, der ihm ja immer noch nicht verziehen hatte, dass er lieber zur Polizei gegangen war, als die Bäckerei zu übernehmen, zeigte sich versöhnlich und war, auch wenn er es nicht zeigte, stolz auf seinen Sohn. Dafür hatten sie ja jetzt eine neue Auszubildende in Aussicht. Er würde es seinen Eltern ja wünschen, dass es die Jennifer wirklich ernst meinte mit der geplanten Ausbildung. Aber irgendwie befürchtete er, dass dieses Unterfangen auf wackligen Beinen stand. Traue nie einem Teenager, wenn die Hormone verrückt spielen.
Die Geschehnisse gingen natürlich auch nicht an den Frauen in den USA vorbei. Es dauerte nicht lange, da bekam Steinhauser endlich den langersehnten Anruf von seiner geliebten Stefanie. Sie telefonierten erst mal über drei Stunden, um alle Missverständnisse aus dem Weg zu räumen. Was dann auch gelang. Damit war zumindest das Problem mit dem Fink-Busengrapsch-Foto ausgeräumt. Dass er besoffen gewesen war, ließ sie zwar nicht gelten, aber sie verzieh ihm trotzdem. Er war ja jetzt so etwas wie ein Held. Das noch ungeklärte Wohnungsproblem stellte er erst einmal hinten an. Es drängte sie ja niemand zusammenzuziehen.
Die lang ersehnte Rückkehr der Frauen aus den USA wurde auch entsprechend gefeiert. Selbstverständlich bei einem gemeinsamen Abendessen beim Lukas. Wo auch sonst? Steinhauser, Strubinski und Holzinger erzählten noch einmal ausführlich die Version, die sie auch dem BR erzählt hatten. Natürlich nicht, ohne sich vorher noch einmal genau abzusprechen. Weitere Missverständnisse konnte keiner von ihnen gebrauchen.

Einige Wochen später war es dann so weit. Mit geheiltem Fuß und einer umwerfend aussehenden Stefanie an seiner Seite, ging es ab nach München. Mit von der Partie waren natürlich die kompletten Familien Strubinski und Holzinger. Die drei Damen vom Dorf ließen sich nicht lumpen und zeigten den Münchnern erst einmal, wie elegant und verdammt heiß zugleich sie aussehen konnten. Für Lavinia das geringste Problem.
Im Antiquariat der Münchner Residenz, dem ältesten Raum der Residenz und einem der größten Renaissancesäle nördlich der Alpen, wurde ihnen dann vom Bayerischen Ministerpräsidenten höchstpersönlich der Bayerische Verdienstorden verliehen. Kein Tag wie jeder andere für die Drei, wenn man bedachte, mit welchen Methoden sie vorgegangen waren.

Holzinger mal ausgenommen. Aber das wusste ja niemand. Das hinderte sie auch nicht daran, bei den Feierlichkeiten in der Residenz das ein oder andere Gläschen sündhaft teuren Schampus zu genießen. Wann bekommt man schon mal so eine Gelegenheit?
Das I-Tüpfelchen nach all der Ehrungen war aber die Zusatz-Faschingsveranstaltung zu Ehren der ermordeten Vorstände. In der restlos ausverkauften Sinngrundhalle kamen die besten Akteure der *Rienecker Göikel*, der *Feller Hoase*, der *Alegrüner Fosenöchter* und vom Faschingsverein *Weiß-Blau Burgsinn* extra noch einmal zusammen. Nach einer noch nie dagewesenen Faschingssitzung folgte eine noch nie dagewesene Party. Ja, im Sinngrund hält man eben zusammen … und feiern kann man auch.

Doch da war ja noch das Problem mit dem geplanten Windpark im gesamten Sinntal, von Bad Brückenau bis Gemünden. Mit dem Bayerischen Verdienstorden auf der stolz geschwellten Brust und dem Wissen, dass er jetzt so etwas wie eine Berühmtheit war, marschierte Steinhauser mit den beiden Gutachten auf der zuständigen Behörde ein und bat darum, das Vorhaben und die Methoden der Sinntal-Power-Windenergie noch einmal genau zu prüfen. Was dann auch tatsächlich umgehend geschah. Für eine deutsche Behörde war dies schnelle Handeln auch eher ungewöhnlich. Auf die Frage, wo er denn diese Gutachten herhatte, sagte er nur, dass die plötzlich mit einem an ihn gerichteten Brief auf seinem Schreibtisch lagen.
Lieber Herr Steinhauser,
Sie sind der einzige, der uns helfen kann. Bitte prüfen Sie die Methoden der Sinntal-Power-Windenergie. Da sind üble Betrüger am Werk.
„Mehr stand da nicht drinnen, in dem Brief“, meinte Steinhauser, als ihn die Beamten fragend anschauten. Dass den Brief Strubinski mit der Hand geschrieben hatte, war dann auch egal. Der Zweck heiligt die Mittel. Am Ende wurde das Projekt erst einmal auf Eis gelegt und an die zuständige Staatsanwaltschaft übergeben, noch bevor die ersten Bagger angerollt kamen ...

Und hier noch etwas über mich, den Autor … wen´s halt interessiert

Seit der Veröffentlichung meines ersten Spessartkrimis „Sinngrundbauern“ hat sich bei mir auch das ein oder andere verändert. Ich habe nämlich jetzt so viele Leser, wie ich mir vorher nie zu träumen gewagt hätte. Und das nicht nur im Sinngrund. Meine Krimis werden mittlerweile im gesamten Spessart und sogar weit darüber hinaus in weiten Teilen Frankens gelesen. Es freut mich auch sehr, dass meine „Comedy-Leseshow“, die ich überwiegend in Mundart vortrage und dabei in die Rollen meiner Charaktere schlüpfe (hochdeutsch zählt jetzt nicht zu meinen Stärken), immer mehr Zuhörer anlockt und wir gemeinsam lustige Abende verbringen.
An dieser Stelle möchte ich mich auch noch einmal für die vielen netten Mails bedanken, die ich immer wieder bekomme. Ich hoffe, die Ermittlungen in meinem dritten Krimistreich aus dem Sinngrund haben Euch auch diesmal nicht gelangweilt und ihr hattet ein paar unterhaltsame Stunden mit Steinhauser, Strubinski und Co.
Aus Gründen der Authentizität musste ich auch diesmal hier und da auf die Sprache der Eingeborenen zurückgreifen, wenn auch in etwas abgewandelter Form. Aber das seid Ihr ja schon gewohnt.

Ich möchte auch hier noch einmal ausdrücklich darauf hinweisen, dass alle Charaktere in diesem Roman frei erfunden sind. Ähnlichkeiten mit Personen sind rein zufällig oder auch Einbildung. Auf keinen Fall wollte ich irgendjemandem zu nahe treten.

Die im Buch beschriebenen Örtlichkeiten, wie den Hexenstein, den Hexentanzplatz, den Brunnberg und das Feuerrädchen sowie das Sagenheft von Heinrich Lutz gibt es wirklich. Übrigens ein sehr interessantes Büchlein. Die genannten Plätze sind auch super durch eine Tageswanderung zu erreichen. Vom Brunnberg ist man ruckzuck am Hexentanzplatz und wer dann noch Lust auf etwas Bewegung in der Natur hat, kann auf verschiedenen Wegen auch den sagenumwobenen Hexenstein besichtigen. Von dort kann man dann Mittelsinn, Burgsinn, Fellen oder Aura ansteuern und zu einer zünftigen Brotzeit einkehren. Ganz ohne Leichen.

Zurück zu meiner Person. Geschichten habe ich schon immer geschrieben und mir mit der 6-teiligen Fantasybuchreihe „Elving“ einen Kindheitstraum erfüllt. Jedenfalls habe ich nach dem Abschluss meiner Elving-Reihe nach einer neuen Aufgabe gesucht. Und da ich wahnsinnig gerne lustige und etwas skurrile Bücher lese, unter anderem auch Krimis, bin ich auf die Idee gekommen, Sinngrundkrimis zu schreiben. Dabei wollte ich Themen, die im Sinngrund allgegenwärtig sind, aufgreifen und eine lustige Geschichte mit schrägen Typen drumherum erzählen. Ich hoffe, es ist mir auch diesmal wieder gelungen.

Neben „Sinngrundripper" gibt es noch zwei weitere, lesenswerte Krimis von mir:
Sinngrundbauern ISBN 978-3-932717-58-1
Nadelfieber ISBN 978-3-932717-59-8

Wer Lust hat, der kann auch meinen Homepages gerne mal einen Besuch abstatten. Da könnt Ihr noch mehr über meine Bücher und meine Comedy-Lesungen erfahren.
www.sinngrundkrimis.de
www.elving.de

Diesmal gibt es ganz viele Menschen, bei denen ich mich bedanken möchte.
Ich beginne mal bei den im Buch genannten Faschingsvereinen, die es selbstverständlich alle gibt. Es hat mich wirklich sehr gefreut, dass ich deren Vereinsnamen im Buch verwenden durfte. Wäre ja auch irgendwie blöd gewesen, wenn ich mir selber Namen hätte ausdenken müssen, wenn´s schon so schöne gibt. Was da wohl rausgekommen wäre? Man stelle sich vor, die *Feller Hoase* hätte ich Feller Langohren oder Wiese-hoppser nennen müssen. Rienecker Stangehocker anstelle *Rienecker Goikel* hätte doch auch irgendwie blöd geklungen, oder etwa nicht? Aus *Weiß-Blau Burgsinn* wäre, in Anspielung auf ihr Vereinswappen, womöglich Burgsinner Hexenbesenreiter geworden. Und aus den *Alegrüner Fosenöchter* hätte ich am Ende noch Die Hesse-Jecke machen müssen. Nein, so war das schon sehr gut.
Übrigens, hier noch ein wenig Heimatkunde. Die Sinn entspringt ja am Kreuzberg und fließt, obwohl sie ja jetzt kein sooo langer Fluss ist, doch glatt durch zwei Bundesländer, Bayern und Hessen. Und da die Hessen ja sozusagen auch zum erweiterten Sinngrund gehören, war es ja klar, dass ich den Steinhauser auch da mal ermitteln lassen musste.

Die Infos über das traditionsreiche Obersinner Feuerrädchen hab ich einfach mal von meinem alten Schulkameraden Jochen Weismantel und seinem Papa Gundolf (auch Gandalf der Weise genannt) abgesaugt. Der Besuch in der „Reucherhöhle“ war sehr informativ und ich habe jede Menge Info-Material bekommen. Vielen Dank noch mal dafür. Das Obersinner Feuerrädchen ist eine seltene und sehr schöne Tradition. Und das nicht nur wegen der anschließenden Feierlichkeiten … ja, deswegen natürlich auch. Der BR hatte auch schon mehrfach über dieses Ereignis berichtet.

Frank Mielke, der selbst Kriminalbeamter ist, darf natürlich auch diesmal nicht fehlen. Er hat wieder einmal meine Darstellung der Polizei geprüft, damit deren Methoden zumindest halbwegs der Realität entsprechen und mir wieder einmal sehr wichtige Tipps gegeben. Wobei er diesmal schon ganz schön zu schlucken hatte, so als „echter“ Polizist halt. Ich hoffe nur, dass Steinhausers Verhalten nicht irgendwann mal auf ihn abfärbt.

Ein Dank geht natürlich wieder an Julia Notkina. Sie hatte auch diesmal, wie bei all meinen bisherigen Büchern, die ich geschrieben habe, das Cover nach meinen Ideen gestaltet und all meine Änderungswünsche geduldig umgesetzt.
www.julianotkina.de

Dann wäre da noch die Daniela. Auch dir diesmal wieder ein gaaaaaaaaanz liebes Dankeschön für dein Engagement.

Selbstverständlich geht auch ein großer Dank an Thomas Rüger, meinen Verleger aus Nürnberg, der meine Bücher liest, lektoriert und korrigiert und es auch diesmal wieder möglich gemacht hat, dass meine Geschichte in Buchform erschienen ist. Danke Thomas, dass du immer so geduldig bist und mich tatkräftig unterstützt.

Ein ganz besonderer Dank geht an die Buchhandlung Hofmann in Gemünden am Main, die es mir erlaubt hat, die Texte aus dem Heft „Sagen und Geschichten aus dem Landkreis Gemünden am Main“ in meinem Roman zu verwenden. In deren kleinem Verlag ist das im Roman erwähnte Sagenheft von Heinrich Lutz erschienen und immer noch erhältlich. Eine wirklich sehr interessante Lektüre über die Heimat und die Sagen rund um Gemünden. Diese einzigartige Lektüre ist tolles Stück Heimatkunde und kann ich nur wärmstens empfehlen. Darüber hinaus gibt es in der Buchhandlung Hofmann noch viele andere, sehr spannenden Bücher zu entdecken. Ein Besuch vor Ort oder auf deren Homepage lohnt sich in jedem Fall!

Hofmann-Buch
Verlag G.H. Hofmann
Inh. Jürgen Sommerer
Bahnhofstraße 27
97737 Gemünden a. Main
Telefon: 09351/3237
Telefax: 09351/4437
buecher@hofmann-buch.de
www.hofmann-buch.de

Und nicht zuletzt bedanke ich mich von ganzem Herzen bei Kerstin, meiner besseren Hälfte. Sie unterstützt mich bei jedem Buchprojekt, ganz gleich, wie verrückt es auch ist, steht mir Tag und Nacht mit Rat zur Seite, liest meine Texte immer und immer wieder und verpasst ihnen den letzten Feinschliff. Quasi die weibliche Note. Ohne sie könnte ich das nicht schaffen.

LESENSWERT! Die Bücher der Edition Knurrhahn:

Sechs Bände umfasst Tino Filippis Fantasyserie „Elving“:

Band 1: „Zurück in Firlana“ ISBN 978-3-932717-37-6; Euro 11,80
Band 2: „Aufbruch ins Ungewisse“ ISBN 978-3-932717-40-6; Euro 11,80
Band 3: „Die Nordspitze“ - ISBN 978-3-932717-42-0; Euro 11,80
Band 4: „Reise ohne Wiederkehr“ ISBN 978-3-932717-45-1; Euro 12,80
Band 5: „Die Stadt der Könige“ ISBN 978-3-932717-49-8; Euro 12,80
Band 6: „Die letzte Schlacht“ ISBN 978-3-932717-51-2; Euro 12,80

Krimis der Edition Knurrhahn

Tatort Fürth:
Ein pfiffiger Regionalkrimi mit dezent ironischem Unterton ist Elmar Vogts Roman **„Der Fall Zita S.“**
ISBN 978-3-932717-44-4; Euro 12,80

Kurz-Krimis mit Sonderermittlerin Iahel Nimoy zu Beginn des 20. Jahrhunderts präsentiert Elmar Vogts zweites Werk **„Der Fall des einsamen Goldfischs“**
ISBN 978-3-932717-48-2; Euro 12,80

Tatort Erlangen:
Mit einem Toten an einer Erlanger Schule beginnt Astrid Schwabes Krimi **„Judiths Schal“**
ISBN 978-3-932717-34-5; 8,80 Euro

Weitere Bücher aus der Edition Knurrhahn

Kennen Sie die Literaturgruppe Mimikry? Lieben Sie Reizwörter? Lesen Sie **„Einer flog übers Gemüsefach”.**
ISBN 3-932717-00-7; Euro 10,-

Eine bunte Vielfalt an Kurzgeschichten vereinigt der „Mimikry“-Band **„Seltsame Begegnungen”.**
ISBN 3-932717-17-1; Euro 11,-

40 jugendliche Autoren mit ihren Reizwortgeschichten finden sich in: **„Gib mir Fünf“** ISBN 978-3-932717-33-8; 8,- Euro

Ein packender Roman ist das Erstlingswerk der blinden Autorin Danny P.:
„Süßer Wahnsinn“
ISBN 978-3-932717-36-9; Euro 9,90

Neue witzige bis und tragikomische Vorfälle beschreibt R. Unterburger in:
„Müßiggang und Hirnschmalz“
ISBN 978-3-932717-38-3; Euro 9,90

Der Auftakt einer neuen Fantasy-Serie ist das Debüt von Marion Klingelhöfer: **„Mara – Die Söhne Kordins“**
ISBN 978-3-932717-47-5; Euro 11,80

Eine Benefizanthologie zugunsten von Hawelti e.V. ist die Schulgeschichten-Anthologie **„Was bei mir wirklich hängen blieb …“**
ISBN 978-3-932717-55-0; Euro 12,-

Wenn die Erinnerungen Fangen spielen … Sabine Burkhardt teilt mit uns Gedichte, Prosa und Collagen: **„In der Kniebeuge des Windes“**
ISBN 978-3-932717-56-7; Euro 20,-

Edition Knurrhahn

... seit über 22 Jahren: literarische Unterhaltung mit Niveau!

In jeder Buchhandlung oder direkt beim Verlag erhältlich!

Achtung: Die Edition Knurrhahn liefert NICHT über „Amazon“ aus!

Kontaktadresse:
Edition Knurrhahn im Thomas Rüger Verlag
Am Graben 38
90475 Nürnberg
E-Mail: editionknurrhahn@gmail.com
www.thomasruegerverlag.de